THE WRONG GOODBYE

ロング・グッドバイ

矢作俊彦

角川文庫 14929

「現代生活はしばしば人に機械的抑圧を加える。酒はその唯一の機械的解毒剤なのである」

アーネスト・ヘミングウェイ

1

私が初めてビリー・ルウに会ったのは夏至の三、四日前、夜より朝に近い時刻だった。

彼は革の襟がついた飛行機乗りのジャンパーを着て、路地の突きあたりに積み上げられた段ボール箱のてっぺんに埋もれていた。

酔ってはいたが浮浪者ではなかった。目をつむり、調子っぱずれの英語の歌をゴキブリに聞かせていた。

嫌な一日だった。陽は切れかけの蛍光灯のように白っちゃけ、夜が来ても空はぼんやり明るかった。満潮を過ぎると、時計回りの海風が風邪っぴきの猫の舌みたいに三浦の丘陵地帯を舐めてまわった。

私はこれで丸三日、地元の刑事たちを率いて、スイカ畑のはずれに建つプレハブ住宅を見張っているという、神奈川県警開闢以来の重大任務に就いていた。今日か明日か、それとも十年後か、手配中の殺人事件被疑者がそこへ立ち寄る可能性があった。

その男は午後九時、まったく予想外の場所で職務質問にひっかかり、あっけなく逮捕された。

それでも私たちは、真夜中過ぎまで張り込みを続けた。捕まえたのは警視庁久松警察署管内の交番巡査だった。いったい誰が東京の同業者に頭を下げ、身柄をもらい受けにいくのか。浦賀警察署に置かれた捜査本部が、その問題でスイカ畑に送り込んだ刑事を忘れてしまっても文句は言えなかった。

やっと家路についたとき、時計は午前二時を回っていた。私は腹がへっていた。体が温かいものを求めていた。国道を北へたどりながら、いったい何度ファミレスに誘惑されただろう。私は我慢した。それが間違いの始まりだった。

米海軍横須賀基地の正面ゲートを過ぎ、私は勇んで車を停めた。しかし、ドブ板通りに灯はなく、人通りもなかった。

ここまで来れば明け方でも、下駄のようなステーキと山盛りのフレンチフライが千円札一枚で手に入ると思っていた。そんなものは、ドルとアルコールとブラジャーが乱れ飛ぶAサイン・バーと同じ、遠い昔の話だった。

私をその袋小路へ呼び寄せたのは、調子っぱずれな歌などではなかった。湯気のたつハンバーガーのネオンと『OPEN EVERYTIME, NEVER CLOSE』という赤い文字だった。置き看板にも明かりは灯っていた。しかし、店の名前は半ば失われ、埃だらけのドアは押しても引いても開かなかった。

そこで初めて歌声を聞いた。私は彼がいたことに気づき、びっくりした。

痩せて頬骨が高く、インド系の青年のように威張った感じの顎をした男だった。ゆるいウェーブのかかった前髪。眉は太く、額がいやに広かった。オレンジ色のパイロット用サングラスが鼻に引っかかっていた。ジャンパーの襟には艦載部隊のバッヂが光り、胸にはマスコットエンブレムがあった。どこにも油汚れなどなく、ゴミの山に座ったハンプティ・ダンプティにしてはこざっぱりしていた。

帰ろうとすると、彼はいきなり目を開け「ハーイ」と、親しげに手を振った。

「グッドモーニング、相棒《バディ》」

返事をするべきではなかった。しかし私は何故だろう、こう答えていた。

「朝にはまだ時間がある。第一、相棒と呼ばれる筋合いはない」

「陽を背にして音速で帰って来たんだ。バナナキャニオンじゃ、もうグッドモーニングだったぜ」と、彼は言った。メリハリの利いた東部のアメリカ英語だった。

「どこから帰ったって？」

「海だよ」

「バナナキャニオンじゃないのか」

「着艦フックが出なけりゃ、海に落ちるのはあたりまえさ。甲板はアウトバーンじゃないんだからな」

「レッドバロンはぶどう畑へ降りるもんだぜ。干し草の山で、フランス娘を一撃反転《ヒット・エンド・ラン》するんだろう」

「君か、スヌーピー？」

彼はだらしなく笑いかけた。「久しぶりだね。ぼくだよ。レッドバロンだ」

もう止めておけと、頭の中で警報が鳴っていた。私は、国道へ引き返そうとした。

「何処へ行くんだ？」声が追ってきた。

「野戦口糧《M・C・I》を探しに行く。人間は腹がへるんだ」

待てと言って、身を乗り出した。段ボール箱の山が前後に揺れ、しまいに崩れた。撃墜王は、トラシュ罐の上に派手な音をたてて墜落した。どこからかハバナクラブの空瓶が転げ落ち、粉々に砕けた。

私はその場へ引き返し、彼に手を貸した。

「飲みすぎだ。それじゃ、どこにも着陸できない」

「飲んじゃいないよ。――ここへは食事に寄ったんだな？」

彼は手を振りほどいた。カシュウナッツの香りがした。ゆらりとしたものの決して倒れなかった。ふうと息を吐きだし、店のドアにもたれた。

「君はいったい誰だ」と、振り向いて尋ねた。

「客だよ。ここは君の店か」

「判ったよ。人間は腹がへるんだった」

ポケットから何やらジャラジャラと取り出し、モールス信号でも打つように鍵穴のふちを何度も小突いてドアを開いた。

なぜか、店内には灯がともっていた。長いデコラ張りのカウンターと、背もたれの高いブースが四つ、ミラーボールは回っていなかったが、ジュークボックスは電源が入っていた。どう見てもレストランの造りではなかった。

彼はカウンターの中に入り、有線放送をつけ、シナトラの娘と〝サマー・ワイン〟をデュエットしながら卵を焼きはじめた。五分後に一息つき、ビールを一缶、私に放った。

自分は、ソースパンの中へ注ぎ込んだ赤ワインをラッパ飲みにした。ビールを放るのもフライパンを振るのも左手だった。左利きなのだろう。右手の甲に大きな傷痕があったが、別に不自由な様子はなかった。

さらに十分後、私の前に皿が二つ並んだ。片方の皿は、スパニッシュ・オムレツだと見当がついた。もう片方はスプーンをとるまで、いったい何か分からなかった。チョリソと豆とにんにくの味がして、チョリソも豆もにんにくも姿形を失っていた。チリがよく効いて、胃袋が燃えるようだった。

私が皿を二つ空にするあいだ、彼はカウンターに突っ伏して、寝息か歌かよく判らない唸り声をあげていた。

食後の煙草に火をつけると、見るからアメリカ製のいかつい製氷機が地響きのような音をたてた。彼はいきなり跳ね起き、製氷機の蓋を開いた。

「丸い氷だぜ。まったくフィフティーズだね。プレスリーの頃はやったんだ」

その氷をひとすくいボウルに取ると、肉叩きで思い切り叩きはじめた。砕けた氷をグラスに詰め、新しいハバナクラブを注いだ。グラスは二つあった。ひとつを黙って私の前に置いた。断るわけにはいかなかった。空調の止まった店内は、かなり暑くなっていた。無言のまま、私はラムを飲んだ。

「ところで君は誰だ？」

彼はふいに尋ね、意外そうに私を見つめた。「何故ここにいる？」

「二村《ふたむら》だよ。二村永爾《えいじ》。スヌーピーじゃないぞ、チャーリー」

「人をチャーリー《ヴェトコン》なんて呼ぶもんじゃない。戦争が終わって何十年もたってるんだ」

「十年じゃないのか？」

訊いてから、彼が言ったのは湾岸戦争のことではないと気づいた。彼のバナナキャニオンはメコンデルタかホー・チミン・ルートか、そのあたりにあったのだろう。

「ごちそうさま。勘定を払っていく」私は言って、腰を上げた。

「A・OK！　いらないよ。ぼくの店じゃないんだ。日が昇ったら日曜だぞ。週末に働くような人間に見えるかい？　それもこんなチンケな店で」

「鍵を持ってたじゃないか」

彼はポケットを探り、海兵隊仕様の万能ナイフを取り出してみせた。

「昔はポケットが空でも街で酒を飲むことができた。今は金かサバイバル・キットが要る」

言うと、また目をつむり、カウンターにへたりこんだ。

私は彼を抱き起こし、ガスと灯を消して店を出た。酔っぱらいに肩を貸し、国道を歩いた。

ドブ板通りと国道に挟まれた一街区がまるごと覆工シートに囲われ、取り壊されていた。その向こうに高層ホテルがそそり立ち、てっぺんにはヘリポートが見えた。誰が何のためにあんなものを必要とするのだろう。サイゴン陥落以来、アメリカ兵はヘリポートのあるホテルでないと安心して眠れないとでもいうのだろうか。いや、今どき一泊二百ドルもするホテルに、彼らがチェックインできるわけがない。

車の鍵を開けながら、私は溜め息をついた。

無銭飲食と住居侵入の共犯者は、喉を鳴らして笑いだした。

「判ったよ。とっととヤンの所へ連れて行け。こっちも言い分がある」

「ヤンて誰だ？」

「とぼけるな」

不意打ちのように私を睨んだ。泥酔して、しかもサングラス越しだというのに、その目は撃鉄を上げた拳銃みたいな効果を発揮した。

「台北《タイペイ》じゃどうか知らないが、ここはヨコスカだぞ。こっちはアメリカ市民だ。第七艦隊が居なけりゃ、やつなんか、ヴェトナム人の便所掃除もやれやしないんだ」

「ぼくは食事に寄っただけだ」

私は腕を取り、再び引き起こした。

「送ってやるよ。住居侵入の共同正犯を置いては行けない」

ドアを開け、助手席に押しこんだ。彼は道路で眠りたがっていたが、私は早いところ部屋へ帰りたかった。エンジンを吹かすと、薄目を開けて尋ねた。

「この音はG60か？」

たしかにその年、私はまだ特別仕様のゴルフGTIに乗っていた。七年前に三年落ちの中古で手に入れたものだった。ガンメタの塗装とドライバーズシートはへたっていたが、中身はまだしゃんとしていた。

「ヤンの手下が乗る車じゃないな」と、彼は言った。

「中国人は庶民派のメッサーシュミット《グスタフ》戦闘機なんかありがたがらない」

「どこの基地へ帰るんだ」私はその意見を無視して尋ねた。

「横浜だよ。中華街と大桟橋のちょうど中間だ」

「送って行こう。しかし送るのは君が気に入ったからじゃないぞ。帰るところが近いからだ」

私は車を出した。汐入《しおいり》の駅前広場は様変わりしていた。半世紀前までは帝国海軍に、そしてこの半世紀はまた別の帝国の海軍に息抜きを提供してきた石造りの下士官クラブも再開発の波に飲まれ、高層ホテルや劇場をひとつにした複合ビルに取って代わられた。海側の造船所には巨大なショッピングセンターが建ち、背後の海は洗面器一杯分ほども見えなかった。そのふたつがX字型の歩道橋で結ばれていた。

横浜へ向かう国道は、その先で複雑に分岐していた。上空は道標だらけだった。私はバイパスの高架道へ乗り、葉山寄りのICから六車線の高速道路に入ると、横浜までほとんど休まず、Gラダーと呼ばれる過給器を回し続けた。


酔っぱらいの撃墜王は、パームブラザース・ハウスに住んでいた。

本町通りに建つ古い建造物のなかでも、それは取り分け美しい女性的なファサードを誇るホテル形式のアパートだった。お湯の出が悪く、年代物のエレヴェータが気絶するほどのろいのを我慢すれば、たかの知れた金額でルームキーピングとフロントサービスを受けることができるという話だった。

私は彼をロビーの受付まで連れて行き、ベルを聞きつけて起きて来た年寄りのフロント係に押しつけた。

「何と言って礼をしていいか判らない」

酔っぱらいは、車を出してから初めて口を開いた。

「あんなに飲んで、これほど親切にされたのは初めてだ」

「気にするなよ。ドアを開けて、飯をつくってくれたじゃないか」

「で、なんていう名だっけ？」

「二村だ。二村永爾」

「A・OK。日本人からフルネームを名乗られたのは初めてだ」

彼は何か言いたそうに口ごもった。人に頭を下げるのが苦手な様子だった。乱暴に頭をかき、その手で私の手を握った。まだ穏やかに手足を動かす方法を知らない子供のような握手だった。

頭を下げたり穏やかにふるまったりする必要など、今までなかったのかもしれない。むしろ、頭を下げず乱暴にふるまう必要にせまられて育ったのかもしれない。どちらにしろ彼は、私が会ったなかで一番、サンキューを言うのが下手なアメリカ人だった。

彼はついに名乗らなかった。無礼なのではなく、何か別のことにすっかり気を取られている様子だった。

長い戸惑いの後、財布を出し、中から百ドル札を抜き取った。差し出そうとして、こちらの気持ちを察した。親にいたずらを見とがめられた子供みたいな顔になった。

「もちろんだ。君がこんなものを受け取らないことは知ってるよ」と言って、突然、フロント係にその金を押しつけた。

「これは君のだ。彼からの心付けだよ。礼はミスタ・フタムラに言ってくれ」

「サンキュー・サー、ジェントルメン」

彼を乗せたエレヴェータのドアが閉まると、フロント係は改めて日本語で礼を言い、首を振った。

「あれで飲まなけりゃあねえ。悪い人じゃないんですよ」

自分に言われたような気がした。だからといって、気が引けたわけではない。私は笑って通りへ出た。

山手の丘の背後では空がもうすっかり白んでいた。

朝日の気配に背を向けて本町通りを走って行くと、なぜか若いころ乗っていた車のことを思い出した。突撃ラッパみたいなキャブレターが自慢だったスカイライン54Bという車だ。箱型セダンのフロントを無理やり引き延ばし、三連キャブレターつきの六気筒のエンジンをねじ込んだ途方もなく世話の焼けるじゃじゃ馬だった。

忘れたことはなかったが、今まで改めて思い出したこともなかった。突然道路をやって来て、目の前でクラクションを鳴らされたような気分だった。

三十時間ぶっ続けで仕事をして、明け方に食って飲めば、人間どんな気分にだってなる。

2

翌週の金曜日、私は休みをとり、横浜スタジアムへ野球を観に出かけた。バックネット裏最前列のチケットを六試合分、持っていた。中学生の娘にへばりついていたホストをどやしつけてやった謝礼に、元町の商店主から渡されたものだ。私は無理やり代金を支払い、それを受け取った。

捜査一課の刑事が、家にも帰れず風呂にも入れず働いているというのは、一時間で何でもかんでも解決しなければならないテレビ番組がこしらえた嘘だ。大きな事件がたて続けに起こらなければ、捜査本部が解散した後、長めの休みをまとまってとることができる。

しかし、事件は次々と起こる。事実、六枚のチケットはすでに三枚が無駄になっていた。

長嶋の率いる野球チームがダイエーホークスを破って日本一になった年だった。しかしそのころはまだシーズンも半ばで、両チームともそれぞれ、昨日は四位、明日は首位のダンゴレースを続けていた。

おかげで横浜スタジアムは六時前から一杯だった。先発はどちらも調子が悪く、その割に点がはいらないまま、だらだらと試合が続いた。三対四で迎えた五回、長嶋のチームは同点に追いついた。

次の回、パ・リーグから来た腹の出た黒人選手が今日二本目のホームランを打って勝ち越すと、ずっと後ろの客席で喧嘩がはじまった。大柄な黒人が何か叫んでいた。ブルーブレザーを着た男が怒鳴り返した。

喧嘩はチェンジになっても続いていた。私は通路を上って行った。試合中にそんなお節介を焼いたのには理由があった。三番手にコールされたピッチャーが、まず良くなかった。万引きがばれた中学生みたいな情けない顔をして、逆転負けを食らうのが身上みたいな中継ぎ投手だった。もうひとつの理由は、黒人に襟をつかまれ、吊るしあげられている男が、あの夜の撃墜王だったからだ。

「何があったんですか」

私は、二人の間に入って苦り切っている中年男に尋ねた。

「いや、彼がね、グラウンドに何か言ってヤジったんですよ」

天の助けとでもいうように、私を振り仰いだ。背が低く、ちょっと太り気味の日本人だった。飴色の丸眼鏡をかけ、鼻の下にカプセルホテルの使い捨て歯ブラシみたいな髭をはやしていた。

「そうしたら、あの人が急に怒っちゃって――」

言う間に黒人が撃墜王の口許を殴った。小気味のいい音がして、彼はこちらにふっ飛んできた。私は何とか抱き留めた。

「また会ったな」彼は言った。ビールぐらい飲んでいただろうが、酒臭くはなかった。

「手助けなら、お断りだ」

それからレジメンタルストライプのネクタイを締め直し、巨《おお》きな黒人を睨み付けた。右で拳をつくると、手の甲に例の傷痕がぐっと盛り上がった。しかし、そのパンチは軽くいなされ、腕をねじ取られた。

「いい気になるな。オリンピックはお前らにくれてやるが、野球はそうはいかないぞ。クロンボが！」撃墜王は言った。

私はあきれて止めるのも忘れ、彼を見た。

黒人が彼の腕をひねり上げ、前に押した。弾みで口髭の男が突き飛ばされ、椅子に転げた。そのときあたりがどよめいた。悲鳴と怒号の大合唱だった。三番手のピッチャーが打ち込まれていた。もう、揉み合いに注目している者は一人もいなかった。

私は黒人の肩を叩いて通路に引っぱり出した。「もう止めた方が良い。リリーフが打たれたんでみんな気が立ってる。クレイジーなファンを敵に回すことになるぞ」

「あんた、知り合いか？――いったいこいつは何者なんだ。中国のアカか？」

「君たちの国の歴戦の勇士だ」

黒人は驚いて私に目を細めた。

「よく見とけよ」と、撃墜王が私に言った。

「ヤンキースタジアムが、ビールと小便の区別もつかないような場所になっちまったのは、みんなこいつらのせいなんだ」

「怒る気もなくなった」黒人の太い指がブレザーの胸板を小突いた。

「ホットドッグ、シボレー、ヤンキース！――ガキんちょめ」

「いったい何があったんだ？」

「この小僧があんまり汚ねえヤジを飛ばすんで、野球の観かたを教えてたんだ。――黄色い猿が、臭いニガーなんて言っちゃ駄目でちゅよってな」

「清潔なワスプなら、そう言ってもかまわないんだね」

黒人は目を真っ赤にして私を見つめた。身構えるまでもなかった。相手の肩から力が抜けた。怒って見せようとしたが、上手くいかなかった。それで終わりだった。黒人は自分の席へ戻った。口髭の小男は、突きとばされたまま、椅子に座りこんでいた。

「見えねえぞ」と、怒鳴り声が飛んだ。私は彼らに背を向け、通路を下った。

しばらくすると撃墜王が追ってきた。同じ列に空いた席を見つけ、手振り身振りで強引に、しかし愛想よく何人かに席をゆずってもらい、私の隣に腰掛けた。ビールを七杯注文し、席を移ってくれた客と私に上機嫌でふるまった。

「連れはいいのか?」

「いいんだ。仕事の用件は、もう終わってる。これから野球に行くというからついてきたんだ。メディアの人間なんだよ。チケットを余分に持ってたのさ」

結局三番手の投手は三点を取られ、ゲームをひっくり返された。一点差だったが、八回の表、上位打線が三者凡退で終わると、勝負はもう決まっていた。

「夕食がまだなんだ」

彼は言ってシャツカフスを捲り、ブライトリングのナビタイマーを覗き込んだ。

「夕食の前に一杯やる習慣はあるかい?」

「習慣はない。今日は特別だ」

「Okey-dokey! ぼくもだ。今日は特別さ」と、彼は言い、腰を上げた。

中華街の人込みを敬遠して、港の方へ向かった。公園通りの銀杏並木を歩いてホテル・ニューグランドの旧館の玄関先まで来ると、彼は石段の下に立って、中を覗き込んだ。

「回転ドアじゃなくなっちゃったんだな」

「いつの話をしているんだ? そのころの酒場を期待しているなら、入らないほうがいいぞ。金儲けしか頭にない不動産屋が社長を送り込んできて、すっかり変わってしまったんだ」

「バーも駄目なのか?」

彼は目を丸くして尋ねた。

「バーマンは相変わらず大したもんだが、経営者が彼らにティーポットを運ばせている」

「行こう。今日はこれ以上、エキサイトしたくない」

私たちはホテルの裏に回った。かつては、船員相手の曖昧宿やシオニストの貿易屋などがちんまりと軒を並べていた通りは、マンションに埋めつくされていた。外れにニューヨークのデパートの支店がそびえ立ち、そこにだけにぎわいがあった。

私たちはそれに背を向け、裏通りを少し引き返した。県民ホールの真裏まで行くと、カーリンヘンホーフのドアにつけられたステンドグラスから灯がこぼれていた。

奥に長いバーカウンターがあった。食堂とは、西部劇に出てくるようなスイングドアで仕切られていた。

「礼が遅れたね。名刺もくれないからだ」

スツールに座ると、思い出したように私の手を握った。

「ぼくはボニーだ。ウィリアム・ルウ・ボニー。ビリーと呼んでくれりゃあいい」

「ボニー？　日系じゃないのか」

「大昔はそうだったよ。親父のお袋は日本から船に乗って西海岸へやって来た。親父の親父がボニーなんだ」

何にするかと訊かれ、ビリーは「パパ・ドーブレ」と答えた。

カウンターにいるのは、艶のない銀髪を後ろに束ねた白人の老婦人だった。私が生まれるずっと前からその中に居たように見えた。小柄だが骨太で肩幅があり、フリルのついたエプロンより髑髏部隊《トーテンコプーフ》の制服の方がずっと似合いそうだった。

その彼女が、シェーカーを手に眉をひそめ、日本語でそっと毒づいた。

「ダイキリのことだろう。ダイキリ・ダブルって言やいいじゃないのさ」

私はあわてて同じものを頼んだ。あわてないと、ひまし油でも出されそうだった。

「その前にウォッカをワンショット」と言って、彼はウォッカで口の中を消毒した。顔をくしゃくしゃにして痛がった。グラスのへりに血がにじんだ。

「なんで、あんなでかいやつに喧嘩を売ったんだ」と、私は尋ねた。

「カサブランカの飲み屋でシェンフェゴス生まれの黒ん坊と腕相撲をしたことがある。やつらはいつも汚い手を使うんだ。ヴェトナムで散々知ったつもりだったが、アフリカのご同輩もそうだとは思わなかった」

「大胆なことを言うんだな。ニューヨークの生まれじゃないみたいだぜ」

「ニューヨーク？　そんなところへは一度も行ったことがない。アラメダでぼくは生まれた。サンディエゴに一年、ロングビーチにもいたことがある。パサディナが一番長い」

「驚いた。全部西海岸じゃないか。何でヤンキースなんだ？　大学があっちなのか」

ビリー・ルウは首を振り、人差指で真鍮の手摺りを叩いた。

「大学には行ってない。子供のころから撃墜王《エース》だったんだ。当て逃げ《ヒット・エンド・ラン》が得意技さ」

「ぼくは大学で野球をしていた。キャッチャーだったんだ。ヒット・エンド・ランどころか公式戦で塁に出たのは二度しかない」

「Okey-dokey」

ビリー・ルウは笑った。私の肩をたたき、手をそこに乗せたまま、笑った。

「マンソンに似てるな。目が似てるんだ。いつも、デイゲームでキャッチャー・フライを追いかけているみたいな目をしている。実物のサーマン・マンソンには髭があって、ドラム罐みたいなケツをしていたんだけどね」

「本当にヤンキースファンなんだな。野球でもエースだったのか。それとも空軍でだけか？」

「海軍だよ。ＬＴＶのＦ８に乗っていた。十字軍《クルセダー》って称ばれているやつさ。二線級の戦闘機だって言われてるが、冗談じゃない。海軍があの戦争で落としたミグのうち、四〇パーセントはＦ８が仕止めたんだ。Ｆ４よりはるかに数は少なかったのにだぜ。何故だか判るか」

「判らないね。何故なんだ」

「ミグはＦ４ファントムの半分ぐらいの大きさだ。排煙もほとんど残さない。小回りも利く。しかもＦ４の海軍仕様には、機関砲がついていないんだ。——空中戦なんて、ミサイルでやるもんじゃない。そんなの、ミフネの侍に超人ハルクが棍棒で立ち向かうようなもんさ。機関砲と小回り。F4はその二つをミサイルとコンピュータの代りに差し出したんだ。F8は本当の戦闘機だった。――あれで、飛行機と飛行機がガンファイトする時代は終わったんだ。湾岸戦争で見たとおりさ」

ビリーはロンソンのヴァラフレームで煙草に火をつけ、煙が真っ直ぐ天井に向かって消えていくのを目で追った。悲しそうな皺が額を割った。それを振り払うように、両方の黒目を鼻に寄せた。大人のする仕種ではなかった。

そこへ酒がやってきた。彼は、ダブルのダイキリを一息に空けた。

「本物のグレープフルーツを使っている」と、感心したように頷いた。

「ダイキリはライムじゃないのか？」

「ライムは駄目なんだ。ことに生のライムは。ライミーって言うだろう。昔はイギリス兵って意味だったが、今は違う。ニョックマム・ソースと同じさ。ヴェトナム人のことだよ。アオザイを着た娘の汗の匂いさ」

「お気に召さないってえの？」老バーテンダーが日本語で私に尋ねた。

「美味いのか？」私はビリーの肱をつついた。

「Okey-dokey だ」

「すばらしいと言ってる」

「カストロに飲ませたら、ここに亡命してくる」

「ふん。アメリカ人は普通、ウェルチのジュースを使わないって怒るもんだけどねえ」

私はそれを通訳しなかった。

「ウェルチって言ったのか」と、ビリーが尋ねた。

「壜詰めならドン・シモンのジュースだ。英語、判るんだろう？」

「はばかりさま。あたしゃ、そんなもの出来たってしゃべらないよ」

彼女は言い、ふっと溜息をついた。青灰色の目が急に曇った。私たちから急に興味をなくすと、首を力なく振り、カウンターの中の丸椅子に座って先週号の女性セブンを読みはじめた。

「ライムじゃなく、レモンを一絞り、砂糖抜きだぜ。女の飲む酒じゃないよ。昼間から女がこんなものを飲んだら、とんでもないことが起きるに決まっている。陽の下で飲むんだぜ。汗をかくためにね。そんな芸当は、女に出来ない」

「アメリカの男のくせに、さっきから言うことが大胆だ」

「ここは日本じゃないのか。――だから言ってるんだ」

「日本も変わったんだよ」

彼は口をへの字にして頷き、丁重にお代わりを頼んだ。老婦人が舌打ちをして立ち上がり、ミキサーのポットをはずした。

「ぼくにも頼む。もちろんドーブレで」と、私は言った。

「どうやら心配事は片づいたらしいね」

「心配事？」

「ミスター・ヤンとトラブルを起こしていたんだろう」

ビリーはびっくりして酒を下ろした。こっちを見た目が、ぎゅっとすぼまった。

「酔って大げさに感じてたのさ。——ヤンっていうのは古い友達なんだよ。いろいろあったが友達は友達だ。年の離れた戦友だよ。済んでしまえば、何でもないことさ」
新しい酒が並び、彼は素早く口に運んだ。さらにグラスを重ねると、アフリカの話を始めた。戦争から帰った後、彼はヨーロッパを旅した。そこがどうにも気に入らず、地中海を渡った。モロッコからさらに南へ旅するうち、マリ共和国の奥地で広大な塩湖を見た。それは中央アフリカ一帯の塩の供給地で、使い果たすには千年もかかろうかという塩が、遥か地平線まで大地を真っ白に埋め尽くしていた。

　商人が塩を鋸で切り出し、ラクダに乗せて七日七晩砂漠を渡り、さらに平たく長い川船に乗せ替え、何千キロも下ってゆく。行けば行くほど値打ちは上がる。塩は通貨なんだ。それを地面から切り出している。これが商売の基本だよ。ビリー・ルウは言った。今の仕事も同じさ。ぼくは自分の小さなジェット機に積めるだけの荷物を積んで、行けるだけの場所に行くだけだ。ヤンはそのビジネスパートナーだ。中国人は、基本がよく分かっている。

「ところで、フタムラ。君の車に携帯電話が落ちてなかったか」

「失くしたなら、あの店だろう。車にはなかった」

「あそこは散々探したよ。ないならいいんだ。どっちにしろ、新しいのに替えた」

「あの夜の君なら、命を失くさなかっただけでめっけものさ」

「まったくだ。よく失くすんで、失くしても良いようにしてるのさ」

「命をじゃないだろうね」

彼は笑った。今日はことに上機嫌だった。電話番号を交換しようと言って、真新しい携帯電話を取り出した。

「携帯は持たないんだ」

私が言うと、ビリーは怪訝にこっちを見つめた。

「そんな顔をするなよ。――携帯なんか、あればあったで厄介が増えるだけさ」

「仕事はどうするんだ」

「会社のを持たされる。毎回、番号が変わるんだ」

彼は溜め息をついた。私は自宅の住所と電話しか書いていない名刺を渡した。

「ぼくの職業を聞かないんだね」名刺を裏返して見ながら、彼は言った。

「日本人はたいてい聞くもんだぜ」

私は黙っていた。彼の方こそ、私の仕事を聞こうとしなかった。もし聞かれていたら、何と応えたろう。私の仕事では、酒場で職業を聞かれるたび「大した会社ではないんです」とか「公務員です」などと答えるのが習い性になっていた。他人の耳があるところでは、本部を会社、所轄署を支社などと言い合うこともあった。表向き、被疑者なり手配犯がいついかなるときに居合わせるか分からないからというのが理由だった。

われわれはお互いの身の上を祝って乾杯し、その後、さらにダイキリを三杯ずつ飲んだ。

「ぼくの職業は酔っぱらいだ」五杯目を手に、ビリーは言った。

「本当に酔えるのは酒じゃないんだが、酔っぱらいだってことに変わりはない。そして悪いことに、酔っぱらいに似合った生き方を心の底から嫌っている」

酔っぱらいの飛行機乗りと話をするのは、目の見えない人間が無声映画を見に行くようなものだと言ったのは、童話で有名になったフランスの作家だった。ビリー・ルウはもう酔っていた。しかし、私は童話どころか報告書しか書いたことのない警官だった。

「君は現実に酒を飲んでる」と、私は言った。

「実は酔ったふりをしているだけだなんて言うやつがいるが、それこそ酔っぱらいの言いぐさだ。始終そうしていれば、ふりか本当かなんて区別がつかなくなる」

ビリーの顔がふいに曇った。右手の甲の傷痕をつまらなそうに左手でこすった。

私は、その傷が手を突き抜けていることに気づいた。手のひらの傷痕は小さく目立たなかった。傷の謂れを尋ねようとして、聞くのをためらった。

「気にするなよ、ビリー」と、私は言った。

「酔っぱらいのことなんか、本当はよく分からない。ぼくらモンゴロイドの肝臓は、ひ弱なんだ。だからエスキモーは酒とアラスカを簡単に交換してしまった」

「イヌイット」と、彼は訂正した。「エスキモーなんて言っちゃ駄目だ」

私の懐でポケベルが甲高く鳴りはじめた。液晶に緊急呼集を示す番号が明滅していた。

「仕事だ。ぼくを呼んでいる。悪いが飯はまたにしよう」

彼が私の機先を制して勘定を払い、並んで店を出た。大桟橋の方から湿った風がシルクセンター前のロータリーに流れこみ、街灯を曇らせ夜を濃くしていた。

「酒場へ行ったら先に酔った者の勝ちさ」と、彼は呟き、ポケットからひねり出した紙マッチの裏側に携帯電話の番号を書いてよこした。

「週末、退屈で気分がよかったら電話をくれよ。――ぼくもそうしていいな?」

「もちろんだ」と言ったものの、私が、そして彼が、そんな器用なものを手に入れられるかどうか自信はなかった。しかし、飛行機乗りは、いたって機嫌よく私の手を握り、海岸通りの街路樹の向こうに歩き去った。

私は県警本部へ帰り、ただ私を呼び出すためにでっちあげたとしか思えないデスク・ワークで時間をつぶすことになった。誰かがテレビの野球中継で、バックネット裏に座っている私の顔を見つけたのだ。

夜遅く部屋に帰って、スポーツニュースを見ながら寝酒を飲んだ。試合はあのまま一点差で負けていた。私はテレビを消した。することはなかったが、ベッドへは行きたくなかった。私は酒を飲み続けた。

足りなかったのは酒ではなかった。たったの二回、それも偶然出会っただけの相手が、妙に気になっていた。

カリフォルニアで生まれ、カリフォルニアで暮らしているくせに、ヤンキースを応援している飛行機乗りのことを、私はその後もしばしば思い出し、考えた。

私の学生時代、世の中はもうジーンズとTシャツでどこへでも入って行けるようになっていた。アメリカでは、それがもっと早かった。しかし彼は、胸にエンブレムを縫いつけた金ボタンのブレザーにレジメンタルのネクタイで野球見物にやってきた。

目も髪も黒、四分の三は日本人なのに、南部のKKKのように黒人を悪しざまに罵る。カリフォルニアの生まれ育ちなのに、英国かぶれの東部人よろしくロンソンのライターを使い、へミングウェイが好んだ酒を飲む。

彼はまるで、フランスの小説家が主人公たちの会話がかったるいものにならないように登場させる、あのヤンキーだった。

しかしそんなもの、今では尖塔とラジエター状の看板庇がついた映画館やジェラルミンを張ったダイナーと同じく、過去の遺物にすぎない。彼の身にまとわりついているすべては一時代昔、メキシコ湾流に押し流されてしまったはずのもの、私が子供だったころ、愛しあい、憎みあい、殴りあい、そして最後に笑いあって終わるアメリカ映画に出てくる広告会社の青年重役のようなものだった。

今では誰もがそうした男がホモか、下手をすると背広の下にブラジャーを着け、ストレス解消に万引きをやりかねないと知っている。髪を肩までたらし、口髭をのばし、煙草も喫わない菜食主義者の花形スポーツ記者がいることも知っているし、金髪で血色がよく、実に公平無私、ガムを嚙みながらヘリボーンを敢行する兵隊が絶滅してしまったことも知っている。

しかも我が撃墜王は、ＩＶＹリーガーではなく、東部人でもなく、ニューヨークに行ったこともなく、まして白人でもないのだ。そして、不思議なことに、私は彼がどことなく気に入っていた。

3

金曜の逆転がこたえたのか、長嶋のチームは週末の三連戦にずるずる負け続けた。エース級の投手を注ぎ込んでも連敗は止まらなかった。

幸か不幸か、私はそれを見ずに済んだ。週末、私の班は横須賀警察署に看板を上げた捜査本部に回され、テレビどころか寝る間もなかった。

京急安浦駅近くの岸壁で消波ブロックの隙間に打ち寄せられた死体が見つかって、すでに五日もたっていた。海から上がった死体にしては、腐敗も損傷もそれほどひどくはなかった。後頭部に打ち傷があったが、殴打の跡ではなく、まして命にかかわるようなものではなかった。

死体は四十代の男性、頬骨の張りといい、鼻の形といい、どう見てもインドシナ系の外国人だった。指紋照合では、前科《まえ》は出てこなかった。尻に弾痕があったが、昨日今日のものではなく、しかも医師によって処置された様子が見て取れた。

もちろん、それだけでは本部捜査一課の強行犯係が乗り出していくような案件ではない。

死体が浮かんだ岸壁は漁港と海釣り公園に挟まれ、すぐ近くにはファミレスや量販店、ハウジングセンターまで並んでいた。埋め立て地とかつて遊廓だった古い町並みの境目に幅広の並木道が走っていて、交通量も人通りも多かった。酔っぱらいがふらふらしているような場所ではなかった。アジア系の外国人が通り掛かるような場所でもなかった。

それでも監察医は心不全による水死と鑑定し、所轄は災害事故として片づけようとした。

それが佐藤という元刑事の耳に入った。彼は何年も前に定年退職していたが、自分から希んで被害者対策の担当者として再雇用され、請われもしないのに始終、横須賀署に顔を出していた。

溺れた死体は水を飲み、肺の空気がなくなるので水底に沈む。腐敗が進み、ガスが溜まるまで浮き上がってくることはない。最近の若いやつは、そんなことも知らないのか！——佐藤は鑑識に行き、死体写真を見た。案の定、トラウザースのファスナーは閉まっていた。岸壁の溺死者は、小便しようとして誤って海に落ちるものだ。たいていファスナーが開いてる。若い連中を怒ろうとして、彼は啞然とした。監察医は血液中のアルコール検査もしていなかったのだ。

そこで、元刑事は旧知の横須賀署長に諫言した。正確には、こう言ったそうだ。

「バカ野郎。まだ、あんなヤブ医者を使ってんのか。ヘソで茶を沸かすぜ」

人口八百八十万人の大阪府警でさえ監察医が五十人はいるというのに、ほぼ同じ人口の神奈川県に監察医は三人しかいない。

その一人に、木頭《きとう》という県警では有名な監察医がいた。名高いのは腕ではない。彼は年に三千体を検死していた。年間の死体案件は六千、半分は彼が見たことになる。三件に一件としても、年に千体は解剖したことになる。自分が経営する個人病院で患者を診る片手間にだ。

後で判ったことだが、木頭先生は学生や看護士に切らせて、彼らの所見をそのまま報告していた。死体を運んできた葬儀屋に検死助手をやらせたこともあった。解剖後の処置も葬儀屋に任せっぱなしだった。

警察も警察で、やっかいな捜査本部を抱えていてどうしても事件化したくないとき、望みの検案書を阿吽の呼吸で書いてくれる人物を便利に思っているフシがあった。各所轄署には昵懇の葬儀屋がいる。死体を任せるたび、彼らはお清めと称してビール券を置いていく。こういう繋がりが、ますます木頭先生を増長させた。

この大先生は数ヵ月後、脱税で逮捕された。一体の検死には二万円が支払われる。解剖は五万円。年間一億円近くの収益を、彼は十数年にわたって懐に入れていた。

口うるさい被害者対策の世話係は、現役時代から木頭を快く思っていなかった。署長にやいのやいの煩く言って、ついに司法解剖の指示をとりつけた。

結果、肺の萎縮が指摘された。普通は黒ずんでいるはずの心臓の血も、みごとに真っ赤だった。男の死因は低体温症、いわゆる凍死と判断された。人は二十八度以下に体温が下がると、自動的に死んでしまう。血液循環が急速に遅くなり、脳に血が行かなくなる。

苦しんだり、何かから逃れようと抗った痕跡は一切なかった。彼は静かに凍えて死んだ。

もう六月も終わろうとしていた。外で眠ったくらいでは、風邪だって引きそうになかった。服の背中がずたずたに破けていたことも改めて報告された。手の甲の皮膚が剝けていたことも判った。生体反応もないまま、皮だけぺろりと剝けていたのだ。

氷より冷たい何かの上で寝た可能性があった。手の甲と服の背中が何かに張りつき、無理に引き起こされたとき剝がれたのではないか。

一度凍らせ解凍した死体では、死亡推定時刻は推測できない。爪の間から汚泥が採取されたが、体の何処からも毒物は出てこない。血液中のアルコールも多くはない。

いよいよ事件性が強まった。それでもまだ、われわれ本部の捜査員の出番はなかった。週末、テレビの制作会社が横須賀署に取材要請をしてきた。どこからか、この一件がメディアに漏れてしまったのだ。しかも相手は警察担当のクラブ記者ではなく、テレビのワイドショーだった。

署長は慌てた。木頭監察医は解剖をしていなかった。にもかかわらず、書類上解剖は行われたことになっていた。それも横須賀署の巡査部長立ち会いの下で。

週が明ければ、ワイドショーのトンチンカンなレポーターに何を言われるか分からない。先手を打って、捜査を始める以外に策はなかった。こうして横須賀署に殺人事件捜査本部の看板が上がり、管理官以下、本部捜査一課の強行犯係が投入された。

会議は初手から延々と長く、そのわり内容はあまりなかった。

遺留品は極端に少なく、海が手がかりを洗い流していた。ポケットはほとんど空、携帯電話どころか財布も出て来なかった。辛うじてポロシャツの胸ポケットに、紙屑と汐入駅前の営業所で売られた京急バスの回数券が残されていた。紙屑と思われたのは、汐入駅近くのコンビニのレシートだった。

そこでわれわれは、汐入駅を中心に半径一キロほどの地域の住民と就労者を片っ端からツブしていくことにした。円内には汐入町がくまなく収まり、中心にはドブ板通りがあった。険しい崖が町を寸断していて、聞き込みには手間がかかった。山口百恵が歌ったとおり、ほとんどの道が急な坂だった。しかし、今では坂道を駆け上っても海など滅多に拝めなかった。私と本部から来た若い大柄な同僚は、緑が丘の北側と大滝町の一部、〝本町通り〟の聞き込みを受け持った。それがドブ板通りの正式の名だった。黒いブラザー達は「本町」を上手く発音できずに、ホンチと呼んだ。兵隊目当てに地方から集まってくる若い娘たちも、通ぶってそれに倣った。

通りは色付きの舗石で敷きつめられ、もはやドブどころか側溝すらなかった。舗石には、ところどころ手形やレリーフが埋め込まれていた。

ヴェトナム戦争が終わり、ドルが二百円を下回るようになってから、一度この町は死に絶えた。女のいる店は次々と潰れ、ディスコからは音楽も聞こえなくなった。

最近になって息を吹き返したものの、客層はだいぶ変わった。ことに昼、通りは観光地の門前市と化している。軍装を扱う洋品店、第七騎兵隊の軍旗がはためく家具屋、ロトフェ爆撃照準器を置いている骨董屋などを、若者や女子高生、物見遊山の老人グループがひやかして歩いていた。兵隊相手に肖像画を描いていた店は、ゲイシャガールの油彩画を店先から引っ込め、ヒロ・ヤマガタのポスターを張り出し、スカジャンの専門店にはゴアテックスやエドウィンが置かれ、軍隊のワッペンやピンバッヂは今や名高い土産物だった。

道案内についた所轄の刑事は、何かにつけて暴力団を頼ろうとした。この町では、巨きな広域組織の総長だったヤクザが、今も隠然とした勢力を誇っていた。その彼らに顔が利くのが、よほど自慢な様子だった。顔を利かすというより、礼を尽くしたいというのが本音だったのかもしれない。

聞き込み三日目が無駄に終わると、私は理由をこしらえ、所轄の刑事と横浜から来た同僚を捜本へ追い返した。ドブ板通りには、下手な警官よりずっと役に立つ知人がいた。そうした連中は、夜遅くに独りで訪ねなければ話にならない。

私は、自分の車を国道に面したコインパーキングに停め、ポケベルの電源を切ってドブ板通りへ戻った。

この街の本当の夜が始まろうとしていた。行く手で空気の匂いが変わり、ネオンの色が変わった。ゆるくくねった狭い道を通る人々の、歩調も姿勢も違っていた。

十年前、アメリカ軍がまた戦場に出かけるようになってから、昼だけでなく夜も、ドブ板通りは生き返った。むろん何もかも昔通りとは行かない。ホテルと劇場が入った高層ビルの飲食店にサラリーマンの足が向くようになり、それを目当てに、カラオケスナックや居酒屋へ宗旨がえする店も増えた。女のいる店が激減して、逆に小遣いを払ってもアメリカの兵隊と付き合いたいという日本娘が、夜毎、集まって来るようになった。

そんな中で、プライベート・プリンセスは骨董品に近い珍しい存在だった。今もホステスが背中の開いたドレスを着て、ダンスの相手をしてくれるのだ。

私が歩いていくと、その軒先に旧式のフォード・マスタングが停まった。とても綺麗にレストアされたミッドナイトブルーのマッハIだった。

運転席から「ヨーリィ」と呼ぶ声が聞こえた。

開け放されたドアの奥で分厚いカーテンが開き、背中を剝き出しにしたお姫さまが一人、姿を現した。

車の中から太い毛むくじゃらの腕が伸び、彼女に段ボール箱を手渡し、数枚の一万円札を受け取った。

マッハIが走り去った後も、彼女はその場から動かなかった。艶やかなおかっぱの前髪の下で、丸く大きくよく光る目が私を見ていた。私も彼女を見ていた。

「二村さん」と言って、瞬きした。

「太りもしないし、痩せもしないね。背も髪も伸びないじゃん」

「髪の毛は伸びないんじゃない。床屋へ行っただけだ。お変わりないのねって言えばいいだろう」

「あっ！　そうか」

由《より》はビスケットのポスターみたいに笑った。「また、誰かが死んだの？」

「何で死んだって判った。ヤマトを探してるんだ。最近はどこで会えるか知らないか」

「あっあ」

人差指を立て、つんと上向きの小さな鼻を叩いてみせた。

「いっぺんに二つこと訊かないでって、いつも頼んでるじゃん。ヨーリィのヘッド、ラッキーストライクなんだもん」

「ラッキーでストライクアウトなんだろう」

「まあね」なぜか自慢そうに胸を張った。

「スモーキン・イズ・デンジャラス・フォー・ユア・スクウェアライフよ」

由はかつてこの街で、金で買えるお姫さまをしていた。そのころ彼女はまだ十代だった。今の十代とは違って、高級ブランドを買い集め、ホストに入れ揚げるためにしていたのではなかった。それまでの十代のように、親を食わせ兄弟を学校へ行かせるためにでもなかった。彼女は不思議な職業意識を持って、ここでの暮らしを半ば楽しんでいた。

私はまだあどけなさの残る顔を見おろしながら、過ぎた年月を数えた。とっくに三十を過ぎているはずだった。

「寄っていきなよ。ビールぐらいご馳走するよ」

「またにしよう。仕事中だ」

「本物のオマワリみたいだね」

「今夜は本物のおまわりなんだ。誰にも内緒だぜ」

「うん！　秘密にする」

由は首を振り、髪を羽ばたかせた。石鹸が甘く香った。真赤な口紅以外、顔には何もつけていなかった。

「その箱は何だ？　酒の密輸ならぼくの目から隠してくれ」

足許に置いた段ボール箱に目をやり、彼女は笑いだした。

「今どきお酒、兵隊から買ってもしかたないよ。お酒と下着はネットで買うの」

「ネットって、インターネットか?!」

私が戸惑っている間に、彼女は箱を無造作に開けた。中には、薄紙に包まれた財布とお婆ちゃんの巾着袋のような革バッグが入っていた。

「これ、プラダ。アメリカで買って、軍用行嚢《ミリタリー・メイル》で送ってもらったの。日本で買うと、うんと高いんだよ」

「君がコンピュータで酒を買って、プラダの財布から金を出す日が来るとは思わなかった」

「出すんじゃないの。入れるの専門。何たってドルが百円よ」

彼女は何故か残念そうに笑った。カーテンが割れて、別の女が顔をのぞかせ、電話がかかっていると告げた。女が由を「ママ」と呼んだので、私は飛び上がるほど驚いた。

由はもう一度私を誘った。

「悪いが今日は本当に仕事中だ。ヤマトを探してるんだ」

それは、この街では知らない者がいない情報屋だった。かつては靴磨きをしながら米軍の動向に聞き耳を立て、海自の幕僚からも「信頼できる消息筋」の一人と見られていた。

「最近、ヤマトはエグゼクチヴね」と、由は笑って言った。

「昼にダイエーに行くと会えるよ。ショップ出してるから。シューリペイアとキースミスの店。ここの鍵もヤマトが造ってくれたの」

私は溜め息をついた。由は笑うのをやめた。「それで。誰が死んだの？」

死体写真から起こした死人の似顔絵を出して、彼女に見せた。

「あれ？　チエンさんじゃない。どうしたの。目ばりなんか入れちゃって」

由は似顔絵をひったくり、街灯の光に翳してあらためた。

「チエンって言うのか。中国人かい？」

「駄目じゃん。ふたつこと、いっぺんに聞いちゃ。ひとつ答えると、次に答えることを忘れちゃうから」由は言い、もう一度写真を見た。

「陳って書くの。中国っぽくないって言ったらパスポート見せてくれた」

「陳さんには、どこに行けば会えるんだ？」

「すぐそこでハンバーガーショップやってるよ。でも、ここんとこずっと開いてないの。エブリタイム・オープン、ネバー閉店のはずだったんだけど」

「ハンバーガー？」私の頭の片隅で、嫌な音がした。胸の内に冷や汗が湧いて出た。

「うん。ここのすぐ裏っかわ。ハイウェイの方から入る路地の奥。カプッチョとか言うの」

冷や汗は凍りついた。私は、礼を言って歩き出した。

由が私の背に何か言ったが、通りすがりの女子高校生の声にかき消されてしまった。

「兵隊はだめよ、兵隊はさ」制服姿の娘が言った。

「同じロークでもミュージシャンに限るよ。ブラザーはタカるばっかだもん」

娘たちが道の真ん中で一斉に笑った。ひとりは笑いながら、さも胡散臭そうにこっちを睨んだ。

私の代わりに、タコス屋の軒先に繋がれた犬が娘たちを睨み返した。白く大きく気の毒なくらい年をとった犬だった。

凍った冷や汗が、また流れだした。

4

店のネオンは相変わらず半分、壊れていた。

しかし今日は街明かりで、店名を読むことが出来た。あの夜、私とビリー・ルウが住居侵入を犯した店はカプッチョではなく、カプットという名前だった。

ドアには鍵がかかり、声をかけても返事はなかった。私は万能ナイフなど持っていなかった。身につけた金属といえば、自分の鍵束と拳銃だけだった。管理売春内偵中の生活安全課の刑事が米兵に拳銃で脅され、手錠を奪われるという事件があったので、捜査本部の管理官は拳銃携帯を指示していた。寸鉄に違いないが、アメリカ映画のように鍵穴に向かってぶっ放すわけにはいかない。

私は路地のとっつきまで引き返し、角のパン屋にカプットのことを尋ねた。一週間か十日ほど前に潰れたらしいと言って、店主は首をひねった。潰れる前から、たびたび休んでいた。二十四時間営業はそれ以前から看板倒れになっていたようだ。

私は似顔絵を出した。パン屋の主人は、ラブレターを見つけた生活指導のマスールみたいな目でちらりと睨み、よく似ていると頷いた。

「この人ひとりでやってたようだよ。アルバイトみたいな若いのが、ときどき出入りしてたけど。見るたび、違う顔でさ」

「料理人はいないんですか？」

「そうね。ハンバーガーのタネは、どこかの肉屋でつくらせてるんじゃないの。バンズが足らなくなって、一度買いに来たことがあるけどねえ。何しろ二十四時間やってるわけでしょう。いろんなのがいたみたいよ。中国人とか——うん、ありゃ、フィリピンじゃないよ。女がね、ときたま路地の奥、掃除してたけどさ」

私は店の電話を借りて捜査本部を呼び、店の名と住所を伝えた。

「チエンという人物が被害者《ヤマチャン》にそっくりだということです」言葉を選んで言い、報告に戻れと命じられる前に通話を切った。

その後で、国道に面した店を片端から聞いて歩いた。チエンを見知った者は決して多くなかった。電気屋の主人は、彼が食材の段ボール箱を車で運んでくるのを見かけていた。しかし、それが日課というのではなさそうだった。

カプットの近くまで引き返してくると、国道の路肩に乗り捨てられたレインジローバーが目に止まった。この街では滅多にお目にかからない高価な英国製の四駆だった。ブリティシュグリーンに塗られ、Yナンバーをつけていた。駐留軍人か軍属、その家族の車だ。しかし彼らなら、ずっと安価でごてごてと付録がついたジープチェロキーで満足する。そうでないならトヨタのランクルだ。そこが引っかかった。

カプットの路地に光がこぼれていた。私はドアの前まで行って、そこに腰を落とした。ドアの安普請に較べて鍵は立派なものだった。鍵穴に、傷も見当たらなかった。

そのとき室内でかすかな物音がした。ノブをそっと回した。鍵は開いていた。

わずかな隙間から覗き込むと、懐中電灯の光が、薄暗い店内を舐め回っていた。やがて、小さなマグライトを手にした人物が、カウンターの向こうから出てきた。手前の座席の下にかがみ込もうとしたとき、顔が見えた。

私は背を伸ばし、ドアをノックした。それから穏やかに尋ねた。

「ハンバーガーがそんなに好きなのか。それとも酒を探してるのか？」

ビリー・ルウはひどくあわてて、ライトをこちらへ向けた。

「ぼくだよ。二村だ」

「偶然にしては回数が多すぎるな」と、彼は言った。

ふうと吐いた息で飲んでいることに気づいた。今夜はオリーヴ色のシアサッカーのスーツを着ていた。サドルシューズを履いて、ネクタイはしていなかった。

「ただの偶然だ」私は応えた。

「数が多すぎるから、ただの偶然じゃなくなったまでだ。――この店の鍵を持っているのか」

「ぼくが？　またナイフを使ったんだよ」

「この鍵はダブルディンプルってやつなんだ。普通のシリンダー錠と違って万能ナイフなんかじゃ開かない。たまたま開いてたって言うのも駄目だ。ぼくはついさっきここへ来ている」

私はカウンターのスツールに座った。

飛行機乗りは肩をすくめ、グラスを二つカウンターに並べてハバナクラブの栓を抜いた。

私はグラスを軽く払いのけた。思ったより勢いがついた。グラスは床に転げたが、割れはしなかった。床は安い樹脂張りだった。

「友達が遠くから来た。楽しくないわけがない。中国の古い詩だ」彼は出金伝票のようにそっけない英語で言った。

「今飲まないで、いったいどこに帰ると言うんだってね。学校で習ったろう？」

「学校で習ったのは母親を疑う方法だけさ」

「まるで警官みたいだな」

私は言葉を飲んだ。このとき、そうだと頷いておけばよかった。そうすれば、この後起こったことのほとんどは、起こらずに済んだかもしれない。

「チエンという男が殺されたんだ。知ってるだろう？」

彼はびっくりしたような顔をしてこちらを睨《ね》めすえ、ラムをラッパで飲んだ。

「それ以上飲むな。今夜は素面でいた方がいい。君は、ここで何をしていた」

「忘れ物を捜してたんだよ。酔うと、すぐ何かを忘れるんだ」

「この間の夜も、何か捜してたのか？」

「あのときは、ただ酔っていただけだ」

彼はラムの瓶を手に、こちらへ出てきた。

私は席を立ち、酒瓶を取り上げた。腕を取っても逆らわなかった。強引に外へ押し出した。ドアを閉め、鍵をかけるように言った。

彼は一瞬ためらった。それから肩をすくめ、悪びれもせずに鍵を出した。

路肩まで行き、レインジローバーの脇で君の車かと尋ねると、そうだと答えた。

「いったい、どうする気なんだ、二村。君はどこの人間だ？」

私は彼の腕を取り、舗道を歩きだした。その手を乱暴に振りほどいたが、意外なことにおとなしくついてきた。コインパーキングまで行き、助手席のドアを開けて待った。彼は私の顔を見て、何も言わずに乗りこんだ。

エンジンをいななかせ、強引なUターンで国道十六号線を下った。米軍基地の正面ゲートを通りすぎ、道なりに大きく右へ曲がると、すぐ先に白い市役所の建物が見えた。横須賀署はその向かい側に建っていた。

ハザードを灯し、車を路肩に停めて、

「そこの警察で今、五十人近い警察官がチエンを殺した犯人を捕らえようとしている」と、私は言った。

「彼らにとって、君は疑わしい人物ナンバーワンだろうな」

「Okey-dokey。何が言いたいんだ。たしかにぼくは、ヤンと金のことでトラブってた。しかし、それはもう片がついてる。チャンとは関係ないよ」

「チャンって、チエンのことか？」

「そうだよ」彼は不思議そうに頷いた。

「あいつは、あそこの店主だってだけだ。鍵は貰ったんだ。ぼくは上客だったからね」

「上客ってなんだ？」

「あんな店の安酒に、ぼくほど金を使う人間は他にいない」

庁警に立っていた警官が、署の玄関から舗道へ出てきた。私の車を見知っていたか、それとも不審車両と思ったか、彼は道路越しに鋭い目を投げた。

「ミスター・ヤンとは、うまく行っているのか？」と、私は尋ねた。

「なあ、二村。この世の中の良くない点は、あの手の人間を、あまりに沢山輩出しすぎるところさ。フォーブスの記者が追いかけ回すほどの金持ちじゃない。しかし貧乏人が教会の慈善スープの列で金持ちってやつを空想するとき、あいつはハワード・ヒューズよりずっと金持ちなんだ。ほとんどの人間が、そういう金持ちのために働いている。ハワード・ヒューズ本人から手渡しで給料を貰っていれば、あきらめもつくんだろうが」

「汚い金じゃないなら、同じことだ」

「ひとところに沢山集まれば、どんな金でも汚いものさ。ぼくは彼のお抱えパイロットだ。飛行機を買うような才覚がなかったんだよ」

「戦友じゃなかったのか」

「大昔のことだ。ぼくは二十歳かそこら、やつだってまだ三十半ばだ。昔は昔さ」

ビリーは鼻を鳴らした。

私はまだこっちを見ている警官と、眩いほどに明るい捜査本部の窓を交互にながめた。

結局、ハンドブレーキを切って車を出した。

一つ目の信号を左に折れると波止場の気配が近づいた。しかし港は透明樹脂の囲いに覆われ、水のない金魚鉢のようだった。その先に椰子並木の六車線道路が続いていた。海沿いの公園は、ハウジングセンターの種々雑多な建売住宅で見えなかった。派手な色の幟が気味悪くはためいていた。

「チエンだかチャンだか知らないが、死体はあそこで発見されたんだ」と、私は言った。「犯人は利口なやつじゃないな。町にも近いし、人気も多い。安心したよ。ヤンは絶対こんなところで殺さない」

「ミスタ・ヤンには、あの男を殺す理由があったのか？」

彼はひょいと首をすくめ、苦笑した。しかし口は開かなかった。

海側にはファミリーレストランや大型の家具屋、自動車用品店などが広い駐車場に囲まれて並んでいた。陸側には背の高い分譲マンションがそびえていた。市はJR横須賀駅から観音崎灯台まで一万メートルの海辺の散歩道を計画中だった。こんなところを散歩させられたら、犬でもノイローゼになるだろう。

青果市場の手前で国道十六号と合流した。道路は一直線に変わり、上下線を分かったグリーンベルトはますます茂り、そこに植えられた椰子の木もずっと背が高くなった。左手はいたずら書きで汚れた防波堤、反対側は犬小屋のようなプレハブ住宅でちまちま埋めつくされていた。車の行き来が急に途絶えた。

「どうしようって言うんだ？」ビリーがやっと口を開いた。

「君はあの男に何か用事があったはずだ。だから何度もあそこへ行ったんだろう」

「本当に忘れ物をしたんだ。それだけさ。何だったら、警察に行って証言したっていい。警察に行きたくないのは君の方じゃないのか」

私は答えなかった。そろそろ、本当のことを伝えるべき頃合いだった。そして横須賀署に戻り、バーのカウンターではなく取調室のデスクを挟んで話し合うのだ。

「後ろから来るトヨタに気付いているか」ビリーがいきなり尋ねた。

たしかに、ヘッドライトがくらいついていた。しかし私には車種まで区別はつかなかった。

「どこからついて来た？」

「Uターンすると、一緒に回って来たトヨタがいた。ポリスオフィスから走り出したとき、少し後ろの路肩からそれがまた出てきた」

「何故教えなかったんだ」

「複座機《パラレル》の扱いは苦手なんだよ」

私は速度をあげた。ヘッドライトとの距離は少しも開かなかった。ギアを二段いっぺんに落とし、制動をかけた。同じだけ向こうも速度を落とした。

「まずいな。今ので、こっちが尾行に気づいたってバレちゃったぞ」

ビリーが言い終わらないうち、後ろの車が速度をあげた。色は白、クラウンのセダンだった。それがワッと吠え、路肩側から追い抜きにかかった。理由はないが敵意を感じた。

この先は、海沿いにくねった道だった。カーヴもきつくアップダウンもあった。そこまで行けば振り切れる。しかし、まだ一キロ近く幅広の直線が続く。G60が、ストレートではトヨタのセダンに負ける時代だ。

「脇に入れ！」ビリーが叫んだ。

「狭くて曲がった道だ」

信号が迫った。赤だった。私より利口な人間はいくらでもいる。その連中なら、決してそんなことはしなかったろう。私はハンドルを逆に振り、また戻し、グリーンベルトの切れ目に突っ込んだ。

「しがみつけ！」と叫んでハンドブレーキを引いた。前輪を軸に、地球が回り出した。トヨタがすぐ脇を通りすぎて行った。こっちは回転しながら反対車線へ躍り込んだ。ギアを落とし、ハンドルをたて直した。車体は横須賀の方角へ向き直っていた。ハンドブレーキを離し、アクセルを踏んだ。

何かが変だった。尻がふわふわ手応えがない。いつまでたっても、景色が横に流れ続けた。回転が止まらない。

「オイルだ！」ビリーが喚いた。

「地面が濡れていた」

すばらしい目だったが、残念なことにほめている暇がなかった。ゴルフは反対車線でさらに百八十度、逆向きになるまで回転した。目の前に椰子の木が見えた。体がのけ反った。車は後ろ向きに跳ね上がった。衝撃が来て、安全ベルトが胸を締め上げた。

気づくと、前のめりに停まっていた。ボディは無事だが、腹を打ったようだ。グリーンベルトの樹木の中だった。窓は葉で埋もれていた。

エンジンはかかった。ギアも繋がった。しかし、前に進まなかった。車体が半分以上グリーンベルトに乗り上げていた。

「宝の持ち腐れだ」

私は窓をいっぱいに開け、地についていない前輪を見おろした。

「気にするな」と、ビリーが言った。「マイケル・シューマッカー《ミハエル・シューマッハ》だってカーヴを曲がり損ねることはあるさ」

「あいつの車はFFじゃないよ」

白いトヨタが猛烈なリヴァースで戻ってきた。信号で止まり、こちらに曲がった。目の前を通り過ぎ、少し先の路肩でブレーキランプを点した。

前のドアが両側いっぺんに開き、男が二人、同時に降りて来た。二人ともスーツを着てネクタイをきちんと締めていた。

ひとりは銀色の髪をした図体の巨きな白人、もうひとりは小柄な東洋人だった。

「出て来い」東洋人が叫んだ。上着に入れた手が、拳銃を持って出てきた。

驚く前に腹を立てていた。手がドアを開け、足が外へ踏み出した。腰の拳銃には、なかなか手が届かなかった。官給のやくざなホルスターからやっと抜き取り、ドアの陰から銃口を突き出した。

「動くな！」私は叫んだ。

二人がぱっと左右に散った。相手の銃口はまだ足許を向いていた。

「銃を遠くに捨てて、そこに伏せるんだ」

目の前で青白い火が瞬いた。弾が頭上を掠め、私に禿をつくりそこねた。銃声が海鳴りと混じり、やがてその残響を風が掃き去った。静寂が戻った。

「ビリー！　聞こえるか」

とっさにトヨタの陰に身をひそめ、東洋人が呼んだ。アメリカ人の英語だった。もう一人の姿は見当たらなかった。

「われわれは、ここをリトルビグホーンにする気などないんだ」

「歴史を知らないな。リトルビグホーンで皆殺しになったのはアメリカ軍の方だ」私は囁いた。

「謙遜してるんだ。——やつはエンジンを楯にしている。君の弾よけはドア一枚だぞ」

「トヨタのエンジンとゴルフのドアなら良い勝負だ」

助手席のビリーがシフトレバーを跨ぎ、こっちへ顔をのぞかせた。「なんで面倒をおこした？　抜いたなら、すぐ射ちゃあよかったのに」

「薬室に初弾が装塡されていない。いつも空にして持ち歩いてる」

「なんてこった。いったいどこで訓練を受けたんだ？」

私は黙って遊底を引いた。最初の弾が薬室に送り込まれた。答えなかった理由は、はっきりしている。日本の警察の名誉を守るためだ。

「ビリー・ルウ、返事をしろ」

トヨタのボンネットに黒髪がのぞけた。片われは、相変わらず姿を見せない。

「われわれは、君を食事に誘いに来ただけだ。食卓へつかせるのに、拳銃が必要だとは聞いて来なかった」

「俺の友達は実験動物解放戦線《アニマル・リベレイション・フロント》のヒットマンだ。こっちの言うことなんか耳を貸さない」

「東京六大学のヒットマンだ」私は訂正した。

ビリーが車から降りてきて、後ろに腰をかがめた。

「拳銃を貸せ。ぼくの方が打率が上だ」

「連中は何だ？　ヤンの一味か」

「ヤンの手下にアメリカ人はいない。——そのブラウニングを俺に貸せよ」

舗道の向こうは空き地だった。ニュータウン予定地の看板が立つだけで、夜闇はどこまでも広くのっぺりしていた。

「ぼくは緑地帯の裏へ行く。もうひとりのやつがさっきから見えない」と、私は言った。

「二十数えても銃声がしなかったら、ライトをハイビームにして、反対側へ思いっきり走れ。ライトが点いたら、ぼくは撃ち出す」

私は体を伸ばしてヘッドライトを消した。あたりが真っ暗になった。

「連中の目が闇に馴れるまで、あの男と漫才をやっていてくれ」

「ぼくだけ逃げるのか。ずいぶん不合理な方法だな」ビリーは小声で囁いた。

「合理的じゃないか。ぼくはキャッチャーだったんだぜ」

ビリーは私を不思議そうに見つめ、眉をひそめた。アメリカには田淵のように足の遅いキャッチャーはいないのだろう。

彼は大きく腕を回し、私の手をぎゅっと握った。

「今夜、会えなかったら、明日の一六〇〇時に婆さんの店で飲もう」

「Okey-dokey」私は答え、身をかがめて後じさった。

そのままの格好で茂みの向こう側へ出た。縁石に身を寄せ、周囲を窺った。巨きな白人は見あたらなかった。反対車線に、やって来る車もなかった。

「ＯＫ、諸君！」

茂みの向こうで、ビリーの声がした。「俺の友人はシッティング・ブルの血を引いている。

戦士は礼儀を重んじて、まず名乗るもんだと言っている」

「俺がジョンで相棒がドゥーだ」

私は耳を澄ませた。風にそよぐ木々、防波堤の潮騒、遠いエンジン音。もうひとりの男が靴に拍車でもつけていない限り、足音など聞きとれそうになかった。

敵の背後へ回り込み、ビリーがヘッドライトを灯した瞬間に道路へ飛び出し、背中に銃を突きつける。それが私の作戦だった。しかし、もうひとりがどこにいるのか分からなければ、すべて台無しだ。

そのとき人の気配を感じた。革靴がすぐ後ろで土をこじった。

振り向きざま、鼻柱の内側に電気火花の匂いがした。首筋が痺れ、頭が固いものを感じた。同時に右手が跳ね上がった。ふっと意識が遠ざかり、衝撃の余韻が、聖譚曲を歌った。耳の後ろを襲った一撃と、腕の先で起こった銃撃の、みごとな二部合唱だった。頭蓋骨の伽藍で合唱が長いエコーを引いた。

それが消えないうちに、私は意識を失った。

5

明けの空に子豚が舞い、竪琴を奏でていた。宗教画に登場するお上品な子豚だった。竪琴はみごとにスウィングしており、ウェス・モンゴメリーのギターに似ていた。

『頭が痛むだろう』そのうちの一匹が、お得意のウィンクをくれて言った。

『熱いだけだ。殴られたところが熱い』

『殴られたんじゃないよ。飲みすぎさ』

子豚がキィキィ笑い、タルカムパウダーの匂いがする金粉を蝶々のように散らした。

突然、私の目が開いた。光が頭の裏側まで差しこみ、鋭く痛んだ。

「飲みすぎなんかじゃないよ、二村さん」若い女の声が、やさしく言った。

「だから、肝臓の方はドン・マイン。それよか、頭を心配した方がいいと思う」

由の顔が目の前にあった。ベッドの上だった。大きく開いた衿許から、タルカムパウダーが初夏の朝日のように香った。

「まさか、君のベッドで目を覚したんじゃないだろうな」

口を開くと、唇がねばついた。「今、何時だ?」

「言ってるじゃん。いっぺんに二つこと訊くの駄目だって。もの覚えが悪いね」

「判った。まずここはどこだ？」

「由の部屋。由のベッド。男がひとりで寝たのは初めて」

由はベッドから降り、こっちを見おろした。

私は半身を起こした。首を三度回して四度唸った。

「血も出てないし、タンコブできてるし、心配ないってビリーも言ってる」

「ビリー？　ビリーを知っているのか」

「うん。――あたしのステディ」

彼女は体を起こし、ビリーの名を呼びながら壁布の一部をかきわけた。向こうにドアがあった。ドアも窓も、四つの壁がぐるりと、インド人がドブ河のほとりの町工場でこしらえているような花柄の布きれで覆われていた。私をくるんでいるベッドカバーも同じ布だった。

由が濡れタオルを手に戻ってきた。

「ビリー、タイム・アウトね。基地《ベース》に帰っちゃった。よろしくって」

「ビリー・ルウとは、どういう知りあいなんだ？」

「ビリー・ルウ？――アイドンとこノーよ、そんな人。由の知ってるのはビリー・スティムウェル。コーンヘッドでグリーンアイズ。背が高くて、よく灼けてて、でも、あんまりハンサムじゃないの」

溜め息をつきながら立っていき、布切れの一部をめくった。戸をはずした押入れが覗け、そこに私の上着と拳銃のホルスターが置いてあった。

「ミスタ・スティムウェルに礼を言わなくちゃならないな」

体を起こすと、嫌な気分で拳銃を検めた。弾丸は挿弾子に三発しか残っていなかった。遊底を引いて、薬室に送りこまれた一弾をはじき出し、マガジンに戻した。右手を鼻に近づけた。かすかに火薬の匂いがした。殴られた拍子、引き金を引いたのだ。

「こいつは初めからホルスターに入っていたのか?」と、私は尋ねた。

「うん。あたしが行ったとき、二村さんの車、グリーンベルトにめり込んでたの。三角の赤いやつ道路に出して、二村さん、運転席で寝てたよ。ノックアウトには見えなかった」

上着に袖を通し、私は呻きながらポケットを探った。何ひとつなくなってはいなかった。それどころか、むしろ増えていた。私の射ち出した9ミリ弾の空薬莢だった。

「これを拾ってくれたのも、君たちじゃないんだね」

「シュア。オフコースね」

「ありがとう。まだ礼を言っていなかった。別に、文句を言ってるわけじゃなかったんだ。親切な人間が、もうひとりいたようだ。クリスマスに何か贈ろう」

「もうひとりに?」

「いや。君にだ、由」

「ワォ、本当?」

彼女は後ろにした両手を腰の上で組み、尻尾みたいにそれを振った。「由、カーテンがほしかったんだ」

「そうだろうと思った。どんなのがいい?」

「これと同じの。食堂もこうしたかったんだけど、生地、足んなかったの」

私は溜め息を吐いた。口は開けたが、しゃべる言葉がみつからなかった。そこで布切れをかきわけ、由の花園を脱出した。出てすぐの場所は、漆喰壁のダイニングキッチンだった。

「おかしな気分にならないか？」

「ヨーリィ、いつもグッドシェイブ」

彼女は目を輝かせ、生れてはじめて五重まるをもらった子供みたいに笑った。「エヴリタイム、エヴリウェイ、いい気分」

私たちは部屋を出て外階段を降りた。さらに土手の石段を下ったところに道路があった。道という道がすべて坂になった住宅地のてっぺんだった。コンクリート造りで、余さず白ペンキで塗られたアパートはひどく目立った。昭和三十年代に、将校相手に建てられたのだろう。部厚く真新しい白ペンキの塗装、これこそアメリカ四軍のファーストオーダーなのだ。

「君はスティムウェル君と、どこへ行くところだったんだ」

車に乗ってエンジンをかけ、私は思いついて尋ねた。

「あの先には観音崎までホテルなんかないぜ」

「いやあね。もうそういう仕事していないよ。ステディって言っても、本当のステディね。ビジネスパートナーよ。あたし、パーティーコンパニオンの会社もやってるの」

「じゃあ、なぜあんな所へ出かけていったんだ？」

「電話があったの。友達が事故ってるから、腕のたつブラザーみつくろって連れて行けって。――でも、ブラザー好きくないから、ビリーに頼んだの。ビリーが友達連れてきて、二人でハングアップしたんだよ、この車」

「そうか、頭が回らなかった。インドの花にやられたらしい」

「インドのはやめた方がいい。本物の麻薬に漬けてあるから。今度、ヨーリィが水耕ものの大《ク》麻《サ》分けたげるよ」

「頼む。ときどきでいい。ぼくが警官だってことを思い出してくれ」

「お礼のキスは？」顔をのぞかせ、自分の頬を指差した。

「すまない。今夜はもうこれ以上、ビリーって名前のアメリカ人と張り合いたくないんだ。ことに、車をハングアップしちゃうような奴とね」

由は笑って、窓ガラスを拭くみたいに一回だけ手を振った。

私はブレーキを放し、真っ暗な坂を街明かり目ざして下り出した。

若松トンネルを横須賀中央駅の裏手へ抜けると、ふいにそのことに気づいた。高架駅の下を潜り、商店街の手前で路肩に停まった。

私はやはりどうにかしていた。拳銃は、帰宅するたび所轄署の警務課に預けなければならない。いちいち火薬残渣《ざんさ》などチェックするわけはないが、弾丸が空薬莢に変わっていれば誰でも気がつく。

車を出して、駅前の大通りを左に折れた。米軍基地の近くで路地に入ると、マニア相手に軍装品を売っている店が星条旗をはためかせていた。ロケットランチャーから軍服までそろっていた。片隅には、モデルガンも置かれていた。

私はそこで9ミリ・ブラウニング・ショート弾を買った。むろん雷管も炸薬も取り除かれた、アクセサリー用のダミー弾だ。車に戻り、それを挿弾子へ込めた。

横須賀警察署に戻って真っ先にしたのは、湯沸室の中性洗剤で拳銃の火薬汚れを拭きとることだった。

捜本はがらんとしていた。カプットとその店主について聞き込みに回っているのだろう。

席に戻ると、〝小僧〟が目ざとく私を見つけ、キャスター付きの椅子に馬乗りになったまま、舟を漕ぐように寄ってきた。

「夜回りですか。それとも夜釣り？　まずいですよ、ひとりでうろうろして。所轄の目ってもんがあるでしょう」

「誰の受け売りか知らないが、警察はいつからそんなにさばけた組織になったんだ」

むっとして、私を睨んだ。みるみるうちに目尻が赤くなった。何事にも理由はある。彼は課内で一番年下のくせに巡査部長試験に受かっていた。誰より背が高く、胸板は厚かったが、誰もデカ長とは呼ばなかった。猫背で小柄な小峰一課長が最初に彼を〝小僧〟と呼んだのにも、理由はあったわけだ。

「今、例の店を扱ってた不動産屋へ行って来たんです」気を取り直して彼は言った。

「陳ってのは英国人だったんですね」

「なんだって？」私は驚いて聞き返した。

「英国人。不動産屋が旅券のコピーを持ってました。あの店、やつが借りてたんですよ」

「どこに住んでたんだ？」

「カウンターの奥に着替えと寝袋がありました」

「あそこに住んでたんだな」

「今夜一晩で、そこまで判るわけありませんよ」

「土地は誰のもんだ?」

「地主でしょう」小僧は真顔で答えた。

「不動産屋の扱い方を知らないんだね」

「もちろんです。私んちは、子供のころから持ち家ですから」

「チェンなのかチャンなのか。どっちが正しいんだ?」

「パスポートはチェン・ビンロン。ひと昔前なら香港人ですよ。三年前の中国返還のとき、英国籍を手に入れたらしいです」

私は首をひねった。英国籍の中国人が、なぜあんな店の店長をしていたのか。陳は北京語でチェンだ。チャンというのは、広東語の読み方だろう。

「バックがいるだろうな。本当の経営者だ」

「あっ。それね。——さっきの打ち合わせのとき、小峰さんもそう言ってましたよ」

「で、どうだったんだ?」

「調べることになったんです」

「礼を言うよ。質問に答えるのが上手だ。広報県民課が、どうして君みたいな有能な人材を抛っておくのか、ぼくには判らない」

「いいんです。一課の仕事、見かけより気に入ってるんですよ、ぼく」

私はあきれて椅子を回した。そのとき黒板寄りのドアが開き、禿げ上がった老人が顔をのぞかせた。長男の嫁が掃除し終えた室内を見回す姑みたいな目を投げ、私を呼んだ。

私は、別のドアから廊下へ出た。

佐藤は、手にステッキを握り、廊下の真ん中で待っていた。片方の手がわかばの箱を握り潰し、煙草の葉を床に散らした。私に気づくと、隅に置かれた赤いポリバケツに、皺くちゃになった煙草の箱を投げ入れた。

「おまえも長いな」と、彼は言った。顔は上げなかった。

「試験を受けろよ、二村。その歳で警部補だなんて、――おまけにまだヒラだろう。俺と違って学卒のくせに」

佐藤は四十年近く、強行犯係一筋に勤めあげた。退職したときは全国紙の地方版に「さらば鬼刑事」というコラムが載った。「死体と直に語り合える最後のデカだった」と思い入れたっぷりに書かれてあった。

たしかに死体も見ず、署長に検死をやり直させるなど、彼でなければできない芸当だ。

私が煙草を差し出すと、一本抜きとり、紙マッチで火をつけ、ゆっくり煙を吐きだした。顔が少しだけ穏やかになった。

「独りで、せっせと足を使っても誰も見ちゃいないよ」

「足なんか使いませんよ。ぼくは古いタイプの警官じゃない。ただ足が長いんで、人と一緒に歩くと疲れるんです」

「神宮一の鈍足だったって聞いたぞ」彼は大声で笑った。それから声をひそめ、

「馬堀の海岸で緑地帯に突っ込んだやつがいたらしい。PCが見つけたときは、縁石を壊した

跡しか残ってなかったがな」

「それが、どうかしたんですか」

「地域課の巡査が気を利かせて聞き込みをしたんだ。誰か見聞きしてないかってな。気になったんだよ。そこで事故ってた車ってのが、黒っぽいゴルフだと判った」

佐藤は言って、私の顔をそっと覗き込んだ。やがて顎を三重にして頷いた。

「あそこは暴走族《マルソウ》が出る。交通課はノルマ稼ぎの鼠取りには熱心だがよ、マルソウだと怖がって出ていかない。住民も知ってて、暴走行為じゃなく事件で電話してくるんだ。盗難とか器物破損とかな。しかし、今度は行き過ぎだ」

「何が行き過ぎなんです?」

「銃声を聞いたってさ。そう言った住民がいるんだと」

佐藤は、また笑った。ステッキを鳴らし、足を引きずりながら、階段を降りはじめた。

「気をつけろよ。Nシステムがあるんだ。町の防犯カメラまで入れたら、見られていない場所なんかない。嫌な世の中になったもんだよ」

「ぼくが馬の上で抜き撃ちでもしてるのが写ってたんですか?」

彼は立ち止まり、つまらなそうに唇を曲げ、私を睨んだ。

「本部から来て、そんなことばかり言ってると、後ろから刺されるぞ。所轄にゃいろんなものが溜まってるんだ。上は犯人を捕まえる刑事より、粗相をしない刑事を求めている。現場はそれに振り回されてばかりさ。お受験で勝ち残ってきた官僚だよ。熊のために高速道路造ってる役人と同じ穴のムジナだ。何もしない警官が、今じゃ一番良い警官だ。管理、管理、管理。会議、会議、会議さ」

「言葉、言葉、言葉。——まるでシェークスピアだ」

「何故これほど警察に不祥事が続くか、考えたことがあるか。管理がきついからだ。犯人を捕まえることより、失態を犯さないことに汲々としてるからさ」

私は黙って聞いていた。それ以外無かった。佐藤は私が刑事昇任したとき、最初に組まされた相手だった。

「署長が替わったのを知っているだろう」

振りかえりもせずに、彼は言った。「大庭《おおば》は少し神経質なんだ。煙草が嫌いでね。廊下に灰皿を置く必要もないとさ。禁煙だよ、禁煙。どこもかしこも禁煙権」

「嫌煙権でしょう」

「警察ってのは立派な男の職場だったはずなんだがなあ」

彼は、次のフロアへ降りると、廊下の角にあったトイレのドアを開け、上半身だけをつっこんで、便器に火のついた煙草を投げ捨てた。

「じゃあな」と言って手を振った。ステッキを鳴らして階段を降り始めた。

「試験受けろよ、二村。その前に車を洗っとけ。タイヤが泥だらけだぞ」

横須賀署にだってエレヴェータはある。階段の昇り降りが、元鬼刑事の唯一の健康法なのかもしれない。

6

眠らずに夜が明けた。定例捜査会議が始まるまで、道場に敷いた貸し布団で仮眠を取れと勧められたが断った。捜本に詰めていれば、することはいくらでもある。

捜査会議が終わると理由をつけ、私は汐入の交差点までバス停三つほどの距離を歩いた。ホテルの前で歩道橋を渡った。飾り柱だけでなくエレヴェータまでついていて、ドブ板通りがこれほど近いのに、そのどちらも壊されていなかった。

巨大なショッピングモールには映画館も入っていた。正面はガラス張りの吹き抜けで、その外側にはファストフードの店が派手な看板を並べ、昼飯前だというのに窓際はもう一杯だった。

客は若い主婦とその母親たちだ。子供をひとりか二人連れていた。子供たちは親より上等な身なりをして、わがまま勝手に振る舞っていた。子供を叱る声は聞こえなかった。どの親も、ただ困っているだけだった。平日だというのに父親の姿も見かけた。次に多いのが高校生、その次がアメリカ人だった。

サンドウィッチ屋の外に並んだガーデンチェアに三十過ぎの赤毛の婦人がひとり腰掛け、コーラを飲んでいた。ここで時間を持て余しているのは彼女だけだった。

「ヤマト・キースミスって店をご存じありませんか」と、私は尋ねた。

アメリカ人にしては化粧が薄く、ウェストより上には、まだ娘時代の面影が残っていた。

「あなた、野球をやるんでしょう?」と、彼女は言った。

「ええ。でも、何故判ったんですか?」

「ヘッドスライディングをやったのね」彼女は自分の額を叩いて笑った。

なるほど、私の額には倒れたときアスファルトに当てた擦りむき傷が残っていた。

「回りくどいことをしなくてもいいの。でも、誤解しないで。わたしだって、こんなこと馴れてるわけじゃないのよ」

笑うと口の中で、こってりした煮物の味見をするみたいに舌が動いた。

「夫が帰ってくるから、ゆっくりできないの。二万円でどう?」

私は言葉を失くし、ぼんやり彼女を見おろした。口を開くのに三秒かかった。

「本当に、知り合いの店を探してるだけなんだ」

「あら、そうだったの。嫌ね」彼女は肩をすくめた。

私は会釈もせずに歩きだした。どう見てもプロではなかった。会釈ぐらいするべきだったかもしれない。

目指す店は、外階段の裏側にあった。差し渡し二メートルほどのカウンターを、直接こちらに開いたトレーラーハウスのような小屋だった。その中で、ヤマトはボブ・ホープしか似合いそうにない赤いストライプの上着を着て、頭にカンカン帽を乗せ、鍵や靴の踵、電動工具で一杯の壁を背に立っていた。

前に会ったとき、彼は万能箱を持って、ドブ板通りをうろつく靴磨きだった。米軍施設にも気安く出入りして、街の主といった風情もあった。そのころ、彼は情報屋《ハト》だと言われていた。しかし警察のハトではなかった。軍やアメリカ政府のハトでもなかった。ハトと呼ぶこと自体間違っていたかもしれない。真っ黒に日灼けした顔は、どちらかというとコウモリに似ていた。

「おお、あんちゃん。お久しゅう」赤いストライプの大コウモリが翼を広げて言った。

「靴が可哀そうなっくらい汚れているよ。ドブっから這い上がって来たみたいだもんねえ」

「ドブから這い上がって来たところさ」

私は言い、カウンターの上の料金表を見た。「靴磨きはいくらなんだ?」

「無料《ロハ》のサービスだあね。靴だけってえのは、今じゃやってねえのよ」

「どうしてだ?」

「ここの敷金権利金、聞いたら目が飛び出るよ。おまけに、近ごろのアメちゃんは本当にゼニ持っとらんもんでさ、靴なんか磨いてたら飯が食えんもんねえ」

彼はカンカン帽を取って、カウンターに乗せた。私は、その中に一万円札をそっと入れた。

「今、そこの奥方から二万でどうかって言われたよ。この町のものの相場がさっぱり判らない。釣りがあるなら後で返してくれ」

札にちらりと目を落とし、顔を皺だらけにして笑った。歯はヤニで真っ黄色だったが、入れ歯ではなかった。彼には、戦艦大和の最後の乗員で、沈みゆく艦から泳いで逃げてきたという噂があった。それが通り名の由来だった。本当なら、もう七十歳を越えていることになる。

「君はチエンって男を知ってるだろう」私は尋ねた。

「ああ、知ってらあな。二、三十人は知ってるよ。長年靴を磨いてりゃ当然だ」

「やめてくれ。靴を磨くだけならニミッツ提督にも出来るぜ」

「そっちこそ、やめてくんねえか。ニミッツは靴が磨けるほど器用じゃなかったもんねえ」

ヤマトは笑って鼻をこすった。その手は靴墨で汚れていたが、顔を黒くするようなヘマはしなかった。

「チエンってのは、道路の向こうでハンバーガー屋やってたチャンのことかいね」

「ああ、そうだ。あんたもチャンか?」

「そらあそうよ。あいつはヴェトナム人だもんね。チャン・ビントロンってえのよ、本当は」

私は驚いて彼を見た。目がつり上がったかもしれない。ヤマトは知らんぷりして話し続けた。

「触れ込みじゃ、解放戦線でいい顔だったんだとさ。戦争が終わった後、北からきたアカの政府がヴェトコンを邪険にしたからよ。そんで国にいられなくなったんだと。――解放戦線と北ヴェトナム政府は反米愛国だけが共通点だあね。その愛国の〝国〟って字が、お互い違ってたわけよ。言うこときかんのは、追放か投獄だ」

「しかし、チャンは英国のパスポートを持っていた」

ヤマトはしたり顔で頷いた。「さきおとしだっけ? イギリスが香港を取り返されたでねえの。あのドサクサ、イギリスがばらまいたんだよ。中国への当てつけにさあ。――チャンが香港に流れ着いたのはよ、ヴェトナム戦争が終わって二、三年して、難民がどっと出たときだ。それで中国の名前、手に入れたんでねえの。英国のカウンターインテリゼンスっつうのは、アメちゃんよりずっと高級だ。わけもなし、連中がヴェトコンを香港に入れたりしねえわなあ」

「取引があったっていうことか。チャンは何を売ったんだ」

「そうさなあ。二十年近くも前だからなあ。ソ連の海軍情報、でなきゃ南に残ってる元ヴェトコンを反ハノイ政権でまとめて、いろいろ利用するとかよ。——しかし、この街に来たときゃあ、やつはもう出がらしだあ。すっかり消毒された、衛生無害なおっちゃんだったよ」

「そんな男が、なぜ日本に来た？　それも横須賀なんかに。英国籍ならカナダでもオーストラリアでも楽に生きて行ける」

「さあねえ。妹が長患いで病院に入れてえってのは聞いたがよ。確かに変だよなあ。外人が病気治すんなら、それこそ日本よりカナダが良いもんねえ」

どこかで汽笛が鳴った。私は驚いて、あたりを見回した。ここが港の近くだということを思い出すのに、時間がかかった。

「ミスター・ヤンと言う名前に記憶があるか？」

「さあ、ヤンで思い出すのは、横浜の楊《ヤン》ぐらいだあな。楊雲史《ヤンユンシ》」と言って、カウンターに字を書いて見せた。

「横浜ってえより、あいつはサンフランシスコが本拠地だ。台北にも足場があるんでねえの？十年前、ほれ、あのバブル景気の頃、相模湾沿いの海が見える土地をよ、手当たり次第買いあさって、大火傷したって話は聞いてるが、それも話だけだ。本当、よう知らねえんだよ。——この何年か、日本に湧いて出た台湾やら香港のヤクザ者は、もうさっぱりだもんね」

「ビリー・ルウって飛行機乗りは？　多分、ぼくと同じ年格好の日系アメリカ人だ」

ヤマトはゆっくり力なく頭を振った。「あんちゃん、いくつになりなすったね？」

「とっくに四十を越えたよ」

「おや、まあ、もうそんなになりなさるんだ。こりゃあ、いけねえや。俺ももう潮時だよ」

彼は苦笑して私を見つめた。その目を手許の札に落とし、

「すまねえな。これじゃ釣りがねえ。小銭を持っていなさらんか？」

「それは君のものだ、ヤマト。買いたいものがある」

「九ミリ・ブラウニング・ショート。アメちゃんが三八〇オートって呼んでる弾だろう？」

「何で分かったんだ？」

「ブラウニングのM1910ねえ。警察は、まだそんな古いの使ってなさるんか」

ヤマトはにやにや笑いながら、鍵造りのヤスリで自分の爪を磨きだした。

「しかし困ったもんだよ。弾っころ売れってもよ、あんちゃんは警官《マッポ》だ。そんでもって俺は町の靴磨きだ。そこんとこ考えてくんねえと」

「ぼくは金を出して君から拳銃弾を買うんだ。それだけで充分、君の保険じゃないか」

「あんちゃんにゃ、その当たり前が当たり前で通らねえからなあ」

私の目を見たまま少し考え、首を揺すった。

「一ドル乗せりゃ何とかするって、先方は言っているがよ」

「先方って誰だ？」

「売り手だよ。靴磨き代が一ドル、チップが一万。あんちゃんと俺は、靴磨き以外の商いはせんかった。まあ、そういうことさ」

これで勘弁してくれと言って、私は小銭で三百六十円、一万円札の上に置いた。

あのころはヤミで一ドル五百円したもんだとぼやきながら、ヤマトはカウンターの下からボ

ール紙の箱を出した。マジックで『380オート』と書いた、無愛想な紙箱だった。

私は封を切り、実包をひとつだけ抜きとって、ポケットへしまった。別に驚きはしなかった。予想より、少し早く片づいただけのことだ。

「余分に持っといた方がええんでないの？　パチンコ下手なんだからよ」

「やっぱり君だったんだな」私は笑いだした。

「昨夜、由に電話をしてくれたんだろう。——やつらはぼくをぶち殺し、足に錨をつけて海に投げ込んでもおかしくなかった。ところがぼくはベッドで目をさました。ベッドの持主の説明によると、ぼくは事故に見せかけた車に寝ていたそうだ。拳銃はホルスターに戻してあった。連中は事を穏便に済まそうとした。何故か、君は知ってるな？」

「さあ、それはどうだかねえ。ただよ、あの辺はパトもよく通るし、警察に知られんよう収めるにゃ、あの娘しか頼む相手はいんめえよ。この年寄りにゃ、車も仲間もねえんだから」

「それを君に依頼したのは誰か、聞いてもいいか」

「MPだあね。知り合いのMPの大将から連絡がきたのよ。やつらが誰に頼まれたか、俺あ知らねえさ」

私は黙った。今時のMPは、ああもたやすく日本の住宅地で拳銃を振り回さない。しかしこれ以上、聞いても無駄なことは分かっていた。

「それとチャンの事件と何か関係があるのか。あいつの死体が安浦の漁港近くで上がったんだ。もう知ってるんだろう」

「さあ、どうだろうねえ」

「ビリー・ルウという男がいる。昨日、ぼくの車を襲って弾丸を無駄にさせた連中は、ぼくにじゃない。ビリーに用があったんだ。彼は元海軍で、楊とも関係がある」

ヤマトはカウンターに両手をつっぱり、大きな溜め息で私を黙らせた。

「あんちゃんよ。昔、俺は何だって知ってたさ。この街のことなら、潮の高さから明日の朝どこの誰が始発電車に飛び乗るかまで知っていた。しかし近ごろじゃ、潮の高さは携帯電話で調べがつくし、行商の爺さまは日が昇ってから自家用車で出かけるんだ」

私は立ち上がった。うつむきはしたが、頷いたわけではなかった。

ヤマトがカウンターの端をはね上げた。使い古した万能箱を持っていた。

「慌てなさんな。一ドル分、働かねえと詐欺んなっちまうじゃんよ」

万能箱の蓋を裏返すと、靴台になった。私の足をそこに乗せ、ウェスをぱんっと鳴らした。

広場の端から女の笑い声が聞こえてきた。さっきのアメリカ婦人が、路肩に止まった白っぽい営業車にもたれ、車内に笑いかけていた。

そのうち、ガードレールを跨いで助手席に乗り込んだ。運転席の男は照れくさそうに顔を背けた。彼女が前方を指さし、車が走りだした。

「ビリー・ルウって言うのは、カプットの常連だ。飛行機乗りで横浜のパームブラザース・ハウスに住んでる」と、私は言った。

「もう一度もの知りになってくれないか。ぼくのためにさ」

ヤマトはむっつり手を動かし続けた。しかし片方の靴をぴかぴかにすると、口の中でぶつくさ「この退役艦にゼット旗でも上げろっていうのか」と呟くのを、私は聞き逃さなかった。

7

汐入から京浜急行で上大岡まで行き、市営地下鉄に乗り換えて横浜へ帰った。蓬萊町《ほうらいちょう》のアパートは地下鉄駅の階段から一分と離れていなかった。

シャワーを浴びて服を着替え、タクシーを探しながら歩いた。運河を埋めてこしらえた高速道路を渡り、関内駅の先まで行くと気が変わった。私は横浜公園を斜めに横切り、中華街の端を抜け、カーリンヘンホーフまで歩いた。

太陽は雲に隠れていたが、街が隅々まで明るい一日だった。空は夏の色をしていた。しかし夏なら街が白茶けて見えたろう。梅雨の合間とは思えない、気持ちの良い午後だった。

ビリー・ルウは、まだ来ていなかった。一六〇〇時まで十五分以上あった。

「コーヒーかい?」と、老バーテンダーは気を利かして尋ねた。

私は例のダイキリを頼んだ。そのために車を置いてきたようなものだった。どちらにしろ、彼が来れば酒になってしまうのは目に見えていた。

酒をつくり終えると、彼女は四日前、加賀町署に届けたカッサンドを、留置中の被疑者が半分以上食べ残したと言って口を尖らせた。

「連中に言っといてよ。ケチな無理心中の生き残りなんかに、金輪際、うちは出前なんかしないからってさ!」

私は必ず伝えると約束して、ほんの一口喉を湿らせた。

午後四時ぴったりに、ビリー・ルウが、口笛を吹きながら入って来た。麻のヘリンボーンの背広にニットタイを締め、足の爪まで磨いてくれるような床屋から出てきたという印象だった。真っ白いワイシャツの胸ポケットには例の航空隊の紋章がグレーの糸で刺繍してあった。

「君を置いて逃げたなんて思わないでくれ。安全はちゃんと確認したんだ」と、彼は言い、いつもの酒を注文した。

「置いて逃げたとは思ってない。――君がぼくを殴った後、あそこで何があったんだ?」

彼は、肩をすくめ、拳で額を叩いた。唇に苦笑がゆっくり泛び上がった。カクテルグラスを取り上げ、口に運んでから答えた。

「無理にでも拳銃を奪うつもりだったんだ。軽く殴ろうとした瞬間、敵が植え込みから君の真ん前に飛び出して来た。それで、手が滑った。――昨夜、言い忘れたが、ぼくは軍用コルトをブッシュロディングで抜いて、十五ヤード先の黒点《ブルスアイ》にぶちこめるんだぜ」

「ぼくの弾丸はどこに当たった?」

「爪先さ。コールハンの靴を駄目にしただけだ。ひっくり返ったんで、ぼくは奴の拳銃を奪った。しかし、君はどうしても目を開かない。それで、連中と取り引きしたんだ。お互い、この場はフェアに別れようってさ」

「そいつはすげえ《ビッグディール》」私は言ってやった。

ビリーはちょっと困ったように笑った。

「向こうも、初手からタフにしたかったわけじゃない。君の拳銃をロックして、薬莢を拾い、車に寝かせるのも手伝ってくれたよ。その後、連中の車で市街へ戻ったんだ」

「あいつらは何者なんだ?」

「さあね。やつらもぼくも、昨夜はすっかりうんざりして、これといったことはしゃべらなかった。もちろん、どこの何者かは聞いたよ。答えないもの、それ以上聞く気になれなかったんだ」

彼は、グラスを空けた。それが今日の一杯目ではないことに私は気づいた。

「飲めよ。二村。こんな酒は、ゆっくり味わうもんじゃない」

「君の好みじゃなかったのか」

「ただの習慣だよ。もちろん嫌いじゃない。だから一ダースぐらい飲むぞ」

ビリー・ルウが空いたグラスをかざすと、カウンターの中の老バーテンダーが背を伸ばし、それをひったくった。

「嫌いじゃない、ただの習慣か」と、私は言った。「楊のために君らがやっていた仕事と同じようにかい?」

「たしかに彼のところで働いてるよ。しかしぼくにとって、彼は自家用機を持ってる成功者でしかない。今よりもっと金持ちだったとしても、あの美しいビジネスジェットを持っていなかったら、ぼくとは無縁の人間さ」

「戦友じゃなかったのか。——君はやつのために何をしてるんだ?」

「ぼくはパイロットだ。そう言ったはずだぜ」

二杯目のダイキリを宙で受けとり、一滴もこぼさず口へ運んだ。二口で空になった。

「不思議な男だね」やっと口を開いた。

「ぼくに酒をやめた方がいいと言わない」

「この国では、アル中がそれほど身近じゃないんだ。いつかも言ったな。中毒になるより早く肝臓がくたばる。内臓の病気なら金で治せる。中毒はそうはいかない」

「そして、この国では金で片づくことは帽子掛のないレストランみたいに安っぽく思われている。そう言うのか？」

「それは君んとこの海軍がずっと昔、下田にやってくる以前の話さ。——昨日のやつらは何者だ。楊とどんな関係がある？」

　彼は黙ってグラスを空け、卓上に紙幣を乗せて、同じものをまたひとつ注文した。

「ぼくが嘘をついてるって言うのか。信じられない友と飲むのは、良心の不幸だそうだ」

「君がチャンを殺したとは思っちゃいないよ」と、私は言った。

「信用してるぜ、ビリー」

「戦闘機乗りは信用しない方がいい。空中格闘戦ていうのは、敵の背中に回るのが肝心なんだ。必ず後ろからズドン！　西部劇とは違うんだよ」

　彼は、尖らせた唇でバリバリとバルカン砲を撃ちながら腰を上げた。

「さあ、行くべき所へ行こう。しかし、その前に君がいったい何をしたいのか教えてくれ」

「君は楊のためにチャンを探してたのか？」私は質問を無視して尋ねた。

　ビリーは口をきゅっとすぼめ、考え込んだ。指が、カウンターの縁を行き来した。

「違う。そんなことはない。むしろ自分のためにだ」

私のポケットの中で、朝、無理やり持たされた携帯電話が鳴りだした。数秒、躊躇した。結局、電話を耳に当てながら、長いカウンターを囲った仕切り壁の端まで歩いた。

もしもし、の「も」の字を口にしたとたん、班長の声が受話器から飛び出してきた。

「帰ってこいや。事件はこれで終《しま》いだわ」

「おしまいって、どういうことですか」

「どうもこうもない。犯人が出頭した。殺人のじゃないんだ。死体遺棄のさ。叩けば違う埃が出てくるかもしれないが、今のところはそれで幕だな」

「言ってることが、さっぱり判らない」

「とにかく緊急呼集だ」

私はビリーに向き直った。彼は、新しい十二分の一を頼んだところだった。

「また同じもの？」老バーテンダーが怒鳴るように尋ねた。

「うちは、本当はさ、生ビールでジャガイモを食べる店なんだよ」

彼女は言ってシェイカーを引っ繰り返した。製氷機の蓋を開け、乱暴に氷をかき回した。口調ほど、嫌そうではなかった。

「早いところ帰ってこい」耳元で班長が叫んだ。

「違う埃ってどういう意味ですか？」

物凄い音をたてて電話が切れた。

班長が言う「違う埃」とは、出入国管理及び難民認定法違反のことだった。

英国人チエン・ビンロン氏（と、言うのが書類上の名前だった）の一件では、田浦の長浦湾に面した埋め立て地で倉庫業を営んでいた男が事業免許を取り消された。不法滞在の外国人を彼の会社で働かせ、実のところ倉庫の管理全般を任せきりにしていたからだった。

六月十七日土曜日、三人のミャンマー人作業員が、チエン・ビンロン氏を誤って倉庫に閉じ込めてしまった。たまたま、その倉庫は中が零下三十度の冷凍庫だった。それだけの話だ。業務上過失致死の疑いも残ったが、結局、地検は起訴をあきらめた。

チエン・ビンロン氏は十分から二十分で死んだだろうと、科捜研は報告していた。

日曜の夜、かちかちに凍りついた彼を発見して、ミャンマー人作業員は仰天した。揺すってもさすっても、お湯をかけたところでもうどうにもならなかった。

そこで彼らは、凍った死体を五キロ半離れたハウジングセンター裏の岸壁まで運び、海に捨てた。

カチン山地生まれのミャンマー人は海というものをついぞ見ずに育ったので、海に飲まれればそれまで、永遠の別れだと思っていた。それがすぐに発見されてしまい、震え上がった。悩みに悩んだ末、相談を持ちかけた年長者のフランス人の同僚に付き添われ、近所の交番に出頭した。

「ええ、わたしも不法就労なんですよ」と、当の本人が私に言った。

フランス人の同僚？

名前は、ラシーヌ・キニャール。スタンドカラーのシャツに黒いスモックジャケットを着て、十字架をかけていなかったら売れない画家にしか見えなかった。

「はい、昭和十六年の生まれです。真珠湾の年ですよ。今年、五十九です」

ごじゅうく、と彼は発音した。淀みのない日本語だった。

「一九四一年のお生まれですか」

「お珍しい。わたしね、西暦使う日本の役人さんに初めて会いました」

「役人さん？」私は思わず大声で聞き返した。

それは三人組の〝犯人〟が自首して出た夜のことで、私はこのフランス人不法就労者の神の家で話を聞いていた。

京浜急行汐入駅の裏手から緑が丘に上ったあたりだった。丘のてっぺんに広がる公園を挟んで、ちょうどドブ板通りの真裏に当たっていた。

蒸し暑い夜だった。神の家の事務室はとても狭く、エアコンなど無かった。教会といっても、昭和三十年代に建てられた木造の二階家にすぎなかった。板壁を白く塗り、屋根に十字架を掲げたただのあばら家だ。実際、われわれも気づかず、一度は前を通り過ぎた。

「役人さんはいけませんか。わたし、何か間違いなことを言いましたか」

フランス人は心配そうに身を乗り出した。そのすぐ上の壁には極彩色で描かれたキリストの絵と、『只有神知真実』という下手くそな習字が貼られていた。

「かまいません。ぼくは公務員です。――あなたは、この教会に住んでいるんですね」

「そう。わたしは新ポール・ロアイヤル派の神父です。フランスから来たんですね」

「神父さんがなんで不法就労なんです？」と、私は尋ねた。「布教するのにワーキング・ヴィザがいるんですか」

「いいえ、そうじゃないんですよ」彼はおかしそうに笑って、つるっとした額を叩いた。額は後ろまで禿げ上がり、銀髪は煙草の脂でところどころ飴色だった。

「わたしが入管からもらってる就労許可は週に三日までなんです」

「週に三日しか布教してはいけないんですか」

「変わった方ですねえ。あなたの国の法律じゃないの」

「すみません、神父さん。ぼくの専門は人殺しなんです」

「そうですか。それはそれは。――わたしたちの宗派は働くんです。布教は労働じゃない。入管が言うような労働でないのよ。しかし、わたしは教会を維持するためのお金を、労働して得る。あなたたちの言葉で言うとですね、世俗にまみれるのね。人々の中にいるようにするの。それがわたしたちの教会の方法なんです」

神父は立ち上がり、腰に手を組み、窓辺まで歩いた。

そこに置かれたソファには小僧が座っていた。膝に手帳を開いたまま、私たちのやりとりをむっつり見ていた。

キニャール神父は窓を開けた。隣の家の壁が目の前まで迫っていた。上の方で隣家のエアコンの室外機がウンウン唸っていた。ここに立っているだけで、世俗に充分まみれることができそうだった。

「私ね。あの人たちには、お世話になっているんですよ」神父は言うと、まるで銀行の大金庫を閉じる頭取のような物腰で窓を閉めた。

「ミャンマー人に、あなたがですか？」

「ミャンマー人でないのよ。さっきから気になってたけど、あの人たちはビルマ人です。ミャンマーというのは、不法な政府が自分で名乗っている名前ですよ。あそこは、今もビルマなの」

私が面食らっているうちに、神父は椅子に戻り、話を続けた。

「わたしね、あの倉庫には人の紹介で勤めるようになったんですよ。信者の方の紹介です。わたし、ほら、フランス人でしょう。しかも神父でしょう。飛び込みで行くと、向こうがびっくりします。あの倉庫では在庫管理の仕事をしていますよ。荷物の出入りをコンピュータに入れて、請求書を作るんです。これで、三年になりますよ」

「彼らとはどんな関係ですか」

「あの人達は夜勤なんです。倉庫の掃除と夜の見回りみたいなことをしています。ここでときどき食事をしたり話をしたり」

「じゃあ、ここの信者なんですか」

彼は大げさに頭を振り、にこやかに笑った。「いやあ、仏教徒ですよ。ブディスム・テラヴァーダ。——何て言うの？　あれの熱心な信者です。坊さんが何より大切。あんな大切にされるのも、たまにはいいだろうねえ」それから真顔になり、身を乗り出して、

「ここは誰が出入りしてもいいの。頼まれれば、宗教の話をしますよ。頼まれなけりゃ、何も言わない。人がここに来て寛いでくれればいいんですよ」

「つまり、彼らとは仕事仲間なんですね」

「そう。でもあの日は、わたしは先に帰った。土曜、わたしは三時までです。彼らが来るのはもっと遅くです。社長はときどきしか出てきませんね。ゴルフが一番大切な仕事です」

「じゃあ、何であなたは一緒に出頭したんですか？」

「みんな仲間ですからね。彼らはわたしに告白しました。チェンさんは、わたしが帰った後すぐ来たみたいです。四人で話をして、彼らにお弁当くれた。とてもしょんぼりしてました。その後、チェンさんは用事があると言ってどこかへ行きました。三人はお弁当食べて、掃除を始めました」

「待ってください。すると、みんなチェンと知り合いだったんですね」

「はい。チェンさんはここの信者ですよ」

「それで？　チェンはあの倉庫で何をしていたんですか」

「知らない。ずっと前に、あそこでアルバイトしてたんじゃないの？　彼がわたしたちに、あそこの仕事、紹介してくれたんですよ」

神父はまるでリヴィエラの博打打ちみたいに肩をすくめた。

「それでね、あの三人は倉庫の掃除をしました。倉庫は三つあります。終わって一服しても、チェンさんは戻ってこなかった。三人は戸締りして帰りました。翌日は日曜日でした。日曜の夜、三人が扉を開けたら、中でチェンさんが凍っていた。そういうことです」

「三人は休みなしで働いてたんですか？」私は尋ねた。

「いいえ。日曜日、休みですよ。率直に言ってね、三人はあの週末とてもお金なかった――」

「倉庫荒らしだな！」背後で、小僧の声がした。ゼンマイが解き放たれたブリキのおもちゃのように彼は立ち上がった。

「常習だったのか。えッ、どうなんだ？」

そのぞんざいな物腰に、神父はちょっと怯んだ。私はもっと怯んだ。

「いや、泥棒というのと違います。社長に聞いてください。処分品もあるんです。後でまとめて処分する輸入肉なんか、少し持ってってもいいんです。親切な社長です」

小さいが老舗の倉庫で、社長は三代目だった。後になって、その男は自分の親切を否定した。そんな話はしていない。あいつらは勝手に持ち出して食べていたと主張した。私には、取引先かそのお得意先への言い訳のように思われた。

倉庫の肉はほとんど、取引先の商社が在日米軍に納めているものだった。商社はそのことがメディアに漏れるのをひどく気にしていた。

「お肉分けてもらうため、日曜の夜、倉庫開けたんです」

神父は、チエンが後ろ向きにひっくり返って倒れたまま凍っていたと言った。足にはビニールシートの切れ端がまとわりついていた。それは、三人のビルマ人の証言とも一致していた。助けを求め騒ぎ回るうち、ビニールに足が滑ってひっくり返り、後頭部を強打したのか。それとも酔って眠ってしまい、寒気に跳ね起きて滑ったのか。

どちらにしろ、彼は仰向けになって床に凍りついた。三人が引き起こしたとき、床に張りついた服と手の甲の皮膚が剝がれた。鑑識がそれを証明した。

「チエンもそれで倉庫に入ったんですか?」と、私は尋ねた。

「あんな場所に入って、戸を閉められたときも気づかないなんて、何か理由があったはずでしょう」

羊飼いの従者は、それは正直な人物だった。目の下が見る見る赤くなり、それを足許に落とした。

「チェンもお肉をもらいに行っていたんですね。彼はハンバーガー屋をやってる。しかし四月の終わりから出入りの肉屋に注文をしていない」

神父はゆっくり頷いた。「倉庫の中に台車があったそうです。お肉を沢山もらうとき、運ぶのに必要なんですよ」

「内側から開けられなかったのか」小僧が居丈高に割り込んだ。

「普通、ああした倉庫には安全装置がついてるんだ」

「あそこは古いですから。そんなものはないと思います」

「携帯電話は持ってなかったんですか」遮るように私は尋ねた。遺留品にそんなものはなかったと、すでに報告が上がっていた。

「さあ、どうでしょう。わたしは覚えがありませんね」

「二十四時間営業の店をやってるのに、携帯を持ってないのは変だな」

神父が相槌を打ち、テーブルの上の漆塗りの文箱を開けた。中から名刺を一枚出した。

『カプット／支配人・陳賓龍』と名があった。裏は英文で『Chen BinLong』と書かれていた。

電話番号は店のものしかなかった。

「お葬式、ここでやろうと思うんですよ。でも、友達いないのね。妹さん夫婦がいるけど、今、日本にいないようです」

「ビリー・ルウという名に記憶がありませんか」

「いや、ぜんぜん。ここにはアメリカ人は出入りしないから」

キニャール神父は引き出しを開け、煙草を出した。それはゴロワーズでもジタンでもなく、缶入りのピースだった。

「いいですか?」と、断って火を点けた。

「妹さん夫婦は、どこに住んでいたんですか?」私は尋ねた。

「知りません。わたしね、誰にもそんなこと聞かないんです。本名かどうか、どこの国の人か。関係ないでしょ。ここに来て、寛ぐ。それだけです」

しかし、名前だけは判った。妹がマダム・レ、その夫がムシュウ・レ。横須賀市内に住んでいた様子だった。

「あの人達は日本の刑務所に行けるでしょうか」神父が心配そうに訊いた。

「行けるって、どういう意味ですか」

「法律を破ったんです。罪を償うのは当然のことです。でもね、あの国は軍事独裁の国ですよ。強制送還すれば拷問される。殺されます」

「反政府運動でもしたんですか」

「三人とも学校を追われた大学生です」

「どうなんだろう。ぼくには予想もできない」

「強制送還だなんて、とんでもないことですよ。日本の政府、とんでもない。もし、そうなら、わたしは戦うしかないですね。大変だよ」

「よけいなことを心配する必要なんかない」と、小僧が言った。

「ここはあんたの国じゃないんだ」

ただでさえ大きな彼が、立ち上がると衝立のように見えた。

「そうですか？ そうではないな。どこも全部人の国。人間の国。神の国ですよ」

神父は穏やかな声で短く笑った。

小僧は私の耳元にぐいと顔を寄せ、囁いた。

「引っくくっちゃいましょうよ」

「どうして？」私は驚いて振り向いた。

「だって、あの倉庫で毎日働いていたんですよ」

「そんなので身柄は取れない」

「調書取るのに、任意で署まで引っ立てていけますよ。手続きなんか毛唐だから判りゃしないもん」

すると、神父はますます穏やかな声でこう尋ねた。

「なぜ初めからそうしなかったの。わたしが神父だから？ 白人だから？ そのどっちでもなければ、わたしを最初から逮捕した。違いますか？」

「違います」と、私は言った。

「ぼくと警察は、あなたと神様のような関係じゃないんです」

神父は皮肉に気づいてくれなかった。私の連れは誤解して舌を打ち、むくれてソファに雪崩れ込んだ。

しかたない。私は封筒から用紙を出し、役人の仕事をするためにシャープペンシルをノックした。

8

捜査本部に戻ると、事故死と発見者による死体遺棄という落としどころは、もう固まっていた。管理官は、最後の会議を欠席した。本部一課は、それでなくとも手に余る数の捜査本部を抱えている。本部から来た者は、心ここに在らず、すでにそわそわしていた。

倉庫を内側から開ける方法はなかった。被害者の携帯電話と財布は、三人組が捨てたという海からとうとう回収されなかった。チャンはなぜ携帯で助けを呼ばなかったのかという疑問には、昏倒して気絶したのだろうという答えが用意されていた。後頭部の傷痕がその証だ。軽い脳震盪でも、零下三十度では致命的なものになる。もし意識が戻って、携帯をかけたとしても、冷凍倉庫の内部はきわめて電波状態が悪く、たとえ電波が届いてもその低温下では機械が作動しなかった可能性が高い。

事故かもしれないという証拠は揃っていた。しかし事件でないという証拠が出てきたわけではなかった。確かなのは、三人のビルマ人が死体を見つけて海に捨てたという事だけだ。

疲れ切った同僚を前に、それを言い出すのは人でなしの所業に思えた。それでも私は、終わりへ向かって進んでいる会議の腰を折り、チャンと関係のあった飛行機乗りのアメリカ人と怪しげな台湾人実業家の名をあげて、殺人の線をもう一度洗ってはどうかと提案した。案の定、誰もが聞こえなかったふりをした。

後になって課長から、所轄の前で足並みを乱すようなことを言うもんじゃないと叱責された。

「やるならやるで、根回しというもんがあるだろう！」

課長は苛立っていた。何かに神経質になっているようにも見えた。ただ、これ以上の徒労を背負いたくないというだけではなさそうだった。佐藤が言ったように、やらないで済むものは何もやらずに済ませろと、上からプレッシャーがかかっているのかもしれない。たしかに、何もやらなければ失敗も起こらないわけだ。

横浜に帰って三週間ほどの間に四度、私はビリーに会った。カーリンヘンホーフのカウンターで、決まって客の少ない時間だった。彼はいつも独りだったし、私も独りだった。

「結婚したことがないのか」と、聞かれたことがある。何度目のことだったか、二人ともいい加減酔っていた。

「ない」と、私は答えた。「君はどうなんだ？」

「結婚にまったく向かない女しか好きにならない」と、彼は言った。

「結婚にまったく向いていない男に結婚をせがむ女は、必ず脛に傷がある」

私は黙って頷いた。

「ドンコイ通りのAサイン・バーに韓国人の女がひとりいたんだ。こいつがびっくりするくらいいい女だった。それを野戦憲兵が拘引して、あげくに強姦しちゃったんだ」

私は眉をひそめ、彼を見た。ビリーがいったい何を言い出したのか、よく判らなかった。

「その憲兵を殴りに行ってね。ちょっと汚い手も使ったが、まあ向こうはもともと汚いやつだ。裸にむいて、チュロン地区の紫檀《ローズウッド》の並木に吊るしてやったもんさ」

「その娘が好きだったんだな」

「何でそう思う？　今までぼくに結婚をせがんだのは、その女だけだったってだけさ」

彼は声をたてず、まるで冗談のネタを割るみたいに笑って見せた。

「しかし、あの憲兵は誰かが痛い目にあわせるべきだった」

「野戦憲兵なんか殴って、よく無事だったね」

「もう戦争は終わりかけてたからな。当時の憲兵なんて、セーリヤの親方みたいなもんさ」

「セーリヤってなんだ？」

「日本語じゃないのか？　潰れた会社のゴミみたいな資産にたかるヤクザのことだろう。戦争で金を稼ごうってやつも同じだよ。終戦のドサクサ、やつらは武器弾薬から食料、野戦医薬、簡易便所の便器までかっぱらって売り払ったんだ。組織ぐるみでね」

「基地の中だったのか？」

「何が？」ビリーは顔をしかめ、私を見た。

「身柄を取られた場所だよ。いくらヴェトナムでも、町中でアメリカの憲兵が韓国人を逮捕できないだろう？」

「おかしなことを気にするんだな。まるで警官みたいだぜ」

彼はますます顔をしかめ、私は黙り込んだ。

「戦争が終わろうって年のサイゴンだよ。何でもありさ。その女は、たしか韓国軍についてきたんだ。商売を始めるために、南ヴェトナムの将校に乗り換えた。しかし、彼女たちの夢はアメリカ兵と結婚することさ。ドルを沢山持ってるからね」

彼は急に遠い目になり、棚に並んだ酒壜を見た。私は黙って待った。

「ぼくが好きだったのは、いつ行ってもラナイでお茶を飲みながらレース編みをしているような女さ。滅多に自分の家から出ないんで、金のことなんか気にならない」

「結婚はしなかったのか」

「もちろんだ。百合は谷に咲かせておくものさ。日本人は花を見ると床の間にちんまり飾ろうとする。あれは悪い癖だぜ」

「バナナキャニオンの百合か」

「ああ。その通り。バナナキャニオンのリリーさんだ」

ビリーは面白くもなさそうに微笑んだ。私は顔をしかめた。『バナナ』には男のシンボルという以外に、クレイジーという意味があることを、私はこのとき知らなかった。

老バーテンダーが黙って私たちの新しい酒を作り出した。その日の彼女は、ピンクのポロシャツに短いエプロンをして、アンナ・ミラーズの掃除婦みたいな格好だった。

「艦載機のパイロットが、なぜ町のことを知っているんだ?」私は、新しい酒を手に尋ねた。

「ぼくが船の上でじっと我慢してる人間に見えるか」

私は口を開き、結局何も言わずに酒を飲んだ。

「ぼくは君が好きだよ」ビリーが突然、私の肩を軽く叩いた。

「ぼくに似てるからだ。お互い、抜け出す名人じゃないか。会社勤めのくせに、こうして昼から飲んでる」

私は、その通りだと言って笑った。捜査本部が解散して、まとまった休暇に入ったところだったが、そんなことは口にしなかった。

ビリーは、メイシーズ・サイゴンと渾名されたPXについて話しはじめた。当時のサイゴンには四つの大きなPXがあって、メイシーズというのはアメリカ空軍のものだった。検問が少なく、川に面して建っていたので船を乗り着けることもできた。

「あのころのサイゴンで、PXっていうのは、ただ軍隊の購買部っていうだけじゃなかった。世界に開いた窓だったんだ。ハワイのデューティーフリーとか、万国博のパビリオンみたいなものさ」と、彼は言った。

「手にとって食べられるハリウッド映画というわけだね？」と、私は尋ねた。

「どうしたらPXで一番でかい顔ができるか、関心はそこだけさ」彼は、返事をする代わりに言った。

「その女も同じなんだ。PXへ出入りできなくなるより、男の言うなりになる方がましだった。野戦憲兵もそうさ。でかい顔ができなくなると困るから、木に吊るされても文句ひとつ言えやしない。そいつは最初、物資横領の捜査で女をマークしてたんだ。途中から横取りを企んだ。物資と女、両方のさ。脛に傷のない者なんか、当時のサイゴンには一人もいなかったんだよ。食い物、煙草、セメント、抗生物質からときには爆弾まで、何でも売り買いされた。代金はドルだけじゃない。レイションカードとか五日間の湾仔《ワンチャイ》の休暇なんていうのも、結構人気があった。引き換えに死んだ奴も大勢いるが、死んだのはマーケットの中心から遠くにいたやつらだ。

ＡＩＤの借款や軍事顧問団の援助、――実を言やあ、みんな同じ井戸の中なのさ」

「何の井戸だ。石油でも出るのか？」

「昔の話だぜ、二村。あの頃はソ連があった。だから、石油も出なきゃ金にもならないところでも戦争をした。井戸っていうのはシステムのことだよ」

彼は出来の悪い素人に愛想を尽かしたレッスンプロみたいに、ゆっくり力なく頭を振った。

それから酒を飲み、戦争が終わろうとしていた南ヴェトナムの首都の話をした。誰もが金の延べ棒やダイアモンドを握りしめて国外へ逃れる船か飛行機の座席を必死で確保しようとしていた。自分の親を足蹴にして席を横取りする奴もいた。そうして、まずアメリカ軍がいなくなり、次に南ヴェトナムという国が地図から消えた。

陽気な手柄話でもなかったし、痛切な思い出話でもなかった。彼は、まるでボストンのラジオがヤンキースの勝ち試合を解説するみたいに戦争を語り、プッンと電波が途絶えるように話し止んだ。

彼が地上戦を経験していないせいかもしれない。空から見下ろす戦場はバックギャモンの盤面みたいなものだろう。空母勤務のパイロットならなおさらだ。

「君はミッドウエイの艦載機に乗っていたのか」思いついて、私は尋ねた。

ビリーは首を横に振ってから、違うと答える代わりに、横須賀には除隊するまで来たことがなかったと言った。

「乗っていたのはＪＦＫだ。母港は横須賀じゃなかったからな、休暇で来るときは横田から入って六本木に直行だった。――何で、そんなことを聞くんだ？」

「あの店の常連だって言ってたからさ」

 ふいにチャンの一件を思い出した。注意して、その話題を避けてきたというわけではなかった。頭の中の引き出しに押し込み、封をしてあったというわけでもなかった。私にとって、それはまだ事件だった。しかしその瞬間まで、何故か私はすっかり忘れていた。

「横須賀基地には、今も知り合いがいるからね」と、ビリーは言った。

「行けば、あの店に寄るさ。それで、——」

彼はふいに口を休め、酒を飲んだ。それから何を思い出したのか、私を見てこう言った。

「ぼくは爆撃機には乗ったことはないぞ。F4は最低だって言ったろう。あんなものは農薬散布みたいに爆弾を吊るした、まさに亡霊《ファントム》だ。戦闘機《ファイター》じゃないよ」

そのときだけ、何か強い感情が言葉にこもっていた。

結局、話題はまたチャンから離れてしまった。私も、引き戻そうとは思わなかった。

その日は彼に用があり、明るい内に店を出た。出掛けに、老バーテンダーが蓋つきの紙コップをビリーに手渡した。

「ほら、持ってきなよ。まだ日が高いんだから」と、彼女は言った。紙コップの中は氷のたっぷり入ったダイキリだった。

「ムーチャス・グラシアス・ポル・トド」彼は恭しく頭をさげた。

「いいってことよ。トラゴ・デル・カミノ、——途中の一杯って言うじゃないの」

私は、この無愛想な老婦人が突然そんなことをしたのに驚いた。しかしビリーはどことなく、人に気まぐれを起こさせたり、ちょっかいを出させるようなところがあった。

9

七月の第三週が始まってすぐ、県の北部にある米軍補給敞の裏手で側溝から若い女の死体が上がった。頸動脈を大きな刃物で掻き切られていた。私たちは相模原署の捜査本部に動員されたが、所轄の刑事たちが会議室に机や椅子を運び込んでいるうちに、犯人の学生が管内の交番に出頭して、何もかも無駄足に終わった。捜査本部は看板を掲げる前に解散になり、翌日にはもう、私は横浜のアパートへ戻っていた。

水曜の遅い午後だった。まだ梅雨は明けていなかったが、雨はたいして降らず、九州では水不足を心配する声があがっていた。

日が暮れると、私はエアコンを消し、窓を開け、ビールを手にテレビの前に陣取った。冷蔵庫にビールを九缶用意して、一回の攻防に一本空けていくというのが計画だった。

長嶋のチームはオールスターを前にして四十八勝三十三敗、首位を走っていた。二位との差は五ゲームあった。

得点は初回の二点だけ、テレビが始まってからずっとゼロ行進が続いた。三者凡退も多かった。五回を終える前に私はビールに飽き、ジントニックを飲みはじめた。

小刻みな継投の末、例の中継ぎ投手がマウンドに上り、今にも泣きそうな仏頂面で投げ始めた。案の定打たれた。これで同点だった。

そのまま迎えた延長十回の裏、途中から守備に入った阪神の選手が登場すると、球場が沸いた。マウンドには桑田がいた。バッターは取手二高の主将で、かつて夏の甲子園で桑田とぶつかったことがあった。観客もテレビも野球よりこうした物語の方が好きなのだ。

桑田が打たれ、ゲームは終わった。ビリー・ルウと横浜スタジアムで会った日から三連敗が始まったことを、私は思い出した。

誰かがドアをノックしたのは、ちょうどそのときだった。

覗き穴を見なくても廊下に立っているのが誰か、私には判った。

「不用心なアパートだね」と、ビリー・ルウは言った。

「道路からここまで、ドアはひとつだけで、そのひとつも開けっ放しだった」

私のアパートの玄関ドアは夜の十一時まで開け放されていた。エレヴェータホールというほどのものはなく、管理人室もなかった。

「ぼくが入ってくるとき、煙草の自動販売機を叩いてる奴がいたぞ」

「ピースが叩かないと出てこないんだよ」

「叩かないで出てくるpeaceなんかないよ。上がってもいいか?」聞きながら、靴を脱いだ。

今夜は麻のスーツを着て、赤いグレンチェックのネクタイをしていた。少しくすんだ赤のポケットチーフが胸でしおれていた。シャツはパリッと白かったが、目の下にクマが浮き、顔色は良くなかった。

「いったいどうしてここが判ったんだ?」と、私は尋ねた。彼に渡した名刺に英文表記の住所は無かった。

「以前、ここに入って行くのを見かけたんだ。下のポストを見たら名前があるし、君の名はそんなに多くない。この先にぼくのオフィスがあるんだ。気づかなかったろう、君はぼくのオフィスのすぐ脇にいつも不法駐車をしてるんだぜ」

「いつもじゃない。夜勤明けか、帰りがうんと遅くなったときだけだ。駐車場が遠いんだよ」

「別に、そのことで文句を言いに来たんじゃない」

ビリーは窓寄りのソファに腰掛け、外を見た。そこからは筋向かいの立体駐車場と横浜で一番安いフグ屋しか見えないはずだった。その店は夏でもフグの提灯を出していた。住んで五年も経つのに、まだ一度も入ったことがなかった。

その店先に、彼はまるで沖から港の灯を見る船乗りのような目を投げた。

「なあ、二村。頼みがあるんだ。ぼくのために車を動かしてくれないか」

「判った。君はそのビルの管理人もしてるんだな」

「すまない。冗談を言える気分じゃないんだ」

彼は膝のあいだで手を組み、背中を丸めた。吐く息がそこを力なく揺すった。

私は食器棚の奥からグレンリベットを出して封を切り、グラスになみなみと注いだ。

それを手渡すと、彼は143のダブルプレーみたいなタイミングで一気に飲み干した。空のグラスを両手で持ち、黙って見つめた。

私には、もう判っていた。どうにもきな臭い沈黙がそれを教えていた。彼はついさっき、やっかいなことを背負いこんだばかりだった。今は混乱の真ん中で、全身から警報を発していた。

こうした他人の混乱と、私はほぼ二十年付き合ってきたのだ。

酒壜を差し出すと、ビリーはそれを宙で受け取り、言った。

「頼むよ。車でぼくを横田まで送ってくれ」と、言った。

「理由を聞きたいね。電車はまだ通ってるんだ」

「荷物がある」

「じゃあ、タクシー代を貸そう。ぼくはジンをこれでもう五、六杯飲んでるんだ」

「金ならある。荷物が多くて普通の車じゃ乗りきらない」

確かにゴルフは見た目よりずっと荷物が乗る。しかしレインジローバーほどではないはずだ。

「君の車はどうしたんだ」と、私は尋ねた。

「事情があって使えない。だから頼んでる」

いつの間にか彼のグラスは空になっていた。氷が鳴った。彼はまたフグ屋の提灯を見おろした。

「荷物がある。それが理由か？　理由を聞いたのは、君の友人だぜ」

「夜間飛行に出るんだ。前線が張り出してるっていうのにさ」彼は窓の外に向かって言った。

「誰かに見送ってほしかったんだよ」

私は自分の酒をキッチンの流しに捨てた。大きな水音に驚いたのか、ビリーは顔を上げた。

「コーヒー淹れる」と、私は言った。

「それを飲んでも気が変わらなかったら、車を取りに行こう」

私は濃いコーヒーを二杯飲んだ。ビリー・ルウはスカッチをグラスにもう一杯注いだ。しかし飲もうとはせず、ソファで氷が溶けて行くのを見守っていた。

水を大量に飲み、シャワーを浴び、目の縁が冷たくなるまで首筋に萬金油を塗ってから部屋を出た。

ネオンの光を背にして歩くと、木立の少ないコンクリート敷きの公園が目の前に立ちふさがった。阪東橋の先まで全長一キロ半もある細長い公園だった。運河を干し上げ、そこに地下鉄を通し、コンクリートで塞いだものを、公園と呼べるのならの話だ。左右に一方通行路を従え、信号でいくつにも分断され、私には巨大な中央分離帯にしか見えなかった。

テラス・パークレーンは公園が運河だった時代、その河岸で威容を誇る外国人向きのアパートメントだった。運河が失われ、河岸の土地が次々と買収され、二階建ての住宅や町工場、立ち飲みの酒場、夫婦でやっている豆腐屋などが消えてなくなり、次々と大きなビルが建った今も、その面影はいくらか残っていた。

自然石を張った壁はだいぶくたびれ、ひびが目立った。ガラスの回転ドアも、いまではむしろ古めかしく見えた。しかし館内はすっかり改装され、玄関には最新の電子ロックがあり、ロビーの家具はどれもイタリア製だった。その奥にはホテルのレセプションのような管理人室があり、来客の応対をしていた。

私の車はそのすぐ脇、公園側の路肩につけて停まっていた。八時をすぎると、このあたりはレッカーが回って来なかった。

ビリーは私に建物を半周させ、地下駐車場の前で停まるよう言った。自分ひとり、駐車場のスロープを降りていった。シャッターは開けず、脇の通用口から中に入った。

そのまま十分近く、彼は戻って来なかった。不安になりはじめたころ通用口が開き、姿を現した。グローブトロッターの一番大きなトランクをふたつ、両手に持っていた。色は濃紺だった。後ろの座席を倒して載せると、まだあるからと言って戻って行った。

「手伝おうか」と、私は声をかけた。

「いいよ。後ひとつだ」

ドアが閉まってすぐ、制服姿の管理人が建物に沿って回ってきた。離れた場所に立ち止まり、私の方を見た。猫背なのか、こちらを覗き込んだのか、ギョロ目が水銀灯に光った。ナンバーを控えるほどではないが、この車を記憶に残しておこうと決めたようだった。物腰からして警官上がりに違いない。

管理人が行って五分もすると、ビリーがもうひとつ、今度はベージュのグローブトロッターを持って現れた。たしかにタクシーのトランクに載せられる量ではなかった。

「これで全部だ」と彼は言い、助手席に座った。

公園沿いの道へ戻るためには、テラス・パークレーンをまた半周する必要があった。玄関先に差しかかったとき、車回しの端に先刻の管理人が立っているのが見えた。通りすがり、彼はこちらにちらっと大きな目を向けた。

私は公園の側道を一キロほど走り、高速道路のランプウェイへ上った。狩場のジャンクションから東名高速の横浜インターチェンジに出るまで、一度も止まらなかった。信号にもひっかからなかったし、渋滞もなかった。

「ぼくは、君にとりかえしのつかないことをさせてるかも知れない」

最初に止まった信号で、ビリーは言った。

「どんな事件に巻き込まれたのかは知らないが、爆弾テロでもないかぎり、日本の警察は道路を装甲車で埋めつくしたりしないんだ」

彼はびっくりしたように、急いでこっちへ向き直った。

「それは間違いだよ、二村」

「ああ、そうさ。ぼくは間違ってる。しかし、君に言われる筋合いはない」

彼は黙り込んだ。私もしばらく黙っていた。道が広くなった。道路の両側には隆々とした並木が続いていた。街灯りが真正面に見えた。

「すまない。何だったら引き返したっていいんだ」と、彼は言った。

「なんで、そんなことを言いだすんだ」私の声が大きくなった。

「始めたことを途中で止めようなんて言うな。だったら初めから何もしなければいいんだ」

「怒らないでくれよ」

「まだ怒っちゃいない。しかし、これ以上すまないなんて言うと本当に怒りだすぜ」

彼はまた黙った。相模原を通り抜けると、道は暗くなった。闇から工場のようなレストランやラヴホテルのような量販店が姿を現し、後ろに流れ去った。

私は、彼の事務所が入っているビルで今夜何が起こったのか、あるいは別のどこかで、どんなことが起こったのか、ついに尋ねなかった。それはもう、疑問ではなく確信だった。にもかかわらず、私は車を走らせることを少しも躊躇っていなかった。それが自分でも不思議だった。

「気にするなよ」と、私は言った。

「ぼくだって、今日はあのまま眠りたくなかった。どこかへちょうど出掛けたかったんだよ」

八王子の町をバイパスでやりすごし、多摩川を渡り、ごちゃごちゃした町中の交差点を左に曲がった。やがて国道が高架になってせり上がり拝島《はいじま》駅のすぐ脇を跨ぐと、前方にほんの一瞬、広大な米軍飛行場の一角がちらりと見えた。殺風景なビルが建ち並び、フェンスがなければ、閉鎖された滑走路は芝と木立の中に隠れていた。ニュータウンのようだった。

それに沿ってどこまでも真っ直ぐに走った。左に税関と入管の出張所が見えるあたりで、ビリーは止まるように言った。

私は路肩に乗り上げ、サイドブレーキをかけた。彼は携帯電話を出して短縮番号を押した。緑色の液晶ランプが、顔を気味悪く照らしだした。

「ぼくだ」と、ビリーは砕けた口調で言った。「用意はいいか？」

入管の出張所は真っ暗だった。たとえ昼でも、係官が常駐してチェック業務をしているわけではない。米軍から依頼があって、はじめて係官が出張してくる。ヴェトナム戦争当時、大量の兵士がフリーパスで東京の町へ繰り出し、何人かはそのまま戻って来なかった。今でも兵士の出入りに、日本の入管や通関などまず及ばない。本土やハワイから、あるいは公海上の空母から飛んできた兵隊が日本へ顔パスで出入りする。

「今、メインゲートの前だ。わかったよ、じゃあそうしよう」

ビリーは言って、電話を切った。

「引き返してくれ。第五ゲートから入らなくちゃならないようだ」

私は車をUターンさせ、国道を一キロほど戻った。

ビリーに言われて左折すると、そのゲートには明かりが煌々と灯り、青い制服を着た日本人の門衛と白人の下士官がひとり立っていた。その下士官が、窓を開けたビリー・ルウに大きく手を振って見せた。減速する必要もなかった。

昔の公団アパートのような建物の間を走り、滑走路に出た。言われるまま、ドライヴウェイを左へ曲がり、大きな格納庫の前を通りすぎた。

「そこだ」と、ビリーは言った。

「次の格納庫の手前で止めてくれ」

車が止まると、彼は手ぶらで外へ出た。

何かを待っているようだった。ただ逡巡しているようにも見えた。

「もし何かあっても、ぼくを庇う必要なんてない」と、彼は言った。

「それなら、まず教えてくれ。今夜のことは、チャンの一件と何か関係があるのか」

「直接は関係ない」

彼の表情がすこし硬くなった。「君は警官なのか、二村」

私は言葉を失くした。探すのに二、三秒かかった。

「酒場の友達だよ」

ビリーは大きく頷いた。「心配したよ。君のためにだぜ。——なぜそんなにチャンのことを気にするんだ」

「自殺だろうと事故死だろうと、決着がついていないからさ。上手く言えないが、あの件がぼくにとって終わってないからだ」

「次に会ったとき、知ってることは全部教える」彼は言って、私の肘を叩いた。

「外国に飛ぼうっていうんじゃないだろうね」

「ここが、もう外国なんだよ」

言われてみればその通りだった。ここでは、逆に私が不法な存在なのだ。

「次っていつだ？」

彼はニヤッと笑い、袖をまくって大きなクロノグラフを見た。

「九十九時間。——四日と三時間後だ」

「いつから数えて？」

「今からだ」

「こんな時間に離陸していいのか」

「言ったはずだぞ。夜間飛行に出るってさ。戦闘機のアフターバーナーをふかすわけじゃないんだ。要は、ご近所の迷惑にならなけりゃいい」

ビリー・ルウは指をたて、舌打ちをくれた。

「必ず帰るよ。理由があるんだ」

ポケットをかきまわして百ドル札を探し出し、二つにちぎって、半ぺらを私に渡した。「百ドルと星条旗に誓って。——ぼくを信じるかい」

「酔っぱらいは信用しないんだ。酔っぱらいは友達が多すぎる。酔っぱらいは毎晩友達を増やす。そのうち誰が友達なのか判らなくなる。だから信用出来ない」

「酒が好きなくせに、酔うのが嫌いなんだな」

「何だって、そう酒を飲むんだ」

「空の上にいる誰かさんになりそびれたからさ」

私は、彼の目を覗き込んだ。空の上の誰かさんというのが誰なのか——神様なのか、リヒトホーフェンなのか、よく判らなかった。彼の目は曖昧に光っていた。

タキシングエリアを走ってきたフォード・ブロンコが、二十メートルほど離れた場所に停まった。軍用車ではなく、白く塗られたYナンバーだった。

背の高い男がひとり降りてきた。暗くて顔は見えなかった。後ろから私の車に近づき、黙ってリアハッチを開けた。

ビリーが手伝ってトランクを下ろしている間、私は運転席で百ドルの切れ端を手に空の上の誰かさんについて考え続けた。

男がトランクを台車に乗せ、闇の中に消えた。ビリーが助手席の脇に戻ってきた。私は車から降りた。

暗がりの奥で重く大きなドアを開け閉めする音が聞こえた。硬い足音が響き、格納庫の方で止まった。ふいに私たちの近くが昼のように明るくなった。低翼双発のすばらしくスマートな飛行機が一機、そこに浮かび上がった。

すらりとした胴体に五つの丸窓が開いていた。パイロットを含めて、一ダース以上の人間を乗せることが出来そうだった。機首がコウノトリのくちばしのように突き出し、それがこのフランス製小型ジェットの特徴だった。横腹には、黒と金の細い二本の線が走り、その線が尾部で垂直尾翼いっぱいに広がり、風切面を塗りつぶしていた。

フォードのブロンコは、ビジネスジェットの先端につけて停まっていた。男が台車を折り畳み、荷室に片づけ始めた。

「危ないことをしに行こうってんじゃないだろうな」と、私は尋ねた。

「小型機の渡洋が危なくないことなんてない。リンドバーグほど冷や汗をかかなくなったってだけだ」

彼はフォードのところへ歩いた。男はすでに運転席に乗っていた。車内に顔をつっこみ、書類のようなものを受け取り、熱心に何か書き込んでいた。やがて、飛行機に向かった。あれだけ飲んだのに、足取りはしっかりしていた。

「君は、ヤンのためにぼくが奉仕しているとでも思ってるんじゃないだろうな」

彼は飛行機のドアに手を掛け、引きずり出すようにしてそこを開けた。ドアはタラップに変身して倒れてきた。

「シンシアだよ。こいつのために苦労してるんだ」彼はタラップに足をかけ、言った。

「耳をすましていろよ。ぼくを忘れそうになったら、彼女の歌声を思い出すんだ」

その爆音をたっぷり聞かせた後、ビリーは彼女と飛びたった。

私の頭上を二回旋回して、主翼の航空灯を三回振り、シンシアの姿は夜空の片隅にかき消えた。

帰り道、やたらと赤信号に阻まれた。まるで誰かが私に後悔をせまっているみたいだった。

10

横浜に着くと、車を月極めで借りている駐車場に入れた。繁華街と背中合わせの土地柄にしては格安だが、アパートまで五百メートルも歩かなければならなかった。私は、駐車場から公園沿いに歩いて帰った。

アパートの近くで、何か気鬱な気配を公園の向こうに感じた。

二つにひとつしかなかった。テラス・パークレーンへ行って見るか、帰って飲むかだ。私は後の方を選んだ。

シャワーを浴びてテレビをつけた。ブラウン管ではビキニの水着を着た金髪の女刑事が、六連発の輪胴拳銃を十五発、たてつづけにぶっ放して悦にいっていた。

ビールを取りに行って、ふいにビリー・ルウのことを思い出し、ビールではなくスカッチを持ってベッドに入った。

ストレートで飲むと、換気扇の音が頭に響いた。回しっ放しにしておかないと翌朝、流し場が匂う。アメリカの刑事は、家政婦を雇えるぐらいの給料を貰っているのだろうか。

グラスは五分で空になった。ビキニ姿の拳銃使いも、ビリー・ルウが行ってしまった場所も、換気扇の音も、給料も気にならなくなり、二杯目を飲むため、氷を取りにいくかどうするか考えているうち、私は眠りに落ちた。

朝、夢で目を覚ました。頭が痛んだ。どんな夢か覚えていなかった。手には受話器が握られていた。夢ではなく、電話に起こされたようだった。

「警察です」と、私は言った。

「営業は九時から五時までと法律で決められています」

電話を切った。時計は午前六時半だった。体中、汗に濡れていた。すぐにまた電話が鳴った。

「二村、俺だ。切るな！」小峰一課長があわてて叫んだ。

「すぐ出てくるんだ。それとも、そこへ行こうか」

驚いて跳ね起きた。「どこにいるんですか？」

「大通り公園。地下鉄の駅を上がってすぐんとこだ」

ここから歩いて二分ほど、テラス・パークレーンのすぐ脇だ。

「水が出ている舗道があって、その前が凸凹になってる」と、彼は言い足した。

「それは噴水だ。凸凹なところはベンチなんです。そこに座っていてください」

服を着て飛び出していくと、課長は公園のベンチの上に言われたとおりきちんと腰掛けていた。ネクタイをゆるめ、首筋にハンカチを巻いていた。朝だというのに温度も湿度も高すぎた。

「面倒かけやがって」と、彼は唸った。

「俺は田舎から出てきたお前の親父じゃないんだ」

「ぼくは横浜の生まれだ。田舎なんかありません」

彼は立ち上がった。背は私の肩ほども無かった。それが嚙みつかんばかりの勢いで、私を睨んだ。「車、どこに停めてるんだ、二村」

「駐車場です。それがどうかしたんですか？」

几帳面に折ったメモ用紙を手帳の間から出して広げた。よく揃った字で私の車の車種と塗装、ナンバーが書いてあった。

「これ、お前の車か？」

「そうです。間違いない」

「おい。ちょっと待てよ。確かめなくていいのか。自分のナンバーを暗記してるのか」

私は彼が気の毒になった。

「あそこのビルの管理人から通報があったのなら、間違いない。駐車場が遠いもので、つい停めちゃうんです」

「ああ、そのぐらいはするだろうさ。うちのカミさんなんか、お前、しょっちゅう所轄にレッカーされてるよ。だけどな、殺しの重要参考人を車に乗せてやるなんて普通じゃない。おまけに、現場から連れて逃げるなんてな」

「現場はビリーの事務所ですか」

私は返すに返せない借財を感じて、そう尋ねた。

「ビリーって誰だ？」小峰課長の眉が吊り上がった。

「横須賀の凍死事故のとき、お前が言ってた関係者か？」

私はそうだと答えた。課長は自分の膝を手でつかみ、唸るのをこらえた。

「その男と一緒に荷物を積んで、どこへ行ったんだ」

私は昨夜起こった出来事を順番通り、逐一話して聞かせた。九十九時間後に戻るという約束と半分にちぎった百ドル紙幣、その二つ以外のことは洗いざらい。

巡回中の管理人を見た瞬間から、私の中で警報ランプが鳴り響いていたことも言わなかった。しかたない、あれは出来事の内に入らない。阪神のバッターの一打が出来事で、桑田の一球はそうでないのと同じことだ。

「この女を知ってるか?」と言って、課長がデジタルプリントの写真を出した。

女の死体がルイ・ヴィトンの船旅用トランクに詰め込まれていた。トランクの中は水浸しだった。丸い粒々とビニールが、死体の周囲に散り敷かれていた。

死んだ女は、みんなとても若くなるか、うんと年寄りくさくなる。しかし、彼女はそのどちらでもなかった。鼻が低く、額が広く、年も二十代から五十代まで、いくつでもおかしくなかった。

血は白いシャツを真っ赤に染めていたが、傷はポストイットで隠してあった。

私はまったく驚かなかった。さしたる理由もないまま友人が面倒ごとに巻き込まれたと気がついたときから、私はそれが他ならぬ殺人事件だと目星をつけていたのかもしれない。ただそれをどこか、たとえば靴下の中にでもしっかりしまいこんでいた。このときまで、ずっと。

「刺殺ですか?」と、私は尋ねた。

「まだ決まったわけじゃない」

「この、周りで光ってるのは氷ですか」

「聞いてるのはこっちだ。誰だか分かるか?」

「見たことはありません。ビリーの知り合いは、一人しか知らないんです。髭を生やした日本人の中年男ですよ」

雲が割れ、突然朝日が差した。それはずいぶん高い位置にあった。夏の光に、木々が一斉に輝いた。噴水の音がうるさかった。梅雨はいつの間にか明けていた。

「おまえの友達の車はYナンバーのレインジローバーか」

「もう判ってるんでしょう」

彼は立ち上がり、ポケットから小さな写真を出した。ビデオから起こしたプリントだった。駐車場に停まったグリーンのレインジローバーからビリーが降りてくるところだった。

「こいつが、そのビリーか？」

「そうです。防犯カメラの画像ですか？」

「車から持ち主は割れた。今、米軍に照会中だ。あのマンションのどの部屋を訪ねたか、お前分かるか？」

私は知らないと答えた。聞かれた意味がよく分からなかった。

「こいつは住人じゃなかったんだ」と、課長は言った。

「車の中から駐車場のシャッターを開けるリモコンが出てきた。被疑者《マルヒ》とマンションを結ぶ線はそれだけだ。停まってたのは来客用のスペースだ。住人が管理人に届ける決まりだが、守らない住人もいる。あそこは、法人契約が多くて出入りも頻繁なんだ」

「車に死体の入ったトランクが載ってたんですね」と、私は尋ねた。

課長はそっぽを向いて頷いた。

「ぼくには自分の事務所があると言ってました。あの荷物も事務所から持ってきたとばかり思っていた」

「どんな荷物だ」

私は三つのトランクの特徴を話した。課長はメモを取らなかった。どうせ防犯ビデオに写っている。

「住んでいるのは本町通りですよ。パームブラザース・ハウス。多分、山下町の四十番台だ」

課長はやっと手帳を出した。ビリーの住所は、まだ割れていなかったようだ。

「何で車に死体があると判ったんですか」

「水だ。荷室から水がじゃあじゃあ流れ出してた」

水？　と聞き返したが、課長は返事をしなかった。凝っと黙って歯を食いしばり、感情を押し殺しているようだった。それからふいに、

「おまえ、酒をどれだけ飲んでた？」と尋ねた。

「缶ビールを三、四本にジンを四、五杯」

「たわけ！」初めて怒鳴った。そこが公園でなかったら、彼は拳を振り上げていただろう。

「いいか、絶対に人に言うな。おまえ、飲酒運転だぞ。被疑者《マルヒ》の逃亡を知らずに助けたっていうなら、ただのトンマで済むが、飲酒運転は立派な犯罪だ」

言うと、急に押し黙った。私は彼の顔を見た。ある種の決断がすでに下された顔だった。

「自宅から出んなよ」と、彼は言った。

「連絡するまで、出たら承知しないぞ」

もちろん出るつもりはないと、私は言った。

「つきあいには注意しろって、あれほど言ったじゃないか。女だけじゃなく、どんなつきあいもだ。お前は刑事なんだぞ」と、課長が言った。それでつい、私は言い返した。こんなふうに。

「ぼくは昨夜、アマチュアのようなエラーをしました。今、謝ったのはそのことについてだ。かれこれ二十年も税金を払ってる大人です。友達がなにをしでかそうと、ぼくには関係ない」

「ばかやろう。とっとと家に帰ってろ。いいか、余計な詮索をするんじゃねえぞ。報告書を書くんだ。詳細な報告書だ。——酒のことは書くな」

それが七月二十日、木曜の朝だった。

以来、誰も私に近寄ろうとしなかった。電話もなかった。報告書は書いたものの、取りにも来なかったし、持って来いとも言われなかった。

ほんの数日で、私は自分が何者か思い知らされた。警察には知人はいても友人などひとりもいない様子だった。友人と呼べる者は、わずか数時間のつきあいしかなく、まんまと私に悪事の片棒を担がせ、空の彼方に飛び去った男だけなのではないかと、私は疑った。

日曜日になった。テレビでは朝早くから、昨日のオールスター第一戦を話題にしていた。私はそれを見ていたが、試合の流れは記憶になかった。セ・リーグの監督は星野で、活躍したのは外国人ばかりだった。

テレビをつけたままコーヒーを飲んでいると、話題が横浜の殺人事件に変わった。テラス・パークレーンを背にして、レポーターが公園で何かしゃべっていた。

テレビの連中は、女の死体にルイ・ヴィトンの船旅トランク、Yナンバーの高価な四駆という取り合わせがお気に召した様子だった。これで全裸だったら、言うことがなかったろう。あの死体は、チャイナカラーの白いブラウスにジーンズを着けていた。

ブラウスは血で真っ赤だった。刃物で前から刺され、傷は肝臓に達していた。立った状態で、下から上に突き上げた傷だった。被害者は身長が百六十二センチ、殺したのはそれより背の低い者と思われる。警視庁を一課長で退職した評論家が言った。

「防犯ビデオに写っていた容疑者というのは、もっと背が高いんじゃないですか」

司会者に訊かれ、警視庁出身の評論家は現役時代の敵愾心をむき出しにしてほくそ笑んだ。

「ま、神奈川県警さんには格別のお考えがあるんでしょうな」

ビリーがどこの部屋に出入りしたのか、まだ判っていなかった。住人でもないのに、なぜ駐車場のシャッターのリモコンや通用口の鍵を持っていたかも依然、謎のままだった。その鍵があれば、地下駐車場から直接エレヴェータに乗り、どの階へも行くことが出来た。

玄関と地下にはあれだけ防犯カメラがあるのに、エレヴェータにも廊下にもカメラはなかった。古いビルなので、順次工事をする予定だったと管理会社は語っていた。

ビリーの住んでいた本町通りのアパートは、家具も食器も部屋付きのホテル形式だった。室内には手帳や手紙、銀行カード、コンピュータなど、身元に迫るような遺留品は一切なかった。意図して持ち去ったのだろうと、評論家はしたり顔で言った。

「犯人は氷詰めにしておきゃあ、しばらく発見されないと思ったんでしょう。逃げる時間を稼ごうとしたんですな」

ルイ・ヴィトンは韓国製の偽物だった。そのことで、出演者の会話は大いに弾んだ。そんなものフェイクして誰が買うんでしょう？　だいたい本物ですら滅多に見かけないのに。

話題が沖縄サミットに移った。私は、昼飯を食べに町へ出た。大通り公園の方へ歩いてはどうだと囁く声が、頭の中で聞こえた。その誘惑を振り切り、公園に背を向けた。

伊勢佐木町商店街で本を買い、高速道路を跨ぐ橋を渡った。高速道路は、干し上げた運河の川底を走っていた。その河岸に暖簾を出した古い鰻屋で、自分で自分に鰻丼を奢った。鳶のヘルメットほどもある丼飯は、さすがに腹にこたえた。

食後、長いこと街を歩いた。繁華街には近寄らなかった。港の方角にも足を向けなかった。街は、サラ金の看板に埋めつくされていた。

風俗店や飲み屋が背中を並べた運河沿いの道をたどって人気のない喫茶店を見つけ、フランス人の小説家が書いた飛行機乗りの本を読んだ。

『空に昇るたび、俺は世界の外にはみ出してしまったと感じる』という一行が、妙に気に入った。

『すべての飛行機乗りは、遅かれ早かれその事実に触れるものなのだ』

日が暮れるころアパートに戻った。明かりの消えているフグ屋を見下ろしながら夕食のことを考えていると、電話があった。

「NHKの友田だ」と、名乗った。口のきき方はぞんざいだったが、決して無礼ではなかった。

NHKの横浜支局で遊軍のデスクをしている男だった。私が本部の一課に配属されたとき、彼も県警記者クラブに新人としてやってきた。それ以来、つきあいが切れなかった。

「いやな時代さ。協定ができて、あんたに近づけないんだ」と、彼は言った。

「だから、事件のことなんか話さなくていいぞ。別に用事はない」

「じゃ、何で電話してきたんだ」

「別に。日曜で暇だったからさ」

私が何か言おうとすると、急に遮った。

「いいんだ。警察に盗聴されているかもしれないからな。本当につまらない世の中だ。あんたが警察を辞めたら、もっとつまらなくなる。それ、忘れないでくれよな」

友田はぶっきらぼうに言い、電話を切った。

私はビールを出すため、冷蔵庫に歩いた。

オールスターの第二戦が始まると、ビールがまたジンになった。トニックウォーターはダースで買い置きしてあったが、今度は氷が足らなくなった。結局、試合の流れとは無縁に、ソファで眠ってしまった。

目が覚めたとき、時計は午前四時に近かった。

ぼんやりした頭が自動的に動きだし、時間を数えた。たぶん、その計算はどこかですでに終えていたのだ。ビリーのシンシアが空に消えたのは、木曜の午前零時をまわったころだった。日曜が月曜に変わると丸四日、二十四時間が四回過ぎたことになる。

私はそれを待っていたのだろうか。自分でも不思議だった。うつらうつらとそのことを思った。目の前にドアがあった。目を開いているのか夢を見ているのかよく分からなかったが、私はソファに寝そべり、ドアを見ながら暗算した。

約束の九十九時間は過ぎた。それが暗算の解答だった。ドアはもちろん開かなかった。

11

次に目が覚めたのは昼に近かった。

電話のベルが鳴っていた。そのときになって、また電話に叩き起こされたことに気がついた。首に鈴をつけた数百匹の猫で、部屋が一杯になった夢を見ていた。

電話は小峰一課長からだった。十二時半に県警本部までくるよう物静かに伝え、「ネクタイをしてきてくれ」と、付け加えた。

麻のサマースーツを出して開けた窓辺に吊るし、シャワーを浴びた。

アパートを出たとき、時計は正午を回っていた。歩いても間に合ったが、ワイシャツを汗で汚したくなかった。私は公園の角でタクシーを拾った。

神奈川県警の新しい本部庁舎は、海岸通りの三菱倉庫跡地に建っていた。決して警察本部が建つような場所ではなかった。駅から遠かったし、大通りから引っ込んだ場所だった。真裏は、かつてよく水死体が揚がった運河で、その対岸は渡哲也が何回も何回もギャングと銃火を交わした物騒な波止場だった。

小峰一課長は、正面玄関脇に立っていて、私の顔を見るやいなやさっと近づいてきた。私の肘を取り、それをマグカップの把手のように扱って、歩き出した。海岸通りを渡り、本町通りを越え、関内の繁華街に入って行った。

「チエンの件は再捜査になるんですか」と、私は彼の背中に尋ねた。

「殺人でビリーの名が上がった以上、あの凍死も関連事件として扱った方がいいと思います」

「チエンだか陳だか知らんが、もうそんなことは考えなくていい」課長はぴしゃりと言った。

ディスコと韓国パブに挟まれて黒板塀の料理屋が建っていた。飛び石を歩き、ガラリ戸を潜り、課長について入っていくと、越後上布を粋に着こなした女将が出てきて、私たちを奥へ案内した。

通されただだっ広い部屋には先客がひとり寛いでいた。

「お疲れさん」と、刑事部長が居ずまいを正した。

「ま、そこに。——寛いでくれよ」課長にではなく、私に手を差しのべた。

座布団の上で胡座をかいていたが、腰から上は少しも崩していなかった。喉許のネクタイも、薄い色のついた眼鏡の中の両目も、同じことだった。

「崩して、崩して。かまわんから」部長は言い、私の目をじっと睨んだ。

「どうも、ご迷惑をおかけしました」と、課長が言って頭を下げた。

「おまえが先回りして謝っちまっちゃ、彼の立場がねえじゃないか」部長は私をまた睨み、への字の唇で笑って見せた。

酒が運ばれて来た。お銚子が二本、——部長の前には、すでに折敷も酒も置かれていた。しかしお通しひとつ、手をつけた様子はなかった。盃も返ってはいなかった。

「おはじめになるときは、お声をかけて下さい」と言い残し、女将が冷めた銚子を持ち去った。

障子が閉まると、部長は去っていく足音を目で追った。

「別にさ、報告を聞こうというんじゃないんだよ。あらかたの話はこいつからね、聞かされてます」部長は言って、また障子の方に目をやった。

「あのアメリカ人のその後に関しては、あっちの筋から報告が来てる。非公式ルートを使って、行き先も空路もほぼ把握してる。しかし、日米地位協定があるからな。あれを個別に問題にしちゃうと、いろいろとなあ、――ほら、判るでしょうが」

刑事部長のどんぐり目が、私をそっと覗き込んだ。

「だいたい、肝心のアメリカ人の身元が割れないんでしょう。得体の知れないのが米軍キャンプに自由に出入りしてたなんてなあ。考えられんよ。なめられたもんだ」

眼鏡のレンズ越しに、彼の目は輪切りにした茹で卵みたいに真ん丸く見えた。

しばらく沈黙が続いた。咳払いをすると、ふいに口を開いた。

「うちの本部長にエラーをつけたいやつは意外と多いんだ。内野安打を、野手のエラーにしたがってるピッチャーと同じですよ」

刑事部長が自分で自分に大きく頷き、課長もそれに倣った。

一昨年任官した県警本部長は誰からもあまり好かれてはいなかったが、メディアと霞が関から、いずれは警視総監と溜め息まじりに噂されている人物だった。

「要はさ、あのアメリカ人はもういない。死体はあるが、事件はあるのかないのか判らないっていう点なんだ」彼はまた笑い、盃に手を伸ばした。

課長がそれに酒を注いだ。

「ぼくがしたことがどんなことか、十分わかってるつもりです」と、私は言った。

「判るとか判らないじゃないのよ」

彼は言い、課長の横顔に目を走らせた。腕を組み、口を引き結び、沈黙で私に何かをアドバイスしようとしていた。

「有体に言ってさ。君のしたことは大したことじゃない。軽率の誹りは免れないかもしれないけど。——夜中に友達から、ちょっとそこまで車で送ってくれって頼まれて、お前、人殺して逃げようってんじゃないだろうなって聞く奴はいないよ。いたらいたで、そんなのとは友達になりたかないや。正直、俺はなりたくないね」

課長がいきなりおかしそうに笑い、うんうんと頷いた。

部長が体をよじり、座椅子の背後から大判の封筒を取り上げた。中から写真を出して私の前に滑らせた。

私の車のフロントシールドを写したものだった。カメラ位置は車道のはるか上。私もビリーも、表情まで子細に見て取れた。二人とも、何故か楽しそうに笑っていた。Nシステムが捉えた一瞬に違いない。あの夜、いったいこんな瞬間があったのだろうか。だとしたら、覚えていないことが残念だった。

「本部長はねえ」と、刑事部長が注意を促した。

「知ってのとおり、ああいう人だ。俺はあの人と先輩後輩でさ。学生時代は俺おまえだよ。だけど、あの人は本部長で俺は刑事部長よ。判るだろ？」

「何がですか」

「俺の立ってる場所だよ」

「座ってるように見えます」

彼は、笑い出した。手酌で一杯あおり、くすくす笑い続けた。

「いい男を連れて来ましたね」と、課長に言った。私にすぐさま向き直った。

「まあ、それでも大人なんだし、こういう仕事ですよ。批判は甘んじて受けないとね。友達もそう。注意して選ばないといけない。そこのあたりをちゃんと判ってくださいな」

顔全体が、ぴたりと笑うのを止めた。

「女将をこれ以上待たすのも無粋だね」

「じゃ、そろそろ」課長が私の耳のすぐ脇で囁いた。

「われわれは、こういうところは苦手ですから」

「あ、そうなの」と、部長は言った。

「じゃ、俺ひとりで食っていくかな」

「そうしていただけると、こっちも大助かりです」

課長は両手をついて頭を下げた。

「それでは失礼します。どうもお邪魔しました」

課長の声に促されるようにして、廊下へ出た。

「首実検ですか？」数歩行ってから訊ねた。

彼は私の背中を強く叩いた。黙ったまま靴を履き、暖簾を潜り、やっと息をついた。

「明日から休め。今のところ有給扱いだ。判るな」と、課長は言った。

「判るなって、何がですか」

「出処進退だよ。決まってる」

「ぼくのですか？」私はちょっと驚いて尋ねた。

「他の誰のだよ?!」課長の声は悲鳴に似ていた。

「おまえなあ、部長がわざわざご自分で会われたんだ。心遣いが判らないかよ」

「辞めろなんて一言も言われなかった」

「それはそうさ。誰が好き好んで可愛い部下にそんなこと言えるよ」

私は通りを歩きだした。

「待てよ」と、低いが鋭い声で課長が呼んだ。

私は待たなかった。

「辞めろというなら、そう言ってください。諭旨免職にでも何でもしてくれればいい。辞表を書けって言えばいつでも書きます」

私は歩きつづけた。課長はずいぶん長いこと、私のすぐ後ろを歩いて付いてきたが、もう二度とは待てと言わなかった。

12

　朝刊の社会面に小さな記事が載っていた。先週木曜の未明に、正体不明のジェット機が台湾中部の最高峰、玉山《ユイシャン》の上空で姿を消したというニュースだった。機影は確認されたが、いったい何者がどこから飛んできたのか判っていなかった。台湾では幽霊ジェットと呼ばれ、亡命を図り、失敗した中国軍機ではないかと噂されている。

　たちまちコーヒーが酸っぱくなった。ビリーが飛びたったのは木曜の午前零時過ぎだった。自分の溜め息の音に鼻白んだ。記事は訃報欄と隣り合わせになっていた。

　私は昼前から酒を飲んだ。午後遅く、その電話があったときは、昼食もとらずにソファで眠っていた。

「オリマサと申します」と、声は言った。

「共通の友人からの言いつけで、お電話させていただいたんですが」

　低く甘い声だった。FM放送でハリー・コニック・ジュニアでも紹介するのがぴったりな声だ。録音テープでも聞かされているような錯覚に陥った。

「大変なご様子なんで遠慮するのが筋なんでしょうが、早々にお時間をいただけませんか」

　いつと尋ねると、できるだけ早くと答えた。

時間なら売るほどあった。しかし、私は半ば謹慎中の宙ぶらりんな身の上だ。ためらっていると、向こうから映画館はどうですかと切り出した。

「お近くに小さな名画座があるでしょう。あそこのロビーなら目立たない。誰かに見咎められたら、偶然出会ったと言えばいい。映画ぐらい観に行ってもかまわないんでしょう?」

彼は、映画館の名を言った。四十分後にロビーで。四時台の上映を待つには頃合いだ。立ち話も不自然ではない。私の住んでいるところだけでなく、置かれている立場まで、すべて承知の上だった。それが俄然、興味を引いた。


〝テアトル零《ゼロ》〟は伊勢佐木町の裏路地に面していた。路地はかつて親不孝通りと呼ばれていたが、今では誰もそう呼ばない。風俗店や怪しげな飲み屋がみんな表通りに出て行ってしまったためだ。今はネオンも少なく、宵が近づいても静まり返っている。

私は広いが急な階段を上って、景品交換所の二階にある入口から中をうかがった。

巨きく頑丈そうな男がソファに腰掛けていた。どこかに見覚えがあった。

紺と白のコンビの靴を履き、よく光るシルクでこしらえたダブル前のスーツを着て、ネクタイはせずにドレスシャツの襟を開いていた。その男が、いきなり立ち上がった。

「失礼ですが。二村さんですね」低く甘い声が尋ねた。

私は目を上げ、思わず声の主を探した。それほど姿形と不釣り合いだった。

「折匡《おりまさ》です。どうぞ、お見知りおきを」

男は名刺を出した。肩書はただ『プロデューサー』となっていた。名は折匡恭一《やすいち》、住所は横浜市西区老松町《おいまつちょう》九―四。

「いいところに住んでいるな」と、私は言った。

「野毛山の上だ。あのマンションが全部、君のものか」

「四階だけですよ。四軒しかないから、それで届く。東が海なんだが、みなとみらいの再開発で海どころか朝日も見えやしません」

彼は両足をぴったりそろえ、頭を深々と下げた。背後の壁にリノ・ヴァンチュラのポスターが貼ってあった。折匡と較べると、さすがのギャング役者も親切な鉄道員のように見えた。

「君も飛行機を操縦するのか」と、私は尋ねた。

折匡のシャツカフスから、リンドバーグを記念して限定生産されたブライトリングのフライトクロノグラフがのぞけていた。

「友達からもらったんですよ。ずいぶん前のことだ」

「その友達が、飛行機を操縦するんだな。彼は無事なのか？」

「変なことを聞くもんだ」急に口調が崩れ、私を正面から睨んだ。

「勘違いしてもらっちゃ困るな。俺が先代からもらった盃を返したのは、もう十年も前のことだ。それから、警察の厄介になったことは一度もない」

言って財布を出し、今度はグレーの名刺を出した。『アロウ・プランニング・アソシエイツ』というのが、彼の会社の名前だった。『取締役社長・折匡恭一』住所は東京都港区新橋六丁目。

それで思い出した。折匡は関東新政会の先代総長と兄弟の盃を交わした男だった。先代が死んですぐに足を洗い、映画のプロデューサーに転じた。二十年前に本当にあったという強盗計画を映画化して、話題になった。直後に、強盗計画は彼自身の実体験ではないかという噂がたったが、その噂が逆に宣伝になり、映画は大ヒットした。直後に似たような物語を何本か、自分の手で小説に書き、一躍彼は時の人になった。

「ビリーはどこにいるんだ？」私はあらためて尋ねた。

「それは判らない。どうにも言いようがないね」

「友人なんだろう」

「俺には後ろめたいことなんか何もない。あんたとは違うんだよ」

彼は私を覗き込んだ。私は睨み返し、腹の底で三つ数えた。

やがて折匡がゆっくり笑いだした。

「先週の水曜、――木曜になってたかもしれない」と、彼は言った。

「ビリーから電話があったんだ。あんたのところに忘れ物をしたから、取ってきてくれって。どんな相手か聞いたら、知らないって言うんだ。酒場で知り合ったってな。そういう奴なんだ。無茶苦茶なんだよ。こっちは、そうもいかない。ちょっと調べさせてもらった。まさか刑事《カクソデ》とはね。俺も面食らったよ」

「それは変だな。あの飛行機が離陸するまで、ぼくはずっと一緒にいたんだぜ」

「あれには電話がついてるんだ。空の上からかけてきたんだよ」

折匡はこちらを見て、息を吐いた。「いったいどこの誰なのか知れるまで、預かり物を返してくれなんてうかうか言えないだろう。やつにゃロクでもない知り合いが多くてね」

「ミスター・ヤンのことか」

彼はにやりと笑った。唇に刃物傷の痕が目立った。

「頼まれたのは、封筒がひとつですよ。あんたのところに置き忘れたそうだ。あいつは忘れ物の名人だ」

あの夜、ビリーはずっとソファに座っていた。その後、私は何度もそこに座り、横たわり、眠ったこともあった。しかし、それらしいものを見た覚えはなかった。

「もしそうなら車の中だ。車は捜査本部に押さえられた」私は言った。

「伊勢佐木署の駐車場で、今頃はばらばらになっているだろう」

折匡の顔色がさっと変わった。目が見る間にすぼまった。平静を装おうとしたが、言葉がなかなか出て来なかった。

「封筒の中は何だ。やばいものじゃないんだろうな」

「写真だよ。昔の記念写真だと言っていた」

「彼が写っていなくても、まず戻ってこないな。――ビリーにはどうやって返すんだ」

「持っていくことになってたんだ。ハワイでゴルフをする約束があったからな」

嘘が下手な男だった。しかし、私はあえて深追いしなかった。

「今朝の新聞を読んだか」と、折匡がいきなり訊いた。

「台湾で噂になってる幽霊ジェット機だよ。やつはあの夜、台北に行くって言ってた。時間も場所もぴったりなんだ」

「ビリーが墜落したって言うのか？　それなら、なぜ記念写真なんか受け取りに来たんだ」

「そう思いたくないからさ。しまいまで生きてると思っていたいじゃないか」彼は言葉を止め、頭を振った。

「それが人情ってもんだろう」

「そんなに都合よく事故が起こるか」

「出来すぎだとでもいうのかね」

「ビリーは何かトラブルを抱えていた。身を隠す必要に迫られていたのかもしれない」

折匡は固い肉でも食べるみたいに口を動かし、やがて高らかに笑った。

「あいつが飛行機を自分で落としたなんて、夢物語だ。たとえ女を殺しても、シンシアを自分で落とすようなマネはしない。それに考えてもみろ。もしそうなら、自分はパラシュートで逃げたことになる。あいつは、何よりパラシュートを怖がってた。金を積まれても、あんな馬鹿なことはしないとよく言ってたよ。そもそも低翼のビジネスジェットからスカイダイヴするなんて、シュワルツェネッガーだってCG無しじゃできない芸当だ」

私は困惑して黙った。そんな考え方があるとは思ってもいなかった。飛行機を落として姿をくらます。いったい何のために？

「君は、ビリーがあの女を殺したと思ってるのか」

「ものの譬えで言ったまでだ。どんな女か知らないが、あれはビリーの仕業じゃない。いくら何でもあいつはもう少しスマートだ」

場内からざわめきが聞こえた。続いてまばらに物音がした。

「ぼくは彼がシンシアを落としたなんて言っちゃいない。言い出したのは君だ」と、私は言った。「滑走路はいくらでもある。どこかに降りて逃げたかもしれない」

「誰にも知られずジェット機を降ろせる場所なんかないさ。米軍基地に降りるんだって、航空管制官には判ってしまうからな」

どこか引っかかった。手品師が客の目を空のカップに引きつけるように、彼は先回り先回りして答えているように思えた。しかし私はそれ以上、何も言わなかった。

四つのドアが開き、客が出てきた。誰もが私たちを怪訝そうに見た。もっとも、客は九人しかいなかったが。

私は、もう一度部屋を探してみると約束した。彼は立ち上がり、映画を観ていくと言って会釈した。

「前から観たかったのをやってるんだ」

私もそのつもりで来ていた。私たちは、すこし離れた席で、古いフランス映画を二本も観た。客は他にいなかったが、二人とも口はきかなかった。

二本目で居眠りをしているうちに、折匡の姿は消えていた。

13

次の日の朝、流しに溜まった洗い物を片づけていると、下の方から言い争う声が聞こえてきた。声に続いて、鈍い音がした。私には、人が人を殴る音だと判った。

足が自然に外へ向かった。玄関先では、ジャージ姿の男が倒した相手に馬乗りになって、激しく殴っていた。一階に住んでいる寿司職人だった。

殴られているのはTシャツを着た若い男だ。丸刈りの頭に梵字の刺青が見えた。

許してくれ、許してくれと繰り返す口調が、どこか尋常ではなかった。

止めるより先に、地域課のパトカーがサイレンを消しながら前の道に止まった。

「ここです。ここ、ここ」

寿司職人は巡査を呼んだが、いきなり羽交い締めにされて顔がこわばった。

「何するんだよ。泥棒はこいつなんだ」と、寿司職人は言った。

男は床に寝そべったまま荒い息をしていた。そのたびに鼻から血が噴き出た。

「ともかく、来てくれませんか。話を聞かせてもらわないと」

「ああ。これ、鼻の骨折れてるよ」と、もう一人の警官が言った。

たとえ本当のコソ泥でも、万一鼻の骨が折れていたら傷害罪に問われかねない。

廊下の奥でドアが開き、寿司職人の奥方が出てきた。私に気づいて声をかけた。ポスト荒らしだと彼女は言った。ちらし配りかと思ったら、ポストから何かを盗もうとしていた。あなた、刑事でしょう、言ってやってよ。

私は、伊勢佐木署に聞いてみましょうと言って、部屋に戻った。どこに電話すべきかと考えたが、かける先が思いつかなかった。

寿司職人は交番に連れて行かれたが、始末書一枚で放免された。

刺青の男は、よく研いで先を曲げたマイナスドライバーを持っていた。アパートの関係者でもなかった。交番巡査が事件にしないよう、男を言いくるめたのだろう。

私は結局何もしなかった。おかげで昼飯前にはケリがついた。一階の奥方からは、後になって感謝された。横須賀の元鬼刑事がどう言おうと、正しい警察官というのはこうしたものなのだ。

昼食の後、私は風呂に入り、頭を洗い、新しいシャツを着て窓辺に座った。すっかり暑くなっていた。冷たいものを部屋で飲むか外で飲むか思案していると、電話が鳴った。横須賀のヤマトからだった。

「すっかり遅くなっちまったがよ。最近なって判ったことが、いくつかあんだ」

いつもの間のびした口調だが、声には張りがあった。

私は受話器を持ったまま、紙とペンを探した。

「実はよ、あんたの家の近くで起こった事件のことなんだけどよ。テラス・パークレーンの事件だよ。——ほら、ビリー・ルウって言ったっけ。そいつの知り合いが、あそこの五〇四に住んでんだ。アッカーマンって野郎だあ。警察はまだ知っちゃおらんみたいだがよ」

「本当か？」私は声を上げた。百人近い捜査員を動員して、しかもあれだけの手がかりがありながら、捜本はまだビリーの訪問先がつかめないのだろうか。

ヤマトは部屋番号だけでなく電話も知っていた。私はそれを電気代の請求書に書き留めた。

「住んでるのか？」

「オフィスだって聞いたがねえ。雑貨の輸入とか。それが確かじゃねえんだわ、これが」

「謝礼はどこに届ければいい？」

ヤマトは今度靴を磨くときで良いと応じ、電話を切った。

手がまだ受話器に触れているうちに、またベルが鳴った。小峰課長が名乗り、咳払いをして私の注意を引こうとした。

「お前は運がいいよ」と、彼は言った。

「飛行機が見つかった。台湾の山に落ちていたそうだ。友達は運が無かったが、お前に運を持ってきてくれたな」

「死体が確認されたんですか？」自分の声が遠くに聞こえた。体も遠くにあるみたいだった。

受話器が勝手にしゃべり続けた。

「そうだ。機体はバラバラに飛び散っていたが、死体は回収された。横田から飛びたったものだと米軍筋が非公式に認めた。そのうち、あの男の記録も出てくるさ。軍籍にはあったんだからな。ともかく、もう終わったわけだ。被疑者死亡じゃ仕方ない」

「しかし事件は終わっていません。女の死体は残ってる」

「もちろん、捜本は継続するさ。しかしお前と事件は関係ない」

課長はもう一度咳払いをすると、くだけた口調になった。和解の合図のようにも思えた。

「松田署なんかどうだ。それとも、俺の下にまだいたいか？」

松田署の管轄は丹沢と箱根と富士山に三方を囲まれた、山深い地域だ。

「あそこは自動車の登録が湘南なんですよ。湘南ナンバーのＰＣに乗れる」と、私は言った。

「辞表は郵送でもいいですか」

課長は一瞬黙った。それから声をひそめ、

「今、何て言った？」

「辞表を書きます」

「何言ってる。お前は警部補だぞ。五号俸二十五等給の公務員だ。この時節、新卒の東大生だって千葉の町役場なんかに勤めるっていうのに。――へそを曲げるな。これ以上ややこしくしないでくれ」

相手の声が聞こえているうちに、私は電話を切った。

それから辞表を書くため、便箋と筆ペンを買いに街へ出た。ついでに横浜公園まで足を延ばし、日銀支店前の洋食屋でハヤシライスを食べ、ビールを飲んだ。

私には時間があった。たとえどんなことをする時間も。

日が傾くと、捜査本部から車を取りにこいと電話がかかってきた。私は伊勢佐木署まで歩いて行き、車を受けとった。押収されたものはなかった。

駐車場であちこち探したが、むろん封筒などどこにもない。

部屋に戻り、思い直してあの夜のビリーの行動をなぞった。いつの間にか、部屋を片づけていた。片づけが掃除になり、彼が座っていたソファの下で見覚えのない封筒を見つけた。そこに溜め込んだ古新聞の隙間に差し込まれていた。忘れものが、こんなところに入っているわけはない。酔っぱらいがそっと隠して、そのまま隠し場所を忘れたというならありそうだが、彼はあの夜、それほど酔っていなかった。

封筒にはサインペンで『Mr. Orimasa』と走り書きがあった。下端に『南洋恒産公司』の社名が印刷されていた。住所は横浜市中区本町四丁目、県立博物館のすぐ近くだった。

封はされていなかった。中には古く黄ばんだ白黒写真が入っていた。

三脚をたてて写したものだった。強い日差しの下、厳めしい邸宅の柱廊に五人の男が並んでいた。手にはグラスがあり、口許には笑いがあった。

ひとりは二十代の白人で、サマーホワイトと呼ばれる半袖のアメリカ海軍将校服を着ていた。眩しそうに細めた目と薄い唇がどこか高慢そうに見えた。もうひとり、葉巻をくわえた白人も海軍の軍服姿だった。肩章も金の三本線で、胸の略章もずっと多かった。夏の礼装だ。こちらは三十代も半ば過ぎ、白い軍服もドレスホワイトだった。

その隣には、額の秀でた男が白いスタンドカラーのシャツを着て立っていた。年は四十がらみ。髪は肩まで伸ばし、気難しげな口許と鷲のくちばしのような鼻に特徴があった。中国人に見えたが、日本人かもしれない。

そのすぐ脇に立った小柄な男は、あきらかにインドシナの人間だった。額が広く四角く、頬骨がエラのように張りだし、鼻が横に広がっていた。安っぽいアロハを着て、顔は笑いでしわくちゃだった。

ひとりだけ籐椅子に腰掛けている初老の男は、麻の背広を着てネクタイを締め、この四人の中心人物という印象を受けた。落ちくぼんだ眼窩と鋭く光る意志的な目に特徴があった。浅黒い肌、上向きの鼻、やはりインドシナの人間だ。よく見ると、この男には右の耳がなかった。

写真はバランスが悪く、五人が画面の左に寄りすぎていた。右端に切り取った跡があった。定規を当て、多分ペーパーカッターで真っ直ぐに切ったものだ。サイズから考えると、そこにもうひとりか二人写っていた様子だった。

背後の邸宅は植民地風の柱廊をこちらに向けていた。にぎやかな草花と庭木がいかにも南方だった。背広の男の脇にはテーブルがあり、酒と食べ物が並んで、中庭でのホームパーティを思わせた。

なぜこれがソファの下にあったのだろう。私の友人が置き忘れた場所を勘違いしたのでないなら、折匡にわざと違うことを教えたか、それとも折匡が私に当てずっぽうを言って横取りしようとしているのかだ。

私は服を着替え、馬車道の外れに最近できたキンコーズへ出かけた。

写真のデジタル・コピーを頼み、店員にどのくらい前の写真か判るかと尋ねた。

「判るわけないですよ。昔の機械は不親切だから」

店員は真顔でそう答え、不思議そうに私を眺めた。

部屋に帰ると、酒を飲む前に写真と封筒をテーブルに並べ、しばらく考えた。だが、封筒に名がある以上、折匡の言い分をはねつける理由はない。すっかり夜になっていた。折匡は家でつかまった。車が戻ったと伝えると、彼はあの低く甘い声で囁いた。「で、どうでした?」

写真はあったと私は答えた。明日にでも郵送しよう。

すると彼は、今すぐバイク便を取りにいかせると言って、電話を切ろうとした。

電話番号は知られていた。他にも私のことを細かに知っている様子だった。しかし用心に越したことはない。そこで、あのフグ屋を使うことにした。

「夕食を食べに行くから、そこへ取りに来させてくれ」

道路から二、三段下がった、見るからに天井の低そうな店だった。内は意外に清潔だったが、フグは冬まで看板だけだった。私は焼き魚で夕飯を食べた。

バイク便はすぐにやって来て、受け取りと引き換えに封筒を持ち去った。

フグ屋の店主が、問わず語りに私のアパートのポスト荒らしの話を始めた。寿司職人の奥方から聞かされたそうだ。

私は食後の酒を取り止め、勘定をしてアパートへ戻った。

ポストから郵便物がはみ出ていた。新聞はドアまで配達する約束だったので、この数日ポストを開けていなかった。

ダイレクトメールや不法なチラシ、公共料金の請求書の中に、そのエアメールはあった。

宛て名は英文表記だった。永爾のジが『z・i』になっていた。差出人は『The Pilot』だった。

エレヴェータはなかなか来なかった。私は部屋まで階段を駆け上り、封を開いた。

『ぼくは、今サンフランシスコだ』と、ビリーは書いていた。

『事情が変わって、約束を守れなくなってしまった。だから、君が聞きたがっていたことを書き送る』

文面は短かった。手書きだがブロック体で読みやすかった。

『憶測だが、彼は事故ではなく自殺したのではないか。仕事で重大な失策を犯し、ヤンに責任を追及されていた。その怒りは決定的だった。死ぬしかないとこぼすのを、ぼくは耳にしている。君がヤンにどんな関わりを持っているか判らないが、下手な考えは起こさない方がいい。ぼくも、失敗を犯した。これはヤンに対してではない。自分の人生に対してだ。ぼくがあのビルに残してきたトラブルの責任は、すべてぼくにある。必ず償いはするつもりだ。許してくれ。それから、もう無用になった百ドルの半分を使って、あの婆さんの店でパパ・ドーブレを飲んでくれ。ぼくのために』

『君の友人』という一行の後に、崩し字のサインがあった。

それだけだった。具体的なことは何ひとつ書かれていなかった。ただ、これが私への別れの手紙であることだけは強く感じた。自分の人生への別れかどうか、そこが分からなかった。

消印は七月二十一日の金曜日。シンシアが飛びたったのは七月十九日が二十日に変わってすぐのころだ。投函が金曜の昼だとすれば、三十六時間近くある。いや、サンフランシスコとは時差があったはずだ。

国際通話のオペレータに確かめた。時差は十六時間。ビリーは、離陸から都合五十二時間生きていたことになる。

ハワイかミッドウェイか、どこでもいい、どこかに立ち寄り給油すれば、あの飛行機にとってサンフランシスコは半日ちょっとの距離だ。もし台湾の山奥に墜落した飛行機がシンシアだったとしても、パラシュートで降下し、台北から旅客機に乗れば、金曜にアメリカ西海岸に到着するのは不可能ではない。むろん降下できればの話だが。

私は消印を拡大鏡で調べた。丸い印に『AIR FORCE POSTAL SERVICE／APO AP 4193272』という字がきざまれていた。サンフランシスコどころか、地名はどこにもなかった。米軍基地か、関連施設の中で投函されたものだろう。しかしたとえどこだろうと金曜まで、つまり飛行機が台湾に落ちてから丸一日以上、ビリーは生きていたことになる。

私は冷蔵庫から氷を出し、ジントニックをつくった。立ったまま飲みながら、もう一度手紙を読んだ。

二杯目をつくる前に机の引き出しを開け、午後書き上げた辞表を出した。破いてゴミ箱に捨てると賑やかな音がした。それがタンバリンのように、私の耳に響いた。

ビリーの手紙を辞表が入っていたところにしまい、意味もなく捨てずにおいた新聞と鋏を持って、酒の前に戻った。どの新聞にも、テラス・パークレーンの駐車場に置かれた車の中から出てきた死体と、消えたビジネスジェット機に関する記事が載っていた。飲みながら、ゆっくり時間をかけて切り抜きをつくり始めた。

私にはいよいよ時間があった。少なくとも、時間だけは。

14

よく晴れ上がった九月の午後だった。空は高く、雲は刷毛でさっとはいたようで、空気は青々と乾いていた。私は大きく開いた窓の近くで煙草を喫った。

いつまで窓を開けていられるだろう。部屋は古ぼけた紙のにおいで窒息しそうだった。四方を、書類綴りでいっぱいの本棚が天井まで覆っていた。そのくせすきま風がひどかった。今から冬が案じられた。

七月が終わる前に、県警本部の上の階の誰かが、私が図書館司書の資格を持っていることに気づいた。学生のころ、野球部の顧問教授が、不憫に思って餞別がわりに分けてくれたものだった。おかげで丹沢の山奥で湘南ナンバーのパトカーには乗らずに済んだ。

『警務部警察図書館準備室に異動を命ず』と、辞令には書いてあった。

「司書の資格を持っている君に、現場の意見が反映するよう一肌脱いでもらいたいということだ」と、小峰一課長は真顔で言った。しかし彼も、「準備室」がどこにあるか知らなかった。

それは花咲町《はなさきちょう》の裏通りにうずくまるように建った昔の税務署の一角にあった。ずっと廃屋になっていたせいで、今も正面玄関を塞がれ、二階に上がる階段は得体のしれない段ボール箱や事務用品で埋まっていた。

室長を兼任している警務部の管理官はまったく姿を見せず、いるのは私と県の文化部から出向してきた五十絡みの男が二人きりだった。そのひとりが、最初の日に、膨大な事件捜査の資料、報告の中から、将来役立ちそうなものをデータ化しようという警察学校の計画に、県が予算を付ける代わり、その一部を公開するよう提案したのが事の起こりだと教えてくれた。まあ、ゆっくりやりましょう。私らとしては、まずコンピュータの勉強をしようと思ってるんです。

それから一ヵ月以上たつ。勉強どころか、コンピュータはネットにも繋がっていない。職員は三人しかいなかったが、部屋は七つもあった。開けていない段ボール箱がそこら中に積み置かれ、整理されるのを待っていた。お互い、一日中顔を見ないで済んだ。

その日は月曜だった。長嶋のチームは前夜、リーグ優勝を決めていた。午後二時、私はスポーツ新聞の束を持って事務室を抜け出し、いちばん大きな書庫へ行った。窓辺で煙草を喫い、新聞を隅々まで読んだ。同じ日、オリンピックの女子マラソンで日本人選手が金メダルを取ったために、ニュースの扱いは大きくなかった。

することが無くなると、私はテラス・パークレーンの五〇四号室に電話をかけた。ヤマトから教えられた、ビリーの知人だという男の部屋だ。最近ではすっかり日課になっていた。電話はいつも留守録で、残したメッセージに返事は一度としてなかった。

テラス・パークレーンの表札によれば、五〇四号室は『Jason co.』という法人になっていた。法務局の登記では『有限会社イアーソン商会』、雑貨、衣料、装身具の輸入、卸売が主な業務だった。登記上の出資者は、クリストファー・アッカーマン、住所は会社所在地と同じテラス・パークレーンの五〇四号室。

やはり留守だった。メッセージも聞こえず、いきなりビープ音がして向こうから電話が切れた。留守録が溜まりに溜まってパンクしたのだろう。

　受話器を置き、背を向けたとたん、電話が鳴りだした。

「一番に電話！」県庁出向組のひとりが、こっちが誰か確かめもせずに言った。

「もしもし、佐藤と申しますが」一番に切り換えると、すぐ声がした。

「二村警部補はいらっしゃいますか。以前、カイシャでお世話になったものです」

　その言い回しで誰か判った。私だと答えると、元鬼刑事は時候の挨拶を口にした。

「まさか事件だから来いって言うんじゃないでしょうね？」

「ああ。すぐ来てもらいたいんだ。事件じゃないが、頼みがある」

「仕事中ですよ」

「どんな仕事かは知っているよ」

「そんなわけがない。昔の部下が倉庫番をしてるとは思わないでしょう」

　彼は口ごもった。沈黙が続き、いつにない緊張が伝わってきた。そもそも何か言いかけて、途中で口ごもるような人間ではなかった。

「どこへ行けばいいんですか」私は尋ねた。

「ありがとう。恩に着る」佐藤の声は妙に年寄り臭かった。

　事務室へ戻ると、同僚はひとりしかいなかった。もうひとりの黒板には『県庁―直帰』と書かれていた。残るひとりは『断腸亭日乗』の何巻目かをひろげながら居眠りをしていた。

　私は隣の真似をして黒板に白墨で『県警―直帰』と、書いた。

電話が鳴ったのはそのときだった。

「俺だよ。友田だ」受話器の中で声が弾んだ。

「だめだよ。これから、横須賀なんだ」

県庁から来た男は薄目を開けていた。私は手を伸ばし、『県警』を『横須賀署』に書き直した。

「そいつは、ちょうどよかった。横浜駅で待ち合わせようぜ。電車の中で用事は済むんだ」

「急いでいる。車で行くつもりだ」

「急いでいるなら電車だぞ。今日は二十五日だ。道は車でいっぱいだ」

私は返事をせず、電話を切った。


横須賀線グリーン車の二階にはほとんど客がいなかった。ドアが閉まってすぐ、老婦人がひとり階段を上がってくると、絽《ろ》の襟元を押さえて息を吐いた。

「ああ。よござんしたこと」

彼女は草履をそろえて脱ぎ、座席の上に正座した。

列車が動きだし、ゆっくり速度をあげていった。駅を出ると窓に日差しが溢れた。

「刑事でいるには正直すぎるよな」

声に振り向くと、NHKの友田が、背後から小さな目で見下ろしていた。その目が何度か瞬いた。

彼は私の前の座席を半回転させ、こちら向きに座った。小づくりな顔の上に本パナマの帽子が乗っていた。小型のビデオカメラが入ったバッグを脇に置いて帽子をその上に乗せ、汗を拭った。

「警察無線でも傍受してたのか?」

「図書館司書なんか相手に、そんなことしても仕方ない。東横線で来ると思ったから、乗り継ぎの改札にヤマを張ったんだ。あそこはそんなに広くないからな」

「京浜急行で行くかも知れないぜ」

「あれは横須賀の人間が、こっちに来るのに使う乗り物だ。たまにこっちから行く者は、まず使わない」

思わず頷いた。確かにそんな気がした。JR横須賀線はもともと軍用列車として計画され、駅は昔の軍港に近く、町の中心から離れていた。

「しかしグリーン車とは思わなかったな。警察手帳じゃ乗れないはずだぞ」

「自分の払いだ。公務じゃない。——話すことはないよ」

「公務じゃないなら、これはプライベートな会話だ」

彼は社の封筒からファックス用紙を二枚、取り出した。「今朝、台北で出た新聞だ」

一枚目は、トップニュースの切り抜きをファックスしたものだった。写真はすっかりぼやけて、何が写っているのか判らなかった。二枚目は、その翻訳のプリントアウトだった。

文章の一節がピンクのマーカーで塗られていた。墜落したビジネスジェットはサンノゼ空港で登録されており、名義上の所有者である現地法人は、国民党幹部の某氏によって経営されているという部分だ。

「サンノゼっていうのはサンフランシスコ湾の南だ。シリコンバレーの中心地だよ。台湾当局は例のジェット機の身元を割り出してたんだ。それが今頃になって表へ出た」

友田は声をひそめ、家庭の秘密でも明かすみたいに囁いた。

「あんたがなぜ捜一から外されたのか、俺が知らないと思っているのか」

酢が匂った。斜め前の老婦人が、きちんと折り畳んだ膝の上にハンカチを広げ、鯵寿司の駅弁を広げたところだった。

「なぜ外されたんだ？　第一、そんなニュースは読んだ覚えがないぞ」私は聞き返した。

「俺は友達が少ないんだ。これ以上、減らしたくない。書かなかったのは協定やクラブの申し合わせのためじゃないんだ」彼は、モールス信号のように目を瞬かせた。

「クラブの記者ならみんな知っているさ。公然の秘密だもん。殺人事件の被疑者《マルヒ》を、あんたは横田基地まで車で送っていった。横田から飛びたったビジネスジェットは台湾の山に落ちて粉々になった。その操縦士が何者か、今もって判らない。あんたが横田まで連れてった男は、ここに存在しない男だったんだ。出来事そのものが存在してないんだ」

「存在してないってどういうことだ」

「在日米軍はあの夜、横田から飛んだ飛行機はないというんだ。おかげで日本の航空当局は立ち往生だ。つまりこの飛行じたい存在しないのさ。米軍や米政府関係者が横田から入って横田から出ていくってことがある。これは脱法行為だが、けっこうおおっぴらに行われてるんだ。情報関係の任務とかならまだいいが、転任した将校が女に会いに来るなんてこともある」

彼は別の紙片をとりだした。

「あいつが使ってたYナンバーは、全然別の海軍大佐が家族用として登録したものだった。その大佐は、家族ともども昨年の三月にサンディエゴに異動になってるんだ。車も引っ越し荷物と一緒に本土に返っている。そのナンバーがなぜか、ずっと使われていたんだ」

「同じ車が二台あったのか」

「車種は違う。ナンバープレートが一台分さ」友田は言って、私に紙片を突きつけた。

「パームブラザース・ハウスもだ。部屋を契約していたのは、実体がない会社だった。早い話、幽霊法人だ。とっくに潰れた貿易会社がなぜか毎月、金を払っていた」

「何が言いたいのかよく分からない」

「ビリーなんていないのさ。幽霊を逃がしてやったからって、刑事が責任をとる必要はない。逆に幽霊なんかを被疑者にしたら、警察が疑われる。だからって、県警は在日米軍に喧嘩を売れない。つまり、あんたは捜査一課に戻れるってことだ」

「もういいんだよ」私は言って、紙片を二枚とも彼に返した。

「ぼくは友達をあそこまで送っていった。彼が何か重大な事件に関係していることは薄々分かっていた。その上、夕方からずっと酒を飲んでいた。それでも車で送って行ったんだ。そして、そのことにすこしも恥じていない。こんな人物は、刑事部にいない方がいい」

友田は溜め息をつき、頭を揺すり、また気を取り直してこっちを見た。

「警察が知らないこともあるんだ。中華街情報だよ。所有者の台湾某氏さ。国民党に李自成って、もう九十歳を越えてる妖怪がいるんだ。この男の舎弟に楊《ヤン》って爺さまがいる。舎弟というより手足だな。サンフランシスコが本拠だが、この横浜にも事務所を持っている。こいつが六月から七月の終わりまで横浜にいたんだ。自家用ジェットで飛んできたそうだ」

言って、私の顔を覗き込んだ。瞼を神経質に動かして待った。私は何も言わなかった。彼はメモ帳を出して頁を開いた。

「楊雲史。――警視庁の外国人犯罪特捜課が前々から目をつけてる曰く付きの人物だ。これが七月の二十九日に成田から台北に出てったんだが、おかしいんだ。入国の記録がなかったらしい。入管で、少々もめたそうだ。旅券にスタンプもないんだよ」

「すごいね。NHKは国民の金を無駄にしていない」私は言った。

前方の席では老婦人が弁当を食べ終わったところだった。彼女は元どおり包装紙をかけ、紐で縛り、折りを座席の下へ捨てた。誰にともなく「ごちそうさま」と言い、頭をさげた。

「やっぱり、大船を過ぎると涼しいわねえ」

私にはその違いが判らなかった。車内は空調がよく効いていた。

少女たちの笑い声が階段の下から湧き上がった。友田は何かを放り出すみたいに頭を振った。

「七月の終わり、あんたが依願退職するって噂がクラブに流れたんだ。俺も、あんたのことだから、きっとそうすると思った」

「ぼくもそう思った。しかし、四十を過ぎて新しい就職先なんかなかなか見つからない」

「悔しくないのか？　やつらはそれで、あんたの口を封じた気でいるんだ」

「やつらって誰だ。それが警察の上の方のことなら、ぼくに黙っていてほしいのは、ぼくが酔っぱらい運転をしたことくらいさ」

彼の表情が固いものを飲み込んだ。黒目が冷たく遠のき、私の裏側を覗こうとした。

「まだ分からないのか?!」いきなり声を荒らげた。

「二村。とんだお人好しだよ。ウィリアム・ボニー！　――ビリー・ザ・キッドの本名じゃないか。ビリー・ルウ・ボニーなんて、フィクションなんだ」

私は彼を見た。きっと、相当に情けない顔をしていたのだろう。彼は額に憐れみをたたえて大きく頷いた。

「これを読んでおいてくれ」

例の封筒から新しい紙をもう一枚出して、そっと私に手渡した。

「友達が死んでいなければ、あんただって嬉しいだろう」

「たとえそうでも、ぼくの立場は変わらないよ」

「判った、ともかく読んでおいてくれ。また、連絡する」

北鎌倉に近づき、列車に制動がかかった。踏切の音が窓の外を流れ去った。彼は立ち上がり、体を伸ばしてカメラバッグを取った。

「取材か？」と、私は尋ねた。

「言い訳さ。散歩をして蕎麦を食って帰るよ。笠智衆みたいだろ」

「優雅だな」

「年をとっただけさ」

列車が駅に止まるより早く、彼は階段を下りていった。

「いいわねえ、若い方は」と、老婦人がこちらに振り向いて言った。友田に言ったのか、私に言ったのか、それともここにいない誰かになのか、よく判らなかった。

「でも、お蕎麦は鎌倉ですよ。ねえ、あなた」

下でドアが開いた。ツクツクホーシの声が車内に飛び込んできた。

15

横須賀の手前から、電車は戦前の軍港をかすめるように走った。チェンが死んだ冷凍倉庫が建つあたりだ。

海は近いが、海の気配はなかった。錆に覆われた上屋が雑草に囲まれていた。トンネルをいくつか潜るうち、ふいに海と軍艦が現れた。

横須賀駅には相変わらず、どん詰まりの終着駅のような風情が残っていた。木造の駅舎は大正時代に建ったままだが、隅から隅までペンキで平たく塗りつぶされ、プレハブの兵舎みたいに見えた。

線路際に聳える真新しい高層マンションが、それを見下ろしていた。ここがどんな場所か気づかない者には、駅まで十秒、海一望の素敵な住まいなのかもしれない。この町から東京方向へ行く人間も、これからはJRを使うようになるだろう。

私は、駅から汐入の交差点まで海沿いの公園を歩いた。対岸に広がる米軍基地の真上に、丸くぶ厚い雲があった。不思議なことに雲はそれひとつきりで、空はこれ以上がないというほど青く広かった。雲の影が基地のドックヤードをゆっくり飲み込んでいくのが見てとれた。

遊歩道のベンチに座り、私は友田が置いていったプリントを読んだ。それは香港の新聞記事の翻訳で、日付けは二カ月近く前、あの夜から少し後のものだった。

『密航飛行機に重大疑惑／パイロットが空中脱出。操縦不能になった同機が墜落した可能性も／回収されたエンジンには異常がなかった。後部ドアは緊急脱出によって失われた痕跡があったといわれる。操縦士の身元は今もって深い霧の彼方だ。当夜台湾上空は、風こそあったものの天気は快晴、中国情報筋は、この事件の背後にはアメリカ軍内の情報組織とCIAなど政府情報組織との暗闘があるのではないかとして警戒を強めている』

背中が熱くなった。いつの間にか私は日差しのなかにいた。目の前のゴミ箱に、その紙を丸めて捨てた。

ショッピングモールの前で国道を渡り、汐入駅前にそそり立つホテルの裏手に回った。そこはドブ板通りの入口で、ペンキで厚化粧したバーやトタン屋根のビヤホールが、こちらへあふれ出していた。

スーパーマーケットの三階でしか売っていないような服を着た主婦が、ホテルの方から大勢出てきた。手にした講演会のパンフレットには、三回の結婚と一回の同棲でできた七人の子どもを立派に育てたことで名高い、女性評論家の顔が印刷されていた。何のことはない。元亭主の何人かが金持ちのアメリカ人だったので、法外な養育費を手に入れただけのことだった。おまけに彼女には文才があり、その経緯を売れ筋の本に仕立てることができた。

私は汐入駅の高架ガードの方へ歩いた。かつてこのあたりにはアメリカ人の亭主を持った女たちが大勢住んでいた。しかし、彼女たちの話に耳を貸す者などいなかった。当のアメリカ人が金のない兵隊だったからだ。

ガードの手前に切り立つ崖から、その店は顔をのぞかせていた。防空壕の中に建てられたバラックだった。コンクリートの擁壁に、そんな防空壕が他に二つ、廃屋を抱えて残されていた。

ガラリ戸を開けると、奥の客席で年取った女がモヤシのヒゲをむしっていた。彼女が顔を上げるより早く、真上から声が降ってきた。

「二村か。こっちだ。上がってきてくれ」

トイレのドアのすぐ手前に、梯子のような階段があった。上った先は細長い部屋になっていた。

「二階席があるとは思わなかった」と、私は言った。

佐藤は薄っぺらな座布団を卓袱台の向かいに二枚、敷き足して私を迎えた。

「ヴェトナムで戦争をしてたころまで、この手の店にはたいてい二階に小部屋があったもんさ。賄いの姐ちゃんが客を引いてたんだ。上でギシギシやってるのを肴に、よく飲んだよ」

佐藤がビールを注ぎ、枝豆を勧めた。驚いたことに不味くなかった。

「悪かったな。本当なら、こっちから出向かなきゃならんところだが」

「どうせ時間を持て余している。『カラマゾフの兄弟』の人名索引がつくれそうです」

彼は目をつぶって、普通の人なら顎に当たる部分を指先で撫でた。

「頼みがあるんだ。私事で何とも心苦しいんだが」

いきなり卓袱台のへりに両手をついた。頭を下げるのかと思ったが、むしろ昂然と胸を張り、私を見つめた。

「人を捜してもらいたい。昔なじみの女将なんだが、これがもう一ヵ月以上、行方知れずでね。家族から泣きつかれて弱っとるんだ」

「届けは出ているんですか」

「出してはいないが、事件、事故はもう当たった。身元不明の仏さんも照会してみた。――俺がやってやれりゃあいいが、この足じゃあな」と言って、畳に投げ出した片方の足をさすった。

私はグラスを空けた。佐藤がすぐに注ぎ足し、下にもう一本注文した。

「娘が一人いる。――養女なんだが、身寄りは他にいない。その子に直に頼まれちゃってね」

「所轄の人間の方が役に立ちますよ。ぼくは土地勘がないですから」

「ドサは回って来なかったって言いてえんだな」彼は私を睨んだ。眼の周りが赤くなっていた。

「どうかしてますよ。誰がいなくなって、どこのどなた様が行方を捜しているんですか」

「いなくなったのは年寄りの女だ。すぐそこで、何年か前まで赤提灯をやっていた。養女っていうのはヴァイオリニストなんだ」

「売れた名前ですか」

「アイリーン・スーって知らんかね。クラシックなのに、武道館をいっぱいにしたって聞いたんだがな」

「知ってます。パガニーニ国際コンクールに十代で優勝した子でしょう。しかし、彼女の親は日系だか中国系のアメリカ人じゃないんですか」

「そこが、少々わけありなんだ。戸籍が今、どうなってるかは知らんが、その女将が養母だっていうのも本当の話だ。玲子っていうんだ。平岡玲子。今年で七十二、――三になるかもしれん。俺とはずっと前からの馴染みだ。あの子が学校に入るときも、手続きやら何やら骨をおったもんさ。玲子の店には、交番勤務のころから、よく出入りしていたんでね」

私は、彼が酒に弱かったことを思い出した。今もグラスには三分の二、すっかり気の抜けたビールが残っていた。

「スキャンダルを恐れているんですか」

「いや、その心配はない」彼は、妙にきっぱり言った。

「スズちゃんは生い立ちを隠してなんかいないよ。カーテンコールでお袋をステージに上げちゃったこともある」

「スズちゃん？」

「ああ。彼女の渾名だ。アイリーンは海の鈴って書くんだ」

「他に家族はないんですね」

「亭主はいない。子供はいたんだが、二十年以上前に事故でなくしてる。俺が知ってる限り身寄りはない」

「やっかいですね。七十になって夫もいない、娘は国際的に成功している、そんな女が行方をくらますにはよほどの事情があるはずだ」

「すまない。助かるよ、二村」

彼は言って卓袱台の縁をつかみ、初めて頭を下げた。

「まだ、引き受けると言ってない」

「ビール、どうした？」私を遮り、階下に大きな声をかけた。「それから、俺にいつもの」

こちらに向き直り、佐藤は内ポケットから紙片を出した。

『平岡玲子』と、鉛筆で書いてあった。

『一九二八年生。出身地、北九州八幡《やはた》近辺。兄がいたが戦没。両親とは八月八日の八幡大空襲で死別。未婚。

本人言によれば、戦争後、横浜の米軍PXで一時期、経理事務をしていた。その後、横須賀市本町一丁目の飲食店に勤務。

昭和三十二年、同地京急汐入駅近くに、鉄板焼き店〝れい〟を開店。

昭和五十年、平岡海鈴（当時六歳）を養女に迎える。

平成元年六月閉店。現住所にマンションを購入、移転。横須賀市長井一丁目三十一湘南パシフィックコート301号室』

「飲食店勤務ね。横須賀市本町一丁目にはドブ板通りしかない」私の胸から溜め息が転げ出た。一九五〇年代だったら、そこにどんな店があったか誰でも知っている。

「たしかに兵隊相手のキャバレーだがな、彼女はパン助だったわけじゃない。オンリーさんでもない。そういうんじゃない子もいたんだ」佐藤はむきになって言った。

「さっきも言ったが、昭和三十年ごろ男の子を産んでる。祐一っていうんだ。父親は判らんが、それだってアメちゃんじゃないぞ。そこは確かだ」

足音が聞こえたかと思うと、上がり縁から手が伸びて、盆を畳に置いた。ビールの大瓶と牛丼が乗っていた。

佐藤はすぐさま箸を割り、何度もすり合わせて一口食べた。三口目で手を休め、封筒から地図のコピーとスナップ写真を出した。

「玲子の写真に、今住んでるマンション付近の地図だ」

私は写真を手にとった。狭い居酒屋で撮られたスナップ写真だった。カウンターの内側で、まだ三十そこその女が菜箸を手に笑っていた。派手な顔立ちの女だ。たとえ起き抜けでも化粧をしているような顔だ。髷を結い、和服の上に割烹着を着ていた。

手前に客が二人いた。二人ともまだ二十代の男だった。一人は毛皮の襟が付いたナイロンジャンパーを着て、もう一人はくたびれた背広を着ていた。ジャンパーを着た男が、若いころの佐藤だと気づくのに時間がかかった。

「背広を着てるのは大庭さんですか？」と、私は尋ねた。

「ダグラス・マッカーサーに見えるか。安保闘争のころだな。俺たちは、そのころ横須賀署の刑事課で机を並べてたんだ」

彼は箸を休め、懐かしそうに笑った。

「いい時代だったよ。刑事部屋で煙草だって茶碗酒だってかまやあしなかった」

「この件は大庭署長も知っているということですか」

「おい。俺が玲子と変な仲だったなんて思ってるんじゃないだろうな」

尋ねてこちらを睨み、牛丼の残りを平らげた。巧妙な切り返しだった。

「地図に電話番号を書いておいた。スズちゃんが出るはずだから、かけてやってくれ」

「言ったでしょう、まだ引き受けるとは決めていない」

「話だけでも聞いてやってくれ。コンサートの前に少しでも安心させてやりたいんだ。何しろ、お前、おとついの新聞によれば世界の宝だってえからな」

「そんなにすごいストラディバリウスを持ってるんですか」

「何だ、それは。アメリカの自動車か？」

書類と写真を封筒に片づけてしまうと、私にはもうする事がなかった。先に行くと伝えると、佐藤は箸を置いた。

「すまん。二村。迷惑かけるなあ」

私は梯子のような階段を後ろ向きに下りた。女は、カウンターの中でニンニクの皮を剝いていた。礼を言っても、顔を上げなかった。

「この近くにあった〝れい〟って店を覚えてますか」と、私は尋ねた。

「隣の防空壕」女がやっと口を開いた。

「あんたから佐藤さんに言ってよ。あたしゃ本当に本当、酒を飲まない客はポリ公と同じくらい嫌いなんだから」

私は黙って通りへ出た。両隣の崖はコンクリートで塗り固められていた。擁壁には防空壕を埋めた跡が、路肩には建物の基礎がかすかに見て取れた。それだけのことだった。

頭上のトンネルから赤い電車が飛び出してきて、轟音を立てながらガードを横切っていった。近ごろでは、汐入駅に特急はあまり止まらない。

16

駅前の公衆電話から地図に書かれた番号へ電話をかけた。

「はい、平岡です」と、澄んだ声がすぐに応えた。

外国訛りなどなかった。抑揚がすこし曖昧だったが、これが変だというなら最近の中学生は日本語をしゃべっていないことになる。

「二村と申します。お養母《かあ》さんの件で、佐藤さんから依頼を受けた者です」

「お待ちしていました。もう、バス停にいらっしゃる?」

「まだ横須賀なんです」

「こちらからうかがいましょうか。でも、まずここを見ていただくのがいいと思うわ」

たしかにそのとおりだった。私は、車で来なかったことを後悔した。長井は、同じ横須賀市でも三浦半島のちょうど裏側、相模湾に面していた。

思ったより頻繁にバスは出ていた。しかし道路が混んでいた。三浦の山々を次々と切り崩して住宅地をつくり、その真ん中を通る田舎道に、ここらで唯一の高速道路のインターチェンジを繋げてしまった。これで渋滞が起こらないわけはない。

長井のひとつ手前の停留所でバスを降りたとき、日は海の外れに落ちようとしていた。

国道を外れ、濠沿いの自動車道路を歩いた。背の低い松並木がずっと続いていた。濠の向こうは鄙びた海浜公園だった。公園の中に漁師小屋が建ち、船も揚げられていた。

やがて安手のリゾートホテルのような建物が姿を現した。壁はパステルピンクに塗られ、玄関は電子ロックで、守衛の受付カウンターもあった。中庭にはプールもあるようだった。防空壕に尻を突っ込んだ不法建築からいきなり引っ越してくるには、相当な勇気が必要だったろう。

私は三〇一のボタンを押した。インターフォンに名乗ると、電子ロックが開いた。

言われた通りエレヴェータを三階で下りた。廊下の先にアイリーン・スーが立っていた。三十歳を少し回っているはずだが、どう見ても五つは若かった。たっぷりしたコットンのホットパンツから剝き出しになった長い足も、重ね着した黒いタンクトップからのぞけた肩も、切ないほど華奢だった。

ただ輝きはあった。ステージでの強さはどこにも見当たらなかった。廊下の薄暗がりに立っているのに、私には正面から光を浴びているように見えた。

「フタムラさん？」

私の顔を恐る恐る覗き込んだ。私は自分でこしらえた自宅住所だけの名刺を出した。

「良かった。佐藤の小父さまから本部の刑事さんだと言われたんで、緊張していたのよ」

つんと空を睨んだ鼻にいっぱい皺をため、目を細めた。薄い唇を硬い蕾のように尖らせ、彼女は平岡海鈴と名乗った。

「海鈴《アイリーン》と呼んでください」

玄関ホールはなかった。ドアを開けると、廊下の脇が風呂とトイレだった。突き当たりのドアの向こうが、二十畳ほどの居間になっていた。二つの壁が全部ガラス戸で、海に面したベランダがそれをL字に取り囲んでいた。

他にはキッチンと寝室がひとつ、外から見たほど建具や部材に金はかかっていなかった。

「喉が渇いたでしょう。お酒はいかが？」海鈴が尋ねた。

「じゃあ、ビールでないものを一杯だけ」

海鈴はキャビネットからコニャックを取り、キッチンに入っていった。居間とキッチンを繋ぐカウンターにスポットライトが灯り、彼女が氷の入ったグラスをふたつ置いた。

私はカウンターへ歩き、背の高いスツールに腰を下ろした。

「お母さんが居なくなったことに気がついたのは？」

「ひと月前。——待ってね」

台所から出てきて、肘掛け椅子の上に置かれていたエナメルのリュックサックを開けた。中から分厚いシステム手帳を取り出し、開きながら私の隣に座った。腕が触れたが、まったく気にしていなかった。

「九月のコンサートがひとつキャンセルになって、マネージャーが日本での仕事を入れてくれたの。二週間で四会場五ステージ。休暇みたいなものなんです。七月の終わりごろ、そのことを母に伝えたのよ」

「電話ですか？」

海鈴は私の目を見ながら頷いた。「でも、出ないんです。日本の時間で朝七時半よ。いないはずないのに。なんか嫌な感じがしたんで、携帯にもかけたんです。電波が届かないか、電源が切られてるって。私、気になって、――」彼女は手帳に目を落とした。

「それが二十七日。その後、毎日電話したわ。でも、どっちも誰も出ないの。ちょっとしたパニックになっちゃって。――八月の初めね。日本のエージェントに頼んで、ここまで見に行ってもらったの。――母はいなかったけど、部屋に変わりはないって返事だったわ。守衛さんもおかしな様子はなかったって言うし。ちょうど忙しかったのよ。レコーディングがあって、ずっと縛られていたの。契約がシビアだから、――」

「鍵とお財布はありましたか？」

「いいえ。服のポケットなんかも探したけど。見つからないんです。――ないと言えば、車の鍵と携帯電話もないの」

ここに越してから、不便だというので免許を取った。車は地下の駐車場に置いたままだが、鍵が見つからないと海鈴は言った。

「じゃあ、誘拐されたわけじゃない。自分で出て行ったんだ」

「でも、おかしいのよ。普段使いのハンドバッグは残ってるの」

彼女は寝室からハンドバッグを持ってきた。黒い革のバッグには、化粧道具やハンカチなどが入ったままだった。しかし、財布はなかった。

「他にはなくなっているものは無いんですか」

「私がプレゼントしたグッチの買物バッグが無いわ。もったいないって、外へ持って出ないの。大事なものを入れて、いつも箪笥の底にしまってたのよ」

「大事なものって？」

「ここの権利証とか。——変でしょう。でもそういう人なの。それが無くなってる」

「お母さんはずっとひとり住まいだったんですね」

「ええ、もう十年になるかしら、私がロンドンへ行ってすぐ、店を畳んでここに越してきたの」

「汐入で店をやっていたころは、どこに住んでいたんですか」

「店の近くよ。緑ヶ丘高校の下にあるアパート。私が貰われたときに、もうそこに二十年住んでるって言ってたわ」

彼女はどこか怒ったように言い、冷たいコニャックをすっと喉に落とした。それから寝室に入っていき、古ぼけた泉屋のクッキーの缶を手に戻ってきた。中には書類が重ねられていた。まるでアイロンをかけたハンカチのように、きちんと整理してあった。海鈴はそれを、実におおらかにひっかき回した。

「どこに何があるか分かってるわ。私が一緒だったころから変わらないから」と、嬉しそうに言った。

缶の底の方に、預金通帳が二通入っていた。

一通の通帳には、ガス、電気、電話、管理費など月々の引き落としと、折々、数万円の現金引き出しが記録されていた。入金は国民年金の他に、アンザイ商事から七、八万円がほぼ毎月、ナカザトスミコから四、五万円が五回あった。アイリーン・スーからの送金は、目立って高額だった。十カ月ほどの間に三回、合計すると二百万円を超えた。しかしその都度、丸ごと振替られていた。振替先は、通帳に記載されない。最後の記帳は七月の十一日だった。

もう一通は六年ほど前の日付から始まっていた。すべて振替による入金だった。一年に三回か四回、五十万円から七十万円ほどの額が預金されている。最後の三回は、もう一通の通帳の振替と日付が一致した。預金は時折、定期に回され、その総額が今では二千万円に達していた。

「これは、あなたからの仕送り?」と、私は尋ねた。

「ええ。音楽でお金を取れるようになってからずっと」

言うと、カウンター越しに手を伸ばし、通帳を閉じて表紙を見せた。名義人は『平岡海鈴』になっていた。

「まったく手つかずで貯金してるの。この間来たとき聞かされるまで知らなかった」

「これでアイリーンと読むんですか」

「そう。中国の当て字よ。母はミスズと読ませてたけど」

私はもう一通の通帳を開き、「ナカザトスミコ」について尋ねた。

「昔、近くに住んでいた小母さんだと思うわ」と、彼女は言った。

「母はときどき洋裁を頼まれてたから、その代金じゃないかしら」

彼女はまた寝室に入っていき、葉書の束を持ってきた。暑中見舞いと残暑見舞いだけで二十枚ほどあった。大半は出入りの商店だったが、三枚だけ個人名で来ていた。

『中里寿美子』の葉書はへちまを描いた絵手紙で、『素敵なワンピースをありがとう』と書いてあった。住所は横須賀市本町一丁目十三、ドブ板通りの周辺だ。

アンザイ商事の住所は横浜市鶴見区生麦五丁目十二の三十三、社判の横に手書きで『安斎良子』と名があった。郵便局で売っている出来合いの暑中見舞いに『がんばって夏を乗り切りましょう。よしこ』と書かれていた。

もう一通は、横浜の結婚式場がセールスを兼ねて配ったものだった。余白に書き込まれた『岸村孝史』という名には、肩書がなかった。それが気になった。

私は名前と住所を手帳に書き写した。その間、海鈴は通帳の入っていた缶を片づけていた。蓋は上手に閉じなかった。拳で何度も叩き、むりやりこじ入れた。持ち主が戻ってきてそれを見たら、大いに嘆くことだろう。

「あなたの音楽の秘密が少し判った」と、私は言った。

彼女はきょとんとして私を見た。拍子に缶が落ちて、中身をばらまいた。

「お金が引き出されていないか、銀行に確かめましたか」

私は片づけを手伝いながら尋ねた。

「確かめるまでもないわ。通帳もカードもこれで全部だもの」

「明日にも銀行へ行って記帳してきて下さい」と、私は言った。

「キチョーって何？　それ、お願いしてはいけないかしら」

「プライヴァシーに係わることですから。——どうしてもというなら一筆書いて下さい」

「もちろん」

カウンターを回って出てくると、また私の隣に座って酒をつくりはじめた。「それで、イッピツって何？」

私は笑いだした。彼女も笑った。二人して酒のグラスを空にした。

新しい酒を持ってテレビの前のソファに移った。ガラステーブルに重ねられた新聞と雑誌が目に留まった。一冊は日本語版のニューズウィークで、表紙は演奏中の海鈴だった。『世界で最も期待される十人のアーティスト』という特集ページにも彼女の写真があった。それは去年、ルツェルン国際音楽祭にルツェルン祝祭管のソリストとして演奏したときのもので、『アイリーンのヴァイオリンは象のように吠え鷲のように羽ばたく』というキャプションが添えられていた。

ズームもあった。盗撮も厭わないスキャンダル雑誌だ。カラーページのほとんどは女の裸で埋まっている。付箋が貼られたページを開くと、まだ三、四歳の少女が白いエプロンドレス姿でヴァイオリンを弾いていた。私の写真だと、海鈴が言った。

「ロンドンの雑誌から転載したのよ。前に日本に来たとき、こんな雑誌と知らずにインタヴューを受けちゃったの。それで、日本にちゃんとしたエージェントを置くようにしたんです」

「これは日本に来る前の写真？」

彼女は頷いた。「写真が何枚かとヴァイオリン。母の所へきたとき、それしか持ってなかったんですって」

私は彼女を見つめ、コニャックを飲んだ。長い睫が静かに動いた。

「誰かに連れられて船に乗った記憶はあるわ。その前がとってもあやふやなの。生まれた家の想い出は少しあるんだけど、本当の父や母の顔も覚えていないのよ。母に言わせると、キリスト教関係のボランティアが連れてきたんですって。戦争孤児だったみたい」

「持ってきたヴァイオリンのことは。君のものだったのかい？」

「さあ。でも子供用じゃなかったから、――誰かの形見《メメント》かもしれないわ。日本に来てすぐ、母がヴァイオリン教室に通わせてくれたの。そのときはもうある程度弾けたみたい。持ってきたのがストラディバリだったからですって。ただ者じゃないと思って投資したんだって言うのよ。でも、それだけじゃないわ。私とヴェトナムを繋いでるのが、ヴァイオリンだけだからなのよ。母ってそういう人なの」

「ヴェトナム？　中国人じゃないの」

「そう。生まれたのはヴェトナム。多分中国系だとは思うけど」

「ロンドンへ行くことに、平岡さんは反対しなかったんですか」

「逆よ」と、言って海鈴は声をたてずに笑った。

「母は、私を何とか音大にやろうとしていたの。でも、その前にヤマハのマスターコースに推薦されて、――そのとき自由にやりなさいってお金を渡されたわ。多分、彼女の年収よりずっと多かったと思う。留学奨学金は受けたけど、あれがなかったらジュリアードへなんか行けなかった。デッカ系の音楽プロデュース会社と契約して、ロンドンに住むことになったときも、一番喜んでくれたのよ」

グラスを手にしたまま私の方に身を乗り出した。彼女の首筋からかすかに木犀の匂いがした。

私は防空壕に半分埋った掘っ立て小屋のような居酒屋を思った。あんな店でどれほどの年収が得られるのだろう。その金のことが気になったが、結局口にはしなかった。

「ヴェトナム生まれにしては日本語が上手だ」と、私は言った。

「ヴューカニッチ先生によると、――彼は、私のヴァイオリンの先生なんだけど、耳が良いからですって。そのうえ、大きいのよ。ほら」

彼女は髪をかきあげ、私の方に首を傾げた。うなじが白く眩しかった。私は耳を見そびれた。

「明日、葉書の相手を当たってみます」

「もうひとつ、あるの」

彼女は急に立ち上がった。私を手招きして、寝室へ歩いた。八畳の和室に小さめの絨毯が敷かれ、低いベッドが置いてあった。

「あれなんです」と言って、海鈴が天井の一角を指さした。

欄間に見せかけた飾り板の下まで行き、爪先立って抹茶色に塗られた壁のずっと上を突ついた。

「これ、あなたなら判るでしょう。ピストルの弾じゃありません？」

彼女の口ぶりは、まるで服についた醬油の染みを洗濯屋に説明するみたいだった。

私は腕を組み、息を吐き出した。しかたなし、長押のすぐ下にできた窪みに指を触れた。たしかに円筒形の金属がめり込んでいた。直径は一センチ弱。私はしばらくぼんやり考えた。

「どうなすったの」と、海鈴が尋ねた。

爪先立って、それを見た。他に考えようがなかった。

「確かに、拳銃弾のように見える」

「そうだと思った」海鈴は小さな息を吐いた。

「イギリスでは、よく寝室に拳銃弾が撃ち込まれるんですか」

「年中というわけではないわ。少なくとも、私はそんな目にあったことないけど」

「日本では、これだけでもう刑事事件なんですよ」

「警察はもう来てるじゃない」

「ぼくは警察じゃない、警官だ。今はそれも確かじゃないが」

「ごめんなさい」彼女は頭を動かさず謝った。

エンジン音が、私を振り向かせた。モーターボートが湾を横切って行くところだった。対岸の自衛隊官舎の窓明かりが白く揺れた。

私はサイドテーブルにあった電気スタンドを持って、壁の傷を照らした。

埋まっている金属が弾丸なら、かなり低い位置、ベッドの足許あたりにしゃがんで撃ったはずだった。

私はベッドを動かし、その下を探した。結局、薬莢はどこにも見当たらなかった。

台所へ行き、彼女に断って引き出しを開け、肉叩きとアイスピックを探し出した。

それを持って寝室に戻ると、弾痕の周囲を広げた。壁は簡単に割れた。金属は大して変形していなかった。多分九ミリ口径のフルメタルジャケット、ラウンドノーズの拳銃弾だ。ライフリングに削れてはいたが、表面は赤黒く錆び、白っぽい汚れがこびりついていた。

気づくと、海鈴の顔が触れそうなほど近くにあった。私は、銃弾を電気スタンドの灯にかざして眺めていた。彼女もそれを覗き込んでいた。頰に息を感じた。どこからか甘い気配がした。

彼女はまたくすくす笑った。

私は拳銃弾をハンカチに包み、ポケットに入れた。

「この弾丸のことは佐藤さんに言ったんですか」

「いいえ、さっき気がついたの」

私は、天井の回り縁を電気スタンドで照らしてみた。銃弾がめり込んでいた場所から一メートルほど離れたところで光を止めた。欄間の透かし彫りのへりがささくれだち、木材に罅が入っていた。

ドレッサーのスツールに乗って、そこを確かめた。飾り板を壁から少し浮かせて張り、欄間に見せかけていた。透かし彫りの間にロープをかけ、その板材を無理に引き剝がそうとしたようだった。

「明るい時間に部屋を見直したいんですが、かまいませんか」

「ええ。私のスペアキーがあるから、それをお貸しするわ」

「いや。立ち会ってもらわないと困る。徹底した家捜しになるかもしれない」

「構わないわ。あなたを信用するから」自分のリュックサックを開けて鍵束を出し、キーホルダーから外して私に手渡した。

「仕事中は東京のホテルに泊まってるの。その後も十月の半ば過ぎまで日本にいるわ」

彼女は携帯電話の番号を書いてくれた。私が携帯を持っていないというと、肩をすくめた。

「今夜はホテルに帰るの。お宅まで送っていくわ」

「ぼくの？　遠回りですよ」

「運転が好きなの。私が上手なのはヴァイオリンだけじゃないのよ」

海鈴は微笑み、ニットのジャケットを羽織り、リュックサックを担いだ。

象のように吠え、鷲のように羽ばたくのは、ヴァイオリンだけではなかった。

海鈴は、黒いアルファロミオ145の五速マニュアルを駆り立て、荒崎の近くでバイパスに乗ると横横道路を通って高速阪東橋出口まで、たった十八分で走りきった。他の車が、ときおり止まっているように見えた。

あとで地図を確かめると、その距離は三十五キロ。平均時速を暗算して、私は自分が警官だったことを思い出した。彼女は酒も飲んでいた。

阪東橋の長いランプウエイでも、決して速度をゆるめなかった。横浜の街明かりに向かってスロープを下っていくと、花で埋もれた棺桶に飛び込む蠅にでもなったような気がした。大通り公園沿いの道で、彼女はやっと速度を落とし、私はそっと汗をぬぐった。

最初の信号で止まった。すぐ青に変わった。しかし、海鈴は車を出さなかった。

すぐ隣で鳩が鳴いた。彼女はステアリングを握って背中を震わせていた。鳩はその喉で泣いていた。涙があふれ、頬に光り、ぽたぽたと膝にこぼれ落ちた。

私はティッシュを出して、彼女の膝の上に置いた。

かすれ声で礼を言い、小さな男の子のような仕種で、音をたてて洟をかんだ。

「ごめんなさい」と、彼女は言った。

「あなたに言ってないことがあるの。でも、今度のこととは何の関係もないわ。昔のことなの。ずっと昔のことで、ときどきこうなるの」

彼女は歯を見せ、唇を咬んだ。何か大きな重しにじっと耐えている様子だった。その重しはここにはなく、私がいくら歩いて探しても見つかるようなものではなさそうだった。

後ろから走ってきた車がハイビームでわれわれを急かした。クラクションを鳴らしながら追い抜いていった。彼女はゆっくり145を出した。

「ニューヨークに最初独りで行ったときだって、こんなことはなかったんだけど」

私は何も言わず、前を見ていた。車はまた速度を増していった。

「あのとき、私はまた故郷を無くしちゃうわって母に言ったの。そのことを、今思い出したわ。なんだか、それが十年ぶりに本当のことになってしまったような気がして。――三度目の正直って日本では言うでしょう」

「三度?」と、聞き返したとき、最後の辻にさしかかった。

私は車を止めるよう頼んだ。結局、質問は胸につかえたまま終わった。公園の向こうに、あの夜、私が車を停めていた場所が見えた。テラス・パークレーンに光は少なかった。事件以来、多くの部屋が空になっていた。

車を下り、おやすみを言うと、彼女はありがとうと応じた。

「ねえ、プロとしてどう? 母は無事かしら」

「何とも言えない。ぼくは、きっとプロじゃないんだ」

彼女は前に向き直った。エンジンが吠え、アルファロミオは尻をぐっといきり立て、地を蹴るように走り出した。テールランプが夜気に溶けた。

それでもまだ、私は大通り公園のこちら側から動かなかった。目はテラス・パークレーンを見ていた。アッカーマンの部屋が五階のどの窓か、すでに調べてあった。そこに灯はなかった。

タクシーがやって来て、私にクラクションを浴びせかけた。そのときになって、やっと息を吐きだした。私は車道の真ん中に立っていた。

17

朝、普通に目が覚めた。髭を剃りながらそのことに気づいた。どこがどうか説明はつかないが、これほど普通に朝を迎えたのは久しぶりだった。

低気圧が近かった。重そうな雲が垂れこめ、空に幾層ものドレープをつくっていた。そのくせ、外は決して暗くはなかった。私は駐車場から車を引き出し、花咲町まで走らせた。異動になってから、車で出勤するのは初めてだった。

野毛山の上り口まで走り、銀行の前に車を停めて、昨日預かった通帳に記帳した。海鈴名義の通帳に未記帳分はなかった。もう一通は何行か、記録が増えた。

ほとんど、光熱費やマンションの管理費などの自動引き落としだった。ただ一件、七月十九日にATMから現金五十万円が引き出されていた。残高は四万三千二百二十一円。

それほどの金額が一度に下ろされたことは、他になかった。私はその場で窓口に、記載された番号からどこのATMか分かるかと尋ねた。

キーボードを叩いて、すぐに教えてくれた。ATMは横須賀中央支店だった。

銀行を出ると、場外馬券売り場を通りすぎたあたりで裏通りに入った。図書館準備室は道路から少し引っ込んで建っていたので、正面に車を着けるスペースがあった。県庁から来た連中が置いた駐車禁止のパイロンをどけて、車を停めた。

エンジン音を聞きつけた二人が出てきて、テーブルの片隅の塩と胡椒の瓶のように並んで私を出迎えた。

「ほう。外車ですか」と、片方が言った。

「いいなあ、独身は」と、もう片方。

デスクで三十分ほど新聞を読んだ後、いつもの書庫へ行ってイアーソン商会へ電話をかけた。四回発信音が聞こえ、男の声で英語のアナウンスが流れた後、録音が始まった。留守電はリセットされていた。

私は名乗り、自宅の電話番号を伝えてコールバックを頼んだ。リセットされたからには、誰かが事務所に出てきたのだろう。

窓を開け、煙草を一本喫ってから、手帳を開いた。三つの名前と三つの住所が並んでいた。平岡玲子に暑中見舞いを出してきた人物だ。

道路地図を見ていると、友田から電話がかかってきた。

勝どきを上げるみたいに「おう！」と言い、用件を切り出した。

「昨日の夜、楊に会ったぞ。代議士に紹介してもらったんだ。あんなに上手く行くとは思わなかった」

「代議士って何だ？」

彼は神奈川県選出の与党議員の名をあげた。台湾に近いと目されている議員だった。

「楊はアメリカと台湾を股にかけた政商なんだ。ここ数年、やつはサイゴンの南で大きな再開発を手がけてる。湿地を埋め立てて工場団地と高層ビルのオフィス街を造ってるんだ。その事業を取材したいって紹介を頼んだのさ」

「適当なことを言って大丈夫なのか。経済ニュースなんか専門外だろう」

「そんなことは向こうもお見通しさ」友田は、愉快そうに口の中で笑った。

「だから、こっちも単刀直入に切り出したんだ。あんたの飛行機を落っことしたパイロットが、殺人事件の被疑者と目されてたのは知ってますかってさ。——あの飛行機と自分の関係を否定するかと思ったら、そうじゃないんだ」

「認めたのか？」

「ああ。使っていたことは認めた。しかしパイロットは飛行機を運用しているアメリカの会社が公募したんで、個人的にはまったく知らないって言うのさ」

ビリーは楊のことを年の離れた戦友だと言った。任されていた仕事も、決して自家用機の操縦だけではなさそうだった。しかし、私は黙っていた。

「事件のことは初めて知ったそうだ。警察からは何の接触もなかったってさ。これ、不思議なことに本当なんだよな」

「それで？」

「むしろいろいろ聞きたがるんだ。だから、教えてやったよ。県警の二村という刑事が、おたくのパイロットとすごく親しかったの知ってましたかってね。あの夜もあいつを横田まで送っていった。怪しいんですよ、この男がって。——まだ刑事部で事件を洗っているように、ミスリードしてやったよ。やっこさん、ただならぬ関心を示してたぜ」

「藪を突ついて何を出そうっていうんだ」私は尋ねた。

「何でもいいさ。たとえミミズでも、出てくりゃ大成功だ」

「何が出てきたか、ぼくが君に教えないってこともある」

「あんたはもう警察を使えないんだ。国営放送局は頼りになるぜ」

「ビリーの本名を尋ねたか？ 雇った以上、パイロットライセンスを見てるだろう」

「ビリーだよ。ビリー・ルウ・ボニー。ライセンスは連邦航空局が発給している」

私は息を吐いた。鼻で笑ったように聞こえたかもしれない。「本名だったみたいだな」

「アメリカ人の氏素性なんて、本当も嘘もねえよ」友田は吐き捨て、強引に話題を戻した。

「今年三月の総統選挙で、国民党が負けたじゃんか。あれから楊は、アジアの拠点を日本にシフトしている。馬車道の角に金色の貯金箱みたいな悪趣味なビルがあるだろう。南洋恒産公司ってさ、あれがやつの会社だ」

私は答えなかった。ビリーがソファの下に残していった封筒にあった名だ。住所も、たしかその辺りだった。

「そんなわけだから、せいぜい気をつけてくれよ」と、友田が言った。

「何が言いたいんだ？」

「つい最近まで、台湾は国民党の一党独裁だったからな。国家の金は党の金、そこんとこは自民党なんかの比じゃない。楊はその秘密資金を運用してるって評判の男だ。ヴェトナムの再開発事業も金の出所は同じだろう。つまりさ、やつは今、台湾で微妙な立場だ。新政権は野に下った国民党の不正を追及する。国民党はトカゲの尻尾切りを計る。楊はそれを恐れてピリピリしている。藪からミミズならいいが、虎だの戦車だの出てくるかもしれないってことさ」

「さすがにテレビ屋だな。人をダシに使うのが堂に入ってるよ」

彼は聞こえないふりをして、図書館勤めならメールアドレスが出来ただろうと尋ねた。アドレスも何も、ここのコンピュータは回線に繋がっていないと私は答えた。

「冷蔵庫より利口な機械は嫌いなんだ。ポストなら玄関についてる」

「来年は二十一世紀だっていうのに。せめて携帯電話ぐらい買えよ」

電話を切った後、私は早々に事務所を抜け出した。車でJRのガードを潜り、みなとみらい地区へ入った。造船所と貨物埠頭を潰して造られた再開発地域には、まだ空き地が目立った。高層ビル街はすぐ途切れ、道路は橋になって海にせり出していた。野っぱらの外れに横浜駅の背中が見えた。

地図で見ると、アンザイ商事は鶴見川のほとりにあった。そのあたりは、京浜工業地帯の片隅に隠しポケットのように残った漁師の町だった。ちまちまと小さな家やアパートが建ち並び、少なくとも商事会社がオフィスを置くような場所ではない。

私は東神奈川の手前で第一京浜国道に入り、そのまま鶴見へ走った。目当ての鉄道ガードが見えてくるまで十分もかからなかった。

戦前、労働者を海辺の工場へ運ぶために造られたローカル線の駅が、ガード下に口を開いていた。路肩に車を止め、国道を渡った。

コンクリート造りの高架がそのまま駅舎になっていた。入ってすぐに無人の改札とホームに上る階段があった。その先はトンネル状の通路で、両側に店が並んでいた。釣り舟屋も焼鳥屋も廃屋のように見えた。灯があるのは自販機と公衆便所だけだった。

ひび割れたガラス戸の上に、手書きで『アンザイ商事』という看板が出ていた。戸は固く閉ざされ、埃がこびりついていた。

さらに歩くと、向こう側の道路へ抜けた。家並みの裏手は、もう鶴見川の護岸堤防だった。川面には遊魚船がうずくまっていた。河川敷に揚げた舟の上に網を直している老人を見つけ、私は声をかけた。

「ああ。良子《よしこ》さんの店な」と、彼は応えた。

「アンザイ商事なんて言っても、良子さんひとりなのよ。旦那が死んじゃってからはねえ。そう言や、ここんとこ開けてないなあ」

聞くまでもなく、自宅を教えてくれた。今歩いてきた路地と、一筋違いだった。

ささくれだったベニヤのドアに『安斎』と書かれた陶製の楕円の表札が見つかった。ノックをしても返事はないまま、ふいに内側から開いた。

顔をのぞかせたのは背の曲がった老婆だった。かつては派手だった顔だちに、短くなった蠟燭のような皺が刻まれていた。

私は名刺を出した。肩書は『神奈川県警察図書館準備室』。彼女は警察の二文字にだけ反応を示した。娘に頼まれて平岡玲子を捜していると言うと、路地の左右をうかがい、ここでは困るからと呟いて招き入れた。

奥に向かって細長い板敷きの部屋だった。二階に上がる急な階段の下に台所があった。食堂テーブルは見当たらず、壁という壁にはきちんと折り畳んで透明の袋につめた衣類が山積みされていた。

「それで？　いったい平岡さん、どうにかしちゃったんですか」

「七月の下旬から、家に帰っていないようなんです。連絡もまったくとれない」

彼女は心当たりがないと言って、首をひねった。一年に数えるほどしか会うことはなかった。用がなければ滅多に電話もしなかった。

最後に会った日付を聞くと、梅雨の入りに会ったきりだと答えた。鎌倉で待ち合わせ、別の友達と三人で明月院へ紫陽花を見に行った。午後には、玲子の車で葉山のあじさい公園まで足を延ばした。

「車にはよく乗られてたんですか？」

私の質問が意外だったのか、良子は一瞬ぼんやりこっちを見た。

「ああ、玲ちゃんのこと？　よく乗るって、そりゃ仕事で使ってたからさ。しっかり者でね。免許なんか、六十をずっと過ぎてから取ったんだよ」

「仕事って、何をなさってたんですか」

彼女は手近の山から袋を取り上げて見せた。椰子の木とフラダンスを踊る娘が描かれたアロハシャツだった。ボタンは木の実を削って造ったもので、タグには見覚えがあった。

「本物のアンティークだったら大した値打ちだ」と、私は言った。

「平岡さんがつくって、ここで売ってるんですか」

「あんた、そんな人聞き悪い、――」声を詰まらせ、上目使いで私を見た。

「ただのレプリカですよ。本物だなんて言ってませんよ。店頭で一万円もしないんだから」

「器用だって、お嬢さんから聞きました」

「そうね。あの人の仕事は評判いいのよ。だからって、イカサマな商売しちゃいないよ、あたしは。そりゃ、昔はいろいろあったけど。ほら、これをちょっと見てくださいよ」

別の山から一枚を取って、手渡した。胸に鰐のマークが入ったポロシャツだった。そのあたりの山は、ほとんどブランド物のポロシャツのようだった。

「韓国にやられて、今度は中国だよ。こんなもの大量生産されちゃ、たまんないよね。私ら零細業者は、もう向こうの言いなりですよ」

「これは、こちらで輸入されたんですか」

「回り回ってきたんですよ。ルートがあるのよ。いいじゃないの。玲ちゃんとは関係ないんだから」手を振って笑った。古新聞を丸めたような音が喉から聞こえた。

「あの人は、うちじゃアロハ専門。風呂敷や古着でつくるの。マニアが大勢いるんですよ」

「お付き合いは、もう長いんですか」

「そう。私も横須賀でさ。うちのダンックは駐留軍従業員《ベースインプロイー》だったのよ。半分は役人みたいなもんなんだからさ、うちのも我慢して勤めてりゃいいものを。ヤマっ気出して、横浜に輸入雑貨の店持って、挙句にこのザマよ。玲ちゃんは、そのころから裁縫が得意でさ。息子さんの服なんか全部自分でつくってたからねえ」

「息子さん、お気の毒でしたね」と、私は言った。

「本当にねえ。よくできた子でさ。あんな場所で育ったのに悪い遊びひとつしないし。みんなユウちゃんユウちゃんて可愛がって。あんなことにならなきゃ、今頃いくつ？　あの子。気の毒にねえ、これからってときにさ」

「事故だったんでしょう?」

「そう、そう。自動車事故、それもメキシコなんかで。高校中退して、あっちへ行っちゃったのよ。偉いよ、全部自分の貯金。パトロンやギャランティーがないと、子供がアメリカ旅行なんか出来ない時代だったでしょう。そんなのも、自分でちゃっちゃか手配して」

彼女は頭を上げた。天井の一角を見つめて指を折った。「もう二十年? 三十年になるのかしらね。玲ちゃんは、あの子が出来たんで貯金はたいて店持ったんだよ」

「息子さんの父親は、——安斎さんはご存じなんでしょう?」

「言わないのよ。私にも、まったく。アメちゃんじゃなかったのは確かだけどさ。お客の誰それだって、噂は沢山あったけど、お客って言えば、あの頃はみんなアメちゃんじゃない。頑固だからさ、あの人は」

良子は鼻をすすった。その音が、饐えた空気をふたつに割った。

「でも、本当、良かったわよ。鈴ちゃんのおかげよ。いっとき、もう、どうしようもなかったもの、一人息子を失くしちゃ、おかしくもなりますよ。鈴ちゃん引き取って、やっと立ち直ったんですよ。その鈴ちゃんも、あんな立派になってさあ。何の遠慮もない。楽させてもらえばいいじゃんねえ。それをさ、あの人も頑固だよね。マンションはいいけど、暮らしは昔より質素でさ。未だに、こんな針仕事して、——」

彼女はアロハの袋を膝に乗せ、大きく息を吐きだした。

「立ち退き料が入ったんでしょう」私は、わざと冷たく尋ねた。

「何言ってんのよ。そんなもん雀の涙ですよ。防空壕の中に造った不法建築じゃない。登記上、土地は外に出てる三坪きりよ。それも借地権ですもん。本当、よく貯めてたよね、あの人も。海辺のあんな立派なマンションをさ」

「誰の世話にもなってないんですか？」

彼女はいきなり声を上げ、笑いだした。

「そりゃそうよ。あの年で誰がお世話してくれんのさ。それもマンションなんか――」

私は腰を上げ、それから思い直して鎌倉を一緒に訪れた友人について尋ねた。

「ああ。寿美ちゃんね。中里さん」と、良子は答えた。

「横須賀の中里寿美子さんですか？」

「あら、知ってんの？　そう。あの人は利口だったわよ。亭主が仕立屋でさ。ずっとアメちゃんの服なんかこさえてたのよ。土地持ちでね、今じゃ表通りにビルなんか建ってますよ」

岸本孝史の名にも横浜の結婚式場にも、彼女に心当たりはなかった。返事はおざなりで、いつまでも「ビルを持っている寿美ちゃん」の話題から離れようとしなかった。

「私ばっかり、貧乏籤よねえ。あのころは良かったんだけどさ。お酒でも缶詰でもどんどん手に入ってさ」

ふいに口を閉じ、天井を見上げた。剝離しはじめた合板が埃と煙草のヤニに汚れ、そこは天井というより、二階の床裏といった方がずっと相応しかった。

18

足許まである特殊ガラスの窓辺に立つと、関帝廟《かんていびょう》の金ぴかの屋根が真下に見えた。そのすぐ向こうから、中華街の賑わいが始まっていた。重く垂れ込めた雲の下、そこの一角だけはちりちりと火花を散らしているようだった。

十階建ての結婚式場は、このあたりでは抜きんでて背が高かった。赤御影石と大理石が隅々まで使われ、豆電球で飾ったシースルーエレヴェータが新郎新婦を乗せてひっきりなしに上下していた。最上階のレストランは、ニューヨークで成功したコックがつくるカリフォルニア料理を売りにしていて、『鰐肉の春巻きアボカドソース』などという代物を地元の中国人までが食べにくると評判だった。

差し出された名刺によれば、岸村孝史はそこで支配人をしていた。四十代半ばの背が高い痩せた男で、どこか崩れた印象があった。その印象が、タキシードを量販店の替えズボン付きの喪服みたいに見せていた。

用件を告げると困惑したように眉をひそめ、私をレストランの隅に造られたカウンターバーへ誘った。

「平岡の小母さんには高校時代、さんざ世話になったんです」と言って、声をひそめた。

「遊んでましたから。——横須賀署の佐藤さんに口きいてくれたことがありましてね、あれが少刑送りにでもなってたら、今頃ここでこうしてませんよ」

しかし平岡玲子とは、父親が死んで横須賀を離れてからは、二十年近く顔を合わせていない。季節の挨拶状は欠かさなかったし、店を閉じたのは転居通知で知っていたが、「あの小さな女の子」がヴァイオリニストのアイリーン・スーだったとは、ついこの間、新聞で見かけるまで気がつかなかった。

彼は接客業の愛想良さで問わず語りに言った。その間、私の名刺に何度も、まるで験すように目を落とした。警察には楽しくない想い出が山のようにあるのだろう。

「平岡さんの息子さんとは、高校が同級だったんですか」と、私は尋ねた。

「祐一君とは小学校からずっと一緒でした。死んじゃったときは、だからショックでね」

「交通事故だったんですね」

「ええ。ヒッチハイクした車が事故に遭ったんです。あのころ、はやったじゃないですか、そういうの。——武者修行みたいな気分で、金持たずに外国へ行くのが。特に、私らは横須賀の町中の生まれでしょう。アメリカには、憧れがありましたから」

あらぬ方向に顔を向け、静かに目を細めた。老人のような仕種だった。

ウエイトレスがコーヒーを運んできた。カリフォルニア料理屋なのに、コーヒーは黒々したイタリア風だった。

「メキシコに入ってちょっと行った所です。死んだって聞いたすぐ後、そこから絵葉書が来たんです。メキシコを旅してるってね。それが最期だった」

「いつごろか、覚えてますか？」

「高校三年の春ですよ」と、彼は言って、しばらく考えた。

「あいつは高二で学校やめて、どういうツテ頼ったのか、行っちゃったんですよね。夏休みですよ。大桟橋まで送りに来たもの。貨客船で行ったんですよ。死んだのは、その翌年。まだ十八にもなってなかった。――彼ね、実はヴェトナムに行く気だったんですよ」

「彼って？」私はすっかり混乱して聞き返した。次の瞬間、胸の裡を見透かされたような、嫌な気分になった。

「祐一君ですよ。行く前に聞かされたんです。英語勉強して、十八になったら軍に志願するって。結局、その前にあんなことになっちゃったが」

「平岡さんは、そのことをご存じだったんですか？」

「まさか」と言って、彼は微笑んだ。

「誰にも言うなって口止めされましたから。グリーンカードですよ、目的は」

高校を出たら自分も行くつもりだったと、岸村は言った。しかし彼は専門学校に入り、父親の紹介で横浜のホテルの料飲部に勤めた。

「祐一が死んじゃってね、どうしようかと考えてたら、アメリカがヴェトナムから撤兵しちゃったでしょう。まあ、今となっては、やめておいてよかったと思います」

ふいにビリー・ルウのことを思った。彼は、いったいいくつだったのだろう。ビリーは戦闘機乗りだった。十八で志願しても、戦場に出るころには二十四、五になっていたはずだ。

ヴェトナム戦争は一九七五年に終わった。その二、三年前にアメリカ軍は顧問団を残してヴェトナムから撤退していた。一九七三年、二十代後半だったなら、五十歳をとっくに過ぎている。私は、ビリーが私よりずっと年上だったことに、改めて気づいた。するとなぜか、彼にまつわるいくつかの出来事が、朝の目覚め際に見た夢のように遠く感じられた。

私は腰を上げた。岸村は私を見上げ、役に立てなかったと言って詫びた。

「平岡の小母さんのことだから、きっと大丈夫とは思うんですがね――」

そこでふいに言い淀み、眉をひそめた。

「何か、気がかりでも？」

「いや、気がかりってほどのことじゃないけど。――六月ごろ電話があったんです。私が海鈴さんのこと新聞で読んで、まあ、おめでとうございますって葉書を出したんですよ。懐かしいからって電話をいただきましてね。自然と祐一君の話になって、――泣くんです。電話口で。しゃべれなくなるほど泣かれちゃって。それが、どうもね、――」

「六月のいつごろ？」

「半ばでしたか。電話なんて二十年ぶりですよ。今、お話を聞くまで、何とも思わなかったけど。ちょっと、妙だったな」

「電話の内容が？」

「いえ、電話してきたことがね。それより、ぼくに泣くなんて。そういう人じゃなかったから。――まあ、もうお歳ですからね。よく判りませんが」

私は礼を言って、エレヴェータに乗った。透明のチューブの中を、中華街の喧騒へ下って行った。極彩色の中国寺院が、汚らしいトタン屋根に隠れ、すぐそこの裏窓に汗だくで鍋を振るコックの姿が見えた。

通りへ出て、車を停めた加賀町警察の方へ歩いた。中華街で昼食をとるのはすぐに諦めた。街は田舎の高校生とリュックを背負った老人でごった返し、奥まった路地に建つ安食堂にまで行列ができていた。道を行く人々は皆、火事を見に来た野次馬のような間抜けな笑みを浮かべ、私と反対方向へ歩いているようだった。

これでは、中国人のコックがカリフォルニア料理を食べに行っても不思議はない。


加賀町警察署は中華街善隣門の真ん前の角地にあった。大正時代に建てられた砂色で味気ないウエディングケーキのような庁舎を建て直すとき、造りを似せ、玄関だけ中華街の方へ向け直した。正面の車回しには旗竿まで立てた。

おかげで、そこに停めた私の車はやけに目立っていた。

庁警に出ていた顔見知りの加賀町署員が私を見つけ、こっちへ飛んできた。

「駄目じゃないの。あんた、捜査でもないのに車停めちゃ」

言いながら警杖を振って見せた。捜査会議では発言を求めたこともないような若い刑事だった。私は驚いて相手を見返した。

「今日一日、管理官に貸してるんだ。意見があるなら捜本で言えよ。ちゃんと手を挙げてな」

言い捨てて、署の裏手まで歩き続けた。その先に建つ県警分庁舎の中に科捜研が入っている。受付から電話をして昼飯に誘うと、納富《のうとみ》は、食事をする時間はないが用があるなら降りていくと応えた。もちろん、こちらに異存はなかった。

エレヴェータを降りてくると、彼は自動販売機で缶入りのお茶を二本買い、私をホールのベンチに誘った。

「せっかく来てもらっても、知ってることはほとんどないんです。テラス・パークレーンの一件は、鑑識の方から何も上がってこなかったから」

納富はすまなそうに言って、私にお茶の缶を手渡した。ずんぐりむっくりした体に丸い顔、誰もが小学校時代、こんな級友がいたはずだがと首をひねるようなタイプの男だった。

「そんなことで来たんじゃないんだ」

私は、平岡玲子の寝室に撃ち込まれていた拳銃弾をポケットから取り出し、彼に手渡した。

「こいつの〝親〟が分かるか？　できれば生まれも知りたい」

納富は「分かりました」と言って、弾丸をポケットに入れた。用意していた言い訳を、口にする暇さえなかった。私がもう捜査員でないことを聞いていないのだろうか。

そのとき知った顔が通りかかり、こちらに胡乱な目を投げていった。

「ぼくは、ただの研究員ですからね」と、納富は言った。

「ちょうど面白いウエブサイトを見つけたところだったんです。アメリカの銃器オタクのホームページですよ。うちのデータなんか目じゃないんだ。拳銃と弾丸のデータが千の単位で揃ってて、検索も出来る。試しに使ってみますよ」

彼は通りまで私を見送り、別れ際にこう尋ねた。

「横須賀で凍死したヴェトナム人、あれ担当だったでしょう？」

「何かあったのか？」

「あの死体の爪の間に溜まってた泥、分析したのぼくなんですよ。食いもん屋の店長なのに泥なんておかしいでしょう。調べたら、泥からカドミュウムが出てきた。他にも、ポリ塩化ビフェニールとか」

「それは、どういう意味なんだ？」

「汚染土ですよ。ＰＣＢって言えばわかるでしょう。検査に時間がかかって、もうどうでもよくなっちゃったけど」

「化学物質で汚染された泥なんだな」

彼は目を輝かせ、頷いた。私は礼を言った。

「さっきの弾丸だが、人間の体から出てきたものじゃない。そこは安心してくれ」

「なんだ。そうだったんですか」

納富は、あからさまにがっかりして肩を落とした。

19

私は仮事務所へ車で戻り、野毛通りの食堂まで歩いた。ジョン・ケネディが撃ち殺されたころからタンメンで名高い店だったが、居合わせた客がひとり残らずそれを食べていたので、サンマーメンを頼んだ。一口食べて、自分で自分の性分にうんざりした。

午後は、書庫で本を読んで過ごした。気づいたときはもう、県庁出向組は姿を消していた。五時十五分前だった。私は黒板を消し、守衛に声をかけて車を出した。

駐車場からアパートまでは歩きでがあった。やはり地下鉄の方が利口かもしれない。アパートが見えてきたときも、まだそのことを考えていた。おかげで私は出遅れた。

男は、筋向かいの電柱の脇にひっそり立っていた。ダブル前の背広を着た若い男だった。ネクタイはしていなかった。私の顔を見るなり、くるっと背を向けた。携帯電話を耳に当てた。

何かが私を急かせた。そのときエンジン音が聞こえ、アメリカ製の大きな黒いミニバンが角を曲がってきた。

反対側から足音が走り寄った。私は立ち止まり、振り返った。

太った大男が背後に迫っていた。

黒いミニバンが、ブレーキ音を引きずり、私の左脇を塞いだ。乱暴にドアが開いた。中から年嵩の男が身を乗り出した。

「用があります。乗りなさい」日本人ではなかった。

二人とも身なりはきちんとしていた。年嵩の男はネクタイをして金縁の眼鏡をかけていた。

太った男が背を小突いた。最初に見かけた若い男が右脇に立ちふさがった。

「私は汪《おう》です。お願いします。お時間とらせないよ。来てください」

人通りはあった。例のフグ屋も開店の準備中だった。騒ぎを起こせば、切り抜けられる。

「楊雲史、お話ししたい。あなたを待っています」と、汪が決めつけた。

大男がまた背中をど突いた。私は息を整えた。車へ一歩踏み出し、その足を軸にして振り返った。勢いをつけ、踵を撥ね上げ、大男の向こう脛を蹴り飛ばした。

短い悲鳴が頭上に聞こえた。相手は大きくのけ反り、尻もちをついた。

私は身を翻して、シボレーのミニバンに乗り込んだ。

汪が短く中国語で命じた。二人の男をその場に残し、運転手は素早く車を出した。

「遅くなりました」と言って差し出された名刺には、『南洋恒産公司・日本支社』という社名があった。肩書はなく、名前が『汪倫』とだけ筆文字風に印刷されていた。

花園橋を渡ったところで、汪の携帯電話が鳴った。彼は冷たい表情のまま、中国語で応えた。

横浜スタジアムの脇を通り、本町通りを右に曲がった。そこでまた汪の携帯が鳴った。

話しているうち、車は中華街東門を通り越した。そのまま高速道路を潜り、運河を渡り、山手の丘を上りだした。外人墓地のあたりで、大型の観光バスに前を塞がれた。運転手が舌打ちをして中国語で罵った。この若者も、きちんとスーツを着ていた。

墓地のすぐ先で、車は右に曲がった。公園の中に移築された洋館の脇を下っていくと、目の前に無愛想な二階建てのビルが立ちふさがった。正面玄関に『Yokohama American Club』という金属板が掲げられていた。

出入りのチェックは警察署より厳重だった。運転手は車に残った。いつの間にか、あの二人を乗せたSクラス・ベンツが背後に来ていたが、彼らも降りては来なかった。

汪がひとりで私を案内した。ビルの中はアメリカ人で一杯だった。フィットネスやレストラン、バンケットの他にスモーキングルームまであったが、決してメンズクラブではなかった。女性も子供もいた。

エレヴェータでフロアを二つ下ると、急に静まり返った。廊下の入口に、公演だの昼食会のスケジュールが張り出されていた。『AEI政策研究所レジデントフェロー、リチャード・パール氏を囲むカクテルパーティー』は参加費千ドルにも拘わらず、もう売り切れだった。

招き入れられた部屋には大きな窓があった。木々の向こうに港が見えた。青く霞んだ町には、ちらほら灯が瞬いていた。ビルは急斜面の公園の縁に、階段状に建っているようだった。

窓を背にした八人掛けの食卓では、年をとった男がひとり、肉を食べていた。別珍のジャケットに派手な柄物のポケットチーフをコサージュのようにのぞかせ、日曜の英国の田舎貴族みたいな出で立ちだった。

フォークとナイフをゆっくり置いて顔を上げた。私は息を止めた。予想できたことだった。予想もしなかった自分に驚いていた。

楊雲史は六十代半ばの禿げ上がった老人で、長くのばした銀色の髪を、小さな頭の周囲にまるでフレアスカートのようにたなびかせていた。それは、ビリーが残していった写真に写っていた長髪の東洋人だった。気難しそうな口許は見間違えようがなかった。

細い鋭い目で私を一瞥し、「まあ、お座んなさい」と、日本語で言った。

「二村君でしょう。うちの使用人のことで苦労させちゃったねえ」

「使用人だったんですか」

私の声には棘があったかもしれない。猛禽類のくちばしのような鼻が、私を狙い澄ました。ふいに笑いが転げ出た。しかし顔はまったく笑っていなかった。

私は腰を下ろした。

「あの男は、あれで飛行機の操縦だけは信用できたんだよ。――夕食をいかがですか」

楊が言うと、汪が背後からメニューを差し出した。主菜はビーフステーキが三種類にスペアリブとチキンと伊勢海老、それにハンバーガーが三種類だった。

「結構です。昼に満漢全席を呼ばれたんでね」

楊がまた笑い声を上げた。「日本人は、どうしてかね。相変わらず食事を大切にしないなあ。人間が食事できるのは、一生のうち八万五千回ほどだ。大事な一回じゃないか」

「日本語がお上手ですね。どこで覚えたんですか」

「日本だよ。ぼくは長者町の近くで生まれたんだ。戦後、大学を出るまでは、ずっと横浜だ。もっとも今はアメリカ人だ、書類上のことだがね」

「それで、ここをオフィス代わりに使えるわけか。在日米軍と、さぞ良い関係なんでしょうね」

「君は勘違いしてるよ。ここはただの社団法人、在日アメリカ人の社交クラブだ。今じゃもちろん、アメリカ人の会員だけでは成り立たない」

「ユダヤ人もいるんですか」

「ああ。もちろん」

「ぼくは、中国人とユダヤ人が麻雀卓を囲んでいるところを見たことがない」

「君が見たことがないものは世界にいくらでもあるさ。――ここは米軍とは関係ないんだ。治外法権と思ったなら勘違いだよ。警察も自由に踏み込める。試しに呼んでみなさい」

彼は笑い声をたてた。肌艶はゆで卵のようにつややかだったが、表情は険しかった。

「こういうただのビフテキが好きなんだ。しかし近ごろじゃこんなもの、他に落ち着いて食える場所がないだろう」

弁解するように言い、皿に残ったフライドポテトにケチャップをかけた。それをつまみにワインを飲みはじめると、脇に立っていた汪が素早く注ぎ足した。一九八六年のシュヴァルブランだった。

「ぼくはね、決して君が考えているような者じゃないんだ」と、楊は言った。

「そうだ、あれを――」とつぶやいて、汪に命じ、アタッシェケースから小さなガラス瓶を出させた。瓶の中には、グラニュー糖のような白砂が半分ほど入っていた。

「最近は、そんなものを輸入してる。砂だからってバカにしちゃいけませんよ。日本中の自治体に売ってるんだ」

「特別な砂なんですか」

「普通の砂ですよ。南方ではね」楊は鼻先で笑った。

「君、知ってるかな。日本の海岸線の六割はコンクリや消波ブロックで埋めつくされてるんだ。そのせいで潮流が砂浜を削ってしまう。あちこちで人工海浜を造ってるのはそのためさ。日本には白砂の海岸は多くないだろう。どうせなら、きれいな砂浜にしようと思うのは人情だ」

楊が汪倫に目線を送った。私の目の前にグラスが運ばれ、ワインが注がれた。

「まあ、お飲みなさいよ。君、もう警官じゃないんだろう?」

「刑事ではないというだけだ」

楊は肉切りナイフを手に取り、私を睨んだ。

「君は知ってるんじゃないの? ビリーが今どこにいるのか」

「さあ。空の上でしょう。文字通りに」

「空の上?――死んだ者をかばって未来を失くすようなバカはいない。君はまだ未来が惜しい年齢じゃないの。いったい何を目論んでいるんだ」

私を見据えたまま、ナイフで皿に残った血とケチャップをゆっくりかき回した。

「ぼくとビリーのことを黙っていてくれたそうじゃないの。彼の事件を知ったとき、こっちは弁護士を五人も集めて待ってたんだ。県警は何も言って来ない。拍子抜けしちゃったよ」

楊は銀色のフレアスカートを揺すって笑った。私には彼が何を言いたいのか、半分も分かっていなかった。しかし友田が必要以上に大きく私を売り込んでくれたことはよく分かった。

「NHKの放送記者が嗅ぎつけましたよ。あれは黙らせなくていいんですか」

「それを言うなら、まず君を黙らせるべきじゃないの?」

ワインで喉を湿らせ、光る目で私を真っ直ぐに見た。

「君をここへ呼んだ理由は、もうお察しのとおりだ。荷物の話なんだよ」

私は驚きを隠すためにゆっくり煙草を探し、喫って良いかと尋ねた。

「もちろん」楊は肩をすくめて見せ、私が火をつけるのを辛抱強く待って、再び口を開いた。

「君が横田まで運んだ鞄のことさ。あれ、どうした？」

「何でそんなことを知ってるんですか？　あそこにいたんですね」

「あそこって？」

「テラス・パークレーン。五〇四号室。部屋番号は警察もまだ摑んでいないようですがね」

「あんな場所にいくものか。あの建物にぼくはまったく無関係だ。だいたい、なぜ彼の車がそんなところにあったのか、さっぱり分からんね。死んだ女にもまったく心当たりがない。あの事件とぼくの心配事とは別だと思ってください。――ぼくは、あの日はずっと箱根だよ。箱根でちょっとした会合があってさ、翌日は客とゴルフだ」

「それが、弁護士を五人も雇った成果ですか？」

楊は表情ひとつ変えず、自分の話題に戻った。「君、ぼくに分かってるのは、彼がぼくの荷物を持って出たってことだよ。そして、それはあのジェットには乗っていなかった。影も形もなかったんだ」

「燃えてしまったんだろう」

「おいおい。いいかげんにしてくれ。燃えたって炭は残る。現場からは機体の残骸が七十パーセントも回収されているんだぜ。それなのにトランクだけ、かけらも出て来なかったんだ」

確かに私は、車から三つのトランクが下ろされるのを見た。それが台車に乗せられるのを見た。しかし、その先は見ていなかった。闇からビジネスジェットが浮き上がったとき、台車は空で男はもう自分の車の近くにいた。

「ぼくは横田まで彼を連れていっただけだ。荷物のことならフォード・ブロンコに乗ったアメリカ人に聞けば良いさ。そいつが荷物を車から下ろしたんだ」

「どんなやつ？　ナンバーをおぼえているかね」

「中肉中背の白人男性。ナンバーどころか顔だって見ていない。頭がラッキーストライクなんだ。ふたつのことを同時に聞かないでくれ」

楊は、車の色や特徴についてくどくど尋ねた。汪倫は全身をピンとさせ、私の返事に耳をそばだてていた。

しまいに楊が、鞄の数と大きさを尋ねた。私は運転席にいて、乗せるのも下ろすのも一切手伝っていないと答えた。決して嘘ではなかった。

「そうであることを望むよ」と念を押し、彼はワインの最後の一杯を翳して見せた。

「君のためにな。――君の言うことに嘘がないなら、君はうちのパイロットにいいようにされているぞ。あいつはぼくらをまんまと出し抜いて、トランクを持ち逃げしたんだ」

目を伏せ、ワイングラスを空にした。息を吐いて、私を見た。

「だからと言って、愚か者に肩入れする趣味はない。ぼくにとっては、君も同罪だ。責任をとってもらわないとな」

「屁理屈にしか聞こえないな」

「脅してると思ってるね？　いや、そんなことはないんだ。提案だよ。どっちが得かは、君が判断しなさい。帰りたければ帰ればいい。ただ、どうあってもこの責任はとってもらう」

「どうしろって言うんだ」と、私は静かに尋ねた。

「君が本当に無関係なら、そのことをぼくが信じるよう努力しなさい。トランクが、あの飛行機に乗ってたことを証明すればいい。そうでないならトランクを持ってくるんだ。捜し物は得意だろう。ビリーの居所が分かるなら、それでもいいぞ」

「それじゃあ、与太者の因縁付けだ」

楊は意に介さなかった。相手の言うことに耳を貸さないのを旨としているようだった。

「得るものもあるぞ。あいつが何をどれほど払ったのか知らないが、そんなものは忘れろ。ぼくの方がやつより払いはいいからね」

私は楊を正面から睨んだ。なるほど、相手は初手から私をまともな警官でないと踏んでいたのだ。私自身、そのことに自信がもてなかった。しかし汚い金を受け取るか受け取らないか、銭金で友人を売るか売らないか、それは警官である以前の問題だ。

「いいでしょう」と、私は言った。

「ビリーの居所か鞄のありかか判らないが、話に乗ろう。しかし、まず手付けをもらいたい」

楊は満足そうに頷き、「いくらだ？」と尋ねた。

「とりあえずシャンパン。あるならクリュグがいい」

「ロゼのドムペリニオンで我慢してくれ。——それにキャビアとフレンチフライだ」

楊に言われ、汪が部屋の隅に置かれた電話から流暢な英語で注文した。

「手を握るなら、チエンのことも教えてもらえるだろうな」

「チャンだろう。それは中国名だよ。事故で死んだそうじゃないか」楊はあっさり答えた。

「あれとは昔、ヴェトナムで知り合ったんだ。解放後、香港に逃げてきたんで面倒を見てやった。香港が中国へ返還になって、こっちへ呼んでやったのもぼくさ。それなのに、問題を起こしてね。理由はともあれ、会社の金をくすねるような人物を置いておけないじゃないの」

ゆで卵みたいに艶めいた額に皺をよせ、楊は頭を振った。

私はビリーが手紙に書いてきたことを思い出した。『チャンの死は自殺ではないか。彼は仕事で重大な失策を犯し、ヤンに責任を追及されていた。その怒りは決定的だった』

「うちを辞めた後、横須賀の方で半端な仕事をしていたようだよ。それが、どうかしたの？」

「あの事件を扱ったのはぼくなんだ」

「あ、そう。奇遇だね。それは知らなかった」と言ってから、汪倫に中国語で何か尋ねた。

汪が短く笑い、何やら口早に答えた。

「横須賀かどこかで酒場をやってたそうだな」と、楊が言った。「女がいたんじゃないの？　金のかかる女はよく鳴く鶏と同じだ。トラブルの因《もと》なんだよ」

吐いて捨てるような言い方が気になった。尋ねようとすると、ドアがノックされ、私を遮った。ボーイがクーラーに入ったシャンパンと食べ物の皿を持ってきた。

グラスには汪が注ぎ分けた。かすかにスグリの香りがした。味はしっかりしていたが、さすがにフライドポテトの匂いには勝ち目がなかった。

「何を根拠にビリーが生きていると言うんですか」一口飲んで、私は尋ねた。

「君がそう思っているからさ」

楊は冷やかに笑った。「落ちた飛行機に鞄は乗っていなかった。だったら鞄を持っていった人間も乗っていない。そう考えるのが自然じゃないか」

「金ですね、鞄の中は」

「私にとっては、金なんか問題じゃないんだよ」楊は言って、椅子の上で横座りになった。

背後の窓はすっかり夜だった。眼下の公園は黒々として、木立の向こうの街灯りがよけいに目立った。ビルに埋もれて波止場は見えず、海と空が東京の光に遠く赤らんでいた。

「これは信用問題なんだ」と、彼は言った。

「鞄が消えたことで、こともあろうにぼくを疑う者がいる。それればかりは、何とかしないと不味いんだ。生き死にの問題じゃないが、生き方の問題ですよ」

楊のような人物が、シャンパン一本で契約を交わした気になるとは思えなかった。それでもシャンパンが空になると、彼は私に携帯電話の番号を教え、送り出した。

正面玄関には例のミニバンが待っていた。運転手は同じ男だった。後ろの席には、アパートの前で見張っていた男が二人、乗っていた。大男がスライドドアを内側から開けた。

私は最後尾のシートに座った。頭の後ろを、彼らに見られるのは遠慮したかった。

道路は地方ナンバーの観光バスのせいで渋滞していた。私は革張りの応接ソファのようなシートに体を沈め、空腹をこらえた。

なぜ、楊はこの日を二カ月も待ったのだろう。友田の訪問はきっかけかもしれないが、理由ではないように思えた。楊は、あの事件の直後から私のことを知っていた。ただ、私が警官だったために、今まで注意深くこちらの出方を窺っていたのかもしれない。

口ぶりからも、それは窺えた。友田が藪を突ついたのは昨日のことだ。昨日の今日にしては、用意が良すぎた。

ミニバンは公園の脇を走っていた。私のアパートとは反対側だった。大通り公園両脇の道はそれぞれ一方通行になっていた。

「ここで降ろしてくれ」と、私は言った。

若い方の男が、運転手に中国語で命じた。ミニバンはのっそりと停まった。

大男は動こうとせず、こちらを凝っと睨んでいた。彼の肩には力がみなぎっていた。根は正直な男なのだ。

若い男がドアを開き、先に立った。私がステップに足をかけると、背後に気配が揺れた。

私は身を反らせ、斜めに飛んだ。背をかすめ、私を蹴り飛ばそうとした足が宙を泳いだ。大男はそのまま車から転げ落ちた。公園の段差に爪先をぶつけた。悲鳴は短く低かった。大男は足を抱えてその場に崩れた。

私は若い男に礼を言い、大急ぎで公園を横切った。アパートのある通りは冷え冷えと暗く、建物のシルエットは空より高かった。私は振り返った。あの夜、ビリーを連れて渡った公園が通りを塞いで横たわっていた。誰もいなかった。動くものもなかった。

そんなはずがない。まだ夜の九時前だ。人の気配はそこらじゅうに潜んでいた。車の音もひっきりなしに聞こえていた。

私は、酒に酔った会社員が何人か、角を曲がってくるのを見届けて部屋に戻った。

20

服も替えずに、あの写真を読書机の引き出しから出した。柱廊を背にして立っているのは楊に違いなかった。くちばしのような鼻に特徴があった。髪形も今と大差なかった。額が頭の後ろにまで広がり、髪が白く変わっただけだ。

二人のインドシナ人のうち、若い方の顔を私は拡大鏡で見直した。顎を上げて笑っているため、はっきり分かるのは頬骨と鼻の穴の形だけだった。チャンではないかと疑ったものの、チャンの顔は死体写真でしか知らなかった。

写真を見ながら酒を飲んだ。そのうち、食べるのを忘れて眠ってしまった。夜明け前、空腹で目が覚めた。

翌朝、早めにアパートを出て伊勢佐木町を歩いた。二十四時間やっている定食屋をみつけ、焼き魚と肉豆腐で飯を二膳食べた。それから運河の底にこしらえた高速道路の脇を、散歩がてら仮事務所まで歩いていった。

さすがに胃がもたれた。煙草を喫うのもイアーソン商会に電話するのも忘れて、長いこと書庫でぼんやりしていた。

私はビリーの一件で、報告書を書かされた。あの夜起こったことは洗いざらい書いたが、酒を飲んでいたことと、ふたつにちぎった百ドル紙幣のことだけは書かなかった。酒については小峰課長から厳重に止められた。百ドルの半ぺらは、報告すればすぐさま押収されるのが分かっていた。私はなぜか、手元に残しておきたかった。

航空機の持ち主が楊であることもビリーが楊の雇われパイロットであることも、本人からの伝聞として書いた。楊自身、捜査が身辺に及ぶものと覚悟していた。

しかし、捜本は楊にリーチをかけなかった。友田が不思議に思うのも当然だ。

私は鉛筆を取り、尻の消しゴムで友田の携帯番号を押した。

「藪から車が出てきたぞ。送り迎えつきだ」

「すげえな。中国人のくせに気が早い」友田は口の中で小さく笑った。

「どこで会ったんだよ？」

「アメリカンクラブだ。気が早いだけじゃない。中国人のくせにステーキとポテトが好きなんだ」

「マクドナルドが好きなフランス人だっているさ」

「捜査本部には、相変わらずやつの名前はあがっていないのか」

「知らないのか？　捜本はフェードアウト。上の方で、そういう判断があったみたいだ」

私は、刑事部長との奇妙な会見を思い出した。

「外事特捜隊あたりが別件でマークしていたってことかな」友田は謎をかけるみたいに言った。

私は返事をしなかった。日米地位協定があるからと、刑事部長は言った。警察内部の功名争いとは別の、もっと違うところの判断があったのだろうか。

「一昨日会ったとき、君はおかしなことを言ったな」と、私は尋ねた。

「ビリーの飛行機のことだ。飛行記録が残っていないって」

「ああ。金網の中じゃ何でもありだからな。記録なんかどうにでもできる」

「外ならどうだ。東京上空は空域が入り組んでいる。横田の空域を出れば日本の航空管制官が管制するんじゃないか」

「どうだろう。事実上、米軍機はフライトプランを出す義務もないんだ。もちろん、調べてはみるけど」

「良い心がけだ。何か判ったら知らせてくれ」

「おい。ずるいぞ。今度はこっちが訊く番だ」

「質問には今度会ったときにゆっくり答える。そのかわり、いい話を聞かせてやるよ」

私は手帳を出して、ページを繰った。

「一回しか言わないぞ。アロウ・プランニング・アソシエイツって会社が新橋にある。社長は折匡恭一。住んでいるのは横浜の野毛山だ」

「知ってるよ。ヤクザ上がりのプロデューサーだろう。有名じゃないか」

「こいつがビリーとつながりがある。どれほど親しいか分からないが、あの夜、ビリーは飛行機の上から彼に電話している」

向こうが何か言っているうちに、私は電話を切った。

その手で、横須賀の中里寿美子の電話番号を押した。海鈴の母親に暑中見舞いを送ってきた、三番目の人物だった。

留守番電話につながり、女の声が急ぎの向きは店の方へ電話してくれと告げた。

かけ直すと、年取った男のしゃがれ声が「アンカー洋品店」だと応えた。

「家内は今、出てますわ。今日は、帰らんようなこと言うとったよ」

私は用件を伝えた。「明日そちらへ伺ってもかまいませんか？」

亭主は平岡玲子を知っている様子で、午後なら店にいるようにさせると請け合った。私は礼を言って電話を切った。

することは、他に思い当たらなかった。長井のマンションはもう一度、時間をかけて訪ねるべきだったが、二日続けて横須賀へ出かけるのは気が重かった。

事務室にもどると、もう誰もいなかった。県庁から来た二人は、十二時十五分前には昼食を始める。はるばる県庁の食堂まで食べに行くこともあった。そんなときは十一時十五分にデスクを離れた。

四つある事務机の上の電話が一斉に鳴りだした。発信音を七つ数えて受話器を取った。相手は折匡だった。

「やっとつかまった――」声が途切れた。

「ガードの下なんだ。車で走っている。礼を言いたくてね。どうですか、昼飯でも」

願ってもないと答えると、今からどうかと聞かれた。家を出たばかりで、すぐ近くを走っている。断る理由はなかった。

五分後にまた電話があり、私は外へ出た。

道路を通せんぼして真珠色のアメ車が停まっていた。大きなキャディラック・ドゥヴィルだ。窓はブロンズコーティングされ、中はまったく見えなかった。リアウインドーの端にヤナセのステッカーが張ってあった。

ドアを開けたとたん革の匂いが流れ出た。私は真紅の革シートに体を埋めた。

「ステッカーを見たかね。ヤナセはヤクザには売らないんだ。堅気になった甲斐があったってものさ」

折匡は得意気に言って、車を出した。今日も、高価なダブル前のスーツにノーネクタイという出で立ちだった。

「今時のヤクザ者がこんな車に乗るわけがない」と、私は言った。

「そうかもしれないな。しかし、これが自動車だ。——あんた、この町の生まれか」

「ああ。この近くだ」

彼はにっこり微笑んで頷いた。

「じゃあ、この町のてっぺんで飯を食おう」

キャディラックは桜木町駅前で高架鉄道を潜り、海側に抜けた。埋め立て地にそびえ立つ高層ビルの下へ走った。停まったのは、横浜で一番背の高いビルの地下駐車場だった。

専用エレヴェータで直接、七十一階に上がった。『Diamond Spa』と彫られた分厚い磨りガラスのドアの向こうは、ホテルのロビーみたいだった。ドアボーイに迎えられ、フロントカウンターでカードを示し、奥へ進んだ。

「ちょうど良かった。ここで一時間後に待ち合わせがあるんだ」彼は歩きながら言った。

紺青の絨毯を敷きつめた廊下の片側は、足許まで一枚ガラスでできていて、階下の屋内プールが一望できた。男たちが水の中を歩いていた。体操をしている者もいた。泳いでいる者だけが見当たらなかった。

バスローブを着た男たちと行き合った。腹の出た白人男性が多かった。よく見ると、半分は日本人のようだった。肌の色も姿形もよく似ていた。一目では見分けられないことに、私は面食らった。

窓のないレストランへ入ると、ますます面食らい、足が止まった。シャンデリアの下で食事をしていた四人連れのひとりに見覚えがあった。

「よそに行こう」と言って、廊下へ引き返した。

「うちの本部長だ」

折匡は笑って私を別の廊下に誘った。その先に、ずっとくだけた造りのラウンジがあった。喫茶室だが、定食なら運んでもらえると彼は言い、今日のメニューを手渡した。

ナプキンは紙でテーブルクロスはかかっていなかったが、窓から横浜港を隅々まで見渡すことができた。しかし港の入口に架かった巨大な斜張橋のせいで赤灯台は見えなかった。

ビールが一本空になるころ、食事がやってきた。ひととおり食べ終えるのを待って、私は口を開いた。

「昨日、楊に呼び出された。あの写真に写っていたな」

折匡は顔を上げてこちらを見た。手を休め、唇の刃物傷を指でなぞった。写真を盗み見たことを咎めようとはしなかった。

「ビリーっていうのは誰なんだ？　本名を知っているんだろう」

「ビリーだよ。ビリー・ルウ・ボニー。パスポートにもそう書いてある」

二十年以上前、サイゴンで知り合ったと、元やくざは言った。そのころはお互いに若かった。折匡は覚醒剤の買いつけにマニラからヴェトナムに潜り込んだ。どさくさまぎれに一儲け企んだと明かして、まったく悪びれるところがなかった。

「もう時効だろう？　アメリカが戦争をやっている場所には、必ずクスリの工場ができるんだ。大量生産して値崩れが起こる。それを買って一儲けしようと思ったのさ。若かったからな。バカをしたもんさ。詳しいことは、次の映画を見てくれれば分かるよ」

私は呆れて聞き流した。それ以外、何が出来たろう。その意味で、私はまだ警察官だった。

「そのころ、ドン・コイ通りのバーで会ったんだ。よく飲んだもんだよ。酔いつぶれて河に浮かんだサンパンで寝たこともある。飲み友達としては、あれ以上の男はいないな。毎日、そりゃもうエクストラ・ヴァガンツァだ。どんちゃん騒ぎって意味だよ」

「よほど楽しかったんだろうな」

「それだけじゃない。ああ見えてなかなか侠気《おとこぎ》があるんだ。あいつのおかげで命拾いをしたことがある。俺だけじゃない、俺たちみんなを救ったんだ。信じられないだろう」

「いや。打率二割そこそこのキャッチャーが、サヨナラホームランを打つこともあるさ」

彼は笑いだした。自分の笑い声に耐えられなくなったという調子で、スカッチを注文した。

「四半世紀も前のことだ。ずっと付き合いがなくってな、再会したのはこの何年かだ。その間のことは、よく知らないんだ」

オン・ザ・ロックスが来て、彼はそれを半分ほど飲んだ。

私はコニャックをロックで頼んだ。このまま帰ってしまえば問題はない。黒板に「直帰」と書いて来なかったことを、ほんのちょっと後悔した。

「あんたは、あのころ何をしていた？　ヴェトナム戦争の終わりのころさ。アメリカが手を引いて、サイゴンが騒然としてたころだ」

「大学で野球をやっていた」

「体育会系か。どう見ても似合わないな」

「そうかもしれない。チームプレーが苦手だった。皆と同じヘルメットをかぶるのがいやで仕方なかったんだ。たとえ、どんなヘルメットでも」

「それで？　打率二割でサヨナラホームランを打ったのか」

私は返事をしなかった。折匡は笑ってグラスを空にした。大きな声でもう一杯頼んだ。

「あのころ、あいつはギラーミって呼ばれてた。正確にはギリェルモ・ロウ・カノウ、いや、カネダだったかもしれない」

私は紙ナプキンを膝に乗せ、そっと書き留めた。

「親父が日系のペルー移民だって言ってたな。母親は中国系だ。その苗字がロウなんだ。スペイン語圏は両親の姓をいっぺんに名乗るんだ。ほら、だからガルシア・マルケスは、ガルシアが母親の苗字でマルケスが父親さ。ギリェルモってのは英語でウィリアムだ。知ってると思うが、ビリーはウィリアムの愛称だ。ラテンっぽい名前だと、密入国者《ウェットバックス》と間違えられてバカにされるからな。除隊後、市民権を取ったときに変えたんだ」

「待ってくれ。それじゃ、ボニーっていうのはなんだ？」

「さあ。洒落じゃないのか。変えるのは難しくない。ギリェルモをウィリアムに変えたみたいにな。アメリカなら方法はいくつもある」

「アラメダで生まれたって聞いたよ。サンディエゴとロングビーチにもいたそうだ」

折匡はしばらく窓に目を投げ考えた。白茶けた日が、彼の目に宿った。

「海軍の教育訓練基地のことを言ったんじゃないのか。どれも海軍基地で有名な町だ。やつは海軍で男になったわけだからな」

新しい酒がきた。彼はそれをゆっくり味わった。

「ビリーはどこにいるんだ？」と、私は言った。

「その話はもう止めてくれ」

「さっき、飲み友達としてはあれ以上いないと言った。いなかったと言うべきだったな」

「よしてくれ。二時間ドラマの刑事じゃあるまいし。——まだ、死んじまった者のように扱いたくないだけさ。それが人情だろう」

「手紙があるんだ。彼から来た手紙だ。消印は金曜になっていた。飛行機が落ちたのは木曜の明け方だ。彼はサンフランシスコにいると書いていた。もし、それが嘘だったとしても、死んでから消印が押されるまで丸一日以上あったことになる」

彼はつまらなそうな顔をして、私に顎をしゃくって見せた。「どんな内容なんだ？　何が書いてあった」

「横田で別れるとき、彼は九十九時間後に帰ると約束したんだ。約束が守れなくなったという詫び状だ」

「トリックさ。ああみえて、やつはハシっこいからな。——APOって消印だろう。帰ったら後ろを見るといいや。本当の投函日がスタンプしてある。いや、スタンプなんかないこともある。いい加減なんだ。極東の米軍基地から出した手紙は、みんなサンフランシスコに一度、集められる。そこから世界に普通郵便として配られるんだ。金曜っていうのは、サンフランシスコで打たれた消印だよ。離陸前に横田基地の中から出したんだ」

「何で？——初めから約束を破る気だったって言うのか」

「気の毒だが——」彼は口をへの字にして言った。あの甘く低い声でなかったら、腹を立てるところだった。

「あんたを騙してまんまと逃げる気だったのかもしれない。しかし、本当に飛行機が落ちてしまったんで、その手紙は遺書になった。まあ、そんなところさ」

私は黙って考えた。手書きだが、決して乱暴な筆致ではなかった。文字も行も揃っていた。ビリーにその機会があったとしたら立ったまま、あのフォードのボンネットの上で書く以外になかったはずだ。

私は頭を横に振った。

「気持ちは分かるぜ」と、折匡が言った。

ふいに目を外し、私の頭越し、背後に手を上げた。

振り向くと、ずんぐりした男が入ってくるところだった。それは横浜スタジアムでビリーと一緒にいた男だった。使い捨ての歯ブラシのような口髭を、今日はきれいに刈り込んでいた。

「すいません。お客さんですか？」

男は妙になれなれしい仕種で、私の後ろから折匡に尋ねた。

「二村です」私は席を立ち、男の目線を遮った。

彼は驚いて動きを止めた。飴色の丸眼鏡に手を添えて、私の顔に焦点を合わせた。

「ああ、野球場で。ボニーさんが喧嘩したときね。いやあ、あのときは助かりました」

彼は折匡に、私が大きな黒人をひと睨みで黙らせたと言った。ビリーが喧嘩を売った理由も、どこか武勇伝じみたものに変わっていた。話しながら出版社の名刺を出した。名前は稲本恒寿。週刊ズームの副編集長とあった。

「いやいや。これは奇遇ですね」と、言って稲本は腰を下ろした。

「ああ。奇遇でもないのか。ぼくは折匡さんからボニーさん、ご紹介ねがったんだし」

「ビリーとは、どんな仕事を？」

「いや、あの人とは仕事ってわけじゃないんです。実はね、言っちゃっていいのかな。——今度、うちから出した先生の小説、映画化するんですよ」

「半分はこの人が書いたんだ。小説に関しては二人三脚みたいなもんさ」

「いやいや。嬉しいな。先生にそんなこと言われちゃうと」

稲本が目を細め、相好を崩した。「あの話にはボニーさんも関係してるんでね。それで、紹介されたんです。面白い方ですよ。ねえ、あの人と酒飲むの、面白いよね」

「事故のことは、ご存じないんですか」

「事故って何です？」稲本が笑顔のまま聞き返した。

私が目を向けると、折匡は慌てて、「大したことじゃない」と、稲本に言った。

「二村さん。悪いが、そういうことで。これから彼と仕事の打合せなんだ」

私は稲本に別れを告げ、椅子を引いた。

「ズームにアイリーン・スーの写真が出てましたね。あれも稲本さんがやられたんですか?」

「いや」彼は口をとがらせた。思案しているようにも見えた。

「あれはぼくじゃない。クラシックは疎いんですよ」

折匡が促すように立ち上がった。そのまま私を廊下まで送ってきた。

「メディアの連中に知られたくないんだ」と、小声で言った。

「雑誌どころか映画の連中まで、最近はすっかりサラリーマンになっちまって。——ちょっとしたことで腰が引けるからな」

「ビリーのスキャンダルが知れ渡ったら、映画が駄目になるってことか」

「ああ。——情けないよ。我ながら」

いきなり手を握られた。ごつく大きな手だった。握手を終えると、折匡はテーブルに引き返していった。頑丈で幅広な肩が、妙に縮んで見えた。


部屋に帰ると、まっさきにビリーのエアメールを取り出し、スタンドの光の下で確かめた。

確かに裏側に丸いスタンプがあった。しかし枠線といくつかのアルファベットが見えるだけで、日付はまったく分からなかった。

ヤマトの携帯電話は留守電になっていた。私は以前、事件で知り合った藤沢の家政婦に電話をした。彼女は厚木基地で働いていたことがあった。

たしかにその通りだと彼女は言った。基地内のポストに投函された郵便は、たとえ日本国内宛のものでも一度サンフランシスコの集配所に集められる。そこから、一般の郵便局を経由して世界中に配達される。サンフランシスコまでは軍用行嚢で送られるために通常より早いが、その先は普通のエアメールと同じだ。

「切手のスタンプはサンフランで押すんですよ。そうね。そう言われれば、日付はポストに入れた日より一日二日遅くなっちゃうんじゃないでしょうかね」

私はビリーの手紙を手にしたまま、長い間、絨毯の上に座っていた。

彼が生きていると証す物証は無くなってしまった。

しかし、折匡が言うように、彼が私を騙して逃げる気だったなら、何のためにこんなことをしたのだろう。約束した直後に素早くボンネットの上でこんな手紙を書くくらいなら、何の約束もしなければいい。

もしそうでないなら、――彼はいったいいつどこで、この手紙を書いたのか。

私は冷蔵庫へ立っていき、酒をつくった。半分以上残っていたスカッチが、寝るときには空になっていた。

21

アンカー洋品店は国道十六号線に面して建っていた。筋向かいには、米海軍横須賀基地の正門脇に建つ交番が見えた。石を投げればMPの詰め所にも届いた。すぐ裏手はドブ板通りだったが、ある意味、街で一番治安の良い場所だった。

ショウウインドーにはアロハと柄物のシャツが飾られ、『世界一、誂えアロハ専門店』と日本語と英語で書いてあった。店内の半分が畳敷きの作業場になっていて、私が入っていくと、痩せた老人がミシンを止めて顔を上げた。

奥に「寿美子」と呼びかけ、弁解するように昔は誂えの背広もやっていたんだがと言った。評判がいいのよと、出てきた奥方が後を引き取った。「この人は嫌うけど、アロハがはやりだしさ」

中里寿美子は小太りの老女で、アンザイ商事の女社長より少し年上に見えた。

「安斎さんから電話を貰いましたよ」と言って、エプロンの裏側で手を拭いた。

「本当にねえ。――どこ行っちゃったんだろ」

私に座布団を勧めながら首を傾げた。

「今月になって、あたしも思ってたんですよ。変だなあって。電話に出ないしねえ」

「お仕事の予定があったんですか」

「だったら、マンションまで行きましたよ。夏が終わったところでしょう。アロハって、やはり時期ものでねえ。その上、ここんとこアメリカさんも大きな船が入って来ないし」

「ほとんど彼女がつくっていたんですか？」

「いえ、凝ったものだけ。アンティークっていうの？　昔の和服地や風呂敷なんかを仕立て直したのが、何十万で取引されてんですよ。そういうの複製をねえ。玲子さんは器用だから」

「最後にお会いになられたのは、鎌倉へ行かれたときですか」

寿美子は体温を計るみたいに、手の甲を頬に当てて考え込んだ。

「いいえ」と言って、首を振った。

「二カ月ほど前かな。七月の半ばだと思うわ。夕方すぐそこで見かけたのよ。ちょうど車に乗るとこで、声はかけそびれちゃったんだけどねえ」

「ご自分の車ですか？」

「いいえ。それがね、――変なのよ。見間違えるわけないんだけど。あの人の車、真っ赤なワゴンだから」

「ありゃあ、バンだよ」亭主が口をはさんだ。

「どこかの営業車の余り物なんですよ。真っ赤に塗っちゃってあるけど安いからってさ。追浜のディーラーから買ったんだ」

「分かってますよ。それくらい」寿美子が、その声を手で払いのけた。

「だから、見間違えるわけないんですよ。ぜんぜん違う車に乗ってたの」

「何言ってるんだ。あれは平岡さんじゃないよ。私も見たんだ。あんなのに乗るもんかね」

「いいえ。あれはそうよ。私の方が遠目が利くんだから」

「どんな車だったんですか」私は割って入った。

「軽のワンボックスだよ」亭主が答えた。もうミシンの前にはいなかった。

「ほら、なんて言ったか、戦車みたいな色に塗った」

「迷彩塗装？」

「うん。それそれ。湾岸戦争みたいな。――ああ、砂漠迷彩だ」

「どこで見たんです」

「すぐそこよ」と、寿美子が先を争って答えた。

「中央通りの商店街を歩いてたんですよ。わたしとこの人とね。そしたら、あんた、その変な車が止まってて、玲子さんが乗るところだったの。西友の脇の道よ」

「だから、あれは見間違いだよ。あの人があんな男の車に乗るもんかね」

「運転してたのは男なんですね」

「そう。小柄な、見るからに貧乏くさい男だったね。車もあれだよ――ワゴンRってやつ」

「そんな。ちゃんと見ちゃいないじゃないの。後ろからだもの」と、寿美子が言った。

「日にちは分かりませんか」

「多分十九日だね。二十日の前だ。二十日にどうにもなんない支払いがあって、こいつと二人、思案しながら歩いてたもんだから」

「そんなこと、人さまに言うもんじゃありませんよ！」

亭主はフンと鼻を鳴らし、こういう細かなディテールが警察の捜査には肝心なんだと呟いた。鶴見の女社長が、電話で私を警察関係者とでも言ったのだろう。今日彼らに渡した名刺はコンビニでこしらえたもので、名前と自宅の住所しか書かれていなかった。

横須賀から長井へ行くのに、西友の前を通り、横須賀中央駅の脇を抜けていくのは、決して方向違いではなかった。バスは今もその道を通っている。バイパスと高速道路ができてからは、ただ遠回りだというだけだ。

私は西友の脇道に折れ、駐車スペースを探してデッドスローで走った。すぐ、その必要はなくなった。

目の前に小さな銀行が見えていた。平岡玲子が取引していた銀行だった。それでも入口の前でブレーキを踏み、看板を確かめた。『横須賀中央支店』

七月十九日、海鈴の母親はここのATMから、五十万円を引き出したのだ。

口の中がさっと乾いていくのが分かった。私が今も刑事だったら、中里夫妻のところに人をやって似顔絵を描かせたに違いない。砂漠迷彩のワゴンRに乗った貧乏くさい男の似顔絵を。

私は車を出した。

バス通りは、衣笠の手前から渋滞していた。林のロータリーまで小一時間かかってしまった。その先は対向車さえまばらだった。

自衛隊の少年工科学校のグラウンドで、ジャージ姿の若者がボールを追っていた。ジャージは色とりどりで、まるで修学旅行の中学生のようだった。なぜ、制服の組織がメーカーのマークを染め抜いたジャージを許すのだろう。

荒崎入口の信号を曲がると、突然、海の気配がした。以前、来たときには気づかなかった匂いだった。潮目が違ったのだろう。木々はどれもその気配に向かってハンカチを振るように枝を広げていた。

私はとりわけ大きな緑のハンカチの下に車を停めた。

借りた鍵で玄関の電子ロックを開けると、ポストの前に立っていた男がびっくりして、勢いよく振り返った。顔色の悪い痩せた老人だった。制服とも背広ともつかない四つボタンのグレーの服を着ていた。

「どこか、ご訪問で？」

私が黙っていると、管理人だと名乗り、

「エロなチラシが入ってると、怒ってくる住人さんがいるんですよ。弁当屋のチラシでも文句言うんだから」と、弁解するみたいな口調で言った。

「日曜しかいない人が多いんじゃないんですか」

「それよ。ウイークエンドハウスだから、普段は暇だって話だったの。とんでもない。時間持て余してる年寄りばっかりでさ」ひょいとこちらの顔を見上げ、表情をゆるめた。

「あんた、三階の平岡さんとこへ来なすった人じゃないの。お嬢さんから聞いてますよ。警察の人だろ？」

「警官だが、仕事できているわけじゃない。知り合いなんだ」と、私は言った。

「平岡さんを最後に見たのがいつか、分かりますか」

彼は私を受付カウンターの前に待たせ、自分は管理人室の中に入った。中は六畳の和室だった。合板の卓袱台の上に乗っていた印刷物の山を抱え上げ、部屋の隅の段ボール箱のなかに放り込んだ。下から大学ノートが一冊出てきた。

「いつかは、はっきりしないけど」と言って、大学ノートを捲った。

「七月の終わりに、新聞止めるよう頼まれましてね。気付いたのはそのときです」

「誰から頼まれたんですか」

「お嬢さんですよ。お電話いただいたとき、新聞が溜っているとお伝えしたら、止めるようにって。その後、八月になってお嬢さんの代理の人っていうのが来てね。部屋開けて見たけど、別におかしな様子は無かったよ」

「このマンションで、付き合いはなかったんですか」

「そう。皆さん、挨拶ぐらいはしますがね。プールだって、住んでる人はほとんど使わなくてね。——夏になると、子供連れの親戚が押しかけてくるんですわ」

管理人は声をたてて笑った。「滅多に来ない人もいるんだ。宝の持ち腐れってとこだね」

「平岡さんの部屋に、出入りしてた人はいませんか」

「いや、まったく。届けものも多くない方だったな。——消えちゃったってことはないでしょう。まあ、お母さんも大人だから、ばかなことをするわけもないし」

「大人だって馬鹿なことをする。大人が馬鹿なことをするからタチが悪いんだ」

「借金ですかね？」ラジオの音量を絞るみたいに小声になりながら尋ねた。

「そう思う理由があるんですか」

「いやいや。とんでもない。あんたが言うからさ」

管理人はあわててノートを閉ざした。

私は、エレヴェータで三階に上がり、借り受けた鍵で三〇一のドアを開けた。

持ってきた木綿の手袋をして、まず居間と台所の引き出しを片端から開けていった。

ほんとうに几帳面な女だった。書き物机の引き出しには文房具しか入っていなかったし、台所の引き出しには食器しか入っていなかった。

ひととおり当たると、肝心なことがひとつ判った。この家には家計簿や電話帳、それにスケジュール表の類が一切置かれていないのだ。

誰かが持ち去ったと考えることも出来た。そう考える方が自然だった。

一冊だけ出てきた電話帳は表紙がミフィーちゃんで、名前が全部、平仮名で書かれていた。ごちゃごちゃと不揃いで、やたらと書き直した跡があった。余白には、目の中に星がいっぱいある少年やエプロンドレスを着て猫の耳を持った少女のマンガが描かれていた。子供時代に海鈴が使っていたものだろう。

もちろん家中ひっくり返して調べたわけではない。押し入れは、少し開けただけですぐさまあきらめた。押し入れというより、ジグゾーパズルかレゴブロックの類だった。荷物はすべて大小さまざまな箱に入れられ、その箱が指一本の隙間もなくびっしり詰め込まれている。ひとつを引き出したら、すべてが崩れ落ちてきそうだった。それ以前に、どこかを壊さなければ、何一つ取り出せそうになかった。多分、取り出す手順はひとつきりしかない。

この手の押し入れは初めてではなかった。やはり独り暮しの老女の部屋で勝るとも劣らない押し入れを経験したことがあった。その経験によれば、箱の中身はリボンや紐や包装紙、端布、さらには折り畳んだ空き箱だ。

玄関先の下駄箱の下につくられた棚を開けた。思ったとおり、そこには古雑誌がロープで束ね、積まれていた。しかし、新聞はなかった。

台所にもどり、次は寝室へ入って、あちこちを開けた。何のことはない、古新聞は、トイレの手洗いの下に造られた隠し戸にきっちり積み重ねられていた。

この家の主に育てられたのが十数年だったことを、私は象のように吠え鷲のように羽ばたくヴァイオリニストのために喜んだ。長く一緒にいたら、折り目正しい教則本通りの演奏しか出来なかったかもしれない。

積まれた新聞の一番てっぺんは、七月十八日の夕刊だった。

寝る前に、その日の新聞をここへしまうのを習慣にしていたのだろう。

私はソファまで行って、ガラステーブルの隅に置かれた新聞を開いた。新聞は七月二十日の朝刊から二十一日の夕刊まで、三部揃っていた。二十一日の夕方までは、部屋にいたということだ。むろん、それが誰かは分からない。

十九日の新聞だけが、どこにもなかった。

何かが気になった。それが何か、どうしても思いつかず、私は立ったままテーブルの雑誌をめくった。雑誌はズームとニューズウィークだけではなかった。もう一冊は新聞系の週刊誌で、ひどい折り癖がついていた。開くと、見出しが目に飛び込んだ。

『神奈川警察がひた隠す、凍死〝事故〟の奇々怪々』

しかし記事の眼目は、水死人と誤認された凍死者のことではなく、やりもしない法医解剖で年に数億の金を儲けている監察医から、県警幹部に金が還流しているというスキャンダルをあぶり出すことにあった。チャンが、まだ身元不明者だったころに書かれたもののようだ。

私は雑誌を置き、寝室へ行って夏掛けをめくった。小さな山ができていて、このあいだの夜から気になっていた。

丸めて脱ぎ捨てられた女物のパジャマが出てきた。それだけが、何故かこの部屋の住人の気配を感じさせた。

枕元の小卓には小さなランプと灰皿が置いてあった。小卓はそれでいっぱいだった。灰皿に吸殻はなかったが、灰で汚れていた。乱暴に煙草をもみ消した跡もあった。

下の段にコードレス電話の子機が置いてあった。それを取り上げ、リダイアル・ボタンを押してみた。リダイアルは五つまで記録できた。すべて消されていた。ためしに、居間に戻って親機でも同じことをした。この機械からも発信記録は消されていた。

また何かが気になった。この部屋には何かが足りない。

私はワードローブを開けた。洋服はそれほど多くなかった。ポケットはどれも、みごとに空だった。糸屑ひとつ入っていなかった。

服の足許に箪笥が並んでいた。大きな方はセーターや下着などがきっちり詰め込まれていた。小さな方は赤い李朝箪笥だった。あちこち傷んでいたが、それだけがこの部屋で唯一値打ちのある家具だった。中は、アロハシャツやその他の洋裁の材料が詰まっていた。上段の開きにはミシンがしまってあった。

下の段の小引き出しでニッサンのマークがついた車の鍵を見つけた。短いリボンで小さな奇妙な形の鍵と結ばれ、一見してスペアキーのようだった。

私はそれを持って外へ出た。


エレヴェータは一階止まりで、ロビーに駐車場へ降りる階段は無かった。マンション脇の小径を巡っていくと、地下駐車場へ出入りするスロープがあった。アルミパイプを編んでこしらえたグリルシャッターがタイル張りのゲートを塞いでいた。

鍵はかかっていなかった。私は巻き上げウィンチのハンドルを回した。

「おい。あんた！　ここへ来た人かね」

背中に声が飛んだ。浅葱色のポロシャツを着た老人が仁王立ちになって私を睨んでいた。

「そちらこそ、どなたですか？」

「返事をしなさい！」分厚いレンズの眼鏡を指でずりあげ、怒鳴った。

「わたしゃ、二〇四の島崎っちゅうもんだ」

私は名乗り、平岡玲子の知り合いだと告げた。

「ああ。平岡さんか。それならいいんだ」額の皺がつるりと消え、目が穏やかになった。

「何かあったんですか？」

「いや。このところ、変なやつらが出入りしましてなあ。不用心な上、うるさくてかなわんのです。先月なんかあなた、アメリカ人が三、四人、白黒混じってプールで遊んどるんだよ。ありゃあ、間違いなく兵隊だ。まあ、住人の客は自由に使えることになっとるから、仕方ないんだが、——まったく」

「管理人は何してたんですか」

「ありゃ駄目だ。役にはたたんよ。碌に掃除もせんと、ぶらぶらしてるだけだ。先だってなんか、一階の空き部屋に明かりがついてるんだよ。気味が悪いじゃないか」

「不動産屋が内見でもしてたんじゃないですか」

「夜の夜中だよ、あんた」

「いつごろのことですか」

「そうだなあ。七月の半ばだったか。アメ公が騒いどったのは、七月後半だ。そりゃ間違いない。孫が来てたからね」

自治会で問題にしたいが、ここの住人は自治会なんかにとんと興味がない。その点、平岡さんはよくやってくれると、老人は言った。

「平岡さん、お元気ですか。近ごろ、お見かけしないけど」

私は旅行に出ていると答えた。ロンドンですかと聞かれ、曖昧に頷いた。

「ロンドンに行くって言ってましたか？」

「お嬢さんから誘われてるけど、飛行機がいやだってね。何でも昔、アメリカの輸送機でハワイへ行って、えらい目にあったそうです。娘時代の話ですよ」

私は驚いて、相手の顔を覗き込んだ。横須賀でそんな昔話をすれば、娘時代にどんな暮らしをしていたか告白するのと同じだった。

「いや。飾り気もなけりゃ驕りもない。本当に良い方です」

老人は笑って頭を下げた。歩きだすと、急に腰が曲がり背が低くなった。姿が見えなくなるのを待ってシャッターを開け、スロープを下った。

入口の印象に比べれば、中はいくらか広かった。両脇に並んだ二層のスライドリフトは、五台でひとつのケージになっていて、それが四つあった。ほぼ半分が車で埋まっていた。

探すまでもなかった。小さな国産車は他になかった。家庭用のメルセデスと安手のＢＭＷが全部で六、七台あった。国産車はレジャー用の四駆が多かった。

平岡玲子の赤いサニー・バンは、一番奥のケージの上段のパレットにちんまりと載っていた。

パレットはリボンで繋がれていた小さな鍵で動いた。

下まで降ろし、運転席を開けると、小さな靴跡が真っ先に目に留まった。よく掃除されたグレーのマットにそれは嫌でも目立った。泥汚れのようだったが、かすれてはっきりしなかった。

バッテリーは飛んでいなかった。足跡を踏みつけないように注意して、私は車を外に出した。

駐車場は暗く、両方のドアをいっぱいに開けられるほどスペースがなかった。

日の当たっている路肩に止め、車内を検めた。

助手席に財布とサマーカーディガンが乱暴に放り出されていた。

財布は女物だった。私は嫌な気分になった。渋々、助手席のシートの上に中身を掻きだした。紙幣は三万数千円。きれいに伸ばして重ねられたレシート。クレジットカードと運転免許は別のスリットに入っていた。どちらも平岡玲子のものだった。

バッグを持たず、取るものも取りあえず飛び出したのだろう。だったら、帰って来たときは、もっとあわてていたということになる。

カーディガンにはポケットが二つついていた。それを探ろうとして身を乗り出すと、助手席のシートとコンソールボックスの隙間に光るものが見えた。

手を差し込み、引きずり出した。銀色の携帯電話だった。黒い革のスリングがついていた。電源を入れたが、電池が飛んでいた。私はハンカチでくるみ、上着の内ポケットにしまった。

カーディガンのポケットには、新聞チラシを切ってこしらえたメモ用紙が一枚、入っていた。『チャンさん』と、そこにはあった。

自分の心臓の音がこめかみで聞こえた。

『カプット、16号線、パンやの奥』

頭に火花が散った。突然、平岡玲子の七月十九日と私の七月十九日が繋がり、ショートした。

彼女の十九日はこの車で出かけ、貧乏くさい男と会い、砂漠迷彩に塗られたワゴンRに乗り、銀行で五十万円下ろし、大慌てで戻ってきた気忙しい一日だった。私の十九日は、甲子園で長嶋のチームがサヨナラ負けし、ビリーがふいに現れ、空の彼方へ消えた一日だった。

そのふたつは『チャン』と『カプット』という名でしっかり結びついていた。

22

私は車を路肩に残し、玄関へ引き返した。

太陽はまだ高いところにあって、マンションの影を軒の低い家々の上に黒く刻みこんでいた。表通りを行く車の音が遠く聞こえた。

管理人室に人影はなかった。見ると、カウンターに『巡回中』というプラスチックの札が立っていた。

私は身を乗り出し、奥を覗いた。卓袱台の上には、またあの印刷物の束が乗せられていた。目を細めると、『住民の快適生活を守る為のアンケート用紙在中』という字が読めた。管理会社から各部屋へ送られたダイレクトメールのようだった。

エレヴェータホールの奥に短い廊下があり、その先に中庭が覗けていた。

突き当たりのガラスドアを開き、化粧タイルを敷きつめたプールサイドへ歩いた。腎臓の形をしたプールはカイヅカイブキの生け垣で外から目隠しされていた。部屋のヴェランダは残らず海を向いていて、こちら側は裏手にあたっていた。それでも真夜中、ここで酔っぱらいに騒がれたら、上の階の住人はたまったものではない。

そのとき、生け垣の向こうで犬が吠えた。重なるように誰かが呻いた。

「ンだよッ！　わけ分かんねえよ。こらッ」

物音がした。犬の悲鳴が尾を引いた。次の瞬間、何かが空から降ってきた。大きな音がして水柱が上がった。飛沫がプールサイドをびしょ濡れにした。

生け垣を飛び越えてきたのは犬だった。水面が静まると、そいつはプールサイド目指し、短い手足を必死にばたつかせた。

水から上がろうとして二度しくじった。三度目にやっと這い上がった。

あまり素性のよろしくないブルテリアで、黒とグレーのブチがあった。舌を出してがたがた震え、さかんに息を吐きだした。

「おいで、ガガーリン」と、呼びかけたが、プールサイドを動く気配はなかった。名前が気に入らなかったのだろう。

私はロビーを通って表通りに出た。マンションを巡っていくと、桑田佳祐のバラードが、一昔前のパチンコ屋のBGMみたいに聞こえた。音がワッと大きくなり、低音が腹に響いた。

私が停めたサニーの脇をすり抜けて来たのは、GMのピックアップトラックだった。燃料タンクが横に張り出していたのですぐに分かった。車体は目も眩みそうな黄色に塗られていた。メッキ部品もぴかぴかに光っていた。

擦れ違いざま、運転席の男が私を睨んだ。窓はブロンズコーティングされ、顔だちは判らなかった。

サニーを通り越し、さらに歩いた。そこにあのカイヅカイブキの生け垣があった。思ったよりずっと背が高かった。人ひとりの力で、あの犬を投げ込むのはとても無理だった。しかし、ピックアップの荷台からならわけはない。

マンションの裏手は住宅地になっていた。二階建ての木造アパートが多かった。一戸建ての民家も、似たような造りだった。住宅にしか見えない建物に、暖簾がさがっていた。新聞配達所になっている家もあった。ちいさな工務店では、排水管や便器のサンプルが積まれた軒先で鶏が地面をついばんでいた。人影はどこにもなかった。

振り向くと、バス通りにずらりと並んだマンションは刑務所の塀のようだった。それがここと海を遮っていた。

生け垣の端で音がした。下枝を揺らしてプールから姿を現したガガーリンが、金網の隙間をくぐり抜けてきた。

「あら」という声が、背後に涼しく聞こえた。

痩せて背の高い女が両手に買い物袋をぶら下げ、こちらを見ていた。

ガガーリンが彼女の足許に、とぼとぼ歩みよった。

「あなたの犬ですか」私は尋ねた。

「何かあったんでしょうか。ご迷惑、おかけしました?」

女は三十代後半で、どこか疲れた印象があった。唇が薄く、眩しそうに細めた目をしていた。それが常に笑っているように見えた。

「さっき、そこのプールに弾道飛行したんですよ」

女の顔がさっと曇った。その場にしゃがみこんで、犬を撫でた。

「本当。びしょ濡れじゃないの。ひどい目にあったのね」

足許に血が落ちていた。ほんの少しだが、赤くてらてらと光った。私は思わず覗き込んだ。

「どうかしました？」女が驚いて後じさった。彼女はミュールを履いていた。踵が少し汚れていたが、どこからも血は流れていなかった。

路上の血は、しかしまだ乾いていなかった。

「いやだわ、誰の血かしら」

「その犬は気性は荒いほうですか」

「まさか。そんなことありません。だいたい愛玩犬ですからね、これ」

「ここが発射地点だったんですよ。誰かが放り投げたんです」

「まあ」と、驚いて伸ばした女の手をすり抜け、犬はのっそり歩きだし、サニーの下に潜り込んでしまった。

「それ、平岡さんの車じゃないんですか？」と、女が尋ねた。

「お知り合いですか」

「あら、気がきかなくて。わたし、浮田と申しますの。家がすぐそこなんですよ」

「二村です。二村永爾」と、私は言った。

「娘さんに頼まれて、車のエンジンをかけにきたんです。バッテリーがあがらないようにね」

「娘さんて。――じゃあ、音楽関係の方ね」

「音楽じゃないが、まあ、文化関係です。役所の方から回されてきたんですよ」

「あら、そうですか」と、首を傾げた。

「このところ、ずっとお見かけしなくて。心配してたもんだから」

私は返事をためらった。彼女は車の前に回り込み、そこにしゃがんで犬を探しはじめた。

「あら、嫌だ。もういない」

「平岡さんとはおつきあい長いんですか」

「そこで、父がお店をやってるんですよ」

指さす方向に暖簾が見えた。『割烹料理』という提灯も軒にさがっていた。

ガガーリンが店の方角からひょっこり姿を現し、彼女に短く吠えた。

「素人の手料理みたいなもんです」彼女は言って、犬に笑いかけた。

「父は漁師だったんです。いろいろとあって、陸《おか》に上がったの。平岡さんには本当、よくご利用いただいて」

「仕出しもなさっているんですか」

「いいえ。いらっしゃって下さるんです。たまには夕御飯、賑やかに食べたいって」

彼女は襟元に手を上げ、目を細めた。顔だちが、ますますにこやかになった。

「たまにお嬢さんがいらっしゃると、お刺身の大盛りお持ち帰りになるんですよ。ついこの間も、お見えになって」

「いつごろ？」

「先々月――いえ、六月だったわ。買い物帰りに寄られて」

「おかしいな。彼女は先週帰って来たばかりですよ。その前はずっとロンドンだったはずだ」

「じゃ、違ったのかしら。お刺身取りに見えられたんで、てっきりお嬢さんかと。――そう言えば、お酒だの肉だのえらさら持ってらしたわ。大勢お見えになったのかしらね」

「六月の何日か分かりますか」

「さあ。売り上げの帳面を見れば日にちが分かるけど、――大事なことなんですか」

「いや。大したことじゃない。ちょっと気になったんです。個人的にね」

犬がまた吠えた。彼女もそれに答えた。

「お店の常連に、黄色い小型トラックに乗ってる人っていませんか?」

彼女は立ち止まり、こちらに振り返った。

「いえ。でもその車、このところよく見るわ。ぴかぴかの黄色でしょう」

短く別れを告げ、彼女が暖簾が下がった軒の奥に消えてしまってからも、しばらくのあいだ、ガガーリンは道路で私を見ていた。

彼女は浮田としか名乗らなかった。日本人はなかなかフルネームを名乗らないとビリーが言ったことを、私は思い出した。ガガーリンの本名も、彼女はついに教えてくれなかった。

公園の土手の向こうで、漁師の声が聞こえた。船を、ウィンチで引き揚げているようだった。

私はサニーのエンジンをかけ、地下駐車場に戻すため、ゆっくりバックさせた。

23

横横道路の横須賀インターチェンジで、私は汐入に向かうバイパスに乗り換えた。ランプウエイを町へ下っていくと、夕日が後ろからバックミラーを金色に染めた。

米軍基地前の信号をUターンして、パン屋の前まで引き返し、路肩に停めて様子をうかがった。路地の奥は意外なほど変わりがなかった。看板もネオンも健在で、閉店の張り紙ひとつ出ていなかった。

『カプット、16号線、パンやの奥』あのメモを、平岡玲子はいつ書いたのだろう。七月の十九日だったのか。それとも、私とビリーにとって何の意味も持たない日だったのか。

ためしにドアノブを回した。もちろん、鍵がかかっていた。私はノックをした。間抜けな話だ。返事などあるわけもなかった。

最初の夜、ビリーが腰掛けていた段ボール箱の山は、だいぶ片づいていた。その下に、『KAPUTT』と書かれた大きなゴミバケツが見えた。私は蓋を開け、中をのぞいた。少しだが、生ゴミがあった。梨の芯とバナナの皮はまだ腐っていなかった。

電気のメーターを軒下に見つけた。電気は電力会社の手でもう停められていた。

誰かが私を「よお、あんた」と呼んだのは、そのときだった。

「ちょっとさ。ここ塞ぐと困るんだよ。うちの勝手口も奥にあるんだから」

パン屋の親爺が路地のとっつきに仁王立ちになり、こっちを睨んでいた。

「ああ、あんたか。前にも会ったね。警察なんでしょう?」

「ここによく停めるやつがいるんですか?」

「そう。事件からこっちは、大分減ったがね」

どんな車か尋ねても、いろいろという返事だった。少なくとも、砂漠迷彩のワゴンRと赤いサニー・バンは見たことがない。

「車停めるやつは減ったんだけど、ときどき、人の気配がするのよ。誰か出入りして悪さしてんじゃないかと思ってさ」

「この建物、どこが管理してるかご存じですか」

「さあ。土地は横浜の方の不動産屋が持ってるらしいよ。——警察はビニールシート張って引っかきまわしてさ、そのままだよ。なんとかなんないもんかねえ」

私は車を数メートル先の路肩に動かし、ドブ板通りへ歩いた。由の店は準備中で、彼女はまだ来ていなかった。

カウンターでグラスを洗いながら、オリンピック中継を見ていた女の子が電話をかけてくれた。

最近はいつもこんな調子だと、女の子が肩をすくめた。

自宅も携帯電話も繋がらなかった。

「ママ、超ラブラブだから」

由が「ママ」と呼ばれるのは、何度聞いても居心地が悪かった。私は早々に店を出た。歩いているうちに夜と雨がいっぺんにやって来た。行く手で、舗石が黒々と光りはじめた。ドブ板通りから国道十六号に戻ると、不思議なことに西の空にはまだ日が残っていた。

翌日になっても雨は止まなかった。

おかげで一日中、仕事があった。どうした加減か、書庫の床に雨水が染みだして、資料を入れた段ボール箱を濡らしはじめた。

移す場所は、廊下と階段しかなかった。二階の部屋は鍵がかかっており、所管が違うので使えないと、県庁から来た職員が言った。

段ボール箱は天井の近くまで積まれていた。それを運び出すと、廊下と階段の踊り場は、幅が半分になった。窓も埋もれ、すっかり薄暗くなった。

全部運び出したときは、午後四時に近かった。なぜか、二人とも逃げずに手伝った。むしろ、楽しんでいるように見えた。

おかげで、電話をしようにもなかなかチャンスがなかった。イアーソン商会は今さら急がないが、友田とは行き違いが続いた。こちらからかけると留守、彼がかけなおしてきたときは私の手が空いていないという具合だった。

海鈴の携帯電話は繋がらず、留守番電話にもなっていなかった。昼飯時に外の公衆電話から東京のホテルにかけた。彼女は昨日、チェックアウトしたという返事だった。

四時過ぎに、びしょ濡れの床がすっかり剝き出しになった書庫で、雨垂れの音を聞きながら、私は、また別の相手に電話をかけた。

さいわい筧《かけい》は、市大医学部の彼の教室にいた。七月、横浜のテラス・パークレーンで発見された刺殺体の検死をしただろうと尋ねると、彼は笑った。

「もう何も言って来ないのかと思ってたよ」

それから声をひそめ、法医学者には守秘義務があるが、長いつきあいの知人と飯を食うのは誰にも止められないと言った。「まして、奢りとあれば、口も軽くなるさ」

待ち合わせの場所を決めて電話を切った。次にすることを考えていると、電話が鳴った。

いきなり携帯電話を買えと、友田が喚いた。

「いいかげんにしろよ。贈賄にならないなら、一台くれてやりたいよ」

「写真があるんだ」と、私は言った。

「楊のスナップだ。他にも何人か、一緒に写ってる。何も聞かずに、写っているのが誰か調べてくれないか」

「虫のいい話だな」

「全員を特定できたら、どこでどうして手に入れたか話す」

「親父を思い出すな。算数で百点とったら自転車を買ってやるって言ったんだ」

「買ってもらったのか」

「プラモデルでごまかされた。九十八点だったんだ」

友田はバイク便を取りにいかせると言った。

「一時間半後、アパートの方によこしてくれ」と頼み、私は早めに事務所を出て、部屋へ写真を取りに戻った。関内のキンコーズで、一人ずつ上半身だけ切り抜いたデジタルコピーをつくった。友田が見せて歩く誰彼に、余計なことを知られたくなかった。

コピーが出来上がるのを待つあいだ、近くの本屋をひやかした。雑誌を買って代金を支払っていると、レジの後ろに海鈴の顔を見つけた。県民ホールで今夜、開催されるコンサートのポスターだった。チケット完売の断り書きが上に貼られていた。

部屋に帰り、シャワーを浴びてシャツを替えた。時間通りやってきたバイク便の若者に写真のコピーを手渡し、クリーニングから戻ったばかりのスーツを着て部屋を出た。

日暮れに雨足は弱まった。霧のように音もなく、雨は夜気に混じった。私は傘をささず、中華街まで歩いた。花園橋を渡り、延平門を潜った。

その店は、関帝廟通りから、さらに裏手に入った路地にぽつんと建っていた。周りは安アパートと小さな住宅ばかりだった。

覓はすでに着いていて、中国たくわんを肴にビールを飲んでいた。

「八月に、別の事件で君んとこの若いのに会ったんだ。ほら、みんなが小僧って呼んでるでっかい男」と言って、箸を振った。

そう言う覓も体が大きく頑丈だった。そのくせ童顔で、古めかしい黒縁のロイド眼鏡がなかったら中学相撲の横綱に見えた。

「あいつが言ってたぜ。二村さんは生贄にされたってさ」

「どういう意味だ？」

「一罰百戒さ。このところ、県警は不祥事続きだからな、組織からはみ出すものは、徹底的にやられるってところを見せたんだろう」

「それは逆だ。組織組織って押さえつけるから、やる気を失くす。現場の捜査員から裁量権をどんどん取り上げれば、検挙率が下がるのはあたりまえさ」

「俺が言ったんじゃないのよ。あいつが言うんだ。——心配してたぜ」

「彼に心配されるいわれはない」

そこへ豚足の煮物がやってきた。彼は箸で器用に骨を外し、またビールを飲み始めた。

「たしかに、どうにかしているよ。上も下も、最近は役所のダラ幹だ。——良い例があれさ。ほら、君が横須賀で扱ってた凍死体。あれを最初に触った木頭先生、メディアに袋叩きにされてたけど、ただの水死で終わらせてくれって、それとなく頼んできたのは横須賀署の方なんだぜ。背中の皮膚が服ごとひん剝かれてる水死人なんかどこにあるんだ」

「監察医の木頭は、それを商売にしてたんだ」

「それはそうさ。クライアントの意向だからな。一体に幾らって金を貰ってるんだ。たとえ数万円でも、ちりも積もれば山となるさ。彼はこのあいだ脱税で検察に挙げられちゃったけどさ。検察ってところがミソだ。警察にやれるわけがない」

私は頷き、テレビでシンクロナイズドスイミングを見ていた女将を呼んで、牛尾の煮物と老酒のお代わりを頼んだ。

筧は私を上目づかいに見て、また豚足に目と箸を落とした。口許が笑っていた。

「横須賀の昔気質の刑事が横槍を入れて、うちの教室に回されて来たろう。君の同僚が、あのときなんて言ってたか知ってるか。所轄の耄碌爺が余計な仕事を増やしやがったって、俺にグチるのさ。それが、あんたがいた組織の実体だよ」

「横槍を入れたのは昔気質の刑事じゃない。昔刑事だった被害者対策係だ」

「そうか」彼は不思議そうに首をひねった。

「しかし、おかしいなあ。冷凍倉庫に閉じ込められたのに、あの死体、脱出しようとした痕跡がないんだよ。普通、手足に傷か痣が残るんだ。だいたい、凍死しかかったら普通は体を丸める。背中をべったり床に着けて寝たりしない」

「それは、どういう意味だ？」

「たとえばの話よ。肝臓を殴って気絶させるだろう。いや、何らかの薬で眠らせてもさ、一度凍らせて解凍して四日もたってしまえば、痕跡はもう見つからないよ。それだけは言える」

食べ物と酒がきた。筧がビールの追加と豚足麵をたのんだ。

「殺しだったって言うのか？」

「さあな。CT撮影もしないし薬物スクリーニングも普通は行わない。そんな現場で、何が分かるよ？　おまけに、解凍されて四日もたってたんだ」

やってきたビールを飲み、グラスで私を促した。「さあ。言えよ。何が聞きたいのさ」

「テラス・パークレーンの駐車場で見つかった死体のことだ」と、私は言った。

「あの女は君が開いたんだろう」

「こんなこと、聞いていいかな。――そのために警察、辞めなかったの？　つまり、友達の容疑を晴らすために」

「ぼくはあの夜、酒を飲んで車を運転した。捜一を外されたのは、そのためだ。このことには、文句のつけようがない。しかし、説明のつかないことが残っている。ぼくは自分で自分に説明をつけたいだけさ。彼が人を殺したかどうかは、別の問題だ」

筧は手を休め、大きく息を吐きだした。

「どっちにしろ、今の警察には、あんた居所ないよなあ」

具と麺が別々に運ばれてきた。筧は、箸を一本ずつ両手に持ち、豚足を解体しはじめた。

「よく飽きないな」と、私は尋ねた。

「味が違うんだ。こっちは醬油で煮てある」

彼は箸を右手に持ち替え、豚足のゼラチンと一緒に麵をすすった。

「あの仏さま、死因は見た目とおりよ。刃物でひと刺し。よほどの手練か、すごい偶然か、胸骨の下から骨に触らず滑り込んで肝臓をザクッとやってる。それで即、心停止さ」

豚足を持ち上げ、踵の部分をかじった。「よく煮込んでないと、ここは食えないんだ」

年齢はどのくらいか、私は尋ねた。新聞には中年女性としか書かれていなかった。課長に見せられた写真では、そう若くないという以外分からなかった。

三十代から四十代だろうと筧は答えた。

「確かか？　七十過ぎと言う可能性はないか」

「どうして、そう思うんだ」

「七十過ぎの女性がひとり姿を消している。彼女とあの事件を繫ぐメモをみつけたんだ」

彼は箸を止め、こちらを見た。

「年齢は個体差が大きいからな。でも、六十以上ってことはあり得ない。それからあの女にはＢＣＧ痕がなかった。九分九厘日本人じゃないよ」

私は頷いた。よほど落胆して見えたのだろう。彼は慰めるように言い足した。

「あの仏さん、頭に爆弾抱えてたのよ。弾丸か砲弾の破片じゃないかな。右耳の上に古い切開手術の痕があったんで、レントゲン取ったの。死因とは関係ないと思ったけど、なんか興味ひかれちゃってさ。開いたら出てきた。あれだけ際どい所だと、摘出できなかったんだろうね」

筧は豚足を手で取り、隅までしゃぶった。麺の方はスープまできれいになくなっていた。

「じゃあ、障害があったんだな」

「それはないだろう。脳の中に異物があったからって、何事もなく生きて行けることもある。額に矢が刺さっても生きてた武将の話、聞いたことあるだろう」

彼は骨を放り出し、深々と息を吐いた。腹をさすったが、その後になって私が残した牛尾をひとかけ箸で取り、かじりながら言った。

「ただ、あの仏様、相当な頭痛持ちだった可能性はある。脳幹に近かったから、あのままだと、永くなかったかもしれないね」

「死にかけてたのか」

「手術しなければ。――でも、あの破片、生きてる状態で摘出するのは相当の技がいるよね。デヴィッド・カッパーフィールドみたいな大技が」

筧は愉快そうに笑った。彼がディケンズの主人公のことを言っているのでないと気づくのに、少し時間がかかった。

24

路地から関帝廟通りへ出たところで寛と別れ、私は花屋でオリエンタルリリーを買った。観光客はこのあたりにも湧きだし、店をひやかして歩いていた。ほとんどの店がガラガラなのに道だけが混んでいた。

私は空いた路地を選んで中華街を横切り、公園通りへ出て、まだ青々と繁った銀杏並木の下を歩いた。山下公園の向こうから波止場の風がやってきた。雨は決して冷たくなかった。

県民ホールのコンサートは、ちょうどアンコールの最中だった。海鈴の友人だと言って案内を頼み、待つ間に長い拍手と短いソナタを一曲聴いた。

彼女は黒いシルクのステージ衣装に厚手のカーディガンを羽織って、楽屋で待っていた。花束を渡すと、その花と同じくらい華やかに微笑んだ。

「すごい。今夜いちばんのお花だわ」

「ただの小道具です。受付を突破するためのね」

彼女はもっと笑った。私は無断で訪れたことを詫びた。

「時間はとらせません。聞きたいことがあったんです」

「ちょっと付き合ってくださる。そうしたら、時間はいくらもあるわ」

海鈴は返事を待たず、私の花束とヴァイオリンケースだけ持って楽屋を出た。

ホールの搬入口に、事務所の人間がミニバンを着けて待っていた。海鈴はひとりひとりに紹介したが、彼らは見事なほど私を無視した。

車は裏通りを数百メートル走って止まった。ホテル・ニューグランドの通用口だった。私たちだけが降ろされ、二人で中庭を横切った。

部屋で着替える海鈴を、私は旧館二階の荘重なロビーで待った。電気は半分ほど消され、天井が倍も高く見えた。無愛想な新館が出来てから、ここはほとんど人気がなかった。

海鈴はすっかり化粧を落とし、生乾きの髪を頭の上へ乱暴に丸めて、階段を降りてきた。白いチャイナカラーのシャツに革のブルゾンを着ていた。

読書テーブルの脇まで来ると、私に封筒を差し出した。開けずに札だと分かった。十万円ほどあった。

「この間、すっかり忘れてました。ジッピって言うんでしょう。使ってください」

「これは受け取れない」と、私は言った。

「法律に違反する。調査費は、県から充分もらっています」

「そうなの？　神奈川県て素敵ね。私の今日の出演料も半分、払ってくれたようよ」

彼女は楽しげに笑い、封筒をかざした。「じゃあ、これでご馳走してもらうわ。たらふく食べましょう」

私が笑うと、軽く睨んだ。

「おかしい？　私、たらふくって言葉が好きなのよ」

私たちは広い石の階段を正面玄関に下り、来た道をたどって裏通りへ出た。中華街へ抜けようとしたが、海鈴はこのところ中華料理を食べ過ぎていると言った。

行く手に、カーリンヘンホーフの看板が細かな雨に黄色くにじんでいた。二人とも傘を持っていなかった。しかたなし、私はそこへ誘った。

仕切り壁で分けられた食堂はもう灯を落としていた。老バーテンダーが私のことを思い出し、カウンターで良ければ食事を出そうと言ってくれた。

海鈴はいくつも料理を注文した。私はもう食べてしまったと断ったが、聞こうとしなかった。

「珍しいじゃんか。あれ、飲むのかい？」と、老婦人が尋ねた。

私は首を横に振って、スカッチをロックで頼んだ。

海鈴はシャンパンを注文した。グラス売りなんかないと言って老婦人は肩をすくめた。

「だいたい、あるかどうかも分からないよ。何年前かね、そんなもの出したのは」

「何でも良いわ。あるものをちょうだい」と、海鈴は微笑み、私に向き直った。

「二村さん。私、下のお名前をまだ知らないわ。何て読むか判らなかったの」

私はまた、ビリーが言ったことを思い出した。そこで名乗った。

「永爾です。永遠の永に莞爾の爾。にっこり笑うって意味ですよ」

「ごめんなさい。漢字は苦手なのよ」

私の酒が来た。シャンパンはなかなか来なかった。私たちは乾杯をしそこなった。

「部屋を当たらせてもらった。車のスペアキーが出てきました」

「それで？　何かあったの」

彼女は、カウンターの上で私の手にそっと触れた。

「車の中に携帯電話が落ちていたんです。残っているデータを調べていいですか」

「もちろんよ。そんなことでわざわざ?」

私は首を横に振った。「ソファに新聞が乗ってたでしょう。あれは、あなたが最初に入ったときから、ああだった?」

「いいえ。たしか、床に置いてあったんだと思う。私が乗せたの。母、ああいうの大嫌いだったから」

十八日の夕刊は、玲子が自分で片付けた。その後、二十一日の夕刊配達時刻までは誰かがいた。しかしそれは玲子ではないと、私は思った。

「お母さんのベッドを直したでしょう」

「ええ」彼女はびっくりして声を上げた。

「でも、何で?」

「普通ならパジャマを脱ぎ捨てて出掛けるような人じゃない」

「そうね。あなたがお見えになるんで、私がベッドメイクしたの」

「煙草はどうですか。いつも喫ってた?」

「いいえ。店をやめてから禁煙していたはずよ」

「部屋のなかに灰皿はひとつしかない。灰皿は汚れていたが、吸殻はなかった」

「すごいわ。二村さん。本当の刑事みたい」

海鈴はゆっくり確かに笑った。また手が触れた。今度はきつく私の手を握った。「で、それがどうかしたの？」

光る目が見つめていた。今度も私は返事をしなかった。二十日から二十一日まで、あの部屋にいた誰かは、部屋を片付け、自分がいた痕跡を残さないよう注意した。電話の発信履歴も消して行った。誰かには、その必要があったということだ。しかし残念なことに、駐車場のサニーにまでは気がつかなかった。

海鈴が口を開きかけたとき、太ったコックが盆を二つ、両手にかかげてやってきた。料理の皿は四つあった。温かく酢のきいたポテトサラダ。オニオングラタンスープ。象の耳のような仔牛のカツ。止めはピザの具を乗せてオーヴンにかけたスパゲティだ。

彼女はポテトを小皿に取り分け、私に勧めると、残りをひとりで交互に食べはじめた。

そのころになって、やっとシャンパンがきた。テタンジェの安いやつだった。

「ちょっくら、あの世まで取りにいってきたんだよ」と、老バーテンダーは言って、音を立てずに栓を開けた。

私たちは乾杯した。海鈴は喉を鳴らし、胸を押さえて口を開いた。

「コンサートってマラソン選手と同じ。体をぎりぎりまで絞って、エネルギーを使い切るの。終わると、お腹すくのよ」

それが快感だと言って、残ったカツを切りはじめた。付け合わせの生野菜はもうなかった。シャンパンを生ビールのように飲み、彼女はすべての皿をきれいにした。

私は思わず拍手した。海鈴はくすくす笑った。

「お母さんの最近の写真があったら、お借りしたいんですが」と、私は言った。

彼女はリュックサックを開いて例のシステム手帳を取り出し、スリットから写真を出した。母娘がお揃いの水玉模様のワンピースを着て写っていた。平岡玲子はまだ五十かそこらで、パーマをかけ、化粧も濃いめだった。十にも満たない娘が、彼女の足許で控えめに笑っていた。ズームのグラビアを見ていなければ、海鈴だとは気づかなかったろう。

「こんなものしか持っていないの。写真はあるけど、みんなロンドンに置いてあるわ」

「お母さんは持っていないかな？」

「どこかにアルバムが、——ほら、母は冬眠するリスみたいに何でもしまい込んじゃうから」

私は頷いた。彼女も頷いた。

「写真はもともと嫌いだったのよ。アルバムだって、私のばっかり」

ああ、そうだと言って、彼女は私に顔を向けた。「あの缶の中に何枚か入ってたわ。ほら、通帳なんか入れてるクッキーの缶よ」

不思議そうに私を見た。彼女は黙っていた。なぜ今ごろと訊かれたら、答えようがなかった。私は自殺の可能性だけを洗っていた。それが消えれば、仕事は終わりだと思っていた。事故、事件の可能性は、佐藤がすでに警察情報をチェックしたはずだった。事件の疑いが出てきても、今の私に彼以上のことは出来ない。

どちらにしろ、写真を持ってこの人を知りませんかと尋ねて歩くのは現実的ではない。とどのつまり、私は平岡玲子を捜してはいなかった。興味さえ持っていなかった。——少なくとも、昨日彼女のカーディガンのポケットから、あのメモが出てくるまでは。

「あきれたでしょう？」と、私は言った。「とんだ役立たずだ」

彼女は頭を振った。髪をまとめたビロードのリボンが激しく揺れた。

「そんなことないわ。私、相談する人いないから。母と佐藤さんをのぞいたら、日本で電話かける先なんて一一〇と一一九ぐらいしかないもの」

老バーテンダーがやってきて、シャンパンを注いだ。見ると彼女のグラスは空になっていた。本当の役立たずだ。

「母、何か隠してたのよ」と、海鈴が言った。火照ってた頬に手の甲を当て、酒棚の後ろに張られた鏡の中で私を見つめた。

「最近のことじゃないの。ずっと前から。子供のころは、きっと本当の両親のことを知ってて隠してるんだって思ってた。ちっちゃかったけど、遠慮はあったのね。それが、どうしても聞けなかったの」

鏡の中、彼女はシャンパングラスに話しかけた。「このあいだの夜、長井のおうちにひとりでいたら、それ思ったの。もしかすると、もっと別のもの隠してたのかもしれないって。心配事を、ひとりでずっと抱えてたんじゃないならいいんだけど」

彼女はグラスを空にした。私はクーラーバケツからシャンパンを取り上げた。もうほとんど残っていなかった。老バーテンダーが遠くから私に肩をすくめて見せた。

「マラソン選手なんだ。水分の補給が欠かせない」私は彼女に言った。

「あの酔っぱらい、どうしちゃったのさ。ドン・シモンのジュース入れてやったのに、来やしないんだから」

「どこかで酔い潰れてるんだろう」

「あれ飲むかい?」

氷しか残っていない私のグラスを持ち上げ、尋ねた。飲めと言われたような気がした。

私は頭を振り、前と同じものをもう一杯頼んだ。

「あれって何のこと?」と、海鈴が訊いた。

「甘いカクテルだ。ある男に、ここでそれを飲んでくれと頼まれたんです。自家用機のパイロットでね、どこかに飛んで行ったまま帰って来ない。飲んでしまうと、二度と帰って来ないような気がする」

「そういうインスピレーションは大切にした方がいいわ。あなたのじゃなくて、空の上から降ってきたものだから」

海鈴は言って、自分のグラスに頷いた。

「君はキリスト教徒?」

「いいえ。多分ブッディストね。家に仏壇があったもの」

「どっちの?」思わず尋ねた。

「ヴェトナム。――変でしょう? そこだけ、はっきりしてるの。生まれた家には、仏壇だけ置いてある広い部屋があったわ」

頬にはますます赤みがさした。目はうっとり細められていた。シャンパングラスは空だった。

私は勘定を頼んだ。

私が財布を出すのを、海鈴は払いのけた。封筒の札で支払い、お釣りはいらないと言って立ち上がった。

老バーテンダーは礼を言わなかった。びっくりして、言い忘れたのだろう。

　私たちは来た道を引き返した。

　霧のような雨はまだ降っていた。プラスチックの看板やガラス窓やステンレスの手摺りが、汗をかいたみたいに濡れていた。夜があちこちでぼんやりと光り、遠くで瞬いた。

「どういう経緯で、平岡さんがお母さんに選ばれたんだろう」

「あんな貧乏なのにね」海鈴は言って自分で笑った。

「子供が欲しかったんだって母は言ってた。息子さんを失くしたのよ。それは知ってる?」

　私は頷いた。外国の戦災孤児を養子に迎えるには、資格審査もあるだろう。どこかの団体が介在したなら、そこに登録していたことになる。年収のハードル以上に、家族構成のハードルは高いはずだ。彼女は一度も結婚していない。未婚のまま子供を育ててきた。そのことがプラスに評価されるわけはない。

　海鈴が私の腕を取った。二の腕に体温を感じた。

「ぽつんぽつんと覚えてるって言ったでしょ」と、囁くように言った。

「足の長い、すてきな紳士に手を引かれて船に乗ったの。真っ白な客船よ。デッキにプールがついているの」

「どこから乗って、どこへ着いたか覚えてる?」

「知らない。真っ白い船長の服を着て、船長の帽子をかぶってたわ。その人に手を引かれて急な坂を上ったの。すごく暑かった。汗をかいたらハンカチをくれたわ」

「そのハンカチは今もある?」

「ないわ。母は最初からなかったって。母に言わせると、私はヴァイオリンケースしか持たずにやって来たそうよ。それが背丈より大きく見えたって」彼女はおかしそうにくすくす笑った。「母のところに連れてきたのは、日本人の修道女ですって。でも、私は信じてるの。コンサートに、花屋が始められるくらいお花を贈ってくれる人がいるのよ。必ずバラが五百本」

「毎回、欠かさずに?」

「いいえ。毎回ってことはないけど。結構、ここぞっていうとき。ミスタ・ハーフミレナリって、私が勝手につけた名前だけど。いつも千本の半分だから。——日本のアニメなら、彼がその船長ってところね。でも、そういうストーリーもいいじゃない」

彼女は笑顔を引っ込め、私の手をぎゅっと握った。ふいに温かいものがそばを離れた。手を引き、ホテル・ニューグランドの中庭へ入っていった。

赤い布庇の下から、バーの窓明かりが中庭の敷石を輝かせていた。窓の中に忙しく立ち働くバーマンの姿が見えた。

「あそこでもう少し、いかが?」と、彼女が言った。

「やめておく」私は握った手を引き戻した。

「ここには昔、美味いマティニが飲める素晴らしいバーがあった。無能な役人とバカな不動産屋がそれを潰してしまったんだ」

「どうしてそんなことになったの」

「土地が横浜市のものだったのさ」

「じゃあ。お酒を部屋に届けさせるの。それで妥協しない?」

その言葉に驚いて、向き直ろうとした。海鈴が手を引き返し、その方向にたたらを踏んだ。私の口を柔らかなものが塞いだ。彼女の唇は冷たく濡れていた。顔を離すと、頰が光っていた。光らせたのは、雨ではなかった。

唇が離れると、両手が私の上着の打合せをつかみ、頭を胸に押し当てた。洗いたての髪からいい匂いがした。

ふいに私の腕の中で肩が震えだし、小さな背中で嗚が鳴いた。

「ごめんなさい」

しばらくすると、彼女は言った。「ときどきこうなるの。人がさよならを言いそうになると。ことに夜だと。ばかみたいね」

「そんなことはない。今夜は雨も降ってる」

彼女は私の胸を額で小突いた。

「そうじゃないの。そうじゃないのよ」

「この間、三度目の正直って言ったね。——本当のご両親と別れたとき、何があったの」

「分からないわ。あまり覚えてないの。ただ、誰かにちょっとさよならを言うだけで、もう二度と会えないような気がするの。もちろん、誰にでもってわけじゃないわ」

彼女はもう泣いてはいなかった。私は体を離し、顎に手を当て、今度は自分から顔を近づけた。海鈴の唇は熱かった。

25

ホテルを出ると、もう雨は止んでいた。私は公園沿いに銀杏並木の下を歩いた。港のはるか彼方に朝の兆しがあった。

シルクセンターのあたりで歩くのをやめ、やってきたタクシーを拾った。

部屋に戻ってシャワーを浴びた。ドアの外で新聞配達の足音が聞こえた。外はもう明るかった。土曜と日曜、図書館準備室は休みだった。異動になって初めて、そのことを喜んだ。これまでは、週末がどこか手持ち無沙汰だった。

新聞にひととおり目を通し、灯を消すと、留守番電話にメッセージがあったことに気づいた。

「俺だけどもよ」と、ヤマトの声が言った。まるで目の前にいるみたいな口ぶりだった。

「面倒でしかたねえでないの。仕事が仕事なんだから、ええかげん携帯持ってくれねえと、こっちが迷惑だあな」

ヤマトは何度か、事務所に電話をしていた様子だった。さんざ携帯電話の効能を説いたあと、「ミスター504」の携帯番号が分かったと告げた。料金先払いがモットーだが長いつきあいだ、信用取引で教えてやる。ヤマトは長々と前置きした。電話番号を繰り返し告げている最中に、ブザーで録音が途切れた。

十時には目が覚めた。カーテンを閉めるのを忘れて眠ったせいだった。太陽の光が、瞼から忍び込んで頭を揺すっていた。窓へ立っていくのを惜しんだために、結局、十一時には起きることになった。

冷蔵庫には何もなかった。コーヒーを沸かし、流しの下で見つけた丹後のオイルサーディンに醬油をかけ、トーストの上に乗せて食べた。

それから服を着て、長者町の近くまで歩いた。電話会社のショールームに、携帯電話が並んでいた。旧型だと、加入料合わせて三千円しないものもあった。充電器が、赤いサニーから拾ってきた携帯電話にも使える機種を選んで、私は契約した。

部屋へ戻り、例の携帯電話を充電した。待つあいだに電話をいくつかかけた。

クリス・アッカーマンの携帯電話は留守電になっていた。私は自分の携帯電話の番号を告げ、コールバックしてくれるよう頼んだ。

ヤマトも友田も電話に出なかった。私は携帯電話の番号を留守電に残した。

午後になっていた。海鈴の携帯にも電話をかけた。彼女は自分の声で留守電の案内を吹き込んでいた。英語で同じ内容を繰り返した。きれいな発音だった。

電池をいっぱいにする必要はなかった。十五分ほど充電したところで、私は平岡玲子の携帯に電源を入れた。電話帳は空だった。

試しに発信してみたが、すでに解約されていた。

通話履歴は、わずかだが残っていた。それにしても発信、受信、合わせて七件、番号にして四種類だった。本来、数十件ずつ記録されるフォルダがほとんど使われていなかった。

その中に海鈴の携帯番号はなかった。手帳を開いて見比べたが、安斎良子も中里寿美子も岸村孝史も、番号は残されていなかった。横浜の番号がひとつ、横須賀の番号がひとつ、他のふたつは０９０から始まっていた。

電話を持っている知り合いが極端に少なかったのか、それとも敢えて電話番号を登録せず、通話履歴をまめに消していたかだ。どっちにしろ、理由がある。

私は記録された番号へ上から順にかけてみた。

横須賀の番号は「現在使われていないか誤った電話番号」だと言われた。横浜は「お客様の都合でおつなぎできません」ということだった。

携帯電話はどちらもすでに解約されていた。不思議な話だ。四つしかない通話記録が四つとも、すでに使われていない。

私は横須賀の佐藤に電話をかけた。彼は家にいた。まともな公務員は誰も、土曜日に働いたりしないのだ。

「電話番号照会を頼みます」と、私は言った。

「おいおい。俺は現役離れて、もう何年もたつんだぜ」

「ぼくの方は、現役から外されたんです。頼む相手がいない」

佐藤は、口ごもった。「そりゃあ、頼んで頼めないもんじゃないが。盗聴の法律が通ったおかげで、電話がらみは逆にうるさくなってるんだ」

私は無視して四つの電話番号を二度ずつ読み上げた。

「平岡さんの携帯に残ってた通話相手の番号です」

「彼女は携帯を置いて出てるのか？」

「財布と免許証も残ってました」

佐藤は突然、黙った。電話の向こうから気配が消えてしまったみたいだった。いきなり、溜め息の音がした。私と同じことを考えたのだろう。

「今、思い出したんだが、彼女もそれ、俺に頼んだよ。六月だったな。いや、七月になってたか。突然、電話してきたんだ。——むろん、断った。俺は民間《シャバ》の人と持ちつ持たれつはしねえようにしてきたんだ。いくら玲ちゃんでも、そりゃできねえ」

「彼女は何と言ったんですか」

「別に。ちょっとがっかりしてたがな。俺の性分は分かってるから——」

「その番号、分かりますか」

二ヵ月も前のことで覚えていない、控えもとらなかったと佐藤は言った。

電話を切った後、拾ってきた携帯電話の通信履歴をもう一度開いた。着信記録は、重複した番号も全部残しておく。三つある記録はどれも同じ携帯電話の番号で、六月十八日、十九日にかけられていた。

発信履歴は同じ日に集中していた。六月十七日だった。私は奇妙な気持ちになった。それから彼女が姿をくらますまで一ヵ月以上、この携帯電話は一切使われなかったのだろうか。

六月の十七日が昨日に変わってすぐ、私はカプットの前に車を停め、露地の奥でおかしなパイロットに出会った。彼は閉まっていた店を開け、食べ物と酒を奢ってくれた。

そして翌月の十九日、彼は女の死体を残し、飛行機で飛びたった。

私はひどく混乱していた。卓上で私の携帯電話が鳴ったとき、玲子の電話器を思わず耳に当ててしまうほどに。

「アッカーマンだ」と、甲高い声が英語で言った。

「クリス・アッカーマン。用事は何だ」

「二村です。電話をありがとう」

「それは分かっている。百回も聞いた。君は何者だ？」

私はほんの一秒、考えた。結局、以前用意したとおり自己紹介した。

「神奈川県警外国人犯罪特捜班の捜査員です。お耳にいれたいことがある」

「何のことか、――心当たりがないね」声がわずかに怯んだ。

「損になる話じゃない。率直に言って、お互い個人的に利益が得られるはずだ。わかりますか？　そちらの地下駐車場で事件があった。ぼくはその担当だったんです。こっちもリスクを冒している」

沈黙があった。意外に長かった。

「十五分あげよう。すぐに来られるか」

もちろんと、私は答えた。

「事務所は困る。近くにワシントンホテルがあるのを知っているな？　二階にあるラウンジでどうだ」

私は一ドル紙幣と、ビリーが残していった写真を持って部屋を出た。

そのまま車で横須賀へ向かうつもりだった。約束はしていなかったが、行けばヤマトに会えるだろう。もし会えなくても、長井のマンションで平岡玲子の写真を手に入れられる。ガガーリンの飼い主から、刺身の盛り合わせを売った日を聞き出せるかもしれない。どっちにしろ、何かひとつぐらい目的を果たすことができる。

ワシントンホテルのラウンジはウレタン加工された羽目板に覆われ、大きな窓から大通り公園が見渡せた。木々の緑の合間に覆工シートでこしらえたホームレスの青い段ボール小屋が点在していた。

店内は一時はやったキャビン風というやつだった。客船など乗ったこともない者が空想するクルージングのすべてが揃っていて、昔はどこにでもあったものだが、今では横浜と神戸にしか残っていない。

アッカーマンは、窓際の広い席をひとりで陣取り、私を待っていた。ランチタイムはまだ終わっていなかったが、客は多くなかった。

約束したヘラルド・トリビューンをひろげていなくても、すぐに彼だと分かった。

彼は、あの写真に楊雲史とともに写っていた若い方の海軍将校だった。

私はしばらく彼を見おろし、座るのを忘れていた。楊のような人物が本当のことを言うとは思っていなかったが、こうまであっけらかんと嘘をつくとは予想していなかった。

楊はテラス・パークレーンも、そこで起こったことも、よく知らないし一切関係がないと言ったのだ。

「二村か？」と、見上げた目が一円玉のように無表情だった。

「座れよ。時間が惜しい」

私は腰を下ろし、警察図書館準備室の名刺を渡した。

アッカーマンは裏側の英文に目を走らせ、額に皺を寄せた。

「表に出せないセクションなんだ。擬装だよ」と、私は言った。

彼は頷き、カルティエの財布から自分の名刺を取り出した。

「イアーソーンと読む。ギリシャ神話で金の羊を探しに行った英雄だ」

「ブルックス・ブラザーズの創業者と何か関係があるのか？」

端正な顔に初めて表情が浮かんだ。彼は目を細め、薄い唇をバネのように動かして笑った。

「それで？ 用事は何なんだ」

「ビリーを知っているな。ウィリアム・ルウ・ボニーだ」

「そんな男は知らないな」

「ギラーミと言えば分かるのか。ギリェルモ・ロウ・カノウ」

彼は鼻を鳴らして胸を反り返した。どうやらカノウで当りだったようだ。

「なるほど。親しい仲らしい。それなら言おう。彼は死んだよ」

私は彼を睨んだ。そこへボーイがやってきた。目を移さず、コーヒーを頼んだ。アッカーマンはマティニのオン・ザ・ロックスを飲んでいた。

「言いたいことは判る。うちのセクションは楊を内偵している。まだ、あんたと楊の関係は掴んでいない」

「しかし、君は知っている。——どうしたら忘れてくれるんだって聞けばいいのか？」

「ビリーには貸しがある。やつがヘマをする前に、それを取り戻したいんだ」

「もうヘマをした。しかしそれより先に君がヘマをしたんだ。貸しをつくったことだ。みんなが彼に貸しがある。貸す方がバカなんだ。今となってはもう取り返せない」

「飛行機の残骸と黒こげの死体がひとつ見つかっただけだ。台湾当局は、DNA鑑定なんかしていない」

「だから？」

「ビリーと連絡がとりたい。あんたならできるだろう」

「タイムアウトだ」

私は腕時計を見た。「まだ十分しかたっていない」

「愚か者には一秒だって割く時間はない」

アッカーマンは眉をひそめ、指をぴんと立てて見せた。

「出口はあっちだ」

「ビリーと騙って楊の荷物を横取りしたろう。楊はもう知っているぞ」

表情が止まった。私の球は良いコースをついたのだろうか。しかし彼はぱっと顔を明らめ、体を揺すりながら笑いだした。

「だったら、なぜ私がここでこうして空気を吸っていられるんだ。知恵のないブラフはやめた方がいい。あんな商品サンプル、楊にとってはもともと大した損失じゃない」

「だったら、なぜ楊はビリーを探しているんだ。それも血眼になって」

「名誉のためじゃないのか。飛行機でいついつまでに運ぶと約束したものが、その飛行機に載っていなかったとなれば、彼の信用は著しく損なわれる。金より面子さ。彼は中国人だ」

言い終わるとボーイを呼んで、精算を頼んだ。

「ハッピーアワーは終わりだ」

「あの夜、ぼくはテラス・パークレーンにいたんだ」私は最後の球を投げた。

「ビリーがあんたの事務所から、商品サンプルってやつを三箱も持ち出した夜だ」

アッカーマンは眉ひとつ動かさず、「それが？」と尋ねた。

「死体が入ってたトランクを入れたら四箱だ。そのうち三箱は運ぶのを手伝った」

やっと私を見た。口の端を曲げ、そこをかすかに動かして、

「知らんな。私はそのころ日本にいなかった」と、彼は言った。

「もしそれが本当なら、ミスタ・ボニーは私の事務所の鍵を勝手にコピーしたんだ。今年になってから、私はほとんど日本にいなかった。どうしても警察署で会いたいというなら、手続きをとりたまえ」

口を閉ざし、肩をすくめた。それで終わりだった。彼はもうバッターボックスを外してしまった。呼び戻そうにも、私にはもう投げる球はなかった。

ボーイがコーヒーと請求書を運んできた。私はそれを取り上げ、立ち上がった。

「ミスタ・フタムラ」アッカーマンが呼び止めた。

「ビリーの事故は残念だ。私も彼が嫌いではなかった。だから、もうひとつ教えよう。彼は、積み荷をくすねるために愛機を墜とすような男ではない。あの積み荷は見つかった。昨日のこ

とだ。飛行機の残骸から七キロも離れた場所に散乱していたそうだ」

私はびっくりして、彼を見おろした。荷物が見つかったことではなく、彼がそれを知っていたこと、自分から口にしたことが意外だった。

「こんなに時間がたって？」

「あのあたりは三千メートル級の山が一ダース以上連らなっている。今回も大学の探険部の連中が偶然見つけたそうだ」

「それは知らなかった。台湾に詳しいんだな。警察が知ったら興味を持つだろう」

「君は彼にどんな貸しがある。金か？」

一瞬、言葉につまった。何を訊かれたか分からなかった。ビリーに貸しがあるなどと、なぜ言ったのだろう。確かに知恵のないブラフだった。

やっと、貸したものをひとつ思い出した。私は息を吐き、口を開いた。

「酒だよ。飲む約束をしていたんだ」

26

高速道路のランプウェイは、ホテルからすぐだった。私は車を横須賀へ走らせた。

空に雲はなく、どこまでも高く青かった。窓を閉めきった車内はやわらかな日差しにあふれ、私は海鈴のことを思い出した。

しばらくすると、他府県ナンバーの大型トラックが増えてきて、走ることに熱中した。日野ICの先は、渋滞していた。トラックに取り囲まれたまま止まってしまった。

アッカーマンは、なぜ私に会ったのだろう。

自分でも言った通り、彼は損得のからまない相手には一分たりとも時間を割くような人物ではなかった。その男が、自分から私へコールバックしてきた。そしてビリーとのつきあいも、楊との関係もあっさり認めた。誰かから、私の名を耳にしていたに違いない。

ビリーは最後まで私が警官だということを知らなかった。楊はあの件で私が刑事部をクビになったことまで調べ上げていた。そしてアッカーマンは、私が告げたでたらめな肩書に何ひとつ文句をつけなかった。そこがどうにもちぐはぐだ。

車列がふいに流れだした。私はトラックを振り切ろうと、思い切りエンジンを回した。追い越し車線へ出ると、一台の車が数台後ろから同じように飛び出してきた。後続車とぶつかりそうになってふらついた。クラクションが高鳴った。銀メタのカムリだ。走り屋というふうでもない。大柄な運転手がミラーにのぞけた。銀色の髪と、分厚いいかり肩が気になった。

　アッカーマンと別れ、ラウンジから一階へ降りたとき、玄関ドアの内側に大柄な白人が立っていた。唐突に動きだし、玄関を出て大通り公園を横切って行った。同じ男だという証拠はなかった。しかし気になった理由は同じだった。

　私は路肩側へ車線を替え、速度を落とした。カムリは追い越そうとしなかった。助手席には日に焼けた小柄な東洋人が座っていた。そのコンビネーションが、馬堀海岸で私とビリーを襲った二人組を思わせた。カスター将軍とその従卒だ。

　朝比奈を過ぎると、目立って車が少なくなった。銀メタのカムリはまだ後ろにいた。横須賀ICでバイパスに乗らず、県道へ降りた。カムリがついてきた。

　バス通りを伝って汐入の駅前へ抜け、だめ押しに左折してJRの横須賀駅へ走った。どう考えても、尾行はカムリ一台だった。そこらの探偵社でも二台以上張り付ける。

　思わず唸り声をあげそうになった。相手は拳銃を持った素人なのだろうか。

　駅前広場で行き止まりだった。私は海上自衛隊の基地に続いている小径に車を乗り入れた。バイパスの高架脚に沿って走っていくと、途中に無人の露天駐車場があった。

　かまわずそこに車を止め、歩いて引き返した。銀メタのカムリは、ドライヴウェイの途中に立ち往生していた。駐車場の入口を通り過ぎれば、そこはもう自衛隊基地だった。手前に停まった宅配便の小型トラックでは、運転手が海を見ながら弁当を食べていた。Uターンして引き返すには、宅配便を追い立てるか、駐車場に入るしか方法がなかった。

私は、車内の二人を見つめたまま近づいた。大きな銀髪はTシャツの上にどこかのイベントで配るようなウィンドブレイカーを着ていた。東洋系は真っ黒に日灼けして、安手のスーツに柄物のポロシャツという出で立ちだった。

MPや基地警察にしては、やり方がなっていなかった。それに今時、彼らはフェンスの外側で拳銃をぶっぱなしたりしない。

目線が切れても、相手は動かなかった。すれ違いざま、後ろのドアを開けた。ロックはかかっていなかった。日本人は車を自宅のように考えて、いつもロックをかける。欧米人は大事故に備えて、すぐに脱出できるよう普段はロックをかけない。

私はドアを大きく開け放し、片足を外へ出して後部シートに腰掛けた。右手を上着の下に突っ込み、ベルトに挟んで拳をつくった。アッカーマンなら、知恵のないブラフだと言ったろう。

大きな白人は、両手をハンドルの上に広げて天井を仰いだ。

東洋系の男はゆっくりこちらに向き直り、手品師が万国旗を取り出すように笑ってみせ、

「タイスンだ。ベンジャミン・タイスン」と、名乗った。手は差し出さなかった。

「彼はアージェイ・オーワダ」

そう聞いて見直せば、銀髪の大男はロシア人の相撲取り程度に日本風の顔だちだった。

「それで？　ハワイの出身か」

「アイオワだよ。ボスがハワイだ」と、ミスタ・オーワダは言った。

「ふたりともアメリカ人だな」

「そっちこそ、どこの誰なんだ」

「ジョナサン・エリザベス・クヒオ・ジュニア。君のボスと同じ、海の神《カネロア》と一緒に島にやってきた者の子孫だ」

小柄なハワイ人《ロコ》が口をひん曲げ、私を睨んだ。

「蛸を食う民族が何を言うんだ。カネロアは蛸の格好をしてるんだぞ」

「喧嘩をしにきたんじゃない。ぼくに用があるんだろう」

「喧嘩をする気がないなら、手を外に出してくれ。おたがい、目立っちゃ不味いだろう」

たしかに、食事を終えた宅配便の運転手がこちらを気にしていた。私は両手を出し、足を折ってドアを閉めた。ほとんど同時にカムリがバックし始めた。

駅前広場で止まらず、オーワダはそのまま町の方へ走り続けた。

「どこへいくかって聞かないんだな?」と、タイスンが訊いた。

「コーヒーが飲めるところがいいね」

「ホームでいいか?」

「もっとパブリックなところがいいね」

「ホームはパブリックだぜ」言うと、二人でおかしそうに笑った。

ショッピングモールの前を通った。ヤマトの店はシャッターを下ろしていた。

十六号線を少し走り、信号でいきなり左に曲がった。右手の窓を巨大な錨が流れ去った。気づいたときは横須賀基地の正面ゲートが目の前にあった。

オーワダが、日本人のセキュリティーガードにホルダーに挟んだカードを翳して見せた。ブレーキをかけることはなかった。奥のブースにいた海兵隊員は、タイスンの顔を見るなり敬礼を送ってきた。

「有名人らしいな。タイスン大尉」と、私は言った。

「准尉だ。たまたま顔見知りだというだけさ。彼の前の任地はパールハーバーだったんだ」

入ってすぐのあたりは左右に背の低い建物が並び、緑が深く、正面には小高い丘がそびえて、軍事基地というより外国の大学キャンパスのようだった。車はその丘の裾を左回りに巡っていった。やがて左手に桟橋が見えた。海は上屋と艦船にすっかり隠されていた。

倉庫や工場の間を抜けていくと、また緑が濃くなった。木々に見え隠れする芝生の斜面に小体な住宅が並んでいた。決して豪壮なものではなく、ありきたりなアメリカの郊外住宅だった。一軒の前で車を止めた。アプローチの敷石は伸び放題の芝生に埋もれていた。スプリンクラーは錆びてうなだれていた。白く塗られた玄関ポーチには埃がいっぱいだった。

タイスンがドアを開けて招いた。中は洞穴のように暗く、九月も終わりだというのに汗が引いていく音が聞こえるほどエアコンが効いていた。

いきなり、後ろから右手首と襟首をつかまれた。腕をねじ上げ、体を壁に押しつけられた。オーワダの動きは的確で素早かった。

タイスンが私の体を服の上から検めた。拳銃がないと分かると、二人はさっと私から離れ、電気を点けた。今度は逆に、目眩がするほど明るくなった。

「何を心配しているんだ。ぼくはイスラム教徒じゃないぜ」

私は言ったが、彼らは応えなかった。

居間の家具は白い布で覆われたままだった。隣の広い食堂ではテーブルに二台のコンピュータが置かれ、電気と電話のケーブルが床を乱雑に這い回っていた。厨房を仕切ったカウンターの上にはジャンクフードやテレビディナーのアルミ容器しかなかった。

窓という窓は鎧戸に閉ざされ、カーテンが引かれていた。

オーワダは片隅で大きな顔をしている給水機から水を汲み、コーヒーを淹れ始めた。

私は食堂テーブルの前に行った。ヘッドセットが一台のコンピュータから延びていた。

「ハワイの太平洋艦隊司令部と繋がっているのか？」

「それは、どことだって繋がってるよ。電話だからな」

タイスンはとぼけてソファに座り、椅子を私に勧めた。

「すまんが煙草は我慢してくれ、家主からうるさく言われているんだ」

「ここに二人で寝泊まりしているのか？」

「おいおい。聞くのはこっちが先だぞ」

「海軍犯罪捜査部《ニソウ》は、そんなに人手が足らないのか。それともよほどの秘密任務なのか」

「何を言ってるんだ」

「准尉が私服を着てフェンスの外を勝手に動き回ってる。それにこの部屋だ。特務以外ありえないじゃないか。NISO《ニソウ》は、下士官でも提督を逮捕できるって聞いたぜ」

「ウィリアム・ボニーを知っているな」と、彼は私を遮った。「彼は今、どこにいるんだ」

「空の上じゃないのか」

「そんなに燃料がもつものか。――無駄話はやめよう。質問にはすぐ答えた方がいい。われわれの仕事は軍の内部に限られる、君をどうこうしようというんじゃないんだ。日本の警察に突き出す気もない。日本でどんな違法行為が行われていようと、知ったことじゃない。しかし、今いるここは日本ではない。分かるか？」

「カスター将軍の仇を討つ気はないというんだな」

タイスンは顔を歪め、私の言葉を手で払いのけた。

オーワダが紙コップに入れたコーヒーを持って来た。

「すごいね。本当のアメリカンコーヒーだ」一口飲んで私は言った。

「ここはシアトルじゃない」と、オーワダが言った。

「はっきりさせておこう。われわれが追ってきたのは君じゃない。君のあの車だ。分かるか？　あの車は七月十九日の深夜、横田で記録されている」タイスンが私の顔をのぞきこんだ。

私は返事をためらった。なるほど商店街だって監視ビデオを備える時代だ。アメリカ軍の基地に無いと思う方がどうかしている。

「だったら、ぼくが誰か判ってるんだな」

「ハワイの王子様だろう」

オーワダが背後で言った。彼は私の後ろに食堂椅子を引きずって来るところだった。

タイスンはにこりともせず頭を横に振った。

「日本の警察に照会することも出来た。しかし、それはわれわれの任務じゃない。たとえどのようなことでも、この件に関して、われわれが日本と協調することはない」

「あの夜、ぶっ放した手前もあるしな」

「空母に乗っていたのか？」
「君に教える必要はない」

「われわれは軍人なんだ。拳銃を携帯していったのは間違いだった」

「君らはアッカーマンとビリーが一緒に仕事をしていたことは知ってるんだろう」

「もちろんだ。一九七二年から一年近く、彼らはサイゴンの同じセクションに勤務していた」

私はその誤解をあえて聞き流し、こう尋ねた。「空母に乗っていたのか？」

「君に教える必要はない」

「彼らは今も仕事をしている。だから、あそこで見張ってたんだろう。そして、ぼくの車を見つけた」

タイスンは答えなかった。私を睨んで、逆に聞き返した。「あの夜、車に何を載せた？」

「グローブトロッターの鞄を三つ」

タイスンが目を瞠った。背後では息をのむ音が聞こえた。よほど意外だった様子だ。

「荷物の上げ下ろしは、まったく手伝っていない。ぼくは車から降りていないんだ」

「見返りは？」

「何もない。ぼくは彼の友人だ。夜中に車で送って、見返りなんか要求しない」

「それがジンギってやつか」

タイスンが言い、オーワダが喉で笑った。

「あれはもともと君たちの荷物だったのか？」私は聞き返した。

「ノーコメントだ」

「どっちにしろ、ビリーは死んだよ」と、私は言った。

「今日の今日まで生きているんじゃないかと思っていたが、ついさっき、あの夜の積み荷が台湾の山奥で見つかったと聞かされた。ビリーが積み荷を横取りしたんじゃないなら、飛行機を墜落させて死んだふりをする必要はないだろう。違うか？」

「本当か？」

タイスンが身を乗り出した。背後でオーワダが立ち上がり、大机の方に歩いた。コンピュータを立ち上げる音がした。

「根拠があるんだな？」

「アッカーマンから聞いた話だ。ああいう男は、利益にならない嘘はつかない」

タイスンが舌打ちをくれた。「いったい、ホノルルは何をやってるんだ！」

オーワダは大きな背中で私の目からディスプレイを隠し、さかんにマウスを動かした。慎重にデスクトップを空にしてから、タイスンに何やら耳うちした。図体とは裏腹に拳銃よりキーボードの方がずっと板についていた。

「台湾当局はまだ公表していないそうだ。アッカーマンは、いったいどこからネタを仕入れたんだろうな」と、タイスンが言った。

「楊からじゃないのか」私は場当たりに答えた。

「君たちは楊の荷物を押収したかったんだな。あの夜、拳銃を振り回したのもそのためか」

「質問するのは、こっちの権利だ」

「じゃあ、先に答えておく。楊は四、五日前、君らと同じことをした。ぼくを捕まえて脅迫したんだ。ぼくがビリーとつるんで荷物を横取りしたと思っているようだった」

「おい、よしてくれ」タイスンが両手を広げて横に振った。

「われわれは脅しちゃいない。同盟の強化を求めている。中国人にはジンギなんかないぞ」

「仁義は中国が原産地だ」

「アッカーマンとはどんな関係だ。あれこそ、ジンギとは一番遠い存在だろう」

「逆に聞きたいよ。今日、初めて会ったんだ。彼もヴェトナム戦争時代、艦載機のパイロットだったのか」

「パイロット！　戦闘機のか？」彼は声を上げた。眉をひそめ、顎をなでた。鼻が鳴った。

「彼は郵便機すら操縦できないはずだ。戦時中はCIDの班長だった。ビリーの上司だ」

「待ってくれ？　ビリーもパイロットの経験はないのか」私は驚いて尋ねた。

「あたりまえだ。彼は国籍欲しさの志願兵だぞ」

「CIDって言うのは？」

「ご同業だよ。連合軍の行政スタッフ。統合捜査部だ。統合っていうのは、アメリカ四軍と連合国軍を横断した組織って意味だ」

「ビリーはいつジェット・パイロットになったんだ？」

「除隊になってからだ。ヴェトナム従軍の報奨制度で航空学校へ優待入学したんだ。学資援助も受けたはずだ」

私は片手で頭を支えた。溜め息は何とか堪えた。

タイスンが食堂テーブルに立っていき、足許に置かれたファイルケースを引っかき回して、書類綴りを一束出した。ページを捲り、頷いた。

「一九七一年十二月の入隊だ。わが軍は一九七三年三月にヴェトナムから撤退している。わずか十六カ月で、どうやったらトップガンになって前線へ出撃できるんだ。——この記録では、戦争が終わって四年後にアラメダでライセンスを取得している」

「アラメダ」と、私は繰り返した。アラメダでぼくは生まれたと、ビリーは言ったはずだ。

髪の毛の中に汗が湧き出た。どこかで血が駆けめぐるのを頭痛のように感じた。あの撃墜王は戦闘機乗りなどではなかった。それどころか私と同業者だった。MPが交番ならNISOは本部の刑事部みたいなものだ。CIDというのは合同捜査本部みたいなものだったのだろう。

電話のベルが食堂に響きわたった。大昔の黒電話と同じ、けたたましい音だった。

オーワダが受話器を取り、二度、「アイアイサー」と、応じた。

「すぐに伝えます」

目顔で応じ、タイスンは私の前に立った。

「どうだ。君の本当の名前と住所を教えてくれないか。それから今日ここであったことは口外しないと誓ってくれ。そうしたら、今すぐにでも好きなところまで送り届ける」

「ノーコメント」私は言った。

彼は肩をすくめた。「仕方ない。財布と携帯電話を出してくれ」

私は動かなかった。相手も立ったまま動かなかった。

「腕力は使いたくないんだ。ことに極東では」

オーワダの手が、背後から私の肩を叩いた。身を引いて振り払い、私は立ち上がった。二人がさっと緊張した。

私はゆっくり財布と自分の携帯電話を出した。

タイスンは財布の中から運転免許を取り出して、オーワダに預けた。財布はそれ以上検めようともせず、返してよこした。

「彼らは、海軍から何を盗んだんだ？」と、私は尋ねた。

タイスンは鼻で笑った。的外れなことを言った様子だった。

「ヤクザの知ったことじゃない」

「ヤクザ？」私は驚いて尋ねた。「ヤクザを見たことがないのか」

「年中見てるよ。ハワイのゴルフ場には日本のヤクザがごろごろしている。君みたいなのは初めてだが」

今度は私の番だった。椅子に座り直し、私は気づかれないように鼻で笑った。

タイスンが出て行ってしまうと、オーワダは私の免許証を薄い小さなスキャナーにかけ、コンピュータに取り込んだ。

それが済むと、免許証は返してよこした。携帯電話は引き出しに入れてしまった。

「用が済んだらすぐ返す」と、下士官口調で言った。

タイスンが出て行くとき、ついでに接続ケーブルを取ってきてくださいと彼が頼んだことを思い出した。携帯電話の通話記録や登録番号をコンピュータに読み込もうというのだ。

オーワダは食堂椅子を私と玄関ドアの間に移動させ、すぐ立てるよう浅く腰掛けて座った。

「日本のヤクザは、そう簡単に拳銃を振り回したりしないんだぜ」と、私は言った。

返事はなかった。眉ひとつ動かさない。

「よほどの秘密任務なんだな。君らをわざわざハワイから送り込むんだから」

オーワダは口許を引き締め、肩を揺すった。返事はそれだけだった。

「君らはデスクワーク専門だろう。普段は艦隊司令部の掃除の行き届いたきれいな部屋で、秘書にかしずかれて仕事をしているんだ。だから、マニュアル通りのことしかできない。そして、こういうミスをする」

「ミスって、何だ」やっと口を開いた。

「君らはアッカーマンを内偵していたんだろう。しばらくぶりに日本に舞い戻ったからね。それでぼくの車を見つけた。下手な尾行だ。しかも日本のことをよく知らない。ぼくがヤクザだと思ったなんて、最大のミスだ」

「取引には乗らん。写真を出すなら別だ」

「写真？　どんな写真を探してるんだ」

大男の顔が、はっと強張った。出かかった言葉をぐっと飲み込み、目をそらし、軍隊式の沈黙に閉じこもってしまった。

「じゃあ、交換条件無しで頼む」と、私は言った。

「バスルームに行きたいんだ」

「お上品な御方だってことは、よく分かった。たしかに俺たちのミスだ」

オーワダは立ち上がった。拳銃は持っていないようだった。

私を先に立て、奥のドアを開けさせた。廊下の突き当たりに風呂場のドアがあった。

中は縦長に広く、入って右が二人分の洗面台、左がバスタブだった。突き当たりに小さな明かり取りの窓があり、その下がトイレになっていた。

ドアは内に開いた。オーワダはそこに背をもたれ、立ったままこちらを見ていた。

「戸を閉めてくれ」と、私は言った。「長くかかるんだ」

彼はしばらく考えた。それからやっと頷いた。

「もっともだ。あんたは虜囚じゃない、ゲストだからな。そんな窓から抜け出そうとするなよ。大佐用住宅の窓なんか割られたら、こっちの昇進に響く」

言うと、自分の札入れからクレジットカードを取り出し、内鍵のラッチと受け金の間に挟んでドアを閉めた。

「たとえ窓から出ても、ベースの外へは出られないぞ。判っているな」

時間はなかった。方法はふたつあったが、私は昔からある簡単な方を選んだ。

さいわい、新しく大きな石鹼があった。だらしなく開いたシャワーカーテンを閉ざし、石鹼を持って洗面台に上った。ドアは右、洗面台の方へ開いた。

膝立ちで窓に石鹼を投げた。久しぶりの二塁送球、見事に決まってガラスが割れた。

オーワダがドアを蹴り開けた。すぐには入って来なかった。しくじったかと覚悟した。次の瞬間、オーワダの手がシャワーカーテンを開いた。私はドアを裏から蹴った。

手応えはあった。相手は背中をどやされ、前につんのめった。またドアを蹴った。短い悲鳴が上がった。

洗面台から飛び下り、ドアの向こう側へ躍り込んだ。

最初の一撃で、どこかに顔をぶつけたようだった。唸り声をあげ、立ち上がろうとするのを蹴った。それでも体を起こし、拳を振ってきた。私の頬を捉えた。目の裏に電撃が走った。痛みを振りはらい、突進してくる気配に頭突きをくれた。カウンターで顎に入った。体を揺すり、廊下へ後退りして尻餅をついた。血だらけの顔を両手で抱え、丸くなった。もう動こうとはしなかった。

こちらも後ろへふらついた。頭がくらくらした。何とか前へ歩いた。大男を跨ぎ、居間に引き返した。ファイルケースの引き出しから携帯電話を取り戻そうとして、壁にかけられたコルクボードに初めて目が行った。そこには無数の写真やメモが貼られていた。その写真だけが、他より大きかった。海軍の高級将校を写したポートレートだった。それは、あの写真にドレスホワイトを着て写っていたアメリカ人だった。歳を重ね、顔には皺がきざまれ、頭はすっかり真っ白になっていた。略章も増え、肩章の星も増えていた。

隣にもう一枚、スナップ写真が貼られていた。背景はごく普通の事務所で、巨きなデスクの向こうに、同じ海軍将校が座っていた。隣には、アッカーマンがいた。彼は仕立てのいい背広を着てピンク色のワイシャツにエンジのネクタイを締めていた。

こちら側のソファに座っているのは、楊だった。

三人とも、目線がまったくカメラを意識していなかった。盗み撮りされたものだ。

他のメモを読んでいる暇はなかった。私はスナップ写真を引き剝がした。ポケットにねじ込みながら、外へ飛び出した。

27

庭を横切り、アスファルトの坂道を駆け下った。広い通りに出てから息を整えた。

しばらくすると、左手に丘が見えてきた。それを目安に歩いた。大きな建物が増え、人通りも多くなった。半分近くはヘルメットを被った日本人の作業員だった。ゲートに『艦船修理部』の文字が読めた。どの建物も古く、改修を重ねた跡がパッチ模様のように刻まれていた。

目の前に海が拓け、鉛色のフリゲート艦が現れた。対岸に汐入のショッピングモールが浮かんでいた。そこにだけ賑わいがあった。色とりどりの幟や小旗が揺れ、海辺のプロムナードには角砂糖のような屋台が並んでいた。人のざわめきも遠く聞こえた。

私は海に背を向け、道を辿った。やがてまた丘が見えてきた。目印になりそうな建物の前でヤマトに電話をかけた。留守電になっていた。買ってから一度として相手が出たためしがなかった。私は電話に言った。

「ヤハギからヤマトへ。機関部に被弾。メイデイ。メイデイ」

仕方なし、由の番号を押した。甘ったるい声が聞こえた。留守電か、生の声か、最初は分からなかった。

「ベースの中にいるんだ。引きずり込まれて出られなくなった――」

「あっあん」由が遮った。「横須賀《スカ》で女の水兵《フエム・ジャックター》に手え出しちゃだめじゃん。命失くすよ」

「そうじゃないんだ。仕事上のトラブルだよ。ここから出る方法はないか」

「そのまんま出てくればいいのよ。バイバイッて笑ってね。スマイル・イズ・プアマンズ・ライセンスよ」

「実は兵隊を殴って逃げてきたんだ。ゲートに手配が行っているかもしれない」

「うーん」と、由は唸った。考えることを楽しんでいた。

「そこ、どこ？」

「だからベースの中だ」

「ヨーリィだって、それくらい知ってるよ。そこのどこかって聞いてるの」

「目の前に平たい四角い建物がある。屋根に大きなアンテナが立っていて、入口に赤い鳥居が描いてある」

「歩いて、早く！　そこシークレットゾーンよ。第七艦隊のコミュニケーションヘッドクォータ」

私は急いで歩きだした。ペンキで塗りたくられた平たい建物には、確かに窓がなかった。

「少し行くと、右にメインゲート見えるよ。そうしたら、そこポコポコって通り過ぎて、ニミッツ大通りを真っ直ぐ行くの。すぐ公園みたいのがあって、海の向こう岸に戦艦三笠がチラッと見えるから」

「そこでどうするんだ」

「泳ぐのよ。すぐだよ。あのへん波ないし」

「バカ言わないでくれ」

「はあん。二村さん、泳ぐの嫌なんだ。じゃ、今夜おごりね。夕食」

「分かった。何でもご馳走する」

「公園みたいのの奥にフードコートあるから、そこの前でベンチ座って待ってて。何か食べてれば怪しくないから」

「外で座ってるのか?」

「それが一番よ。ベースの中、二万人も住んでるんだよ。日本人は五千人かな。いっぱい人がいるとこで、みんなと同じことしてるのがベストウエイよ。まさかウィークエンドに背広着てないでしょう。だったらばれないよ」

彼女は笑った。私は笑えなかった。私はコードレーンのスーツを着ていた。

「ア・フューミニッツね。迎え行ったげる」

なるべくゆっくり歩いた。木陰の下にバス停があった。コンクリートの待合所は青と赤に塗られ、行き先は逗子の米軍住宅だった。

道は丘の上に向かって上っていた。木立の中から司令部が現れた。かつて帝国海軍鎮守府だった建物がそのまま残され、星条旗をはためかせていた。

そこから見下ろすと、足許の通りの突き当たりがメインゲートだった。監視哨の向こうには国道十六号線を行き交う車も見えた。

基地警察のパトカーが前を横切った。ボディには日本語で『猛犬・注意』と書いてあった。

私は司令部を左に見て、丘を下った。海軍病院の脇を通り、さらに一キロ近く歩いた。目の前の海辺に公園が拓けたときは、もうすっかり汗をかいていた。

サッカーボールを持った子供たちとすれ違った。横浜F・マリノスのユニフォームを着た子供もいた。公園に、キャッチボールをしている子供は見当たらなかった。

ジャンクフードの見本市のような場所でブリトーとルートビアを買って、海辺の屋根つきベンチに座った。ブリトーはただ闇くもに大きいだけで美味くなかった。味も日本のコンビニと大差なかった。

日本人の少女が三人、大きなアメリカ兵を二人従え、前を通りすぎた。

「もう、ガニ股だよ。でけえんだもん、こいつの」と、ジャージを着た娘が言った。

「マジー？　いいなあ。こっちなんかチョー根性無し。ピピピで終わり」茶髪がぼやいた。

二人は顔を見合わせて笑った。もう一人は自分の頭より大きなハンバーガーを食べていた。

兵隊の片方が私の視線にはにかんで、会釈を返してきた。

西日が建物の影を長くしていき、やがて公園をふたつに割った。大通りをマスタング・マッハIがやってきたとき、東の空はすっかり青黒く陰っていた。

運転席にはコーンヘッドの青年が乗っていた。由が助手席から身を乗り出し、私を呼んだ。紹介されるまま、ビリー・スティムウェル君と握手を交わした。

「こんな車じゃ、逆に目立つだろう」と、私は言った。

「ノー・プロブレム」と、コーンヘッドのビリーは応じた。

「A・OKね」と、由は目くばせした。

たしかに言われた通り、何ひとつ問題はなかった。由が笑い、青年が「thank you」と手を振ると、車は監視哨を通り抜け、一秒後には日本国内を走っていた。

駅裏の駐車場で自分の車に乗り換え、来た道を引き返した。汐入駅を半周して、ホテルのパーキングランプに乗り入れたとき、携帯電話が鳴った。

私はランプウェイの手前で車を止めた。

「俺だけどもよ。いったいどこの海で戦争してるってえの」と、ヤマトが尋ねた。

「だいたいヤハギってえのは何だあね」

「アガノ級の軽巡洋艦じゃないか。ヤマトの護衛だぜ。レイテ海戦でアヴェンジャーにやられたんだ」

「半可通にも困ったもんだあね。あれが沈んだのは坊ノ沖だ。ヤマト様と心中したとは、ご存じあんめえ」

彼は自分から、横須賀にいるなら会おうと言った。私は由と待ち合わせた場所を教えて、電話を切った。

地下駐車場に車を置き、グローブボックスから例の写真を出し、ドブ板通りを歩いた。雑居ビルに建て替えている一角を過ぎると、約束のタコス屋があった。由はまだ来ていなかった。

舗道に出されたテーブルでコロナビールを飲みながら、私は待った。店は角地に建っていて、筋向かいのガードレールには白い年をとった犬が繋がれていた。寝そべったままぴくりとも動かず、私がビールを飲むのを目だけで観察しているようだった。

老犬につい話しかけそうになるころ、ヤマトが現れた。カンカン帽を被り、卵色の派手なジャケットを着ていたが、靴磨きの道具は持っていなかった。

「さて」と言って、向かいに腰掛けた。

私は今日の経緯を伝えた。結局、ビリーと会ったときまで遡らなければ話は済まなかった。海鈴と平岡玲子のことは省いた。理由があったわけではない。目の前で暮れていく秋の日に急かされただけだ。

「まあ、何とも乱暴な」と、しまいまで聞いてヤマトは言った。

「連中はちょっと脅そうとしたんでないの。それを、いきなり拳固にもの言わすなんてなあ。アメリカのコップじゃあんめえしよ」

「腹が立ったんだ。勝手に人の携帯電話からデータを読もうとするからだ」

そう言ってから、腹を立てたのは別のことにだったと気づいた。事実、私はまだそれに腹を立てていた。

「なあ、ヤマト。ヴェトナム戦争中、ペルー人の若者が志願して戦闘機のパイロットになるのは不可能だったか?」

「まず、いねえんでないの。戦闘機乗り育てんのは年月もかかる。いろいろ審査や資格がうるさいし、市民権欲しさに志願できるもんじゃないわ」

私は息を吐きだした。ビールではなく、あの大きなブリトーの匂いがした。

私は何を怒っていたのだろう。自分でも分からなくなっていた。

「平岡玲子って女を知らないか。〝れい〟って鉄板焼きの女将だ」

「ずっと以前、汐入の防空壕ハウスに入ってた店かいね? 名前ぐらいは知ってるよ。警官《マッポ》の溜まり場でよ。おまけにアメちゃんの行く飲み屋じゃなかったからなあ」

ヤマトは黙った。私は鼻から息を吐きだした。次の言葉にはぐれ、話題を変えた。

「あの連中は米海軍犯罪捜査部《ニソゥ》だと思うか？」

ヤマトは妙な唸り声をもらして頷いた。

「妙な話だな。日本にも横浜に出先機関があるはずだ。何でわざわざ、新手をハワイから送り込んだんだろう」と、私は言った。

「まったくだ。手前んとこの支店《ブランチ》も信用してねえとなると、こりゃ尋常じゃねえわなあ」

「楊が在日米軍の中に太い根を生やしているからじゃないのか。情報が筒抜けだからだ」

「どんなもんかいね。——荷物が台湾で見つかったって言ったとたん、兄ちゃんに興味を失くしたって言いなすったね？」

「ああ。ぼくのことなんか放り出して吹っ飛んで出ていった。多分、あの荷物を押さえれば任務を果たすことができる。荷物が決定的な証拠なのかもしれないな」

メニューを持って出てきた店員に、ヤマトがペリエを頼んだ。私は驚いて、彼の顔を覗き込んだ。皺に埋もれて、表情は読めなかった。

「こういうのはどうよ？ビリーはNISO《ニソゥ》に尻尾をつかまれた。それでもって、仕方ねえ、渋々寝返ったんだ。荷物を連中に渡すって約束した。そうはしたものの、土壇場で楊が怖くなって万事休す、荷物ごと姿をくらましたってえのは」

「それじゃ荷物が出てきたことの説明がつかない。ビリーが死んだふりを決め込んで逃げるため、飛行機を落としたって考えにも無理がある」

「じゃ、楊の野郎が裏切りに気づいてよ、飛行機を落っことしたってえのは？」

「だったら楊がぼくを呼び立てて、脅しをかけたことの説明がつかない。だいたいビリーひとりを黙らせるのに何億円もするビジネスジェットを落とすか？」

「おうおう。そらそうだがよ」ヤマトは揶揄するように何度も頷いた。

「何から何まで、起こったこと全部に理由があると思うのは、性格の悪い検事さまくらいのもんでねえの」

「たしかに。――あれがただの事故だったってこともあるさ。ビリーは逃げようとしていたが、事故であえなくその道を断たれた。しかし、そうなら何故、台湾に向かったんだ。楊から逃げるとしたら、行く先は太平洋の向こうだろう」

　ヤマトは腕組みして、何か食べているみたいに口を動かした。犬が大きなあくびをした。ペリエがやってきたが、ヤマトは手も触れなかった。

　私はポケットから、コルクボードに貼ってあった写真を出した。隅に黄色い付箋が危うく垂れ下がっていた。それを剝がして、ヤマトの前に置いた。

「この将校、誰か知っているか？」

「おやまあ。知ってるも何も、横須賀艦隊活動司令官《コムフリークツ》閣下でねえの。ジョゼフ・グリッデン。鉄条網を発明したやつと名前が同じだって自慢の野郎よ」ヤマトは顔をあげ、笑った。

「奴らの部屋に貼ってあった。一番目立つところにだ」

「やあ。この野郎なら、何でもするさ。こいつは司令官付の兵隊に靴磨かせるって噂さあね。本物の悪党だ。この可哀相な年寄りの仕事、邪魔しやがって」

「艦隊活動司令官って何をするんだ？　艦隊勤務なのか」

「いんやあ。陸《おか》の上の河童じゃねえがよ、海っぺりの狸ってとこかね。基地隊の総大将よ。日本のベースの中にいる兵隊は、ほとんど戦争する兵隊じゃねえんだよ。基地を維持するのが仕事だあな。ものを運んだり、燃料や食料を調達したりよ。その親方、会社でいうなら総務担当重役ってとこだ」

いつの間にか、私は付箋を手で細かく折り畳んでいた。それを丁寧に広げた。すると手書きの文字が読めた。

『Third Beaks』

「これは、どういう意味だろう」と、私は尋ねた。

「さあねえ。ビークっちゅうのは、鷲だの鷹だの肉を食らう鳥のくちばしでねえの」

付箋を見もせず、ヤマトは面倒くさそうに応えた。

「〝三番目のくちばし〟。グリッデンの渾名かな」

単語の頭文字がふたつとも大文字になっていた。人の渾名なら、こんな書き方はしないだろうと、ヤマトが言った。

「鷲は、兄ちゃん、アメリカさんの象徴だあね。ペンタゴンの代紋だしよ。海軍だけじゃなく、軍隊のシンボルよ。俺に判んのはそれっくらいのことだあな」

「まだあるんだ。こっちは、奴らが探していた写真だ」

ビリーが残していった写真を出して見せた。ヤマトはちょっと驚いて声を上げた。

「楊とグリッデンでねえの。これはこれは――」

「もうひとりがアッカーマン。ミスター５０４だ」

ヤマトの目と目を深い縦皺が遠ざけた。何か言おうとして身を乗り出したとき、はしゃいだ声が私たちを呼んだ。

すっかり灯の点ったドブ板通りを、由とビリー・スティムウェルがやってくるところだった。

「こいつを一晩、ヤマトさんに貸してくれや」

言ったときはもう、写真を封筒に入れ、膝に乗せていた。私は黙って頷いた。

土曜のドブ板には、他府県から来た若者や年寄りが大勢いた。飲みに来たのではなく、ただ眺めて歩き、つまらない土産を買って帰る観光客だ。彼らの目が、一斉に集まった。由はベルトにしては太すぎるがスカートにしては細すぎる革のミニを腰に巻きつけ、シャツからブラジャーを剝《む》き出しにして、コーンヘッドのアメリカ青年を従えていた。ここがディズニーランドなら、まさにシンデレラ登場というところだった。

私は彼女がやって来る前に札入れを出し、情報料に一ドルを乗せて支払った。

「靴を磨いてもらいたかったんだ」

「土日は定休だあね。堅気の商売人はどこもそうさ」

「もっともだ。先払いしておく」

ヤマトは受け取った札で額を叩き、にやりと笑った。「そん時までにタイスン准尉とグリッデン司令のこと、ちょっくら調べとこうじゃねえの」

由はわれわれの脇を素通りして、年寄りの犬の前にしゃがみ込んだ。彼女が「ムサシ」と呼びかけ、頭をなでると、犬は弱々しく尻尾を上げ下げした。

「ムサシ、いい子だね」

「由ちゃん。勝手な名前で呼ばないでよ」店の中から店主が悲鳴をあげた。

「それでなくても耄碌してるんだから」

ヤマトが嫌な顔をして由の方を睨んだ。

ビリーと握手をして、どこで何を食べるかと聞くと、由は首をかしげ、

「だからここじゃん。もうここにいるんだし」と言って、メニューを広げた。

「こんなところでいいのか。まさかぼくの懐を心配してるんじゃないだろうね」

「あっあん。ふたつこといっぺんに聞かないでって言ったじゃん」由は私を睨んでから笑った。

「ここのタコライスが食べたかったの。私もビリーも。起きたときから、その話してたんだ」

タコライスとは、タコスの具を山盛りの飯の上に乗せたものだった。ドルが百八十円を割り込んだころはやり出したのだとヤマトは言った。

「ニクソンが、ダラーと金の交換を止めちまった後のことだあな。兵隊の給料じゃあよ、日本の食い物を腹いっぱい食えんようになったってえわけよ」

日本語のわからない青年は、ただにこにこ笑いながら相槌を打った。

「酒をもらってもいいですか?」

「もちろんだ。ぼくは車だから飲まないだけさ」

コーンヘッドのビリーと由はナチョスをつまみにウォッカレモンを飲みはじめた。

「除隊までに、ここのタコライスの秘訣を学ぼうと思ってるんです」と、青年が私に言った。

「彼、偉いのよ。料理の勉強のためにイタリアンガーデンでアルバイトしてるの」

「下士官クラブの二階の店だろう。じゃあ、兵隊じゃないんだね」私は訊いた。

「兵隊だよ。オブコース・アクチブサービスよ。アメリカは兵隊のアルバイトOKなの」

ヤマトが、手の甲で自分の額をぴしゃりと叩いた。

「本当に年だわ。うっかり忘れるとこだった」

言うと、ポケットから葉書ほどの大きさのパッドを出して液晶に灯を入れた。私が電子手帳かと尋ねると、PDAだと言い返した。

「これで電話もできるしよ。写真だって撮れるんだあ」

言いながらメモを開き、目を細めた。あきらめて、折り畳みの老眼鏡をかけた。

「チャンだかチエンだか、凍え死んだヴェトナム人がおったでねえの。あの男がよ、もうひとつ、店とは別んとこにアパート借りてたって聞き込んだもんでね、行ってみたんだ。住所は汐入だけんども、京急の逸見《へみ》から浦賀《うらが》道《みち》へずっと登ってったあたりだ」

「部屋は特定できたのか？」

「それがよ。だめなんだなあ。行ってみたんだけんどもよ、全然だめさ」

キーを押し、画面を切り換えて、PDAを私の方へ向けた。液晶には空き地が写っていた。三方を住宅に囲まれ、そのうち二軒は一部が改築されていた。一軒は、こちら向きの壁に覆工シートを被されていた。

「火事で焼けちまったってえのよ。浦賀道は階段も多いでねえの。消防車が入れなくってこのざまだよ。先月、家主が更地にしちまったそうだ」

「不審火なのか？」

「フシンBって何？」由が割り込んだ。

「放火《アカネコ》じゃねえって話だあな」

「ねえ。アカネコって何のこと」

「消防じゃあ、誰かの寝煙草で火い出したって言うとるのよ。ガイジンがいっぱい住んでて、ほとんどのやつあよ、そのまんま逃げちまった。火元の部屋に住んでたのが、チャンだ。――チャンの部屋には女もいたってえ話よ。三十過ぎのヴェトナム女だって」

私の顔を覗き込み、さも楽しそうにヤマトは頷いた。口をとがらせ、その顔を由が睨んだ。

「警察は把握してないのか」私は尋ねた。

「おうよ。そこなんだよ。火が出たってのは七月なんだよなあ。警察があの男の事件、捜査してたのは六月じゃなかったかねえ？」

私は息を吐きだした。筋向かいの犬と斜め前の由が私をじっと見ていた。

「六月に死んだはずの陳さんが、火の出た当日まで、そこに住んどったって大家が言うのは、えっ、どういうことかいね？」

「分かったよ、ムサシ。今夜は泊まりだ」私は犬に向かって呟いた。

由はうれしそうに笑ってサボテンの酒を一本注文した。それが来る前から〝ハッピー・ボーイズ&ガールズ〟を歌いだした。コーンヘッドのビリーが一緒に歌い、老犬が尻尾をたててゆっくり立ち上がった。

28

ヤマトが口をきいてくれたホテルは、ドブ板通りの外れ、諏訪《すわ》神社の上り口に建っていた。九階建ての立派なビルで、アメリカ人も泊まっていたが、ガムを嚙みながら食事をするような連中ではなかった。

部屋は清潔で風呂もついていた。ヤマトはそれを半額に値切って朝食をつけさせた。朝になると、昨日渡した写真と私が車を停めた駐車場の優待券がフロントに届いていた。

朝食のサーヴが終る寸前、ひとりでビュッフェの余り物を食べ、部屋に戻ってコーヒーを飲み、腹が落ち着いてから、楊に電話をかけた。

荷物は出てきたのだ。契約は成立したことになる。彼が、私にどんな態度に出るか興味があった。アッカーマンの情報源がどこか、手がかりが摑めるかもしれない。

楊は出なかった。発信音が鳴り続けるだけで留守電につながる気配もなかった。三十分の間に四、五回かけたが、結局同じことだった。

駐車場から車を出し、横浜の方向へ走り出したとき、時計は昼近くになっていた。

最初のトンネルを抜け、標識に従って左に曲がってしばらく行くと、山間に京浜急行の高架線が見えた。

車を乗り捨て、ヤマトが描いてくれた地図を頼りに、人ひとりやっと行けるような坂道を上った。傾斜地にへばりつくように建った家々の間を抜けていくと、やがて軒の向こうに海が見えた。海原は青が深く、そこにだけ冬の気配があった。十月が始まっていた。

浦賀道は江戸時代、尾根伝いに浦賀へ抜ける古道だったが、今では市役所泣かせの住宅地を巡る生活道路だ。上下水も消防も、もはや手に負えない。

アパートの跡地は、とりわけ狭い階段を上りきったところにあった。一軒で火を消し止められたのが逆に不思議なくらいだった。

隣に住んでいる大家も同じことを言った。消防がホースを引っぱって来るだけで三十分以上かかったそうだ。

警察は来たが、火事の掘り起こしのためだった。そもそもこのあたりでは、チエンでもチャンでもなく、「陳《ちん》さん」で通っていた。

「イギリスのパスポートを持ってたから、身元のしっかりした人だと思ったんだけどね」と、大家は言った。

陳さんは今年の春から女と二人で暮らしていた。大家には妻だと紹介した。

「火事の当日までいたんですね」と、私は尋ねた。

「そう。二十日の朝、ご主人が帰ってくるの見たからね」

「七月二十日?」私は尋ねた。その日付が、胸の奥につっかえた。

「夜勤だったのかねえ。朝九時ぐらいに帰って来て。——奥さんはどうだったろう。記憶にないなあ。いたんじゃないですかねえ」大家は言った。

似顔絵も無しに、警察図書館の名刺で訊けるのは、それくらいだった。

ここに住んでいたのがチャンだったのかどうか、確かめる術はなかった。

火事が起こるまで、ずっと同じ男が住んでいたかと尋ねると、大家は怪訝そうに頷いた。確かなのは、ここを借りた英国籍の陳賓龍と、私が知っている陳賓龍は違う人間だということだ。

「失火じゃなかったんですか？」と、大家が逆に訊き返した。

「消防の人からは寝煙草が原因だって聞いてますが」

「陳さんの部屋から火が出たんですね」

大家はそうだと言った。「いい人だったんですよ。奥さんはちょっと暗いけど」

「何をしてたんですか」

「いろいろですよ。奥さんはメイドだね。日本語がまあまあだったから。旦那は皿洗いとか、そういう仕事。車、持ってるくらいだから、それなりに稼いでたんじゃないんですかね」

「車は、まだありますか」

「ありますよ。崖下の駐車場です。一番奥の左角に停まってますよ。地主さんとは知り合いなんだけどね。困ってますわ。他人の車を捨てるには、いろいろ手続きがいるんですってよ。金もかかるしねえ」

私は礼を言って、丘を駆け下った。

降りきってすぐの辻を、高架線に向かって入ったところに駐車場はあった。住宅地にぽっかり拓けた囲いも仕切りもない空き地だった。車は三台停まっていた。

手前で私は立ちすくんだ。奥の左角にあったのは、砂漠迷彩に塗られたワンボックスの軽自動車だった。鼻先に赤いRのエンブレムがあった。

横須賀で洋品店を開いている老夫婦は、湾岸戦争に出て行った米軍車両と同じ迷彩塗装を施されたワゴンRに、平岡玲子が貧乏くさい小柄な男と乗り込むのを見かけた。七月十九日のことだ。同じ日、彼女の通帳から、五十万円が引き出された。

翌日、もうひとりの陳賓龍氏のアパートが火事になり、彼は女房ともども姿を消した。

私はワゴンRの回りを一周した。タイヤはすでにへたり始めていた。窓も埃で曇っていた。中は、買い物袋や空き箱などでゴミ箱同然だった。

もちろん、ドアは開かなかった。


横須賀から長井まで十分で走った。海岸沿いの国道に大型トラックは見当たらず、サーフボードを担いだ車がひっきりなしに行き交っていた。

あらためて日曜だったことを思い出した。ガガーリンの飼い主の店は休みだろう。閉まっている店を訪ねて、ものを聞くには何か理由が必要だ。隣近所の人間に行方不明だなどと言って回るわけには行かない。私はバス停前の酒屋で車を止め、浦霞《うらかすみ》の四合瓶を一本買った。

マンションの裏手に車を止め、『割烹料理うきた』の提灯を目指して歩いた。暖簾は出ていなかったが、すぐ脇に自宅の玄関があった。

ガラリ戸の奥に声をかけた。返事はなかった。生け垣を巡って行くと、庭がのぞけた。

花壇の草花はすっかり枯れていた。土が剝き出しの庭に漁網と洗濯物が一緒に干してあった。

縁側では肩幅がいやに広い白髪の老人が煙草を喫っていた。

「こんにちは」と、私は垣根越しに声をかけた。

「浮田さんですか」

かすかな喉鳴りをさせ、頷いた。それだけだった。こちらを見もしなかった。よく日灼けした顔に頑固そうな皺がいっぱい刻まれていた。

「二村と言います。お嬢さんはいらっしゃいますか」

ちらりと私を見た。頭を横に振り、すぐに顔を背けた。

「平岡さんの留守宅の世話を頼まれたものです」

「それが、俺んとこにいったい何の用だ」

「お邪魔していいですか。真っ先にご挨拶するよう言いつかったんです」

私は酒の箱を差し上げて見せた。

すぐに反応があった。沓脱《くつぬ》ぎ石のサンダルを突っかけて庭に降りてきた。アルミ格子の戸を開けて私を招き入れ、縁側に座らせると、店の方から持ってきた缶ビールを一息にぐっと空けて、いきなりウィンドサーファーをくさし始めた。連中が来るようになってから海が荒れた、町もおかしくなったとぼやいた。

黄色いピックアップトラックのことを、それとなく尋ねたが、彼は見たことがなかった。

ウィンドサーファーそのものではなく、彼らにボードの保管場所を提供して稼いでいる漁師が、どうしても許せないようだった。娘がこの庭で、同じ「小銭稼ぎ」をしようとしているのが火に油を注いでいた。三十も半ばになってまだ結婚もしやがらねえ。ちゃらちゃら暮らして、まったく困ったもんだ。

私は相槌をうち続けた。平岡玲子が刺身を買いに来た日に話を持っていくのに、半時間もかかった。

「どうして、そんなこと知りたいんだ」と、浮田は聞き返した。

「海鈴のマネジメントを任されているんです。あの代金は会社の支払いなもので」

それ以上は詮索しなかった。彼も刺身は海鈴を歓迎するため買ったものだと思っていた。

店の方からノートを持ってきて、老眼鏡をかけ、頁を捲った。

「六月の十七日だ」と、彼は言った。

私はもう驚かなかった。


マンションまで戻ったときは、二時をとっくに回っていた。

管理人室の小窓には内からカーテンがかかり、『本日、業務定休日』の札が出ていた。

エレヴェータを待っていると、どこからか女の笑い声が聞こえ、物音が漏れてきた。プールに抜ける廊下に101と書かれたドアが見えた。一階にも部屋があったのだ。

私は三階に上がり、平岡玲子の部屋でクッキーの缶を探した。公共料金の請求書などの間に、スナップ写真が三枚入っていた。二人の友人と鎌倉へ行ったとき写されたもののようだった。私は彼女がひとりで写っている一枚を抜き取った。

廊下へ出て、しばらく迷った。隣室への聞き込みは、失踪の噂を振りまくようなものだ。しかし今となっては大した問題ではない。三〇一号室の住人は、どんな形にしろ、もうここで暮らす気などないだろう。

私は隣室のチャイムを押した。三度繰り返したが返事はなかった。反対隣も留守だった。結局、三階はどのドアも開くことはなかった。廊下は廃墟のように静まり返っていた。

エレヴェータで降りて行くと、階下から大きな音が響いてきた。悲鳴も聞こえた。

ドアが一杯に開くのを待ちきれず、ロビーへ飛び出した。

目の前に素っ裸の女がいた。顔は笑っていた。しかし目は赤く潤み、頬に涙の跡があった。

その後ろに黒人が立っていた。タンクトップにコットンパンツを履いていたが、裸足で、パンツのファスナーも開いたままだった。

女は日本人だった。もう若くはなかった。尻が重く垂れ、太腿に静脈が浮かんでいた。注射の痕は見当たらなかった。片方の手首から手錠がぶら下がっていなければ、無視して通りすぎたかもしれない。

「どうかしましたか？」私は尋ねた。

「酔っぱらってるんだ」黒人が女を抱き寄せて言った。すごい訛りだった。

「この手錠はなんだ」私は声を荒らげた。

「判るだろう。野暮なこと言わないでくれ。楽しんでいただけさ」

黒人は困ったように両手を顔の前でばたつかせた。

そのとき一〇一のドアが開いた。

「何してるの。早くしなさいよ」

日本人の英語が聞こえた。ドアから女が顔をのぞかせた。私に気づき、あわてて閉めた。

私は見逃さなかった。「ＯＫ。彼女に聞いてみよう」

「おい、待てよ。ちょっと待て」黒人が喚いた。

私はかまわずドアのところへ行き、力任せに開いた。

浮田の娘はドアを入ってすぐのところで身をこわばらせ、シャツのボタンを必死に止めようとしていた。

「本当に、——」と言いかけ、嘆息した。

奥から喘ぎ声が聞こえていた。私は土足で踏み込んだ。突き当たりのドアを開けるとマリファナの煙が強く匂った。

そこは三〇一よりずっと大きな居間で、必要最低限の家具が置かれていた。真ん中には、折り畳み式の簡易ベッドがふたつあり、ソファの上にはいくつもの服が乱暴に脱ぎ捨ててあった。床には酒とグラス、ジャンクフード、シリコンやラバーで出来た怪しげな道具と色付きのロープが散乱していた。

セーラーカットの白人の若者が女を攻めているのは、食堂テーブルの上だった。三十代半ばの女は赤いブラジャーをひとつつけているだけで、それも喉元までずり上がっていた。若者は裸だった。腕に漫画のような刺青があった。女の両足を抱え上げ、盛んに腰を振っていた。

男が私に気づき、振り向いた。手を振ってやると、笑い返した。

「こいつは最高だぜ」

私はカメラやビデオがどこにも無いことを目で確かめ、浮田の娘の手を取り、部屋の外に引きずり出した。

玄関の三和土では、例の黒人が裸の女を抱き寄せて盛んに囁いていた。

「いい加減にしてよ！」彼女はすれ違いざま、苛立ち任せに女の尻を叩いた。

廊下を抜けてプールサイドまで、彼女は黙ってついてきた。両手を胸で組み、難しい顔をして、ロダンの彫刻のように緊張していた。

「金をとっているのか」と、私は尋ねた。

「どっちでもいいのよ。そんなもの関係ないわ」

「不思議だね。君らみたいなのは、みんな金じゃないって言うんだ。そのくせ、結局トラブルは金で起こる。セックスが牛丼みたいに簡単に手に入るようになっても、そこは変わらない」

「簡単に決めつけないでよ。ひとりひとり違うんだから」

声がうわずっていた。組んだ腕は、激しい動悸を押さえるためだった。彼女は心底、怯えていた。「あんた、嘘でしょう。平岡さんとこ来たって。本当は街金から来たんだろう！」

「なんでそう思う？」

「あいつらの仲間だろう。部屋のもの勝手に持ち出したら泥棒だからね」

「だから、なぜそう思うんだ！」私は声を上げた。

私を睨みつけ、溜め息を吐きだした。

「管理人から聞いたのよ。平岡さん、街金に借金こしらえて逃げたって」

「管理人がそう言ったんだな」

「何さ。あんたたちに脅されたって平気だよ。こっちは悪いことなんかしてないんだ」

「売春でなくても、大麻は違法だ。住居侵入もある」

「管理人とは話がついてるのよ。あそこはモデルルームなんだから」

「不動産屋の持ちものだろう。立派な犯罪だ」

彼女は押し黙った。また胸を強く押さえた。もうこっちを見ていなかった。

「ぼくは高利貸しじゃない。実は海鈴に頼まれて、盗難事件を調べてたんだ。平岡さんは旅行中だ。何だって管理人はそんなことを言ったんだろう?」

「あの人が大事にしてたバッグを持って行くのを見たのよ。あたしが見たの。娘さんから誕生日にもらったってグッチのバッグ」

「どんな連中だ」

「連中じゃない。独りよ。身なりのいい日本人。それだけよ。ちゃんと見たわけじゃないわ。ここで、ほら、集まりがあって、こっちも顔見られたくなかったから。あの黄色いトラックも仲間じゃないの。あのころからだもの。ちょくちょく見かけるようになったの」

「いつのことだ?」

「七月の第四土曜」

間違いないと彼女は言った。「集まり」は毎月、第三土曜と最初の日曜に限られている。七月は一日が土曜だったので、第四土曜の二十二日になった。

「定期的にこんなことをしているのか。客はどうやって集めるんだ」

「そんなんじゃないわよ。知り合いよ。インターネットの仲間とか」

「兵隊はどうやってリクルートする?」

彼女は言い淀み、私を上目使いに睨んだ。「そりゃ、お小遣い程度はね、――年取ってる方が、若い方にお小遣いあげるの、常識でしょう」

その常識には加わりたくなかった。私には、自分が若いのか年をとっているのかよく判らなかった。野球のグラウンドでなら嫌でも判ることなのだが、そこに立てるのは選手だけなのだ。

「じきに出ていくからね。警察なんか呼んでも遅いよ」

私が行きかけると、声を浴びせた。「ウザいんだよッ！　とっとと失せろ、オヤジ」

「君のオヤジさんなら家にいる。さっきまで話していたんだ」

ワッと溢れた叫び声を口で押し殺した。苦瓜を頬張ったみたいな顔だった。

怒りが私の足を動かしていた。誰に何を怒っているのか、自分でも分からなかった。玄関を出てずんずんマンションの裏手へ歩いた。

車を停めたところまで行くと、カイヅカイブキの高い生け垣の向こうに黄色い荷台の端が見えた。私は息を整え、生け垣を巡って行った。

やはりあのピックアップだ。停まっている場所も、以前血が点々と落ちていたあたりだった。後ろのナンバープレートは荷台に隠れて、ずっと後じさるか、その場にしゃがまなければ読み取れなかった。私は手間を惜しんで前に回った。それが失敗だった。

通りすがりに覗いた車内には、あちこちに大きなスピーカーが取り付けてあった。助手席の足許はオーディオ装置で埋まっていた。シートの上には大判の辞書ほどの機械が置かれ、ケーブルでつながれた小型のビデオカメラが赤い録画ランプを明滅させているのが見えた。

私は立ち止まった。ノブを引くとドアは開いた。ビデオカメラのレンズはキャップに覆われていた。私はカメラを手に取り、テープが回っていることを確かめた。カメラを録画機として利用しているようだった。

液晶パネルを開き、画像が立ち上がった瞬間、真後ろに気配を感じた。

「んだよッ！　人の車で何してやがんだ」

振り向くより早く声がした。首筋のすぐ近くだった。私の後頭部に何かが降ってきた。

私は体を沈め、それを左肘で払おうとした。

途中までは上手くいった。肘が何かをがしっと受け止めた。その何かには棘があった。

とたんに体が裂けた。

痛みも痺れも感じなかった。左半身が石のようだった。腕がだらりと垂れ下がった。手先が肩から何百メートルも遠くにあった。

次の瞬間、棘が左肩を襲った。腰が砕け、膝が音をたてて地面にぶつかった。痛みは感じたが、それは体の中に閉じこもり、外へ出なかった。

そのまま私は石になり、路上に転がった。ナイキのスニーカーが見えた。踵をぺたんこになるまで潰し、素足で穿いていた。

顔を上げようとしたが石は動かなかった。如来によって岩山に閉じ込められた石猿は、きっとこんな具合だったのだろう。

足が私の胸を蹴ろうとして、宙に止まった。うめき声が降ってきた。踵に大きなバンドエイドが張られ、そこが乾いた血で黒く汚れていた。

敵は腰を車に預け、足を替えて私の胸を踏んづけた。息が詰まって咳き込んだ。胸も喉も動いた。唇は動かなかったが、口はだらんと開いたままで、咳が飛び出るには困らなかった。

「こらっ、一度死んでみるか！　ったく、この馬鹿。パチるなら相手を見ろ」

敵は私を跨ぎ、どこかを摑み、後ろへ引きずった。手の甲が路面に削られ、血がにじむのを私はぼんやり見ていた。

ドアが閉まり、エンジンがかかり、黄色いピックアップが遠ざかった。ほんの一瞬、ナンバーが見えた。覚えたのは『横浜』という文字と四桁の数字だけだった。目で追おうとしたが、眼球が動かなかった。

瞬きはしていた、むろん心臓も動いていた。意識も途切れずにあった。随意筋だけが完全に停止していた。あの棘はスタンガンではない。事実、空中放電の音を聞いていなかった。火傷の痛みも感じなかった。

敵はマイオトロンを使ったのだろう。まだ日本では出回っていなかったが、沖縄の米軍キャンプ内部で暴行事件に使われたとき、参考文書が回されてきた。

スタンガンと違い、高周波パルスが組織に直接働きかけて脳波を無効にしてしまう。一時的に、意識と筋肉を切り離す。

回覧文書では、効果は十五分から四十五分続くことになっていた。しかし、わずか数分で私の手は動いた。あたりどころが良かったのだろう。骨や関節部にはあまり効かないと読んだ記憶があった。

少し間があって、足が動いた。私は体を縮こめ、また大きく開いた。何度か屈伸を繰り返した後、立ち上がろうとした。腰がどうしても戻らない。

私は石でできた尻を引きずるようにして、自分の車に這った。腰が抜けた老犬のような按配だった。運転席に座ったときは、全身が汗みずくになっていた。それが皮膚の在り処を教えて、逆に心地よかった。

腰の感覚はじきに戻ったが、動きだす気力はなかなか戻ってこなかった。私は三十分以上、運転席でぐったりしていた。

やっとその気になると、車を降りて体をいっぱいに伸ばした。蹴られたところが痛んだ。両膝と手の甲は擦りむけていた。口の中は粘つき、喉はからからだった。

私は『うきた』の方へ歩いた。手前の道端に飲み物の自動販売機があるはずだった。

ミネラルウォーターを買って一口飲んだ。二口目で、小さなペットボトルは空になった。

煙草を出してくわえたが、ポケットに火はなかった。

そのとき、『うきた』の裏手からあの女の声が聞こえた。

「お父さん！　駄目じゃない。こんな時間から飲んだりして。ご飯も食べないで」

父親の怒鳴り声が響きわたった。調子は激しく、何を言っているかわからなかった。

私は空瓶を捨てるのも忘れ、逃げるようにして車に引き返した。

29

湘南に向かう車で、下り線は混んでいた。上りも横浜に入ると混み始めた。阪東橋ランプを降りたときは、もう日暮れが迫っていた。

大通り公園沿いの一方通行を真っ直ぐ走った。ワシントンホテルはその並びにあった。

私は正面の路肩に車を停め、アッカーマンの携帯に電話をかけた。

「お客様のご都合でお止めしています」意外なアナウンスが聞こえた。

私はホテルに入って行き、ミスタ・アッカーマンは部屋にいるかと尋ねた。

「昨夜、お発《た》ちになりました」フロント係は、コンピュータもチェックせずにあっさり答えた。アッカーマンが定宿にしていることは間違いなさそうだった。

「おかしいな。約束してたんだが」と、私は首を傾げてみせた。

「当面日本にいるって言ってたぜ」

「私どもも、そう伺っていたんですが、急な御用事だと言われて」

楊にメッセージがないかと尋ねた。相手は、カウンターの裏を覗き込み、何も無いと答えた。

私はホテルを出て、車を走らせた。駐車場を行き過ぎ、アパートの脇を通り過ぎた。大通りへ出るひとつ手前で右に曲がり、公園を横切った。

テラス・パークレーンまで行くと、以前よく駐車していたあたりに車を停めた。玄関ポーチの階段を上るには、ちょっとした決心が必要だった。

一枚ガラスの玄関ドアを開くと、正面に鍵穴とテンキーのついたインターフォンがあった。私は迷わず五〇四を押した。二度繰り返したが、返事はなかった。

レセプション・カウンターから初老の管理人が顔をのぞかせた。濃紺の制服を立派に着こなしていた。ギョロ目と猫背に見覚えがあった。あの夜、見回りをしていた管理人だった。

「ぼくのことを覚えていますか」と、私は先に尋ねた。

「もちろんですよ」と、相手は言った。

「本部捜一の二村警部補。覚えちゃおらんだろうが、自分は捜本でご一緒させていただいたことがあります。川崎の連続ホステス殺し、ご記憶にないですか」

彼は佐々田と名乗った。事件は覚えていたが、名前にも顔にも覚えはなかった。百五十人態勢の共同捜査本部だった。覚えている方がどうかしている。

しかし、彼の方はすぐ気づいた。あの夜は捜査中と思い、声をかけなかった。自分が見て見ぬふりをしたために、逆にあんなことになったんじゃないかと気に病んでたんです。——まるで口頭報告でもするみたいに、口早に続けた。

どうやら私は「適法な密行捜査中に被疑者と適法とは言えない接触を持った」——平たく言えば、「仕事でちょっとやりすぎた」というのが、小峰一課長の作ったストーリーのようだった。佐々田は私が本部捜一を外されたとは聞いていたが、刑事を辞めたとは思っていなかった。

「五〇四のイアーソン商会を訪ねてきたんだ」と、私が言うと、

「あ！　あそこだったのか」と、目を輝かせ、カウンターの向こうから飛び出してきた。

手回し良く、五Fという札のついたマスターキーを手にしていた。

「まあまあ」と言いながら私を先に立て、エレヴェータに乗り込んだ。

「しかし、さすがです。今時の刑事《デカ》に聞かせてやりたいですよ。あいつら、被疑者《マルヒ》がどこを訪ねたかも特定できずに看板下ろしちまって」

「まさか、忍び込もうって気じゃないだろうな」

「五〇四でしょう。入れますよ。今朝がた引っ越し屋のトラックが来て、出てっちゃったから。おかしいとは思ったんですよ。突然だし、――どうやってアタリをつけたんです？」

「駅の伝言板に書いてあったんだ」

佐々田はにやりと笑って黄色い歯をのぞかせた。

「引っ越しに、本人は立ち会わなかったのか？」と、私は尋ねた。

「アメリカ人がひとり。代理人だと言ってました。名刺を置いていきましたから、あとでお見せしますよ」

引っ越しトラックのナンバーも記録してあると言って胸を張った。ビリー・ルウとその友人を、最初に警察にサシたのはこの男に違いない。

日曜のせいか、五階のフロアはくたびれた蛍光灯の唸り声が聞こえてくるほど静かだった。どこにも窓はなく、古ぼけたホテルのような廊下が真っ直ぐ続いていた。

「今月いっぱい、まだ契約は残ってるから、本当は業務違反なんです」と言って、佐々田は五〇四号室のドアを開けた。

造りつけの家具は残っていたが、本棚も書類戸棚も空だった。絨毯には重い事務機がつくった窪みが刻まれ、壁から伸びた通信ケーブルが放り出してあった。

立派なデスクが片隅に踏んばり、部屋の真ん中には会議用テーブルが威張っていた。しかし、椅子は見あたらなかった。

こっちが寝室だと言って、佐々田がドアを開けた。奥は五坪ほどの部屋で、こちらには初手から家具はなかった。スチールの棚がぎっしり並び、倉庫代わりに使われていた様子だ。

その壁に、ぽっかり四角い穴が開いていた。佐々田が小さな悲鳴をあげた。

「なんだ、これは。ちょっと酷いなあ」

バスルームからドアが取り払われていた。ドアのある壁全体に規則正しくボルト穴が穿《うが》たれ、そこだけクロスも日灼けしていなかった。足元にはレールを取り外した跡があり、埃がこびりついていた。

可動式のキャビネットか本棚で全面を覆い、バスルームを隠し部屋にしていたようだ。一部がスライドして、こっそり出入り出来たのだろう。

外したドアはバスタブの中に立てかけてあった。水回りはすっかり干上がり、ホテル形式の広い洗い場は業務用冷蔵庫ほどある大きな金庫に占領され、その重みでテラコッタの床に亀裂が入っていた。

隠し部屋は入念に掃除されていた。金庫の中には塵ひとつ落ちていなかった。

私は寝室に戻った。封をした段ボール箱や木箱が、いくつか残されていた。航空貨物の特殊なプラスチックケースに入ったものもあった。『岩石サンプル』『土壌サンプル』などと英語で書かれていたが、どれも中は空だった。

ひとつの箱の上で、大判の封筒が埃をかぶっていた。『アロウ・プランニング・アソシエイツ』のロゴマークが目に留まり、私は手に取った。マークの下には『代表取締役社長・折匡恭一』という文字も読めた。

私はその封筒を手に、事務所へ引き返した。

デスクの背後に、ヴェトナム南部の広域地図が貼られていた。ホー・チミン市のすぐ下に頭が赤い旗になった虫ピンが刺してあった。

地図の隣に掛かっているのは額に入れられた貨物船の写真だった。ペパーミントグリーンに塗られた船体に〃ミニョーラ〃という船名がかろうじて読めた。全長百メートル、排水量五千トンほど、これといった特徴もなく、写真にして飾っておくような船には見えなかった。

向き直ると、足が紙束を踏んだ。立派なパンフレットがいくつも、デスクの下に散らばっていた。『サイゴン・バーナム総合開発事業の全貌』というタイトルが、日英中韓の四ヵ国語で書かれていた。表紙裏に、ヴェトナム南部の地図が描かれ、ホー・チミン市の南、ちょうど虫ピンが刺さっているあたりに星が記してあった。

私は一部を拾い上げ、寝室から持ってきた大判の封筒につっこんだ。

「そろそろいいですか？　長いこと持ち場を離れてられないんで」

佐々田はドアのところから私を見ていた。

詫びて、部屋を出た。エレヴェータに乗ってから、思いついて尋ねた。

「捜査本部は、まったくアッカーマンをマークしていなかったのか？」

「そう。最初から幕引きを考えて動いているとしか思えなかったですわ。まあ、被疑者《マルヒ》が米軍基地から逃げたとあっちゃあ、仕方ないのかもしれませんがねえ」

佐々田が代理人から受け取った名刺は、アッカーマン本人のものだった。住所もこの五〇四号室になっていた。裏に英文で『これを持参する者に全権を委任する』と書かれ、サインがしてあった。引っ越しトラックは、中堅どころの運送屋の神奈川支店から来ていた。

私は彼に、タイスン准尉のコルクボードからくすねてきた写真を見せた。三人とも見たことがないと言って、首を横に振った。大した記憶力だ。彼はそのうちの一人がアッカーマンだということさえ気づかなかった。

念のため、私は平岡玲子の写真を出した。

「最近、疲れ気味でね」写真には目も向けず、なぜかおもねるように言った。

「回る頭も回りませんや」

やっと目を落とし、知らない女だと言って写真を返した。

「あれはどうなっちゃったんですかね。あの車は？」

「どんな車だ？　この件に関して、ぼくは初手から蚊帳の外だったんだ」

「ああ」と、いやに馴れ馴れしく頷いた。

「昔の刑事《デカ》はネタには体を張ったもんです。金も惜しまなかった。そのせいでサラ金を焦げつかせて辞めなきゃなんない者もいたくらいですよ。私だってネタ元にずいぶんつぎ込んだ。その借金は退職金で清算しました。おかげでタバコ銭にも不自由してます」

私は黙って彼を見た。

「学卒で入って、ずっと本部勤めの方にゃあ分かんないでしょうがね」

ふいに私の右手が動いて、佐々田のネクタイをひっ掴んだ。力いっぱい吊り上げた。

相手は振り払おうとした。その手を取って背後に回った。勢いを駆って壁に押しつけた。

「どんな車だ？」と、私は言った。

「いいのかよ、こんなことして。小峰さんに言うぞ。五〇四のこと秘匿して、そのうえ現場から遺留品ガメたってよ」

「いいさ。しかし特別公務員暴行陵虐には当たらないぞ。俺はもう刑事じゃないし、これは公務じゃない。部屋に他人を入れたことが会社に知れるだけだ」

彼の動きが止まった。力が抜けた。私は手を離し、同時に後ろへ一歩引いた。

「わかったよ」と、言いながら息を整え、ネクタイを直した。

「あの日、あんたを見かける二時間くらい前に、変な車を見たんだよ。聴取でもちゃんと言ったんだ」

「赤いバンか？」

「軽のワンボックスだよ。裏に停まってたんだ。あんたが停めてたのと、ほとんど同じあたりだ。俺が前から近づいて行ったら、すぐ動きだした。三十分くらいしてまた見に行ったら、少し離れたところに停まってるんだ。貧相な男が運転してて、――ガイジンだな、ありゃあ」

「茶系の迷彩色に塗った車か」

「ああ。そうだ。野戦服みたいな妙な模様だよ」

佐々田は捨て鉢に言った。「二度めに見かけたとき、そのガイジンが中で泣いてんですよ。

――魚ゴコロに水ゴコロって言うじゃないですか。ねえ二村さん」

私は魚でも水でもなかった。それで、つい拳を握りしめた。そのとき、白人の女が電子ロックを開けてロビーに入ってきた。

おかげで佐々田は、こちらのココロを知らずに済んだ。

私は車を駐車場に戻し、伊勢佐木町の街灯りに向かって歩いた。ひとつ手前の裏通りで、まだアメリカ兵相手の街娼がうろうろしていたころからやっている洋食屋に入り、カツサンドをつまみながらビールを飲んだ。

例の封筒には、プラスチックフィルムでカバーをつけたコンピュータプリントの綴りが入っていた。表紙には米軍兵士とドスを握った刺青者の背中がマンガで描かれ、『映画／ヘルボーイズ企画書』という派手なタイトルロゴが躍っていた。

それはヴェトナム戦争末期のサイゴンに潜入した日本人ヤクザが、南ヴェトナム軍の闇の軍資金を横取りするという冒険活劇の企画書だった。映画の内容より、むしろ出資に関するメリットや配給収入の予測などがくどくどと書かれていた。

原作者は折匡恭一、製作には稲本恒寿の名が混じっていた。製作委員会には、彼が勤めている出版社の名もあった。

『サイゴン・バーナム総合開発事業の全貌』の方は、ホー・チミン市郊外で行われている大規模開発の宣伝パンフレットだった。

ホー・チミン市の東南に位置する湿地帯を埋め立て、東京二十三区とほぼ同じ広大な新市街を造るという計画だった。中心には研究開発センターが併設された大学都市が置かれ、周辺には住宅地区と保税地区が広がり、そこに外国企業の組み立て工場や生産施設を呼び込む。住宅地区ではすでに入居が始まり、研究施設には日本やフランス、ドイツ、韓国の有名企業が協賛を表明していた。

事業主体はホー・チミン市政府と台湾成龍投資グループの連名だった。いったいどういう繋りか、『台湾成龍投資グループ』の後には『(南洋恒産公司)』という名がまるで金魚の糞のようにぶら下がっていた。

あまりに話が大きく、再開発地区の衛星写真とすでに建設が始まった第一期工区の写真がなければ、大がかりな投資詐欺を疑うところだ。いや、コンピュータの時代では、この程度の写真でうかうか信用は出来ない。

二つのパンフレットは驚くほどよく似ていた。映画も再開発も実は大して変りない。成功すれば立派な事業、失敗すれば詐欺でも詐欺でなくても同じ、違うのは動く金のゼロの数だけだ。

私はレストランを出て、本屋で折匡の原作本を探した。

本はすでに文庫に入っていて、タイトルは映画と違い『楽園のヘルボーイ』となっていた。版元は稲本の出版社だった。

途中のコンビニで氷を買って部屋に帰り、酒を飲みながらそれを読んだ。

主人公は、折匡本人を彷彿とさせる若いヤクザ者だった。不始末から組を破門され、香港に渡った彼は、康という名の香港マフィアとともに、戦争末期のサイゴンに潜入する。最初の目的は金ではなく、覚醒剤だった。戦時下のサイゴンには、軍隊黙認の覚醒剤工場が二つあった。

そのうちのひとつから時価一千万ドル相当の覚醒剤を盗み出し、艦長ごと買収した南ヴェトナム政府軍の魚雷艇で密輸しようというのだ。

昔から消耗戦を戦う軍隊に麻薬はつきものだ。前線の兵士を奮い立たせるため、ときには組織ぐるみで調達する。ヴェトナム戦争の最中、休暇で日本へやってくる兵士が大量の麻薬を持ち込むために、市価が暴落して関西の広域暴力団が頭を抱えたこともある。

準備をすっかり整えた彼らを、何者かが襲う。対戦車ロケット弾でホテルの部屋を吹き飛ばされ、命からがら逃げ出した主人公を、今度は連合軍統合捜査部、CIDが指名手配する。

横やりを入れたのは、軍隊内部で麻薬を流通させている連中だった。彼らは現役の将兵で構成された『軍隊《カーキ》マフィア』と呼ばれる組織で、同じように覚醒剤の横領を企んでいた。組織は後方司令部の将官にまで及んでいた。

物語は、そのあたりから四つ巴の争奪戦になる。南ヴェトナム軍内部のごろつきどもが金の匂いに誘われ、折匡を付け狙う。さらに、サイゴンを包囲しつつあった北ヴェトナム政府軍から指示を受けた解放軍の特務が暗躍する。

何度か死線をかいくぐり、主人公と相棒の香港人は、敵の真の狙いが、覚醒剤や製造設備などではなく、南ヴェトナム軍基地に退蔵された軍資金七千万ドルだと知る。

麻薬より金だ。基地から金を強奪するため、彼らは武器と仲間を集め始める。

最初に加わるエルネスト・フジカワという若者がビリー・ルウを思わせた。市民権欲しさに志願した日系ブラジル人のアメリカ兵だ。酒飲みで、失敗ばかりするが、憎めない若者として描かれていた。しかし、彼はCIDの捜査官ではなかった。税関の軍事顧問事務所に勤務する海兵隊員だった。そこが妙にひっかかった。

セニョール・フジカワはクライマックスの少し手前で、いいところを見せる。主人公を危機から救うため、愛した女に雨の街頭で待ちぼうけを食わせ、そのために彼女は、解放軍との市街戦に巻き込まれて命を散らす。

女の死を知って詫びる主人公に、彼は酒を二杯おごれと言う。

「一杯は、お前の命を救ってやった礼に、もう一杯は女を忘れるために」

五人の仲間は、ついにサイゴン南方の南ヴェトナム軍基地に潜入し、隠し金庫を破る。しかし七千万ドルはドル紙幣ではない。金の延べ板だった。用意したヘリコプタでは重くてとても運べない。乗るだけ乗せようとするが、積み込むだけで夜が明けてしまう。

手にしたのは金塊五百万ドル。彼らは行きがけの駄賃に、積み残した金塊を空軍基地から盗んだナパーム弾で燃やしてしまう。

天を突いて膨れ上がる火の玉、溶解した金が空に散り、黄金の雨となって降り注ぐ。

その様をヘリから見おろし、主人公は呟く。

「いつか、あそこに誰かが家を建てる。井戸を掘り、水路をつくり、田んぼを耕す。そして金脈を掘りあてるってわけだ」

本を閉じ、もう一杯飲んだ。テレビではもうオリンピックの閉会式が始まっていた。

テレビを消してもう一度頁をめくった。香港人の相棒、康は楊をモデルにしているようだったが、年齢も姿形も、似ているところはひとつもなかった。康は最後まで仁義を貫く寡黙な硬骨漢だった。わざと書き替えたのかもしれない。

エルネスト・フジカワの上官も、アッカーマンとは正反対のタフガイとして描かれていた。両方とも人物像が薄っぺらで、つくりもの臭かった。

折匡には、登場人物を作り上げる力があまりないようだった。生き生きしているのは、実在の人物をそのままモデルにしたからだろう。だとしたら、楊とアッカーマンは、そのまま書けない理由があったのだ。

本を放り出したとき、私の中でこの物語は、現実の出来事に変わっていた。七千万ドルの金塊やナパーム弾の火の玉などで飾りたててあったが、底には彼らの事実がある。

私は、机の引き出しを掻き回して稲本の名刺を探した。日曜の編集部には誰もおらず、携帯電話は留守電になっていた。

折匡の本について聞きたいことがあるので電話がほしいと伝言した。

三十分もしないで電話が鳴った。稲本ではなかった。

「おう。どうしてるよ?」

ニュース記者は言った。声がいささか酔っていた。「ちょっとしたことが分かったんだ」

「台湾当局が、飛行機の遭難現場で何か見つけたって言うんだろう」

「本当か? そんなニュースは流れてないぞ」友田はびっくりして聞き返した。

「すごいじゃんよ。どこで仕入れたんだ」

「裏を取ってくれ。台湾当局が公表してないかもしれない」

「ああ。しかし、ちょっと手間がかかるぜ」

「それで? 今夜のNHKニュースは何だ」私は尋ねた。

「おう。それなんだよ。あの冷凍倉庫、覚えてるか。ヴェトナム人が凍死した田浦の倉庫」

「おい――」と、声が出た。そのまま私は言葉を失くした。チャンの凍死が、われわれの間で話題になったことは一度もなかったはずだ。

「あの倉庫さ、潰れたんだぜ」友田はかまわず続けた。

「売りに出て、持ち主が代わったんだ。それが横浜の不動産屋でさ、山下町の金港エンタープライズ。知ってるか。中国人の経営だ。鄒邦富って名だ。――横須賀のカプットって店、あったじゃんよ。あそこもここが管理してるんだ。おかしいと思わないか？　十五階建ての自社ビルにおさまってるエンタープライズ様が、あんな店持ってるなんてさ」

「冷凍倉庫の件がどう関係あるんだ」私は我慢しきれず、尋ねた。

「嫌だなあ。カプット繋がりに決まってるじゃん。ビリー・ルウにカプットに凍って死んだヴェトナム人」呂律が怪しかった。彼ははげしく咳き込んだ。

「まだ何にも当たってないけど、この不動産屋、楊と関係あるぞ。台湾籍の華商でよ、楊の金色のビルも、土地はここが売ってるんだ。それだけじゃない。ビリーが住んでたパームブラザース・ハウスだって、今じゃパーム兄弟のものじゃない。ここが所有してるんだ。しかもだぜ。――おい、聞いてんのかよ」

「聞いてる。先を続けてくれ」

「その上さ、あの倉庫、初手から鄒の息がかかってたんだよ。敷地の半分は三年前、エンタープライズにもう売ってたんだ。倉庫屋の社長は地代払って、営業続けてたのさ。今回、残りの土地と上物、売ったってことだ。売ったって言うより、取り上げられたってところだな」

友田は、心の底から嬉しそうにくすくす笑った。「もしかすると、あのヴェトナム人の凍死だって事故じゃなかったのかもしれないじゃん」

「何で倉庫のことを調べた？　チャンとビリーが繋がってたことは、県警でも一部しか知らないはずだ。ぼくは提言したが、捜本では取り上げもしなかった」

「悪い。すげえ悪い！」友田はいきなり謝った。声は笑っていた。

「でも、いいじゃん。別に騙したわけじゃないし、困らせてもいないんだからさ」

「本当の狙いを黙っていたな。何が狙いだ。本命はビリーの事件じゃないんだろう」

「このあいだの総裁選で流れた金、追っかけてたんだよ。言ったじゃないか。楊が一枚かんでるヴェトナムの大規模開発があってさ、その金が、与党に流れ込んでんのよ。話の出所は中国の情報筋だからさ、逆に信憑性あるじゃん」

「サイゴン・バーナム総合開発事業か」

「おう。さすがだね。知ってたのか。あれって金のなる木そのものでさ、大昔、インドネシアの戦後補償ですごい金が自民党に還流したろう。あのくらいでかいんだよ」

「与党が県警に圧力をかけたのか。それで、どちらの事件もうやむやになったっていうのか」

「そうまで言ってねえよ。アメリカ軍に弱いのは、県警の伝統だしさ。墜落して死体が出たって聞いたとたん、刑事部長は手を叩いて喜んだそうだぜ。これで幕が引けるって」

「飲んでるのか？」と、私は尋ねた。

「ああ。飲んでる。やりきれねえよ。幼児虐待の特集なんてやらされてさ。あんなことする親なんかより、楊の方がずっと正しい犯罪者だ」友田は雪崩のような溜め息をついた。

電話を切ったあと、私はパームブラザース・ハウスの電話番号を調べた。日曜は夜勤の守衛がいない様子だった。週末のフロントサービスは午後三時までだと、録音した女の声が繰り返し伝えた。

携帯電話に番号を記録させようとして、液晶表示の隅に留守録のマークを見つけた。海鈴は昨日、私に三度も電話をかけていた。二度は何もしゃべらず、電話を切った。「平岡です」と、三度目に名乗った。

「今夜は東京で仕事です。東京に泊まります。来週からは関西です」

声が途切れ、息づかいが聞こえた。

「いえ、そんなことを言いたかったんじゃないんです。さよならも言わずにいなくなられるのは、もっと嫌だって伝えたかったの。いないことに気づいたとき、分かったのよ。——ごめんなさい。変だわ、私。——いやだ、これ、消せないのかしら」

ボタンを押すビープ音が二度聞こえ、手が携帯電話をごそごそと握り変える音が続いた。

私はもう一度、声を聞き、ヴァイオリニストの自尊心のために録音を消した。

それから名刺とアドレス帳を出し、思いつく限りの電話番号を携帯電話に記録した。一仕事終えると、今度はそれが誰かの手に渡ったときのことを考え、不安になった。結局、半分以上の番号を削除し、個人名は自分にだけ分かる符丁に変えた。

気づくと、かれこれ二時間近く携帯電話をいじっていた。自分で自分が薄気味悪くなり、電話をクッションの下に放り込んだ。

30

月曜の朝、仮事務所には私ひとりだった。県庁から来た二人は、本当か嘘かは知らないが、古巣に立ち寄って午後まで出てこないことになっていた。

私は十時まで待ち、その必要もないのに書庫へ行って折匡に電話をした。電波が届かないところにいるか、電源が入っていないというアナウンスが聞こえた。

引っ越し屋の方はすぐさま電話に出た。

「県警本部の者ですが、ちょっとお尋ねしたいことがあるんです」

私は名乗りもせず、テラス・パークレーン五〇四号室の引っ越し荷物が、どこへ運ばれたか尋ねた。

「依頼主はイアーソン商会か、クリス・アッカーマンだと思うんですがね。それとも令状とって伺わないとまずいですか」

ときどき、これだけで上手くいくことがある。今回もその口だった。女事務員はいともあっさり届け先を教えた。

「ええと、市内神奈川区千若町《ちわかちよう》四丁目、常陽倉庫さんとなってます」

「貸し倉庫ですか」

「そうですね。トランクルームってやつ？ あれですかね。私じゃよく分かりませんが」

住所を手帳に書き留め、一〇四で常陽倉庫の番号を調べた。神奈川区には常陽倉庫の登録がなかった。運営会社の名が違うか、営業部が別の場所にあるのか、どちらかなのだろう。私は手帳を閉じて、しばらく考えた。どちらにしろ貸し倉庫なら、そこで行き止まりだ。

楊に電話をすると、意外に早く応答があった。それも本人の声だった。

「君、昨日ぼくに電話くれなかった？」と、先に尋ねた。

「悪かったね。ちょっと手が離せなくて。――あのことだろう。君にも迷惑かけちゃったなあ。いや、本来ならこっちから連絡しなきゃいかんところだが」

「荷物が出てきたんですね」

「ああ。耳が早いな」

「残らず出てきたんですか」

「空の高い所でバラバラになったらしい。あれは機首の裏側に荷物室があってね、不思議だなあ。あんなところ、まず壊れないんだが。機体も荷物も広い範囲に散らばっていたそうだよ。詫びは、あらためてしますよ」

「空中分解したんですか。ミサイルじゃないだろうな」

楊が短く笑った。「おもしろい男だな、君は」

「荷物は無事でしたか」

「だいぶ燃えちゃったらしいけどね。それはどうでもいいんだ。以前も言ったが、うちのジェットに荷物が載っていたと分かれば、それでいいんだよ。これは面子《メンツ》の問題なんだ」

「台湾にあんなに高い山が沢山あるとは知らなかった」

「玉山《ユイシャン》だろう。何を言ってるんだ。あれがニイタカヤマノボレの新高山じゃないの。日本の人は歴史を知らないなあ。あの辺は軍事的にも問題があってね。そのせいで発見が遅れたんだ」

「ビリーもこれで浮かばれますね。ぼくもお役御免というわけだ」

「年寄りをいじめるなよ」と言って短く笑い、電話を切ろうとした。

「荷物のことはアッカーマンから聞いたんだ」と、私は言った。

「ホー・チミン市の郊外でやってる開発事業のビジネスパートナーですよ。テラス・パークレーンに知り合いはいないと言ったが、彼の事務所はあのビルの五階に入ってる」

「そうか。それがビリーの知り合いかね」楊はいたって穏やかに聞き返した。

「あの事業には、数えきれないぐらい多くの企業が参画している。セールスにあたっているエージェントは星の数ほどいるんだ。ぼくだって全部を把握してるわけじゃない。中にはおかしなのも混じっている。まさかビリーが、そんなのとつるんでいたとはなあ」

「『楽園のヘルボーイ』を知ってるでしょう。折匡恭一の小説ですよ。あれに出てくる香港のヤクザはあなたがモデルじゃないんですか」

「今度は何言い出したんだ？　意味がよく分からんが」

「戦争末期のヴェトナムで、ヤクザと米兵が泥棒をするアクション物です。登場人物のひとりが楊さんにそっくりなんですよ。今度、映画化される。ズームの副編集長で稲本っていうのがいるんですがね。それが担当なんです。モデル問題で訴えるなら彼と話した方がいい」私は出まかせを言った。

「検討するよ」

「金港エンタープライズの鄒さんですが――」

「ぼくは、忙しいんだ。悪いが、またにしてくれ」

「すいません。これで終わりです。鄒さんを紹介してくれませんか。あの会社が管理している横須賀の店舗を借りたいんです。警察を辞めて、ハンバーガー屋でもやろうと思ってる。あの会社、実際のオーナーはあなただって聞いたんだが」

「役には立てんな。残念だが。――それも、その稲本とかいうのから訊いたのか」

「さあ。どうだったろう」

楊は電話を切ろうとした。私が、近いうち中華街で飯を奢ってくれと持ちかけると、あんな場所で飯など食べたことはないと撥ね除けた。

「中華なら、ぼくはオークラの桃花林でしか食べんよ」

中華街にいる中国人は、本当の成功者ではないと思っている華僑がたまにいる。楊もそのひとりなのだろう。しかし横浜にいながら中華街には一切食べに出かけないという華僑を、私は他に知らなかった。

毎日、フレンチフライを山盛り添えたビフテキでも食べているのだろうか。私は電話を切った後もなぜか長いこと考え続けた。

昼になった。

私の足は、当然のように中華街に向かった。車を県警分庁舎の中庭に無理やり突っ込み、科捜研の納富に声をかけた。

彼はすぐに降りてきて、弁当をもう注文してしまったので飯は一緒にできないと断った。

「とっくに届いてるのに、まだ食べていないんですよ」

まるで弁明するみたいに言って、ジップロックに入れた弾丸とワープロのプリントアウトを一枚、手渡した。

「そこに書きましたが、八ミリ・ナンブですね。南部十四年式、大正十四年に陸軍が制式化した軍用拳銃の弾丸です。ほぼ間違いない」

「八ミリって、ほとんどないだろう」

「今ではね。当時の自動拳銃は実寸八ミリが主流だったんです。軍用拳銃を何のためにどう使うかって考え方が違ったんですよ。アメリカだけが十一・五ミリ、俗に言う四五口径を使ってたでしょう。あれは、槍を持って向かってくる野蛮人を、ドカンと一発で吹っ飛ばす必要を感じてたからなんです」

「弾丸も当時造られたものか」

「そう。詳しいことはそこに書いてあります。戦後も、マニアのためにアメリカで造られてるんですが、それとは材質が微妙に違う。――凄いですよ、あのサイト。あんなデータ、警察庁だって持ってない。カリフォルニアのオタクはバカにできないなあ」

納富は感心して顔を上げ、空の彼方に頷いた。

「それから、これ、残念ながら人間の体に当たったものじゃありません。白っぽいのがくっついてたでしょう。あれは黴でした。被甲がぼろぼろになるほど黴びていた。だいたい、人に当

「何でそう言えるんだ」

「火薬が劣化してたはずです。初速もインパクトもだいぶ落ちてたんじゃないかな」

拳銃が閉鎖不全を起こし、次の弾丸を発射できなかった可能性もあると納富は言った。

着弾した壁材から簡単に取り出せたことを、私は思い出した。

「それ、記念にもらっちゃっていいですか。珍しいもんだから」と、目線を落とした。

「万一、後で事件になったら、困るのは君だぜ」

「かまいませんよ。そうしたらぼくが、元あった場所から上手に発見します」

私は拳銃弾を彼に渡した。それから西門通りの外れまで歩き、広東料理屋で加哩鶏《カーリージー》を食べた。どんなに混んでいる時でも、ここだけは必ず座れた。カレー以外、美味いものが何ひとつないからだ。

食後、思いたってパームブラザース・ハウスを訪ねた。

あの夜のフロント係はいなかった。昼夜と週末の勤務は別のシフトだと、黒い背広を着た五十代の男が言った。彼は週日の昼を担当していた。それでも、ビリーのことは記憶にあった。

「酔っぱらって、よくロビーで寝てましたからね」

「昼と夜はシフトが違うんじゃないのか?」

「昼から寝てるんです。だけど不思議とね、あの人のこと悪く言う者はいなかったな。まあ、他のお客様は別ですが」

私は名刺を出して、ビリーを捜しているのだと伝えた。

「警察の人なんですか」

「警官だが捜査員じゃない。ビリーとは友達だった」

「で、どうなんですか。被疑者死亡ってことは、あの人が犯人だって決めてるわけですよね」

「死人に口無しとも言うぜ。——ここは金港エンタープライズの持ち物なんだろう？」

フロント係はそうらしいと答えた。彼は運営を請け負った会社から派遣されていた。ビルの所有者については、よく知らなかった。

保証金を食いつぶし、部屋は八月一杯で自動的に解約されていた。ビリーが遺して行った荷物は、会社の倉庫に移された。ほとんどが衣類で、トランクふたつ程度のものだったようだ。外国人の滞在者が多いので、ときおりこういうこともあるのだと、フロント係は言った。

「でも、あの人は結構長かったからね。足掛け四年になるんじゃないの」

「それで荷物がトランクふたつか？」

「そう。いつもいるってわけじゃないから。出たり入ったり。長い時は二ヵ月近く帰って来られない。飛行機で飛び回ってたんでしょう。サンフランシスコにも住いがあったんじゃないんですかね」

入居のときは巨きなトランクを運び込んだ。ルイ・ヴィトンの船旅トランクだった。あの鞄に死体が詰められていたようですよと声をひそめ、いきなり何を思い出したのか、「そうそう」と言って、フロント係は奥へ引っ込んだ。

「ポーリータ・マックスウェルって、ご存じですかね」と、カウンターの中から尋ねた。

「どこの人？」私は慎重に聞き返した。

「沖縄ですよ。名護市だな」

「ビリーの友達じゃないか。名前は聞いている」

「だったら電話してあげたらどうですかね」

紙片をこちらへ滑らせた。相手の気が変わらないうちに、私は急いで手帳に書き写した。携帯電話の番号も書いてあった。

「ここに電話をしてきたんですか？」

「いや。お出でになったんですよ。先週の金曜です。何度電話しても埒があかないからって。ちょうど私が応対しましてね」

「惜しかったな。会えれば良かったんだが」

「お知り合いなら、伝えてあげて下さいな」

声をひそめ、カウンターに身を乗り出してきた。「この方がお帰りになってすぐ、変な男が二人やってきたんですよ。今の女が何をしていったか教えろって」

「警察じゃなかったんですね」

「とんでもない。手帳どころか名刺も出しゃしない。ただ教えろの一点張り」

「日本人ですか」

「それは、もちろん。──興信所の人間だって言ってました。身内の依頼で素行調査をしてるとか何とか。道を聞かれただけだって、追い返してやったけど」

私は本町通りを渡り、分庁舎へ車を取りに戻った。顔見知りの警官が、遠くからこちらを見ていた。私が会釈をすると、あわてて顔を背けた。

横浜公園の裏手まで走って、路肩に停め、ポーリータ・マックスウェルに電話をかけた。声の低い女だった。一昔前ならハスキーボイスと言うところだ。

私は名前を告げた。「ビリーの友人です。この番号はアパートのフロント係から聞きました」

「お電話いただけて嬉しいわ。それで、彼の行方をご存じなの？」

「フロント係から何も聞いていないんですか」

「部屋を解約したって。探すなら警察に頼めって。彼の英語、よく分からなくて。警察に駆け込むほどのことじゃないと思ったんだけど。――悪いニュースがあるのかしら」

「警察に行けと言ったのは、探すためじゃない。詳しい事情を聞けると言いたかったんでしょう。今は、もう沖縄ですか？」

「いいえ。ちょうど帰るところ。羽田行きのバスを待ってるんです。お会いできるなら、フライトを変更するわ」

私はともかくそこで待つように伝え、横浜駅に車を飛ばした。

羽田行きのバス停は、東口の駅前に建った高層ビルの一階にあった。フロア全体がシティ・エアターミナルになっていて、バス以外は乗り入れが出来なかった。

ミス・マックスウェルは約束通り、タクシー乗り場の外れに立っていた。軽いウェーブがかかったすばらしい金髪と赤いトロリーケースが、遠くからでも目についた。

ロウライズ・ジーンズの片方の太腿に大きな緋牡丹の手刺繡がしてあった。チャイナカラーの白いブラウスは短めで、へそと腕が剝き出しだった。

「ああ、寒かった」

助手席に飛び込んでくるなり、彼女は笑顔で叫んだ。

「日本がこんなに寒いとは思わなかったのよ。ミスタ・フタムラね？ ポーリーと呼んで」

「羽田まで送るよ。どこで話しても同じだから」

私はデパートの搬入口で強引にUターンさせ、高速道路の下を入口ランプに向かった。

料金所に止まるまでに、お互い自己紹介を済ませていた。彼女はサンフランシスコの近郊で生まれ、市の美術学校を卒業した。サンノゼの飛行場で事務のアルバイトをしていたとき、ビリーと知り合った。年齢は聞かなかったが、三十歳にはなっていない様子だった。

「さあ、準備はいいわ。ニュースを聞かせて。悪いのも良いのも」

高速道路を順調に走り出すと、彼女は静かに言った。

「ビリーのジェットは台湾で墜落したんだ。もう二カ月以上前のことだよ」

彼女は短くキリストの名を呼んだ。「何てこと――」

「たいして話題にならなかったんだ。小型機で、死んだのは一人だったし、台湾当局が情報を出し渋った形跡もある。日本は日本で、警察か政治家か、その両方か、あまり話題にしたがらない連中がいた」

「死んだのはあの人なのね」

「みんなそうだと言う。ぼくはそうじゃないと思ってきたが、最近自信がなくなった」

「わたし、台湾へ行ってみるわ。台湾のどこなの」

「結婚していたんですか」

「わたし？ 彼と？」彼女は笑って首を振った。その顔に、ただ涙が湧いて出た。

私は前に注意をもどした。川崎の工場街の屋並みをかすめ、首都高横羽線が多摩川へ向かってゆっくり弧を描いていた。

「家族でなければ、行っても何もできない。警察か、下手をすればもっと別の治安組織に嫌な思いをさせられるだけだ」

「お墓ぐらいは見せてくれるでしょう?」彼女の声は、ますます低くかすれた。

私はそれ以上、何も言わなかった。それで気が済むなら、他人が口出しすることではない。

「ビリーとは、いつごろから?」

「二年。——一緒に暮らしてたんじゃないのよ。わたしはハワイに住んで絵を描こうと思ってたの。飛行場で働いてたのは、パイロットの彼氏をつくって乗せてってもらおうなんて気も少しはあったのよ」自分のジョークに笑ってみせた。また涙が溢れ出た。

「でも彼、なかなかあのジェットに乗せてくれないの。実際、彼の自由にできるわけじゃなかったのよ。ほら、雇われ運転手だから」

私は手を伸ばして、グローブボックスを開けた。そこにクリネックスが入っているはずだった。彼女は音をたてて洟をかんだ。

「沖縄へ誘われたのは一昨年の冬よ。ひと夏のつもりでついて来たんだけど、結局沖縄が気に入って、北のビーチに家を借りたわ。ビリーはときどき顔を出すの。続けて三週間ぐらいいることもあったけど、一緒に住んでるってふうじゃなかった。ほら、彼ってそういうタイプじゃない?」

「どういうタイプだったんだ」

「私も彼もよく飲んだわ。朝まで飲むこともあったわ。不眠症同盟なんて、彼、わたしたちのこと呼んでいたの。朝まで寝ないのよ。会っているときだけ、お互い相手が存在しているみたいだってわたしが言ったら、ぼくと会っていないときも、君はこの宇宙に存在しているのかって驚いてみせるの」

　彼女は髪をかきあげ、かすれた声でやっと笑った。

「家は誰の名で借りたんだ？」

「わたしよ。ビリーは宿泊料を払うの。一泊一万円。食事付きよ。彼が月に半分いると、家賃と二人分の食費全部もらったことになっちゃうの。沖縄の北の方ってすごく物価が安いから」

「あいつらしいな」

「あら。わたしが決めたのよ」

「酒代はもちろん、あいつ持ちだろう？」

　彼女は背を丸め、猫が匂いをかぐみたいに顔を突き出して頷いた。

「もちろんよ。シボレー・シェビーよりずっと燃費が悪いんだもの」

「沖縄には友達がいなかったのか」

「彼？　ときどき連れてきたわ。それでも四、五人ね。基地関係の人が多かった。ひとりだけ現役がいたけど」

「アッカーマンって言わなかった？」

「そんな名じゃなかったと思うわ。その人、ヒスパニックの空軍さん？」

「空軍にも友達がいたのか」私は少し驚いて聞き返した。

「ええ。——でも、こっちから会いたくなるような人達じゃないのよ。だから、電話番号も知らないの。だいたいわたし、軍人って嫌いだし、外国でアメリカ市民に会うのって本当にストレスだと思わない?」

「君は変わったアメリカ市民だな」

「あら。ビリーと同じことをいうのね」

今度は私が笑う番だった。

羽田のランプで高速を降り、そこからしばらく一般道を走った。穴守橋を渡ると飛行場のフェンスが見えた。道は滑走路の周囲をぐるりと巡っていた。

「でも今度のことがあって、本当心細かった。携帯には出なくなっちゃうし、横浜のアパートは解約されちゃうし、——」

「あのアパートへ行ってから、今まで何をしてたんだい?」

「昔、ビリーに紹介された友達がこっちにいたことを思い出したの」

「楊か。それとも折匡?」

「ちがうわ。ヴェトナム人よ。彼らしか連絡先を知っている人がいなかったの。だけど、だめだったわ。携帯電話に出ないのよ。どうしても出ないの」

「その男は、チャンって名前じゃないのか」

「あら嫌だ。男じゃないわ」ポーリーは眉をひそめた。

「奥さんの方よ。チャン・キンホア。でも何で知っているの」

「亭主は何というんだ!」

気づいたときは、路肩に車を止めていた。空港のアクセス道路だった。背後から来た車が、クラクションを浴びせて通り過ぎた。

「どうしちゃったの？　それって、とても大事なこと？」

「チャン・ビントロンだろう」

「いいえ。違うわ。レよ。ミスタ・レ。ええと。たしか、レ・ニュタンじゃなかったかしら」

「ヴェトナムは夫婦別姓なのか？」

「そう。ビリーがそう言ってたわ」彼女はきょとんとして私を見つめた。

私はチャン・キンホアの電話番号を教わり、書き留めた。


車を駐車場に入れて、出発ロビーまで見送った。時間はまだ少しあった。

ポーリーがチェックインカウンターに伸び上がると、ジーンズから赤いTバックが覗けた。私は目を逸らした。

その瞬間、カウンターの一番外れに立っている男が顔を動かした。なぜか分からないが、気になった。この季節にレインコートを着ていた。耳から伸びたイヤフォンのコードが目についた。空港の私服警備員のようにも見えたが、ネクタイは締めていなかった。

われわれがコーヒースタンドに歩きだすと、男の顎がかすかに動いた。

柱時計の下に並んだベンチから、別の男が立ち上がり、ゆっくり歩きだした。先回りをするような格好で、コーヒースタンドに入った。

その男から最も遠い場所に並んで立ち、私はコーヒーを注文した。

「チャン夫婦とは、どこで知り合ったの?」

「沖縄よ。ミスタ・レは那覇の波止場の方で働いてたの。倉庫の掃除とか荷物運びとか、そういう仕事よ。チャンはフリートレードゾーンで働いてたわ。聞いたこともないようなブランド品を売ってる店」

「フリートレードゾーン? 米軍関係かい」

「いいえ。日本の施設。特別な法律で、自由貿易が許されている地域よ。空港のそばの海辺にあって、工場や倉庫が建ってるの。売店や食堂もあって、みんなタックスフリーなの。ものの売り買いだけじゃなくて、たとえば台湾から半分完成したコンピュータを運んで、そこで組み立てるでしょう。そうすれば台湾製がメイド・イン・ジャパンに化けるわけよ。そのくせ日本の税金はかからないから安いじゃない。他にもいろいろ良いところがあるんだろうけど、わたしには判らない。沖縄には産業がないから、その対策だって聞いたわ」

「それで? 彼らは、ビリーに呼ばれて本土へ行ったの」

「違うわ」彼女は頭を振った。金髪が揺れて、カウンターのビーム灯に輝いた。居合わせた全員が、こちらを見た。あの男だけ、顔を上げなかった。

「夏に沖縄でサミットがあったでしょう。あのせいで、春先から締めつけが物凄いことになったの。わたしのところまで警官が来て、家族構成だとかなんとか訊いてったほどよ。不法滞在の一斉摘発が続いて、――警察に追い出されたようなものよ」

「行った先は横須賀だね?」

「そうなの? 知らなかったわ。何も言わないで行ったから。あるとき携帯に電話をしたら、本土に越したんだって言ったの。英語が充分じゃないから、電話だと上手く通じないのよ。ご主人の方は、全然しゃべれないし」

「彼女、頭痛持ちじゃなかった？」私は尋ねた。理由のない確信があった。

　案の定、ポーリーは目を丸くして頷いた。「彼女を知ってるの？　ときどき臥せってたわ。わたしに気を遣って理由を言わなかったけど、きっとあの戦争の後遺症ね。お気の毒に」

「君は、アイリーン・スーって知っているか」

「知らないわ。ビリーの友達？」

　もちろん、ポーリーは平岡玲子の名も知らなかった。

　時間がきて、手荷物検査のカウンターへ向かった。男はコーヒーを手に動かなかった。

　コートの男がどこからか現れ、さっと列に並んだ。彼女はその後についた。金属探知機のすぐ手前で振り向き、「ありがとう」と大きな声で手を振った。

　私は踵を返してエスカレータの方へ歩き出した。少し行っていきなり振り向いた。

　コーヒースタンドにいた男が、搭乗手続きにできた行列の後ろで顔を逸らせた。

　男が搭乗ラウンジに入っていくまで、私は彼を見続けた。姿が消えると、周りの景色が急に動きだした。私だけが、それに取り残された。空港出発ロビーの喧騒が遠く聞こえた。

　何者かが、唇についた蜂蜜のようにねばっこく透明な監視網で彼女を包んでいた。それだけは確かだった。

31

アパートの前のフグ屋に『ふぐ始めました』という看板が出ていた。

私は夜の七時ごろ、そこでフグの唐揚げを食べ、酒を飲んだ。最初のグラスが空になるころ、携帯電話が鳴った。店主はやんわりと私を睨んだ。

店の外へ出て、軒下で通話ボタンを押した。

「ああ、稲本です」少し鼻にかかった声が聞こえた。

「ちょうどね、こっちから電話しようと思ってたところだったんですよ」

「折匡さんと連絡がとりたいんですが」と、私は言った。

「ああ。あの人は今日まで香港ですよ。どこかの雑誌の取材だって、――」

もともと連絡をとるのが大変な人なんだと、彼は笑った。「取材だなんて言って、博奕でもしてるんじゃないのかなあ」

「昨日、『楽園のヘルボーイ』を読みました。あの映画は、もう撮り始めているんですか」

「いや。それで困ってんですよ。このところ、先生がヘソ曲げちゃってねえ」

「シナリオが気に入らなかったんですか」

「いや。どう言うんでしょう。いきなり、別の小説を先に映画化しようなんて言い出して、—

―まったく困っちゃうよね。あれには、うちの社も予算をつけてるっていうのに」

「楊の会社も、投資しているんですか」

「え？　何の会社ですって」

「楊です。南洋恒産」

稲本は「ああ」と、意外そうな声を上げた。

「あの人、映画なんかにお金出しませんよ。紹介はされましたけどね」

「イアーソン商会はどうです？　あの会社で映画の企画書、見かけたけど」

「映画の企画書なんて、名刺と同じです。金のありそうなところにばらまくんですよ」

そんな会社は聞いたことがないと、稲本は言った。何を思ったのか、以前、まったく別の企画で会社が一億円どぶに捨てた話を始めようとした。

私は、そっちの用件というのは何だったのかと尋ねた。

「いやいや。ほら、ボニーさんね。彼のことが気になって。どうかしちゃったんですか。突然、アメリカに帰っちゃったって。何かあったんですか？　知ってるなら教えてくださいよ。そもそもあの人、いったい何しているんですかね。自家用機持っているようなこと言ってたけど、金持ちなの、家が？」

「そうかもしれない。ハワイの王族じゃないのかな」

「本当？　それ」稲本はすっ頓狂な声を出して笑った。

「いやだな。からかってるんでしょう。俺だって、真面目にものを考えることもあるんですよ。

――先生がすねちゃったのとボニーさんのことと何か関係があるんじゃないかと思って、それが気になるんだ。ボニーさん、あの本のこととても嫌がってたから」

「本に出てくる日系人は、やはりビリーがモデルですか」

「ああ。あれね。二人とも違うって言うけど、絶対そうだよね。あの先生はほとんどの作品、体験で書いてるしね。――モデルにされた人と作家が不仲になるってこと、よくあるんですよ。作家が格好よく書いたつもりでも、本人は気分を害しちゃうことって」

稲本の声は段々小さく、弱々しくなった。もぐもぐと何かを食べているような具合だった。

「稲本さんは、チャンってご存じでしょう」

「あ。あれ」と、軽く叫んだ。

「何で知ってるんです？　隅に置けないな。やっぱりお巡りさんなんだね」

軽口のように言ったが、そうは聞こえなかった。どこか不安そうに、しばらく黙った。次に口を開いたとき、声には張りがなかった。

「二村さん、あの人のことどのくらい知ってるんです？」

「横須賀の逸見に夫婦で住んでたヴェトナム人でしょう」

「なんだ。そうか。私より詳しいんだ。いやいや」

稲本は笑おうとして、途中で止めてしまった。「実はねえ。何か、俺、あのチャンにまずいことを言っちゃったみたいなんですよ。横須賀のドブ板通りですか？　あそこへ行ってみたくってね。それでボニーさんに案内してもらったんです」

「彼女はドブ板で何をしていたんですか」

「え！　嫌だな。男のチャンさんですよ。カプットって店をやってた。ほら、冷凍倉庫かなんかの事故で死んじゃった」

「チャン・ビントロン？」私は驚いて聞き返した。

「ええ。そう。その店で、ボニーさんがつぶれて寝ちゃったんです。俺も凄い酔っててね。あのヴェトナム人となんだか意気投合しちゃって。あの人、昔ヴェトコンだったんですってね。話してみると、超インテリなんだ。まあ、酒飲むとすぐに誰とでも意気投合しちゃうんですけど。彼、俺がズームの編集部にいるって知ったら、あれやこれや聞きたがって。ほら、こういう人間でしょう。つい調子に乗って、ボニーさんに悪いこと言っちゃったらしいんですよ。それからなんだな、先生の腰が引けちゃったの。あの話、特定のモデルがいますからね。それがみんな犯罪者として描かれてるわけでしょう。微妙な問題、孕んでるんですよ」

「悪いことって、何を言ったんです」

「覚えてりゃ世話ありませんよ。全然！　何ひとつ！　覚えちゃいないんだもん」

「あの小説には彼も登場しているんですか？」

「ミスタ・チャン？　さあ、どうなのかな。先生は教えてくれなかったけど。私がチャンと知り合ったこと、面白く思ってなかったみたいだから」

稲本は口ごもった。また、しゃべりだしたとき、ふいに声を大きくした。

「どうです。お会いできませんか。私、明日横浜行くんですよ」

私たちは明日の午前十時、みなとみらいで落ち合う約束をした。その近くで昼飯のアポイントがあると、彼は言った。

私は勘定を済ませるために店に戻った。親爺が勘違いして「いらっしゃいっ」と叫んだ。

なぜかその拍子、キニャール神父のことを思い出した。彼は、チャンには妹がいると言った。夫婦で近くに住んでいる。マダム・レと夫のムシュウ・レ。あのときすでに捜本は事故の線に傾いていた。妹夫婦のことは宙に放り出された。

所轄署は、チャンの遺体をいったいどう処理しただろう。妹夫婦を捜し、連絡したのか。可能性は限りなく低かった。神父も居所を知らなかった。夫妻はときおり日曜ミサに顔を出すだけだった。神父に遺族への伝言を頼んだかどうか、それさえ怪しいものだ。

キニャール神父は習慣から、彼女をマダム・レと呼んだ。しかしヴェトナムは夫婦別姓だ。彼女か夫か、あるいは両人とも不法滞在だったらどうだろう。妹のために兄のチャン・ビントロン氏が自分の名義で家を借りてやる。不動産屋が会ったミスタ・チャンと大家が会っていたミスタ・チャンが別人でも、それを照し合わせるチャンスは多くない。それなら夫妻はミスタ・チャンとミセス・チャン。——ミスタ・レはどこにも居なくなる。

自分で自分に相槌を打つと、いつの間にか焼酎のロックが一杯空になっていた。勘定を済ますまでに、私は結局もう一杯、グラスを空にしてしまった。

32

それでも八時には部屋に戻っていた。月曜で野球中継はやっていなかったが、いつの間にかソファに足を伸ばし、灯の入っていないテレビを相手に強い酒を飲んでいた。その内、眠ってしまった。

電話に飛び起きたとき、時計はまだ十時にもなっていなかった。

「今、湾岸線なの」という海鈴の声が、かすかに震えていた。

「関西じゃなかったんですか」

「ひどいのね。ご存じなら、電話を下さればよかったのに」

私は返事が出来なかった。ソファから腰を上げ、窓の外を見ながら黙って待った。筋向かいの提灯には、まだ光があった。

「今日が移動日だったの。でも明日の朝、新横浜からのぞみに乗れば間に合うのよ」と、彼女が言った。

「タクシーで横須賀に向かっているの。橋を渡っているところよ。あなたの街が見えるわ」

「橋の上なら、まだ寄り道ができる」

「もちろんよ」彼女はくすくす笑った。その声もなぜか寂しそうだった。

待ち合わせを決めようとすると、最初の夜、あなたが下りた場所から連絡をすると言って電話を切った。

どういう意味か気づくまで時間がかかった。気づくと同時に椅子から飛び上がり、私は窓という窓を開け放ち、部屋を片づけはじめた。食べ残し飲み残し、古新聞古雑誌、玄関にはみ出した靴から流し台の汚れ物まで全部寝室に運びこみ、床に掃除機をかけた。その後、バンジージャンプでもするような覚悟でシャワーに飛び込み、頭まで洗い、大急ぎで新しいシャツを着た。海鈴から電話がかかってきたとき、まだ髪はびしょ濡れだった。

髪を拭きながら半分の窓を閉じ、バスタオルを寝室に放り込み、居間とキッチンの間にロールカーテンを落として、部屋を飛び出した。

通りに出たとたん、海鈴が遠くから手を振った。卵色のシャネルスーツを公園の水銀灯がぼんやり白く見せていた。スカートの丈は短く、剝き出しの足は白いスニーカーを履いていた。

私は市松柄のボストンバッグを引き受け、それを担いで歩き出した。

フグ屋の前で、夕食はまだかと尋ねた。祈るような気持ちだった。しかし、彼女は普段は小食なのだと断った。

「近くに良い酒場がある」と、私は言った。

私の手を、冷たくすべすべした手が握った。そっと自分に引き寄せた。

「人が大勢いるところには行きたくないの」

「君を招けるような部屋じゃないんだ」

「あら。私が防空壕で育ったの、忘れちゃった?」

「シャンパンがない」

「持っているわ。寝酒に買ったのよ」

たしかに、彼女のドラム型のボストンバッグには重くて固いものが入っていた。それを肩に担ぎ上げ、アパートの玄関に歩き出すと、海鈴がまだ私の手を握っていることに気づいた。私は溜め息をついた。

バッグの中に入っていたのは、ルイ・ロデレールだった。もちろん冷えてはいなかった。私は海鈴をソファに座らせ、ロールカーテンを開けずにキッチンへ入った。

「横須賀へは何をしに行くんですか？」

「忘れ物を取りに」

長井の部屋は隅々まで検めたはずだった。しかし何を忘れたのかとは聞かなかった。

「シャンパングラスはないんです」と私は言い、冷凍庫からありったけの氷を出した。

「ちょっと、いいかしら」

声が近かった。彼女は、いつの間にかキッチンに来ていた。クイーンズ伊勢丹の紙袋を両手で抱えていたが、中にはトマトとレモン、チーズとパン、それぞれひとつずつしか入っていなかった。

「朝御飯に買ったの」と、小さな声で言った。

彼女は俎板を調理台に置き、まったく躊躇なく流し台の下のドアを開いた。

「包丁は？」

「錆びが回ってから使っていない」

「料理はしないのね」

「これ以上、趣味を増やしたくないんだ」

私は別の引き出しからバックのフォールディングナイフを出して、海鈴に渡した。

氷が入ったガラスボウルを手に居間へ戻り、シャンパンを冷やして待った。ロールカーテンが内から開くと、夕立の後の干し草のような良い匂いが漂ってきた。皿には山羊のチーズを乗せて焼いた薄切りの黒パンが乗っていた。

私は肘掛け椅子に腰掛け、彼女にソファを勧めた。海鈴は私のすぐ足許にクッションを置いて座り、シャンパンの首に手を当てて冷え具合を確かめた。

「冷えていないわ」と、残念そうにつぶやいた。

「すまない。アイスペールがないんだ。部屋で楽しく過ごすような暮らしはしたことがない」

「ごめんなさい。無理にお邪魔して」彼女は、勘違いして謝った。

「どこへも行きたくなかったのよ」

私の膝に手を乗せ、頭をもたれた。抱き寄せてやる必要はなかった。私の膝は抱き枕かテディベアのように扱われているだけだった。

私は膝をそのままに、上半身を一杯に伸ばしてキャビネットの下に置いてあったラムの壜を取った。氷を入れてグラスに注いだ。

海鈴は迷わずシャンパンを開け、出来上がった自分の酒にシャンパンを注ぎ、レモンを搾り入れた。

私が、もったいないと咎めると、冷たくないシャンパンは甘くないアイスクリームと同じだと言って一口飲んだ。

「美味しいわ」

　たしかに美味かった。チーズのトーストにもよく合った。私たちはシャンパンが冷えるまで、その酒を二杯ずつ飲んだ。

「あのカクテルはどう。もう飲めるようになった？」と、海鈴が訊いた。

「いや」私は頭を横に振った。

「インスピレーションを大切にしているんです」

　彼女はくすくす笑いだした。「いいお友達だったのね」

「殺人事件の被疑者だった。現場から逃げるのを、ぼくに手伝わせたんだ」

「まあ、非道い。それで帰って来ないの？」

「手伝わせたことは別に非道くない。そのときも、それ以前にも、聞くチャンスはあったんだ。君は犯罪に関係しているのかってね。それなのに、ぼくは事件について何も聞かなかった。避けたんじゃない。酒場で彼といると、他に話すことが山とあったからだ」

　私は空いたグラスをテーブルに置いた。その手を海鈴の手が止めた。膝にもテディベアから昇格した気配があった。

「どうしたの？　この傷」と、言って私の手を撫でた。

「道路でこすったんだ」

　海鈴は擦りむき傷に頬を寄せた。そのまま反り返り、顔をこちらに向けた。自然に私の腕の中に入り込み、口を押しつけ唇を開いた。舌はひんやり冷たかった。

「どこへも行きたくないの。でも、行きたいところが分からないのよ」と、彼女は言った。私の鼻先でシャンパンが香った。

「忘れ物なんてないの。あの部屋以外、行くところが思いつかなかったの。橋の上からこっちを見るまで」

「だろうと思った。あそこはぼくがガサ入れしたんだからね」

彼女は意味が分からず、私にぼんやり目を向けた。しかし見ているのは、もっと遠いどこかだった。

「母がいなくなったら、自分が誰か分からなくなっちゃうような気がしたの。それが怖いのよ。母のことを心配してるんじゃなかったのね。ひどい娘だわ」

「心配する理由がひとつでなければいけないなんてことはないよ」

彼女の大きな目が濡れて光った。それが今にも湧き出てきそうだった。

「君が誰か、ぼくが調べてもいい。――ミスタ・ハーフミレナリは？ 彼も君が誰か知っているような気がしないか」

五百本《ハーフミレナリ》という数字が急に形をもった。五百本もあれば、活きたバラでパチンコ屋の花輪が造れるのではないか。その馬鹿げた量が、何かを連想させた。いったい何なのか、結局は分からなかった。

「飛行機に乗った記憶はない？」

「日本へ来るのに？ いいえ。船だけよ」と、彼女は言った。

手はまだ握られていた。強い力でそれが引かれ、彼女は伸びあがった。私の肘掛け椅子は二人で座るには狭すぎた。体をぴったりつけると、唇が近づいた。

「シャワーを浴びるわ」

「このままでいい」

「お願い」

私は動きを止めた。彼女の頬に手を触れ、そっとささやいた。

「ここには泊まれないよ。ベッドがとても小さいんだ。留置場を改装したとき、譲ってもらったものなんだ」

海鈴は口笛を吹くみたいに唇を丸め、かすかに笑った。

ホテルを取るべきだった。しかし、それが言い出せなかった。彼女は、どこへも行きたくなかった。それでホテルから出てきたのだ。

海鈴は私をまじまじと見つめた。ゆっくり体を離し、また床に降り、クッションに座り直した。背中で静かに息をするのが見えた。

かかげた空のグラスにシャンパンを注いでやると、それを飲み、やっと冷えたと言って微笑んだ。背をぴんとして飲み続けた。

「そろそろ行かないと。明日早起きしなくちゃいけないから」と、彼女は言った。シャンパンは空になっていた。

「タクシーを呼んでちょうだい」

「横浜に泊まればいい」と、私は言った。

「お願い」

「じゃあ、送っていくよ」

「だめよ。あなた、お酒を飲んでるわ」

「あの夜の君ほどじゃない」そして、別の夜の私ほどでもなかった。

海鈴は返事をしなかった。黙って私を見つめた。私は電話をとり、タクシーを呼んだ。

通りにタクシーが停まると、ボストンバッグを持って階下に降りた。

「またね」と、彼女は手を振った。私も、さようならとは言わなかった。

「一度起こったことが、毎回起こるってものじゃないわ。たった一回しか起こらないから素敵なのよ」

私に向かって呟いたが、私に言ったようには聞こえなかった。

タクシーが公園沿いの道に曲がるのを見届けてから、部屋に戻り、すぐ寝室に行き、そこを片づけた。居間とキッチンと玄関先がまた物であふれた。

すると本当にそのことを希んだのなら、彼女の目の前でこうしていただろうと気がついた。

ガラスボウルの氷はすっかり溶けていた。冷蔵庫に氷はもうなかった。私はぬるいラムを飲みながら、ガラスボウルを流しに片づけた。

俎板の上に、トマトがひとつ残されていた。私はそれを手に取った。食べたかったわけではない。目の前から消したかった。しかしゴミ箱に捨てるのはためらわれた。

トマトは、鉛のような味がした。

33

空は朝から重く、低かった。そのくせどこかに光があって、街を艶めかせていた。垂れこめた雲はよく脂の乗った青魚を思わせた。

私は早めに仕事場を抜け出し、桜木町裏の再開発地区へ車で向かった。歩いて五分の距離だったが、林立した高層ビルを、動く歩道や空中回廊や地下街が行き当たりばったりに結びつけ、歩いて行くと必ず迷う。

目指す複合ビルの駐車場に乗り入れ、稲本に言われた通り、中央のエレヴェータで二階に上がった。

一番近いドアから外へ出ると、板敷きのオープンデッキが階下の広場を取り囲んでいた。指定された店の天幕庇を見つけ、デッキに並んだ席に座った。

眼下の広場では若者たちがぼんやりたたずんで、コンクリートの壁に水が滴り落ちるのを眺めていた。その向こうは運河沿いの自動車道路で、対岸には大きな観覧車やジェットコースターが見えた。

ぼんやりした光が広場のあちこちでにぎやかに瞬いていた。どこかで音楽が聞こえた。

紅茶を運んできたウエイトレスが長い講釈を垂れ、砂時計を逆さにしていった。私は最後まで待たず、ポットから保温袋を剝がして紅茶を飲んだ。

十時少し過ぎにポケットで電話が鳴った。稲本が息を切らせながら、まだ横浜駅だと言って詫びた。

「今タクシー乗るところなんです、じきに着きます。出掛けにちょっとありましてね」

稲本は声をひそめた。「実は電話があったんです。あれですよ。ほら、昨日話してたチャンさんの弟ってやつ。それが、どうにも変なんですよね」

驚いて聞き返すと、ふいに声が途切れた。電波を探す音がして、電話は切れた。

私は掛け直さなかった。相手もそのままにする様子だった。横浜駅からここまで、車で十分とかからなかった。

やがて、稲本の乗ったタクシーが海の方からやってきた。反対車線に止まると、彼はどたばたと金を払い、タクシーのリアを回って車道を渡ろうとした。

稲本がセンターラインで立ち止まった。対向車線を確かめた。

タクシーが走り去った。真後ろに止まっていた白いステーションワゴンが吠えたのは、そのときだった。

エンジンをいっぱいに回し、いきなりブレーキを放した。寸前、前輪が稲本の方へ動くのを私は見逃さなかった。ドンッという鈍い音が響いた。

私は席を立ち、見下ろした。通りの真ん中に稲本が倒れていた。起き上がろうとして片足を抱え、尻餅をついた。恐怖で顔が真っ白になった。

ステーションワゴンの後部シートから男が二人下りてきた。濃紺のジャージを着た男は、日本人に見えなかった。もうひとりは明るいグレーの作業ジャンパーを着て、大きなマスクをしていた。二人で稲本を抱え上げると、車内に運んだ。

私は走り出した。階段を駆け降り、広場を突っ切った。モニュメントや水路が邪魔して、通りは見えなかった。

舗道に出ると、目の前を白いステーションワゴンが掠め去った。年式の古いスバル・レガシィだった。

背後の路上に、後続車がまだ停まっていた。数人の男が立って前方を見ていた。

「連れてっちゃったんですよ。やばいんじゃないの、あれ」と、タクシーの運転手が言った。

「助けるって感じじゃなかったね」と、若い男が連れに相槌を求めた。

「ナンバーを見ましたか？」私は尋ねた。

「俺、見たよ！」ひとりが息込み、四桁の数字を言った。しかし見たのはそれだけだった。

警察に電話をかけるよう頼んで、私は走り出した。運河沿いの直線道路の遥か前方で白いレガシィは赤信号に停まっていた。クラクションにかまわず、車道を走りつづけた。

あと二十メートル。そこで信号が変わった。レガシィが大通りを右折して行った。

完全に息が上がった。私は立ち止まり、呼吸を整え、舗道に戻った。

そのとき、遠い一角にあの男が立っているのを見た。金縁の眼鏡をかけた年嵩の中国人だ。

汪倫は中途半端に丈の長いジャケットを着て、白い車が消えた方向に目を細めていた。そちらに高いビルはなく、雲が割れ、日差しがこぼれていた。それが汪の顔をてらりと光らせた。

彼は私に気づかぬまま歩き出し、車道を斜めに横切った。向こう側の路肩には、濃紺のCクラスが停まっていた。汪が助手席に乗ると、ウィンカーを灯し、音もなく走り出した。

追おうとして、数歩であきらめた。近くにタクシーも見当たらなかった。

先ほどの現場に引き返したが、車道にも歩道にも、もう誰もいなくなっていた。警察もまだだった。彼らが、警察を呼んだかどうかも怪しかった。

私はオープンデッキの上に戻った。席はそのままになっていた。ウエイトレスがやってきて、何事もなかったかのようにポットにお湯を差し、保温袋をかぶせ、二杯目のお茶の正しい飲み方を講釈した。

あれこれ迷っている余裕はなかった。稲本が拉致されたものなら、一秒の遅れが生死の分かれ目になる。轢き逃げ事件をめぐるトラブルではなく、自動車を使った拉致事件として、初動から扱わせなければ間に合わない。

私は携帯電話で本部の捜査一課へ電話をかけた。課長は留守だったが、班長のひとりをつかまえる事ができた。吉永という生真面目な男で、年は私より若かった。

轢き逃げを現認したと伝えた。犯人は被害者を車で連れ去った。状況から見て病院へ運んだ可能性は高くない。車種は旧型のスバル・レガシィ、色は白、ナンバーは四桁数字のみ。

稲本の名と職業は言った。用事があって待ち合わせをしていたことも話した。しかし、楊のことは黙っていた。汪倫を見かけたことも口にしなかった。

手配を頼み、私は楊の携帯に電話をかけた。

驚いたことに、その番号はすでに契約を解除されていた。

手帳を出して南洋恒産の番号を探した。電話には日本人の女が出た。若い声ではなかった。

「お待ちください」と言って、少し間があった。

「申し訳ありません。会長は席を空けております」

「じゃあ、そちらから至急伝えてください。会長がいなかったら汪さんでもかまわない。先ほど、みなとみらいでお姿を拝見したと」

「それだけでよろしいんですか？」

「言えば分かる。そこで共通の知人が車に轢かれたんだ。汪さんも現場に居合わせた」

私は「知人」の名前とステーションワゴンのナンバーを伝え、もう一押し脅しをかけた。

「稲本さんの命に別状はないと思う。警察も緊急配備を終えてるから心配ない。そう伝えてくれ。大至急だ。楊会長の事業の行方を左右するようなことなんだ」

電話を切ってポケットに戻すと、背中に汗を感じた。

この数日、私は友田の思惑どおり藪を突つく棒きれを演じてきた。それが藪を間違え、アナコンダを出してしまったのかもしれない。いや、藪は間違えていなかった。蛇が見物客に噛みついてしまったのだ。もちろん責任は棒にある。

私は紅茶を飲んだ。喉が渇いていた。喉を潤してから、それが酒でなかったことに驚いた。

小銭でぴったり代金を置いて、席を立った。駐車場へ降りるエレヴェータの前で、急に思いつき、折匡に電話を入れた。携帯は留守電に繋がった。昨日までは電源が切られていた。

稲本には、この近くで昼の約束があった。そして折匡は、すでに香港から帰っている。

私はショッピングモールを通り抜け、別のエレヴェータで七十一階に上った。

例のフィットネスクラブで尋ねると、折匡は十一時半に談話室の予約を入れていた。

「ちょっと早かったね」と、私は言った。時計は十一時を回ったばかりだった。

フロント係は談話室に案内しようとしたが、私は断った。ロビーの片隅のソファを選んで座った。そこからは入口が見渡せ、いきなり視線が出くわす恐れもなかった。

昼飯前だというのに、ダークスーツを着た壮年の男が何人も出入りしていた。半数は、ここを仕事の会合に利用しているようだった。残りは昼から働きたくないか、働かずに済む人種のようだった。

十分も待たずに、フロントの電話が鳴った。応答した係が私の方へちらりと目を投げた。

二言三言話した後で私を呼び、折匡からだと受話器を手渡した。

「あんたか」いつになく低い声だった。テレビの深夜映画に登場する脅迫者だ。

「あんたが、いろいろやってくれたのか？」

「引っかき回しただけかもしれない」

「その通りだ。おかげで俺は店じまいだ」

「あの編集者は大丈夫か」

「おい。そんな場所で無闇なことは言わないでくれ。――黙って聞いてるんだ。稲本から電話があった。まだ車の中だと言ってる。怪我はたいしたことはないようだが、足と足の間に匕首《ヤッパ》を突きたてられてるそうだ」

「それで？　向こうの契約条件はどうなんですか」と、私は改まった口調で尋ねた。

「言えるか、そんなもの！　人ひとり命がかかってるんだ。いや、今じゃ三人だ。俺とあんたの分もだよ。舐めたらえらい目にあうぞ。あのデカいのは洪芝龍《ホンジーロン》って言うんだ。五万両って呼ばれてる人殺しだよ。最近はおとなしくなったが、一頃は五万円で仕事を引き受けるんで有名だった。十五億も人口があると、命の値段が違うんだよ」

「趣味でやるやつより、金を取るだけましだ」

深い溜め息が、受話器をがさがさ鳴らした。

「二村さんよ。日本の警察は危機管理がなってないって、よく分かったぜ。俺はしばらく潜る。探さないでくれ。稲本も放っておいてやれ」

「どうも芝居がかっていけないな。ひとつだけ聞かせてくれ。以前、ビリーがみんなの命を救ったって言ったな？」

「これで終わりだ。もう話なんかない」折匡の声が揺れて大きくなった。初めて、彼が動揺していることに気づいた。

「何も断らなくたって良かったんだが、そこにいるって言うもの、黙って切っちまうわけにもいくまい。俺なり、仁義は切ってきたつもりだぜ。それもこれも、あんたがビリーの無実を晴らすために、いろいろやってるようだからだ。本当に今もビリーのことを思っているなら、黙ってそうしてくれ。酒を二杯飲んで忘れちまえ。それがあ奴のやり方だ。後は沈黙。知っているか？　ハムレットの名台詞だ」

「あれは死に際の台詞だよ――」

しまいまで言わせず電話は切れた。ひとつだけ判ったことがあった。酒を二杯飲んでその場を切り抜けるのがビリー・ルウの流儀なら、間違いなく、エルネスト・フジカワは彼がモデルなのだ。

「スカッチで、よろしゅうございましたか？」フロント係が、いつの間にか脇に立っていた。

「折匡様から、言いつかりましたので」

奥からボーイがグラスをふたつ盆に乗せて運んでくるところだった。三秒考えてから、私はボーイについて談話室に向かった。

本棚が壁という壁を天井まで埋めた部屋で酒を飲みながら、あの飛行機乗りのことを考えた。だがそれは、彼が積み残していった嘘や出まかせや謎のことではなく、酒場で飲んだ何杯かの酒のことだった。

自分のどこを探しても、ビリー・ルウの無実を証したいという気持ちなど見つからなかった。たとえあの女を殺したのが彼だったとしても、今や関わりのないことだった。

ビリー・ルウの言ったことに、事実はあまりなかった。彼はヴェトナム戦争のエースパイロットなどではなく、当時は飛行機の操縦さえできなかった。生まれながらの合衆国市民ではなく、ペルー生まれの日系人で、あの当時大勢いた市民権欲しさの志願兵だった。

しかしそれさえ、もはやどうでも良いことだった。

彼と飲む酒は楽しかった。彼とでなければ非番でもない昼日中、しかも警察の近くで飲みはしない。私は酒場でコーヒーを飲んでいるところを、彼に見られたくなかった。コーヒーを飲むのを、まるで裏切り行為のように感じた。

酔っぱらいが良い友人であっておかしくないのと同じように、大嘘つきが良い友人であってもおかしくはない。たとえそれが人殺しであっても。

私はきっと良い警官ではないのだ。

34

県庁出向組の二人は、古巣の食堂まで昼食に出ていた。三時までは間違いなく帰って来ない。三度に二度は、そのまま真っ直ぐ帰宅する。

私は近くの弁当屋へ電話をした。午後二時まで、一人前では出前をしないという返事だった。お茶を入れ、ミスタ・チャンの義弟のことを考えているうちに携帯電話が鳴った。

「おい、二村よ。この電話、いったいどこで手に入れたんだ」と、佐藤が挨拶もなしに尋ねた。

「カプットっていやあ、あの凍死したヴェトナム人が勤めてた店だろう」

「それが、どうかしたんですか？」

「あそこにかけてる」

私は大きく息を吸った。言うべき言葉が思いつかなかった。佐藤はかまわず続けた。

「横須賀局の番号だ。これは、あの店だぞ。どういうことだ？」

「ぼくの方が聞きたいですよ」

「携帯の番号がふたつあったろう。あの片方は料金未払いで止まってるみたいだ。これは沖縄で契約されてる。どうやって調べたか聞かないでくれ。下手打ちゃ監獄《アカオ》落ちだ」

それは二日間に三度、着信記録に残された番号だった。頭の中で何かが硬い音をたてた。

「ちょっと待ってください」

私は電話を置いて手帳を開いた。その番号と別のページに書き留めたチャンの妹の番号を照らし合わせた。ポーリータ・マックスウェルから教わった番号だ。二つはぴったり同じだった。

どうかしたかと聞かれたが、佐藤には黙っていた。

「もうひとつの携帯番号は横浜の法人が契約してたもんだ。こっちは六月で解約されてる。不動産と物流を扱ってる会社だ。金港エンタープライズって知ってるか」

知っていると私は答えた。もう大して驚かなかった。

「もうひとつ、横浜局番の電話がありましたね」と、私は尋ねた。

「それは、もうちょっと待ってくれ。どうも、よく分からない。電話金融から転売されたものらしいんだ。どっちにしろ、この番号は今、塩漬けになってる」

「塩漬けって？」

「使ってないが、良い番号だから手放してはいない。持ってるやつは電話の所有権を売り買いしてる個人業者だ。下でに出りゃ、教えてくれるよ」

「お任せしますよ」と、私は言った。最後の鬼刑事が、いったいどんなふうに下でに出るのか簡単に予想がついた。

「この携帯の番号を教えてくれ」佐藤が言った。

「そんなもの分かりません」

「オバハンみたいなこと言うなよ。普通ならメニュー画面から簡単に呼び出せるぞ」

彼に言われるまま、いくつかボタンを押した。すぐ、番号が液晶画面に表示された。

「おい。こりゃあ、玲ちゃんの電話じゃないぞ！」佐藤は声を上げた。

「やっぱり、そうですか」

「何だ、そのガキみたいな受け答えは！　それならそれで初手《はな》から言っておけ」

「佐藤さんが彼女の携帯番号を知ってるとは思わなかった。よっぽど親しかったんですね」

「バカな」彼は口ごもった。それから不意に声を殺し、照れくさそうに、

「今どき、携帯電話は年寄りの必需品だよ。誰の電話か、心当たりがあるのか」

私は返事をしなかった。手が手帳をめくっていた。目が一列の数字に止まった。黄色いピックアップトラックのナンバーの一部だった。

「ついでにU号照会も頼めますか」と、私は言った。

「おい。いいかげんにしてくれ」

「自動車の方が簡単でしょう。しかもU号ですよ」

私はナンバーを読み上げた。その車をマンションの近くで見かけた。見張っているように見えたと、やんわり伝えると、佐藤はあんまり当てにするなと応えた。

「民間《シャバ》に出たものが、照会センターを使うなんて、おまえ、本当は違法行為なんだぞ」

「本当も何も、立派な違法行為ですよ。それが日本中の警察で四六時中行われている」

佐藤は何も言わずに電話を切った。

私がカプットでビリーに会った日、誰かがその店へ電話をかけた。

その誰かは、同じ日、ビリーが住んでいたアパートとチャン・ビントロンが死んだ冷凍倉庫を所有し、カプットの土地を管理している横浜の不動産会社にも電話をした。その会社は楊と

も深い関わりがあった。

誰かはさらにチャンの妹にも電話をかけ、その後二日にわたって彼女から電話を受け取った。その誰かがビリーだと思うのはたやすかった。携帯電話を失くしたと聞いたのは、二度目に会ったときだった。君の車に落ちていなかったかと、彼は尋ねた。つまり六月十七日、最初に会った夜に携帯を失くしたと、彼は思っていた。

その電話が、なぜ平岡玲子の赤いサニー・バンの中にあったのか。

答えは目の前にあったが、そこへたどり着けなかった。ロバの目の前に吊るされたニンジンみたいなものだった。それが私を急き立てた。なぜか腹が立った。

私は黒板に何か書くことさえ忘れ、仮事務所を飛び出した。

途中、見つけた金物屋に車を着け、二ミリ径の鋼線とヤスリを買った。

初音町まで行って大岡川を渡り、阪東橋のランプから高速に乗った。

横横道路を走り始めると、行く手で雲が割れた。そこに日が差した。路面が光り、周囲の車が止まっているみたいに見えた。

バイパスを降り、汐入の近くでUターンして、国道十六号線を引き返した。トンネルを潜った先で、山の方へ曲がった。

逸見の高架駅が見えた。籠を背負った老婆がひとり、道路にお辞儀でもするような格好でバスを待っていた。

私は信用金庫の裏手に車を停め、トランクの工具を使って、鋼線を一本に伸ばし、適当な長さに切った。先端にヤスリをかけて、小さなコの字形の鉤をつくった。

それを懐に隠して、軒の低い住宅地を歩いた。

駐車場を見下ろす窓はどれも遠かった。家並みはこちらに背を向けていた。

砂漠迷彩のワゴンRに変わりはなかった。私は運転席のドアに寄り掛かり、道具を出した。

一昔前までは、スリムジンと呼ばれる車の鍵開けがガソリンスタンドでも売られていた。自動車盗が社会問題になって店頭から消えたが、針金や下敷きで簡単に代用できる。盗んで金になるような車のドアは電子ロックや高価な防犯装置に守られ、むろん歯が立たないが。

私は鋼線でこしらえた鉤を、ガラスと窓枠の隙間から鍵穴のすぐ裏に向かって滑り込ませた。そっと左右に振ってロックの心棒を探した。すぐ手応えがあった。ゆっくり引き上げると、カチッと音がしてドアは開いた。

生ゴミの匂いが飛び出してきた。

助手席には垢光りするジャージと黒ずんだ毛布が丸められていた。後部シートは古ぼけた電気製品と衣服などで埋まり、中には黒焦げになったものもあった。そのあちこちに、食べ物、飲み物の容器や包装が散乱していた。使い古しの歯ブラシもあった。

どれも火事場から持ち出したものだった。火事の後、ここで何夜か過ごしたのだろう。

助手席の足許に奇妙なものがあった。一・五リットル入りのペットボトルに、土がつまっていた。蓋を開けてにおいを嗅ぎ、手に取ってみたが、木屑や砂利がまじった、ただの土だった。

グローブボックスに車検証はなかった。そこには雑誌と古新聞が詰め込まれていた。

雑誌の表紙に見覚えがあった。玲子のマンションで見たズームだ。私は海鈴が写っているページを開いた。探すまでもなかった。そこにはすでに折り目がついていた。

発行は六月六日になっていた。実際に店頭に並んだのは一週間前、五月の終わりだ。古新聞はヘラルド・トリビューンだった。文化面を上にして折り畳まれていた。そこにも、海鈴の写真があった。

私は新聞を広げた。広げて読むと、ヨーロッパツアーの批評だった。この日付に何か意味があるだろうか。それを考えるより早く、新聞の間から二つ折りのリーフレットが滑り落ちた。

聖書からの引用と賛美歌が印刷されていた。英語と日本語ともうひとつ、得体のしれない言葉が併記してあった。アルファベット表記だが、いたるところに発声記号のような添字が振られていた。

裏返すと、葬儀の式次第だと分かった。上にコンピュータでデザインされた日本語のタイトルがあった。私の目はそこに釘付けになった。

『チエン・ビンロンさんを送る会／七月三日午前十時より／緑が丘聖光教会／司祭・ラシーヌ・キニャール』

35

急坂に並んだ家はどれも、外壁を新建材で張り替えられていた。キニャール神父の神の家だけが板張りで、ところどころ錆びたトタンで補強してあった。

玄関脇の軒下には、洗濯物がひるがえっていた。男物の下着と靴下だった。それが縁側に滴をしたたらせ、音をたてていた。

「洗濯機が壊れてしまいましたよ」ぼんやり見ていた私に、神父が言った。

「ムシュウ・レに会いに来たんです」

私に言われても、彼は表情を変えなかった。禿げ上がったゆで卵のような額に皺ひとつ浮かべず、こちらを見つめた。

「今、いないですよ。彼は出て行きました」

入ってすぐの広間に二十脚ほどの折り畳み椅子が並んでいた。和室とリビングダイニングをぶち抜いて床を張り直した部屋だった。

彼は椅子をひとつ引いて、私に勧めた。前回通された事務室のドアはぴったり閉まっていた。

「これを、ムシュウ・レの車の中で見つけました」

私は持っていたリーフレットを差し出した。「今日は仕事できたんじゃないんです」

「あの三人、刑務所入れてもらえなかったんです。わたし、国際機関に訴えてますよ。今のところ、まだ日本にいます。強制送還しちゃ、絶対だめですよ」

「日本の刑務所が、そんなに評価されるとは思わなかった」

「冗談ごとではありません」

彼は葬式のリーフレットを振って、ぴしゃりと言った。

「その式に、チャンの妹さん夫婦は出席したんでしょう？」と、私は尋ねた。

「はい。もちろんお出でになりました」

「この間は、夫婦揃って日本にいないと言いましたよ」

「すみません。あのときは、そう聞いてたんです」

神父は静かに言って、私の膝に目を落とした。そこには例の古新聞と雑誌が乗っていた。

「それもムシュウ・レの車にありましたか？」と尋ね、ヘラルド・トリビューンを手にとった。

「これ、ここから持っていったんですよ。朝日新聞が、ときどきサービスに置いていきます。ガイジンはみなアメリカ人だと思っているんですよ」

彼は笑って新聞を広げ、海鈴の記事を指し示した。

「この女性、知っているそうです。驚いていました」

「マダム・レがそう言ったんですね」

「いや。お兄さんですよ。チエンさん。あの事故の二週間くらい前のことです。子供のころの写真でしょう。そのころ知ってたと言ってましたよ。持ってきて見せてくれました。今は有名なヴァイオリニストなんですね」

「この雑誌も、チャンさんが？」

神父は頷いた。「ええ。同じときです」

「どうして、ムシュウ・レが持ってたんでしょう。知っていることが自慢だったのかな。それとも、何か利益に繋がったのか」

「どういう意味ですか。わたしは分かりませんよ」

私はさっと立ち上がり、急いで部屋を横切った。事務室のドアを勢いよく開いた。

ソファから振り向いたのは、色の浅黒い外国人の青年だった。彼は驚いて飛び上がった。食べていたコンビニ弁当を取り落としそうになった。

「ミスタ・レ？　あなたがレ・ニュタンか」と、私は尋ねた。

「違いますよ。アデーラさんはフィリピンの人ですよ。ボランティアで掃除をして下さっているんです」神父の声が聞こえた。

確かに肌色も顔だちもヴェトナム人から遠かった。チャン・ビントロンの妹の夫にしてはあまりに若すぎた。私は失礼を詫びてドアを閉め、神父の前に戻った。

「他の部屋も見ていいですよ」と、彼は穏やかに言った。

「何で、あの夫婦を匿ったんですか？」

「レさんは不法滞在です。奥さんは少し違います。でもレさんの方は、見つかったら強制送還ですよ。気の毒でしょう」

「しかし、あなたは日本にいないと言った。住んでいるところも知らないと。――嘘は教義に背かないんですか」

微笑んで私を見た。穏かな額にさざ波のような皺が刻まれた。

「私はね、日本の政府に言わせたら、無許可の集会所を運営する自称神父ですよ」

キニャール神父は弱々しく笑って、煙草のヤニで黄色くなった髪をかき上げた。

「わたしは、神学校を出てないんですよ。四十過ぎるまで、まともな信者でもなかったんです。パリの第五大学で研究室にいました。一九六八年の五月、ご存じでしょう。ソルボンヌ閉鎖に抗議して、わたしも学生とともに戦いました。ヴェトナムではアメリカが北爆を続けていた。神の道を選んだのは、そのしばらく後です」

「何で、急に神父になられたんですか？」

彼はなかなか口を開かなかった。私から逸らせた目が祭壇に止まった。そこは、ステンドグラス風のガラス板と十字架で飾られた床の間だった。床脇の棚はなくなっていたが、無垢の床柱がそのまま残されていた。

「わたしね、生まれて最初の友達、日本人なんですよ」と、不意にしゃべりだした。

「わたしが物心ついたときはね、もう日本がヴェトナムの実際の支配者でした。フランスは負けたからね。私の父はヴィシー政府の植民地官僚で、サイゴンに住んでたの。近くには日本の商社の子が何人かいて、よく遊びましたよ。ヴェトナム人は最初、日本にフランスから解放してもらったと思ってた。変な話、そのころが一番平和で幸せだった。中国や朝鮮、他の町ではどうだったか知りませんよ。でもサイゴンではそうだった。戦争が終わって、日本、負けたでしょう。そうしたらヴェトミンが独立運動を始めた。いよいよ自分の国は自分のものになると思ったんですよ。戦争が終わって少しの間、日本軍は武装解除しなかった。連合軍がなかなか来なかったからね。アメリカが、ヴェトナムをどうするか決めずにぐずぐずしてたんですね。それは後で知りました。やっとフランスの軍隊が来ました。わたしのお父さんは、フランス人に逮捕されたんです。ファシスト政府の官僚で、日本軍に尻尾振った売国奴だって。——新しいフランス軍も、支配者としてふるまおうとした。それでヴェトミンが戦いを始めました。戦争と一緒にサイゴンの平和も終わったんです」

キニャール神父は深い溜め息をついた。指がタクトを振るように空を彷徨った。煙草を探しているようだ。しかし、事務所に取りに行く素振りは見せなかった。礼拝所の隅には禁煙のプレートが貼られていた。

「ワタル君という友達がいました。とても仲がよかった。その子のお父さんは、日本商社の人でした。でも、元日本兵と一緒になって、日本軍の武器弾薬を沢山持ってヴェトミンと合流しました。ワタル君が自慢そうに言ってました。お父さんは、白人からアジアを救うために戦うんだって。すぐに、フランス軍がワタル君と家族をどこかに連れていってしまった。お別れに行軍将棋をもらいました。まだ持ってますよ。でもワタル君とは、もう将棋できない。長いお別れです」

キニャールは、サイゴンで九歳まで過ごした。パリに戻ったのは、父親が本国へ送致されたためだった。一九五〇年のことだ。父は拘禁を解かれたが、公民権停止はさらに続いた。その後、ヴォ・グエンザップ将軍率いるヴェトミン軍の全土総攻撃によってフランスの権益は大いに脅かされた。一九五四年の三月には、あのディエン・ビェン・フーの戦いが起こり、フランス軍精鋭は全滅した。

「それで？」と、私は尋ねた。

彼は私がいたことにびっくりしたように、こちらに向き直った。

「それで学生時代、ド・ゴールと戦ったってわけじゃないんでしょう」

「ひとつの考え方で、世界の全部のことに答えを出そうとしたんですよ。結局、わたしには合っていなかった。それは神様のやり方です。だから神様に任せました。自分はひとつひとつにその場の考え方で答えを見つけることにしました。教義なんか、どうでもいいんです。ここは、そういう教会ですよ」

彼は物憂く笑って、首を振った。

「仕事でないといいましたね。いったい何のため、ムシュウ・レを探しているんですか」

「よく分からないんです。ビリーという男が、殺人事件への関与を疑われているんですが、ぼくは彼を飛行場まで連れていった。つまり、被疑者の逃亡を助けたわけだ」

「お友達だったんですね」

私は頷いた。「彼が何事かしでかしたのは分かっていたんです。しかし、そのときどうしたわけか、ぼくにはどうでもいいことに思えた。彼が人を殺していても、殺していなくても、どうでもよかった。警官であるぼくがね」

「わたしも同じですよ。平気で嘘をつきました」

口許に笑いがあった。私も声を立てずに笑った。

「彼はぼくに必ず戻ると約束した。しかし、帰って来なかった。彼が操縦する飛行機が落ちたんです。事件は、被疑者死亡ということでうやむやになってしまった。それが気に入らないだけかもしれない」

「その人は、どなたを殺したことになってるんですか？」

「チャン・キンホア、――ムシュウ・レの奥さんだと思います」

「Ah, je comprends」神父は大きく節くれだった手で額を押さえた。しばらくすると、その手で顔全体をぬぐった。

事務室のドアが開いて、フィリピン人の青年が出てきた。手に掃除機のノズルを握っていた。神父はやっと顔を上げ、礼拝所の掃除は自分でするからいいと言った。

青年はお辞儀をして外へ出て行った。

「最後にチャンの妹を見かけたのはいつか、覚えていらっしゃいますか」

「日にちは分かりません。七月の最初のころにチャンさんのお葬式をしたんですよ。その後一週間ほどは毎日、お祈りにきていましたよ」

「七月の半ばから姿を見ていないんですね。――レは奥さんのことを何と言ってたんです？」

キニャール神父は私を真っ直ぐに見た。口をきゅっと引き結び、軽く首を振った。

「レと何かあったんですね？」

「いや、何もない。そうじゃない。それ以上は言えません。神様との約束です。裁判所の書類持ってきても言えません」

「じゃあ、この質問はどうです。チャンもあの夫婦も、とても金を必要としてたんじゃありませんか？」

「それなら大丈夫、答えられますよ。マダム・レは、手術をしなければならなかったんですよ。

子供のころアメリカ軍の手榴弾が近くで破裂しました。草むらで遊んでたら、兵隊に投げつけられたんです。ゲリラと間違えたんですよ。破片が頭の中に残っています。神経に障って、いつも頭が痛いんです。すごく痛い。でも、下手な医者が手術で取り出すと目が見えなくなる。チェンさんは、そのために日本に来たんです。お金をためて妹夫婦を呼びました。手術のお金はもっともっと、千何百万円もかかります。とても妹思いでした」

「それで楊の仕事を手伝っていたんですね。ハンバーガー屋じゃない、裏側の仕事ですよ」

「わたしは楊というのが誰か分かりません。チェンさんは、横浜の鄒という人から仕事をもらってましたよ」

「あのハンバーガー屋以外にも店を任されていたんですか？」

神父はきょとんとして、こちらに顔を向けた。

「店じゃありません。貿易の仕事です。鄒が船を買って、その船長になるんだと言ってました。一度荷物を運んだら、船ごと売ってしまうんだそうですよ」

「何か表沙汰にしたくないものを運ぶということなのかな」

「さあ。それはどうでしょう。どうでもいいものを運んで、船が壊れたことにする。それで船をヴェトナムで屑鉄として売ってしまう。そんなこともありましたよ。でも、それはあの国がまだドイモイ政策を始める前のことです」

「何でそんな大きな仕事がチャンに回って来たんだろう？」

「あの人、船長の免状持ってました。本物だと言ってました」

神父は息を吐きだし、黒いだぶだぶのスモックジャケットのポケットを探った。

「これで良かったら」と、私は煙草を差し出した。

「ありがとう。やめているんですよ」彼は照れくさそうに笑った。

「レは今、どこにいるんですか？」

「先週、出て行かれました。気がつくと荷物がなくなっていた」

「彼の部屋が火事になったことはご存じですね」

「はい。そのこと、気に病んでいましたよ。酔っぱらって、煙草がシーツに燃え移ったようです。火傷もしてました。もともと、お酒が飲めないんですよ」

「飲めない酒をなぜ飲んだんですか？　火事は二十日だった。七月十九日の夜、飲まなきゃいられないようなことが起こったんでしょう」

「すみません。わたしはその答えを言えませんよ」

「それで充分です。行った先に心当たりはないんですか」

「じきにお金ができると言ってましたよ。アメリカに行きたいって。親戚がいるんですよ」

「彼は携帯電話を持っていましたか」

　何かを悲しむように、神父は眉をひそめた。胸を反らせて息を吸い、背中を丸めて吐きだした。それから立ち上がり、事務所に歩いた。

　すぐ、紙きれを手に戻ってきた。チラシを切ってこしらえたメモ用紙だった。そこに携帯の番号が書かれていた。

「番号通知でかけるんですよ。すぐは出ません。その電話番号にかけ直すそうです。非通知はだめですよ」

「なんで、そんな面倒なことを？　彼は誰かに追われているんですか」

「分かりません。わたしは話に耳を傾けるだけですよ。言ったでしょう。来る人は、いらっしゃい。どうぞどうぞ。何も訊かない。ここはそういう所なんです」

神父は私に向き直り、椅子の上でいずまいを正した。

「ムシュウ・レを探して、あなた、何をされたいんですか」

その質問が、不意打ちのように私につかみかかった。私はつい天井を見上げた。そこには妙に東洋的な顔だちのイエス・キリストが両手を広げた絵が貼られていた。

「さあ」と呟くと、私の首が左右に動いた。

「何をしたいのか分からないんです。この事件を片づければ、それが分かるのかも知れない」

神父は立ち上がった。物静かに笑みを浮かべると、私に言った。

「それ、やっぱり私と同じですよ」

36

私は急な坂道を汐入駅の方へ駆け下った。車は小学校の玄関先の石垣に着けて停めてあった。運転席で息を整え、メモを取りだしてレ・ニュタンに電話をかけた。

呼び出し音を四回聞いたところで切った。すぐに電話が鳴り出した。

私はあわてて呼びかけた。「ミスタ・レ？」

「遅いよ。あなた、とても遅いでしょ」言葉づかいとは裏腹に、相手の声は威圧的だった。

「マネーどうした？　マネーよ。私、もう待たない」

「金は大丈夫だ」私はとっさに応えていた。

「そこへ持ってかなきゃだめか？　道が混んでるんだ」

相手が押し黙った。一瞬がとても長かった。勘違いに気づいたら終りだ。

「何言ってるか。あなた約束したでしょう。十五万ドル。あれ、お兄さんのもの。もともと、私たちのもの」

彼は焦っていた。苛立ち、興奮して、細切れに言葉を投げつけた。こちらが誰か、疑う余裕もなかった。

「早く来る。カプットよ。カプット。待ってるよ」

私はすぐ行くと言って電話を切った。車を出し、デッドスローで石垣を巡っていくと、小学校の入口に『艦隊活動司令官《コムフリークッ》の命により在日米軍関係者立入厳禁』という英文標識が見えた。酔っぱらった兵隊が校内で騒ぎでも起こしたのだろう。ジョゼフ・グリッデン司令官殿はこんなことにも心を砕いているのだ。

京浜急行のガードを潜り、高層ホテルの後ろへ抜けてドブ板通りをのろのろ走った。国道十六号に出て、引き返して来ると、行く手で日が翳った。海の上に雲が張り出していた。

路地のとば口には朱色のパイロンが二本、置いてあった。私はすぐ先の路肩に車を停めた。用心に懐中電灯を持ち、カプットへ歩いた。路地の奥で店の左右を確かめた。三方をぴったり取り囲まれ、ドア以外に出口はない。

ドアノブに手を伸ばし、私は凍りついた。何かが私を引き止めていた。

その何かに逆らってノブを回した。ドアには鍵がかかっていなかった。

中は真っ暗だった。差し込んだ外の光に、埃が斑模様を描いた。饐えた空気が顔をなでた。

「ミスタ・レ」と、闇に声をかけた。返事はなかった。

二度呼びかけ、私はドアを後ろ手に閉めて懐中電灯を点けた。ひとつのテーブル席がゴミで埋もれていた。カップ麵とコンビニ弁当の空き箱、空のペットボトルは十近くあった。

テーブルの上にはカセットコンロが置かれ、やかんが乗っていた。近づくと、私の靴が腐りかけた食べ残しを踏みつけた。

誰もいなかった。しかし人気はあった。空気も、思ったより新しかった。今し方、出て行ったのかもしれない。

トイレの中かカウンターの裏、それ以外に人が潜める場所はない。トイレのドアに懐中電灯を向けると、手前のテーブルで黒ずんだものがてらりと反射した。そこに光を止め、手を触れた。黒い皮膜がはらはらと崩れた。こびりついて剝がれないところもあった。唾をつけ、指でこすると、赤いシミになって広がった。天板の三分の一に乾いた血がこびりついている。六月いっぱい、ここは警察の管理下にあった。もちろん、こんな血痕は報告されていない。少なくとも七月、捜査本部が解散した後になって流された血だ。それが床にも滴っていた。いくつかの足跡が血をこじり、四方に乱れ、ドアに向かっているものもあった。

懐中電灯の光を床に集め、私はしゃがみ込んだ。たとえ暴力団担当だろうと、刑事が毎日のように殴り殴られている訳ではない。まして、いきなり背後から殴られることになど馴れてはない。気配を感じたとき、私は両足を折り曲げ、腰を落としていた。振り向くには、無理な体勢だった。懐中電灯が手から離れ、光が遠ざかった。

それが、私の意識に残った最後の出来事だった。

記憶がごっそり抜け落ちていた。次に気づいたとき、私はカプットのブース席に腰掛け、両手で顔をこすっていた。不思議なことにどこも痛くなかった。なぜ不思議なのだろう。やっと気づいた。私は殴られ、気絶したのだ。

いや、もう気絶はしていない。いつ目覚めたのか。いつ立ち上がり、懐中電灯を拾い、ここに座ったのか。それが分からなかった。

さいわい、吹っ飛んだ記憶は多くなかった。腕時計によれば、三十分ほどのことだった。その内どれほど気絶していたのか、それが分からない。

立ち上がると体がふわふわした。前によろけた。膝関節が空白だった。足が動くと、背筋に沿って激痛が走った。

あちこちに手を突き、体を支え、懐中電灯を頼りにカウンターへ歩いた。敵が、その裏側に潜んでいたのは間違いなかった。

一歩手前で、それを感じた。非業の死はにおいをたてる。私はそれを嗅ぎ分けた。

レ・ニュタンは、カウンターの裏側で仰向けに倒れていた。背は低く色は浅黒く、頬骨の張った典型的なインドシナの顔だちの男だった。その顔がトマトのように真っ赤になっていた。血は流れていなかった。見たところ傷も無かった。顔が真っ赤に鬱血しているところから扼殺だと思われた。頸部を圧迫され、脳が酸欠状態になったのだ。絞殺なら、首の周りに痣が残る。情けないほど細い彼の首には、何の痕跡も残っていなかった。

後ろから腕を回され、絞め上げられたと見るのが普通だった。前から手で絞めたら、爪が首に傷をつけるか指が痣を残す。やったのは背の高い、体格の良い人間だろう。

爪は汚れ、Tシャツも染みだらけ、ズボンの裾には泥がこびりついていた。何日も着替えていない様子だった。

浦賀道のアパートでチャン・キンホアと暮らしていた「陳さん」は、火事で家を失くしてから、しばらく迷彩塗装のワゴン車の中に寝泊まりしていた。その後、キニャール神父の教会で過ごし、最近はここに潜り込み、息をひそめていた。

ただ逃げていたわけではない。ムシュウ・レには確かな目的があった。彼の女房の頭には手榴弾のかけらが入っていた。それを摘出するためには大金が必要だった。義兄と二人、彼女のために工面しようとしていた金が、今では自分のために必要となっていた。

私は死体を跨ぎ、カウンターの中を調べて回った。古いアメリカ製の製氷機に懐中電灯の光が止まった。中には汚水が溜っていた。

最初の夜、これが突然唸り出し、ビリーが跳ね起きたことを思い出した。彼は蓋を開け、覗いた。そして、「丸い氷だ」と言った。プレスリーの時代にはやったものだと。

私は息をついた。あらゆるものが、ひとつのストーリーを指さしていた。私には、そのストーリーがどうにも気に入らなかった。

カウンターに向き直ると、流しの俎板に目がいった。いったん腐敗し、さらにからからに乾いた野菜クズが乗っていた。刻んでいる最中に、何かの事情でそのままになった様子だ。

私は、流しの下の開き戸をあけた。裏側に吊るされたホルダーにあるのはパンナイフと果物ナイフだけだった。野菜を刻んでいたはずの包丁は、どこにも見当たらなかった。

血痕で汚れたテーブルへ引き返した。懐中電灯の明かりだけを頼りに探すのは厄介だった。おまけに店内はゴミや食器、ひっくり返った椅子で混乱していた。包丁はどこにもなかった。

私はソファに腰を下ろし、息をついた。経験がストーリーを認めろと言って悲鳴を上げていた。頭痛持ちのチャン・キンホアは、ここで殺されたに違いない。製氷機の丸い氷と一緒に偽のルイ・ヴィトンの船旅トランクに詰められ、Yナンバーのレインジローバーでテラス・パークレーンに運ばれた。七月十九日のことだ。

運んだのは私の友人だった。殺したのも彼だったのだろうか。

まだすることが残っていた。私は立っていき、トイレのドアを開けた。物凄いにおいだった。袖口で鼻を押さえた。便器には汚物が残っていた。ここに身を潜める者はまずいない。水を流したが、半分も流れなかった。詰まっているわけではなさそうだった。満水になるのを待って、また流した。どうにも水量が少な過ぎた。

私は陶器タンクの蓋を開いた。まだ水は満ちていなかった。タンクの底に何かが見えた。手を突っ込み、それを無理やり引きずり出した。煉瓦より二周り大きなビニール包みが、浮き上がらないよう隙間を詰められ、押し込んであった。

ガムテープの梱包は厳重で、ビニール袋も三重になっていた。中の紙包みを破ると、百ドル紙幣の札束が出てきた。百枚の束が十五、全部で十五万ドルはあるようだった。

しばらく考えたが、結局ビニールで包み直し、元あったところへ戻すことにした。小銭をつかって水栓を締め、タンクからは水を抜いた。

思いつく限り痕跡を消し、ハンカチを使って入口のドアノブを開けた。

ゴミだらけの路地に淀んだ空気が、妙に美味かった。服についた埃をはたき、ネクタイを直した。外はもう薄暗くなっていた。パン屋の灯が表の舗道を白々と光らせていた。

路肩には牛乳屋のトラックが止まっていた。パイロンは隅に寄せてあった。前掛け姿の親爺が牛乳屋を送って店から出てきた。運転手がドアを閉め、トラックが走り去った。

顔を背けても無駄だった。親爺は私に向き直り、会釈した。

どっと汗が湧いて出た。シャツから埃のにおいがした。四分の一秒で私は腹を決め、

「ここから誰か出てこなかったかな」と、尋ねた。

「小一時間前かな。入ってくのは見たがね。男、二人でしょ？」

「どんなやつでした」

「店の中からガラス越しに見ただけだでね。ひとりはでっかいやつだったな」

「もうひとりは小柄でしたか？」

「さあねえ。どうだろう。背広着てたかな。身なりはちゃんとしてたと思うがね」

親爺はパイロンを持ち上げ、ふいに顔を上げた。

「アメちゃんだったかもしれないね。Yナンバー乗ってたしさ」

「車だったんですか？」

彼は頷いた。「うちの真ん前に停めたから怒鳴ってやったんだ。それで、ずっと先、ほら、あんたの車のもっと先に停めやがったんだな。本当にしようがないや。Yナンバーは、日本中どこも手前の駐車場だと思っていやがんのよ」

「車はカムリじゃありませんか」

「いいや。四駆ってえの？　お尻に4WDって書いてあったから。色は白だったと思うよ」

親爺は急に興味をなくし、パイロンを路肩に並べ始めた。

「後で刑事が来たら、同じことを話してやってください」

「何言ってんだ。あんたが刑事じゃんよ」さもつまらなそうに鼻で笑った。

私は自動販売機で飲むものを買い、車に戻った。

運転席でそれを一息に半分ほど飲み、携帯電話を出した。それ以外、方法はなかった。私にだって死体取扱規則ぐらいは守る義理がある。さっき四分の一秒で決めた通り、横須賀署の捜査一係に電話をかけた。

係長の高林はデスクでつかまった。親しくはなかったが、知らない仲でもなかった。

「本町のカプットって店に変死体だ。五分ほど前、見つけた。見たところコロシなんですよ」

「それは、例の凍死したヴェトナム人が勤めてた店ですね」と、気色ばむこともなく尋ね、電話を保留にした。しばらくの間、〝靴が鳴る〟のオルゴールを聞かされた。

「ご苦労さまです。四、五分でうちの者が行きます」彼の声が戻ってきた。

「二村さん、今日のこれは何かお仕事で?」

「たまたま車で通りかかったんです。店から人が出てきたように見えたんで、気になったんだ。降りていくと、ドアが開いていて、中には死体です」

「それはそれは。驚かれたでしょう。じゃあご協力の方、よろしくお願いします」

それ以上何も言わず、電話を切った。実に利口な男だった。その上、抜け目がなかった。

二十分後、小峰一課長から私の携帯に電話がかかった。

ちょうど到着した鑑識班に、テーブルの上の血痕に触ってしまったことを報告しているところだった。私は彼らに詫びて、表へ出た。路地の入口はもう青い覆工シートで覆われ、足許には照明用のケーブルがのたくっていた。

なぜ私の携帯が分かったのか尋ねると、課長は、番号を非表示にしていなければ、相手に簡単に番号を記録されてしまうと言って、鼻を鳴らした。

「高林って、遣り手ですね」と、私は言った。

「あれぐらいが普通なんだ。——吉永から聞いたぞ。いったい、どこへ行っていたんだ。轢き逃げだ何だと大騒ぎしやがって」

「どうなったんですか」

「知らねえよ。そんなこと！　まだ報告がない。広域に変えてやっとる」

「十五秒怒鳴らないで聞いてください」

「五秒だ」

　私は高林に言ったことをそのまま伝えた。パン屋の親爺が、二人の男が出ていったところと、私が入っていったところを見ていなかったのが幸運だった。背後から一発決められ、気絶したことは言わずに済ませた。

「俺が何で怒鳴らないか分かるか？」

　しまいに課長は押し殺した声で尋ねた。

「電車を途中下車してかけてるんだ。助かったな。ホームに人がいっぱいいる」

「ずっとそこにいて下さい」

「黙れ。貴様みたいなやつがいるから地方公務員は暇をもて余していると言われるんだ」

「事実だから仕方ない。おかげさまで暇をもて余している」

　彼は黙った。私は、ビリーの車で発見された死体の身元はもう割れたのかと尋ねた。

　課長は返事をしなかった。息づかいひとつ返って来なかった。やがて唸り声が聞こえた。

「いいか。俺から高林に頼んでおく。おまえは、なるべく早く帰るんだ。話は明日、俺が聞く。所轄《ハナレ》にちょっかいを出すな。もう捜査員じゃないんだ」

「分かりました」

「待て。初動をミスリードするような嘘をつくなよ」

「どんな嘘も、嘘はつきませんよ」

「いい加減にしろよ！」怒鳴り声が課長の繰り言を遮った。覆工シートの外からだった。隙間からのぞくとパン屋の親爺が見えた。パイロンを両手で持ち、地域課の制服警官に怒鳴り散らしていた。

「うちの前にそんなでかい車停めやがって。商売あがったりじゃねえか。俺は絶対おめえらに協力しないぞ。何も話してやるもんか！」

現場から死体を運び出した後まで、捜査につきあった。所轄の捜査員が、タンクの十五万ドルをなかなか見つけてくれなかったのだ。

どちらにしろここで別件の傷害が行われたに違いないと、私は水を向けた。血痕は古く、血の量は多すぎる。被害者は死んだ可能性もある。

「チェンの一件で、ここが保存されてたのはいつまでだ」と私は尋ねた。

「七月の二日。――今、病院の方は当たってます。これだけの出血ですから」ひとりの刑事が遠くから答えた。

「この血痕ですがね、少なくとも八月初旬より前のものです」と、若い鑑識班員が言った。

彼は、別の誰かが寝泊まりしたために現場が荒らされてしまったと嘆いた。流しは使われ、生ゴミも比較的新しいものばかりだった。掃除した形跡もあった。そのわりにトイレ汚いんですよ。不思議ですね。――もう一息で十五万ドルに到達しそうだった。

「あ。何ですか、これ？」

若い鑑識班員は、ふいに私の背後に回り、尻のあたりを覗き込んだ。

「どこかに座るか転ぶかしましたか？　ズボンに何か着いてますよ。唾ですかね」

返事も待たず、ギャジットバッグから金属のヘラとビニールのパックを取り出し、手際よく付着物を採取した。

「なんでそんなものが着いたんだろう」

「比較的新しいですよ。被害者《ガイシャ》のでなけりゃ、犯人《ホシ》のもんかもしれませんね」

そのときになって便所から金がみつかった。捜査員は誰も、こちらのことを忘れてしまった。

それでも、帰ろうとすると年嵩の刑事がひとり、まるで酔客を見送るような調子でついてきた。

私は道々、ビリーと最初に会った夜のことを思い出した。車も同じ場所に停まっていた。そのときも今も、私は酔っていなかった。本当にそうだろうか。ふいに自信が持てなくなった。

横浜まで三十分以上かけて慎重に運転した。高速道路では路肩寄りを走った。

アパートに着いて上着を脱ぎ、バスタブに湯を張ってテレビをつけると、十時をとっくに回っていた。空腹が体を締めつけた。気づくと、朝から何も食べていなかった。

風呂を待ちきれず、スカッチをオン・ザ・ロックスで飲み始めた。

スポーツニュースが始まった。ホークスはリーグ優勝を前にして足踏みしていた。

真夜中近くに友田から電話があった。気づくと五杯目が空になっていた。

「台湾当局がよ、やっぱりブツを見つけたらしいぜ」

彼の声は甲高かった。しかし、酔っているのかどうかよく分からなかった。

「グリーンバックダラーの燃えカスらしいって。証券類もあるみたいだ。今、炭化したものを分析してる。政府高官が、オフレコで百万ドル以上あるだろうって言ってるってよ」

「公表されてないんだろう」

「ああ。関係各局箝口令が敷かれてる。ほら、北京の手前、あそこには長いこと支局を置けなかったじゃんか。そのせいで、オフレコのインサイダー話ばっかなんだけどさ」

「なるほど。国民の金は無駄に使われてないな」と、私は言った。

「ぼくも、みごとに藪を突ついた。君のおかげだ」

私は折匡の担当編集者が目の前で自動車に攫られ、連れ去られたことを伝えた。

「やったのは楊の一味だ。知った顔を現場で見かけた。稲本は、まだ拉致されたままだ」

「すごいじゃんよ」と、友田は歓声をあげた。

「これは、おい、ヒットだぜ。サイゴン・バーナム人脈へ一直線だ」

「何のためにこんな話をしたか分かってるだろうな」

「テレビで騒いで、楊と警察にプレッシャーかけてほしいんだろう。やつらがその編集者に無茶しないように。でも、約束はできないぞ。最近、事件が多いからさ」

電話を切ろうとしたので、金港エンタープライズの会社内容を詳しく教えてくれと頼んだ。

友田はネットに落ちている情報で良ければ、すぐに送ってやると請け負い、何を思いついたのか不機嫌な声で言った。

「携帯電話を買ったんだ。メールぐらい使えよ」

電話が切れてから、私は新しいオン・ザ・ロックスをつくった。ソファに寝そべってそれを飲んだ。電灯のスイッチが入るみたいに酒が回って、すべてがぼんやりしてきた。

楊は私が刑事で、彼にかかわる事件を捜査していたことを知っていた。まだ警察から給与をもらっていることも知っていた。知りながら脅しにかかった。

そんなリスクを背負って、いったい何を取り戻したかったのだろう。

金ではないと、彼は言った。信用の問題だと、後で言いなおした。しかし、出てきたのは金だった。それに証券類だ。

楊はあわてていた。楊のような人間が私に携帯電話の番号まで教えた。

百万ドルを炭にして悠然としていられる人物が、いったい何にあわてたのだろう。たとえ百万ドルを手にして、自家用機と一緒に炭にしてみても、私には分かりそうになかった。

37

県立図書館には、葬式帰りの黒いスーツから滲み出てくるような臭いが満ちていた。広く薄暗く、人影は決して少なくないのに、誰もが自分の気配を消すのに腐心しているようだった。

私は硬いベンチに腰を下ろし、ガラス戸の向こうの坪庭に目を投げた。小さな水車の回る音が頭に響いた。空腹で酒を飲んだツケが体の芯にこびりついていた。

遠い咳払いが聞こえた。そちらに顔を向けようとすると、すぐ脇に煙草が匂った。誰かが火を点したわけではない。長い時間をかけて体に滲みこんだ匂いだった。

「すまんな。出がけに外せない電話が入りやがってな」と、小峰一課長が小声で呟いた。

「おまけに迷っちまったよ。こんなところに休憩室があるなんて」

「課長が、人目につかないところって言ったんじゃないですか」

「よく来てるのか。仕事熱心だな」

「仕事じゃない。たまに来て長嶋が三割を打っていた時代の新聞を読むんです」

課長は自動販売機に立っていき、缶コーヒーを二つ買おうとした。私が断ると、心外そうに口を曲げた。

司書がやってきて、反対側の窓を閉ざしていたシェードを開けていった。私の足許に日がさっと差し込んだ。

「みなとみらいの轢き逃げ拉致、被害者、出てきやがったぞ」課長はぶっきらぼうに言った。

「無事ですか？」

「無事も何も、夜中に家に帰ったって自分から電話してきた。戸部署の方から妻君に一報入れてあったんだ」

「本人確認は？」と、私は尋ねた。

今朝になっても稲本の携帯電話は通じなかった。十時を過ぎて編集部に連絡すると、稲本は急病で当面、休みを取っていると告げられた。

「一応、所轄《ハナ》の者が自宅まで話、聞きに行った。本人が、いけしゃあしゃあと出てきて、警察に心配されるようなことじゃないとよ」

「脅されたんじゃないんですか」

「それは判らん。車がちょっと触って、自分で転げたんだそうだ。病院へ連れて行かれて、病院代も向こうが持った。それで終わりだ。相手の名前は聞いてないって言うし、疑やあ疑えるさ。松葉杖つくほど足を痛めて、相手の名を聞かないってのも変な話だ。だが本人があれじゃ、立件は無理だ。あの男、いったい何なんだ」

「ビリーと親しくしていた編集者です。チャンとも関わりがあった」

「やれやれ、またそっちか」

「そっちもこっちも、みんなひとつの出来事ですよ」

「どれがどの関連事件なんだ」

「全部が関連事件です」

彼は日の中に足を投げ出し、両手を頭の後ろに組んで、体を伸ばした。

私は昨日の経緯を話した。砂漠迷彩のワゴンRのことも、レ・ニュタンと携帯電話で話した内容も余さず伝えた。課長は何ひとつ聞き返さなかった。私が話し終えると、やっと口を開いた。

「話は俺が聞いた。吉永に伝えよう。横須賀へはあいつの班が出てくことになった」

「チャンの妹夫婦は沖縄に住んでいたんです。今年の春、横須賀へやってきて、兄の名義でアパートを借りた。彼らもビリーと交流があった。稲本は、そのことで何かを握ってたんです」

「何かって何よ? それで殺されかけたって言うのか。刑事が口にする台詞じゃないぞ」

「ぼくはもう刑事じゃない。どんな思いつきだって言いますよ。——ビリーの車の中から見つかった女の死体、身元はまだ割れないんでしょう」

「ああ。あれは被疑者死亡で、——」

「今まで被害者《ガイシャ》の身元も特定できないで、何が被疑者だ」私は立ち上がって怒鳴った。

「ビリーは殺人の被疑者じゃない。死体遺棄の被疑者じゃないか」

声が大きかった。廊下の端から視線が飛んできた。

「まあ、そういう見方もあるわな」課長は平然と言ってのけた。

「チャン・キンホアの頭には手榴弾の破片が入っていたそうです。例の死体の側頭部にも、似たような金属片が入っていたはずだ。それを摘出するために、彼女たちは日本へ来たんです。それには金が必要だった」

「それで、一家総出で喝あげに精出したってことかね。やばいスジを脅したんで、逆に兄妹、その亭主、一家皆殺しか。そう言いたいんだな？」

「妹をやった凶器、包丁じゃないんですか？」

課長はびっくりして、私を少し気味悪そうに見つめた。まだ外へ出していない情報だったのだろう。

「多分、業務用のな。肝臓まで達する刺創。千二百ミリリットルの血が腹腔内に残ってた」

「立った状態で、下から上に突いた傷だって聞きました。刺したのは彼女より背の低いやつだ。ビリーはぼくより少し高かった」

「そう決めつけたものでもない。ホシは立ち上がりざま、グサッとやったってこともあるさ」

「カプットの包丁が失くなっている。——知ってましたか。あそこの氷は丸いんだ」

課長は何も言わなかった。両手をポケットに突っ込んで、真っ直ぐ伸ばした足の爪先を見つめていた。課長になった今も、彼は金属の芯が入った安全靴を履いていた。

「レ・ニュタンはぼくが電話をしたら、勘違いして金の話を始めたんです。早く持って来いって。しかし金はあの店に隠してあった」と、私は言った。

「強請《かつ》のネタは何だ」

私は海鈴の子供時代の写真が載った雑誌と英字新聞を、迷彩のワゴンから持ち出してしまったことを思い出し、腹の底で舌打ちした。しかたなし、こう聞き返した。

「何で両手を使わないんですか？」

課長は心底訝って、私を睨んだ。

「なぜメモを取らないのかって聞いたんです」

「君は失礼な男だな。そんなことを目上の者に言うものじゃないよ」

「怒ったんですか。いったい、誰に怒ってるんです」

小峰一課長はさっと立ち上がった。私を見下ろした。そうしたところで、大した背丈はなかった。「君、何をからんでるのかね」

「気持ちが高ぶると、相手を君と呼ぶ。言葉が丁寧になる。それって、自分で気がついていないでしょう」

「俺は、そんな君、普段から言葉は悪かねえよ」

私はゆっくり腰を上げ、彼に目を投げた。

小峰一課長は長々と息を吐きだした。あたりが急に暗くなった。陽が翳ったわけではなかった。誰かがシェードを落とした。課長を縞模様の影が覆った。

「後はこっちでやる」と、その影が言った。

「横須賀署に捜本が看板を上げた。トランクで死んでた女の一件も、チャンの凍死の一件も、必要なら関連事件として再捜査する。稲本も参考人聴取する。必要ならだ。必要かどうか、決めるのはおまえじゃない。おまえは何もするな。いいな、二村。もう、何もするなよ」

言いながら、課長が目を逸らした。様子がおかしかった。

「公安ですか。公安が持ってったんですね」私の声は大きかった。

課長が、慌ててあたりを窺った。

「だから、あの朝ぼくの車をあんなに早く捕捉したんだ。公安なら手続きなしでNシステムの情報が手に入る。連中はとっくにビリーをマークしていた。ぼくらは最初からモニターされてたんだ」

課長は口を引き結んだ。全身を注意深く動かして閲覧室へ入り、本棚の間を歩きだした。固い決意が背中に見て取れた。

玄関から日盛りの中に出ると、やっと立ち止まった。県立図書館は掃部山《かもん》の中腹に建っていた。しかし港はもう見えなかった。殺風景な高層ビルがそこを埋めていた。

「公安じゃない」課長は呟いた。

「ソハンだ。六郷の向こうから出張ってきたことには変わんないが」

「ソハン？ 警視庁のですか」

課長は口を歪め、嫌そうに頭を揺すった。「国際組織犯罪特捜隊だとよ。うちの外事特捜みたいなものだ」

それはつい最近、刑事部に新設されたセクションだった。中国の密入国組織や黒社会、韓国人の大規模窃盗団など、爆発的に増えた外国人の組織犯罪に対応するよう、警察庁の下命で各警察本部に似たような専従組織が設けられた。

「しかし、警視庁の刑事部にも国際捜査課があったんじゃないんですか」

「それとは別立てでだ。部長の話だと、公安がやってるらしい。部屋も桜田門に置かれてない。どこにあるか公表されてないんだ。テロ対策やらなにやらあるんだろう。冷戦後の公安警察の再編成なんて噂もある。何しろ、あそこは日本の中心の警察だからよ」

私は羽田空港で見かけた男たちを思い出した。チェックインカウンターの端にいた男。コーヒーショップまでついてきた男。あの特徴のない身なり、持って回った仕種と行動。あれが尾行だったなら、ひとりは確実に沖縄から張りついてきたのだ。そんな連携ができるところはひとつしかない。日本の中心にある警察だ。

課長は私に振り返った。「と、いうことさ。あっちの捜査はずっと進行中だ。捜査しているのがわれわれじゃないってだけのことだ」

「しかし、カプットの死体はまた別の事件ですよ」

「そんなことは分かってる。だからこそ、おまえは何もするなと言っとるんだ」

課長は背を向け、図書館の石段を下りた。広場の隅に停まっていた黒塗りのセドリックが動きだし、車回しへやってきた。

「おまえは何がしたい？」と課長が尋ねた。

「捜査をやりたいのか。だったらなぜ残ろうとしなかった。あのとき、俺の言うこと聞いて田舎で一年も我慢すれば、――」

「同じですよ、どこにいたって」

「何が同じなんだ？」

「最近になって分かった。世の中で本当に係われる事件なんて自分に関する事件だけなんだ」

「なんだ、その言い種は。それでも警察官か」

「警察から給料はもらってる。しかし法律や秩序に丁稚奉公してるわけじゃない」

小柄な体がぐっと強張った。急に私を睨みつけた。禿げあがった額が整髪料でぎらぎらと光っていた。

車はとっくに来ていた。運転手はドアを開け、辛抱強く待っていた。

「なあ、二村。俺の倅はエヌジーオーだかなんだかで、アラブ人犯罪者の人権のために働いてるんだ。それもタダでだ」彼は精一杯穏やかに言った。

「警官になられたんじゃなかったんですか」

「ずっと前のことだろう。大学を勝手に中退して、県警に奉職した。そのとき勘当したさ。冗談じゃねえ。何のために大学まであげてやったと思う。何年か、親とも子とも思ってなかった。警察を辞めてボランティアを始めると言ってきたときから、また一緒に飲むようになった。飲むたびに厭な気分になる。近ごろどうも判らないんだ」

「もう大人なんですよ」

「判らないのは、自分のことだ。この私のことだよ。――なぜ君なんかに、のこのこ会いにきたんだろう」

　課長は鼻から大きく息を吐くと、私に背を向け、車に乗り込んだ。

　紅葉坂を下れば、仮事務所は目と鼻の先だった。例の二人はまた県庁へ行ったまま、午後になっても戻っていなかった。おかげで、私は心置きなく煙草を喫い、本を読み、友田からバイク便で送られてきた荷物を受け取ることが出来た。

　厚手の封筒の中には、サイトからプリントアウトした金港エンタープライズの会社案内と、古い新聞記事のコピーが入っていた。

　その会社が中華街のはずれで進めていた大型商業ビル建設が、周辺住民の強い反対を押し切って、ついに着工したという記事だった。バブル崩壊以降、不良債権化した中華街周辺の土地を次々と取得してきた同社に、近隣の飲食店主たちは不信を募らせていた。

私は妙に納得した。楊大人は、飯を食べるために中華街には近寄らないが、飯のタネを探しに行くのは厭わないのだ。

会社案内のトップページには、友田の字で『去年からまったく更新していないためデータが古くなっている』と、書き込みがあった。

いくつかの事業内容に×印が振られていた。撤退したか休眠しているという意味のようだ。そのひとつが目に止まった。

『倉庫業・常陽倉庫　横浜市神奈川区千若町四丁目』

引っ越し屋がクリス・アッカーマンの荷物を運んだ倉庫と同じ名だ。私は手帳を取りだし、住所を確かめた。やはり同じ倉庫だった。

会社案内に記載された番号に電話をかけた。現在使われておりませんと、NTTのアナウンスが聞こえた。

試しにもう一度かけようと手を伸ばした。そのとき、空気よりほんの少し固いものが、私の額を打った。私は手帳のページを捲り、平岡玲子の車で拾った携帯に記録されていた番号を探した。四つの内のひとつ、照会センターでデータが上がらなかった横浜局番の電話と常陽倉庫の番号を見比べた。指でなぞり、確かめた。思わず息を詰めていた。

ふたつは同じ番号だった。

38

　ＪＲ東神奈川駅前に立ったとき、すでに日暮れが始まっていた。車を駐車場に戻し、関内から電車に乗ってきた。たとえ相手が誰であれ、車を目撃されたくなかった。何が起こるかは判らなかったが、何が起こってもいいようにしておきたかった。

　東神奈川の裏口は、すっかり様変わりしていた。かつて波止場と貨物駅で働く連中が口入れ屋を待ってたむろしていた広場はきれいに整備され、周囲に建ち並んだ赤提灯は影も形もなくなっていた。路肩は植え込みに飾られ、屋台も置く場がなかった。スポーツ新聞をいつも賑わしていたストリップ小屋はとっくに姿を消していた。

　ずらりと並んだバスストップのひとつに千若町の名があった。行き先は『瑞穂岸壁』となっていた。

「だめだよ。この時間、向こう行くのは出てないのよ」

　背後で女の声がした。近くの新聞スタンドから、中年の太った女が笑顔をのぞかせていた。

「向こうから来るのはあるんですか」と、私は尋ねた。

「ほんの数本よ。朝は往復ちゃんとあるけど」

　私は路線図を見た。三つ目の停留所が千若町四丁目で、その先は米軍が占有している瑞穂埠頭の中だ。

「これは、フェンスの内側まで行くんだね?」私は驚いて尋ねた。

「そうよ。働いてるのは日本人だもの。でも、市バスだって言うのに、許可証持ってないと乗れないんだよ。やんなっちゃうよね、まったく」

私はガムを買った。彼女は、「あんた、礼儀を知ってるね」と言って、太った女特有の、よく響く声で笑った。

京浜急行のガードを潜り、私は海の方へ歩きだした。瑞穂埠頭までは真っ直ぐ一本道、一キロもない。

第一京浜を渡ると、人通りが途絶えた。首都高横羽線の下を通り、運河を渡った。水面には、くたびれた通船がプレジャーボートに混じって舫われていた。

道路は、巨大な下水処理場とゴルフ練習場の間を抜け、予算のない映画を撮影するために残されているような踏切を越え、また運河を渡った。

路面からセンターラインが消え、舗装は波打ち、雑草だらけの路肩にはダンプカーが乗り捨ててあった。道は鉄橋に向かってせり上がって終わりだった。先は米軍の専用埠頭だ。

鉄橋の手前にオレンジ色の停止線と米軍の車止めが立ち塞がっていた。監視哨はなかった。

鉄橋の袂には平屋の外人バーが二軒、今にも海に突んのめりそうな具合いに建っていた。片方にだけ灯があった。店の前には真紫に塗りたくったマイクロバスが停まっていた。

私は立ち止まり、ガムを嚙んだ。コピーしてきた地図を手に、辺りを見回した。道路の脇に貨物線が走っていた。柵は低く、路盤は狭く、まるで遊園地の電車道のようだった。

線路の向こう側がその住所だった。しかし見えるのは製塩会社の倉庫だけだ。私は来た道を引き返した。運河の手前まで戻ると、枝道が見つかった。

露天の資材置き場と宅配便の荷捌き場の間を歩いた。引き込み線の踏切があり、道はカーヴしながら掘割を渡っていた。

掘割の向こう岸に棟割長屋のような背の低い上屋が並んでいた。小さなクレーンが水面に迫り出し、ダルマ船が舫われていた。

オレンジ色の停止線が私を止めた。看板は小さかった。

『専用地につき在日米軍と常陽倉庫会社に無用の方は立入禁止』

おかしな日本語だ。だれかがアメリカ人の言い分をそのまま翻訳したのだろう。どちらにしろ、楊雲史の息がかかった会社はどこも、在日米軍から手厚い扱いを受けている様子だ。

地図で見ると、米軍資材倉庫と常陽倉庫は四つの水路に取り囲まれたひとつの島だった。お互いの敷地に明確な区分はなかった。塀も柵も見当たらなかった。切妻屋根が乗った平屋の倉庫が米軍のもので、その奥に建つ三階建ての窓がないビルが常陽倉庫の上屋らしい。その間には、物置のようなプレハブ小屋がいくつか、ごちゃごちゃと建ち並んでいた。

私は『JOH—YOU Warehouse／金港トータルライフプランニング』と大書された倉庫へ歩いた。近頃は、この名前で運営されるようになったのだろう。

前方に光が揺れ、物音が聞こえた。MPはもちろん、日本人の警備員も見当たらなかった。ヘルメット姿の作業員とすれ違った。私は見向きもされなかった。

米軍施設が建つ土地だが、米軍基地のような治外法権が適用されているわけではない。忍び込めば、日本の警察にひっくくられるが、軍用コルトでいきなり撃たれることはない。それが、さっきの奇妙な看板の正確な翻訳だ。

プレハブ小屋の間を抜けて、海の方へ延びる小径があった。乱雑に停まった自転車とバイクを避けながら、私は歩き続けた。

小屋の列が途切れ、広場の向こうに倉庫の搬入口が並んでいるのが見えた。トラックが三台横付けされ、フォークリフトが梅雨どきの蠅みたいに走り回っていた。しかし開いている搬入口は一カ所だけ、それも半開きで中は窺えなかった。

トラックの荷台にいる作業員は、カップ状の防塵マスクをしていた。他の男たちも、新品の真っ白いマスクをしていた。それが気になって、私は物陰に足を止めた。

ガンメタのミニバンが一台やってきて、外階段の下に停まった。車から降りてきた男たちが、鉄製の階段を上って行った。事務所の入口はその上にあった。窓は二つ、どちらにもシェードが下りていた。

どうにも忙しなかった。何か、大事な商品を運び入れている最中なのだろうか。私は再び歩きだした。

小径は水路に行き止まって終わっていた。私は目を見張った。

水面の向こうは、もう瑞穂埠頭だった。ヴェトナム戦争当時、そこは船積みを待つ戦車や装甲車で埋もれていた。今はがらんとしたバースに、たいして大きくない民間船が一艘、舫われているだけだ。錆の泛いたペパーミントグリーンの貨物船だった。

〝ミニョーラ〟という名がここからでも読めた。

どこからか風が来て、その船尾で星条旗をもっそりと揺らした。


第一京浜国道まで歩き、タクシーを拾った。横浜駅東口のレンタカー会社には、二トン車がなかった。私は、もっとも目立たない白い商用のバンを借りた。

まだ時間はあった。バンを走らせ、アパートへ戻って、ポケットが沢山ある作業ズボンとウィンドブレイカーに着替えた。ゴム底のウォーキングシューズを履き、ペンライトと万能ツール、フォールディングナイフを持って、千若町へ引き返した。途中、薬の量販店で買い物を済ませ、桜木町駅の売店で弁当を調達した。

バス通りから枝道に折れ、踏切を渡ってすぐ、引き込み線の脇に突っ込んでバンを停めた。雑草に埋もれるようにして、他にも何台か商用車が乗り捨ててあった。

ハンドルの上にスポーツ新聞を広げ、醬油を使わず、芥子だけでシウマイ弁当を食べた。車内灯はわざと点けておいた。

弁当を空にすると、灯を消して横になり、私は待った。

八時を過ぎた。枝道に入ってくる車はなくなった。

九時ごろ、バックミラーの中で踏切の警報機が騒ぎだした。甲高い汽笛の音がして、前方の夜を光が切り裂いた。雑草が騒ぎ、風圧を感じた。一瞬、ぶつかるのではないかと思った。

セミセンターキャブのジーゼル機関車だった。コンテナ貨車と轟音を引きずって、すぐ脇を掠め、踏切を渡っていった。私は車を降り、赤い尾灯を追いかけ、しばらく線路の上を歩いた。

貨物列車は倉庫の間を抜け、自動車道路の脇に出た。その先は水路だった。

鉄橋の向こうは夜闇に閉ざされていた。貨物列車が近づくと、対岸の監視哨に灯がともった。

白いヘルメットを被った兵隊が貨物列車を迎え入れた。

私は線路をたどって、バンの運転台に戻った。

小一時間すると、作業員を乗せたマイクロバスが倉庫の方から出てきた。空荷のトラックと濃紺のクラウンが続いた。

さらに一時間近くたった。その間車の出入りはなかった。

十一時過ぎ、一台のいかついミニバンが出てきた。上下に二分割された四角いヘッドライトに見覚えがあった。車内は窺えなかったが、黒いシボレーのミニバンがこの横浜に何台もあるわけがない。

私はエンジンをかけ、車を切り返した。あわてる必要はなかった。相手は何かを探すように、ゆっくり前方を走っていた。

運河をひとつ渡った先でウインカーを瞬かせた。高速高架の手前だった。ゴルフ練習場のクラブハウスに、まだ明かりが灯っていた。黒いミニバンは駐車場に滑り込んだ。奥には濃紺のクラウンも停まっていた。

私は速度を殺し、ゆっくりその前を通りすぎた。

小柄な男が後部シートから降りてきた。外灯に顔が泛かんだ。汪倫だ。私を蹴ろうとして車から落ちた大男の顔も見えた。折匡に言わせれば彼には五万両という渾名があった。

もうひとつ運河を越えて、京浜国道の信号をUターンした。再びゴルフ練習場の前に差しかかると、汪倫と洪芝龍がクラブハウスの一角にあるレストランへ歩いていくところだった。私は止まらず、来た道を引き返した。

枝道には入らなかった。そのまま行き過ぎた。鉄橋の袂に数台の車が停まり、外人バーから眩い灯が流れだし、人影が動き回っていた。映画の撮影でもしているのだろう。

騒ぎの百メートルほど手前で路肩に車を停め、倉庫へ引き返した。札を数枚、むき出しで持ち、財布と携帯電話は、グローブボックスの中に残してきた。

踏切を越え、オレンジの停止線を跨いだ。米軍倉庫の脇を通り、フェンスに沿ってしばらく進んだ。常陽倉庫の事務室に灯はなかった。

私は海側から倉庫に近づき、様子を窺った。足許でひたひたと波が揺れた。遠い高速道路を走る自動車の音を風が運んできた。夜が呻いているみたいだった。

こちら側から見る倉庫は古く、コンクリートの剝がれ目から煉瓦がのぞけていた。あちこち鉄骨で耐震補強され、事務所の部分だけ、増築された跡があった。

搬入口の軒下に防犯カメラは見当たらなかった。倉庫の蛇腹扉は閉まっていたが、脇に通用口があった。

私は量販店で買ってきた薄いラテックスの手袋を両手に着けた。

ドアへ歩き、ペンライトを点した。鍵は最も単純なシリンダー錠だった。万能ツールを出し、薄い鉤爪で鍵穴を探った。手応えはすぐにあった。そのままツールを押し下げるとドアは開いた。昔、所轄の盗犯係から学んだ方法だった。

忍び込むと、いきなり嫌な臭いにとりかこまれた。強力な酸性の薬品で掃除した公衆便所みたいな臭いだ。用意した防塵マスクで顔を半分覆った。

ペンライトを懐中電灯に代えて、あたりを照らした。私は、闇の中に続く半透明のビニールチューブの中にいた。ビニールはドアより一回り大きなフレームに張ってあったが、あちこちで弛み、皺が目立った。腸管の中の回虫にでもなったような気がした。

ビニール越しに光を投げた。倉庫は広く、何かがうずたかく積み上げられていることしか分からなかった。

ビニールチューブは反対側の壁にあるドアへ続いていた。その向こうは狭い通路だった。剝き出しの板天井に裸電球が並び、幅は人ひとり通るのがやっとで、新建材の仕切り壁と倉庫の煉瓦壁に挟まれた隙間にすぎなかった。

通路の行き止まりから、換気装置の呻き声が聞こえてきた。ドアの脇に据えられたパネルの蓋に、操作の方法が図解してあった。『緊急強制換気』というスイッチの下には『三十分以上連続運転しないこと』と、手書きの注意が掲げられていた。

ビニールチューブは、倉庫の中の空気を吸わずに、この操作パネルまで行くための仕掛けのようだ。私は、フォークリフトの運転手が、他より肉厚なマスクをしていたことを思い出した。あまり体に良くない空気が絶えずこもっているのかもしれない。

ビニールチューブへ戻った。倉庫の中へは、搬入用の大きな蛇腹扉からしか入れないようだった。その鍵は頑丈で、扉も巨大だった。

いったい何を躊躇っているのだろう。私はすでに米軍専有地へ無断で立ち入っていた。正当な理由もなく建造物に侵入していた。この上、器物損壊など、くよくよ悩んでも始まらない。

フォールディングナイフの刃を起こし、ビニールを裂いた。

切れ目に頭を近づけただけで目が痛んだ。鼻の奥に火花を感じた。防塵マスクでは、気休めに過ぎなかった。ムッと来るのは臭いだけではない。ビニールの外は蒸し暑かった。

私は貨物の山に光を向けた。天井は六、七メートルあった。その半分以上の高さまで、半透明の樹脂で作られた蓋つきのポットが積み上げてあった。

内側が結露して、ポットの中身はよく見えない。蓋は密封されていた。それを開けるには、ポットの山を崩さなければならなかった。

すごい臭いだった。すでに息は苦しく、胸が痛いほどだ。やっと中が透けて見えるポットを探し当てた。

最初は何か分からなかった。大小さまざまな注射器がつまっていた。麻薬の密売と何か関係があるのだろうか。彼らにとって注射器《ポンプ》は、まさに人生の必携品だ。

しかし中にあるのはポンプだけではなかった。空の点滴パック。薬液のチューブ。血と分泌物で汚れたガーゼ、包帯、得体のしれない使い捨ての医療器具。下の方には使用済みの大人用紙おむつがつくねられ、汚物を滴らせていた。

別のポットには、色とりどりのキャップがついた検査用試験管が沢山詰まっていた。貼られたラベルに、欧米人の名前が読めた。名前の前には『O1／2LT』とか『E7／SFC』などという略称が振ってあった。2LTは少尉、SFCは一等軍曹のことだ。

探すと『GS15』などというのもあった。これはシビリアンの等級だ。名前は『Sakam

oto』だった。軍隊ではすべてが階級で管理されている。キャンプの日本人従業員も例外ではない。

点滴パックにも名前や階級が書いてあった。その下には、いくつかの通しナンバーに混じって『BUMED』というスタンプが読めた。

ポットは大型トラック十台分、優にあった。このすべてが医療廃棄物なのだろうか。メモをとり、光を当てながら山の周囲を歩いた。その向こうには、黒い包みを積み上げたシェルフが何列も、反対端まで続いていた。量で比べれば、医療廃棄物のポットなどものの数ではなかった。

特殊な樹脂ペーパーで包んだ一辺一メートル弱の大きな黒いサイコロだった。押すと硬かった。表面には複雑な凸凹があった。硬さもまちまちだった。

ナイフの刃を起こし、黒い包み紙を裂いた。裂け目から刃を差し入れ、中身を抉りだした。ただの土にしか見えなかった。それにしては硬かった。手応えもまちまちで、中にいろいろなものを含んでいるようだった。異臭が鼻を突いた。汚水溜めの臭いに、化学薬品のきな臭さが混じっていた。ヘドロでこしらえたプリント基板をハンダ鏝で溶かしたらこんなにおいがするだろう。手をかざすと、ほのかに温かかったが、醱酵している様子はない。

私は左手からラテックスの手袋を外し、その指の一本に土を詰め込んで、根本を縛った。

数歩離れて、シェルフ全体を照らした。金属の縦枠に『FAC3099』という札がかかっていた。横須賀基地の正式名称、『横須賀米海軍施設』のコードナンバーだ。

他のシェルフを見て回った。全部で十四列五段あり、三列が3099だった。『FAC31

17』の九列が一番多かった。あとは一列ずつ、FAC30で始まるナンバーが振ってあった。3083というのに記憶があった。たしか海軍厚木飛行場のコードナンバーだ。他も在日米軍の基地か施設だろう。

3117が気になった。やたらと多く、これだけが31で始まっていた。3117のシェルフに積まれた袋は、それほど温かくなかった。時間が経っているのかもしれない。ひとつにナイフを突きたてた。手応えが固かった。刃で掻きだすと、土に混じったコンクリート片が床に転げた。3099に比べると、色も赤みがかっていた。

思い切って、大きく切り裂いた。缶詰の蓋のようなものが顔をのぞかせていた。針金や、何かの金属部材のようなものも見えていた。取り出そうとしたが、無理だった。物凄い力で土と一緒に圧縮し、固めてある。

先刻の手袋の親指にその土を入れ、また付け根を縛った。それから手帳を出し、シェルフに振られたコードナンバーを書き写した。

在日米軍が医療廃棄物の処理を私企業に任せたとしても違法ではないし、驚くにも当たらない。それが認可を受けた業者で、空き地や海に放り捨てたりしなければ、何も問題はない。

たしかに、ずいぶん以前から在日米軍は武器弾薬を、猫だのペリカンだのが描かれた日本の宅配トラックで運んでいる。表向き美術品専用車を名乗っているが、マル危の標識を着けている限り、違法ではない。日米地位協定によれば、届け出の義務さえない。

横田、厚木、横浜、横須賀にある弾薬庫を週に一度は行き来するので、県警は一応、注目している。所轄の交通課が、ひょんなことからちょっかいを出さないようにだ。

もしかすると相手が在日米軍なら、医療廃棄物も同じなのか。そこらの業者が特別の認可も必要とせず、こうして処理できるのか。美術品専用のコンテナにでも詰め、貨車に乗せ、どこかへ運んで放り捨ててもかまわないものなのか。私は眉をひそめた。そうかもしれないし、そうでないかもしれない。

学生のころ、MPが日本の道路で日本の車に四五口径をぶっぱなすところを見た。近くの交番から警官が出てきたが、何も言わなかった。

今もって、あれが合法だったか違法なのか、私には分からない。分かっているのは、誰も問題にしなかったということだけだ。

そのとき、瞼が爆ぜた。目が強い刺激を感じた。においは変わらない。しかし無味無臭の新たな刺激が、袋の裂け目からこぼれ出ている。

換気装置の音が大きくなった。ファンの回転が、仕切り壁をがたがたと鳴らした。

私は、あわててビニールチューブに戻った。動悸が早くなっていた。

外へ出て息をついた。やっと肺が空気を感じた。背後では倉庫が貧乏揺すりを続けていた。

頭上で事務所のドアが開き、足音が外階段を下ってきた。私は壁に張りついた。階段から、かろうじてここは見えない。

中国語が聞こえた。笑い声が混じっていた。何を話しているか分からなかったが、「ナハバース」という言葉だけ耳に残った。もうひとりの声が何か言った。今度も「ナハバース」と聞こえた。そこだけ発音がぎこちない。地名なら、那覇埠頭《ナハバース》のことだろうか。

私は足を忍ばせ、その場を離れた。シートをかぶった小さなパワーショベルの陰に身を潜めた。タッチの差だった。人影が、こちらへ出てきた。

通用口を開ける鍵束の音が聞こえた。鋭く短い中国語。鍵がはずれていたことに気づいたのだろう。私はそっと、顔を覗かせた。

通用口のドアにひとり若い男が立って、あたりを油断なく窺っていた。両手には何も握られていなかった。

ドアの奥から声が聞こえた。ビニールチューブの破れ目に気づいたようだ。

室内の声に何ごとか命じられ、若い男があわてて走り出した。倉庫の角を曲がるとすぐ、階段を駆け上がる音が聞こえてきた。

私はパワーショベルの陰から出て、はやる足を抑えながら岸壁沿いに倉庫を回り込んだ。プレハブ小屋が並んだところまで行ってしまえば、事務所からは見られず、踏切の近くまで出られるはずだ。

倉庫前の広場には水銀灯がひとつきりだった。誰もいないことを確かめ、その端を小走りに進んだ。あと一息というところで、目の前が真っ白になった。爆ぜた視界に自分の影が長々と伸びるのを見た。

「有佇彼！」「佇彼啦！」「嘸通給跑去！」中国語が飛んできて、散弾銃のように私を射抜いた。

不思議なことに意味が分かった。

やっと目がなじんだ。あたり一面、強力なリフレクター投光機で炙られていた。私は自分の影を追って、猛然と走り出した。ワンヒット・ワンエラーで本塁を欲張ったような気分だった。

土手を駆け上がり、道路に出ると、追ってくる足音が近くに聞こえた。私は走り続けた。ホームは果てしなく遠かった。

オレンジのラインを越える寸前、向こうからヘッドライトが近づいてきた。嫌な予感がした。本塁寸前、送球に追い抜かれる、あの予感だ。

向かってきた車が踏切の手前で制動をかけた。後輪を引きずり、砂埃を巻き上げて路上に滑った。濃紺のクラウンが私の行く手を横ざまに塞いだ。

背後で声が高鳴った。足音が近づいた。

クラウンのドアが開いた。巨きな人影が運転席に揺れた。

私は降りてきた五万両に懐中電灯を投げつけ、線路へ逃げ込んだ。砂利を踏まないよう歩幅を合わせ、枕木の上を幅跳びしながら製塩会社の裏へ向かった。

追う者が倍になった。足音が乱れ飛んだ。わめき声がひっきりなしに聞こえた。荒い息の音が一番大きかった。自分の息づかいだ。

線路は土手の上に延び、やがて東神奈川から来たバス通りの脇に出た。枕木を鉄条網で結んだ柵が、線路と通りを隔てていた。反対側は金網のフェンスで塞がれていた。袋小路にはまったことに気がついた。

橋の袂の外人バーが明々と闇に浮き上がった。色とりどりの車が停まり、人込みが取り巻いていた。高揚したざわめきが聞こえた。

誰もこちらに注意を払わなかった。助けを呼ぶのも憚られた。

鉄橋が迫った。線路は桁材に載っているだけ、枕木の間に足を落とせばそのまま海だ。隣に並んだ道路橋は、飛び移るには遠すぎた。

そのとき、二つのものが同時に目に入った。ひとつは線路沿いに延びた金網張りの保線用通路、もうひとつは対岸に止まったMPのパトカーだった。

私は保線用通路に飛び移った。無数のリベットが打たれ、滑りやすくなっていた。

背後の足音が、いったん止まった。振り向いて見るひまはなかった。また足音が追ってきた。中国語の怒鳴り声が私を追い抜いた。

橋の半ばへ近づいていた。MPのパトカーが線路に乗り入れ、前方を塞いだ。

「来るな！」と言うのが聞こえた。

「止まれ。何してるんだ。こらッ」日本語だ。

MPではなかった。日本人の警備員が、道路橋を私に並んで走っていた。

「中国人のヤクザだ。追われてるんだ」私は怒鳴り返した。

「止まりなさい。ここは米軍施設だ！」真正面から英語が聞こえた。

MPが立ちふさがっていた。ひとりはハンドマイクを構え、もうひとりは腰の拳銃に手を置いていた。回転灯が二つのヘルメットを青く瞬かせた。

「追われている」と、私は叫び返した。

「後ろは中国のギャングだ。聞こえるか！」

「最後の警告だ。それ以上近寄ると、発砲する」

「ぼくは日本の警察官だ。手を貸してくれ」

MPの口許に白い歯がのぞけた。

「自衛隊で手一杯だ。警察にまで手が回らない」

ハンドマイクを下ろし、警棒を振り上げた。もうひとりが拳銃を抜き、こっちへ踏み出した。

私は立ち止まった。後ろからは四、五人の男が迫っていた。じきに手が届く。

とっさにトラスへよじ登った。道路橋との隙間に海面が黒々とのぞけた。暗くて距離感がつかめなかった。はじめて恐怖が胸を突いた。

中国語の罵声が間近に聞こえた。

私は闇に身を投げた。

足許から空気が襲いかかった。あおられ、体が流れた。橋脚にぶつかるのではないか。思わず目をつぶった。その瞬間、私は海の中にいた。飛沫の感触と水音が、後から追ってきた。耳がキンと痛んだ。

そのとき、空気で膨れたウィンドブレイカーが両脇をぐいっとつかんだ。浮力が産婆役だった。私は水音をたてて再びこの世にひねり出された。

水中で靴を脱ぎ捨てた。着ているものは脱がなかった。しばらくは浮輪の代わりになるはずだ。すぐ近くに橋脚が見えた。コンクリの基礎に向かって泳いだ。

そこに身を寄せ、しばらく様子を窺った。MPの怒鳴り声が降ってきた。この橋は米軍施設だ。拘束して日本の警察を呼ぶぞ！　──手助けはしないが、手伝いはさせる様子だ。

「金港エンタープライズの者だ」と、中国人が言った。

「あの男は倉庫に忍び込んだんだ」

それだけで通じたようだ。MPの声は急におとなしくなった。

私は橋脚から橋脚へと伝うようにして、道路橋の真下を泳いだ。対岸まで戻り、岸壁沿いに灯を目指した。

海は四方を埠頭に囲まれ、通船や曳き船が舫われていた。さいわい隠れるところはいくらでもあった。水ももう冷たくはなかった。

海面を音楽が渡ってきた。はやりの歌手が、いかにも煙草が好きそうな声で「You're everything You're everything」と歌っていた。

例の外人バーだった。店は岸壁に張りついて建ち、上階が道路に面していた。下の階は水辺にテラスを張り出し、着飾った男女が何人も談笑していた。コカ・コーラのパラソルと船留めの古タイヤが、どうにも不釣り合いだった。何人かが私に気づき、指さした。カクテルドレスの女が両手で口を押さえ、笑いだした。

プロデューサーを名乗る男が、私が水から上がるのに手を貸してくれた。店員に言いつけ、タオルまで持ってこさせた。

「これイベントでしょ」と、女が尋ねた。

「オチは無いの？　オチは」

男が笑った。「無いのがはやりなんだ」

ずぶ濡れのウィンドブレイカーを脱ぎ、顔と髪をぬぐった。それでも水は滴り続けた。

私は撮影の邪魔をしたことを詫びた。男は不思議そうに、結婚式をしているのだと言った。

「ぼくはブライダルプロデューサー。映画なんかじゃ借りれませんよ。最近、こういうハコ高いから」

梯子のような階段を上ると、背後で拍手と歓声があがった。上階は薄暗く、カウンターと高い背もたれのブースに残った客も、三々五々帰りつつあった。

私は、タオルを借りたボーイに濡れた千円札数枚と鍵を握らせ、車を取ってきてくれるよう頼んだ。百メートルと離れていなかったが、用心に越したことはなかった。連中はまだ橋の上にいた。私は靴も履いていない。

ボーイは呆気ないほど簡単に車を回してくると、店の出入り口にぴったり乗り着けた。

「気をつけてくださいよ。ここらで変なことをされると、うちの経営にすぐ響くからね」と、少し遠慮がちに言った。

「最近はアメちゃんなんか金落とさないでしょ。そのくせ、日本人の若いのがわいわいやってると、MPがすぐ嫌がらせするんだ。こっち側は正真正銘、日本なんですけどね」

彼はオレンジ色の境界線を顎でしゃくって見せた。バーのドアから、三歩と離れていない。今、そのラインのすぐ内側には、濃紺のパトロール車両が横ざまに止まり、日本人警備員がせっせとパイロンを並べているところだった。

私はスポーツ新聞を尻に敷き、バンを出した。

枝道の前を通りすぎたが、見張っている者はなかった。彼らの車も停まってはいなかった。ゴルフ練習場の駐車場から、例のミニバンはすでに姿を消していた。

最後の運河を渡り切ると、京浜国道の方から所轄のパトカーが回転灯を瞬かせながら曲がってきた。サイレンは鳴らしていなかった。手助けに呼ばれたのだろう。

私は意味もなく腹が立ってきた。体が温まり、濡れた服からはドブと重油のにおいがたちはじめていた。

39

横浜駅を海側からパスして桜木町の近くまで走ると、グローブボックスの中で携帯電話が鳴り出した。

相手は友田だった。私は本町通りの路肩に車を停めた。

「時間ないか？」と訊かれ、何時か分かってるかと聞き返した。午前一時九分過ぎ。

「話、あるんだよ」と、彼は言った。風呂に入らなければどこへも行けないと私は答えた。

「ちょうどいいや。十五分で迎えに行く。つきあうよ。俺も徹夜してそのままなんだ」

何を勘違いしたのか、友田は勝手に決めつけ、電話を切った。

アパートの前にバンを乗り着け、濡れた服を脱ぎ捨て、シャワーの栓を開いたとたん、友田がチャイムを鳴らした。

「大丈夫か。顔色が悪いじゃんよ。蜷川幸雄にしごかれ過ぎたリア王ってところだぞ」

「拍手がもらえるだけ、そっちの方がましだ」

これは絶対、風呂につかった方が良いと友田は言った。その通りだと私は頷いた。

彼が待たせていたタクシーは、海に向かって真っ直ぐ走り、万国橋を渡り、再開発地区のはずれに新しくできた大きな複合ビルの前で停まった。

最上階が温泉施設になっていた。スポーツジムではなく、いくつもの種類の湯船にドライサウナやミストサウナまで備えた巨大な風呂屋だった。入口の暖簾には『ウルトラ銭湯』という名が染め抜かれていた。

カラオケボックスの受付のようなカウンターで、友田は私を押し退け、二人分の料金を払った。入浴料は銭湯の六倍した。

私は、屋上の一角にヒノキでこしらえた露天風呂につかり、夜に明らむベイブリッジを眺めながら、ついさっき起こったことを考えた。あのまま捕まっていたら、彼らは私を殺しただろう。その覚悟がなかったら、あそこまで追っては来ない。たとえ米軍施設の中でトラブルを起こしても、私の口さえ封じてしまえば、後はどうにでもなるという読みもあった。湯が身体に滲みた。地下深くから汲み上げた本当の鉱泉だった。湯の中でなかったら、恐怖で寒けを感じたはずだ。

風呂から上がると、マッサージ機付きのリクライニングチェアが並んだ休憩室でビールを飲んだ。友田は終始、笑っていた。

「俺さ、実はサイゴン・バーナムのこと、この四、五年ずっと追っかけてたんだよ」と、言って、はじめて笑いを引っ込めた。

私は周囲を見回した。並んだ椅子は半分以上埋まっていたが、誰もヘッドセットを両耳にして、音楽を聴くか液晶テレビで映画を観ていた。

「五年前、第一期工区が完売したとき番組つくったんだ」と、友田は言った。

「いろいろあって、結局、事件じゃなく経済ネタとして扱った。ヴェトナム経済の快進撃、そこに集中する台湾資本って、そんなふうにさ」

「本当の狙いは別にあったんだな？」

「あたりまえじゃないか。そりゃ事件報道だよ。はっきりしないけど、裏がある。裏が表にでたら、贈収賄、政治資金規正法、外為に銀行法違反、なんでもありだ。閣僚クラスの政治家が何人か獄に落ちるかもしれなかった」

友田は袖机からコントローラーを取り上げ、背もたれを倒して体を伸ばした。マッサージ機がふくらはぎを揉み始めた。

「初めは、知り合いの野党議員から耳打ちされたんだ。うちのニュース記者だった男でさ、親父の地盤次いで代議士になったんだが、大好きなんだよな、こういう話が。それで紹介されて会いに行ったのが、東日設計の吉村って、ほら、知らないかな？　東大で土木教えてて、業者との癒着が問題になった元教授。――その吉村がね、いろいろ話してくれたんだ。あそこの再開発は、土じゃなく銭で埋め立てしてるよってな」

彼はビールを飲み、窺うように私を見た。

「今は熱すぎるから、もうちょっとネタが冷えたら話してやるって約束してさ。――サイゴン・バーナムの第二期工区の一部を受け持ってるって話だった。湿地帯を埋め立てるんで、日本の排水技術が必要なんだ」

彼は言葉を休めた。目が痙攣するように瞬いた。

「その次の週、吉村はヴェトナムで死んじゃったんだ。交通事故だって話だが、本当のところは分からない」

ビールを取ってくると言って、友田は立ち上がった。飲み物はセルフサービスで、入口のカウンターまで行かなければならなかった。

視線を感じて首を回した。すぐ隣の席からこちらを見ている男がいた。目が重なると、会釈して顔を逸らした。ヘッドセットはしていたが、片耳は半分ずらしてあった。

三十そこそこ、額の禿げ上がった面長の男だった。口の周りが不精髭に陰っていた。

友田は生ビールを二杯買ってくると、黙ってひとつ、私の袖机に置いた。

「台湾成龍投資グループっていうのは何なんだ」と、私は少し大きな声で尋ね、髭面の様子を盗み見た。男は、目をつぶって寝そべっていた。

「台湾国民党のダミー企業さ。そこがホー・チミン市政府と合弁で始めたんだよ」

友田の声も大きかった。それでも髭面は動かなかった。そこが逆に気になった。

「サイゴン・バーナムってのは、サイゴンの東南に広がってる農地にもならない湿地帯だ。そこにもうひとつ都会をつくろうって、バカみたいにでかい計画なんだ。五百ヘクタールの工業団地と三千ヘクタールの商業地区、居住地区、第二期工事の二千五百ヘクタールと合わせて約六千。台湾側が企画してホー・チミン市政府にもちかけた。市が土地を出す。金は出さなくていい。造成した市街地の一部は市のものだ。港湾施設はまるまる手に入る」

「あそこは内陸の町だったんじゃないのか」

「大昔からメコンと南シナ海を結ぶ運河が網の目のように巡ってるんだよ。大きな河川なら五万トン級の貨物船が出入りできる。浚渫すれば立派なコンテナ埠頭がいくらでも造れるじゃんか。市は物流基地を手に入れたうえ、住宅問題が片づく。海外の有力企業や工場が来て、税収も跳ね上がる。サイゴンは南アジアの上海を目指すって訳さ」

「それで？　台湾側は何が手に入るんだ」

「成龍はただで手に入れた土地を開発して、平米二千ドルで売るんだぜ――」

友田の喉がフクロウのように鳴いて、彼は笑いだした。

「何がおかしいんだ」と、私は尋ねた。

「いや、すげえ皮肉だなと思ってさ。――ヴェトコンの革命根拠地って聞いたことあるだろう。サイゴン攻略のために造られた基地さ。あれのひとつがあった場所なんだ。アメ公はエリア・バーナムって恐れ戦いていた。何十回も掃討作戦をやって、性懲りもなく死体袋《ボディバッグ》を増やして、しまいにゃナパーム弾で焼け野原にしたが、それでも陥落できなかった。――あそこだよ。今じゃ井戸を掘ると血が出てくるって激戦地だ」

「英語ふうだと思ったが、バーナムっていうのは米軍の呼び名か」

友田は浮かない顔で頷いた。「たまたま教養のある将軍が、シェークスピアにちなんで名付けたんだ。アメリカ軍の教養の限界だな。バーナムの森が動いて、王国を奪われるのは悪党の方なのにさ」

「善悪は関係ない。あの話はマクベスが主役だ」と、私は言った。

「そんなことより、解放戦線で戦った連中がよく怒らなかったな。解放運動の聖地だろう」

「背に腹は換えられないって言うじゃんか。どんな立派なイデオロギーも、みんなあれにやられちゃうんだ」友田はつまらなそうにビールをあおった。

「ヴェトコンの英雄は、戦後にほとんどパージされちゃったよ。今じゃ、みんなひっそり生きてる。歴史の因縁なんか、銭の前じゃ屁でもないのさ。サイゴン・バーナムには、大陸中国の金も流れ込んでるんだぜ。台湾国民党の機密資金で始まった事業にだ。南洋恒産っていうのは、もともと大陸の金をサイゴン・バーナムに繋ぐためのトンネル会社だったんだよ」

友田の声は大きかった。目の下がもう真っ赤だった。

私は例の髭面に目を走らせた。寸前、顔を逸らしたように見えた。男は起きていた。

「それでサイゴン・バーナムのために、福州の電力公社と合弁で発電所つくったんだ。合弁って言っても、出したのは銭じゃない。ブッだ。日本のODAで福州に造られた発電所から発電機を持ってきちゃった。平たく言えば横流しだよ。それを仕掛けたのが南洋恒産だ」

「乱暴な話だな」

「だからすげえんじゃん。――でも、いいことばかりじゃない。俺がドキュメントを作った後、タイの通貨危機と韓国の経済危機で一時、資金が停まっちゃってさ。その間、今言った電力会社なんかはホー・チミン市への売電で食いつないでた」

「砂の輸入もその一環かな」と、私は尋ねた。

「砂だって？　何だ、そりゃ」

「楊がいつか言ってたんだ。ヴェトナムの白砂が、近頃じゃ日本の海水浴場の必需品なんだって。人工海浜を造るのに、輸入しているそうだ」

「それはあるかもな。アジア経済が最悪だった時期、やつらはなりふり構わず、いろんなことをして食いつないだ。砂なんかきれいな方さ、きっと」

髭面が寝返りを打った。ヘッドセットは、禿げ上がった頭の上にすっかりずれ上がっていた。私は上体を起こし、あたりを窺った。他の連中はひっそり寝静まっていた。仲間らしい者は見当たらなかった。

「この数年、中国に引っ張られて景気が戻ってきたじゃんか」と、友田が言った。

「いい具合にアメリカの経済制裁も解除されて、関税障壁もなくなった。世界中の大企業がサイゴンにやってきて、工場誘致も順調だ。マンションや高層アパートも建つようになった。コンテナ港もできあがった。めでたしめでたし。今年の初め、遅れてた第二期工事も始まった」

「まだ工事は続いてるのか？」

「ああ、真っ最中だ。第二期の開発は完全に楊の天下だよ。国民党は、この間の選挙で台湾総統の座を奪われて、司法の目も厳しくなった。ヤバイってんで、やつらはサイゴン・バーナムから国民党に直結している資金を引きあげたんだ。楊の会社が、これで前面に躍り出た。出資比率がいきなり十何倍かに跳ね上がったんだ。もちろん名目上だよ。それでも、やつが実権を握るようになったことに変わりはないじゃん」

髭の男がまたこちらに目を投げた。私が顔を上げると、向こうは顔を背けた。

「いや、これは比喩だけどさ」と、友田が言った。

「あの地下には、とてつもない鉱脈が眠ってるよ。ネタの鉱脈さ。外為違反だの贈収賄なんか序の口だ。たとえば、アメリカ在住の華僑が当局に知られずヴェトナムに投資するのは、結構大変なんだ。その銭を、箱に詰めてブツとして運んだとしたらどうよ？」

「ビリーのジェットで運んでたと思ってるのか」

「証拠はない。だけどさ、それもひとつの方法だろう。つい五年前まで、楊の最も大きな商売は地下銀行だって評判だったんだ。どこの帳面にも記録を残さず、金を右から左へ動かすんだ。今回は地下って言うより空中だな。顧客は華僑だけじゃなく、アメリカ軍人もいれば中国の公営企業もある」

「この電子マネーの時代にか？　金を箱に入れて運ぶのか」

「だって中国人だもん！　最後に信じるのはそれっきゃないじゃん」友田は言って、口の中で小刻みに笑った。

「しかし皮肉だよな。その楊が、幸か不幸か、国民党が野に下ったせいで表に出てきちゃったんだからさ」

俺が知っているのはそんなところだと言って、友田はビールに手を伸ばした。知っているだけでニュースにはできない。裏の取れない話ばかりだ。チャンの事件もビリー・ルウの事件も、きっとその中のひとつのエピソードだと思う。彼はビールを飲み、口の周りに泡をつけたまま、私の顔を覗き込んだ。

「なあ。そろそろ、いいだろう。俺は、手の内全部さらしたぜ」

「何のことだ？」

「横須賀の事件。誰かさんがドブ板のお馴染みの店で死体を見つけちゃったって話さ」

彼は体を起こし、こっちを覗き込んでにやにや笑った。

「ただで風呂を奢ってくれるはずがないと思った」私は言った。

「ビールも忘れんなよな」

「死んだのはチャン・ビントロンの義理の弟だ。Yナンバーに乗った男が二人、現場から立ち去ったのが目撃されている」

「誰が目撃したんだ？」

「勝手に想像してくれ。そこから先は警察発表と同じだ。チャンには妹夫婦がいたんだ。あの一件が事故で終わったもんで、捜本は彼らに手を着けなかった。チャンも含めて、三人は同じキリスト教会に出入りしていた」

「それ、あの事件で名が出た教会だな」

頷いたとたん、福引の赤い玉のように、それが私の頭から飛び出してきた。常陽倉庫で中国人が口にした「ナハバース」という言葉が。

「ちょっと待ってくれ」と言って、私は立ち上がった。

友田を残してロッカーへ歩き、服のポケットから携帯電話を取り出した。

パウダールームまで行くと、電波をとらえた。私は鏡の前に座って、沖縄のポーリーを呼んだ。朝はだめだが、その代わり夜は遠慮しないでくれと彼女は言った。朝か夜か、よく分からないような時刻だったが、気を遣ってはいられなかった。

電話はすぐに繋がった。声が聞こえてくるまでに時間がかかった。寝ぼけていたわけではない。背後の騒音が凄かった。ラッシュの地下鉄ホームで盆踊りでもしているみたいだった。

「遅くにすいません。二村です。覚えていますか」私は叫んだ。

ちょっと待ってくれと叫び返し、ポーリーは黙った。しばらく騒音が続いた。

「さあ、外に出たわ。クラブにいたのよ」背後が静まると、彼女が言った。

「ファンクですか？」

「いいえ。島歌よ。お願い、良いニュースだけ聞かせてちょうだい」

「良いのも悪いのも、ニュースはない」と、私は言った。嘘ではなかった。

「そうなの。実は、わたしの方に伝えたいことがあったの。あの人、去年、こっちにお墓を買ったのよ。本島のずっと北の方。帰って来てから、そのことを思い出して」

「何の墓だ？」

「さあ。自分のじゃない？　こっちのお墓は、土手に開いたワギナの形をしてるのよ。あの世とこの世を繋ぐ産道ってわけね。ここじゃ、人は生まれて出た穴へ還るのよ。お棺を入れて、自然に骨になったころ、親戚一同お墓の中に入ってパーティーをするの」

「それは昔の話だろう」

「あら、本島でも田舎ではまだやっているって言ってたわ。それが気に入ったって。――今日、北の森の方へスケッチに行って、ついでに寄ってみたの。そうしたら、お墓に花があったのよ。もう傷んでたけど。こっちは暑いから、そんなに前に供えたものじゃないわ。ねえ、これはいったいどういうことかしら」

「彼が墓を買ったこと、誰か他に知ってる人はいないのか」

「分からないわ。彼の友達って、この前言ったぐらいしか知らないから」

何やら声がかかった。彼女は受話器をふさぎ、その声に応えた。

連れが帰るところだと、私に言った。「もう行かないと。――わたし、やっぱり台湾に行ってみる。あのお墓に彼を連れてくる方法はないかしら」

「ビリーはアメリカ市民だ。おまけに君は親類じゃない。沖縄に埋葬するのは厄介だ。――大使館に電話してみることだね。知恵を貸してくれるかもしれない」

「そうするわ。どうもありがとう」

彼女は電話を切ろうとした。

「待ってくれ」私はあわてて叫んだ。「チャンの亭主は波止場で働いていたんだな」

「ミスタ・レ？ ええ、港の倉庫会社で、――」

「会社の名前は分かるか？」

「ジョウよ。ジョウ倉庫って言ったと思う」

背後を誰かが通りかかった。鏡に目を上げると、例の髭面だった。私にちらっと目を投げて、鏡の中で会釈した。そのまま行き過ぎ、ふたつ奥の鏡の前に腰掛けて歯を磨き始めた。

「常陽倉庫じゃない？」と、私は小声で電話に尋ねた。

「そうね。そうかもしれない。すぐ分かるわよ。大きな倉庫だから。明治橋のすぐ脇よ」

ふいに声が途切れた。ノイズはなかった。声が戻り、音楽がまた大きくなった。外でみんなが歌っているとポーリーが言った。

「うんじゅん、わんにん」と、それは聞こえた。

「いゃあにん、わんにん、カンポぬクェーヌクさあ」

「聞こえる？ 素敵でしょう。でも、ビリーは大嫌いだったの。ファンキーが嫌いなのよ」

「何て歌ってるんだ？」

「あんたも私も、人間はみんな死に損ない。――もう行かなきゃ。友達が――」そこで、急に

思い立ち、

「ねえ。そんなこと聞いて、あなた、いったい何をしたいの？　誰か探してるの？」

「探してるとしたら、君と同じものだよ」

私が答えると、彼女は一瞬、言葉を止めた。

「それ、何？　よかったら教えてよ」彼女は笑った。

「わかったら教えよう」

電話が切られる寸前、また音が瞬いた。友田の目が瞬くのに似ていた。携帯電話を盗聴すると、どんな不具合が起こるのだろう。私はふいに疑った。ずっと強行犯を扱ってきたので盗聴の知識などほとんどなかった。

部屋の奥で椅子が音をたてた。髭面が何かを手に、立ち上がるところだった。

私は急いで腰を上げた。

髭面はすぐ後ろにやってくると、そこで立ち止まった。鏡の中、赤く潤んだ魚のような目が私を見ていた。右手は鏡の外にあった。何かを握りしめているようだった。一歩前に出た。

「名前は？」鼻にかかった声で髭面が訊いた。

「伊達邦彦」言って身構えた。

髭面がまた一歩、にじり寄った。私は顎を引き、勢いをつけ、後頭部を相手の鼻に叩きつけた。破裂音が聞こえ、髭面がのけ反った。

素早く振り向いた。バスローブの襟を取り、左拳を腹に打ち込んだ。相手はくの字に崩れた。私は手を休めず、右手をひねり上げ、それを軸に引き倒した。腹這いに押し倒し、片膝で押さえつけ、床にねじ伏せた。

「誰に頼まれた！」

さらに力を入れると、右手から紙きれが転げ落ちた。それまで、カミソリでも隠していると思っていた。

「それ、それ。本当、それ渡すだけ――」

髭面が妙になよっとした声で言った。落ちたのは、手書きのカードだった。名刺ほどの大きさの紫色の紙に、電話番号とメールアドレス、それに名前がハートで囲んであった。

私は手をほどき、相手から離れた。

男はゆっくり身を起こした。顔を押さえ、しゃくりあげていた。目には涙が滲んでいたが、笑っているようにも見えた。そういう顔だちなのだ。

私は隣の部屋へ歩き、自分のロッカーに携帯電話をしまった。上着のポケットに入れてきたラテックスの手袋を出して休憩室に戻った。

友田はマッサージ機をフル稼働させながら、香川照之のビデオ映画をぼんやり眺めていた。ヘッドセットはしていなかった。

私は二つの指に土を詰めた手袋を彼の脇机に乗せた。

「それが何か調べてくれ」

友田は手袋と私を交互に見て、液晶テレビを消した。

「瑞穂埠頭《ノースピア》のすぐ近くに常陽倉庫っていうのがある。金港エンタープライズの関連会社だ。そこに大量にあった。出所は、たぶん米軍基地だ」と、私は言った。

「まさかプルトニュウムだなんて言わないだろうな」

「体にいいものじゃないのは確かだ。他に医療廃棄物もあった」

友田の目に灯がともった。体を起こし、足を椅子から下ろした。

私も自分の椅子に横座りになり、彼と向き合った。

「沖縄の那覇バースにも多分、同じ名の倉庫がある。チャンの妹の亭主は、こっちへ出てくるまでそこで働いていた」

「チャンが死んだ冷凍倉庫は、米軍に納入する肉を扱ってたんだよな?」

「新鮮な肉をね」と、私は答えた。「常陽倉庫は、逆に基地が吐き出したものを扱ってるんだ。沖縄の倉庫が同じ経営なら、そこでも同じことをしている」

「調べてみるよ。那覇港の常陽倉庫だな?」友田は顔を上げた。

「チャンは死ぬ前、近々実入りの良い仕事があると言っていた。金港エンタープライズの鄒が持ってる貨物船に船長として迎えられるんだそうだ。例の神父が直接聞いてる。船をヴェトナムで売って儲けるんだとも言っていた。その船が今、瑞穂埠頭に入っている」

「船を売るのか。それとも荷を売るのか。どっちなんだよ」

「両方だ。いや、もっと違う金儲けがあるのかもしれない。違法な仕事なら神父に本当のことは言わないだろう」

「そこがきっと突破口だな」友田は言って、自分で自分に頷いた。

「その船が何を出して、何を入れてるかってところさ。持って行くのはゴミだとしても、持って来るのが何か。貨物船は空で帰ったら仕事にならないじゃん」

「砂はどうだ。例の白砂だ。運ぶには船がいる。砂なら、ゴミ船でも運べるだろう」

「そうだな。まあ、ヴェトナムから持ってくるものはいくらでもある」

「馬鹿野郎！」と、湿った声が部屋に響いた。

ロッカールームの入口から例の髭面がこちらを睨んでいた。くるりと背を向け出ていった。

私はあわてて友田から体を離した。私たちは顔をひっつけるようにして話しこんでいた。

「誰だ、あれは？」

「ミシェル・フーコーさ。パリのサウナで伊達邦彦に殴られたのがトラウマなんだ」

壁の時計は四時を回っていた。思わずあくびが転げ出た。「そろそろ帰ろう」と言って、私は腰を上げた。

「帰ってどうするんだ？」

「朝飯を食う。ステーキ一ポンドに生卵一ダースと牛乳一パイント、レタスを二玉。それに納豆とご飯だ」

「家庭的だな。俺は少し寝ていくよ。六時には局に入んないとならない」

「仕事好きにもほどがある」

「家に帰れないだけだ」弱々しく笑って、友田は椅子の上に体を伸ばした。

「いろいろ理由があってさ」

アパートの前でタクシーを降りると、ちょうど新聞配達が出てくるところだった。顔見知りではなかったが、相手は私を知っているようだった。

「ポストいっぱいですよ」と、声をかけてきた。

大判の封筒がいくつか、丸めてねじ込まれていた。頼みもしない通販のカタログと得体の知れない慈善団体のパンフレットだった。

ポストの中身をかき出し、束ねて脇に挟むと、何かが私の足を止めた。はっきりした気がかりがそこにあった。しかしそれが何か、まったく分からなかった。一秒前には分かっていたものを、たった今忘れてしまったような具合だった。

部屋に戻って、持ってきた郵便物をゴミ箱に放り捨てた。中に真っ白い角封筒が混じっていた。あわてて拾い上げると、平岡海鈴という名が目に飛び込んできた。

彼女の書いた漢字は、文字というより図形だった。横書きされた私の名は、しゃれたレストランの店名のように見えた。

中から次の日曜、みなとみらいで行われるコンサートのチケットが出てきた。海鈴の日本ツアーの最終公演だった。

それを手に、しばらく考え込んだ。ポストの前で感じたのと同じ、奇妙な気がかりが私を捉えていた。この封筒と大いに関わりがあるような気がした。まったく無縁のような気もした。

封筒を逆さにして振ってみた。そうしたところで、中から自分の気がかりが出てくるわけではなかった。

40

カーテンの隙間から差し込んだ日の光が、足の裏をくすぐった。

目は開かなかったが、手は時計を探してサイドテーブルを彷徨っていた。そのときになって、目覚ましの音が耳に入ってきた。私を揺り起こしたのは日の光ではなかった。そんな優雅な目覚めなど望んでも仕方ない。

それが分かると、また眠ってしまった。次に跳ね起きたときは、九時を回っていた。

あわてて事務所に電話をした。発信音が十回近く鳴ったあと、留守電に繋がった。

とっさに遅刻の言い訳を放り出し、今日は休むと伝えていた。理由は告げなかった。日の光はカーテンを押し退け、部屋にあふれていた。そんなことを理由にできるわけがなかった。

昼まで汗をかいて眠った。朝食を終え、二杯目のコーヒーを淹れているとき、横須賀の佐藤から電話があった。

「おい。二村。なぜすぐ言ってくれないんだ」と、いきなり怒鳴った。

「それもうちの管内だっていうのに。今の今まで誰も教えやしない」

「新聞を読まないんですか」

「新聞にゃカプットなんて名は出てなかった。誰の死体だ。おまえが見つけたんだろう。何で本部があんなに沢山出張って口封じをかけてる。何だって捜本の管理官が小峰なんだ」

「起き抜けにそんなに言われても困る」と、私は言った。

「その前に教えてください。――あの携帯電話、誰のか分かりましたか？」

「法人の登録だ。それが、おまえ、通信履歴にあった携帯番号と同じよ。金港エンタープライズって、あそこが契約していたものだ」

「解約されてるんですね。いつか分かりますか」

「ああ。そこは抜け目ないさ」佐藤は嬉しそうに応えた。

「ええと、――六月の十九日だ」

私がビリーと出会ったのは、六月十七日が十八日になったばかり、土曜が日曜に変ったころだった。次に会ったとき、ビリーは携帯電話が私の車に落ちていなかったかと尋ねた。電話がないと気づいたのは、多分日曜の午後だ。むろん電話会社に連絡して、通信を止めただろう。しかし日曜で、契約した当の金港エンタープライズとは電話が通じない。解約して、新しい電話を手にするのは、十九日の月曜まで待たなければならなかった。

平岡玲子の車に落ちていたのは、ビリーの携帯電話だ。今では、そう考えるのが自然だった。しかし何だって電話番号を引き継がなかったのだろう。よほど、番号を秘匿しておきたかったのか。誰かに電話を盗まれた可能性を恐れたのか。

「おい。いったいどうした。聞こえてるか？」佐藤が大声で私を呼んだ。

「もうひとつ分からないのがありましたね。横浜局番の一般回線」

「ああ。あれも分かったぞ」

「千若町の常陽倉庫じゃありませんか？」

受話器の向こうで奥歯が音をたてた。「どういうことだ。俺を試したのか！」

「そうじゃありません。金港エンタープライズの子会社なんです。おかしな倉庫ですよ」

「この電話も六月の十九日に保留されている。お客様のご都合で取り外してありますってやつだ。リーチだな。これは通るぞ、二村」

私は返事をしなかった。金港エンタープライズが契約していた携帯が解約された日、そこからかけた常陽倉庫の電話も使われなくなった。他人に知られてはよほど困る番号だったのか、そのふたつの番号が連絡を取り合った痕跡を残したくなかったか。

「どっちにしろ二つの電話が使われなくなったのは同じ理由だ。——玲ちゃんとの接点は、もう分かってるのか？」佐藤の声に力が入った。

私は電話を手に立ち上がった。窓を開けて空気を入れた。空は高く青かった。港の方角に雲があった。

「ぼくと同じように、通信記録に残された番号にかけてみたんでしょう」と、私は言った。

「四つの番号のうち三つはもう繋がらなかったが、ひとつだけまだ通じてた。チャンの妹が使ってた携帯です。七月の十九日か、それより少し前のことだ」

「彼女がか？　何で電話なんかしたんだ」

「それは分からない。電話の持ち主に連絡したかったんじゃないかな。彼女の家に六月十七日来客があった。その日、近くの料理屋から刺身を買い、酒だの肉だの用意した。彼女にとって大事な客だったんです」

「その客が電話を忘れて行ったのか？　だとしたら何だって、一ヵ月も放って置いたんだ」

「それまで気づかなかったか。いつか取りに来ると、のんびり構えていたのか。――彼女は電話の持ち主がどこに住んでいるか、どこに勤めているか、一切知らなかった」

「おい。そりゃ変だぞ。玲ちゃんが、そんな相手を家に上げて歓待するか？」

「変なことは沢山あるんです。ぼくは、分かっている事実をつなげているだけだ」

佐藤は煙草の煙を受話器に吹きつけた。まるで捜査本部でやりあっているみたいだった。

「いいだろう。続けてみろ」

「一ヵ月たって、彼女はこの携帯を忘れた人物に連絡を取る必要にかられた。だが一本をのぞいて、記録された電話は解約されていた。その一本がチャン・キンホアの電話だった。凍死したヴェトナム人の妹です。平岡さんはキンホアかその亭主に、カプットへ呼び出された。彼女の車から手書きのメモが出てきました。カプットとチャンの名が書いてあった」

「こら、二村！」佐藤が怒鳴った。「聞いてねえぞ、そんな話」

「だから、今話したんです。――平岡さんはキンホアの亭主と一緒に、横須賀の中央通りで目撃されている。銀行のすぐ近くです。七月十九日、彼女はそこで五十万円引き出している」

「目撃されたのと同じ日なら、喝取されたってことだろうな」声が不快そうに震えた。

「おかしな話だ」と、私は言った。「ぼくの友人が、ちょうど同じころ携帯を失くしたんです。話は聞いて知っているでしょう。ぼくが横田まで送っていった例の被疑者です。彼とは六月十七日の深夜、カプットで会った。彼は正体がないほど酔っていて、次に会ったとき、ぼくの車に携帯電話が落ちていなかったかと尋ねた」

佐藤は黙っていた。じっと耳を澄ませている様子が、電話を通じて伝わってきた。

「その翌月、ぼくは横田まで彼を送った。ビリーはジェット機で飛びたった。横浜に乗り捨てて行った車に女の死体を残してね。それが七月十九日ですよ」

佐藤が唸った。自分で想像したことがまったく気にいらない様子だった。

「車のトランクで死んでいたのはチャンの妹です。一昨日ぼくがカプットでみつけた絞殺死体はその亭主だ。平岡さんと銀行の前で目撃された男です」

佐藤が何か言おうとして、口を閉ざした。飲み込んだ息がカサカサと音をたてた。

「これ以上は憶測だけで話すべきことじゃない。それも電話なんかで」と、私は言った。

「そうだ」佐藤がふいに明るい声を出した。

「頼まれたU号な。黄色いピックアップ。あれは分かったぞ」

いいか？　と断って、彼はメモした住所を読み上げた。横浜市中区赤門町のアパートだった。野毛山の南斜面だが、すぐ下はかつてのアヘン窟、今も京浜急行のガード下には売春婦がうろついているような場所だった。

「名前は工藤尚吾、関東新政会横田一家のちんぴらだ。二十九にもなってバッヂももらえないような野郎さ。それで、こいつだが、昨日、南警察に身柄取られてる」

「容疑は何です？」

「動物虐待」つまらなそうに答えた。

「動物の愛護及び管理に関する法律、二十七条の一だな。容疑事実は認めたようだ」

私はジャケットに袖を通しながら外へ出た。

空が高かった。日差しは強いが、風はきりっと涼しかった。秋のいちばん気持ちいい空気の中、私は商用のバンを走らせた。横浜駅でレンタカー・オフィスに車を戻し、南警察署に電話をした。刑事課には、本部で組んだことのある若い強行犯係が去年から異動になっていた。あと二時間ほどはデスクで仕事をしていると言うので、私は地下鉄に飛び乗った。

南警察署は地下鉄弘明寺《ぐみょうじ》駅のすぐ上、鎌倉街道に面した中学校のキャンパスに、半ば間借りでもするようにして建っていた。

刑事課の部屋に入っていくと、彼は真っ白な報告書から顔を上げ、目を瞠った。

「さすが開かれた警察だね。何も聞かずにここまで入れてくれた」と、私は言った。

彼は周囲を窺った。係長は留守だった。気を取り直して椅子を勧め、年寄り染みた笑顔をうかべた。変わった苗字で、花見と書いてケミと読ませた。そのせいで桜の開花が近づくと、毎年憂鬱そうな顔をしていた。

「どうかしたんですか？　図書館に寄付するような本はありませんよ」

「本なんかいらないよ。今、改竄された報告書を集めてるんだ」

「バカなこと言わないでください。人聞き悪い」

「戦前の報告書だよ。――頼みがあるんだ」

私が工藤に会いたいと言うと顔を歪めた。

「だめですよ。生活安全課の獲物だから。おまけにガサ入れたら拳銃《チャカ》が出てきちゃって」

「拳銃って、まさかナンブじゃないだろうね」私は軽口で言った。

「何だ。目的はそれか。何か前科《マエ》があるんですか、あのチャカ」

驚きを気取られないよう窓の外を見て、ほんの一秒考えた。

「ともかく、会わせてくれ。余罪が出てくるかもしれない。出てきたら君の手柄だ」

「それって、ヴィトンのトランクから出てきた死体《オロク》と関係ありですか」彼は、声をひそめた。

電話をかけると、生活安全課の課長は留守だった。運がいいぞと花見《けみ》は呟き、私を階下へ案内した。

担当の係長は四十代の女性で、化粧っけのない顔に縁無しの眼鏡をかけ、髪を団子に束ねていた。後ろの窓には登録文化財に指定された古ぼけた中学の校舎が見えていたが、それが背景としてよく似合った。

花見は慎重に、私を「本部捜一におられた二村警部補」と紹介した。

私は、プールに着水した可哀相なガガーリンのことを話した。そのとき工藤は、飼い主の女性の動向を見張っていた可能性がある。

彼女は急に興味を持った。生活安全課はストーカー犯罪を扱っている。

ああでもないこうでもないと二人で思案した挙句、取調室に案内された。

ドアを背にして椅子に座って待った。工藤はすぐに連れられてきた。柄もののシャツの前を開け、裾を出して着ていた。だぶだぶのジーンズは、辛うじて腰に引っかかっているようなものだった。パンツが半分近く見えた。

椅子の脇まで来たとき、私は彼の踵を軽く蹴った。悲鳴を上げてのけぞった。鋭いもので深くえぐった跡がカサブタになっていた。

「犬が嫌いか？」

「ああ、大っ嫌いだ」

工藤は口をとがらせて睨んだ。善良でひとなつっこい顔だった。女好きはするが、表情に中心を欠いた顔だ。金色に染めた髪も、留置所暮しのせいで灰をかぶったようにしおたれていた。

「あんた。どっかで会わなかったっけ？」と、彼は不思議そうに首を傾げた。

「繋いであった犬を車で当て逃げしたそうじゃないか」と、私は言った。

「キャンキャンうるせえからッすよ。ひとんちの駐車場に繋いだまま、ドンックやって拝んでる婆あが悪いんだ。朝からダブルでうるせえんだから」

「愛犬家と新興宗教を敵に回したんだ。ここから出たら、命がいくつあっても足らないぞ」

「ざけんなよ。こんくらいで勾留なんて、マジ変じゃないっすか」上目遣いに私を覗き込み、へらへらと笑って見せた。

「組の弁護士に聞いてみろよ」

「何度も言ってるでしょう。俺、とっくに足洗ってますって」

「追ん出されたんでしょ」と、係長が口をはさんだ。

「破門にするほど大物じゃなかったって、おたくの親方が言ってたわよ」

工藤は怒らなかった。むしろ照れくさそうに頭を掻いた。

「先週の木曜のことだ」と、私は言った。「横須賀で、踵を咬んだ犬に何をした？」

彼はあちこちへ目を投げた。しまいに俯いてしまった。どこまでも正直な男だった。

「犬をプールに投げ込んだな」

「噛みやがるからだよ。あのさ、みんな勘違いしてると思うけどさ、俺ってわけもなく動物いじめて喜んでる切れちゃったオヤジとは違うんだよ。理由があんだよ。理由がよ」

「おまえが蹴ったから噛んだんだろう」

わたしは椅子から立ち上がった。工藤があわてて腰を引いたが、かまわず二人に手招きしてドアの外へ出た。

「十五分、二人にしてもらえませんか」

「それ、まずいですよ」と、係長が言った。

「聴取じゃないんだから、いいでしょう?」と、私は食い下がった。

「別件で聞きたいことがある。聞いたことは、後で教えます。迂闊な取引はしませんよ」

「そのプールの件ていうのは?」

「余罪があるんです」私は思わせぶりに言った。

係長は花見にちらりと目を投げ、同意を求めた。彼は終始そっぽを向いていた。

「いいわ。十分だけよ」

私は部屋に戻った。座ろうとして、金髪の中に奇妙な痣を見つけた。壁にもたれて立ち、工藤を見下ろした。髪に隠れていたのは、梵字の刺青だった。

アパートでピッキング騒ぎがあってから二カ月以上たっていた。どれほど髪形が変わっていてもおかしくはない。鼻だって折れていなければ、元通りになる。

「さあ、これでいいだろう」私は立ったまま言った。

「全部、ここだけの話だ。俺は犬の味方じゃない。協力には協力で応える。——あのマンションで、いったい何をしてたんだ」

「マジ分かんねえ。どこの何ってマンションよ」

私は後ろから近寄り、腕で首を締め上げた。落としてしまわないよう力は加減した。

「自分が気絶させた相手ぐらい覚えておけ」殺した声で、耳元に言った。

工藤が、はっと体をこわばらせた。それだけで充分だった。私は手を離し、何事もなかったかのように、机を挟んで彼の目の前に腰掛けた。

「警官を妙な機械で気絶させたとなれば実刑がつくな。五年は食らうぞ」私は嘘をついた。

「俺は別件の捜査をしてるんだ。質問に答えたら忘れてやる。こっちも、おまえなんかにやられたと同僚に知られたくない。——一〇一号室を盗撮してたのか」

工藤は急に身を縮めた。私を上目遣いに見つめて頷いた。

「偶然見つけちゃってさ。超エロい女がいるんスよ。アメ公ひっぱりこんで、女四、五人で、もうやりまくり。ワッセワッセ、朝から夜まで」

「毎回、見物に行ってたのか」

「ネットでエロサイトとか覗くより、ずっと為になりましたよ」と言って、くすくす笑った。

「ネタとか摑めば、何か得んなるかもしれねえし」

「しかし、窃盗はどうにもならないぞ」私はさも同情したように溜め息をついた。

「三〇一号室から、拳銃を盗んだだろう」

「盗んだんじゃねえよ。ってえか、借りたんだよ」食いつきは早かった。

「誰からだ。平岡さんからか」

工藤は急に押し黙った。頭の中で懸命に電卓を叩いているみたいだった。

「あれが平岡さんの所有物だって証明できれば、救いはあるんだ」

「それは超ムヅいよ。兄貴にばれたらボコボコにされるくらいじゃ済まねえもん」

「蓬萊町のアパートに盗みにいったのも、兄貴の命令か」と、私は穏やかに訊いた。

工藤はぱっと顔を上げ、拝むように私を見た。「頼むよ。言わないでよ。しょうがねえな。俺、チャカの件は被るから、それだけで勘弁してよ」

「おまえの兄貴とは知らない仲じゃない。やつがまだ組の幹部だったころからの腐れ縁だ」

「じゃあ、どんな性格か分かってんじゃん。カッとなったら今でも極道丸出しだもん」

「折匡には上手く言ってやる」私は目をつぶってボールを投げた。

工藤は凝っと机の縁を見ていた。やがて小刻みに頷いた。ボールはグラブに入ったようだ。

「今ある以上の材料は、ここの刑事に渡さない。だから話せよ。ポストで何をしてたんだ」

「エアメール、パチって来いって。何号室か忘れたけど。ポストからエアメール一個。それを、あのバカがいきなり殴りやがって、――」彼はそっと鼻柱をさすった。

「三〇一号室は？　あそこでは何をしていた」

「見張れって言われたんだよ。って言うか。人助けだよ。三〇一に住んでる婆さんが闇金に追い込みかけられてて、助けてやるんだって」

「いつ闇金の話を聞いた？」

「七月。中頃。――ああ、もうちょい後。二十日ってころだよ。夜中にいきなり呼ばれてよ。兄貴があの部屋にいて、ちょっと用事で抜けるから、その間、婆さん見てろって」

「平岡玲子とは直接会ったんだな」

「誰だよ、それ。あの婆さんのことか?」

工藤は、もちろん会ったが話はしていないと言った。

翌日の昼、折匡が戻ってくるまでの十二時間近く、彼は三〇一号室の居間で過ごした。その間、平岡玲子は一、二度トイレに立ってきた。会釈を交わした程度で話はしなかった。奥の部屋でずっと臥せっていた。ときどき泣き声が聞こえた。

「それから、ずっとあそこに出入りしてたのか」

彼は首を振った。「そんなウザいこと、ずっとなんかできねえよ。婆さん、翌日には夜逃げしちゃったし」

「折匡が逃がしたのか。どこへ逃げたんだ?」

「知るわけないっしょ。俺が帰ってからだもん。また電話で呼ばれて、部屋の後片付け手伝っただけだよ」

「荷物はほとんど残ってるじゃないか」

「鞄と段ボールひとつッスよ。これが超でかくてさ。台車借りてって、やっと運んだんだぜ。俺のピックアップでなきゃとても無理だったね」

段ボールは三十七型のテレビの箱ぐらいあったと、工藤は言った。彼が着いたときはすでに荷造りは終わり、部屋には折匡がひとりで待っていた。二人で何とかピックアップに乗せ、折匡のマンションまで運んだ。部屋ではなく、駐車場の奥にあるロッカーへだ。

「って言うか物置だよ。物置なのに俺の部屋ぐらいあるんだ」と、彼は言った。

「鞄には何が入ってたんだ」と、私は尋ねた。

「中なんか知らないよ。グッチのトートだよ。婆あのくせに」

私は椅子を立ち、彼の脇に歩いた。机に手を突いて覗き込んだ。

「その後、何だってマンションへ行ったんだ。折匡から何か頼まれたのか？」

「あのチャカさ、荷物出しに行ったとき、見ちゃってさ。兄貴に預かったスペアキーがそのままになってたし――」

「拳銃をくすねに行ったのか。部屋のどこにあった？」

「ベッドだよ。枕の下。箱運ぶとき枕落ちちゃってよ」

「弾丸は？」

「クリップに三発。俺が見つけたとき、ジャムっててさ。一発噛んじゃって、動かなくなってたんだ。危ないったらありゃしないよ、あの婆あ」

「一〇一の馬鹿騒ぎに気づいたのは、そのときだな」

工藤はにやりとだらしなく笑った。「超でっけえ声出してさ。気がつかねえ方がどうかしてるよ。――注ぎ込みましたよ、あの仕掛けには」

私は彼の背に回った。椅子の背を引き、同時に脚を払った。工藤は椅子ごと後ろにひっくり返った。それを宙で受け止めた。上から顔を睨み付け、私は言った。

「三〇一のことは黙ってるんだ。おまえが見張ってたのは、あの犬と飼い主の女だ」

「わけ分かんねえ。どういうことよ？」

「どうせ、犬は特定できない。ビデオは押収されているんだろうが、あの女は訴えない。おまえはあの女の尻を追っかけてたんだ」

「っていうか。何でそんなことしなきゃなんねえのよ」

「折匡まで敵に回したいのか？」

「わかったよ。俺、もともと何もゲロしてねえよ。チャカは拾ったって言ってんだよ」

切れ切れに言った。背もたれごと彼を引き起こし、椅子を元へ戻した。

「向こうが信じてくんねえんだもん」

「ねばるんだな。おまえが頑張ってるって、折匡に伝えておく」

私は廊下へ出た。案の定、二人はドアの近くに立っていた。

「あいつの部屋から、盗撮物のビデオが押収されているでしょう」と、私は尋ねた。

花見が係長を冷やかに見た。

「本人が何か言ってましたか？」と、彼女は聞き返した。

「映っている男は横須賀基地の兵隊ですよ。プールに犬を投げ込んだのは、その絡みです。同じ場所ですよ。多分、横須賀市内のマンションだ」

「被害者《ガイシャ》がみつかれば立件できるわね」

「それより、拳銃を見せてくれませんか？」

いきなり彼女が私を睨んだ。目の奥に強い怒りがあった。

「動物虐待や盗撮じゃ何も始まらない。攻めるならそっちでしょう」

係長は、イエスともノーとも言わず、廊下を歩きだした。生活安全課の部屋まで行き、無言で書類綴りを出して広げた。

私の方へ逆さにして差し出したページには、銃身の半分が剝き出しになった自動拳銃の写真がファイルされていた。

旧日本軍の南部十四年式だった。手入れは悪く、あちこちに錆が浮かんでいた。部分を拡大した写真が、他にも数枚あった。弾丸や挿弾子などが写っていた。

その一枚を手に取った。銃把の背に当たる金属部分に文字が彫り込まれていた。台紙には、その文字が手書きで書き写してあった。

『贈フアン・アイカック君、海南工作修練所対印度支那班長大尉宮崎清隆、昭和廿年八月十七日』

終戦の二日後だった。その日付と二つの人名、それに組織名を、頭の中で反芻した。

「拳銃の出所はヴェトナムですね」と、私は言った。「これじゃ手のつけようがないな」

彼女は私の手から勢いよく書類綴りをひったくると、大きな音をたてて閉じた。

私は礼を言い、部屋を出た。

「米軍がらみですか？」

廊下で追いついた花見が、声をひそめて尋ねた。

「チャカが出てるのに、どうも本部が鈍いと思った。また公安の横やりかな」

私はそうだったら不味いなと応えた。調子を合わせたわけではなかった。

41

警察署を出てすぐ、ヤマトへ電話をかけた。携帯電話は留守録になっていた。今から行くと伝言を残して、鎌倉街道を渡り、商店街を京浜急行の弘明寺駅へ歩いた。

上大岡で特急に乗り換えれば、横須賀まで二十分かそこらだった。

汐入駅に着くころ日差しは細り、すっかり傾いていた。私は歩道橋を渡った。町のあちこちが西日に輝いた。窓明かりがそれを追いかけて次々灯った。

海辺のショッピングモールは駐車場へ出入りする奥方たちの車に取り囲まれていた。その騒ぎをやり過ごし、階段の下を回っていくと、ヤマトは屋台のような店の中にしゃがみ、靴直しの最中だった。

「すまんこったな。仕事中は電話を切っちまうんだ」目も上げず、黄色い歯を剝いて笑った。

私は丸椅子に座って待った。

ここから見る町は、どこにでもある郊外都市だった。通りの向こうに建設中の雑居ビルが、ドブ板通りを覆い隠していた。

ヤマトがお茶でも飲むかと尋ね、カウンターを撥ね上げて出てきた。今日はピンク色のジャンパーを着て、ホワイトヌーバックを履いていた。靴磨きの箱は担いでいなかった。

店にシャッターを下ろし、ガラス張りのアトリウムに入っていった。エスカレータを歩いて上り、ショッピングモールの中をずんずん横切った。ビルの反対側まで歩き、ガラスのドアから外へ出た。

そこは海辺に突き出た板敷きのテラスだった。ビーチパラソルのついたテーブル席が片隅に並んでいた。私たちはセルフサービスのカウンターでコーヒーを買い、プラスチックの椅子に並んで腰掛けた。

海の向こうの岸壁では、ミサイル巡洋艦が西日に燦然と輝いていた。

私は数日前、あっち側からこのショッピングモールを眺めていたことを思い出した。こちらから見る方が、ずっと近くに見えた。軍艦はそびえ立つ氷山のようだった。

あたりを見回し、ハワイみたいだとヤマトが忌ま忌ましげに呟いた。

「海に近い場所はよ、どこもかしこもハワイみたいにしちまいやがる」

「ハワイの海辺がアメリカみたいになったんだよ。駐車場の付いたでっかいよろず屋が建ったからだ」

「そんなもんかねえ。俺は外国なんざ行ったこともねえがよ」

煙草を出して灰皿を探した。周囲は家族連ればかりだった。誰も煙草を喫っていなかった。

ヤマトは、煙草をポケットに戻した。

「タイスンに会いたいんだ」と、私は言った。

「子分抜きで話したいことがある。ぼくが警官だと知れば、少しは興味を持つだろう」

ヤマトは口をひん曲げて、頭を掻いた。

「あの連中は秘密行動だあね。日本のブランチだって、やつらが出張って来たことを知っちゃいねえんだ。そんな者の居所、このヤマトさんにだって分かんめえ」

「今まで黙ってきたのは、礼儀だと思ったからだ。忘れたわけじゃない」と、私は言った。

「馬堀海岸の先で、ぼくがノックアウトさせられた夜のことさ。あの夜、タイスンは君に連絡した。やつらは君をよく知ってたんだ」

「さあ、いったい何の話やら」

「こっちは当てにしていなかったのに、君はテラス・パークレーンにアッカーマンの事務所があると教えてくれた。どこからの情報か、考えられるのは一カ所だけだ。やつらはずっとアッカーマンをマークしていた」

ヤマトは黙ってコーヒーを飲んだ。目の中で海へ傾いた日が揺れていた。その眼差しは、たしかに船乗りのものだった。

「売れないネタだってあるんだよ。そっちの方がずっと多いかもしれねえな。いや、たとえあんちゃんの頼みでもよ」

私の頭の中で、何かがぱっと光った。まるで陽光が海に爆ぜるみたいに。

「君は彼らと取引したのか」と、私は尋ねた。

「やつらはぼくの免許証をコピーした。身許は分かったはずだ。それなのに、あの後、何も仕掛けて来なかった。あんなに簡単に基地から出られたのもそのためなんだな」

ヤマトは顔を動かさなかった。手にしたコーヒーの紙コップを静かに覗き込んだ。歯の足らない口許は苦笑しているように見えた。

「楊はアメリカ軍の中に強いコネを持っているんだろう」私は、質問を変えてみた。

「タイスンは、そのコネクションを捜査していたんだな。非合法のコネクションをさ。もしかして軍隊《カーキ》マフィアと何か関係があるのか？」

　折匡の小説では、それが彼ら「ヘルボーイズ」の敵として描かれていた。MPを手足のように使って、康やエルネスト・フジカワなどの仲間を次々と襲う軍内の秘密組織だ。

「軍隊《カーキ》マフィアねえ。――あれは、ただ軍隊の中のゴロツキが徒党を組んでるってえもんでもないのよ」ヤマトは私を見て、ゆっくり頭を振った。

「ヴェトナム戦争のころはよ、麻薬の売り買いなんかするヤクザなグループだったさ。兵隊が兵隊に売ってたんだ。他には慰問の芸人のピンはねだあな。下士官クラブのショーダンサーとかジャズマンとかよ。仕事を周旋してバックマージンを掠めるのよ。それから、軍用行嚢《ミリタリーメイル》を使った密輸と兵站の横流し。グリッデン司令官殿はよ、そのころサイゴン税関の軍事顧問事務所で所長をやっとった。うまく立ち回りゃ、PXの首根っこ押さえられるような立場だ。若い人には分かんめえが、あのころPXって言えば、後光が射してたもんよ。アメちゃんが二十世紀のフランシスコ・ザビエルなら、PXは神の家だ。やつはそこを押さえてた。戦争末期にヘリコプタまで売っとばしたってえ噂もあらあね」

「友達から似たようなことを聞かされたよ。そいつはPXを世界に開いた窓だったと言っていた」

　私はコーヒーを飲んだ。色のついたお湯だった。今では希少もののアメリカンというやつだ。

「今もグリッデンは似たようなことをしているのか？　地位に相応しく大がかりに」

　ヤマトは答えなかった。私の質問を頭から無視して先を続けた。

「こないだの湾岸戦争でよ、アメリカはイラクが猫ばばしたクウェートの資産を奪回したでねえの。その半分近くが行方不明だ。ひとりふたりで出来ることじゃあんめえ。盗んだやつ、運んだやつ、金に換えたやつ。軍隊内部でそういう組織をつくるのは、逆に簡単なんだ。もともと、イエッサー、アイアイサーで何でも通る世界だからな。平時も同じよ。軍隊が作戦で動くと金と物が一緒に動く。費用の水増しと物資の横流し。それで浮かした金をプールして運用すりゃ、稼ぎが膨らむ一方でねえの。こうなると立派な経済マフィアだあね」

「それがサードビークスか。軍隊《カーキ》マフィアとはまた別の組織なのか」

「ノーコメント」彼は声をたてて笑った。弱々しい声だった。

「知ってなさるか？　湾岸戦争で一番美味しかった商品は水だとよ。陸軍にゃ、軍に納入する水の利権を押さえて大儲けした連中がいるそうだ。石油は大手企業に押さえられてるでねえか。水は穴場だったわけよ。十万の兵隊を砂漠で動かすとなると、あんちゃん、水だって安かねえやな」ヤマトは頭を振った。苦笑が口許に湧いて出た。

「言ったでねえの。近ごろのアメリカ軍は何でもかんでもアウトソーシングだ。ほれ、昔は米軍のパン工場ってのが、いっつもいい匂いさせてたでしょうが。それがよ、いつの間にやら日本の業者からパンを仕入れるようになっちまった。今じゃ基地の中にマクドナルドがありやがる。そのうち、空母の中にもドライブスルーができよるさ。兵隊にポロシャツ着せて民間機で戦地に送る世の中だあね。武器弾薬も宅配業者が運んでやがる。営倉の管理や捕虜の取り調べまで、専門の業者に下請けさせるってことだもんよ。このまま行ったら、人殺し以外は、みんな民間委託よ。で、そういう業者は他のお役人さんと同じ、軍人さんの美味しい天下り先だ。

これで利権が膨れねえわけがねえや。な、そうでねえか？」

返事を求められたわけではなかった。私は黙って続きを待った。

「要するによ、この十年の軍隊《カーキ》マフィアは、パパママ・ストアーが急にデパートになっちまったってところだ。外部の企業や資本と結びついて、戦争でガポガポ儲ける組織が出てきよったってえわけよ。それが、あんちゃん、ベンチャービジネスと同じで、どこまでが合法でどこまでが犯罪か誰にも分かんねえのさ」

「楊はその一味なのか」

「一味じゃねえさ。連中の重要な取引先だ。二つを繋いでたのが誰か知りたいかね？」

ヤマトはこちらに顔を向けた。何を言いたいか、もう分かっていた。今度海に目を逸らすのは私の方だった。

「タイスンが誰を証人に仕立てようとしてたか。免罪と証言を取り引きしようとして、やつらが誰と接触してたか。あんちゃんは、知ってなさるよな」

私は煙草を出して火をつけた。コーヒーは空になった。カップを灰皿にできた。紫煙はいがらっぽく、灰はカップを嫌らしく汚した。

「タイスンはとうにハワイへ帰んなすったよ。何か収穫があったんでねえのかな。ジョゼフ・グリッデン活動司令も、突然ハワイに呼び出されたって話だしよ」

「タイスンは一昨日まで横須賀にいたぜ」と、私は言い返した。

「カプットで死体が出たのは、もう知っているんだろう。あれはチャンの義理の弟だ。Yナンバーの白い四駆に乗ったでかい男と背の低い男が、その直後目撃されている」

「タイスンが関係しているると思ってなさるなら、そりゃ勘違いだ。あの二人が厚木から飛んで帰ったのは、兄ちゃんとトラブったすぐ翌日だもんね」

言われてみればオーワダは四角四面の軍人だ。気絶した敵兵の尻に唾を吐くようには思えない。その上、今となっては動機も薄い。

ヤマトはメンソール煙草の煙のようにゆらりと立ち上がった。海辺の手摺りまで歩き、ジャンパーのポケットからパンの耳を出して投げた。カモメが寄ってきて目の前を掠め飛んだ。

「海南工作修練所って何か知ってるか」と、その背中に尋ねた。

「特務でねえの？　昔々、海南島に日本の憲兵隊がスパイ学校をこしらえて、東南アジアの愛国者を訓練したって聞いたがよ。その出身者が、戦後んなってあっちこっちの独立運動に参加してよ、中には地元の英雄んなったのもおったらしいや」

ヤマトはゆっくり振り向いた。勘違いしたカモメが、その背後を素早く滑空した。

「さっきの話だがよ、あんちゃん。サードビークスっつうのは、軍隊マフィア全体を指す隠語だあな。双頭の白頭鷲にくちばしはふたつ、それで三つ目のくちばしって、まあ洒落たわけだ。何とかファミリーとか、何々組って名前とは違うんだ。師団ごととか、艦隊ごとに、それぞれ勝手に網を張って、必要があると引っついたり離れたりしやがんのよ。――金を融通したりして、無尽講みたいなところもあるからタチが悪いや。戦地では戦地の利害で、お互い手え握ってどんどんでかくなる。いくら切っても無くならねえ。後から後から生えてくる。竹の子と同じだあな」

「戦争で金儲けしようというやつらは、シーザーやアレキサンダーの頃からいただろう」

彼の口から溜め息が転げ出た。海の方に目を細めたが、見ているのは海ではなかった。

「アメリカは変わったよ。昔の国鉄とか電々公社と同じによ、戦争に民活民営化を持ち込んじゃ良くねえや。だってよ、民営ってえのは儲けが第一でねえの」

「昔のアメリカ軍が懐かしいみたいだぜ」私は言った。自分でも耳障りなほど声が大きかった。

「それとも前の戦争が懐かしいのか。前の前の戦争か。もっとずっと以前の戦争か？」

ヤマトは黙り込んだ。私も黙った。口を開いたのは私のほうが先だった。

「すまなかったね。つまらないことを言った」

「なあに、いいってこった。あんちゃんが怒鳴ったのは俺にじゃねえんだから」

行こうかと言って、ヤマトは店内に歩きだした。私は黙って後を追った。

ヤマトの背中は、まるで背嚢でも背負っているみたいに大きく曲がっていた。前を行く姿は、病院の階段を上る老人のようだった。

「あんちゃん、さっき俺がタイスンと取り引きしたかって聞きなすったね？」

歩きながら、振り向きもせずにヤマトは尋ねた。

「このあいだ借りた写真、楊と横須賀艦隊活動司令閣下が写ってるやつ、あれを連中にくれてやったよ。あれは、あんちゃんの友達の保険だったのよ。今度はあんちゃんの保険になった。けどよ、取り引きしたんじゃねえんだ。これが、ヤマトさんのお仕事なんだよ」

アトリウムを出たところで立ち止まり、交差点の向こうにそびえる高層ホテルとそのてっぺんに乗ったヘリポートを見上げた。もう日差しは、そこにしか残っていなかった。暗い交差点には、ネオンがにぎやかに瞬いていた。

「たしかに、ヴェトナム戦争のころはよかったって、ドブ板の連中はよく言いなさる。だがよ。俺は絶対に言わないね。銭は儲かったよ。バブル景気はこのヤマトさんに一ドルだって運んじゃ来なかったが、ヴェトナムは違った。しかしよ、銭にはなったが、兵隊の目は死んだ魚だ。十九、二十の兵隊が死んだ魚だ。戦争で銭稼ぐって言うのは死んだ魚を食うって事だよ」ヤマトは言葉を止めた。

それでも、振り向こうとはしなかった。声が、どこかから私の耳にやってきた。

「イソップの犬と同じだあな。アメリカはいつも鏡に映った自分を敵に戦争してきたのよ。鏡が割れるまで、ずっと気がつかねえや。今のあんちゃんと同じでねえか?」

「何のことだ?」大声になって尋ねた。

「恋でもしてるみてえだよ。鏡に向かってよ」

「何が言いたいんだ?」

ヤマトはもう歩いていた。後ろ姿はぱっと人込みにまぎれた。別れを言い合ったわけでもないのに、私はその後を追わなかった。

靴を磨いてもらうのを忘れたことに気づいたのは、歩道橋をホテルの方へ渡った後だった。ヤマトも年をとったものだと苦笑して、私は思いなおした。惚けていたのは私の方だ。ヤマトは今日、誰にとっても靴磨きより大切な仕事をしたのだ。

42

ドブ板通りを由の店に向かって歩いたが、当てがあったわけではなかった。タコス屋で飲もうとして、結局その前を通り過ぎた。

角のテーブルは女子高生に占領され、大きな犬は彼女たちの足許で、すっかり寛いでいた。

新しくできたバーの前に、花輪と人だかりがあった。大きなガラス窓から照明がこぼれ、通りまで明るかった。

髪の青い日本の娘を連れた下士官がやってきて、立ち止まった。鼻をひっつけるようにして、ガラス窓の文字を読もうとした。そこにはすべてカタカナでこう書かれていた。

『オープン・エブリィナイト。ウイ・ネバー・クローズ』

娘が英語で説明し、下士官は鼻を皺だらけにして肩をすくめた。

私はそこに立ち尽くした。彼らが行ってしまった後も立っていた。いったい何に驚いているのだろう。カタカナで書かれた英文にだ。

いや、本当に驚いていたのは、そんなことではなかった。私は自分にびっくりして、来た道を歩きだした。途中から走っていた。

忘れないうちにアパートに帰りたかったが、何を忘れないでいたいのか、手帳に書き留められるほどは分かっていなかった。

汐入で特急がつかまった。四つ目の駅で地下鉄に乗り換えると、長者町まではいくらもかからなかった。私は大通り公園の側道をアパートへ走った。

玄関先で一瞬うろたえた。何に驚き、なぜここまで来たのか。それはすぐに分かった。

私の部屋のポストには『二村』と漢字で書いてあった。

あるとき、ビリー・ルウはテラス・パークレーンの脇に不法駐車している私を見かけた。また別のあるとき、このアパートに入っていく私を見かけた。そしてあの夜、ポストの名前を頼りに訪ねてきた。

私はもう一度ポストをあらためた。ローマ字表記は、むろんどこにもなかった。

私はポストを閉じた。先日開いたときから、ロックがきちんとかかっていなかった。見ると、軸受けが曲がっていた。

工藤が一階の住人にポスト破りを見咎められたのは、折匡と会った翌朝のことだった。

そしてその日の夕方、ビリーからの手紙がやってきた。その手紙の投函日のトリックを、あっさり種明かしして見せたのも折匡だった。古い親しい友人が、もしかすると生きているかもしれないというのに、彼は理詰めでその可能性を否定した。そうするために、私を昼食に誘ったのかもしれない。少くとも、折匡は手紙が来ることだけでなく、おおよそいつごろ届くかも知っていたのだ。

私は部屋に戻り、久しぶりにビリーの手紙を開いた。

『ぼくは、今サンフランシスコだ。事情が変わって約束を守れなくなってしまった。だから、君が聞きたがっていたことを書き送る』

彼はチャンが事故ではなく自殺したのではないかと書いていた。仕事で重大な失策を犯し、楊に責任を追及されていた。楊の怒りは相当なもので、チャンに死ぬしかないと言わせるほどだった。

ビリーは、楊に近づくなと警告していた。私が楊と関わりがあると思っている様子だった。実際はそのころ、私は楊の名前すら知らなかった。

彼は自分のしくじりを悔いていたが、そのしくじりが何か書いてはいなかった。トラブルの責任は、すべて自分にあるとも書いていた。しかし、チャンの妹を自分が殺したと告白しているわけではなかった。『それから、もう無用になった百ドルの半分を使って、あの婆さんの店でパパ・ドーブレを飲んでくれ。ぼくのために』

この手紙が奪われ、私が生涯読まずにおいたとしても、利益を得るものはカーリンヘンホーフの老婦人ぐらいのものだった。破れた百ドル札で酒を飲まれたら、彼女でなくとも嬉しくはないだろう。

私は、岸村孝史の勤めている中華街の結婚式場に電話をかけた。

少し待たされたが、まだ彼は仕事をしていて、数分後にかけ直すという返事だった。私は携帯電話の番号を伝えた。

その間に、尻尾の生えた方の電話を使い、適当な人材を探した。

最初の電話で狙い通り、目指す相手が見つかった。彼はインターネットカフェの従業員だった。たまたまその店が、十六歳の殺人犯の立ち寄り先で、彼だけがその少年の顔を見知っていたために、私と十数時間一緒に過ごしたことがあった。

後で店に行くと伝え、電話を置いた。ビールを空け、夕刊を読み終えるころ、携帯電話が鳴った。岸村の挨拶を押し退けるようにして、私は尋ねた。

「平岡祐一さんは左利きだったんじゃないですか？」

「いや、違いますよ」間髪を入れずに答えた。

「左利きは俺の方です。子供のころ無理やり矯正されたんですよ。それが厭でね。なかなか治らないし、コンプレックスになってたんですね。それを彼が、かっこいいなと言ってくれまして。サウスポーっていいじゃないかって、羨ましがられて。――だから、間違いない」

「彼の事故ですが、車の持ち主はどうなったかご存じですか」

「いや。そこまでは覚えていません。でも、新聞に載ったはずです。読んだ記憶があります。あのころは日本の若いのが外国で交通事故に遭うなんて珍しかったですからね」

私は服も替えずに部屋を飛び出した。早いところどこかで夕食を済ます必要があった。

小湊《こみなと》交差点は様変わりしていた。

その先の米軍居住区はとっくの昔に無くなっていたが、近くの通りには昔ながらの外人バーが長いこと残っていた。それもついに力尽き、普通のスナックやカラオケボックスに取って代わられた。今ではコンビニの二階にインターネットカフェまで店を開いている。

私の知り合いはそこの店長になっていた。自分は忙しいからと言って、客をひとり紹介してくれた。耳にピアスをした高校生だった。親指の付け根に小さな刺青があった。

「ペンタゴンとかはだめですよ。最近、ワーニング出されちゃって」自慢するふうでもなく、ぬめっとした声で言った。

「米軍基地のコード番号を知りたいんだ」

彼は目を丸くした。私を恐ろしいもののように見つめて、頭のてっぺんから声を出した。

「それって、どこにでも落ちてるじゃん！」

たしかに彼は二秒でその一覧表を見つけ出した。

FAC3117は柴郷倉庫地区となっていた。常陽倉庫のシェルフで一番多かったナンバーだ。

私は柴郷倉庫地区の情報が欲しいと頼んだ。彼はすぐ、革新系の反基地団体がやっているサイトを探し出し『汚された柴郷の森』という目次を開いた。

柴郷倉庫は、追浜と長浦のちょうど中間にある半島にあった。

握り拳のように東京湾に突き出した一平方キロほどの小山の真ん中をくり抜き、旧日本海軍が弾薬庫を造った。戦後、それを在日米海軍が引き継いだ。ヴェトナム戦争の後、宅地開発が進み、住宅が半島の付け根まで迫った。市民運動が起こり、米軍は柴郷地区での弾薬貯蔵を取りやめた。

しかしそれ以来『いつ爆発するか分からない弾薬庫より、もっと非道いことが行われているのです』と、サイトは告発していた。米海軍がそこを産廃捨て場として使っているというのだ。

私は終わりまでざっと読み、その部分をプリントアウトしてもらった。

『BUMED』はもっとたやすかった。米海軍衛生局の略と、半秒で判った。やはり米軍から出た医療廃棄物なのだ。

「もしかして、これっきりとか？」

拍子抜けしたような顔で見つめられた。私はもうひとつ用を頼んだ。まず日本の新聞のデータベースだ。その後、メキシコの新聞で古い自動車事故を探してくれ。

少年がうんざりしたように下唇を突き出した。しかし今度は少し時間がかかった。パスワードを求められ、彼はキーを叩いた。画面が急にただの文字列に変わった。記号と数字とアルファベットの羅列が流れた。

すぐ新聞社のサイトに戻った。有料のデータをただで閲覧している様子だった。

彼は私の言うとおり『メキシコ』『自動車事故』などとキーワードを打ち込んだ。

出てきたのは、簡単な記事だった。平岡祐一の名と住所はあったが、運転していた者がどうなったか書かれてはいなかった。

事故はオタトクランという町の郊外で起こった。

『対向車をよけきれず、険しい山道から滑落したようだ。平岡君は所持金もあまり持たず、ヒッチハイクで旅行中だった』

書いた記者は、言外に若者の好奇心を諫め、無計画な無銭旅行の流行を叱り、世の中に警鐘を鳴らした気になっていた。四半世紀前の記事だ。書いた男は、今頃論説委員にでもなって、ソファの上で相も変わらず警鐘を鳴らしていることだろう。

新しく知ったのは、オタトクランという地名と事故の日付、そこが山道だったということだけだった。車がどうなったか、運転者がどうなったかは書いていなかった。

私が黙って記事を読んでいると、少年が手を伸ばした。「ちょっと良いっすか？」

また何かを探し始めた。十本の指がキーボードの上をショパンでも弾くように飛び跳ねた。ディスプレイに英語のサイトが立ち上がった。文字列に変わり、それが縦に流れた。やがて、英文の記事が立ち上がった。事故の報道はすぐに見つかった。

私が見上げると、少年はつまらなそうに頷いた。

「エルパソのサイトですよ。ヒスパニックとか相手に出してる新聞。他にもあるけど、英文のページはここだけみたい」

「そこまで分かるのか？」私はびっくりして尋ねた。

疑われたと勘違いしたのか、彼は不機嫌そうに「もう、いいッしょ」と言って立ち去った。礼を言ったが、振り向きもしなかった。

しかし記事の内容は、日本の新聞よりお粗末だった。説教臭さはなかったが、平岡祐一の名もなかった。事故車両がロサンジェルスのナンバーをつけているため、どちらかはアメリカ市民と思われるとあるだけだった。

続報を探して日付を打ち込むと、エラーが出て、画面は勝手に閉じてしまった。

自分の背丈より低い跳び箱を飛びそこなったような気持ちになり、私は急いで電源を切った。

アパートに戻り、友田に電話をした。携帯は留守録になっていた。オフィスにはいなかった。私は諦め、プリントアウトしてきた交通事故のニュースにメモをつけ、近くのコンビニからファックスで友田に送った。

シャワーを浴びたあと、キッチンで念入りにグラスを磨いた。エッチングで刻まれた模様にゴミが入りこみ、ずいぶん前から気になっていた。

ぴかぴかに磨き上げたグラスで酒をつくると、気分が良くなった。氷がいい音をたて、シングルモルトは汐の香りがした。

友田から電話がなかったら、一杯で眠ったところだ。しかし、そうはならなかった。

「このファックス、いったい何だよ」と、彼は尋ねた。

「調べてくれないか。スペイン語の新聞に当たるか、現地の警察に訊くしかなさそうなんだ」

「海外支局を交番みたいに使えると思ってんじゃないのか」

「君ならできるだろう」と尋ねると、任せとけよと応えて笑った。

「あの写真な。このあいだ預かったやつ。あれ、二人は分かったぞ。ひとりはチャンだ。凍って死んだやつ。死体写真、見てないのかよ」

「そっちは何故分かったんだ」

「パスポートの写真を手に入れたんだよ。ずいぶん若いけど、間違いない。苦労したんだろうなあ。若いころより、今の方が痩せてるんだ」

「もうひとりは？」

「真ん中で籐椅子に座ってる男だ。こっちはたまたまさ。うちのスタッフが本で見たっていうんだ。その本を図書館で探してきた。戦後、パージされてパリに逃げたヴェトコンの自伝だよ。本に写真がついてた。耳が片方ないだろう。顔も似てるし、間違いないな」

「ヴェトコンなのか？」

「いや、本を書いたのは弟なんだ。それがヴェトコンの大立者さ。ファン・ブーキエムって、解放後に北の政府から冷遇されて、しまいに国外追放されたやつだ。こいつの兄貴は、サイゴン市内で実業家をしてた。表の顔と裏の顔を兄弟で分けあってたんだろう。その兄貴さ、写真の男にそっくりなのは。米軍や南ヴェトナム政府に深く食い込んだ政商と見られていたが、解放後、十年もしてからヴェトコンの秘密メンバーとして名誉を回復された」

「兄貴の名前は分かるか?」

「ああ。ファン・アイクァック。当時五十歳だ」

電話におやすみを言った後、私は空のグラスを手に長い間ぼんやりしていた。

あの拳銃に刻まれた名は、ファン・アイカックだった。片仮名表記に、そのくらいの違いがあってもおかしくない。まして半世紀以上昔の表記だ。

私は磨いたグラスにたっぷり酒をついだ。ベッドに入るのに、さらに一時間必要だった。

43

近くのマリーナから出てきたヨットが、目の前の海でエンジンを止め、帆を張った。風をはらんで広がる帆布の音がかすかに聞こえてきた。海の端が午後の日に瞬いていた。

私は助手席からポリエチレンのスプレーボトルを取り、松並木の下に停めたG60に鍵をかけた。胸の奥底に昨夜の酒がまだ残っていた。ボトル半分も空けていなかったが、朝はもっとひどかった。二人の同僚がいないのをいいことに、廊下のソファで一時間ほど眠った。昼食を粥で済ませ、私はここまで車を走らせた。独り、家で飲む酒はなぜ翌日にこたえるのだろう。

平岡玲子のマンションはひっそり静まり返っていた。何もかも、すべてが小さく縮んだような印象だった。脇道を歩き、駐車場のランプを下った。

するべきことはひとつしかなかった。私は赤いサニーをパレットから下ろし、運転席のマットを引きずり出して、例の足跡にスプレーの液体を吹きつけた。中には無水炭酸ソーダと過酸化水素水、それにほんのわずかなルミノールを蒸留水で薄めた試薬が入っていた。科捜研の納富からもらってきたものだった。

見る間に足跡が厭らしい蛍光色に輝き始めた。泥ではなかった。コールタールでもなかった。ハンドルに少量、同じものがこびりついていた。それにもスプレーを吹きかけると、やはり蛍光グリーンに輝いた。試液が血液に反応すると、こんな色に変化する。嫌でもそれは、カプットの床にこびりついていた血痕を思い出させた。踏まれ、こじられ、四方へ広がった血痕。床に乱れる黒い足跡。単純な連想だ。そして意外にも、事実はたいてい最も単純な連想の先にある。

私は赤いサニーをパレットに戻し、玄関へ引き返した。

一階でエレヴェータを待っていると、管理人が掃除機を抱えて階段を降りてきた。私の顔を見るなり、顔を背けようとした。

「お時間をいただけませんか」と、私は言った。

「いや。今ちょっと。仕事があるから」

「廊下じゃ、ご迷惑かけてしまうかもしれない」

言われて渋々、管理人室のドアを鍵で開いた。

「あ、ちょっと待ってよ」

サンダルを乱暴に脱ぎ捨て、卓袱台に走った。

彼は積み上げられた封書をかき集め、デパートの紙袋に片づけ始めた。いくつか手許にこぼれ、畳に散った。

私はひとつ奪い取り、管理人の手を払いのけて、封筒から印刷物を引きずり出した。もともと封はしていなかった。

「困りますよ、あんた」管理人が身をこわばらせた。

それは住人全員に宛てた署名運動の呼びかけだった。最近マンションの管理がないがしろにされ、住民へ規約どおりのサービスが行われていないと訴えていた。この責任はひとえに現在の管理人にある。『しかも、あろうことか、この人物は住民個々に対立をあおるような言動を弄し、責任逃れを企んでいます。管理会社へ管理人の交代を求めようではありませんか』

差出人は自治会有志となっていて、二〇四号室の島崎老人の名があった。

読むのに熱中している隙を突き、管理人が紙をひったくった。私は相手の腕をねじ上げ、署名運動の紙を取り返して、突き飛ばした。

管理人は前へつんのめり、畳に膝を崩した。

「乱暴するなよ。警備を呼ぶぞ」

「呼ぶなら警察にしろ。郵便をくすねるのはただの窃盗じゃない。郵政法違反だ。管理会社から来たアンケートも全部抜き取っただろう」

私はでまかせを言って、彼の目の前に腰を落とした。「実刑がつくぞ」

「脅かさないでくださいよ。わたしのこと嫌って、みなさんを煽ってる爺いがいるんだ。でまかせですわ」

「それとこれとは別だ。管理人の悪口を言うのは犯罪じゃない」

「ほらさ。こっちだって身を守らねえとなんないでしょうが。見逃してくださいよ」

「浮田の娘のこともか？　いったいいくら貰って、空き部屋の鍵を貸してるんだ」

彼は顔を上げた。私は目を覗き込んだ。日に灼けた皺だらけの顔が色を失い、濁った目がきゅっとすぼまった。

「やってるところを盗撮した男がいるんだ。その男が別件で警察に身柄を取られた」

「あのガキだな」管理人の顔がくしゃっと潰れた。声は悲鳴に近かった。

「黄色いトラックのガキでしょう。あんた、あんなものの言うこと、――」

最後まで言わさず、作業ジャンパーの肩をつかんで引き起こした。一〇一のスペアキーを出させ、廊下へ連れ出した。背中を強く押すと、自分からドアを開けた。

カーテンを透かした光が室内を黄色くしていた。

部屋は掃除され、簡易ベッドは寝具と一緒に押し入れへ片づけてあった。広いリビングには大きな応接セットと食堂テーブルしか置かれていなかった。

盗聴器は、素人が道具も無しに見つけ出せるものではない。しかしCCDカメラは別だ。いくら小さくても、レンズが必ず覗けている。AV機器のリモコン受光部に仕込むという手もあったが、あのチンピラにそこまで凝ったまねができるとは思えなかった。

カメラは、壁の飾り棚に置かれた広辞苑の箱の中に仕込まれていた。岩波書店のマークの中に穴があり、レンズがわずかに光っていた。電源はぬけぬけとコンセントから引いていた。

取り外したカメラと発信機を手渡すと、管理人はこわばった顔で私をうかがった。

「知らなかったんですよ。警察の方には口添えしてくださいよ」と、彼は言った。

「あの女、近所の女房連中とお茶の会だなんてぬかしやがって――」

「とぼけるな。気づかないわけがないだろう。三〇一も同じだ」

管理人は押し黙った。両手はまだアンテナの生えた盗撮装置を抱えていた。

「海鈴の事務所から人が来たのは八月の頭だ。そのときまで、平岡さんの異変に気づかなかったわけがない」

私はソファに腰を下ろし、彼を見上げた。相手はこちらに目を向けようとしなかった。

「管理会社と直接話した方がいいらしいな」と言ってから、携帯電話を出した。

「お願いしますよ。ここ辞めさせられたら、明日っから途方に暮れちゃう」

「出入りする人間を見張るように頼まれたんだな？」

「いや。何も言うなって——」言って口ごもった。

「誰に頼まれたんだ」

「甥っこですよ。お婆ちゃん、相当弱ってるんで、二、三ヵ月療養に出るってさ。見舞いや何や、煩わせちゃなんないから誰にも言うなって——」

「そんなことのために、金を出す人間がいるか」私は、勘だけで決めつけた。

「大した金額じゃねえですわ。本当、こっちは人助けのつもりで——」

「何のために金をよこした？」

「玄関先でやっこさんと出くわしたら、そう頼まれちゃったんですよ。本当です」

「七月十九日のことじゃないのか」

「いや、もっと後。七月二十日は過ぎてたはずですわ」

「その男、名前は何て言った？」

「平岡じゃねえんですか。そう聞いたよ」

「連絡先は？」

「携帯の番号が、——でも通じてませんよ、ここんとこ。本当、すいません」

彼はおもねるように笑い、頭を掻いた。

「娘さんの事務所の人ってのが来たとき、まず連絡したんですよ。小遣いもらっちゃったからさ。わたしも厭でしょう。面倒なことになったら」

「それで、何と言われたんだ」

「黙っててくれって。相続の問題でいろいろあるとか何とか。こりゃ金がからんでるなって感じましたよ。もしかしたら、借金かなって。ほれ、年寄りがよく巻き込まれるじゃないですか。知らねえうち、借金背負っちゃったり」

「ぼくが来たことを、報告しただろう」遮って尋ねた。

「だって、警察が来ちゃ、こっちだって驚くじゃないの。わたしゃ、親切心で黙ってたんだからさ。向こうさんもびっくりしてね。おたくさんの名前、知ってるみたいでさ」

「それで、また金をせびったのか？」

私は立ち上がった。管理人はぴょんと後じさった。

「金の受け渡しは、どうしたんだ？」声を荒らげると、口座に振り込んできたとあっさり認めた。

「その名前が平岡一郎ですわ」

「首が太くて図体のでかい、身なりに金のかかった男じゃなかったか」

「ええ」が、へえに聞こえた。「そうです、そうです」

「キャディラックに乗ってきただろう」

「いやあ」と、首をひねった。

「普通のセダンです。青いセダン、――ああ、Yナンバーでしたよ」

私はびっくりして前に出た。勢いに驚いたか、相手が身を翻した。その襟髪を摑んで、引き戻した。

「運転手は東洋系のアメリカ人じゃないのか」

「いや、そのでかい人ひとり。本当です。日本人です。嘘じゃねえですよ」

私は手を離し、息を吐きだした。相手はあわててドアへ歩きだした。

管理人室に入ると、カウンターの下から菓子の紙箱を出し、伝票やレシートなどの中から紙きれを出した。システム手帳の一ページを破りとったものだった。携帯電話の番号が真ん中に大きな字で書かれていた。

「おたくのこと教えた後、繋がんなくなっちゃったんですわ。気味悪くてさ。わたしゃ、悪い人間じゃありませんよ。住人にひとり、頭のおかしな爺いがいて、そいつがあることないこと言って回ってるんで」

「あの部屋には、まだ盗聴器が残ってるぞ」と脅し、エレヴェータに乗った。

三〇一号室のドアを開ける前に、また周囲の部屋のチャイムを鳴らした。

二つ離れた部屋で返事があった。ドアの間から顔をのぞかせた初老の男に、七月十九日、大きな物音を聞かなかったかと尋ねた。銃声を聞いたかと尋ねるわけにいかなかった。

「あれ？　引っ越したんじゃないの、そこのお宅」男は無精髭をかきながら廊下に顔を突き出した。

「七月の中頃かな、背後の廊下には大きなサーフボードが立てかけられていた。

「七月の中頃かな、人が出たり入ったりしてたんだ。最近見ないから、てっきりあのとき引っ越したのかと思った」

夜遅くまで、人の足音やしゃべり声が聞こえていたというだけだった。顔を見たわけではない。お互いあまり知らないんですよと、彼は言った。住んでいるわけじゃないからね。

「あれは七月の二十日か二十一日だ」急に思い出し、声を上げた。

「休みの日にしか来ないんですがね。あのときは、二十三日に佐島でウィンドの大会があって、週の中頃から会社をさぼってたんですわ」

私は三〇一に戻って鍵を開け、風呂場とトイレでルミノール液を試した。風呂場の排水口でかすかに反応があった。しかし、人間が暮らしていればこの程度の血液反応は普通に出る。

食堂椅子を持って寝室へ行き、椅子を使って飾り欄間の傷をもう一度調べた。やはり、下に向かって力を加えた跡があった。私は押し入れ箪笥で腰紐を見つけ、欄間の彫り抜きに差し渡し、下に引いた。案の定、紐は欄間の傷痕にぴったり重なった。

何か重いものが、ここに吊り下がっていた。私は欄間の傷と長押の下の着弾痕を交互に眺め、長い息を吐きだした。

腰紐をしまうために押し入れ箪笥を開けると、吊るされた服の列に、サイズの違うジャケットがあることに気づいた。青い男物のブレザーコートだった。

内ポケットの上に平岡の名が刺繍してあった。チップスのタグはすっかりくたびれ、縫い目もほつれていた。私が学生だったころはやったブランドだった。ジョン・ケネディが愛用した服と宣伝されたが、そんな店はとっくに潰れ、名前だけ日本の繊維会社が買い取って作っていたことを、ずっと後になって知らされた。

胸ポケットの上に凝った手刺繍のエンブレムがついていた。蛇の巻きついた杖と四冊の開かれた本がデザインされた紋章で、これもそのころはやったものだった。

ブレザーコートをベッドの上に広げて置いたとき、突然気がついた。

この部屋に足らないのは仏壇だ。

リビングもキッチンも、玄関先の飾り棚まで見て回った。やはり仏壇はなかった。平岡玲子には兄がひとりいたと、佐藤のメモには書いてあった。兄が戦死しても、妹が仏壇を引き継がなければならないという謂れはない。しかし彼女は若くして息子を亡くしていた。あの年代で、位牌を近くに置かない母親がいるだろうか。この国では立派な共産主義者でさえ、高い金を出して戒名をつける。

窓の外では、日がすっかり傾いていた。私は部屋を元通りに片づけ、一階に下りた。玄関ホールの明かりは点いていなかった。管理人室の小窓にはカーテンが落ちていた。松並木の下に止めた車のドアを開けていると、海の方から風がやって来た。私はマンションを振り返った。水平線を掠めた日の光を反射して、いくつかの窓が茜に染まっていた。三〇一の窓もそのひとつだった。エンジンをかけるのも忘れ、それを長いこと見ていた。

私が探していた人物は、どこでもない、すぐ近くにずっといたのだ。

44

近ごろでは、かつてのように戸籍謄本を誰でも気安く市役所でコピーしてもらうわけにいかない。法律が変わって、本人か家族しか申請できなくなってしまった。

警察官がそれを必要としても、公務のために使うという書類が必要だ。私は午前中、一時間ほどで「捜査関係事項照会書」をこしらえた。もともとワープロででっちあげられるほど簡単な書式だった。午後遅く、仮事務所を出て横須賀市役所へ向かう途中、適当な名の三文判を三人分買い、自分で決済印を捺した。

平岡玲子の戸籍謄本は五分もかからず、手に入った。

私はコインパーキングに停めた車に戻り、渡された封筒から謄本を出して目を通した。エンジンキーを回そうとしていた手が、思わず止まった。

そこには、こうあった。

『昭和五拾年九月拾壱日、国籍アメリカ合衆国ギリェルモ・ロウ・カノウ（西暦千九百五十一年七月十四日生）と婚姻届出』

海鈴のことは一行も記載されていない。

ドアにロックするのも忘れ、私は市役所に引き返した。

「外国人と結婚しても、相手は日本の国籍に入らないんですよ」と、先刻の職員が言った。

「子供はどうなるんですか。彼女は、この結婚と同じころ養女をもらっている」

「相手の連れ子さんだったら、何も記述されません。新たに養子縁組すれば別ですが。してないから書いていない。この人は養女なんかもらっていませんね」

彼は数式で一杯の黒板を背に立つ数学教師みたいに剣呑な様子で私を見やった。それでも、ちょっとした押し問答のすえ、望みの書類を捜してくれた。

それは海鈴が小学校に編入したときの手続き一式だった。保護者の欄には親権者のアメリカ人ではなく、平岡玲子の名があった。こうした手続きの代行をするために、彼女は家裁に申請して後見人の認定を受けたはずだとコピーを持ってきた別の職員が教えてくれた。

「子連れのアメリカさんと結婚したら、亭主が子供置いて逃げちゃったってところかな」と、その男は言った。

「ほんの時たま、あるんですよ。でも、この人みたいに自分で育てるなんて、聞いたことない。偉い人だなあ」

「そのとおりだ」私は息を吐きながら頷いた。

佐藤の家は不入斗《いりやまず》公園の裏手にあった。

横須賀と葉山海岸を結ぶ古い街道から、少し入ったあたりだった。通りにはくたびれた町家造りの商店が甍をならべ、中には昭和初期からまったく改築していない家もあった。半分が商いをやめ、そのうち半分がガラリ戸をシャッターで覆っていた。たまにコンビニがぴかぴかの看板をそびやかしていた。

家並みが途切れ、道の片側に高い土手がそそりたった。見覚えのある石段が、まるで梯子のように空へ延びていた。土手の上に建つ家々は、誰かがくしゃみをしただけで転げ落ちてきそうだった。

私は這うような姿勢で石段を上った。手摺りはあったが役には立たず、すぐ脇の土手には、水道管とガス管がくねくねと剥き出しのまま延びていた。

佐藤の家は痩せた板張りの二階家だった。玄関はアルミサッシュに改装され、土手側には鉄骨で突っかい棒がしてあった。

声をかける前にドアが開き、佐藤がにこりともせずに、石段を上ってくる私の息づかいが聞こえたと言った。

「情けない。この程度の坂で。——体がなまっとるぞ」

ドアを入った先は一坪ほどの三和土で、障子の奥に六畳の和室があった。縁側がそのままベランダになって、崖に突き出ていた。耐震補強を施したとき、鉄骨の突っかい棒を利用して造ったと、佐藤が少し自慢げに言った。

ベランダの向こうには夕暮れが広がり、丘陵にへばりついた家々の窓が瞬き始めていた。

佐藤は卓袱台の前に座布団を出して勧めた。台所から、ビール会社の名が入ったコップをひとつ持ってきた。

「さあ」と言って、薩摩白波を一升瓶から一杯ついだ。氷も水も、要るかとは聞かなかった。

私も車で来ていることを黙っていた。

「さあ。いいぞ」佐藤は目顔で促した。

私は時間をかけて焼酎を味わい、「お独りですか？」と、尋ねた。

「オフクロが死んでっからずっとだ。かみさんをもらいそびれてな」

彼はあたりを見回した。家具は少なく、畳には綿埃が目立ったが、きちんと片づいていた。

茶箪笥の上に小さな仏壇があった。すぐ上の長押には、海軍士官の制服を着た若者と五十絡みの和装の婦人の写真が額装されて並んでいた。

「オヤジだよ。戦争で死んだんだ。おふくろは、俺が三十幾つのとき倒れてな。それからずっと病院を出たり入ったりさ。見合いの話はいくつもあったが、看護婦させるために女房もらえって言われてるみたいでよ」

「それで、写真を叩き返したんですね？」

佐藤は口を歪め、仏壇を見上げた。「他人の世話になるのが嫌だったんだ。あれで退路を断っちまったな」

彼は腕組みすると、難しい顔で首をひねった。

「平岡玲子の車からルミノール反応が出ました」と、私は言った。

「彼女の血ではないと思います」

「あの携帯が出てきたのと同じ車か？」佐藤が押し殺した声で尋ねた。

「六月の十七日に、彼女の部屋で酒を飲んだ客がいたって言いましたね。その客には心配事があった。飲んで飲んで飲んだくれて、携帯電話を忘れていった。彼女の部屋にです」

「チャンの妹は、玲ちゃんを何だって呼び出したんだ。強請《カツ》のネタはなんだ」

「まだ分かりません。海鈴は出生も育ちも秘密にしていない。彼女が見ず知らずのヴェトナム人に脅される理由が見つからない」

「じゃあ、二村、いったい何をしに来た。分かりませんって言うために来たんじゃあるまい」

「あの部屋の寝室の壁に弾痕がありました。壁の上の方です。出てきた弾丸は、八ミリ・ナンブだった」

「ナンブ?」彼の目が光った。「もうそれっきりか。俺に隠してるのは?」

「すいません。報告するほどの材料が揃わなかったんです」

「そりゃそうだな。刑事《デカ》は何でもかでも軽々に報告すりゃいいってもんじゃない。近頃の捜本じゃ、夜食に何食ったかまで報告させるらしいがよ」

「そこまではしません」

佐藤は笑おうとして、ふいにそれを止めてしまった。どこか嫌々私を見て、

「拳銃《チャカ》は出たのか」と、尋ねた。

「あの部屋にあったんです。それを盗んだやつがいた」

「それがあれだな。黄色いトラックの――」

私は黙って佐藤を見返した。佐藤は私の背後にぼんやりと広がる街明かりを見ていた。外はすっかり暗くなっていた。

「平岡さんには戦死した兄がいましたね?」

佐藤は小首をかしげ、すぐに頭を横に振った。

「いや、チャカの出所はそこじゃないな。兄貴は赤紙でひっぱられて、すぐに南方で死んだは

ずだ。二等兵は拳銃なんか持っちゃいない。——横須賀で飯食ってきた人間だ。骨董品のチャカが押し入れにあったっておかしかないが、それならそれで、海軍さんは南部なんか持たないし、アメちゃんはGIコルト専門だ」

「持っていたら、使ってもおかしくないですか」

「人には向けないだろう。気性は激しかったが、そういう女じゃない」

「拳銃は日本の特務将校がヴェトナムの抗仏ゲリラに贈ったものです。その男はヴェトナム戦争のころ、実業家として名を馳せていた」私は言って、彼を見た。

「拳銃の出所は、もうひとつ考えられますね」

長い沈黙があった。時計の音が聞こえてきそうだった。焼酎が喉を下っていく音は、実際に聞こえた。遠い夜気の奥底を、京浜急行が横切っていった。

「話が二つある」と、彼は口を開いた。

「玲ちゃんの話では、あの子はキリスト教の何とか言う団体から貰ってきたっていうんだ。もうひとつの話はこうだ。ある日、アメちゃんがあの子を連れて玲ちゃんのところにやってきた。その翌日から、あの子はあそこに住むようになった」

「そっちは、当時、佐藤さんが聞き込んだストーリーなんでしょう」

私の質問には答えず、彼は「俺もまだ若かったからな」と、苦笑を浮かべた。

「で、どっちだったんですか、本当の話は？」

「あの子は、初手からアメリカの市民権を持ってたんだ。確かなのは、それだけだな。長いこと役所とやりあっていたよ。学校のことが一番問題だったみたいだ」

「三つ目のストーリーがあったみたいですよ。平岡玲子は、一九七五年の九月に、当時二十四歳のアメリカ人と結婚しています。海鈴はこの男の娘なんです。多分、養女だ。そして、この結婚は今も続いている。平岡さんと海鈴をつないでいるのは、その婚姻関係だけです」

返事は無かった。私はコップを空にして、息を吐きだした。断る間もなく、彼が焼酎を注ぎ足した。

「まったく知らなかった。そこまで立ち入っちゃ、——」突然、言葉を止め、カッと目を見開いて天井を睨んだ。

「籍を汚してまで、——何で、そうまでして、スズちゃんを養女になあ」

佐藤がふいに立ち上がって、天井から垂れた照明器の紐を引いた。部屋が明るくなった。しかし、広くなったようには見えなかった。

「夫の名はギリェルモ・ロウ・カノウ。ペルー系のアメリカ人だ」と、私は言った。

「六月十七日の客って言うのは、そのアメちゃんなのか？」

「なぜそう思うんですか」

「大した理由はない」佐藤は言い、しばらく口をへの字に引き結んでいた。

「アメリカ人と玲ちゃんを結ぶものが他にないからさ」

「この男と会ったことがないんですか？」

「知らんよ。名前を聞くのもこれが始めてだ。まあ、クロンボじゃないだろうが」と、言って顔を歪めた。彼の時代、彼の町でアメリカ人を分けるものはそれ以外になかったのだろう。

「二村！　探りを入れるみたいな言い方はやめろ。何が言いたい」

「平岡さんと息子さんの仲はどうだったんですか」と、私は尋ねた。

彼は驚いた顔をして私を見た。

「どうって、おまえ、真面目な子じゃないが、母親にはベタベタだったな」と、救われたような口調で言った。

「遊んでたかもしれんが、しっかりした子だよ。アメリカ行ったのだって、中学の頃から米軍将校の家でハウスボーイをして貯めた金だ。その将校に気に入られて、保証人になってもらった。あの当時、日本人の若いのがアメリカ行くのは大変だったんだ」

「小さな頃からご存じなんですね」

彼は頷き、目を細めた。「あいつ、ガキの頃、どうした具合か、俺をパパって呼んだことがあってな。居合わせた連中に囃されて、つい、冗談じゃねえってはねつけたんだ。いや、そうしたら妙に悲しそうにしやがった。しかたねえから、俺はパパなんて柄じゃねえ。父ちゃんでいいなら今日からなってやるって言ったのさ。そうしたら、ぷいっとむくれてな。何と言ったと思う? そんな格好悪いもんはいらんとさ。以来、二度となついてこんかったよ」

「父親が誰か、噂にもならなかったんですか」

「まあ、そのころは酒場の不文律ってもんがあったからな。誰も聞かなかった」

「平岡さんにも、誰の子か分からなかったってことかな?」

「お前、いい年こいて、本気で言ってるのか?」佐藤が私を睨んだ。

「女には分かるんだよ。何人股にかけようと、当の女には絶対分かってるんだ」

私は静かに立ち上がり、仏壇の前に行った。扉は開いていた。位牌は二つあったが、それは佐藤の両親のものだった。

「あの部屋には仏壇がないんです」と、私は言った。

「そうなのか？」

「行ったこと、ないんですか」

「居間にしか入ってない。他の部屋を見てねえからな、——待てよ。おまえ、まさか俺と玲ちゃんのことを、——」

「いや。祐一の父親が誰かなんて、どうでもいいんです。ただ、ひとり息子の位牌が置いてない。それが不思議でしょうがないんだ」

佐藤の手が一升瓶を持ち上げ、宙に止めた。不思議そうにそれを見た。自分の鼻をつまむつもりが、瓶を取ってしまったとでもいうような具合だった。

焼酎を私のグラスに注ぎ足し、空になった自分の茶碗にもなみなみと注いだ。鼻から吐き出した息が、大きく聞こえた。

「捜査対象《マルタイ》は生きておらんな」

「ええ、そう思います。しかし、確証は何もない」

佐藤は腕組みをして目を瞑り、頷いた。「拳銃自殺か。——理由は何だ」

「拳銃じゃありません」私は慎重に言い返した。

「壁の弾丸は、貫通弾じゃないんです。火薬が少ないか、劣化していたんで、もともと人体を貫通できるほどの力はなかったって話です」

まだニセの欄間の傷について伝えていなかったことを思い出した。しかし、いまさら言って、何か意味があるだろうか。私は卓袱台の前に座った。

「悲しいよ。当たるのは悪い予感ばかりだ。――死体《オロク》はどこだ？　分かっているんだろう」

「多分。――ちゃんと葬られたはずです」

彼はかすかに頷き、焼酎を一口飲んだ。私もそれを口に運んだ。

「何だってぼくを呼んだんですか」

「お前の事故を聞いたとき、何かが頭にカッンときたんだ」と、彼は言った。警官が警官に事故と言うとき、それは警察内部の不祥事のことだ。

「その後、玲ちゃんがいなくなったって電話を貰った。カッンともう一度来た。ちょうど、あの事故に関するお前の報告書を読ましてもらった直後だった」

「悪い予感がしたんですね」私は言った。佐藤は顎をわずかに動かした。

「なあ、二村。この年になると、人と別れるのは、そう辛くない。飯食って寝るのと同じ、普通のことだ。肩叩いて、また今度なって別れた者と二度と会えなくなっても、不思議でもなんでもない。しかし、また今度でも何でもいい、別れも言わずにいなくなられるのは、いくつになってもたまらないさ」

佐藤が茶碗を持ち上げた。ひと呼吸置いて、いかにも不味そうに飲んだ。

彼から聞きたいことはまだ残っていた。しかし、私にはそれが何か思いつかなかった。

「いい時間だった。おまえと一緒に捜査してたような気がする。ここで茶をすすりながら電話してただけなのにな」

私はそれが礼儀のような気になって、別れを告げる前にコップの酒を空にした。

石段をゆっくり下っていくと、夜の向こうから汽笛の音が山伝いに聞こえてきた。

夜の七時を回ったところだった。私は車を放り込んだホテルの駐車場からエレヴェータで裏通りへ抜けた。

由の店に向かって、ドブ板通りを歩いていた。

ネオンは決して多くなかった。Aサイン・バーは数に限りがあった。閉めている店も少なくなかった。焼鳥屋だのスナックは明かりが地味だった。土産物を扱っている店は灯を落としかけていた。

人通りも昼より少ないほどだった。MPが通りに停めたバンの中であくびをしていた。入港したてのミサイル巡洋艦を歓迎するビラが目立ったが、水兵の姿はなかった。

制服姿の女子高生が四、五人、歩いてきた。携帯電話を見せあい、ケラケラと笑って私の脇をすり抜けた。妙なにおいがした。酔った兵隊よりもっと埃っぽく饐《す》えた匂いだった。

この通り内で、高校生になるまで子供を育てた女のことが思い出された。その大半の期間、アメリカは海のすぐ向こうで戦争をしていた。この町は銃後だった。あらゆるものを通して戦場に接していた。

由の店は閉まっていた。『close』の札がぶら下がっているだけで、理由は分からなかった。

今夜が金曜だということを思い出した。その上、艦船も入っていた。

由に電話をしようとして思い止まった。彼女に会いたかったわけではない。気の置けない場所で一杯やりたかっただけだ。それも、できるだけ早く。

私は国道に出て、舗道沿いに駐車場へ引き返した。

イカサマな自由の女神を屋上に乗っけたラブホテルがアイリッシュパブに改装されていた。店内は私服の水兵で一杯だった。喧騒ばかりか客までも道路にあふれ、行く手を遮った。野球帽をかぶり、だぶだぶのジーンズを下着が見えるぐらいずり落として穿いた日本人の店員が、おそろしい勢いでタマネギの厚切りを乗せたクラッカーと生のエールを運んでいた。

そのファッションは、ベルトを奪われた留置人の姿を、反抗的な黒人の若者が真似て始めたものだった。しかしあの工藤にしろ、この店員にしろ、父や兄の古着を着せられるのが普通だった時代の子供しか思わせなかった。

カプットの前を通ったが路地は真っ暗だった。パン屋も、今夜は店を閉めていた。パイロンは見当たらなかったが、路肩に停めている車もなかった。

夜はいたって静かで、国道を飛ばしていく車の音だけが私を急かせた。

45

契約している駐車場に車を乗り入れたとき、八時まではまだほんの少し時間があった。私は伊勢佐木町の本屋へ飛び込んで本を探した。

五階建ての大きな店だったが、歴史書のコーナーにもドキュメンタリーのコーナーにも、ヴェトナム戦争関係の書籍は数えるほどしか置いていなかった。どれも小説仕立ての読み物だった。やっと一冊ベトナム戦争の通史をみつけたが、トラックのタイヤ止めに使えるほど大きく、タイヤ止めより高価だった。

シャッターが降り始めた店内を行ったり来たりしていると、見かねた店員が『奪われた革命・ヴェトコンはなぜ祖国を追われたか』という本をみつけてきてくれた。友田が言っていた本の軽装版だった。

私はそれを買い、伊勢佐木モールを歩いた。銭湯の洗い場のような遊歩道に、役に立たないベンチやわけの分からないオブジェが並んでいた。商店主たちは二十一世紀を睨んだ画期的なリニューアルだと言っていたが、私には盆踊り大会の残骸にしか見えなかった。

半死半生の町並みに、青いタイル張りの石窯を見つけた。私はその店で生ビールを飲み、ピザを食べた。酒場ではなかったが、明るさも椅子の固さも適当だった。

胃袋が満足すると、グラッパを頼み、本を開いた。斜め読みで肝心なところを探した。

ブーキエム氏の兄、アイクァックは一九六〇年代の南ヴェトナムで政商として権勢を振るった。しかし、それは仮そめの顔だったと筆者は書いていた。どうやらこの兄の存在が、戦後のヴェトナムで、彼の解放軍戦士としての輝かしい軍歴を帳消しにしたようだった。

兄弟の父は、植民地政府によってフランス市民権を与えられたエリート地主だった。当時のコーチシナでは、たった六千二百人の地主が全耕作面積の半分を専有していた。

二人は異母兄弟だった。兄を産んだ母は福建省出身の裕福な華僑の娘で、弟の母はヴェトナム最後の王朝の貴人の血を引く娘だった。ブーキエム氏が生まれたとき、先妻はすでに死んでいた。兄は実母の顔を知らず、後妻になついた。兄弟はとても仲がよかった。

一九四〇年六月、フランスはナチ・ドイツに降伏し、植民地政府は混乱した。ヴィシーにペタン元帥による傀儡政権が誕生するが、それはナチの代弁者のようなものだった。

九月には、半ば強引に日本軍がインドシナに進駐を開始した。

以後、ヴェトナムは同時にふたつの圧制者を持つことになった。「しかし」と、ブーキエム氏は書いていた。

「同じアジアの軍隊が奴隷の足枷を叩き壊しに来た。貧しいアジアの同胞を、白人の植民地支配から解放するため、どのような協力も惜しまないという日本帝国のお伽話に胸を躍らせた青年は少なくない。兄はそのひとりだった。まだ十六だったのだ。私たちが育った場所に、ヴェトナム共産党は、その足音さえ響かせていなかった」

日本軍は一部の反日的フランス人地主から土地を召し上げ、ヴェトナム人に耕作権を委ねた。

日本の軍隊にとって、米の安定供給は生命線だった。

怒った旧地主が、ヴェトナム人が運営する農場を襲った。ファン一家の屋敷も、そのひとつだった。銃撃によって父母は殺され、屋敷には火が放たれた。

ブーキエム氏は残った資産とともに親戚の家に引き取られた。兄はひとり、サイゴンの寄宿学校で学ぶことになった。

その後十年、兄弟が会うことはなかった。兄は学校を辞め、町でふらふらしていると親戚に聞かされた。そのうち、音信不通になってしまった。

戦後だいぶ経って再会したとき、兄は親戚からの仕送りが途絶えたのだと説明した。大学まで行かせると約束して農地の管理を任せたのに、彼らはそれを反故にした。

さらに時を経たある夜、兄は、学校を追われた後、日本軍の特務下士官と知り合い、抗仏ゲリラ活動に身を投じていたと告白した。一九四四年の暮れからは、中国海南島の秘密訓練施設で本格的な軍事訓練を受けていた。右耳も、その訓練の最中、事故で失った。自分のしたことに恥じるところはないが、一九四五年三月の惨禍を知らず、日本軍と行動をともにしていたことが今でも悔やまれる。だから表立って解放戦線に身を投じることはできない。すでに南ヴェトナム解放戦線の闘士となっていた弟の手を握り、そう言って泣いた。

一九四五年三月九日、日本軍はクーデタを起こし、フランス印度支那軍を武装解除し、全土を軍政下に置いた。奇しくも東京大空襲と、それは時を同じくしていた。

そこまで読んで、私は本から顔を上げ、グラッパを飲んだ。

一九四五年八月十七日、海南島でゲリラ戦の訓練を受けたベトナムの若者は、教練班長の将校から拳銃を贈られた。戦争は敗北で終わり、将校は武装解除を待っていた。

拳銃のことは本の中になかったが、後はすべて当てはまる。

その拳銃が平岡玲子の部屋にあった。折匡が持っていたと考えることも出来た。ヘルボーイズの原作者なら、それを手に入れる機会はいくらでもあったはずだ。だとしたら、あの南国風の柱廊で写された写真から切り取られた部分には、折匡が写っていたことも考えられる。

私はもうひとり、サイゴンから南部十四年式をあの部屋へ持ってこられる人間を知っていた。いや、ひとりではない。二人だ。

私は溜め息をついた。酒は空だった。店内には、私しかいなかった。閉店時間でもないのに、石窯の火は落とされていた。

声を掛けたが、誰も出てこなかった。請求書に書かれた金額をテーブルに残し、立ち上がると、やっと声が聞こえた。

部屋に帰って服も替えず、シングルモルトを持ってソファに足を投げ出した。またページを開いた。

敗戦の年の八月、日本軍は銃を置いたが、ヴェトナムにそれを受け取る権力はなかった。同じ頃、ヴェトミンは全土で一斉に蜂起した。九月、ホー・チミンはハノイでヴェトナム民主共和国の独立を宣言したが、日本軍の武装解除を名目に北から中国国民党軍、南からは英軍が侵入した。英軍は現地に抑留されていたフランス軍とともに人民政府に攻撃を加えた。

翌年、ヴェトナムは事実上二分され、まやかしの停戦がフランスとの間で成立した。

兄がどうして資産を築いたか、ブーキエム氏は詳しく知らされていなかった。日本軍が去り、兄は一時人生の目的を失ったようになって、マニラで商売を始め、小金を貯めてサイゴンに戻った。一九五四年、ハノイの背後を睨むディエン・ビエン・フーで完敗したフランス軍はヴェトナムからの撤退を開始した。

その年、サイゴンではゴ・ジンジェムが政権を奪取した。ときを同じくしてアメリカ軍がやってきた。

兄、ファン・アイクァックは屑鉄の輸入と米の輸出で財を成し、サイゴンの政界に顔を売るようになっていた。

弟は、自分と再会する前から、兄はサイゴンの地下組織に資金を提供していたと証言していた。たしかにそうかもしれないが、同時にアイクァック氏は資本主義を謳歌していた。サイゴンの一等地に邸宅を構え、多くの使用人を抱え、二十年間に三度、年若い妻を迎えた。

北ヴェトナムへの無差別爆撃は拡大の一途をたどり、南ヴェトナムの米地上軍は五十万人に迫る。にもかかわらず、戦果はあがらない。それどころか、サイゴンのアメリカ大使館が解放戦線によって占拠され、ソンミ村の米軍による虐殺事件が明らかにされ、アメリカは面目ばかりか大義も失った。南ヴェトナム政府の腐敗は激しく、政府も軍も正当性を欠いていた。ヴェトナム反戦運動は世界に広がり、ワシントンでは大規模なデモが議会を取り巻き、時の政権は足許からぐらついた。

結局、アメリカの軍隊は一九七三年まで踏みとどまり、五万人の戦死者を出した。ヴェトナム人の戦死者は三百万人と言われた。

一九七五年になると、解放戦線は各地で勝利をおさめ、北ヴェトナム人民軍とともにサイゴンを包囲しつつあった。

四月、キッシンジャー米大統領補佐官が議会で「サイゴン防衛はもはや不可能」だと証言し、同じ日、グエン・ヴァンチュー南ヴェトナム大統領は権力の座を追われた。

四月三十日、解放軍がサイゴンに入城、大統領官邸を制圧して戦争は終わった。沈没船を見捨てたネズミのようにアメリカ人がサイゴンから逃げ出すさまを、世界中のニュースが連日伝え続けた。

折匡の小説も、ちょうどそのころのサイゴンを舞台にしていた。彼の「ヘルボーイ」どもは、目の前まで迫った敗北を前に大混乱を起こした軍事基地へ侵入した。そこにはアメリカ軍事顧問団が残した秘密軍資金が眠っていた。

ヘルボーイズの一人は、アメリカ市民権欲しさに陸軍に志願した日系ブラジル人だった。その上官のアメリカ軍将校は熱血漢で図体の大きなヤンキーだった。

もうひとりの香港人は、仁義に厚く寡黙な男で、主人公とは兄弟の契りを結んでいた。

もし彼らのモデルが私の知っている男たちなら、ビリー・ルウ以外は実在の人物を映していない。しかし背景になる時と場所はよく現実を反映していた。ことに略奪と殺戮と背中合わせにあったサイゴンの市民生活の奇妙な解放感は、二つの本に共通だった。

ファン・ブーキエム氏の自伝は、四百ページほどの本文の内、二十ページ近くをその日々にあてていた。

彼はサイゴンの南、アメリカ軍がエリア・バーナムと呼んで忌み嫌った革命根拠地で、眠る間もない日々を送っていた。三月、敵は総崩れを起こし、党政治局はすぐさま完全勝利を目指して軍事侵攻することを決定した。敵の敗走があまりに早かったので、そこには大きな空隙が出来ていた。

兄のアイクァックが、非業の死を遂げたことは後になるまで知らなかった。

三月の二十七日、兄の屋敷は略奪にあい、その後出火すると、あっという間に炎に飲み込まれた。当時のサイゴンでは、消防など満足に機能していなかった。すっかり焼け落ちた邸内から、一家の焼死体が発見されたが、身元も死因も満足に調査されなかった。

略奪が起こる前に銃声を聞いたものがいた。後になって、アメリカ軍のジープが門を壊し、入っていくのを目撃したという者が現れた。

ブーキエム氏は書いていた。「CIAかその手の者が、行きがけの駄賃に殺して行ったに違いない。アメリカ大使館筋は長い間兄を解放軍の協力者と疑っていた。しかし、それは少し違っている。兄は協力者でもシンパでもなく、われわれの強力な同志であった」

数ページ後に写真が二点、添えられていた。最初の一点はまだ十代の頃、弟と並んで写ったものだった。上を向いた鼻、鋭い顎、よく光る意志的な目、しかしまだ右耳があった。弟はもっと小柄で色が黒く、頬骨が高かった。

二枚目のアイクァックは壮年にさしかかり、右耳も失っていたが、妻は若く、抱きかかえた娘はまだ産着を着ていた。夫妻は心から楽しそうに笑っていた。

背後の柱廊に見覚えがあった。私が持っている写真と同じ家、同じ庭で写したものだった。

楊とアッカーマン、それにグリッデン活動司令官が、ファン・アイクァックとともに記念写真を撮った場所から三メートルも離れていないように思われた。

気づくと、グラスは空だった。氷も無かった。冷蔵庫が遥か三万光年の彼方にあるような気がして、ストレートで飲み続けた。

そこから先、本はサイゴンに赤旗が立った後、つまり楊も折匡もアッカーマンもビリーもいなくなった後の出来事を描いていた。

ファン・ブーキエム氏はホー・チミン市政府の代議員になったが、権力闘争に敗れて野に下った。南に対するハノイ政権の姿勢は明らかだった。銀行の合併と大差ない。合併にイコールパートナーなどあり得ないのだ。

ハノイ政府は、南北の完全な統一を急ぐあまり、戦後統治から南ヴェトナム解放戦線の影響力を排除しようとした。ことに、ブーキエムのような救国の英雄は、目の上のタンコブだった。ハノイは、彼の兄を対日協力者だったと批判した。解放民族戦線への資金協力など、欺瞞にすぎない。

「兄は、彼ら党政治官僚どもが言ったように、民族への裏切り者などでは絶対になかった。蓄財はすべて、やがて来る民族自決の戦いを組織するためだった」と、擁護したブーキエム氏も、やがて身に迫る危険を察知し、国を逃れた。

同じ頃、多くの元解放戦線ゲリラが国を捨てた。彼のように身に覚えのない訴追を逃れたものもいれば、政治的な冷遇に我慢できず、飛び出したものもいた。多くは旧宗主国の首都パリに亡命したが、漁船に隠れてタイ、フィリピン、香港に新天地を求めた者もあった。

「おどろくべきことに、香港に逃れ、英国情報機関にくだらない世間話や二束三文の噂話を売って、英国籍を手に入れた連中もいた。かつて救国の戦士であったものが、そうした恥知らずな人生を歩んだことに、ハノイの党官僚はいくらか責任を感じるべきではなかろうか」と、ブーキエム氏は書いていた。

もちろん、そんな人間は沢山いたのだろう。しかし私には、それがチャンのことを言っているように思えてならなかった。

そのチャンは英国籍を取りながら、中国による香港回収後、日本にやってきた。楊のような人物を頼り、あんな店でハンバーガーなど焼いていた。

チャンには妹がいた。彼女の頭蓋には手榴弾《アップル》の裂片が埋まり、それを取り出すにはまとまった金が必要だったからだ。

中華街嫌いの中国人が言ったことは身も蓋もないが、正鵠を射ていた。たとえどんな事情だろうと、金のかかる女はトラブルの因なのだ。

46

本を閉じ、時計を見た。午後十一時を少し回っていた。

我慢できず、私は電話を取った。折匡は相変わらず出なかった。録音が一杯になったのか、留守電の案内もなくなっていた。

私は稲本の名刺を探し、ズームの編集部に電話をかけた。週刊誌の人間にとって、午後十一時は決して遅い時間ではない。

電話を取った男が大きな声で稲本を呼んだ。しばらく間があって、まだ戻っていないようだという答えが返って来た。校了だから間違いなく戻ってくるはずだと、男はつけ加えた。

私はまだシャツを着ていた。靴下まで履いたままだった。迷う間もなく、ネクタイとジャケットを手に部屋を出た。

スクロール式のスーパーチャージャーを一杯に回して深夜の湾岸を走った。東京湾で最も有名な斜張橋を使って海を渡り、最も有名な吊り橋を使って東京の街中へ入るまで、十五分もかからなかった。

八重洲口の地下を潜り、神田橋で高速を降りた。すぐ目の前が目指す出版社のビルだった。

正面玄関は閉まっていた。私は向かいの路肩に車を停め、編集部に電話をかけた。

「稲本ですか。はい、おります。お待ちください」と、妙に愛想の良い女の声が応じた。〝メリーさんの羊〟を、しばらく聞かされた。次に出た声は、また別の男だった。

「すいません。稲本は帰宅したんですが」

週刊誌の編集者にしては嘘が上手くなかった。

私は車を乗り捨て、ビルの裏手に回った。路地に客待ちの個人タクシーが列をつくっていた。筋向かいから夜間受付の様子をうかがった。制服の警備員が、IDカードをチェックしていた。警備員はひとりで、カードを手に取ってチェックするわけではなかった。

夜食に出たグループが、二組いっぺんに戻ってきた。私は彼らに混じるようにして玄関に飛びこんだ。免許証を裏向きにかざしながら、そこをすり抜けた。警備員の呼び声どころか、誰の視線も追ってこなかった。

編集部は七階だった。エレヴェータを降りて、パーティションで仕切られた小部屋の間を抜けると、雑然としたオフィスが広がった。その一角にだけ煌々と明かりが灯り、天井から『zoom』というプレートがぶら下がっていた。

電話に怒鳴っている声が聞こえた。女の子が紙束を胸に抱えて走ってきた。

稲本は二列の机を見渡すように置かれた席に陣取り、ゲラに朱筆を入れていた。真後ろに立つまで、顔を上げなかった。私はコールテンのジャケットの肩を叩いた。

「あっ」と言う声が喉に転げ、振り返った。私が誰か分かっていないようだった。

「二村です。お忘れですか」

「知ってますよ、そんなこと。こんなとこで何してるんですか？」

はしなかった。

「待ち合わせしたじゃないですか。すっぽかされたんで、こちらから出向いたんです」

彼はおずおずと周囲を見回した。誰も自分の作業に没頭していて、こちらに注意を払おうとはしなかった。

「ちょっと時間をください」と、私は言った。

「それとも令状を取ってこないと駄目ですか？」

「まさか。――嫌だな。そんなことあるわけないじゃないの」無理に笑って立ち上がった。

「俺、応接ブースにいるから。電話来たらメモ回して」誰へともなく声をかけ、私の背を押すようにしてエレヴェータホールへ歩いた。

そこに置かれたソファと肘掛け椅子に向き合って座った。彼は灰皿がないことを詫びた。

「夜中だから、禁煙もへったくれもないんですがね。――空き缶でも持ってきましょうか」

「煙草を喫いにきたんじゃない」

それならコーヒーを取ってこようと言うので、それも断った。彼は座りなおし、尻をもじもじさせて成り行きを待った。

「怪我はなかったみたいですね。松葉杖が必要だって聞いてたんだが」と、私は言った。

「勘弁して下さい。ちょっと同情を引こうと思ったまでです」

悪びれもせず答えた。

「やつらを訴えませんか？」

「よしてくださいよ。何かの行き違いなんですから」

「行き違いで股の間に青龍刀を突きたてるやつはそう多くない」

彼はぶるっと体を震わせた。

「そんなことはありませんよ。いや、結果としてすっぽかしちゃったんですよね。ご連絡しなくてすいません。もう、忙しくてね」

「ずっと車に閉じ込められていたなら、不法監禁で持って行けますよ」

「やめてくださいよ。楊さんの事務所で、湿布してもらって。ご本人から直接、誤解して済まなかったって。その後、病院にも――まあ、そういうことなんです」

「あの車、車種は何でした？」と、私は尋ねた。なぜそんなことを訊いたか分からない。訊いた後になって、自分が何を知りたかったか気づいた。

「レガシィですよ。あの人たちが乗ってた車でしょ？」

パン屋の親爺が見かけたのはYナンバーの白っぽい四駆だった。尻に4WDと書いてあった。それで彼は四駆だと分かった。

稲本を轢き倒したのは、何世代か前の白いスバル・レガシィだった。ステーションワゴンだが、あれだって四輪駆動車だ。リアゲートに4WDとステッカーが張られている。

「Yナンバーだったんじゃありませんか？」私は言った。

「さあ。そこんとこは、――ナンバーなんか見る暇ないもん」

パン屋の親爺は、その車から降りてカプットへ入っていく男を目撃していた。大きな男と小さな男の二人組だ。

汪倫は小柄で痩せ細り、洪芝龍は頑丈でがたいが大きかった。五万両と呼ばれた男なら、私を一撃で昏倒させるだけでなく、尻に唾をかけていく理由もあった。いや、あいつならあいつで、今度はなぜ私の息の根を止めていかなかったか疑問が残る。

それでも、パールハーバーから来た二人組より、話の筋道は真っ直ぐに通る。

耳の底で、あの夜の携帯電話の声が囁いた。マネーどうした？　マネーよ。私、もう待たない。遅いよ、あなた。

レ・ニュタンは義兄がくすねた十五万ドルを取り戻そうとしていた。誰かがそれを持ってくるのを待っていた。金はトイレの水槽に隠してあったが、そのことはまだ誰も知らなかった。金の在り処がどこだろうと、金の出所はひとつしかない。ビリーにそれを探させた男だ。

「あなたには悪いことをしてしまった。彼らはぼくを脅そうと出張ってきたんだ。前の日、楊を散々刺激してやったからね。ガラスを濡れた爪で引っかいてやったんですよ」と言って、私はぐっと身を乗り出した。

「そこへ、あなたが現れた。何かに慌ててたのか、そうじゃなかったら、あまり頭のよくないやつが現場を仕切ってたんでしょう。運転してたのは洪芝龍じゃないですか？」

「大きいやつね。いや、あの人は助手席ですよ」

「レ・ニュタンはカプットで待ってましたよ。新聞を読んだでしょう。かわいそうに。彼から何を買う予定だったんですか」

小さな声を、稲本は喉に殺した。私の方へ恐る恐る視線を送った。

「警官として聞いてるんじゃないんだ。それとも、警官が聞いた方がいいですか」

彼は目を外し、煙草を出して口にくわえた。火をつけてから立っていき、自販機の脇のゴミ箱を開けて空き缶を拾ってきた。

「二村さん。おたくと会ってるだけで、大先生に叱られちゃうんですよ。今回のことで、相当に迷惑かけちゃったから、それでなくても肩身狭いのに」

「レ・ニュタンとの取り引きは、折匡には内緒だったんだな」

「いや。それはねえ」

稲本は口ごもり、腕を組み、ひっきりなしに煙草をふかした。目線が煙と一緒に躍った。

「いったい、あのヴェトナム人は何を売ろうとしたんですか」

「海鈴の親が死んだときの事情を知ってるっていうんですよ」やっと口を開いた。そこからは勢いがつき、彼はしゃべりだした。

「教えるから、金をよこせってさ。二十万って言うから、考えたんだけど、ドルなんですよ、これが。二十万ドルだなんて冗談じゃない。五万ドルまで下がったけどさ、ねえ、バブルの頃だって、ヴァイオリニストのスキャンダルにそんな金出っこないや」

「彼女の親が死んだ経緯って言うのはスキャンダルなんですね」

「たとえ何でもさ、五万ドルなんて今どき、あの子のヘアヌードにだって出ない金額だ」

「レは、金をもらえると思って待っていたんだぞ！」

私は鋭く一喝した。腹が立っていた。「偉そうな顔して他人に勝手に正札をつけるな！」

稲本はソファの上でぴょんと飛び上がった。目を丸くして、眼鏡のつるに手を添え、私をまじまじと見た。

「だから、途中から話が変わったのよ。今言ったのは、もう一ヵ月も前の話ですよ。最近になって、別のもんを売り込みに来たんだ。よく分かんないけど。ほら、日本語よくできないしさ。

電話じゃ、いまひとつピンとこないんだ。犯罪の証拠だって言ってましたよ。国際的な犯罪の証拠だって。ビリーさんも、チャンさんも、そのせいで殺されたって言うんです。まるきり、ケネディ暗殺の真犯人を知ってるみたいな言いぐさなんだ。ほら、ぼくら雑誌屋って、そういうのに弱いからさ。つい、本物なら五百万でも一千万でも払っちゃうよなんて言っちゃうじゃない。勢いでさ」

「楊があんたを脅したってことは、信憑性があったんだな。やつの名は出てこないのか」

「聞いてませんよ。レはなかなか慎重でさ」

「サイゴン・バーナム開発の名は出てきただろう」

稲本はぶるぶる頭を横に振った。何かをしゃべりかけ、また口を煙草で塞いだ。唸りながら煙を吐いた。

「レは首をひねられて殺されたんだ。誰にやられたか判ってるんだろう」

「まさか！　あんたは私、脅しにきたんですか」

彼は半ばおもねるように私を見た。「校了でね。新聞も満足に読んじゃいないんですわ」

「そんなはずはない。彼がカプットで待ってることを、連中に教えたのはあんたじゃないか。バカでもなけりゃ、何が起こるか分かってたはずだ」

「何言ってんですか！」口髭が、汚れた歯ブラシのようにだらしなく揺れた。

「何を証拠に、そんなこと言うんだ」

「目撃者がいる。レが殺されたとき、あの店の前に車が止まっていた。白いレガシィだ。でかいのと小さいのが店に入っていった。あんたが連れ去られて四、五時間後のことだ。まさか一緒に車に乗ってたんじゃないだろうな」

「バカなこと言っちゃ困りますよ。俺は、あのままタクシー呼んで帰ったよ。楊が、今日は家でじっとしてろって、——」

「やつらはぼくを脅しにきた。そこであんたを見つけて、方針を変えた。狙いどおり事が運んでいなければ、あんたも解放しないし、ぼくのこともまだ追い回していたはずだ。あんたがやつらの悩みを解消してやったのさ」

返事が出来なかった。彼は中腰になったまま、私の目の前で凍っていた。ソファから、奇術で浮き上がっているように見えた。

「レが海鈴のスキャンダルを売りにきたのは、ビリーがいなくなった後だろう?」

私は一転して穏やかに尋ねた。「あんたに突っぱねられてから二ヵ月ほど、レは何でおとなしくしてたと思う。楊を脅すんで忙しかったからさ。それがまったく前に転がらないんで、あんたに声をかけてきたんだ。楊へのブラフに使ったかもしれないな。金を出さないなら、ズームに売るぞってね。楊は今、あんたがどれほど知っているのか瀬踏みしている」

彼はぶるっと震えた。いつの間にか、ソファに着地していた。今度は、まるでクッションの中に埋まるみたいに。

「やめて下さいよ。まさかとは思うけど、俺、気が小さいからさ」

「心配ないよ」私は言って、立ち上がり、エレヴェータを呼んだ。

「君の身柄は警察がぴったり監視している。殺されることはない」

「ねえ、ちょっと。それって、どういう意味ですか。警察が内偵してるの?」

稲本は泣きそうな声で言ったが、エレヴェータの中まではついてこなかった。

私はクローズボタンでドアを閉じた。三秒も待ったろうか、別の階から呼ばれる前にドアオープンのボタンを押した。

稲本はすぐ近くにいた。ドアが開く音に気づいてこちらに振り向き、その場で凍った。携帯電話を耳に押し当てていた。

「折匡に伝えてください」と、私は大声で言った。

「ぼくは日曜、海鈴に会う。それまで連絡がつかなかったら、大きなネタを失うぞって。新しい小説のネタだよ。人がやたらと死ぬ小説だ」

稲本は目をまんまるくして立ち尽くした。私は返事を待たず、一階のボタンを押した。

横浜に戻ったのは、午前二時より三時に近い時刻だった。

それでも、なかなか眠れなかった。仕方なしに酒をつくり、音楽をかけて、ファン・ブーキエム氏が書いた本を改めて開いた。

そのころビリーは何をしていたのだろう。和平会談から戦争終結までの数年間を読み直しながら、私は思った。

一九六九年、ヴェトナムの米軍は五十四万人を超えていた。同じ年に始まったパリ会談を通してそれは急速に削減され、一九七三年三月二十九日、米戦闘部隊は撤退を完了した。同時に、アメリカ大統領が戦争の終結を宣言した。

以後一九七五年まで、ヴェトナムにおける米軍人は数千人の軍事顧問団を残すだけとなった。

ブーキエム氏の本によれば、一九七〇年代に入ってすぐアメリカはヴェトナム援助軍の志願兵募集を中止したということだ。セニョール・ギリェルモ・ロウ・カノウは、それ以前、アメリカ人になるために海軍に志願した。志願兵はインドシナでの年季奉公を強いられる。生きて年季を全うできれば人生の各種割引クーポンが与えられる。永住権ビザを市民権に変えるためには、さらに奉公が必要だ。

一九七三年、アメリカ戦闘部隊はヴェトナムから完全にいなくなった。『楽園のヘルボーイ』に描かれているのは、それよりずっと後、一九七五年の初めの数ヵ月のことだ。

その間、いったい彼はヴェトナムで何をしていたのだろう。

サイゴンのPXって言うのは、ただの酒保じゃない。世界に開いた窓なんだと、ビリーは言った。戦闘部隊撤退の後も、その窓は開いていたのだろうか。

横須賀の年老いた情報通は、米軍が大航海時代の宣教師なら、PXは異境に建った教会だと言った。

私が子供時代、この国ではバナナがまだ高級品でパイナップルは缶詰の中に生えると信じられていた。そのころ横浜のPXには本物のパイナップルが山積みされていた。そこは別世界だった。空気の匂いさえ甘やかで、一歩踏み込むとディズニー映画の登場人物になったような気がした。

同志ファン・ブーキエムは、本でサイゴンの米軍PXに触れて、まったく同じような感想を述べていた。「頭が痛くなるほど明るく、色とりどりで、世界中の良い匂いが胃袋に直接染みてくる場所だった」と。

彼は米軍基地の場内見取り図をつくるため、従業員としてもぐり込んだ女性工作員の案内で数時間、そこを歩き回った。まるで世界一大きく甘い砂糖菓子の中にいるようだった。ブーキエム氏は次第に理不尽な怒りに震えて、後にこう書いた。「砂糖菓子には害虫が群がる」我が飛行機乗りは、ＰＸに寄り集まり、良からぬ金儲けを企む害虫を退治するセクションに配属されていた。その直属の上司はクリス・アッカーマンであり、ＰＸの物資の首根っこを押さえる地位にはジョゼフ・グリッデンがいた。

ビリーはそこで、何をしていたのだろう。戦争以外の何かであることは間違いない。ページを遡るうち、ジョン・Ｆ・ケネディの写真をみつけた。写真には侵略への道を拓いた張本人だというキャプションが付いていた。若い大統領は青いブレザーを着て、蛇の巻きついた杖と本のワッペンを胸につけ、オーバルルームの地球儀にじっと見入っていた。

地球のどこを見ていたのだろう。写真は粗く、そこまで分からない。

次の瞬間、私はビリーのことを考えていた。彼のあれこれの言葉、あれこれの声音、そしてあれこれの表情が、洪水のように頭の中に現れて消えた。

本を閉じ、私は酒を飲んだ。

47

土曜日だった。午前十時過ぎ、友田からの電話に起こされ、ベッドを出た。シャワーで頭を洗い、新しいシャツを着て窓辺に座った。風は冷たかった。

煙草が二本、窓辺で煙に変わった。雲が低く垂れ込め、街を重苦しくしていた。

コーヒーを淹れ、冷蔵庫から出来合いのパンケーキを出し、電子レンジで温めた。知り合いの貿易商から譲ってもらった本物のメイプルシロップが、食器棚の奥に眠っていた。その貿易商は海岸通りのどこかに事務所を構えていて、酒場でしばしば顔を合わすだけの仲だった。

パンケーキには味がなかった。メイプルシロップは味があるだけひどかった。文句を言おうにも、私はその貿易商の名前さえ知らなかった。酒場で知り合った気分のいい相手とは、「今晩は」を言い合う以上に親しくなってはならないのだ。

パンケーキをゴミ箱に捨て、コーヒーを二杯飲み、私は県庁の近くまで歩いて出かけた。

本町通りの並木道は端から端まで地下鉄工事で騒がしく、散歩どころではなかった。広い舗道に建ち並ぶ空襲を生き延びた厳めしいビルに、地下鉄の開業を見込んだのか、しゃれたカフェが店を開いていた。

ついこのあいだまでは外資系銀行だった建物だ。通りに面した大きな一枚ガラスの内側に腰掛けると、デパートのマネキンにでもなったような気がした。

やってきたウエイトレスにコーヒーと言いかけ、途中でビールに変えた。鴨のコンフィも頼んだ。友田との約束まで、まだ三十分以上あった。

すっかり平らげた後になって、彼は姿を現した。挨拶など一切無しに、私の皿を脇に押しやり、持ってきたコンピュータプリントの束をばらしてテーブルに広げた。

「放射性物質」と、ぶっきらぼうに言った。

「PCB。ダイオキシン。六価クロム。見てくれ。なんでもござれだ」

「何のことだ？」

「だから土だよ。手袋の親指に入ってたやつ。放射性物質は、そっちにしか入ってないってよ。もうひとつの方は廃油の汚染土らしい。どっちにしろ、この土の前じゃ医療廃棄物なんか霞んじゃうよ」

ウエイトレスが注文を取りに来た。友田は大判の封筒でプリントを隠し、彼女の脚を見ながらカプチーノを頼んだ。

「市大理学部の見立てでだ。出てきたもんが出てきたもんだから、慌ててデータをメールしてきた。大変だぜ、これは」

「その土はFAC3117と書かれた棚に置いてあった。在日米軍のコードナンバーで柴郷倉庫地区のことだ」と、私は言った。

友田がぱっと目を瞬かせた。「おい、本当かよ。あそこは曰くつきなんだぜ」

「昔は弾薬庫、今はごみ捨て場になってるんだろう」

「そのゴミだよ。市民団体やＮＧＯがずっと問題にしてるんだけどさ。在日米軍のゴミってのは、地方自治体に出したり、基地内で処理したり、いろいろなんだ。産廃なんかはアメリカに持って帰ってるって言うが、あんまり当てになんないな。沖縄じゃ、つい数年前まで使用済みの劣化ウラン弾が国防再利用売却事務所《DRM》を通して屑鉄屋に払い下げられてたんだぜ」

飲み物が運ばれてきたが、友田は気にせず先を続けた。「十年以上前に、横須賀基地の岸壁を米軍が勝手に埋め立て造成して問題になったじゃんよ。あのときの土砂には産廃が混じってるって市民団体は言ってたんだ」

「しかし、確証はない。そういうことか？」私は尋ねた。

「基地の中は日本じゃないからな。被害もまだ出ていないし。でもよ、沖縄じゃ地方議会が動いて、米軍に汚染土の掘削調査をさせたことがあるんだぜ」

彼はプリントの山から、一枚抜き取った。文章に航空写真の断片が添えられていた。滑走路の端をめぐる土手と自動車道路が写っていて、フェンスのようなものが土手と道路を二つに分けている。土手には黒い穴があった。脇を走る自動車の大きさと比べると直径二十メートルはありそうだった。

「嘉手納基地の端を撮ったもんだ。こっちに走ってるのは国道五十八号。黒いのは水面だ。溜池だよ。今ではもう埋め立てられている」と、友田は言った。

「黒いのはＰＣＢを含んだ油だ。カネミ油症事件で一九七二年に禁止されるまで、変圧器の絶縁油としてごく一般に使われてた。十数年にわたって、米軍がそこに捨ててたんだよ。大雨で土手が決壊して、この油が川へ流れ出たこともあったってさ」

「それで、どうなったんだ？」

「どうなったと思う？　米軍は汚染した土も含めて、すべてを回収して処分したと言った。事実立ち入り調査をして、無害を立証した。住民は今でも、アメリカ側による調査なんか信用できないと主張してる。それでな――」

友田はにやりと笑って、コーヒーを手に私の目を覗き込んだ。「この穴の処理に当たった会社があるんだ。得体が知れない会社だよ。しかも、沖縄の会社じゃない」

「金港エンタープライズなんだな」

「大当たり！」

「昔の福引だ」

「ビンゴなんて言うと、今時は逆にダサいんだよ」

彼は顔を歪めてコーヒーを飲んだ。しかし目は笑っていた。

「那覇港の倉庫、ほら、調べてみるって言ったじゃんよ。あれは、やっぱり楊の関連企業だ。横浜の常陽倉庫とどんな関係か分かんなかったけど、金港が倉庫の中に沖縄支店を登記してるんだ。それから南洋恒産が、那覇のフリートレードゾーンに半年前まで店を持ってた」

「怪しげなブランド品を売る店か。チャンの妹はそこで働いてたんだ」

「そうかよ。フリートレードゾーンは旨味がないんで、すぐ撤退したって話だけどな」

「君んところの支局は交番より優秀だな」

「これを聞いたら、沖縄県警より優秀だって言うぜ」

友田は身を乗り出し、声をひそめた。「先週まで、那覇港に船が入ってたんだ。ヴェトナムから砂を運んできた船さ。名前はミニョーラだ」

笑い声が前を通りすぎた。ガラスの向こうをリュックを背負った中年女の一団が歩いていくところだった。手を伸ばせば届きそうに見えた。私たちは二人して、外の光に背を向けた。

「船籍はパナマで、先月までフィリピンの船主が持っていた。ずっと沖縄ベースで仕事をしてな、そのころは米海軍のMSCってセクションがリースしてたんだ。普通、軍人が運用して兵站物資を輸送する」と、友田は言った。

「普通じゃないときは？」

「あまり表沙汰にできないものを載せたり、立ち入れない海域にもぐり込むときは、ダミーの船長を乗せるって話だ。チャンはミニョーラに船長として乗り込むって言ったんだよな？」

そして凍え死んだ彼の爪からは泥が出てきた。科捜研の納富は、その泥がPCBで汚染されていたと言った。

私は頷いた。すると胸から空気が零れ出た。

「先月、この船は台湾の海運会社に買い取られた」と、友田が言った。「しかし、仕事はずっと変わらない。ヴェトナムから砂を持ってきて、こっちから有機肥料を運んで行く。航路も同じ、横浜瑞穂埠頭、沖縄那覇軍港、サイゴン・バーナム貿易特区。――変じゃんか。もう米軍のリース契約は切れたのに、今も瑞穂埠頭に泊まってるんだぜ」

彼は卓上の紙きれから地図のコピーを一枚選んだ。ホー・チミン市周辺の広域地図だった。南シナ海から市の中心まで三、四十キロほどの間に、何十本もの河が、まるで東京の高速道路網のように入り組んでいた。

「見ろよ。サイゴン河の川筋にはいくらも港があるんだ。砂と有機肥料を揚げ降ろしするのに、貿易特区のコンテナ埠頭まで行く必要なんか無いじゃん」

「サイゴン・バーナムが汚染土の運び先なんだ」

「ああ。湿地帯を埋めるには土がいる」友田は言って、地図をペンで叩いた。

「覚えてるだろう。俺たちが子供のころ、磯子の山に発破をかけて、どんどん切り崩して宅地を造成したじゃんか。その土で本牧の海を埋めてコンテナ埠頭を造った。バブルのころになると、埋め立ての土が高値で売れた。それで日本中から山や島が消えてなくなった」

「砂浜を元に戻すために砂を買って、ヴェトナムの湿地を埋めるのに汚染土や産廃を運んでるのか」言葉の途中で私は黙った。決して何かを尋ねたわけではなかった。

「捨て所の無いものを捨ててやれば大金になるじゃん。恩を売ればコネもできる。楊のようなやつでなけりゃしないことだけどさ、考えるだけならゼネコンだって同じように考える」

「一石二鳥だな」

「三鳥だよ。土もゴミも米軍の吐き出したものだ。ナパーム弾に枯葉剤をばらまいて、――今度は医療廃棄物と汚染土だ」と、友田は口を歪めて言った。

「これだけじゃ、ニュースにはできないだろう」と、私は言った。「あの土もテレビで表沙汰にはできない。不法侵入して持ち出したんだ」

友田の額に幾つもの細い長い皺が泛かび、かすかに動いた。目がガラスの外を睨んだ。言いたいことは判っていた。私も彼も義憤に駆られて市民運動を始めるような人間ではなかった。

「ピンマイクを用意できるか？」と、私は尋ねた。

「無線で遠くからでも聞けるやつだ」

48

週末なのを忘れていたわけではなかったが、まともな勤め人は土曜に働かないということまで気が回らなかった。それを思い出し、電話を切ろうとすると、相手が受話器をとった。

「はい、金港エンタープライズです」

愛想のよい女の声が、社長はランチですがすぐに戻りますと応えた。中国人は土曜も働くのか、あるいはまともな勤め人がいる会社ではないのか、どちらかだ。

友田のオフィスは目と鼻の先にあった。マイクは若い技術職員がすぐに持ってきた。

私の懐にピンマイクを隠し、発信機を体にガムテープで張り付けた。カメラはナイロンの鞄に仕込んであった。

「ピンホールレンズだから、だいたいそっちへ向ければ写っちゃうよ。不自然に見られそうだったら、足許に置いてかまわない。外からも狙ってるから」と、友田は言った。

私は彼らと別れ、本町通りを歩いた。金港エンタープライズは数ブロック先の通り沿いに、南洋恒産の本社と同じ金色に光る大きなビルを構えていた。

一階は外車ディーラーのショウルームになっていて、他のフロアにもテナントが入っているようだった。会社は最上階を占有し、ビルの脇に専用の出入り口があった。

エレヴェータを降りると、真ん前のカウンターで揃いのブレザーを着た二人の若い女が出迎えた。椅子の数から見て、平日は四人並んでエレヴェータが開くのを待ち受けているようだった。彼女たちの背後は『成龍』とレリーフのある磨りガラスのパーティションに隠されていた。

「二村です。二村永爾。社長に用があって来ました」

「先ほどお電話いただいた方ですね」と女は聞き返し、カウンターの下から受話器を取り上げた。

「失礼ですが、どちらの二村さま？」

「あちらです。野球場の向こう」私はアパートの方向を指さした。

女は目を丸くして、笑顔のまま頬をこわばらせた。「あの。社長とお約束の方は？」

「ない。ご本人がぼくと会いたがっているはずだ。千若町の倉庫の件だと伝えれば判る」

隣の女と顔を見合わせた。電話を置いて立ち上がると、パーティションの端を押し開けて、奥へ入っていった。

私は隣の女に笑いかけた。彼女は「お掛けになってお待ちください」と言って目を逸らせた。

ソファに座るまでもなく、女が戻ってきて私をパーティションの奥に招いた。

がらんと広い事務室は薄暗く、デスクにいるのは四、五人にすぎなかった。ひとりとしてこちらへ振り向かなかった。その代り、灯の入っていない数十台のコンピュータディスプレイから一斉に睨まれたような気がした。

通された応接室は十坪ほどの部屋で、ひとつの壁がまるごと特殊ガラスだった。反対側の壁に象嵌のあるキャビネットが置かれ、上に女道化師の絵が掛かっていた。

私はソファに座り、鞄を脇に置いた。座卓は低く、鞄の止め金具に仕込んだレンズの視野を遮るものは何もなかった。VTRテープはとっくに回っていた。

携帯電話を出して友田を呼んだ。部屋には誰もいなかったが、約束どおり、「すいません、明日の待ち合わせですが。十二時に西口にしていただけませんか」と、言った。時間が階数で、場所が窓の向きだった。

背後に足音が聞こえた。私は友田の返事を聞いて、電話を切った。ノックもせずに受付の女が入ってきて、緑茶の入った茶碗を置いた。

「まるで日本の会社だね」と、私は言った。

そのまま、三十分たった。外の音は一切聞こえてこなかった。雲はますます垂れ込め、部屋は薄暗くなった。私は座るのに疲れ、ガラスの壁に歩いた。鈍色の空に、横浜税関と神奈川県庁、開港記念館がそれぞれ三種の塔屋をそびやかしていた。塔はどれも目の高さにあった。

急にビデオが心配になった。八十分のミニテープだと聞かされていた。今のうちに巻き戻しておくべきかもしれない。

鞄に手を伸ばしたとき、いきなりドアが開いた。開けたのは汪倫だった。彼は天井を見て、壁のスイッチを入れた。部屋が急に明るくなった。

楊雲史は、仕立ての良い煉瓦色のスーツにシルクのスタンドカラーシャツを着ていた。長い銀髪を学士のマントのように翻し、肘掛け椅子に座った。

私を正面から見つめて笑った。

「ここの社長は臆病者でね。駄目だなあ、MBA取ったって何の役にも立ちゃしない」

そこで言葉を止め、壁の絵に向き直った。「こんなものに血道をあげてさ。嫌な結婚をしなきゃなんない女ピエロなんて、縁起が悪いじゃないの。なあ、君」

「本物ですか」

「バブルの時期、九州で巨大リゾートを開発していた不動産屋が買い込んだものだ。そこから流れ流れてさ。——鄒は、こういうものには目が利くんだ。そこはぼくの倅だからな」

細い目をさらに細め、鳥のように笑った。後ろで銀髪が羽ばたいた。

「さあ。何の用？　常陽倉庫がどうとかって言ったね？」

「以前お会いしたとき、砂を輸入しているって聞きました」

「うん。そう。ヴェトナムのカムラン珪砂ね。良い砂ですよ。——良かったら売ってあげよう。一立方メートル七千五百円、送料込みだ」

私は慎重にナイロン鞄を開け、土の入ったプラスチックの容器を取り出した。

「珪砂って言うのはこれですか？」

楊は唇をすぼめた。頭は小さいが、回転は素早かった。彼が動揺したのは一瞬だった。ぱっと笑顔に戻った。

「それは何だね。ぼくが扱っているものとはちがうな」と彼は言って、容器を手に取った。

「千若町の倉庫でみつけたものだ。線路で米軍埠頭と繋がっている倉庫です。ミスタ・アッカーマンの引っ越し荷物もそこに運び込まれた。ご存じでしょう」

つまらないトリックだった。それは先刻のカフェのテイクアウト用のコーヒー容器で、中に入っているのは横浜公園の土と木屑だった。

「駄目だよ、君、言いがかりなんかつけちゃ。あそこには砂しか置いてないはずだ」

楊は肩をすくめ、容器を小卓の上に置いた。

汪に向き直り、目顔で何かを命じた。三つ揃いのスーツをかっちり着込んだ執事はキャビネットの前に立っていた。それが音もなく歩き、ドアを開けた。

潜るように体をかがめ、洪芝龍が入ってきた。

「二村君ね。悪いが、時間がないんだ。君の用がこれだけなら、ぼくはここで失敬する。一昨夜、あの倉庫に泥棒が入ってね。彼らが君に聞きたいことがあるんだそうだ」

「七月十九日の夜、ビリーは飛行機であんたの軍資金を運んだ。あれは外為法違反に当たるんじゃないのか？」

「おいおい、何を言い出すんだ。当てずっぽうを言ったって始まらんぞ」

「ぼくがビリー・ルウに会った夜、彼は横須賀のカプットで酔いつぶれていた。あの店はここが所有している。社長は誰だろうと、ここの本当の経営者はあんただ」

「さあね。そんな瑣末までぼくが口出ししてたら仕事にならんよ。あのあたりの土地を集めてたことは承知してるがね。横須賀市が再開発を計画しているんだ」

「あの夜、ビリーはぼくをあんたの使いだと思っていた。彼はあんたに命令されてチャンを必死に捜していたんだ。もっとも見つける前に、飲みすぎてしまったが」

「そんなことを頼んだ覚えはない。酔っぱらいの思い違いだろう」

「頼んだんじゃない。連れてこなければ、飛行機ごと粉々にしてヴェトナムの沼地に埋めると脅したんじゃないか」

「いいかげんにしなさい！」

言い放って、彼は腰を上げた。私に手が伸びるところまで大男が距離を縮めた。汪倫は逆に楊にすり寄り、身構えた。

「チャンが懐に突っ込んで逃げた金は、いったいいくらなんだ」私は言った。「十五万ドルだろう。それは警察に押収されたぞ」

楊は胸で空気を吸い、肩を落としてそれを押し出した。他の二人を交互に見て、それから肘掛け椅子にゆるゆると腰を下ろした。

「君、相手が悪いぞ。ぼくは君が考えてるような人間じゃないんだ」

「もちろんさ。あんたはただのネズミじゃない」と言って、私は身を乗り出した。「あの飛行機には保険もかけられないような積み荷が載ってた。不法に持ち出された現金や証券だ。燃えたなら燃えたでいい。一番の問題は何も積まれていなかったとクライアントに疑われることだ。仕事上の信用は、二億や三億の金と引き換えにはならないってわけだ」

「どんな仕事でも信用が一番だ。しかし君、いったい何の話をしてるのさ？」

「南洋恒産の本業だ。裏金の輸出入さ。表に出せない金を国境を跨いで運ぶんだろう」

楊は私を凝っと見つめた。唇が剃刀でつけた切り傷のようにパッと笑った。

「ふむ。面白い男だなあ、君は」

「あのジェット機は、羽の生えた金庫だったんだろう。軍隊《カーキ》マフィアとグルになって、基地から基地へ。日本、韓国、ハワイ、それにアメリカ本土――検疫無しでどこへでも金を運んでいく金庫だ。アメリカ軍の航空基地を郵便局代わりにしてたんだ」

「わかった、わかった。もういい。ぼくは失敬しますよ」楊は声をたてて短く笑い、また立ち上がった。

「まだだ。金港エンタープライズの話が終わってない」

私は手を伸ばし、容器を摑んだ。蓋を開けると、中の土を小卓の上にばらまいた。

楊は飛び散った土に驚いて、さっと後じさった。汪倫が喚声を喉で押し殺した。

背後から太い腕が襲いかかった。高く厚みのあるソファの背もたれが間にあった。それが五万両の不運だった。

私は彼の腕を両手でつかみ、勢いよく椅子から滑り落ちた。その力を利用して、大男を背もたれにずり上げ、引き倒した。

腕の力が抜けた。それを振り払い、床に転げた。大男はまだ背もたれに前のめりだった。後頭部が見えていた。私は素早く立ち上がり、彼の耳を殴った。二度殴った。

大男がソファをこっちへ押し倒した。体にゼンマイでも隠してあったみたいだった。私はソファに跳ね飛ばされた。

絨毯の上で、手が土を摑んだ。それを顔に投げつけた。勢いは止まらず、馬乗りになってきた。片手で土をかき集め、敵の口許に押しつけた。「倉庫の土だ。柴郷から運んだ土だぞ」

ワッと声を上げ、大男が飛びのいた。

窓辺まで下がったとき、五万両の手は小さな自動拳銃を握っていた。銃口はまだ上がっていない。私は懐めがけて突進した。手首を両手で握った。そのまま回転する。腕をねじ取る。

目の前に火花が散った。視界を闇が飲み込んだ。鼻の芯《しん》がきな臭い。パンチを食らったと気づいたとき、銃声が聞こえた。

ガラスが弾け、空気が響いた。耳元でピアノの弦が切れたみたいだった。

「算了吧！」楊が一喝した。

大男の手がゆるんだ。絨毯に唾を吐いた。そのことに、楊がまた中国語で怒った。手がだらんと垂れ下がった。

私はその手から拳銃を奪い取った。数歩、窓へ後じさった。偏光ガラスに罅が入っていた。傷はわずかで、銃弾は抜けていなかった。罅には気泡のようなものが見えた。ポリカーボネートを挟み込んだ特殊ガラスだ。

汪倫がいつの間にか、私と楊の間に立ちふさがっていた。

「この土に触って見ろ。触れよ。これがどんなものか分かってるだろう」私は怒鳴った。

「むろんだ」と、楊は答えた。

「ただの泥だよ。たとえ食べても、すぐ死ぬってわけじゃない」

「何十トンもあれば話は別だ。その投棄がここの本業だろう」

「二村君、君は商売を知らないな。どれも本業じゃない。ぼくがヴェトナムでやってる開発事業から派生した副業に過ぎませんよ。どれもこれも人助けみたいなもんだ」

背後に荒い息づかいがあった。楊が、大男に短く鋭く何か命じた。大きな背中が丸くしぼんで、私を睨みつけながらキャビネットまで行き、クリネックスの箱を取り上げた。

汪倫が背をかがめ、小卓を元に戻した。

私は挿弾子を抜き、薬室から弾丸を残らずはじき出した。口を開けた拳銃を楊に渡した。

「どこまでも正規の取引だよ」と、楊が言った。

「米軍のゴミを基地の外に捨てれば話は別さ。しかし、日本の領土にはスプーン一杯捨てちゃいないんだ。海の外へ運んで、正規の手続きを経て処分している。法的には何も問題はない」

楊はひとを小馬鹿にしたような会釈をくれると、汪倫に何か告げ、私に背を向けた。

「待てよ。この土は、あんたの倉庫から出たものじゃない。チャンの弟の車に入っていたものなんだ。レ・ニュタンだ。知ってるだろう?」

私は大男を見下ろした。彼はソファの足許で、絨毯に飛んだ自分の唾を、クリネックスで拭き取っているところだった。

「唾を飛ばすのが好きなんだな。なぜ、あのときぼくを殺さなかったんだ。君がカプットでレ・ニュタンを殺したときだよ」

大男の目が楊に向かって動いた。すきっ腹で家に帰った子供が母親を探すみたいな仕種だった。私は思わず苦笑した。

「レが殺された時間、不審な二人組が目撃されている。そいつらはYナンバーの四駆に乗っていた。横須賀署の捜本はもうナンバーを摑んでる。同じ車で、稲本を跳ねとばしたのは不味かったな。盗難車でやらなかったところを見ると、計画的じゃない。ぼくに会いに来たんであわてて拉致したんだろう」

大男の額を深い縦皺が左右に割った。気の毒なほど済まなそうに楊を見ていた。

「彼を見くびってはいけないよ」と、楊が言った。「見た目よりクレバーなんだ。金にならないことは一切しない。ぼくの指示に従わなければ、金にならないことも分かっている」

「たとえ一円でも、金になるなら人殺しも厭わないってことだな」と、私は五万両に尋ねた。

「唾を吐くのは無料サービスか？」

「おいおい。そんなにいじめないでやれよ」

私は楊に向き直った。「レの車の中には、あんた宛ての脅迫状とこの土が入っていた。土はもう一ケースあるんだ」

「二村君。君、見直したよ。その車がどこにあるか調べてくれたのか」

楊は甲高い声で尋ねた。その顔つきからは、心底感心しているように見えた。

「しかし、なぜ早く言わないんだ。日本人は、ええ格好しいだから困るね。いったい、いくら欲しいんだ」

「日本人は、そっちからそう言ってくれるのをずっと待ってたんだ」

彼は笑いながらキャビネットの前まで歩き、スーツの内ポケットから小切手帳を出した。棚板の上でそれを開き、金額を書き込んで一枚破った。

「チャンを冷凍倉庫で殺したのも、お前らか」大男に尋ねた。

「君、それは聞き捨てならんぞ」楊は笑って、私の方に小切手を翳した。額面は二百万円だった。

「チャンは不始末をしでかした。その点、君の想像は的外れでもないな。きっと詫びる代わりに自殺したんだろうよ」

「分かった。言い直そう。君らは彼の肝臓かどこかを一発撫でて、置き去りにしたんだ。零下三十度の冷凍倉庫にな」

私は手を伸ばし、楊の小切手を受け取った。電灯の灯に翳して透かし見た。もちろんタネも仕掛けもなかった。

「あの車を最後に見たのは三、四日前のことだ。もし警察がもう押収していても、ぼくは詫びない。自殺もしないぜ」

楊は薄笑いを浮かべ、一向にかまわないと答えた。換金できるのは週明け水曜の午後になる。教えた場所に車がなかったら、盗難届けを出してその小切手を無効にする。

私は、車の在り処を地図に描いた。もちろん、本当の場所をだ。

「ビリー・ルウは軍隊《カーキ》マフィアの一員なのか、それともあんたの仲間だったのか?」と、地図をひらつかせながら尋ねた。

私と楊の間には、土が黒々と散っていた。それを跨いでまで、地図を取ろうとはしなかった。

「軍隊《カーキ》マフィア?」彼は苦笑した。「バカバカしいなあ」

「サードビークスって言えばお気に召すのか」

「それは君、ただの通り名だよ。漫画じゃあるまいし、いい大人が自分でマフィアだなんて言えんだろう。――黒社会や日本ヤクザとは違うんだ」

「グリッデンはハワイへ召還されたぜ」

「ほう。そうか。これで、やっと分かった。君が誰の財布をあてにしていたか」

「勝手に考えればいい。あんたなんかと理解し合おうとは思わない」

楊が私を睨んだ。細く鋭い目に初めて強い感情が宿った。

私はそれを見返した。自分の背中が冷えていく音が聞こえてきそうだった。

「それにしても」と、彼は私から目を離さずに言った。

「あれは、そんなおかしな組織との密約なんかじゃない。在日米軍との正規の業務契約なんだよ。君がどう考えているのか知らないが、すべて法律にのっとって処理されている。ぼくが君に支払ったのは、保険料だ。だってそうでしょう。反基地運動やメディアに知られると、ぎゃあぎゃあ騒がれてたまらんからさ」

「だったら、グリッデンは、なぜ軍法会議にかけられるんだ」

「非公開の査問で終わりじゃないの？　悪くしても任意除隊ってところだな。それにしても気の毒だねえ、あの歳でさ」

「アッカーマンとグリッデンとあんたが三人で写ってる写真を見たぜ」と、私は言った。

「彼らとは昔馴染みだよ」楊が、やっと私から目を離した。

「以前、会ったときはそんなこと言っていなかった」

「それはそうさ。あの後、昔馴染みになったんだ」

楊は声を上げて笑った。部屋の中を甲高い声が駆け回った。「昔馴染みが仕事を一緒にしちゃならんって法は無い。それをマフィアだなんだって言ったら、警察はどうだ？　仲間の不正をもみ消したり、裏金をつくったり。ホワイトハウスなんか、まさしくひとつのマフィアじゃないの？　大統領が代わるたび、一族郎党ひきつれてさ、官僚まで総取り替えだ。それぞれが蜘蛛の巣のように利権で結ばれている」

彼は寛いだ様子で象嵌のキャビネットに寄り掛かった。汪倫の上背からも緊張がとけた。

「サードビークスなんて、ホワイトハウスと一体になった戦争企業と比べりゃ可愛いもんだよ。時の政権と癒着して、軍隊や戦争で金を儲けている会社はいくらでもある」

「あんたも、そうした会社同様、ニューヨークで上場を目指しているんだろう」

「もちろんだよ。米軍のアウトソーシングは歴史の流れだ。まだスービック基地があったころ、フィリピンで四番目に金持ちだった人物は、米軍基地の便所掃除を一手に引き受けている会社のオーナーだった。湾岸戦争では、サウジの空港警備に当たっている民間警備会社が軍用機や将兵を敵から守った。われわれのビジネスとは、そういう正規のものなんだ」

楊はふいに沈黙した。なぜか、遠い目をして私の背後を眺めた。そこには、かって五万両と呼ばれた男がクリネックスの箱を両手で持ってぼんやり立っていた。しかし、楊の目は彼を見ていたわけではない。そのさらに後ろ、特殊ガラスの向こうに目を凝らしていた。

帰ろうとして鞄を持ち上げると、何かが脛に当たった。ガムテープで体に張りつけたピンマイクの発信機が、股下へずれ落ちていた。アンテナコードが下着にひっかかり、辛うじて落ちないでいる。

足を引きずらないよう、発信機が転げ出ないよう慎重に歩いた。おかげで、エレヴェータを下りるまで、私は冷や汗をかき続けた。

49

黄金色のビルから一ブロック歩いたところでタクシーを拾った。

「どこまで?」と、訊かれ、

「横浜スタジアムを一周してくれ」と、頼んだ。

奇妙なことに、運転手は聞き返さなかった。驚いた様子もなかった。

座席で体をねじり、背後をじっと注視した。尾行してくる車はなさそうだった。通りを曲がったところで、一度無駄に左折させたが、変な動きをする車は見えなかった。私はベルトをゆるめ、発信機をむしり取った。

ラジオでは若いお笑い芸人が女子マラソンの金メダルのことを話題にしていた。私は、オリンピックがもう一週間も前に終わっていたことを思い出し、びっくりした。知らなかったわけではない。閉会式をテレビで見かけた記憶もある。新聞はどうだったろう。この二週間、新聞を見出し以上に読んだのは、ドブ板通りの片隅で起こった殺人事件を報じる記事だけだった。

私は携帯電話を出して、県警捜査一課の直通番号を押した。小峰課長は席にいなかった。私の名を聞くと、誰かが気を利かして電話を回した。

「この間話したレ・ニュタンの車ですがね」と、私は真っ先に尋ねた。

「あれ、押収しましたか？」

「何でそんなこと聞くんだ」

「あの車どこにあるか、楊が知ってるんです」

「それは、おまえ、誰かが教えたってことか？」

「やつらは、あれを探してたんですよ」

「被害者《ガイシャ》が住んでたアパートの家主が言ってたぞ。警察図書館ってのは、どんな事件を扱ってるんだってな。――どんな事件を扱ってんだ？」

「バスカヴィルの修道士が扱ってたような事件でしょう」

「笑うな！」と、小峰課長は押し殺した声で言った。

「ホーン岬の果てへでも行っちまえ」

「ペンギンに交番は要らない。――楊の目的は、あの車に乗ってる土です。ペットボトルに詰めてある」

「おまえ、いったい――」と、言ったまま言葉を失った。

「レ・ニュタンをやったのは楊の手下で、洪芝龍と汪倫ってコンビです。レはその土で楊から金をせびり取ろうとした。この件に関しては稲本を保護する必要がある」

隙を与えず、私は電話にしゃべり続けた。「カプットの便器から現金が見つかってるはずだ。あれは、チャンが楊からくすねたものです。チャンは、そのせいでヤキをいれられた」

「証拠はあるのか。ひとつでも、送検できるような証拠が！」課長は大声で私をねじ伏せようとした。

「証拠なんかひとつもない。心証だけだ」私はもっと大きな声を出した。「女は？　チャンの妹は誰がやったんだ」

課長が言い返し、私は一秒口を閉ざした。

「タクシーの中なんです。後で話します。あの車、押さえたんですね？」

「まだだ、裁判所がぐずぐずしやがって令状がなかなか出ないんだ」

「すぐ誰かやってください。やつらは今すぐにも行きますよ。置き張りすれば、車上荒しの現行犯で身柄が取れる」

「誰が車のことを教えたんだ。だいたい、その誰かは何でそんなものが載ってるって分かったんだ。え？　なぜだ、二村」

「礼なんかしなくていいですよ」

「当たり前だ」課長は電話を切った。

車はもう本町通りに戻っていた。赤信号に停まり、「どうしますか？」と運転手が尋ねた。

私は、右折して先刻のカフェまで行くように頼んだ。

運転手は左右を見回し、肩ごしに後方の路上を窺って、照れくさそうに笑った。

「嫌だなあ。カメラどこなんですか。テレビの人でしょう？」

本物の〝テレビの人〟は先刻のカフェに先回りして、カウンターに座っていた。

「あの、ピシッと来たのは何だよ」と、勢い込んで尋ね、むせ返った。

「こっちを向くな」と、私は言った。

「尾行はなかったと思うが、こんなに近いんだ。やつらが通りかからないとも限らない」

友田はさっと体を離した。「窓ガラスにピシッと来ただろう。結局、金色のミラーガラスが邪魔して、日がうんと陰ったとき、やっとシルエットが見えた程度なんだ」

「拳銃だ。マイクは銃声を拾わなかったのか」

「音はOKだよ。オールクリア。でも、まさかと思ってさ。まさか撃つなんて――」

「脅すつもりが手が滑ったってところさ」

私は鞄を足許に置いた。彼はそれを足で引き寄せ、時間を置いて手に取った。膝の上でジッパーを開け、カメラの電源スイッチを切った。

「すげえよ。これで写ってたら、もうお宝だ。こんな上手くいくとは思わなかった」

私は答えず、ポケットから二つ折りにした小切手を出してカウンターに滑らせた。

「君らが持っててくれ。贈賄の証拠品だ。もっとも、月曜になったらただの紙きれだが」

「これ受け取った部分はマスターから消しておくよ」

「そんなことは、どっちでもいい」

友田の額で皺が波だった。「疲れてるんじゃないか？　冷静になれよ」

「たしかに疲れてるかもしれないな。何をすべきか、よくわからないんだ。しかし何をしたいかは分かっている」

「そんなにまでして、あの男の無実を証明したいのか。どこにそんな価値があるんだ」

「無実を証明したい？」私はオウム返しに尋ねた。

「そんなこと考えてもみなかった。無実かどうかなんて最初からどうでも良かったんだ」

「じゃあ、何が良くないのよ?」

私は返事をしなかった。コーヒーに手を伸ばしたが、それだけで胃が痛んだ。そこで、水を飲んだ。

「ぼくのことは気にするな。テープはどう使ってもかまわない。その代わり、もし警察が本丸まで落とせなくても、君は必ずニュースにしてくれ」

「ニュースにならなくても、番組にはする。それは約束だ」

彼は片側の頰に苦笑を浮かべ目を瞬いた。鞄を手に腰を上げた。

「ニュースはこしらえるわけにいかないじゃんかよ」

後で連絡すると言い残し、友田はそわそわと店を出ていった。ガラス越しに、信号のない場所で大通りを渡るのが見えた。

私はカフェに取り残された。自分が何をするべきか、それはもう分かっていた。分かったは良いが、その手だてが見当たらなかった。土曜の午後三時前、食事には早すぎた。何をするにも中途半端な時間だ。酒場かアパートの部屋か、それ以外行く当てがなかった。

アパートへ戻ろうと決めて、店を出た。最初の交差点を折れ、南へ下った。そこは横浜で一番広く一番短い並木道だった。明治の初めに英国人が造った舗装道路に、昭和のビルが建ち並んでいた。普段から通行量の少ない車道には地下鉄工事の資材や重機が置かれ、舗道は狭く薄暗かった。

横浜公園の手前で、脇道から車が飛び出してきた。私は舗石の縁で棒立ちになった。その眼前を塞いで急停車した。

国産の安価なミニバンだった。窓は禍々しいまでに黒く、車内はのぞけない。

スライドドアが開いた。男が片足をステップに降ろし、こちらに身を乗り出した。着崩した紺のスーツにねじれたネクタイ。特徴のない顔だち。

「県警の二村だな。──乗ってくれ」

言い方で、何者か見当がついた。私は黙ってミニバンに近づき、男と向き合った。

突然、私のジャケットの襟をつかんだ。ぐいっと引っ張った。

誰かが後ろから背中を押した。同時に車が前に出た。足許をとられ、腰が砕けた。私は引っ張られるままベンチシートに雪崩れこんだ。背後でドアが閉まった。

「捜一にいた二村永爾。間違いないね」

助手席から、革ジャケットを着た顔色の悪い中年男が顔をのぞかせた。

「監察官室か」私は、聞き返した。

そのとき、助手席の足許で無線がザザッと空電を拾った。ジャンパーを着た若い運転手が、慌てて電源を切った。

「そうか、公安か」

「黙って答えりゃいいんだよ」紺のスーツが、ベンチシートのすぐ隣で低く言った。

私の背中を取った男は、中腰のままスライドドアに寄り掛かり、そこに立ちふさがっていた。頑丈そうな体に、グレーのスーツを着ていた。

「おまえ、自分がやったことが分かってるのか」革ジャケットの男が言って、背もたれの隙から一瞬、警察手帳をのぞかせた。

「恥を知れ。この泥警が」紺のスーツが吐き捨てた。

「ぼくは盗犯係じゃない」私は言い返した。公安部の警官は、日頃から刑事部を泥棒相手の警官と蔑んでいる。そのうち自分たちをテロ警とでも呼び出すだろう。

不意に手が伸び、グレーのスーツが私の頭を小突いた。

「ヤクザや中国人の上前はねて、退職金増やしてるゴロツキが。同じ代紋つけてんじゃねえよ。自分らが何年苦労してきたか知ってんのか」

「そんなもの初手《ハナ》からつけちゃいない」私は言った。

何人であのビルを監視していたのだろう。どこから、どうやって私の行動を捕捉していたのだろう。友田とは別々にあそこへ向かった。帰りもむろん別々だった。グレーのスーツも、紺のスーツも、カフェの中にはいなかった。しかし、あの店はガラス張りだ。

「この間の夜、千若町の倉庫で騒ぎ起こしたのも貴様だな」革ジャケットが訊いた。

「ぼくなんかいたぶるより、あの倉庫にガサ入れした方が良い。境界線は曖昧だが、あの倉庫は米軍専有地の外だ。どうせやつらは産廃処理業の免許なんか持ってない」

「言われるまでもねえよ。ばかが。出所は米軍だぞ。簡単に動けるか」と、紺のスーツ。

「なるほど、君らが、誰のために働いてるか忘れていた」

「楊と何を話したんだ」と、革ジャケットが尋ねた。それが本題のようだった。

「そうか。電話盗聴だな」

彼らはまだ外のターミナルから電話を盗聴しているだけだ。後は遠巻きに、ビルの出入りを見張っている。室内の盗聴には踏みこんでいない。私は急に気楽になった。それなら、こっちにも出方がある。

「外張りも楽だろう。公安は予算があるからな。いったいどこを見てたんだ。ビシッと来たのに気づかなかったのか」

　自分で言ったことに自分で笑った。グレーのスーツが私の頭をひっぱたいた。

「いいから答えろ。楊雲史と何の話をした」

「緊張させないでくれ。気が弱いんだ」

「このまま多摩川渡ってもいいんだぞ。県警には渡りたくても渡れないのがワンサといるからな。霞が関に泊まったなんて知ったら、小峰あたりに妬まれるんじゃないのか」

　東京から出てきた刑事は、にこりともせずに言った。県警には警備部公安課はあっても公安部はない。全国の警察本部で、公安部があるのは警視庁だけだ。もっとも全国の公安課は、地方警察本部を飛び越えて東京に所属しているようなものだが。

「口の聞き方を間違えたな。教えてやっても良かったが、もうやめだ。君らには、たとえ靴のサイズだって教えてやらない」と、私は言った。

「警察にいられないようになるぞ」

「もう、いないも同然だ」

「おまえ、鞄をどうした！」グレーのスーツが突拍子もない声で叫んだ。私を押し退けるようにして、足許を検めた。

「ナイロン鞄、持ってただろう」

「捜査対象者《マルタイ》に渡したのか？」

「いや、持って出てます」紺のスーツが答えた。

私は、彼らの顔を見渡した。連中が友田の存在に気づかなかったのは確かな様子だ。一度見失い、私がカフェを出た後で再び捕捉したのかもしれない。張り込みの専従班が急に尾行へ打って出たなら、そういうこともあるだろう。完全な尾行には車五台にオートバイ二台、最低十二人は必要だ。

「楊がいくら儲けようが、誰を殺そうが、ぼくの知ったことじゃない。まともな勤めなんでね、今日は休日だ。服務規定に触れるようなことをしているわけじゃない」

私は煙草を出し、シートの上に体を伸ばした。

「休日だ。六郷の向こうでも皇居の近くでも、どこでもつきあうぜ」

――

結局、車が多摩川を越えることはなかった。運転手は横浜スタジアムを二周して、海岸通りに向かった。

私が連れ込まれたのは、山下公園沿いの銀杏並木から一本引っ込んだ通りに建つマンションの十七階だった。賃貸でも三十万はする大きな部屋だ。

向きによっては港が見えたろうが、この部屋の窓から見えるのは中華街のごちゃごちゃした街並みだった。その手前に例の黄金色のビルがあった。

窓にはシェードが落ち、その隙間からテレビカメラの大きなレンズがビルを狙っていた。

部屋には家具らしい家具は見当たらず、大机に通信機材と何本もの電話が置かれ、パイプ椅子が十脚以上、並んでいるだけだった。

別の一室には簡易ベッドが五台、着替えや寝具を載せてあった。彼らは、私をその隣の書斎に連れ込んだ。

書斎というのは窓が小さく、壁が書棚に埋もれていたからだ。しかし、本は一冊もなかった。あるのは椅子が三つだけだった。

革ジャケットを着た男と紺のスーツが、私を尋問した。調書は取らなかったが、どこかに録音機がしかけてあったかもしれない。

彼らは、ひたすら楊の所へ何をしにいったのか、何を話したのか、それだけを知りたがった。常陽倉庫の一件を持ち出したのは、最初の一度きりで、その後はビリーのことも、チャン兄妹とレ・ニュタンのことも、沖縄のポーリーのことも、何ひとつ口にしなかった。私が知っている情報はすべて手に入れているか、それとも自分たちが何を知っていて何を知らないか悟られるのがよほど嫌だったのだろう。

私は、質問には答えなかった。敵が搦手を使わない以上、延々と押し問答が続くだけだった。二時間で面倒になった。

「自供するよ」と、私は言った。

「金港エンタープライズへは物件を探しに行ったんだ。警察を辞めて、退職金で酒場でも開こうと思っている」

むろん彼らは信じなかった。私が裏を取れと言うと、押し黙った。張り込みをしている相手のところに、裏など取りに行けるわけがない。

「そんなことで、押し通せると思ってるのか」と、革ジャケットが言った。

「監察官は判事じゃないんだ。首を取るのに証拠はいらない」

しかし、彼らはガラス窓に銃弾が当たる瞬間も見ていなかったし、私が小切手を受け取ったことも知らなかった。何より、私と友田が接触したのを見逃していた。手札など、何ひとつ持っていなかった。退職金が貰えないようにしてやると、しまいに怒鳴るのがせいぜいだった。

水一杯もらえないまま四時間近く軟禁されたが、彼らに得るところはなかった。それは私も同じだった。

「ここを見せたのは、なぜだか分かっているな」

帰り際、エレヴェータホールで革ジャケットの中年男が釘を刺した。

楊がこのマンションに気づいたら、私がやつらと内通しているという状況証拠を県警本部長に届けるとでも言いたいのだろう。いや、たとえ気づかなくとも、そうしてやるという意味かもしれない。しかし、それでも退職金は出るだろう。懲戒免職にするには、世間に理由を公表しなければならない。公表したら、上も責任をとらなければならない。

小峰課長は、私を怒鳴って憂さ晴らしでもすれば済むかもしれないが、さらに上の二人の警察官僚は一生、霞が関に戻れなくなる。

不思議なことに、自分自身の身の上は、少しも気掛かりでなかった。気掛かりはむしろ、ひとり気丈に振る舞っているヴァイオリニストのことだった。

私は二週間、彼女のためには何ひとつ成果を上げていなかった。二週間かけて、彼女が最も望まぬ結末へ事態を追いやる材料ばかり集めていた。

50

夜が来ていた。歩きだすと、空気に潮の香が混じった。

若者たちが、波止場の方角から中華街の賑わいにそぞろ歩くのと行き合った。時計は七時を過ぎたところだった。私は腹が減っていた。

意外なほど近くに、カーリンヘンホーフの黄色い看板が見えた。

するとビリーとの約束が思い出され、私は謂れのない怒りを覚えた。腹が減っているからだと自分に言い聞かせたが、上手くいかなかった。なぜなら、私は今も財布の中にあの百ドル札の半切れを入れていた。

私はステンドグラスがはまったドアを押し開けた。

レストランには二組、客がいた。片方は男女四人の学生で、もう一組は子供連れの夫婦だった。二人の子供はもう大人に近く、うるさくはなかった。

「お食事ですか」とウエイターに聞かれ、私はつい首を振った。バーのスイングドアを押し開けると、不思議なことに空腹はどこかへ消え失せていた。

バーテンダーの老婦人が酒棚の隅に置かれた小さなテレビから顔を上げた。衛星放送がリーグ優勝のかかったホークス戦を中継していた。バーには客がなかった。

「あのジュースはまだ売れ残っているのか」

「もちろんよ」彼女は歯をむき出した。微笑んだと気づくのに少し時間がかかった。

「二杯頼む」

「やだよ、この人は。誰かの弔いだなんてんじゃないだろうね」

「ダブルを飲んだんじゃ半分減るだけだ。二杯なら、一杯飲んでもまだ新しいのがひとつ残ってる」と、私は言った。

老バーテンダーはテレビの音を絞り、シェーカーを引っ繰り返し、パパ・ドーブレをつくりはじめた。

立ったままそれを見つめ、最初の一杯を飲んだ。ふた口で空け、スツールに腰をおろした。

「どうよ?」と、彼女が少し心配そうに尋ねた。

「生のグレープフルーツとは別の酒だな」

老バーテンダーは下唇を突き出して頷き、テレビに向き直った。背中を向けたまま、

「彼はどうしちゃったのさ。あの愉快な酔っぱらいは」と、尋ねた。

「まだ空の上だ」

私は二杯目を飲んだ。ジュースは甘く、酒は舌にべたついた。

テレビが吠えた。敵の先頭打者がセンター前ヒットで一塁へ出た。それだけのことで、アナウンサーは満塁ホームランを打たれたように騒いだ。

六回表まで両チーム合わせて五安打散発、投手戦と言うより貧打戦と言う方がふさわしい内容だった。

「消そうか？」老バーテンダーが尋ねた。

「いや。野球は嫌いじゃない」

「あたしもさ。サッカーはトイレになかなか行けないから嫌いなのよ」

「アメリカのゲームだからな。コマーシャルを入れやすいように、攻撃と守備が順に入れ代わるんだ」

次の打者が併殺に打ち取られた。六回表は結局、三人で終わった。

「生のグレープフルーツで、もう二杯頼む。砂糖抜きだ」

彼女は頷き、キッチンから果物を取ってくると、俎板の上で二つに切り、ステンレスのスクイーザーでジュースを絞った。

「あんた、野球をやってたんだろう」シェーカーを取り上げて尋ねた。

「何でやめちゃったのよ」

「攻撃と守備を交互にやるのが嫌になったんだ。攻撃だけで良いなら、まだ続けていたかもしれない」

「変な人だね。だったらDHっていうの？　あれになりゃ良かったじゃないの」

「ぼくはキャッチャーだったんだ。バッターとピッチャーが向き合って戦っている間、敵の後ろで何とか裏をかこうと、ずるいことばかり考えているんだ」

「しようがないよ。それが仕事でしょうが」

「そんなのが仕事だったら、よけいに嫌だろう」

彼女は肩をすくめ、無言で二つのカクテルグラスに酒を注いだ。果実の繊維が、砕いた氷の間に躍っていた。

「野球で商売をしたくなかったのかい」

「やろうと思ってやれるもんじゃない」

私は三杯目をぐっとあおった。同じ質問に、何度か同じように答えた記憶があった。

酒棚の下で喚声が沸いた。一瞬、テレビが揺れたように見えた。

背番号9をつけた選手が、ゆっくり一塁を蹴って行くところだった。ホームランの文字が画面をふさぎ、ホークスが一点先取した。

「あたしは野球が好きよ。応援してるところは別にないんだけど」

「ドイツ人にしては変わってるな」

「あんた！」と、言って私を睨んだ。両手の先が拳をつくっていた。

「ポテトサラダと生ビール売ってるからって、ドイツ人と思われちゃ迷惑だね。あたしんちの上を国境が行ったり来たりしたみたいだけど、お父さんが日本に来たときゃ、ちゃんとしたポーランド人だよ。ポーランドにだって芋もビールもあるんだからね」

「聞いてもいいか？」と、私は尋ねた。

「昔から聞こうと思ってたんだ。母国語はしゃべれるのか」

「中国語なら少し。あたしゃ上海で生まれて満洲の奉天で育ったんだよ」

苦虫をかみ潰すような顔をして、手で宙を扇いだ。それからテレビに向き直り、四杯目が空になるまで顔を逸らさなかった。

私は同じ酒をもう二杯、頼んだ。それが半分に減ったころ、また猛烈に腹が立ってきた。

スツールの列を見渡し、数を数えた。酒棚の酒のラベルを一つずつ読んだ。そんなことで収まるような腹立ちではなかった。

かつてここに在って、今ここに無いものを私は思い出していた。それが失われた理由に腹を立てていた。

六杯目が空になった。

「どう？」老バーテンダーが、彼女にしては控えめに聞いた。

「美味かった。しかし一ダースも飲むもんじゃない」

「それを言うなら、十月になんか飲むもんじゃないんだよ」

まったくその通りだった。私はマティニを頼もうとして、つい口ごもった。

その酒を一番美味く飲ませる酒場は、ここからすぐのホテルの一階にあった。ホテルに新館が出来たとき、跡形もなく失われてしまった。バーマンは今、ただ金儲けが巧いというだけの理由で大きな顔をしている連中に、ティーポットを運ばされている。

なぜ私はそいつらに手錠をはめ、留置場に叩き込めないのだろう。なぜ私からマティニを、バーマンから酒場を奪った者に刑事責任を問うことが出来ないのだろう。

「どうかしたかい？」と、老バーテンダーが訊いた。

「酔ってるだけだ」と、私は言った。

「ウォツカをくれ。ツアーリをダブルで」

彼女は何も言わず、冷凍庫から瓶を出し、チューリップグラスにたっぷり注いでくれた。

私はスツールを降り、立ったまま飲んだ。グラスはすぐ空になった。

同じものをもう一杯飲んだ。膝の裏側がだるく、関節に締まりが無くなった。そこで勘定を頼み、財布を出した。

札入れに折り畳んだ百ドル札の切れ端が覗けていた。

「これを受け取ってくれるか?」

私は切れ端を目の前で広げた。彼女は目鼻を皺に埋め、酸っぱい顔をしてみせた。

「そんなもん受け取れるもんかい。ことに百ドルなんか、今時、贋札ばっかなんだからさ」

私は今飲んだのが、ビリーと約束した酒ではなかったことに気づいた。

老バーテンダーが「おやすみ」と言い、スイングドアが背中で鳴った。レストランにはもう誰もいなかった。

タクシーを拾うために公園通りへ歩いた。銀杏並木の上で、低い雲が町の灯を映していた。

夜気に雨の匂いが濃かった。しかし、私が目を開けている間、雨はやって来なかった。

51

ドックヤード・ガーデンは、ビルの谷間にぽっかり開いた船底型の石の穴だった。元をただせば、使われなくなったまま造船所の片隅にずっと放り出されていた日本最古の石造りの造船ドックだ。造船所は、隣接した貨物駅や貨物埠頭と一緒にきれいさっぱり更地にされて殺風景な高層ビル街に生まれ変わったが、これだけは化粧直しを受け、半地下の多目的広場としてここに残った。

差し渡し百メートルもある広場は今夜、海鈴のコンサートのために組立椅子で埋めつくされ、照明装置やスピーカーを鈴なりにした櫓がそそり立っていた。舳先の側にある小さな池の上に組まれた丸い台座がステージなのだろう。反対側の渠口の水門は潰されて裾広がりの大階段に変わっていたが、そのてっぺんに臨時の入場ゲートがあった。

折匡は半地下の広場に渡されたキャットウォークの途中にぼんやりたたずんで、真下を見おろしていた。空はまだ明るく、人通りはまばらで、座席は半分も埋まっていなかった。

私は驚かなかった。稲本が編集者根性を出して私の伝言を伝えたのだろう。

「君がクラシックのファンだとは知らなかった」と、私は声を投げた。

折匡はゆっくり振り返った。大きくいかつい笑顔が何故かはにかんでいるように見えた。彼はストライプのスーツを着て、上に薄手のたっぷりしたトレンチコートを羽織っていた。

「見損なわないでくれ。フランス映画がなぜ好きだったと思う？　音楽が良いからだ」

彼はキャットウォークの手摺に肘をつき、体を預けた。透明アクリルと華奢なアルミ材でできた手摺りが、気の毒に見えた。

「長谷川伸は子供のころ、ここの建設現場で使いっ走りをしてたんだ。知ってたか？」

「ビリーのジェット機が台湾で落ちた後、うちのポストから手紙を盗もうとしたやつがいる。犬が嫌いな男だよ。知っているか？」と、私は聞き返した。

「吉川英治は、ここで船具工をしてたらしいぜ」

彼は私を見なかった。私は彼の背を見ていた。

「ぼくを昼飯に誘ったのは、探りを入れるためだったんだろう？　よりにもよってこのぼくが長井のマンションに現れ、平岡玲子の娘に会ったんだ。どのくらい驚いたか、よく判る。管理人から平岡一郎に連絡したと聞いたよ。近い内、あんたの写真を見せに行くつもりだ」

折匡がこっちに向き直った。

「分かった。その必要はない」私を見ず、コートの襟で爪を磨いてみせた。

「七月の二十日だか二十一日、Yナンバーの青いセダンに乗ってきたそうじゃないか。ピックアップトラックを夜中に乗りつけたこともある。幅広くご活躍の様子だな。夜逃げ屋までやってるとは思わなかった」

「夜逃げ屋？」やっと、顔に表情が泛かんだ。「何だ、それは」

「大きなテレビの箱を運び出したんだろう。それとも、便利屋と呼んだ方がいいのか。すいません、壁に拳銃弾が刺さってとれないんですけど、何とかしていただけませんかって呼び出されると、すぐに飛んで行くんだ」

「チッ」と、歯の裏で音をたてた。その音に慌てて、穏やかな顔を取りつくろった。

「ちゃんと始末しとけって、口を酸っぱくして言ったのにな。結局このザマだ」

「あいつはいい加減なのが持ち味なんだよ」私はカマをかけた。

彼はゆっくりこっちを睨んだ。私は見て見ぬふりをした。

「あいつが始末してなかったのは弾丸だけじゃない。あれを撃った拳銃は、日本軍の特務将校からヴェトナムの若者に贈られたもんだ。ファン・アイクァックって男さ。懐かしい名前だろう？——それが、平岡玲子の部屋から盗み出された。何でそんなものを彼女が持ってたんだ。海鈴はヴァイオリンケースひとつ持って日本に来たそうだ。だったら、あれは彼女を連れてきた人物がヴェトナムから持ってきたんだ。それ以外考えられない。いったい、どこの誰が気を利かせたんだろうな」

「よかったら、誰だか教えてくれ。俺の知っているやつか」

「陽気で、いつも酔っている誰かだ。記念品なら他にいくらでもあるだろうに、日本軍の拳銃なんかを持ってくるセンスの持ち主だ」

彼はずんぐりと大きな体を揺するようにして息を吐いた。恐ろしい形相で手摺りから下を覗き込み、どんどん観客で埋まっていく石の広場を睨みつけた。

「工藤が頑張ってるぜ。これは彼からの伝言だ」と、私は言った。

「弁当でも差し入れしてやれよ。部屋から拳銃が押収されたんで当分出られない。それでも、君のことはゲロしていないらしいぞ。いいところがあるじゃないか」

「あのバカが。何だってチャカを、——」折匡はうめくように言葉を止めた。

私たちの背後を、若者たちの笑い声がすり抜けていった。臨時の入場口の方で、開演間近の呼び込みが始まった。

「ストレスだろう。君が犬ころみたいに扱うから、犬に当たり散らすようになるんだ」

「なるほど。それで、あんたは何だって俺に当たり散らしてるんだ」

「もしぼくが苛立っているとしたら、あんたに嘘をつかせているやつにだ。六月十七日のことだよ。そいつはあのマンションを訪ねて、平岡玲子から大いにもてなされた。刺身を食って酒を飲んで、携帯電話をあそこに忘れていった。その直後にカプットでぼくと会ったんだが、彼は正体もないほど酔っていたんだ」

呼び込みの声が高鳴った。折匡は、「もう行かないと」と呟いて、キャットウォークの手摺りを離れた。

「待てよ。肝心なのはこの先だ。七月十九日の夜さ。覚えてるだろう。ビリーが死んだ日だ」

歩き出そうとした折匡の足が、途中で動きを停めた。さも不機嫌そうに、手摺をぴしゃりと摑んだ。

「あの日、平岡玲子は携帯の持ち主に連絡しようと思い立った。部屋に残っていた週刊誌に、折り目がついてた。酒に酔った男が横須賀で水死したって記事だ。彼女はそれを読んで不安になったんだ。最後に会ったとき、いつになく元気がなかったはずだからな。あいつは彼女に金を借りに行ったんだ。そのくせ、どうにも言い出せなかった。——彼女は相手の連絡先を知らない。受信記録に残った番号へ電話をした。そのひとつがチャン・キンホアの番号だったんだ。チャンの妹は電話の主が何者か理解した。その日、彼女がチャン・キンホアの亭主と歩いてるのを、横須賀の銀行の前で見た者がいる。その銀行で彼女は五十万円下ろした。あの夫婦に支払うためにね」

「さすが餅は餅屋だ。しかし、いったい何を言いたい？」

「チャン・キンホアを殺したのはビリーじゃない。死体を処理しただけだ。――あんなとこへ放り捨てて処理といえると思うか？」

「俺に聞かれても困る」

「あんたは平岡玲子を軟禁していただけだものな」

「軟禁ってえのは聞き捨てに出来ないな」

「じゃあ、お守りか」

折匡の瞳孔がきゅっと鋭くすぼまった。

「二村さんよ。友人《ダチ》の無実を証そうって俠気には頭が下がる。しかし、その俠気があるなら、死んだ者が望んでなかったことはしちゃいけない」

「俠気なんてものでやってたなら、もうとっくに結論を出してるさ。彼が人を殺したかどうかなんて、ぼくにはどうでもいいことだ。だから彼が望まなかったこともする」

折匡は口を薄く開き、ぼんやりした目でこっちを見た。なんだか少し年をとったように見えた。その顔が憑かれたように頷いた。

「あんたの勝ちだ。たしかに頼まれた。八十八時間で帰って来るから、その間、あの人の面倒を見ていてくれってな」

「写真を取り戻すのも頼まれたな」

「ああ。それは横田からだ。俺に八十八時間と言ってから、六時間もしないうちに、あのジェットは落ちちまったんだ」

「うまいことを言うね」私の口許に苦笑が湧いて出た。

「笑うなよ」折匡が言った。

「いくらビリーでも、まさか死体を車ごと、あんな場所に放り出していくとは思わなかった。アッカーマンも驚いてたぜ。怒るのを通り越して度肝を抜かれてた。やっこさん、もう日本じゃビジネスが出来ないな」

「どこにいるんだ？」

「ヴェトナムの海岸でリゾート開発だとさ。どこだと思う？　カムラン湾だぜ。皮肉な話だ」

「世の中は皮肉な話だらけだ」と、私は言った。

「ビリーもいない。平岡玲子もいない。レ・ニュタンは強請《ゆす》る相手を失くした。女房も、義理の兄貴も失った。彼は、あの十五万ドルを手に入れて、どうしようと思ったのかな」

「さあな。あの夫婦とは別に親しいわけじゃないんだ。しかし、女房の具合が良くなったらサイゴンに帰って牛丼屋でもやりたいなんて言ってたらしい。あの町で十五万もあれば、ハードロック・カフェだって始められるさ」

「チャンはその金で妹の頭痛の種を取り除こうとしていた。十五万ドルを、チャンは誰からどうやって手に入れたんだろう」

「知らんよ。十五万って金額が、そもそも初耳だ」

私は黙って折匡を見た。嘘をついているようには思えなかった。レは、その十五万ドルをチャンが手にしていたことは知っていた。それがどこにあるのか知らなかっただけだ。

「お兄さんのもの」と、彼は電話で言った。「もともと、私たちのもの」喝取するというより、取り戻すというような口ぶりだった。

「友達のために侠気を発揮してるのは君の方だ」と、私は言った。

「逆にこっちが聞くべきだった。死んでしまった友達のために、なぜそこまでするんだって」

ヴァイオリンの音色が足許から巻き起こり、私を打った。折匡がその音源を探そうと、また手摺りに乗り出した。

ドックの壁面は、何種類もの大きな石が階段状に積まれ、まるでピラミッドを中途から見下ろしているみたいだった。ところどころガラス窓が切られ、ショッピングビルの地階が明々とのぞけた。空が暗くなっていた。会場の照明も灯り始めた。

ヴァイオリンは、照明用の櫓に設置された大きなスピーカーから聞こえていた。やがてストリングスが加わった。

「あの写真には切り取られた跡があった。ヴェトナムの邸宅で撮った写真だ。ビリーは、何だって君ら二人を切り取ったんだ。良い時代だったんだろうに」

折匡は答えなかった。黙って広場を覗き込み、何かを思案しているようだった。

「ビリーにみんなが命を救われたって言ったな。あの写真に写ってた者、みんなが関わっているのか」

「関わっているだけだ。全員が同じというわけじゃない」

折匡は上の空で答え、ゆっくり顔を上げ、あたりを見回した。広場から沸き上がり、高層ビルに跳ね返ったヴァイオリンの音が、宵の空気を満たしていくのを目で追っているようだった。

「ヴェトナムで、いったいどんな商売をしてたんだ」

「俺がか。それともグリッデンの一味がか？」彼は、ひしゃげた鼻に皺を溜め、短く笑った。「いつのクリスマスだったか、やつらはメイン州で獲れたオマール海老を輸入したんだ。活きたままだ、空軍のC5ギャラクシーを使ってな。それがヴェトコンに撃ち落とされちまって、今じゃメコン川でオマールが食えるそうだ」

「扱ってたのは、そんな可愛いものばかりじゃないだろう」

「どこが可愛い？　世界で二番目に大きな輸送機一杯のオマールが、メコンにばらまかれたんだぜ。生態系はどうなるんだ。まあ、枯葉剤なんかよりはマシだろうが」笑いかけ、折匡はふいに笑顔を引っ込めた。

「俺はやつらの仲間じゃない。たまたまビリーと親しかった、――それだけさ」

キャットウォークを行く客は、誰もが途中から早足になっていた。折匡はそろそろ行こうと、手摺りを離れたが、歩き出そうとはしなかった。私を静かに見つめた。

「さっきあんたはあのチャカを、ビリーが面白半分に持ってきたみたいに言ったな？――あれは、そんな安っぽいチャカじゃねえんだ。あいつのために、それだけは言っておく」

「ビリーたちとアイクァックと、いったいどんな繋がりがあったんだ？」

「さあな。どうせ、つるんで何かを商ってたんだろう。ことにあの時代、サイゴンでキャディラックに乗るには、軍隊《カーキ》マフィアを頼るしかなかったからな」

「ファン・アイクァックはキャディラックに乗ってたのか？」

「白いコンバーチブルだよ。内装は真っ赤な革張りだ。あの親爺は、なぜか俺には良くしてくれた。屋敷に厄介になってたこともある。日本人が好きだったんだ。大戦末期、旧日本軍の支援でドゴール派のフランス軍に襲撃をかけたもんだって、それが自慢だった」

彼は言葉を休め、大きな体のてっぺんで少し思案した。

「だから、まさかとは思った。最後の最後まで、彼がヴェトコンのシンパだとは気づかなかった。そのころ、俺たちはちょっとした仕事の計画をたてていた。それを逐一、弟に流していた。弟は、ばりばりのヴェトコンだったんだ」

「本を読んだよ。あんたのも、その弟の自叙伝もだ。計画って言うのは軍資金の強奪か」

「まあな」と、言って肩を片方だけすくめ、手をヒラヒラさせた。

「気付いたのは計画を実行に移した後になってからだ。計画はまんまと成功した。しかし、ヴェトコンは俺たちの戦利品を横取りしようと、一号線の枝道で待ち伏せしていたんだ。スネーク4って呼ばれてた軍用道路だ。あのままビリーが知らせてくれなかったら、俺たちはやつらにやられたか、良くても南の官憲に一網打尽さ。あいつは、アイクァックの家でそのことに気づいた。ビリーとアッカーマンは俺らとは別れて、やつの邸に先乗りしていた。玄関先ですれちがった先客っていうのが、ヴェトコンの工作員だったんだ。やつを問い詰めると、あっさり認めたそうだ。もう戦争も終わりかけてたからな、そろそろ潮時だと思ってたんだろう。サイゴンが解放されるまで地下へ潜ってもいい。アッカーマンがGIコルトをつきつけて、ビリーに電話するよう言った。あの時代、携帯電話なんかない。軍用無線は絶えずモニターされている。俺たちは、四十五分ごとに中継ポイントをつくって連絡を取り合うことにしていた」

「ビリーたちは、その家で何をしてたんだ」

「盗んだものをそこへ持っていく手筈だった。ファン・アイクァックはこの件に関して故買屋の役割だな。間抜けな話だ。俺たちは敵に商売を持ちかけて、逐一こっちの作戦を教えていたわけさ。ビリーが俺たちに電話をしようとしたとき、思わぬことが起こった。家の使用人が、主人の危機を知って庭からナンブ十四年式を手に飛び込んできたんだ。アッカーマンは、そいつを撃った。その隙にアイクァックはアッカーマンに飛びついた。もみ合う内に、拳銃は奪われた。アッカーマンはこめかみを銃身ではたかれ、ひっくりかえって気を失った。――やつが銃声に気づいて目を覚ましたとき、ビリーは手から血をだらだら流しながら、電話をしていたそうだ。アイクァックが、電話を止めないと撃つぞと脅したのに、彼は受話器を下ろさなかった。それで右手を撃ち抜かれたんだ。あんた、知ってるか？　手足の先を撃たれると、そのショックで心臓が止まることがある。そのくらいの衝撃と痛みだ。それでも、ビリーは電話を止めなかった。アイクァックは言った。次は心臓を狙うってな。アッカーマンがやっと起き上がって、やつを後ろから締め落とした」

折匡は何かをかじるみたいに口を動かし、いきなり言葉を止めた。

「俺はおしゃべりでいけない。ときどき嫌になるよ。――あのチャカはその時のものだ。俺たちがVCの待ち伏せを迂回して駆けつけるまで、やつらは二人であの屋敷を死守したんだ」

「君の小説にそんなシーンは出てこなかったな」

「近ごろは、どこの出版社もモデル問題に敏感だからな。第一、俺にだって物書きのイマジネーションはある。——それで答えになったか」

「そのときの稼ぎで楊は今の地位を築いたのか？」

「まあ、そうとも言える。だからさすがの冷血漢も、ビリーには点が甘いってわけだ」

「いったい、金塊はいくらになったんだ」

「金塊じゃない。金額もあんなにはならないさ。事実と小説は違うんだ。本じゃ、まるで俺が中心人物だが、実際は俺もビリーもその他大勢だ。あれは楊がグリッデンに持ちかけて始めた計画さ。あのころ楊は、台湾の黒社会でばりばりの現役だったからな」

「チャン・ビントロンも、その多大勢のひとりか？」

「ああ」と、彼は考えながら小さく頷いた。

「通称メイシーズ・サイゴンってＰＸで、やつは人気の店員だった。客あしらいがいい上に、手品が上手くて、パーティーじゃ引っ張りだこさ。本気でラスヴェガスへ連れて行こうって考えていた将校もいたそうだ。あいつがヴェトコンの潜入工作員《モール》だって手配書が回ったときは、みんなが腰を抜かしたよ」

「その夜、アイクァックの家でかち合ったっていう連絡員は彼なんだな」

「勘がいいね。そのとおりさ。やつじゃなければ、そう簡単には気づかない」

「敵だったんだろう。楊は今になってなぜ雇ったんだ」

「共に仕事をするなら、不実な親戚より誠実な敵さ。俺には分かるぜ。あのとき、俺はあいつらと一緒にそこにいたんだから」

私は息を吐きだした。奇妙なシンパシーで結ばれているとでも言いたいのだろうか。命のやり取りをした相手が、遠い昔、神宮球場で戦ったピッチャーのように懐かしく思えることもあるのだろうか。私には分からない。

「それで？　チャンはどうやって楊から十五万ドルを巻き上げたんだ」

「さあ。それは知らない」折匡は、うんざりしたように顔をしかめた。

「俺は、あいつのせいで責任をとらされるって、ビリーから泣かれただけだ。青くなって旅先にまで電話してきて、五百万ほど貸してくれって言うのさ。掻き集めたが、どうしても足らないってな。間の悪いことに、こっちは取材で香港だ。帰ったらすぐとは言ったんだが、それじゃ間に合わないってうろたえていた。しかし、あれは何とか片がついたはずだぜ」

「六月十七日、彼はチャンを探していた」と、私は言った。

「次にカプットで会った夜、彼は何を探していたんだろうな」

「また、話をそっちへ持っていく。しつこいな、あんたも」

「なぜ君らはチャンの妹を殺した犯人をかばうんだ」

私はポケットから折り畳んだコピーを取り出し、彼に押しつけた。横須賀市役所から手に入れた平岡玲子の戸籍の写しだった。

「ギリェルモ・ロウ・カノウ。ビリーが彼女の養父だったんだな」

「さあ、どうかね。横須賀のあのあたりには、戸籍上の問題を抱えた子供が大勢いる」

「チャン兄妹は、それをネタに強請《ゆす》ったのか？　海鈴がヴェトナムから日本に来るのには、人に言えないような事情があったのか」

折匡は、しらっとした顔でコピーを差し出した。

私の手に戻ってきたとき、切り札は紙きれに戻っていた。カードはあと一枚しかなかった。

「軍隊マフィアなんて言うが、俺に言わせりゃ、あんなのは恵まれない兵隊の互助会みたいなものさ。金さえ払えば、養女の手続きもやってくれただろう」と、折匡が言った。

「ヴェトナム人の子供を日本に密輸するのなんか、片手間仕事だったたってわけだ」

「それを密輸って言うなら、あんたのしたことは公文書偽造だぜ」

「虚偽有印公文書作成、同行使だ。法律違反はこれが初めてじゃない。酒酔い運転、住居不法侵入、器物損壊に窃盗だ。いったい、何だって、――」

私の声を、ハンドマイクの声がかき消した。呼び込みが、最後の案内を始めた。眼下の会場はさらに明るく、入場口の灯はもう暗くなっていた。

折匡に急かされ、私はキャットウォークを渡った。チケットを出し、大階段を広場に下った。

「何だか照れくさいな。宝塚の大階段みたいだ」と、彼は呟いた。

「そんなもの、観るのか？」

「昔っからファンでな。日比谷へならよく行くよ」

私たちの席は、左右に離れていた。客席の一番後ろまで行くと、折匡は、

「じゃあな」と、手を振った。

私は彼を呼び止め、最後のカードを切った。昼過ぎに、友田から届いたコピーだった。

「四半世紀前、メキシコで起こった交通事故の記録だ」と、私は言った。

「マイクロフィルムから起こした地元紙の紙面だよ。欄外の書きこみが、記事の翻訳だ」

折匡は鼻から息を吐きだして紙片に目を落とした。見る間に、目つきが変わった。

読み終えると、彼はポケットに手を突っ込み、静かに周囲を見渡した。広場は急な石積みに取り囲まれていた。巨大な地下神殿の発掘現場に紛れ込んだみたいだった。

「稲本が、映画はもっと今を感じさせなきゃ駄目だなんて言い出したんだ。それがケチのつきはじめさ」折匡が、自分から口を開いた。

「冷戦が終わって十年だ。ヴェトナム戦争というだけじゃ興味を引けない。軍隊マフィアを前面に押し出せば、今の若いのにも受けるんじゃないかってな。ビリーが酔って稲本に余計なことを話した。その上、面白がってチャンなんかまで紹介した」

「そうか。問題は、米軍のゴミだけじゃなかったんだな」と、私は言った。

「稲本を脅したのも、チャンを処分する必要に迫られたのも。――戦時中の悪事が明るみに出ると、楊はヴェトナムでやっていけなくなるんだろう」

彼は私をちらりと見て、そこにいたことに初めて気がついたというような顔をして見せた。

「あんたも不思議な男だな。何だって、そこまでムキになるんだ。無実を証したいんじゃないなら、いったい何なんだ？　そんなに長い付き合いでもないだろうに」

「何度か酒を飲んだだけだ。彼はもともとだらしない人間だ。携帯電話が良い例さ。失くすことを前提に生きていた。そんなやつが約束を破ったからって、怒ってもはじまらないさ。彼にはむしろ感謝している」

「感謝？」

「ぼくは酒を飲んで陽気になったことが、あれまでなかったんだ」

「一度も？」

「ああ。覚えている限りは」

折匡は私を見た。場内はすでに暗かった。通路の案内灯が足許を明らめているだけだった。その光が、彼の不思議そうな表情を下からあおっていた。

私は名刺を出し、手さぐりで携帯電話の番号を書いた。

「持っていってくれ」

「俺をパシリに使う気かね？」

一瞬、その目がすごんだ。昔の職業や経験が、それこそ映画のカットバックのように瞬いた。折匡の手が私の名刺をひったくった。炙り出しの手紙みたいに、笑いが顔から湧いてでた。そのままくるりと背中を向けて、肩を揺らしながら歩き去った。

私も自分の席を探して、別の通路を前へ歩いた。

腰掛けると同時に、すべての灯が落ちた。闇をかき分けるようにして、静かに前奏が聞こえてきた。それが高まり、ポンッと弾け、エレキヴァイオリンの骨太なメロディに変わった。ヴァインベルクのヴァイオリン協奏曲、ト短調、作品六七、アレグロ・モルト。白い象が、天に向かって鳴いているみたいだった。おりから上空には月が輝いていた。

小さく華奢な体がバックライトに浮き上がった。海鈴は腰までスリットの入った真紅のドレスを着ていた。

52

水に泛いた小さなステージで、彼女は終始、蠟燭の大きな炎のようだった。

ヴァイオリンに頬ずりしながら、赤く踊った。あるときは風に揺れ、あるときは業火となって燃え盛った。最後の曲でその火は弾け、あたりを焦がした。拍手が巻き起こるまでのわずかな間、甘酸っぱい旋律が消え残った。

アンコールを待たずに、私は席を立った。通路を歩いていくと、広場は明るくなった。それでも拍手は鳴りやまなかった。

石段の足許には、地下街のレストランに直接入るドアがいくつも穿たれていた。コンサートが終わり、そこを目隠ししていたボードが、次々と取り払われていった。ドアの前に立っていた係員に尋ねると、楽屋の場所を教えてくれた。

私は地下街を通り抜け、ここらで一番高いビルの三階へ上がった。そこはホテルの宴会場で、控室のひとつが楽屋に使われていた。

スタッフジャンパーを着た女性を見つけ、案内を頼んだ。

「二村さんですね。伺ってます」と、彼女は言ったまま、廊下の奥に姿を消した。

礼服を着て引き出物の紙袋を持った男女が行き交う中に、私は取り残された。どこかで子供が泣いていた。母親の叱る声が聞こえた。長い時間がたった。

背広を着た若い男が呼びに来て、控室へ案内した。部屋は花束で埋まっていた。バラの匂いにむせ返りそうだった。私が贈った小さな花束は、ドレッサーの上にあった。

海鈴はその前に座り、きれいな水色の瓶に入ったミネラルウォーターを飲んでいた。レースを幾重にも重ねた黒のビスチェドレスに着替えていたが、髪の毛はアップにしたままだった。左の喉許に大きな痣が見えた。

「キスマークよ」私の視線に気づいて、海鈴が笑った。

「掃除機みたいな口の男だな」

彼女はますます笑って、私に飲み物を勧めた。

「ヴァイオリンのキスマークなのよ。ツアーの最終日なんか、もっとひどいんだから」

私は黙って頷いた。甘く頬ずりしているように見せていたのは、彼女の才能なのだろう。

「これよ」と言って、彼女はスツールを半回転させた。白く長い足が赤いバラに隠れた。私の両腕でも抱えきれないほど大きな花束だった。

「ミスタ・千本の半分《ハーフミレナリ》から」

私は、近くまで行って見下ろした。カードは入っていなかった。

海鈴は髪を下ろし、頭を振った。私の肘にそれが当たった。ラメが散り、点々と光った。

鏡の中から、彼女が私を見ていた。私はその下に置かれた写真立てを見ていた。二つ折りの写真立ての左には、セーラー服姿の海鈴とまだ老人というには早い平岡玲子の写真が入っていた。右は、娘を抱いたファン・アイクァック氏を写したモノクロ写真だった。娘はまだふたつか三つで大きなリボンがよく似合った。

私はポケットから写真を出して見せた。ビリーが私の部屋に残していった記念写真だ。

「同じ人だね」

すっと息をのむ音が聞こえ、海鈴の手が震えた。

「ヴァイオリンケースの中に入っていたんですって」と、涙声で言ったのは、ティッシュを何枚か使った後だった。

「母がとっといてくれたの。お父さんの写真に違いないって。でも、なぜお母さんが写っていないのかしら」

「そうだね」と、私は言った。たしかに、形見として託すなら三人で写ったものを選ぶだろう。

「ずっと不思議だったの。なんでなのかしら」

「それしかなかったのかもしれないよ。お母さんは、もしかしたら君を産んですぐに亡くなったってこともある」

「そんなことはないわ」彼女は、きっぱりと言った。そのまま、写真にうつむいて黙った。

私は彼女の肩に手を伸ばした。

「三度目の正直って言ったね。さようならを言ったとたん、消えてなくなってしまったものが二回あった。一度は白い船長の服を着た男だ。もう一度は、お母さんなのか」

「さようならは言わなかったのよ。誰も言わないの。言いもしないのに、二度と戻ってこないの。言ったのは私の方よ」

写真を置いて私の手を探した。ぎゅっと握って引き寄せ、鏡の中から見上げた。彼女のうなじは、ひとっ走りしたスポーツ選手のように上気していた。

「さあ、いいわ。今なら言えるわ」と、海鈴は言った。

「まだアドレナリンでいっぱいだから。お腹がへってくるまでは大丈夫よ」

私の手を支えに立ち上がり、大きなバラの花束を押し退けて、ソファに座るスペースをつくった。それでも、二人で座るには窮屈だった。

「覚えてるのは、そんなに多くないわ。子供部屋の壁紙が、ドアのすぐ脇で剝がれかけて、めくれてるのよ。それが気になって、眠れなかった。そこばっかり何度も見ていると、女の人が入ってくるの。彼女は銃を持ってて、それを私に見られないように後ろに隠している。大丈夫よ、お休みなさいって、その人は言うんだけど、なぜかしら、私は間違えてさよならって言っちゃった。あっ、いけない、そうじゃないって思ったんだけど、その人は笑ってキスして、出てっちゃうの。そのうち、遠くで銃声が聞こえるのよ。怖くて枕の下に頭をつっ込むと、きっとそのまま寝ちゃったのね。——声がしたんだと思うわ。誰かに呼ばれて目が覚めるの。壁が赤い光でゆらゆら揺れて見えたわ。窓の外が真っ赤で、どうしていいか分からない。誰かが私を抱き上げて、外へ連れていった。それだけよ」

「女の人っていうのが、本当のお母さんなんだね」

「ひとり目のお母さん」と、彼女は言いなおした。

「そうね。きっと、そうなんだと思う。でも、ほら、記憶の中では、お母さんって名はついてないの。ぼんやりしてるのよ。顔も分からない。夢かもしれないわ。これだけ時間が経っちゃうと、本当のことかどうか自分でもよく分からないの」

　私はドレッサーに手を伸ばし、写真を取り上げて彼女に見せた。

「他の人物に記憶はないか。白い制服を着たアメリカ人が二人写ってるだろう」

「この中にミスタ・ハーフミレナリがいるの？」

「船長はどうだ」

「どっちの人？」

「君が分からないなら、ぼくにも分からない」

　彼女はその言い方はおかしいと言って、くすくす笑った。

「これ、どこで手に入れたか聞いてもいい？」

「ぼくの友人が持っていた。君のお父さんと、戦時中知り合いだったようだ」

「その人に会いたいわ」

「ぼくもだ。しかし、その男は行ったまま還ってこない」

　海鈴が私を見上げた。強い目をして私を射抜いた。

　ドアにノックが聞こえた。返事などお構いなしに、ドアが開かれた。

　ジャケットの下にTシャツを着て、高価なネッカチーフで鉢巻きをした外国人が顔をのぞかせ、イタリア語で短く何か伝えた。彼女はぱっと顔を明らめ、私を見た。

「あと半月近くいられるの。ヴェトナム公演が決まったのよ。その打合せがてら」

「打合せを日本で？」

「スタッフはサイゴンへ出かけるけど、私は多分、日本でホリデイ」と言って、はにかむように微笑んだ。

「あたし、アメリカ市民だから日本でヴィザをとるのに時間がかかるらしいわ。ヴェトナム生まれだってことを証明する書類が間にあわなかったの。驚いた？」

「いや。知っていた。お父さんはギリェルモ・ロウ・カノウだね」

「カノウ？――ああ、戸籍上の父ね。誰か知らない。名義を借りただけだって、母から聞いたことがあるけど。ロンドンに行くとき、母がね、――」と、言ったまま黙りこくった。

私がなぜここにいるか、本当の理由を思い出したのだろう。私を呼んだのは彼女だった。話し相手としてではない。いなくなった最後の肉親を捜すためにだ。

母親の戸籍に記されていたことを、私は彼女に伝えるべきだろうか。三秒、私はその場で独りきりになった。長い三秒だった。

私は彼女の母親を捜すために呼ばれたのだ。たとえどのような形だろうと、母親が見つかれば、いやおうなしに彼女はそれを知らされる。彼女が玲子の娘である以上は。

「よかったら、どこかへ行こう。話があるんだよ」と、私は言った。

「私も。沢山あるわ。一晩かかるわ。明日、目が覚めたときもいてくれる？」

「ぼくには無理だ」

私が言うと、一瞬、彼女は目を伏せた。

「じゃ、まずはお酒にしましょう。その前に何か食べさせて。お腹がへってきたわ」

私は海鈴の肩にもう一度手を触れた。目がこちらに向くのを待って言った。

「いいよ。しかし、ぼくの話が先だ。二人目のお母さんの話だよ」

53

それから十日以上、何も起こらなかった。私は待っていたが、二度目の週末が近づくにつれ、いったい何を待っているのか自分でもよく分からなくなってきた。

二回目の土曜が巡ってきた。翌日には、ヴェトナムに発つ海鈴を成田まで送る約束があった。

私は午前十時に部屋を出て、朝飯を食べるため、海岸通りを東に歩いた。空は青く晴れ上がり、雲は柔らかなパステルのひと撫でのようだった。風は冷たく乾いていた。もうじきシルクセンターが見えてくるというあたりで、携帯電話が鳴った。

「フタムラさんですか?」と、女の声が英語で言った。正確だが黒人ふうの発音だった。

「共通の友人からの依頼で電話をしました」

「それじゃあまるで不幸の手紙だ。いったい君は誰なんだ」

「アメリカ海軍上級兵曹長、ジャクリーン・ファリゴです。あなたに重要なお話があります。明日、厚木基地においで願えますか」

私は立ち止まって考えた。長い間ではなかった。

「共通の友人というのは、タイスンという准尉じゃないでしょうね」

彼女はかすかに笑った。声の調子が少し打ち解けた。

るのを忘れてしまった。

「違います。あなたの相棒《バディ》だって言ってるわ。午後五時、来ていただけますか？」

私は必ず行くと答えた。ミズ・ファリゴは、正面ゲートで自分の名を告げてくれと応じた。

海鈴にどう連絡すればいいか、海岸通りを歩きながら考え続けた。結局、その日は昼食をとるのを忘れてしまった。

翌日の午後遅く、私は横浜駅から海老名《えびな》へ向かう通勤電車に乗った。米海軍厚木飛行場はいくつかの市に跨がっていたが、厚木市は掠めてもいなかった。降りた駅も、厚木の市域から五キロは離れていた。駅前で拾ったタクシーは東名高速を横切り、大きな鳥居のゲートを潜った。そのころはまだ、アメリカは新しい戦争をはじめていなかったので基地に入るのは比較的たやすかった。

名前を告げると、日本人の警備員がC・G・Hトムキンス・アヴェニューとカモメドオリ・ストリートの交差点だと言って道順を教え、入構証を運転手に渡した。

ゆるい上り坂になったアプローチの先に、イベントにでも使うのか、古い双発のプロペラ機が三点姿勢で置いてあった。機首の近くに海馬のマークが描かれた大戦中のC47輸送機だった。共同使用地域なのか、メインストリートには自衛官も行き来していた。消防隊の脇を左折すると、道は滑走路に向かって一直線だった。途中にゴルフのプロショップがあった。

私は教えられた建物の前にタクシーを乗り付けた。下半分が煉瓦でできた巨大なバラック建築だった。

周囲は閑散として、アスファルトの照り返しがただ眩しかった。その建物に窓は少なかった。

ドアを見つけ、明かり取りからひたすら暗い室内を覗き込んでいると、背中に視線を感じた。

筋向かいの軒下に牽引トラックが置いてあった。巨大なリアカーのような台車が繋がれ、その上にエビエーターグリーンと呼ばれる軍服を着た男が座っているのが見えた。男は同じオリーヴ色のギャリソンキャップを被っていた。作業着の一種だが、肩にはエポレットがあって、下はシャツにネクタイだった。

「遅かったじゃないか、ビリー」と、私は声をかけた。

ビリー・ルウは台車のテールゲートを落とし、そこで足をぶらぶらさせながら、オレンジ色のサングラス越しにこちらを見ていた。取り立てて変わった様子はなかった。少し日に灼けたかもしれないが、少なくとも焼け死んではいなかった。

「やあ。相棒《バディ》」と言って、手をこめかみのあたりへ挙げた。敬礼なのか、ただ振っただけか分からなかった。

「ぼくの相棒は君じゃない」と、私は言った。

「君はエースなんかじゃなかった。ピッチャーでもない」

彼は荷台からぴょんと飛び下り、アスファルト道路を渡ってくると、手をさしのべた。

私は軽く握り返した。彼は先に立って建物沿いに歩きだした。

「済まなかった」と、振り向かずに言った。

「なぜあやまる?」

「ぼくのために仕事を失くしたそうじゃないか」

「君のせいじゃない。ぼくが君に警官だと言わなかったからだ」

「そうだ。何でそれを言わなかったんだ。ぼくを信用していなかったからか」

「信用か」私は笑った。「信用しているよ。酒場に並んで腰掛けている間なら」

「じゃあそうしよう」

目の前に町の洗濯屋みたいな色ガラスの引き戸があり、『Bar』というステンシル文字が描かれていた。引き戸の奥はひと昔前の大学の購買部だった。天井の高さばかりが目立つ大きな空間に、ファストフードの店が並んでいた。

剝き出しの鉄骨で造られた階段を上ったところに、バーがあった。広い通路のような部屋に長い長いメラミン合板のカウンターが設けられ、椅子席はその背後に一列に並んでいた。カウンターの半分が酒棚と向き合ったバーコーナーで、残りの半分はお稲荷さんや海苔巻き、焼きソバなどが食べられる軽食屋だった。細長い部屋の端に開いた窓からは、滑走路が見えた。椅子席のひとつに寄り集まっておしゃべりしていた中年女の一人が、嫌々立ってきて何を飲むかと尋ねた。

ビリーはバカルディのラムとグレープフルーツジュースを、それぞれ一本頼んだ。金を払い、後は自分でやるからと断った。

女が奥の仲間たちに韓国語で何か言った。頭に三角巾をした女たちが笑った。釣り銭は返って来なかった。

「ここは横須賀と違って碌な店がないんだ」

彼は言って、カウンターの向こうからステアグラスを引き寄せ、ラムとトロピカーナのジュースを乱暴に混ぜた。賄い女がアイスペールに盛っていったかき氷でカクテルグラスを満たし、即席のパパ・ドーブレをつくった。

「何に乾杯するんだ」と、私は尋ねた。

「ぼくの生還は祝わなくていいよ。もうあちこちで乾杯しちゃったからね」

彼はグラスをかかげた。私は黙って酒を飲んだ。薬臭い甘味が舌に残った。

「あの夜は、やけ酒を飲んでたのか。カプットで最初に会った日だ」

彼は肩をすくめ、口をへの字にして見せた。「ぼくは、ただの一度だってやけ酒なんか飲んだことはない。夕方になれば飲んでる。深夜になればうんと酔ってる。それだけだ」

「安心したよ。そこが一番、聞きたかったんだ」

わけが分からないという様子で、ビリーは私を見た。

「じゃあ、君はあそこで何をしていたんだ。チャンが隠した金を探してたのか」

「隠した金？　言ったはずだぜ。ぼくはただ、酒を飲んでたんだ」

「とぼけるなよ。凍死したヴェトナム人が楊からくすねた十五万ドルさ。それとも、あれは君が脅し取られた金なのか」

ビリーは黙ってラムの瓶を取り、かき氷を入れたグラスに注いだ。大皿に山と盛られた果物の中からライムを選んで、それをグラスに搾った。

「脅してきたのは妹だよ。チャンが死んじゃった後のことさ。亭主の差し金だよ。妹が自分からやったんじゃない」ビリーは酒を飲み、グラスに目を落とした。

「頭に残った手榴弾の破片が動くんだそうだ。日本にきて、何かの拍子に大きく動いた。一日でも早く手術しないと命が危ないってチャンはあせってたんだ」言葉を止め、眉をひそめた。

「気の毒なやつなんだよ。ヴェトナムから死ぬ思いで逃げてきて、最初の内は英国の情報関係からちやほやされていたが、香港が返還になって、それも終わりさ。ぼくが楊に紹介してやったんだ。本当は楊がリースした船に乗り組むはずだった」

「知っている。サイゴン・バーナムにゴミを運ぶんだろう」

「ゴミ？　そりゃあ何だ」

ビリーは、額に皺をいっぱい溜めて聞き返した。「海の砂を輸入するって言ってたぜ」

「砂を入れてゴミを出すのさ。——知らないならいい。どうせチャンは船に乗れなかったんだ」

「ああ。南ヴェトナムが発給した船長免許が紙きれになってたんだ。そんな国、無くなっちゃったんだからね。もともとダミーの船長だ。船は楊からリースされ、現役の海軍軍人がアルバイトで動かす。重要なのは資格だったのに」

彼は言って下唇を突き出し、頭を振った。「本当についていないんだ。妹夫婦を呼び寄せれば、急に妹の病気が悪くなるし。聞いてるこっちが腹を立てるほどついてない」

「だからって楊の金に手をつけることはなかったろう」

「そりゃあそうさ。しかし、——言ったじゃないか。空中戦ではミサイルに機銃が勝つことが多いって」片手をひらつかせ、まるで自慢するかのように言った。

「六月の出荷が台湾側の事情で一週間も延びたんだよ。二百万ドル近い金がテラス・パークレーンの部屋に眠ってた。彼はそれに目をつけたのさ」

「風呂場の隠し金庫だな」

「さすがだね。そこまで分かってるのか。熱い荷物を、楊はちょっとの間でも自分の手許に置いておきたくなかったんだ」

「チャンはどうやって部屋に入った？」

「ぼくの鍵をコピーしたのさ」彼は他人《ひと》ごとのように言って肩をすくめた。コピーしたのが自分で、コピーされたのが誰か知らない人物みたいな口ぶりだった。気の良い酔っぱらいが、きっと部屋の見取り図まで書いてやったのだろう。

「金のことを知ってる人間は限られる。自分が疑われるとは思わなかったのか」

「駐車場からは鍵で入ったんだ。あそこから入れば防犯カメラもない。中のドアは、わざわざ壊した。金庫もバールでこじ開けた。アッカーマンは仕事で日本を空けていた。中国人のビル荒らしがはやってるからね、そう見せかけようって魂胆だった。しかし、持って逃げたのは十五万ドルだけなんだぜ。そんなビル荒らし、いるわけないじゃないか」

ビリーの目が悲しげに煙った。彼は窓の外にその目を向けた。滑走路の端に日が落ちようとしていた。

「二百万ドルあれば、地の果てへでも逃げられたものを。——ぼくには分からないよ。楊に言わせりゃ、こうだ。人間は自分の両手より多い水はすくえないってさ」

「それであの夜、君はチャンを捜してたのか」

「楊が俺にも責任を取れって言うのさ。荷物に傷がつけられたら、運送屋にも責任がある。チャンから取り戻すか、自分で掻き集めるかしろってさ」

私の口から鈍い笑い声が転げ出た。楊が私を呼びつけて、最初に言ったことが思い出された。あの中国人は、何事も自分以外の誰かに責任をとらせなければ済まないのだろう。

「笑い事じゃない」ビリーが私を軽く睨んだ。

「やるといったらやる男だ。面子《メンツ》が一番なんだ。実の息子にだってけじめはつける。知ってるか？ 鄒は金港エンタープライズを馘になったぜ。裁きは我にあり《アイ・ザ・ジュリー》ってやつさ」

「結局、楊が先にチャンを見つけたんだな」

溜め息が私を揺すった。「十五万ドルはカプットに隠してあった。トイレの水槽の中だ。その金を必要としていた夫婦が、それぞれ死んだ場所から三メートルも離れていないところにずっとあったんだよ」

「チャンは妹の亭主を信用していなかった。金のことでは、特にね。妹に教える前に捕まったんだろう。戦争に生き残ることで、ツキを使い尽くしちゃったんだよ」

私はまた酒をつくった。飲んだ覚えもないのに、グラスは空になっていた。ビリーのグラスも同じだった。二杯、同じものをつくって、片方を渡した。

「君はいい加減な男だ。携帯をよく失くす。失くさないようにすればいいのに、失くしてもいいようにする。そういう人間なんだ」

言って、私はビリーを見た。彼の口の端に、ある種の酒飲み特有の強情そうな皺が泛かんだ。

「それがそもそもトラブルの因だ。酔っぱらいは始終問題を起こす。酔っぱらいの息子を持った母親は、酔っぱらいが水死した事件を知って、強請《ゆすり》屋に電話するハメになった。息子の身が急に心配になったからだ」

「誰の母親だ？ ぼくのおふくろなら、――」

「うちのポストは漢字で名前が書いてあるんだ」と、私は遮った。

「日本語で話そうじゃないか。ウィリアム・ルウ・ボニーは、二村なんて漢字を読めるんだ。いつだったか、それを頼りに訪ねてきたことがあったはずだぜ」

ビリーは、まるでみぞおちを殴られたみたいに顔を歪めた。それから恨めしそうに私を見上げた。

「判ったよ。しかし最近、言葉には自信がなくてね」と日本語で言った。

「オタトクランという町を知ってるな」私は尋ねた。

「メキシコの避暑地だ。当時はアメリカから来たヒッピーの溜まり場だった。マリファナで道路まで煙っていたそうじゃないか。そこに向かう山道で、事故が起こったんだ。日本の青年がヒッチハイクした車がトラックと正面衝突して崖から転げ落ちた」

私は言って、彼の反応を待った。目に、ひどく場違いな悲しみが泛かんだ。

「車の持ち主は生き残った。ロサンジェルス在住のペルー人で、名前はギリェルモ・ロウ・カノウ。死んだのはユウイチ・ヒラオカ。――どうやって死人と入れ替ったんだ、ミスタ・ヒラオカ」

ビリーは息を吸い、私の方を見て考えた。その顔はとても遠くにあった。ほんの一瞬、私は彼でなく、ここにいない他の誰かに話していたのではないかと不安になった。やがてビリーは腰を上げ、二つのグラスを新しい酒で満たした。

「なるほど、君も仕事をするってことか。お互いのプロフェッションに乾杯しよう」

私たちは何も言い合わず、乾杯した。

「ぼくが気づいたときは、もう病院だった」と、彼は話しはじめた。英語に戻っていた。

「小さな村で、警察も二、三人しかいないんだ。オープンカーだったんだよ。二人とも車から放り出されたんだが、ぼくは木に引っかかった。彼は車の前に落ちて、そのまま車に引きずられ、崖下で燃えちゃったんだ。目が覚めたら、みんなが勘違いしていた。ぼくのパスポートはバックパックごと燃えて、彼のパスポートが、すぐ近くに落ちていたそうだ。いくら田舎だからってメキシコ人は不思議だよ。スペイン語をしゃべれないのに全然気にしないんだ。ペルーがどこにあるかも知りゃしない。同じ日系人ってだけで、顔だちもずいぶん違うんだぜ。歯型も何もチェックせず、ぼくの頭越しに話が進んで、結局ぼくは彼のパスポートでアメリカに帰った。——最初から、戦争へ行って、市民権を取るつもりだったんだ。ところが、ぼくはまだ十八になっちゃいない。戦争は終わりかけてた。募兵も中止されるって話だった。そこへFビザを持っている二十歳の男のパスポートだぜ。神様の贈りものだと考えるのが普通だろう。それで、セニョール・カノウは海軍のリクルートセンターへ行ったんだ」

固い音が響きわたった。モップが倒れた音だったが、銃声のように聞こえた。私たちは、スツールの上に跳び上がった。

片隅のブースで、女たちが笑った。ひとりがモップを壁に立てかけるところだった。いつの間にかTVが点いていた。天井の灯も増えたようだった。窓の縁を、西日が金色にしていた。

「お母さんとは、ずっと行き来があったのか」と、私は尋ねた。

「戦争が終わって、少ししてから連絡した。生きているってね。心配させるのが目的じゃないからさ。ずいぶん叱られたよ。しかし、世間体を気にするからな。一度葬式出して、戒名つけてしまったものは仕方ない。あんたなんか、死んだと思うってさ、その通りにしてくれた。それからは滅多に会わなかった。そういう女なんだ」

「位牌はどうした」

「怒ってぼくに投げつけたことがあった。そのまま拾って持ってきた。今も、どこかにあるはずだ。インテリアとして洒落れてるだろう」

彼は何を思ったのか、自慢そうに肩をそびやかした。

「チャンは君が本当は誰か知ってたのか」

「ああ。つい最近。――チャンが雑誌を見て、海鈴がファン・アイクァックの娘だと気づいたんだ。しかし、彼は強請ったりしなかったぜ。妹に話しただけだ」

「強請の本ネタはなんだ。サイゴンで何があったんだ。よほどのことでなければ、お母さんはあんなところへ出ていかない」

「彼女は何も知らなかったんだよ。海鈴はアメリカで結婚した女の連れ子だって言ってあったからね。しかし、完全に信じてたわけじゃない。何か良からぬことをして、海鈴を連れてきたんじゃないかと、ずっと恐れてたようだ」

ビリーは西日に目を向けた。やがてその視線が、ウィスキーに落とした氷のように静かに緩んでいった。

「彼女を呼び出して、あの夫婦がとんでもないことを言ったのさ。ぼくたち兵隊仲間が、海鈴の父親の家に強盗に入ったってな。一家皆殺しにして、家に火をつけた。海鈴は、いずれアメリカで子供を欲しがってる家庭に売れるだろうって、殺さずに連れ出した。そんなふうにさ。千五百万円に見合うよう、話を膨らませたんだ」

「お母さんは、その話を聞いたときカウンターの前に立っていた」と、私は言った。

「組板の上に使いかけの包丁があった。——しかし、そのとき亭主はどこにいたんだ？」

「レか？　出てたんだよ。車を動かしに行ってたようだ。あそこに長いこと車を停めると、パン屋の親爺がうるさいからな」

「君にはどうやって連絡をした？　連絡先を教えていなかったんだろう」

「たまたまさ。あの夜、ベースに用があったんだ。その帰り、カプットに寄った。楊が更地にして売りに出すっていうから、何か忘れ物はないかと思ってさ。忘れ物はなかったが、死体があった。他には誰もいなかった。テーブルに、あの雑誌が海鈴のページを上にして置いてあった。いやな感じがしたよ。あんな感じは戦争以来だった」

彼は言葉を止め、グラスを取った。手の甲に貫通銃創の射出痕が赤く浮きでていた。

「彼女が泣いてたんだ」と、彼は言った。口調に酔いが混った。

「マンションへ駆けつけたら、ドアに鍵もかけずにわんわん泣いてた。あんなのは見たことがない。酔ったゴロツキ相手に喧嘩しても、絶対引かないんだ。それがさ、椅子に座ってひざに手を乗せて、悔しそうに泣くんだ。顔に手を当てず歯を食いしばって。ぼくの泣き方と同じなんだ。子供のころ、ぼくは自分の泣き方が嫌いでさ。何とか変えようとしたんだ。何で嫌だと思ったのかな。そっくりなんだぜ」

「お母さんはいつ自殺を図ったんだ」

私は酒を手に彼を見た。彼は私を見返した。目の中に夕日の名残が瞬いた。

「そのときはもう、拳銃は畳に転がってた。彼女にコッキングボルトを引く知恵があるなんて、思っても見なかったよ。おまけにクリップに弾丸が残ってたなんてさ」

「それで折匡を呼んだんだな。さすがの君も、二杯飲んでやり過ごすわけにいかなかった。折匡にお母さんを預けて、カプットに引き返した。トランクは、彼が君のアパートから持ってきたんだろう。それにチャン・キンホアの死体を氷詰めにして横浜へ運んだ。鞄に車、おまけにカプットの製氷機でつくった氷。足跡をいっぱい残して、捜査の目を自分に集めるのが目的だったな」

「そこまで考えちゃいないよ。早いところ、あの嫌な気分を放り出したかっただけさ」

「お母さんは、いつ亡くなったんだ。君が戻る前か？」

「ああ。折匡が目を離した隙に、――首を吊ったそうだ」

ビリーは小鼻を膨らませ、酒を飲んだ。滑走路の上に夕暮れが始まっていた。地平は赤く埃っぽかった。そこを多目的救難車両が横切っていった。

「お母さんを運び出したのも、折匡だろう。段ボールへ詰めてどこへ送ったか、海鈴に聞かれたら教えてもいいな」

「場所も分かっているのか？」

「沖縄だろう。ポーリーって娘が掃除に行っているらしいぜ」

ビリーの額に縦じわが刻まれた。彼はそれを指でこすった。

「いったいどうやって運んだんだ」私は尋ねた。

「そんなの簡単さ。冷凍トラックを借りたんだ。沖縄は検疫がある。しかし、米軍貨物にしちゃえばフリーパスなんだ。冷凍トラックに載せて、フェリーで運んだよ。ミサイルだってときどきそうして運んでる。死亡診断書は嘉手納の軍医が書いた。――それだけさ」

「軍隊《カーキ》マフィアか？」

「よしてくれ。ただの仲間さ。兵隊は助け合うもんだ」

「ぼくは、米海軍犯罪捜査部《ニソウ》のタイスンって准尉に尋問を受けたぜ。覚えているだろう、あのときの男だ。彼はグリッデン司令官を捜査していたんだ」

「あいつは助け合い運動が嫌いなのさ。本物の戦場へ出たことがないんだよ」

「君が置いて行った写真は、ぼくのミスで彼らの手に落ちた。もっとも複写だがね」

「もうどうでもいいんだ。昔の記念写真をよこせというから、ぼくと折匡を切り取って用意していた。やつらは役人だよ。儀式のための羊が必要なだけさ。グリッデンなら手頃だよ。あんな守銭奴がこれ以上勲章を増やしたら、助け合い運動の方でも困るからね」

急にビリーが立ち上がった。アイスペールを手に冷凍庫まで行き、掻き氷を一山すくってきた。その中にラムを残らず注ぎ、ライムを丸二つ搾りいれた。自分のグラスを満たし、私にも勧めた。

「ライムは駄目だったんじゃないのか？　ニョックマムと同じようにさ」と、私は訊いた。

「それは、あのときの話だ。今日は昨日じゃない」と、彼は言った。

私は大きく頷いた。いかにも、そのとおりだった。彼は楽しそうに酒を飲んだ。

「約束は守るつもりだったんだ。飛行機があんなことにならなければ。――信じてくれよ」

「約束は守らなくてもいいが、嘘をつくな。君らしくないぜ。ぼくが脅しをかけなければ、こうして会おうとさえしなかったじゃないか」と、私は言った。

「翌日にはもう、こっちへ戻っていたはずだぜ。途中で降りて操縦を代わったんだろう。多分、嘉手納だ。そこから輸送機でとんぼ返りしたのか」

「JALの始発だよ。そっちの方が簡単なんだ。現役の軍人もそうしてる。空軍輸送部隊が、いつも座席をブロック買いしてるからな」

「その前に嘉手納で、君は約束が守れないって手紙を投函している。折匡は横田って言ったが、考えてみれば、そんな暇はなかった。サンフランシスコ経由で手紙がぼくのところに届くのに、五日はかかる。初めは死んだと思わせたかったのかと思ったよ。そのために飛行機を落としたんじゃないかってな」

私はあたりを見回した。自分で自分の声にびっくりしていた。声をひそめて、続けた。

「しかし、それじゃあ話がおかしい。あのまま折匡がネタを割らなかったら、飛行機が落ちた後で手紙を出したことになってしまう。考えたら、答えはひとつしかない。君はぼくを初めから騙すつもりだったんだ。チャンの妹を殺したのは君だ。まんまとサンフランシスコに逃げたらしい。――ぼくが警察にそう言うことを期待したな？」

「いけないか？」

私は驚いて彼を見た。きょとんとした目がすぐそこにあった。子供のころ持っていた中で一番色の濃いビー玉みたいな目だった。

私は笑い出した。

「判ったよ、ビリー。飛行機は何で落ちたんだ？」

「山岳波《マウンテンウエーブ》さ。もう台湾の航空当局が公表している。あの日はなぜか中国軍機が台湾海峡に出没して、西側の空域が大幅に規制されていた。シンシアは、そのせいで太平洋側から高雄にアプローチをかけた。それには一万フィート級の尾根を超えなくちゃならない。天気は快晴、東の風七十ノット。その風が山に当たって衝撃波をつくった。そこに晴天乱気流がかち合ったのさ。これはレーダーでも探知できない。二十G近い力が襲いかかって、尾翼を吹き飛ばした。後は、きりもみで落下しながらバラバラだ。どうしようもない」

「君は事故を利用しようとした。もっけの幸いってやつだな。しかし飛行機事故で死んだ人間が手紙出しちゃ都合が悪い。奪い取りに行くよう折匡に頼んだ。彼らがポスト荒しに失敗すると、今度は折匡を使って、横田から離陸前に出したと思わせようとしたんだ。――何があっても、君は最初から戻ってくる気なんかなかった。チャンの妹を殺した被疑者は永遠に消えてなくなるしかない」

「そう言うなよ。深い意味なんかない。たまたま休暇で沖縄にいた知りあいに代わってもらったんだ。可哀そうに、まだ三十前だったんだぜ。ヒスパニックがエースになるには人並はずれた苦労がいる。本当に気の毒をしたよ」

私は空になったグラスに酒を注いだ。グラスはあふれ、化粧合板を濡らした。カウンターの上で、ライムの匂いが妙に生臭かった。

ビリーは体を一杯に伸ばし、調理台からスパムミートの缶詰を取ると、それを素早く開けた。缶詰を右手に持ち、左手でナイフを握り、ミンチ肉を食べ始めた。

「両手をふさがない方が良いぞ。ビリー・ザ・キッドはそれで警官にやられたんだ」

ビリーは力なく笑った。それでも食べるのを止めなかった。

「君は右利きだったと聞いたぜ」

「ビリー・ルウは左利きなんだ。俺がそう決めたのさ。以来、ずっと左利きだ」

彼は手の甲にヒトデのようにへばりついた傷痕を、利き手で揉みほぐした。「アラメダに海軍の訓練所があるのさ。そこで俺は生まれたんだ」

「海軍では戦闘機乗りじゃなかったろう」

彼は顔を背けた。そっと、ひどく丁寧な仕種で酒を口に運んだ。

「民間の飛行学校に通うのに海軍の補助金が出たのさ。社会適応プログラムの一種だよ」

「アヒルも旅に出れば白鳥になって帰ってくるってことか」

そのとき、音がふってきた。それがあたりを切り裂いた。空気が固まりになって下腹を叩いた。窓ガラスがビーンと甲高く唸り、私の体を震わせた。

体を突き抜けていった。

ビリーが窓辺へ立っていった。

まだ夜にはなっていなかった。薄墨で掃いたような空を、ジェット戦闘機が駆け上って行くところだった。次の一機がもう滑走路に差しかかっていた。ギアを落とし、それで路面を舐めると、すぐ上昇に転じた。アフターバーナーが夜気を歪め、火花を散らした。

艦載機がタッチ・アンド・ゴーの訓練を始めたようだとビリーが言った。空母が出航するのかな。また、近所から苦情が来るぞ。

その声が、ジェットノイズに吹き飛ばされた。

ビリーが私の隣に戻ってきて、スツールに座り直した。顔を窓の外に向けたまま、「折匡から、いろいろ聞いたよ」と、言った。

「積み荷の残骸が出てくるまで、ぼくは楊を疑っていたんだ。ぼくを殺すために、鞄に爆弾を仕掛けたって事もあるだろう。タイスンの調査が自分にまで及ばないようにね。楊は楊で、ぼくが金を盗んで逃げたと思っていたらしいよ」

「楊は君が生きてることをもう知ってるのか？」

「ああ。子分の手前、面子が立てばいいんだ。そのうち、ほとぼりが冷めたら向こうから手を差し出して来るよ。米軍基地に自由に出入りできるお抱えパイロットは、そう簡単に替えが見つからないからね」

「浮かばれないのは、あのヴェトナム人だな」と、私は言った。残った酒を口に放り込むと、喉はアルコールをすでに感じなくなっていた。

「そういう運命さ。ずっとそうだったんだ」と、ビリーが言った。

「チャンはぼくが抱き込んだんだ。ドンコイ通りのバーで、偶然出くわしてね。その夜はみんな酔っていた。いつの間にか昔馴染みの飲み仲間だ。船長だなんて言ってたが、そんなの名ばかりさ。マニラから日用雑貨を運んでる小船の船頭ってところだった。ファンの家にも、その関係で出入りしてたようだ。そのうちPXで働くようになった。ほら、飯や酒が豊富に行き渡ってる場所に、必ず顔を出すやつっているだろう。チャンは、そのタイプだった」

彼は息をつき、ジェット戦闘機の爆音が滑走路をかすめ去るのを待った。

「ぼくは除隊した後もサイゴンの顧問団の下で働いてた。軍は撤収しちゃったが、その後も二年間、アメリカの顧問団は踏ん張ってたんだ。危険手当がついて、サラリーも良かった。本土に戻る前に、もうちょっと金を貯めておきたかったんだよ。軍隊仲間がいろいろといたしね。

そいつらが、大きな仕事を準備していた。楽しいピクニックだ。グエン・ヴァンチューの親戚が海外逃亡用に用意したダイアモンドがあるって話だった。当時の金で四百万ドル相当のダイアだよ。それが、南ヴェトナム軍のデポーに眠ってたんだ。持って逃げる暇がなかったんだろう。部隊の移動があまりに激しくて、しかも次から次へ逃亡する指揮官が出ていたからな。俺たちはチャンを抱き込んだんだ。計画にはどうしても、人当たりのいいヴェトナム人がひとり必要だったからね」

「チャンは解放軍の工作員じゃなかったのか？」

「折匡が言ってるんだろう。彼は自分の空想にすぐ感染する。自分で自分を騙すんだ。彼は、この一件には関わっちゃいない。ぼくから聞いただけだ。それも全部話したわけじゃない」

「彼のストーリーとは、まったく別なんだな」

「ああ。——第一サイゴンの町中では、誰がヴェトコンか、誰がそうじゃないかなんてあまり意味がなかったんだよ。ぼくたちの仲間か、そうじゃないか。金を受けとるか、受けとらないか。意味があるのはそこだけさ。その意味では、チャンは仲間だった」と、ビリーは言って、グラスを振った。氷が揺れたが、音は降下してきたジェット機に掻き消された。

「ピクニックの日だ。作戦開始《ジャンピングタイム》まで四時間もなかった。昼下がりに、ファン・アイクァックはヴェトコンの内通者だって情報を耳にした。ぼくらを殺して、手柄を立てようとしている。アッカーマンのバカが、ファンのシャンパンを飲みすぎてピクニックのことをしゃべったんだ。居合わせたチャンが青くなった。彼はファンの裏の顔をよく知ってたんだ。しかし、そのときはもう遅かった。仲間はとっくに仕事に取りかかっていた」

ビリーは言って目を細め、喉を鳴らして酒を飲んだ。

「ともかく、こっちが先手を打たなければ、ダイアを巻き上げられて骨折り損のくたびれ儲けだ。予定を変え、ぼくたちがファンの家に乗り込み、やつを黙らせようってことになった。妻は娘のヴァイオリンの稽古で、出かけているはずだった」

「首都が陥落しようっていうのに、ヴァイオリンの稽古か？」

ビリーは口の端をきゅっと窄め、こっそり笑った。

「金持ちとか権力者っていうのは、そういうもんさ。どこでも同じだよ。家は〝風と共に去りぬ〟のセットみたいな邸宅だし、女房は二十八で、いい女だったんだ。いつ行ってもシャンパンが冷えてた。できる限りそれを続けるのが義務だとでも思ってたんだろう」

彼は言って、私に同意を求めた。私は頷かなかった。

「ぼくは拳銃を手に、ファンの屋敷の居間の隅で酒をつくっていた」と、ビリーは言った。

「アッカーマンはファンと一緒に部屋の反対端にいた。チャンは庭に潜んでいた。最初の銃声が庭から聞こえた。アッカーマンがファンの背中を取ってイングラムを突きつけた。ぼくはフランス窓から庭に出た。植え込みの近くに、チャンが倒れてるのが見えた。尻が血だらけだった。拳銃を左手に持ち替えて、やつを助け起こそうとすると、チャンが顔を上げて、いきなり叫んだんだ。『後ろだ。柱の影だ』ってね。振り向いたとたん、回り廊下で火花が散った。銃声が聞こえて、ぼくは左手に右手をぐいっと後ろに持っていかれた。肘から先が粉々に吹き飛んだみたいだった。ぼくは左手に拳銃を持ってた。火花がした方に何回か続けて引き金を引いた」

ビリーは言葉を探し、自分の鼻の少し上に目を向けた。それから力なく舌打ちをくれた。

「柱廊のタイルの床に彼女が倒れていた。ファンの女房だ。でたらめに撃ったのに、二発も当たっていた。もう息をしていなかった。近くに彼女の拳銃が転がっていた」

「あのナンブだな。海鈴は、実の母親があの拳銃を隠し持って子供部屋から出て行くのを覚えてるそうだ。しかし、もう眠る時間だったと言っていたぞ」

「子供の記憶だよ。後で知ったんだが、あの夜海鈴は風邪気味でレッスンを休んでたんだ」と、ビリーは言った。手が酒のグラスを握り、顔に近づけた。

「誰がファンを殺したんだ。何で火をつけた？」

「撃ったのはアッカーマンだ。あのアイルランド人め。酒さえ飲んでりゃ良いやつなんだが、素面だとすぐ頭に血が上るんだ」

「彼はアイルランド系なのか！」私は驚いて聞き返した。「とてもそうは見えなかったぞ」

「戦後、人に頭を下げることばかり強いられたからね。外面《そとづら》が変わったんだよ」

「誰も彼も、自分でない誰かの人生を嫌々生きているような気がしてきた。そういうのが近頃の流行なのかな」

「変なことを言うんだな。いずれにしろ、火はぼくらの仕業じゃない」と、ビリーが言った。「騒ぎを聞きつけて盗みに入ったやつがいたのか、残っていた使用人が泥棒に変わったのか。ぼくらが逃げ出した後、ひどい略奪にあって、最後に火をつけられたんだ」

ジェットエンジンの轟音が、彼の言葉を掻き消した。宙に止まっていたグラスを思い出し、ビリーは酒を飲んだ。口を湿らせただけだった。

「チャンとぼくは軍の病院で手当てを受けた。二、三日入院していたが、すぐに病院が無くなってしまった。撤収が始まったんだ。それから何日かして、突然、チャンがあの娘を連れて現れた。責任をとれって言うんだ。ファンは解放軍の秘密幹部だったが、常に二重スパイの疑いを持たれていた。海鈴はその娘だ。じきに戦争は終わる。南が共産化されたら、この娘にロクな運命は待っていない。アメリカに逃げた親戚のところへ送り届けてやってくれってね。ファンの弟は、解放軍の高級将校だった。後から聞いた話だが、そいつがチャンに命令したようだ。チャンとしても、分け前を貰ってる。あの屋敷で起こった出来事が後々公になれば事だ。居合わせた人間は、国からいなくなった方が安心だろう」

ビリーはぴたりと口を閉ざした。一呼吸のち、戦闘機が空を駆け下ってきた。みごとなタイミングだった。彼は酒を飲み、それをやり過ごした。

「アメリカの親戚はすぐ見つかったんだ。しかし、頑として引き受けを拒否した。手続き上、問題もあった。アメリカ政府は、自分が放り出した国から、難民がどっと出てくることを警戒し始めていたからな」

「裏金を使って、養子縁組したんだな。なんで養父の名がギリェルモのままなんだ？」

「金を払った相手がペルーの役人だったからさ。市民権を取る前に、ペルーで養女にしたんだ。弁護士が、そっちの方が安いし簡単だって言ったんだ。市民権と永住権が違うのは知ってるな？　名前を変えたのは、その少し後だ」

「お母さんの戸籍の操作は？　あれは誰の思いつきだ。婚姻なんてあまり良い趣味じゃない」

「おふくろが自分で考えたんだよ。初めはギリェルモを養子にして、海鈴を義理の孫にしようとした。しかし、手続が大変で、時間がかかり過ぎる」

「さすがのサードビークスの顧問弁護士も、日本じゃ役に立たなかったか」

「そんなたいそうなものじゃないんだよ。助け合い運動だって言ったじゃないか」

「助け合い運動は海軍の将校服まで用意してくれたのか？」

ビリーの顔が赤らんで、目許に照れ笑いが泛かんだ。

「君らしいな。六歳の女の子の前で格好つけるなんて。海鈴は白い船長みたいな服を着た男に日本へ連れてこられたんだそうだ。彼女が言ってたぞ。アニメのストーリーみたいだってさ」

「少佐のドレスホワイトで我慢したんだぜ。おかげでピクニックの分け前がパアだ」

「そうまでして、なぜ海鈴を引き取ったんだ」

顔から笑いが引っ込んだ。何か言おうとしたが、また戦闘機が滑走路を掠め去り、軽い衝撃波がそれを邪魔した。

私たちは酒を飲み、ジェットノイズが遠ざかるのを待った。

「戦争へ行って、人を殺したのはたった一度だ」と、ビリーが呟いた。

「あの娘の母親さ」

私は彼を見た。きれいなビー玉みたいな目は、手の中の酒を見ていた。

「ファン・アイクファックが裏切り者だと知ったのは、彼のベッドでなんだ」

「え。何だって？」私は聞き返した。

「もちろん、俺は男と寝る趣味はない」ビリーは苦笑した。

「いい女だったって言ったろう。いつ行ってもラナイでお茶を飲みながらレース編みをしているような女だ。五十の爺いにはもったいない」

窓ガラスが何かを映して青白く瞬いた。

振り向くと、カウンターの反対端でテレビが野球場を映していた。日本シリーズの中継だった。賄いの女たちが、その側に集まり、何か言い合い、笑いあっていた。

音は聞こえなかった。ゲーム前のセレモニーをしているようだった。またジェット戦闘機が降下してきた。

「君はアメリカ人になりたかったのか」と、私はビリーに尋ねた。

「そのためにアメリカに行ったのか」

「それ以外、あの国にどんな用事があったって言うんだ」

「中国の王様の話を知っているか。彼は蝶になりたかった。ある日、真昼に蝶になって飛ぶ夢を見た。目が覚めると、自分が蝶を夢みた人間か、人間を夢みた蝶か分からなくなっていた」

「分かったような口をきくなよ」

女たちの嬌声が聞こえた。始球式が終わったところだった。オリンピックのマラソンで金メダルを取った娘が、観衆に手を振ってダッグアウトに消えようとしていた。

長嶋が彼女を迎え入れた。握手をするため背中を向けた。背番号3が大写しになった。

私はビリーに向き直った。

「分かるさ。ぼくにも昔、なりたいものがあった」

そのときジャケットの懐で携帯が鳴った。声を聞く前に誰からか分かった。

「分かりました、今帰るところです」と、私は答えた。たしかに、役に立つ機械だ。

電話をポケットに戻すと、ビリーがこちらをぼんやり見ていた。グラスを空にして、私はスツールを下りた。もう帰るのかと、彼は尋ねた。

「ああ。待ち合わせがある」と、私は言い、それから訊いた。

「なぜぼくに頼んだ。タクシーならいくらでも走っているのに」

「だれかに別れを言いたかったのさ」

「折匡に手伝わせたんだ、彼に頼むことも出来たじゃないか」

「君と一杯飲みたかったんだよ。いろいろなことがあったからな」

「飲む相手は間違わなかった。しかし、別れを言う相手を選び損ねたな」

私はポケットから半分にちぎった百ドル紙幣を出し、カウンターに置いた。

「酒の代金だ。君に酒を奢られる筋あいはない」

ビリーは私を睨み、やがて目を落として静かに頷いた。

「Okey-dokey——その通りだ」


頼むまでもなく、ビリーは私をゴルフ場の電動カートに乗せ、送ってきた。すでにタッチ・アンド・ゴーの訓練は終わっていた。滑走路の端から何台か、緊急車両が引きあげてくるところだった。そちらの空には、もう星が出ていた。

一キロ近い道乗りを行く間、私たちは一言も口をきかなかった。後ろに乗ったキャリーバッグのクラブだけが、カタカタと音をたて続けた。滑走路の端には立派なゴルフ場がある。

ゲートの手前まで来ると、展示していたカーチスC47の足許で、ビリーと同じ軍服を着た男たちが自衛官と一緒に作業しているのが見えた。輸送機と牽引車をワイヤーで繋ぎ、どこかへ運ぼうとしているところだった。

「飛行機乗りは、空に上るたび、この世界の外にはみ出してしまったって感じるそうだ」と、私は言った。

「この間読んだ小説に書いてあった。飛行機乗りなら誰も、その事実を知っているってさ」

「飛行機乗りは小説なんか書かないよ」

ビリーはカートを停め、肩をそびやかした。「空から独りで世界を見下ろしたとき、王様になったような気がしたことならある。ぼくと、その他大勢だ」

「その本にはこうも書いてあった。空には、本当は左右も上下もないってな」

「そんなことはない。絶対にないよ」

彼はカートを降り、ポケットに手を突っこんで歩き出した。私は、彼が好きでなくなったことを知った。多分、好きになったのと同じ理由で。

すぐ目の前に正面ゲートが見えていた。高い金網のフェンスの切れ目に、監視小屋が建っていた。水銀灯がそこを白々と照らしていた。

「あの外へはもう出られないな」と、私は言った。

「ビリー・ルウ・ボニーだろうと誰だろうと、君は人殺しだ。そうじゃないことを証す証拠は、もう何もない」

「それはそうだ。しかし出る気もないよ」

「君は檻の中にいるんだ。日本風に言うなら塀の中だ」

「バカ言うなよ。ここからどこへでも行ける。米軍基地は世界中にあるんだ」

「どこも同じ檻の中さ」

「なぜ断言できる」

「あっち側にいるのはぼくだけじゃないからな」

私は金網のフェンスの外を指さして言った。

黒いアルファロミオ145が、そこにひっそり停まっていた。ドアが開き、夜のように濃いオリーヴ色のスーツを着た海鈴が降りてきた。金網の向こうを歩き、ゲートの照明が届くぎりぎりのところで立ち止まった。

「二村」と、ビリーが唸った。

「それは汚いぞ。ちくしょうめ！」

彼はまるで凍りついたように立ち尽くした。口から珍しく、四文字言葉が転げ出た。

「I, the Jury」と、私は言って歩き続けた。これで一勝一敗だ。

そのままゲートを通り抜けた。

海鈴は呆れたような顔で私を迎え、そっと手を握った。

「大丈夫？　お葬式から帰ったみたいよ」

「葬式なら、自分のだ」

振り向くと、ビリーがまだ同じところに立ち、こちらを見ていた。私はそのことに驚いた。

「あの人がミスタ・ハーフミレナリなの」と、海鈴はささやいた。

「どちらがいい？　君が望めば、どんなストーリーでも有りだよ」

「返事はしないで。自分で決めるから」

海鈴は力強い足どりでゲートへ近づいた。停止線の手前に立ち止まり、ビリーを見つめた。彼女は一度胸を張り、昔の日本人のように深々と、つまりアメリカ映画に出てくる日本人のようにお辞儀をした。

ビリーが後じさりするのが見えた。腰が引けていた。驚いているのか怯えているのか、ここからではよく分からなかった。しかし尋常な様子ではなかった。

海鈴はすぐに戻ってきた。私は自分の顔に泛かんだ、さも贅沢な微笑を彼女の目から隠さなければならなかった。

C47が牽引車に引かれ、ビリーの手前を横切った。ボディには 海馬の絵と『Where there is a will. there is a future.』と花文字で書かれていた。

それが通り過ぎるともう、彼の姿はどこにも見えなかった。

「お母さんが眠っている場所だ」

私は手帳を出し、ポーリーから聞かされた墓の在処を書き留めたページを破って手渡した。

「一緒に行ってくださる?」海鈴が私を見上げた。

「いや。君がひとりで行くんだ。ぼくの仕事は、お母さんを捜すことだけだ」

「仕事だったの?」と、彼女は呟いた。少し間があった。

「あなたは誰も寄せつけないのね」

「ぼくは、君が必要としているような人間じゃないんだ。それでかまわないなら、いつでも来ればいい。寝室を毎日掃除して待っているよ」

海鈴はふいに背を向け、車の方へ歩き出した。運転席のドアを開けると、屋根越し、彼女の冷たく透き通った目が、私を見つめた。

「悪いけどひとりになりたいの。いい？　ここでお別れして」

お別れという言葉が魚の小骨のように胸にひっかかった。それでも私は何も言わなかった。いつの間にか、頷いていた。

アルファロミオは静かに走り出し、通りを下って、すぐ木立の向こうへ消えた。その後になって、エンジンの吹ける音が聞こえてきた。

当然の結果というような気がした。駅に向かって少し歩くと、車で来なかったことを後悔しはじめた。気を利かせたつもりの自分を、何より呪った。

大通りに出てさらに歩くうち、この結果は自分で選んだものだったことに気づいた。人間は知らぬうち、結局自分に一番似合いの結果を引き出すのだ。銀行のＡＴＭから限りある預金を引き出すように。

それでも、駅にたどり着くまで後悔し続けた。

こんなとき、中国人は五つかそこらの文字からなる、短いが素晴らしい言葉を用意していて、それはいつも的を射ていた。

「ともだちがとおくからきた。たのしくないわけがない。いまのまないで、いったいどこにかえるというんだ」

いくら的を射ても、五つの漢字で書けなければ何も始まらない。

54

沿線の木々がすっかり色を変えていた。銀杏の黄色がそこここに目立った。鎌倉に近づくに従って、紅葉の赤もちらほら見かけるようになった。

「チャンの死体はゴミと一緒に処理しようとしてたんだろうな」と、友田は言った。

私たちは横須賀線の二階席に並んで座り、ビールを飲んでいた。友田と会うのは、あの日以来、初めてのことだった。

「その前にミャンマー人が見つけてしまったんだ。あの冷凍倉庫だって、食料なんて名目でさ、米軍のゴミと関係があったんだぜ。楊は周囲に土壌改良用の特殊な溶剤を輸出していると言ってたってさ。もちろん米軍貨物だからペーパーなんか残っちゃいない」

私は返事をしなかった。あの小説のラストシーンがまた目に浮かんだ。ヴェトナムの地面の下には今もありとあらゆるものが埋っているのだろう。

座席が小さく揺れた。気づくと電車が大船駅を離れるところだった。

「番組はどうなった？」と、私は尋ねた。

「雑用が多くてさ。でも、必ず番組になるよ。もう、それは決まってるから」

私は相槌を打った。奇妙なことに、楊の犯罪がどう裁かれようと、いや、たとえ裁かれなくても、私には大きな問題ではないように思えた。

「ここんところ大統領選挙でもちきりだ。こんなとき在日米軍の闇取引なんか取りあげたら、痛くもない腹を探られて企画によけいな色がつくじゃんか」

私はまたいいかげんな相槌を打った。「今日もそれか?」

「まさか」友田は目を瞬いて苦笑した。

「二十世紀最後の年だって言うんで、八幡様の源平池に十九世紀から住んでるガマの取材さ」

「カメラはどうした?」

「車で行ってる。俺は顔を出すだけさ。局にいるよりましだからな」

後ろの方で、笑い声がまき起こった。リュックを背負った主婦の一団が、秋の田んぼの雀みたいに忙しなく語り合っていた。

「南洋恒産の本社ビルな。あれ、売りに出たぜ」と、友田が身を乗り出して囁いた。

「金港エンタープライズは社長が日本人に代わってさ、事業を整理してる」

「楊は何をしてるんだ」

「もう日本にいないよ。どこにいるか、公安もつかんでいないみたいだ。今回の件が米軍の内部捜査に引っかかったんだ、FBIだって放っておけないだろう。アメリカで勝手なことも出来なくなる。台湾は台湾で、国民党が分裂しちゃって楊は後ろ楯を失っている。治安当局にだって、もう鼻薬が効かない。日本の公安から当然、突き上げがあるだろうし」

友田はこっちへさらに身を乗り出し、私の顔色を窺った。

「公安といえば、警視庁がカンカンらしいぜ。県警の捜一が、レ・ニュタン殺しで楊の手下を指名手配しただろう。誰かさんが、たれこんだって噂だ」

「天に唾するってやつさ。今回は天じゃなく、ぼくの尻だ。唾なんか吐くからDNA鑑定で足がつく。バカな男だ。ぼくは何ひとつしちゃいない。警察を辞めたんだ。そんなことをする義理なんかないさ」

私は笑った。友田は笑いかけて、ふいに真顔に戻った。

「バカはそっちだ。辞めることはなかったじゃんか」

「ビリーが犯人でなかったとしても、現役の刑事が酔っぱらい運転をしたのは事実なんだ。クビにならなかったら、騒ぐのは逆に君たちの方だろう」

友田は押し黙り、外に向き直った。

電車は北鎌倉の駅に向かって徐行を始めた。木々の色が濃くなった。車内アナウンスが聞こえ、年取った主婦たちが足音高く階段を下りていった。

「米太平洋軍で大幅な人事異動があってさ」と、友田が言った。

「横須賀の基地活動司令官が更迭されて、その人脈がきれいさっぱり消し飛んだ。ゴミ捨ては別の業者が引き継ぐらしい。上場企業だよ。もともと正義がなされたなんて思っちゃいないが、もし米軍の人事抗争の片棒担いだだけだったら、げんなりだな」

「結果がどうでも関係ない。それは君の仕事だ」と、私は言った。

「どうしても気が済まないなら、ヴェトナムへ行ってバーナムの森を掘り返すさ」

電車が止まり、ドアが開いて眼下を人のざわめきが通りすぎた。ベルが鳴り響き、ひと揺れした車両がまた動きだした。

「辞めることはなかったんだ」また友田が言った。

「ぼくは友達に嘘をついた。警官だといえばいいのに、それを言わなかった」

「酒場で警官だと自己紹介しないのは常識だ。警察の外のことを何でもかでも娑婆だなんて呼ばないだけ、あんたはマシな方だよ」

私は頭を横に振った。決して、習い性でそうしたのではなかった。私はビリーにそれを言うのが嫌だったのだ。そのせいで、彼と飲む酒の味がどう変わるか分かっていた。

たとえ彼がどんな人間でも、彼と一緒に飲む一杯がたいへん楽しかったことに変わりはなかった。私はそれをちょっとでも変えたくなかった。

「小峰さんから聞いていただろう。どこか遠い所轄の刑事課でほとぼりを冷ますって筋書きができかけてたようだぜ」

「ぼくは送検どころか、一秒だって手錠も掛けておけないような犯人を追いかけていたんだよ。そうしているのが好きなんだ」と、私は言った。

「とことん警官に向いていない。本来の仕事が好きじゃないんだ。辞める以外にないさ」

トンネルを抜けると、山が迫ってきた。谷戸を往く道筋に、小さな古い家が寄り添っていた。踏切の音が近づき、遠のいた。鎌倉の町が見えてきた。

「どうだ？　蕎麦で一杯」と、友田が言った。

「言ったじゃないか。約束があるんだ」

ひどくがっかりした様子で立ち上がった。こちらを見下ろし、目を激しく瞬いた。

「あのネタ、神南《じんなん》に持ってかれちゃったんだ。本部の報道がスペシャル枠にするってさ」

友田は言って、私に笑いかけた。

「大丈夫、オンエアはされる。警視庁が多分、外為で楊の会社にガサ入れるだろう。米軍基地の汚染土じゃ、相手が悪いからな。それに絡めて本社で特番をつくるんだ」

彼は突然、手を差し出した。

「俺は東北に飛ばされたよ。八戸《はちのへ》支局だってさ。俺も会社員の仕事はまじめにやったことがねえからさ」

私は腰を上げ、彼の手を握った。電車が制動をかけた。

「もう会えないな」と、友田は言った。

「また会えるさ。戻ってくればいい」私は言い返した。

「じゃあな」

彼は踵を返した。猫背なのか、前のめりなのか、友田は背中だけ見せて電車を降りて行った。東逗子を過ぎ、電車が東京湾に抜けるトンネルに入ると、私は彼と一緒に蕎麦を食べにいかなかったことを猛烈に後悔した。


横須賀駅から海沿いの公園を歩いた。対岸の桟橋から大砲の生えた船はいなくなっていた。ショッピングモールの前を通り越し、正面入口へ上る階段を回り込んだ。ヤマトの小さな店は跡形もなかった。今までそれが立っていた場所が敷石の上に四角く変色して残っているだけだった。

私は歩道橋を渡り、ホテルの裏手へ回った。ドブ板通りのとっつきに建設中だったビルは、すでに内装工事にとりかかっていた。入居者募集の看板が張り出してあった。プライベート・プリンセスの前には四トン・トラックが停まり、ただでさえ狭いドブ板通りをすっかり通せんぼしていた。

作業員が荒っぽく声を掛け合い、大きな酒棚を運び出してきた。その後から、龍の手刺繍があるニットのワンピースを着た由が姿を現した。

「居抜きで譲ったんじゃなかったのか？」と、私は尋ねた。

「やっぱり、ラーメン屋にするんだって。もうキャバレーなんかはやんないんだってさ」

「靴磨きもはやらない時代だからな」

「ヤマトのこと？　お店どうしちゃったんだろうね」

「ふたつのことをいっぺんに聞かないでくれ」と、私は言った。

「靴を磨いてもらおうと思って来たのにな。前金を払ってあるんだぜ」

「ハワイの本店で研修だって言ってたよ」

「ぼくらが思っていたよりずっと偉かったのかもしれない」

私は笑いだした。カンカン帽を被り、万能箱を担いで軍事法廷の証人席に座る姿がふいに思い浮かんだ。案外、袖を金線で飾ったドレスブルーを着ているのかもしれない。

古道具屋が行ってしまうと、私たちは真昼のドブ板通りを引き返した。飲食店はどこもまだシャッターを下ろしていたが、曲がり角のタコス屋は店を開けていた。

天気はよかった。風もなく、むしろ日差しが肩に暑いぐらいだった。老犬は舗道に体を広げ、眠っていた。私たちは外の椅子席でライムをたらしながらメキシコのビールを飲んだ。

たわいもない話でビールが二本ずつ空になった。

テキーラに変えようとすると、由が首を振った。

「あっあ」と言って、指を唇に押し当てた。

「駄目じゃん。そんなに飲んで。いくらフリーの警官でもさ」

「警察からフリーになったんだ」と、私は言った。「警察を辞めたんだよ」

由の顔がぱっと明らんだ。丸く大きな目をくるりと回して見せた。

「すごい。ついにマッポにさよならしたってわけ？」

お祝いだと言って、彼女は店内へ立っていった。ダブルで二杯、ハバナクラブのオン・ザ・ロックスを持って戻ってきた。

乾杯をすると、由は鼻に小さな皺をいっぱい溜めて笑った。まるで春先、木蓮のつぼみに微笑まれたような気がした。

「君は、この先どうするんだ」と、私は尋ねた。

「あたしね、ニューヨークに行くの。あたしのビリー、ネイビーをディスチャージなの。同じウクライナの友達がお父さん亡くしちゃって、その店に出資するのよ」

「同じウクライナって、ビリーがか？ いったい何の店だ」

由が私を睨んだ。私は笑って言い返した。「判った。質問はひとつだ。ビリーってロシア人なのか」

「もともとはね。ウィレムって名前。市民権欲しくて志願したの。最近、多いんだよ。ヒスパニックほどじゃないけど。友達は同じウクライナでもユダヤ系《ジュー》なの。その子のお父さんがやってた食堂を、二人でジャパニーズレストランにするの」

「彼は日本料理がつくれるのか」

「うん、上達したよ。ビリーのタコライス、スーパー美味しいの」

酒がなくなると、私は下士官クラブのレストランへ行く由を送って、国道を渡った。横須賀基地のゲートで、私は尋ねた。

「ニューヨークのどこなんだ？　住所を教えておいてくれ」

「リヴァティー・ストリート。ワールドトレーディング・センターの真ん前。お客の筋がいいんだって。ハーレムが近いといいんだけど」

「ハーレムに住みたかったのか？」

「分かんない」と言って、由は首をかしげた。

「でもドブ板より、ちょっといい感じじゃん？」

「どこがいいんだ。この町が嫌いか」

「ううん」と言って、首の据わらない赤ん坊のように頷いた。

「もし子供つくっちゃったら、いつかここに連れてくるよ。ヨーリィが生まれた町だもん」

彼女は背伸びして、くるりとあたりを見回した。

ゲートのすぐ脇に置かれたボックスの中から、横須賀署の制服警官がこちらを見ていた。基地の監視哨では日本人の警備員が、やはり私たちを見ていた。その腰には拳銃が吊るされていた。いったいどんな法規でそれが許されているのだろう。

「あの布は持ってくの」と、由が言った。

「でも、アメリカの家ってずっと広いじゃん。とても足らないね」

「見つけたら送るよ。落ち着いたら手紙をくれ」

私はつくったばかりの名刺の最初の一枚を手渡した。

ゲート脇の受付の方から、男の声が由を呼んだ。コーンヘッドのビリーが、頑丈そうな鉄柵の向こうで手を振っていた。

「もう行くね」

由が背伸びをした。私の肩に手を支え、唇を押し当てた。彼女のキスはとても温かかった。

それからぱっと身を翻し、海兵隊の突撃のように走り出した。

警官が私を睨んでいた。門衛の兵隊が由の行方を注意深く目で追った。私はいつまでもぐずぐずとその場に立っていた。

いったい何を待っていたのだろう。空の一角から酔っぱらいの飛行機乗りが降りてきて、私を説き伏せ、また酒場に誘うのを待っていたのだろうか。いくら待っても、ジェットノイズどころか、汽笛ひとつ聞こえて来なかった。

気づくと、由も大きなビリーも、もうどこにも姿がなかった。私はひとり、そこに取り残された。彼らの姿を見たのは、それが最後だった。

その日から先、私が親しくしていたものは残らずこの町からいなくなった。しかしアメリカ人だけは別だ。アメリカ人にさようならを言う方法を、人類はいまだに発明していない。

本書は、二〇〇四年九月に小社より刊行された単行本を文庫化したものです。

THE WRONG GOODBYE

ロング・グッドバイ

矢《や》作《はぎ》俊《とし》彦《ひこ》

角川文庫 14929

平成十九年十一月二十五日　初版発行

発行者―井上伸一郎

発行所―株式会社角川書店
東京都千代田区富士見二―十三―三
電話・編集（〇三）三二三八―八五五五
〒一〇二―八〇七八

発売元―株式会社角川グループパブリッシング
東京都千代田区富士見二―十三―三
電話・営業（〇三）三二三八―八五二一
〒一〇二―八一七七
http://www.kadokawa.co.jp

印刷所―旭印刷　製本所―BBC

装幀者―杉浦康平

や 31-5

ISBN978-4-04-161609-3　C0193

角川文庫発刊に際して

角　川　源　義

第二次世界大戦の敗北は、軍事力の敗北であった以上に、私たちの若い文化力の敗退であった。私たちの文化が戦争に対して如何に無力であり、単なるあだ花に過ぎなかったかを、私たちは身を以て体験し痛感した。西洋近代文化の摂取にとって、明治以後八十年の歳月は決して短かすぎたとは言えない。にもかかわらず、近代文化の伝統を確立し、自由な批判と柔軟な良識に富む文化層として自らを形成することに私たちは失敗して来た。そしてこれは、各層への文化の普及滲透を任務とする出版人の責任でもあった。

一九四五年以来、私たちは再び振出しに戻り、第一歩から踏み出すことを余儀なくされた。これは大きな不幸ではあるが、反面、これまでの混沌・未熟・歪曲の中にあった我が国の文化に秩序と確たる基礎を齎らすためには絶好の機会でもある。角川書店は、このような祖国の文化的危機にあたり、微力をも顧みず再建の礎石たるべき抱負と決意とをもって出発したが、ここに創立以来の念願を果すべく角川文庫を発刊する。これまで刊行されたあらゆる全集叢書文庫類の長所と短所とを検討し、古今東西の不朽の典籍を、良心的編集のもとに、廉価に、そして書架にふさわしい美本として、多くのひとびとに提供しようとする。しかし私たちは徒らに百科全書的な知識のジレッタントを作ることを目的とせず、あくまで祖国の文化に秩序と再建への道を示し、この文庫を角川書店の栄ある事業として、今後永久に継続発展せしめ、学芸と教養との殿堂として大成せんことを期したい。多くの読書子の愛情ある忠言と支持とによって、この希望と抱負とを完遂せしめられんことを願う。

一九四九年五月三日

二村永爾シリーズ第1弾!

リンゴォ・キッドの休日

矢作俊彦

Toshihiko Yahagi

横須賀の朝、高台の洋館で高級クラブに勤める女の屍体が発見された。そして米軍基地内の桟橋沖に沈んだワーゲンからは男の屍体が引き揚げられた。無関係に思える二人だが、同じ拳銃で射殺されていたことがわかり、非番だった神奈川県警捜査一課の二村永爾は、署長からの電話で捜査にかりだされることに。所轄と公安、そしてマスコミの目を欺きながら、二村は事件の真相を追うが……。

ISBN 4-04-161606-9
角川文庫

二村永爾シリーズ第2弾!

真夜中へもう一歩

矢作俊彦
Toshihiko Yahagi

横浜医科大学の処理室から一体の屍体が消えた。屍体は江口達夫という医大生のもので、学術解剖用に遺体を提供するという遺書が死後発見されていた。消えた屍体の捜索を依頼された神奈川県警捜査一課の二村永爾は、江口の友人二人を訪ねるが、その数日後、屍体は処理室に戻っていた——。

ISBN 4-04-161607-7
角川文庫

ニューハードボイルドの旗手と謳われた著者、幻の処女長編!

マイク・ハマーへ伝言

矢作俊彦

Toshihiko Yahagi

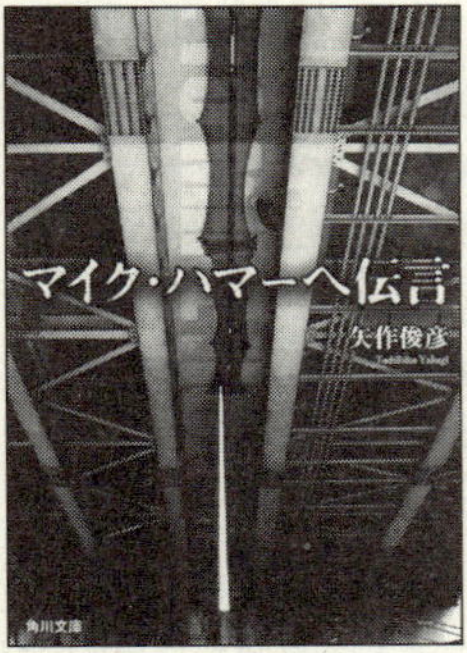

松本茂樹が死んだ。スピード違反でパトカーに追跡され首都高速から墜落したのだ。だが、茂樹とともにポルシェ911Sタルガを共有していた、マイク・ハマーと仲間たちは腑に落ちなかった。茂樹はハンドル操作をあやまるようなやつではない。茂樹の死には何か特別な理由があったのではないか。やがて真相をつきとめたマイクは、仲間たちと警察への復讐を計画する——。

ISBN 4-04-161603-4
角川文庫

著者唯一の
ハードボイルド作品集

さまよう
薔薇のように

矢作俊彦
Toshihiko Yahagi

かつて検察事務官をしていた「私」は、いまは当時の警察人脈を利用して公然と駐車違反の車を動かすことを生業としていた。客のほとんどは、ホステスか水商売がらみ。一晩に五十八台の客の車を一、二時間ごとに十メートルずつ動かし、駐車違反を逃れることで生計を立てている。……ある日、客の紹介である男から失踪した姪の捜索を頼まれるが——。（「船長のお気に入り」）掛け値なしの傑作と評された、ハードボイルド作品集。

ISBN 4-04-161608-5
角川文庫

角川文庫海外作品

ジェネレーションX
加速された文化のための物語たち

ダグラス・クープランド
黒　丸　尚＝訳

エリートたちの拝金主義にうんざりし、都会を逃げ出し砂漠に移り住んだX世代の若者たち。圧倒的に支持されたX世代のバイブル。

傷痕のある男

K・ピータースン
A・クラヴァン
羽田詩津子＝訳

マイケルがクリスマスイブの夜に恋人に語った架空の物語「傷痕のある男」の連続殺人鬼が、現実の恐怖となってあらわれた！

秘密の友人

A・クラヴァン
羽田詩津子＝訳

華奢で美しい少女が殺人罪で起訴された。自分の中に誰かがいると言う彼女を看ることになった精神科医に恐ろしい事件が振りかかる！

スカイジャック

トニー・ケンリック
上田公子＝訳

三百六十人の乗客がジャンボ機ごと誘拐された！そこに若き弁護士ベレッカーと元妻アニーがさっそうと登場するが…最後に待つ意表外な結末とは？

リリアンと悪党ども

トニー・ケンリック
上田公子＝訳

誘拐されるための偽装家族？　そこには聞くも涙、語れば笑いの物語があるのだが……抱腹絶倒確実の傑作ユーモア推理、待望の再登場！

マイ・フェア・レディーズ

トニー・ケンリック
上田公子＝訳

40万ドルのエメラルドを狙う、美女とペテン師の奇想天外な計画とは――意外性に満ちた展開をみせる、傑作スラプスティック・ミステリー！

バルコニーの男

M・シューヴァル
P・ヴァールー
高見　浩＝訳

陰鬱な曙光の中、バルコニーからストックホルムの街路を見下ろしている男……。少女誘拐と強奪、二つの連続する事件が絡み合う。

角川文庫海外作品

警官殺し
P M・シューヴァル
P・ヴァールー
高見浩＝訳

出張捜査でベックとコルベリの前に容疑者として現れたのはかつて逮捕した男だった。アイロニーとシリーズ独自の興趣に溢れる。

テロリスト
P M・シューヴァル
P・ヴァールー
高見浩＝訳

タカ派米国上院議員の来訪に際してベックは特別警護班の責任者に任命された。十年にわたる警察大河小説の掉尾を飾る白熱の巨編。

バスク、真夏の死
トレヴェニアン
町田康子＝訳

バスピレネーの青年医師ジャン＝マルクは、静養に来ていた娘カーチャと知りあった。そして美しい夏の終る頃、避けようのない悲劇の訪れが……。

夢果つる街
トレヴェニアン
北村太郎＝訳

吹き溜まりの街〝ザ・メイン〟。ここはラポワント警部補の街で、彼が街の〝法律〟なのだ。その彼にも潰えた夢があった——。警察小説の最高傑作。

殺人症候群
リチャード・ニーリィ
中村能三・森慎一＝訳

凄まじいまでの女性への憎悪が、内気なランバートと自信家のチャールズを結びつけた。そしてNYに〝死刑執行人〟が登場した——。

心ひき裂かれて
リチャード・ニーリィ
佐和誠＝訳

妻がレイプされた。夫は警察の捜査に協力するが、一方でかつての恋人との間に知られてはならない秘密をつくろうとしていた——。

リプリー
パトリシア・ハイスミス
青田勝＝訳

金持ちの放蕩息子ディッキーを羨望するトムは、あるとき自分と彼の酷似点に気づき、完全犯罪を計画する。サスペンスの巨匠ハイスミスの代表作。

角川文庫海外作品

ペイ・フォワード
キャサリン・R・ハイド
法村里絵＝訳
12歳の少年が思い着いた単純なアイデアが、本当に世界を変えてしまう奇跡——世界中の人々が涙にむせた、感動の映画原作。

1番目に死がありき
ジェイムズ・パタースン
羽田詩津子＝訳
リンジーは凄腕の女性刑事。親友である検死官クレア、新米記者シンディ、さらに切れ者検事補ジルを加え、ここに女性殺人捜査クラブが始動する！

双生の荒鷲
ジャック・ヒギンズ
黒原敏行＝訳
第二次大戦中、希代の天才飛行士と言われた男には、敵方に実の弟がいた……秘められた双子の兄弟の絆を描く、感涙の本格航空冒険小説。

大統領の娘
ジャック・ヒギンズ
黒原敏行＝訳
米合衆国大統領の隠し子が過激派テロリストに誘拐される。娘の命とひきかえに中東空爆を要求する敵に、元IRA闘士ディロンが立ち向かう！

ホワイトハウス・コネクション
ジャック・ヒギンズ
黒原敏行＝訳
ホワイトハウスから過激派に情報が漏洩した。だが、容疑者たちはすでに次々と消された後だった。ディロンらの熾烈な追跡劇が幕を開ける——。

審判の日
ジャック・ヒギンズ
黒原敏行＝訳
米大統領の腹心ブレイクの元妻が殺された。極秘取材していたマフィアに深入りしすぎてしまったのだ。ブレイクとディロンの血の復讐が始まる!!

復讐の血族
ジャック・ヒギンズ
黒原敏行＝訳
アラブの血を引くイギリス貴族によるアメリカ大統領暗殺計画が発覚した。この強大な敵にディロンら一党は総力を挙げて立ち向かう。

角川文庫海外作品

ふりだしに戻る(上)(下)
ジャック・フィニイ
福島正実＝訳
サイモンは、九十年前に投函された青い手紙に秘められた謎を解くために過去に旅立つ。奇才の幻のファンタジー・ロマン。

メモリー・ゲーム
ニッキ・フレンチ
務台夏子＝訳
離婚問題から困憊し催眠療法を受けたジェイン。記憶を遡ると二十五年前に失踪した義妹の殺人現場が脳裏に色鮮やかに現れた——。

素顔の裏まで
ニッキ・フレンチ
務台夏子＝訳
「愛は狂気と紙一重だ」三人の女性たちに送りつけられた、一通の脅迫状。見えない恐怖の糸で結ばれた彼女たちの運命は？　官能ミステリの傑作。

愛に気づくまで
ニッキ・ゲラルド
務台夏子＝訳
父親の奇怪な死によって絆を失った若き三姉妹。時を経て再会した彼女たちは、母の遺品に父からの手紙を見つける——愛と絆の感動物語。

リモート・コントロール
アンディ・マクナブ
伏見威蕃＝訳
極秘任務でワシントンへ飛んだ英国秘密情報部のニックは、DEA捜査官ケヴィン一家の殺人事件に巻き込まれる。事件の背後にIRAの影が——。

ファイアウォール
アンディ・マクナブ
伏見　威蕃＝訳
英国秘密情報部工作員ニックは厳冬のフィンランドに潜入。狙いはエシュロンのデータ。NSA、ロシア・マフィアが入り乱れ、事態は錯綜する。

ホルクロフトの盟約(上・下)
ロバート・ラドラム
山本光伸＝訳
第三帝国の黒幕たちが秘匿した七億八千万ドル。戦後三十年を経てはじめて遺産の凍結が解かれる日、歴史の闇に眠り続けた壮大な陰謀が動き出す！

角川文庫海外作品

マタレーズ暗殺集団（上・下）　ロバート・ラドラム　篠原慎＝訳

各国政府の依頼を受け、世界の歴史を変えてきた闇の暗殺組織「マタレーズ」。彼らがついに独自の活動を始めた！　首謀者の正体は？

マタレーズ最終戦争（上・下）　ロバート・ラドラム　篠原慎＝訳

壊滅したはずのマタレーズが復活した！　野望を阻止すべく、CIA工作員プライスと元工作員スコフィールドは、巨大組織に立ち向かう！

罪深き誘惑のマンボ　ジョー・R・ランズデール　鎌田三平＝訳

ゲイの黒人レナードとストレートの白人ハップが、下世話な会話を機関銃のように交わしつつ黒人美女が失踪した南部の町へと乗り込む。

ムーチョ・モージョ　ジョー・R・ランズデール　鎌田三平＝訳

亡くなったレナードの叔父の家から、子どもの骸骨が見つかった。何者かの陰謀を疑うハップとレナードは、警察に頼らず独自の捜査に乗り出すが。

凍てついた七月　ジョー・R・ランズデール　鎌田三平＝訳

自宅に忍び込んできた強盗を射殺したデイン。警察は正当防衛を認めたが、強盗の父親ベンは、復讐を誓い、デインの幼い息子をつけ狙う――。

バッド・チリ　ジョー・R・ランズデール　鎌田三平＝訳

レナードが痴情のもつれで殺人を犯した!?　親友の潔白を証明すべく、ハップが立ち上がるが、謎のチリ・キングが二人を窮地に陥れる――。

人にはススメられない仕事　ジョー・R・ランズデール　鎌田三平＝訳

落ちこぼれ白人ハップとゲイの黒人レナード。二人はハップの恋人ブレットの娘を救出しに、メキシコの売春施設に乗り込むが……。